이기웅의 내포실록

가야산을 걷고 쓰다

가야산역사문화총서 4
이기웅의 내포실록
가야산을 걷고 쓰다

초판 인쇄일 2025년 12월 31일
초판 발행일 2025년 12월 31일

지은이 : 이기웅
펴낸이 : 장문정
펴낸곳 : 도서출판 그림책
편집디자인 : 정해경
인쇄 : 비전프린팅
출판등록 : 제2010-000001
발행처 : 가야산역사문화연구소
주소 : 충청남도 예산군 덕산면 상가리 106번지

이기웅의 내포실록

가야산을 걷고 쓰다

죽천 김진규의 적거지로 추정되는 선유암에는 그의 글씨가 새겨져 있다. 그는 거제도 유배에 이어 1706년(숙종 32)에 덕산 가야산으로 다시 유배되었고, 그곳에서 가야동 일대를 주유하며 세월을 보냈다. 선유암의 각자는 자신의 처지를 신선에 비유하며 남긴 흔적이다. 이후 이 일대에는 회암서원이 세워졌으나, 흥선대원군의 서원 철폐령으로 철거되고 말았다.

보원사지 오층석탑은 오늘날 절터에 홀로 서 있으나, 기록을 통해 옛 위상을 짐작할 수 있다. 1893년 5월 8일 운양 김윤식이 남긴 《면양행견일기》에는 보원사를 답사한 기록이 실려 있다. 그는 옛 절터를 둘러보며 "탑이 두 기 남아 있었다"라고 적었다. 현재는 한 기만이 전해지고 있지만, 당시만 해도 쌍탑이 서 있었음을 알 수 있다.

후대의 전언에 따르면, 보원사가 대가람으로서 성행하던 시절에는 강당이 웅장하였고, 미륵과 불상의 위상이 골짜기를 가득 메울 정도로 장관을 이루었다고 한다. 지금은 오직 한 기의 석탑만이 그 옛 영화와 신앙의 흔적을 증언하고 있다.

안국사지 석조여래삼존입상
고려 현종 대에 조성된 거대한 삼존불로, 중앙의 본존불(5.8m)과 좌우 협시보살이 함께 서 있다. 소박하면서도 장중한 지방 불교 조각의 특징을 보여준다.
안국사지 석탑
고려 중기의 오층석탑으로 추정되며, 현재는 1층 몸돌과 네 장의 옥개석만 남아 있다. 몸돌에 여래좌상이 새겨져 있어 독특하다.

석문담은 본래 '마담(馬潭)'이라 불렸으나, 죽천 김진규가 그 이름을 '석문담(石門潭)'으로 고쳐 기록하였다. 가야구곡 가운데 가장 경관이 뛰어난 곳으로, 푸른 물이 바위문을 통과하며 깊은 담을 이룬다. 특히 너럭바위에는 송시열이 직접 새긴 '취석(醉石)' 각자가 남아 있어, 후대 문인들의 유람과 사유를 증언한다.

옛 가야사의 중심 사역에는 장대한 금탑이 서 있었다. 이는 약 700년 동안 내포 사람들과 가야동 주민들의 정신적 구심점이자 신앙의 상징이었다. 그러나 1845년 이하응(훗날 흥선대원군)의 명으로 훼철되면서 그 웅대한 모습은 사라지고 말았다. 지금도 가야사 터의 지형은 마을을 품듯 감싸 안고 있어, 오랜 세월 사람들의 삶과 신앙을 품어온 공간의 성격을 잘 보여준다.

가야사의 중심 사역은 본래 불교가 전래되기 이전부터 고대인들이 하늘과 산신에게 제사를 올리던 신성한 제의 공간이었다. 불교가 들어온 뒤에는 한동안 토착 신앙과 불교가 공존하며 이곳에서 함께 제의를 이어갔다. 이후 절이 크게 번성하였으나, 19세기 중엽 흥선대원군이 이 터를 차지하면서 가야사의 운명은 전환점을 맞게 되었다.

가야사의 금탑으로 오르는 길에는 73개의 돌계단이 놓여 있었는데, 이를 '운제(雲梯)'라 불렀다. '석제(石梯)'가 아닌 '운제'라 명명한 것은, 계단이 마치 구름을 타고 하늘로 올라가는 듯한 독특한 형식을 지녔기 때문일 것이다. 운제 위에는 장엄과 수호의 의미를 지닌 석수(石獸), 즉 사자상이 한 쌍 놓여 있었으나, 2024년 10차 발굴에서 1기가 출토되었다.

1896년 덕산현읍지를 참고하면 다음과 같다.

"金塔雲梯在縣十里伽倻寺普雄殿後山麓停峙有一高臺狀如碁局其中央設塔五層上頭則以銅鉄爲甲四隅懸鉄索垂風磬形體之壯大制度之奇巧與凡塔有異塔下東邊設石梯七十三層梯上兩傍蹲伏石獸一雙古傳至大十八年懶翁建此云"

'금탑운제(金塔雲梯)'는 덕산현 서쪽 10리 지점, 가야사(伽倻寺)의 보웅전(普雄殿) 뒤편 산기슭에 자리하고 있다.

그곳에는 바둑판처럼 생긴 높은 대(臺)가 하나 있고, 그 중앙에 오층석탑이 세워져 있다.

탑의 윗부분은 동철(銅鐵)로 만든 덮개로 덮여 있으며, 네 귀퉁이에는 쇠사슬이 매달려 바람에 흔들리는 풍경(風磬)이 달려 있다.

형체는 웅장하고, 구조는 기이하고 정묘하여, 일반적인 탑과는 전혀 다르다.

탑 아래 동쪽에는 석계단이 73단 설치되어 있다.

계단 양옆에는 웅크려 앉은 석수(石獸) 한 쌍이 자리하고 있다. (10차 발굴에서 석수가 출토되었음)

전해지기를, 원나라 지대(至大) 18년(즉, 고려 충렬왕 말기 또는 충선왕 대 1325년)에 '나옹(懶翁)'이 이 건축을 세웠다고 한다.

마곡사 오층석탑 풍마동
마곡사의 오층석탑에는 원나라 양식의 조형미가 담겨 있는데, 가야사에도 이와 유사한 형식의 탑이 있었다고 전한다. 현재 가야사지는 제10차 발굴 조사가 진행 중이며, 향후 더 넓은 사역이 조사된다면 한때 내포 지역의 상징이었던 가야사 금탑과 운제의 흔적이라도 밝혀낼 수 있을 것이다.

현재 남연군묘 무덤 봉분 구역은 고려시대 가야사의 금당이 자리하던 곳이다. 그 뒤편에는 예배 공간의 흔적이 남아 있으며, 난방을 위해 불을 피운 흔적이 있어 16세기 이후에는 생활 공간으로도 재활용된 것으로 보인다. 북쪽 사역의 거대한 석축은 가야사의 경내를 구획하던 시설로, 축성 시기는 고려시대 혹은 통일신라 시기로 거슬러 올라간다. 이 북쪽 사역을 중심으로 가야사의 석조 유물들이 흩어져 있어, 당시 가람 배치와 역사적 변천을 짐작하게 한다.

가야산은 비록 높지 않은 산이지만, 내포 지역의 중심을 이루는 영산(靈山)이다. 서해를 비롯해 멀리 보령과 아산에서도 아침저녁으로 그 봉우리를 바라볼 수 있어, 오랜 세월 사람들의 삶과 신앙의 지표가 되어 왔다.

1730년 이전까지만 해도 가야산에는 크고 작은 절집이 백여 곳 넘게 들어서 있었다. 그러나 16세기 이후부터는 사대부 사회에 필요한 종이를 공급하기 위해 승려들이 노역에 동원되었고, 그 과정에서 가야산 일대에 강위징, 이현, 황진기 등과 같은 인물들이 세력을 키워가며 점차 사찰이 쇠퇴하고 폐사로 이어졌다. 19세기 중엽까지는 남전·보웅전·인암 등이 명맥을 이어갔으나, 1845년 이하응(훗날 흥선대원군)에 의해 가야산 안쪽의 사찰들은 완전히 철폐되고 말았다.

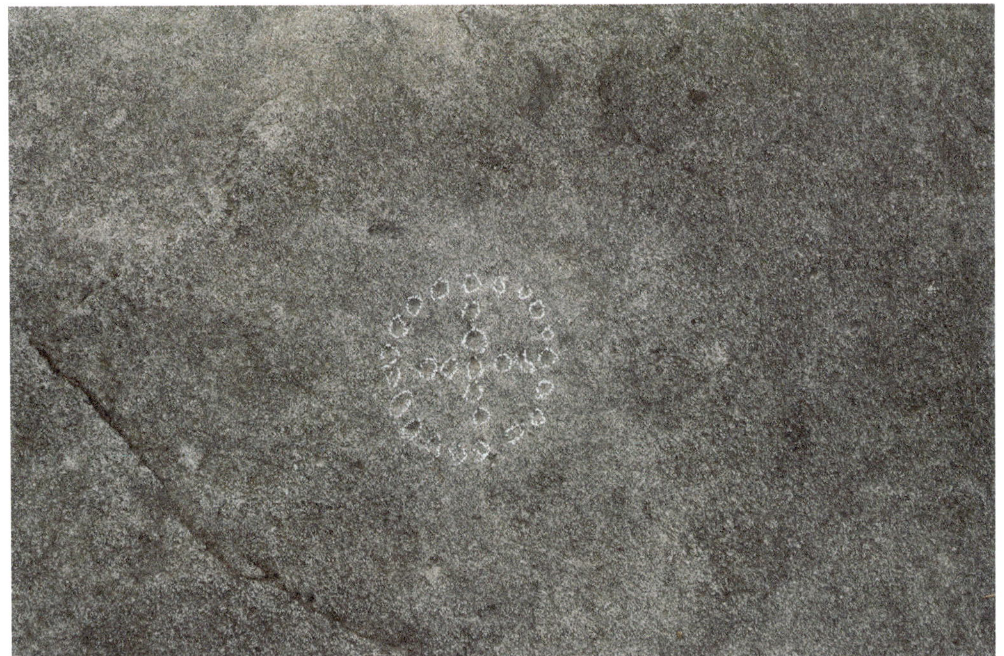

옥량폭 인근의 '윷판바위'는 마을 사람들에게 '중방바위'라 불려 왔다. 이곳에는 망이·망소이가 가야사를 점령했다는 전설 같은 이야기가 전해 내려온다. 바위에는 윷판 모양의 암각화가 새겨져 있어, 고대인들이 제례를 올리던 공간이었음을 알 수 있다. 또한 인근에서는 덕산 청동방일괄이 출토되었으며, 바위에는 성혈(性穴)도 남아 있어 고대 제단으로 활용되었던 흔적을 보여준다.

구만포구는 한때 덕산군의 관문 역할을 하던 중요한 포구였다. 그러나 철도가 부설되면서 그 기능이 점차 약화되었고, 1970년대 삽교천 제방이 축조되자 완전히 사라지고 말았다. 1868년에는 독일 상인 오페르트가 60톤급 선박을 타고 이곳으로 상륙하여 남연군묘 도굴을 시도한 사건이 발생하기도 했다.

2012년부터 찾아온 가야사지 석탑 운제의 실체가 드러났다. 『덕산현읍지(1896)』에는 "塔下東邊設石梯七十三層" – 탑 아래 동쪽에 73단의 석계단이 놓여 있었다는 기록이 전한다.
영조 때 가야산을 찾은 이의숙과 이철환의 문집에도 이 운제가 언급된다. 그들은 그것을 단순한 계단이 아니라, 마치 하늘로 이어지는 길과도 같은 구조물로 인식하며 '운제(雲梯)'라 불렀던 듯하다. 이번 발견은 바로 그 장대한 상상을 현실 속에서 다시 마주하게 한다.

탑으로 오르는 73계단의 운제 양쪽에는 사자상이 놓여 있었다. 발굴 과정에서 확인된 이 사자상은 위엄을 드러내기보다는 귀엽게 웃는 표정을 하고 있어 더욱 인상적이다. 앞으로는 이러한 이미지를 지역의 문화적 상징이나 캐릭터로 활용할 수 있는 가능성도 엿보인다.

서산 용현리 마애여래삼존상은 본래 세상에 널리 알려지지 않은 채 잊혀 있던 불상이었다. 1959년에 이르러서야 비로소 학계와 세상에 알려지게 되었지만, 가야산 사람들에게는 예로부터 신앙의 대상으로 기억되어 온 곳이었다.

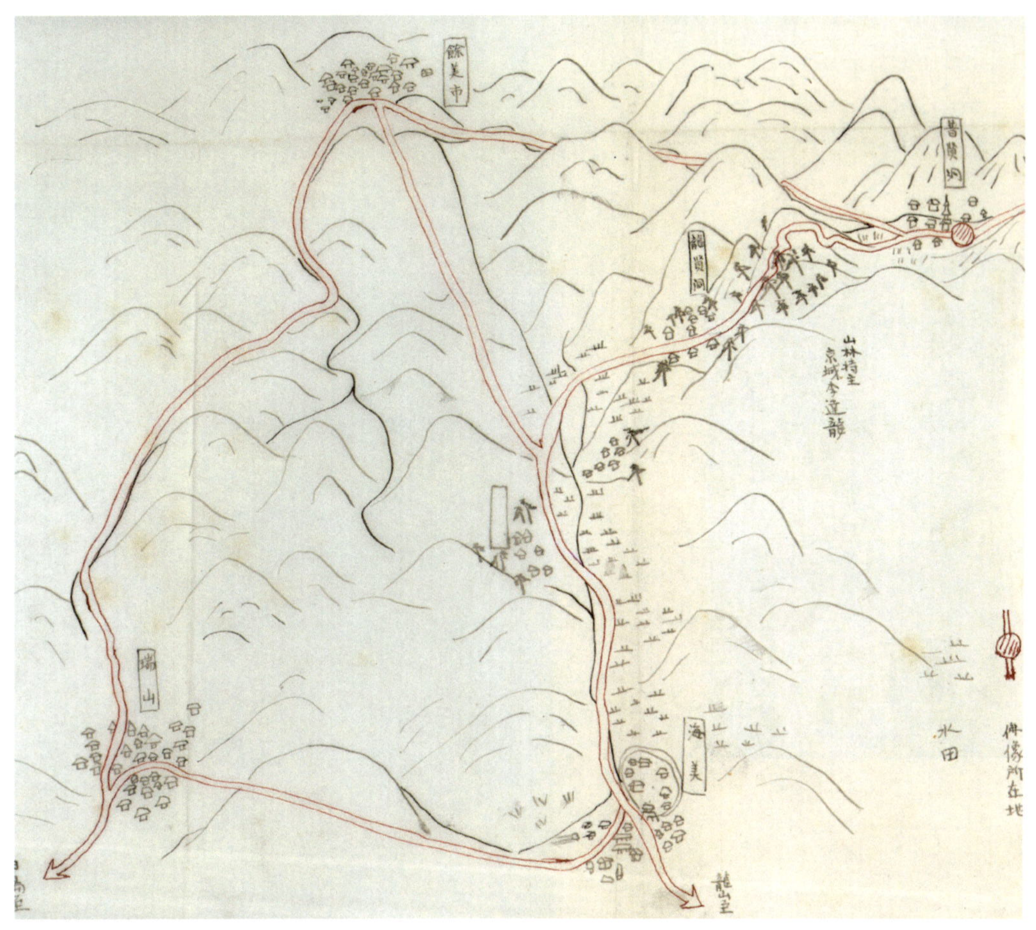

1916년 조선총독부 「보원사지 철불 搬路畧圖(반로약도)」

1916년, 조선총독부는 문화재 관리 명목으로 〈고적급유물보존규칙〉을 제정·공포하였다. 조사 대상은 한사군, 고구려, 신라, 임나(가야), 백제 등 고대 주요 정치세력의 영역을 중심으로 이루어졌다.
그 결과 수많은 고분 유물과 사찰 유물이 원소재지를 떠나 일본으로 반출되는 피해가 이어졌다.
보원사지 철불 반로약도는 조선총독부가 서산시 보원사지에서 철불의 이송 과정을 시각적으로 보여주는 귀중한 사료이다.

범례 및 기호
道路 (도로) – 붉은 선
河川 (하천) – 검은 곡선
水田 (논) – 우하단 경작지 표시
佛像所在地 (불상 소재지) – 원형 기호
水田 (논) – 우하단 경작지 표시

 1913년 덕산군지도

1913년 덕산군지도
조선총독부가 1910년 측도하고 1913년 한국 최초 근대적으로 제작된 덕산군1 :50,000 지도이다.
점선이 병수(並樹), 즉 가로수이다. 가로수는 고종 7년(1870) 고종실록을 참고하면 홍병기라는 주민이 수 만주를 심었는데 크게 자랐다는 기록을 볼 수 있다. 1845년 이후부터 심은 듯하다. 홍병기는 그 공로가 인정되어 오위장에 제수되었다.

발간사

이 기 웅
가야산역사문화연구소

가야산 연구 20년 - 발굴의 결실과 남겨진 과제

지난 20여 년 동안 가야산을 직접 오르내리며 현장을 살피고, 고문헌을 검토하며, 지역 사회에 전승된 기억을 수집해 왔다. 이러한 과정을 통해 확인된 여러 기록과 유물은 오늘날 가야산의 역사를 연구하는 데 필수적인 사료임을 보여준다.

1787년에 간행된 《송자대전(宋子大全)》에는 덕산현감 최세경이 신축한 동헌 축민당에 관한 기록이 수록되어 있다. 최세경은 송시열의 제자로서, 병오년(丙午; 1666년) 덕산현감으로 부임해 동헌 축민당(祝民堂)을 새로이 건립하였다. 이 과정에서 남겨진 기록은 조선 후기 지방 관아 건축과 행정 운영을 이해하는 데 귀중한 자료가 된다.

또한 18세기 중반 윤봉오가 남긴 덕산현 축민당 「중건기(重建記)」는 지방 행정과 재건 과정을 구체적으로 전하는 문헌으로, 18세기 덕산현과 가야산의 역사를 연구하는 데 필수적인 사료임을 확인할 수 있다.

조선 시대 범죄 수사와 심문 절차를 정리한 『추안급국안(推案及鞫案)』과 『포도청등록(捕盜廳謄錄)』은 이인좌의 난을 비롯한 사회 사건을 배경으로, 가야산 일대 세력의 규모와 참여 양상을 보여준다. 이를 통해 덕산현이 점차 쇠락하는 과정을 이해할 수 있으며, 이러한 기록은 본 총서의 집필 과정에서도 중요한 근거 자료로 활용되었다.

1865년의 《경복궁영건일기(景福宮營建日記)》 역시 주목할 만하다. 1845년 남연군묘가 가야산으로 이장된 이후, 1865년에는 흥선대원군이 주도한 대규모 토목 사업이 가야동에서 전개되었으나 이를 전하는 문헌은 거의 남아 있지 않다. 이 일기는 중앙 왕실의 경복궁 중건 사업과 함께 덕산현의 명덕사(明德祠)와 보덕사(報德寺)가 동시에 추진된 사실을 보여주며, 자재와 인력 동원의 구체적 실상을 전한다.

근대기로 넘어오면, 1865년 해미현감 김응집의 일기, 대통회전 수묘군 관련 자료, 1868년 오페르트 사건 당시 수원 총리영 소속 병력 이동 기록은 조선이 서

구 세력의 침투에 대응하는 과정을 보여주는 사료다. 이 기록은 수원에서 덕산에 이르는 행로와 각 고을의 대응 및 지원 상황을 상세히 전한다.

1870년 가야산 포수들이 무과 향시에 선발된 사실은 왕실과 가야동의 관계를 드러내는 사례이며, 1887년 덕산군수 이명우의 기록은 대한제국 성립 직전 지방 행정을 이해하는 데 중요한 자료다. 특히 그의 문집 《묵오유고》는 근대 교육과 행정 개혁의 단초를 확인할 수 있는 귀중한 자료로, 온전한 번역과 소개가 요구된다. 또한 1896년 조중서 군수가 편찬한 《덕산현읍지(德山縣邑誌)》는 내포 지역의 지리·민속·행정을 집대성한 문헌이나 아직 번역되지 않아 대중적 접근에 제약이 있다는 점이 아쉽다. 현대사와 연속된 맥락에서는, 가야산 일대에서 전개된 빨치산 활동을 이해하기 위해 브루스 커밍스의 『한국전쟁의 기원』과 같은 연구 성과도 반드시 참고해야 한다.

개별 문집 또한 가야산 연구에서 핵심적 의미를 지닌다. 조극선의 일기, 윤봉구, 김진규, 이의숙, 오원, 안세광, 임방, 송인, 이철환(《상산삼매》), 이동윤, 김윤식 등의 문집은 문학적 성취를 넘어, 가야산을 중심으로 한 인문 지형과 교유 관계망을 복원하는 데 중요한 단서를 제공한다. 이들은 단순한 문학 텍스트가 아니라 지역과 시대를 연결하는 사회사적 기록으로 평가될 수 있다.

그러나 여전히 많은 공백이 존재한다. 발굴되지 않은 자료, 혹은 이미 소실된 기록들이 적지 않다. 세월과 전란, 후손의 관리 소홀로 인해 사라진 기록도 많다. 그럼에도 불구하고 역사 자료는 언젠가 다시 드러나 연구의 빛을 더하게 될 것이다.

이번에 발간하는 《가야산 역사문화총서》 제4권은 지금까지의 연구 성과를 정리한 하나의 단계라 할 수 있다. 앞으로 5권, 6권까지 이어갈 수 있을지는 확언하기 어렵지만, 새로운 자료가 발굴될 때마다 가야산의 역사는 더욱 세밀한 윤곽을 드러낼 것이다. 그 과정에서 가야산은 단순한 지리적 공간을 넘어, 오랜 세월 사람과 사상, 문화가 교차해 온 역사 무대임을 다시금 보여줄 것이다.

지난 20년간의 연구 과정을 돌아보며, 앞으로는 후학들이 이 과제를 이어가기를 기대한다. 이 지역의 역사가 더 넓은 시각과 새로운 자료를 바탕으로 한층 깊이 있게 연구되기를 바라며, 이 책을 세상에 내놓는다.

가야산을 걷고 쓰다

1. 열린 물길이 만든 다양성의 터전, 내포에 대하여

19세기 아산만 삽교천 구만포구를 중심으로

대양으로 통하는 삽교천의 수로는 나라가 번영할 때에는 새로운 문물의 유입 창구가 되었고, 위기의 시기에는 외세의 침입로가 되었다.

내포는 예로부터 열린 공간이었다. 육지와 바다, 내륙과 해안이 만나는 이 땅은 지리적 특성상 외부와의 활발한 접촉이 이루어질 수밖에 없는 자리였다. 백제 시기부터 불교가 이곳을 통해 전래되었고, 훗날에는 조선 후기 서학(西學)이라 불린 천주교도 이 물길을 따라 유입되었다. 이러한 흐름은 내포 지역이 단지 변방이 아니라, 문명 교류의 관문으로서 기능했음을 입증한다.

특히 삽교천과 구만포구 일대는 내포의 개방성과 진취성을 상징하는 수로였다. 구만포는 서해를 향해 열린 바닷길의 거점이자, 육지로 깊숙이 들어온 내륙 수로의 종착점이었다. 이 수로를 따라 물산과 사상이 이동했고, 사람들의 왕래와 정보의 소통이 끊이지 않았다. 공세리 성당과 합덕 성당에 남아 있는 서양식 건축양식은 단지 종교의 전파에 그치지 않고, 서구 문명과 미학이 이 지역에서 자리를 잡았음을 보여주는 상징이라 할 수 있다. 이 성당들은 벽돌 하나하나, 첨탑의 선 하나하나에 시대를 앞선 내포인의 개방성과 예술적 감수성이 깃들어 있다.

이러한 문화적 수용의 배경에는 내포가 지닌 관용과 다양성이 자리하고 있었다. 조선이 중앙의 유교적 질서 속에서 폐쇄적으로 흐를 때, 내포는 유·불·서학이 나란히 존재하며 사상과 신앙, 삶의 방식이 서로 영향을 주고받던 공간이었다. 지배층의 문화와 서민의 생활 문화가 뒤섞이고, 외래 문물이 정착하여 스스로의 것으로 녹아들 수 있었던 것은 내포만의 포용력과 다층적 사회 구조 덕분이었다.

그러나 이 개방성은 이면도 지니고 있었다. 수로가 열려 있다는 것은 곧 외세의 침입에 취약하다는 의미이기도 하다. 조선 후기 내포 지역은 왜구의 침략이 잦았던 곳이며, 바닷길을 통해 들어온 외세는 때로는 문명을, 때로는 혼란을 함께 싣고 왔다. 그럼에도 불구하고 내포는 닫히지 않았다. 물길이 열려 있었기에 위기도 있었지만, 바로 그 통로를 통해 새로운 가능성도 함께 들어올 수 있었다.

내포 지역은 지리적으로 생활 자원이 풍부하고 농업 생산력이 우수한 고장임에도 불구하고, 역사적으로 외부의 침입과 자연재해에 자주 시달려야 했다. 고려 말과 조선 초기부터 이 지역은 왜구의 침탈이 빈번하였고, 때때로 해일과 지진 같은 자연재해도 겹쳐 지역 주민들의 삶은 결코 평온하지 않았다. 특히 임진왜란 시기에는 군량미 생산과 조달의 전략적 요충지로 기능하면서, 전란의 소용돌이 속에서 한층 더 큰 희생을 감내해야 했다.

이와 같은 반복되는 재앙과 불안정한 사회적 환경은 주민들로 하여금 현실을 벗어난 이상향을 열망하게 만들었다. 내포 지역과 그 주변에서는 정감록을 비롯한 예언서 신앙이 유행하였고, 19세기 들어 동학과 서학(천주교)도 이러한 흐름에 편승하여 전파되었다.

특히 천주교는 인간 평등과 내세 구원을 강조하며, 신분 질서와 성차별에 억눌려 있던 민중의 마음을 강하게 움직였다. 외적의 침략과 자연재해로 누적된 심리적 불안감은 공동체적 결속과 초월적 구원을 제공하는 신앙 체계를 더욱 절실하게 만들었으며, 내포 지역 주민들에게 천주교는 단순한 종교를 넘어 삶의 돌파구로 다가갔다.

결국 내포는 천주교가 뿌리내릴 수 있었던 토양이 되었으며, 이는 단지 교리의 전파만이 아니라, 지역 주민들의 삶의 조건과 정서적 필요, 시대적 환경이 복합적으로 맞물려 형성된 결과였다.

삽교천 물길 따라 흐른 신앙과 개방의 역사 – 내포 공소문화의 형성과 전개

조선 후기, 대규모 간척이 시작되기 전의 삽교천 하류는 오늘날의 하천 개념으로 보기는 어렵다. '범근내포(犯斤乃浦)' 또는 '유궁진(由宮浦)'으로 불렸던 이 지역은 마치 작은 만(灣)처럼 깊숙이 내륙으로 파고든 수역이었다. 삽교천은 하구부터 약 25km 상류의 구만포까지 수로가 연결되었고, 무한천은 20km 상류의 하평포까지, 곡교천은 성리까지 선박이 드나들 수 있었다. 백중사리에는 큰 해선들이 이들 포구 외에도 더 상류의 포구까지 드나들었다. 만조 시 조수가 깊숙이 밀려들어 수심이 깊어지고, 간조 시에는 광활한 간석지가 드러나 염생식물 군락이 무성하게 자라나곤 했다. 이러한 지리적 조건은 내포를 '바다에 열린 내륙'으로 만들었고, 외부 문물의 수용과 종교 확산의 통로 역할을 하게 했다.

19세기 후반, 서해 특히 삽교천의 물길을 통해 서구의 문물과 사상이 집중적으로 유입되던 시기, 삽교천은 단순한 세곡선이나 어선이 드나드는 수로가 아니라 문명의 통로였다. 구만포구, 배나드리는 그러한 흐름의 핵심 거점이었으며, 종교·학문·예술·기술 등 다양한 서구 문화가 이 물길을 타고 내포 깊숙이 스며들었다. 특히 종교 분야에서는 천주교를 비롯하여 개신교 여러 종파, 중국의 민간 신앙, 일본 불교 및 시토 종파 등이 유입되었고, 천주교는 삽교천을 따라 집중적으로 전파되며 내포 전역에 뿌리를 내렸다.

이 가운데 천주교는 내포에서 가장 깊은 뿌리를 내렸다. 실제로 1865년 프랑스 선교사들의 보고서에는 "전국 신자의 절반 이상이 충청도에 살고 있으며, 그 중 절반은 내포 지역 출신"이라고 적혀 있다. 이 시기 내포는 단지 새로운 문화와 신앙의 수용지가 아니라 '신앙의 요람지'라 불릴 만큼 종교적 밀도가 높았다. 당시 내포의 천주교 공소(公所)는 단순한 기도 공간이나 예배 처소에 그치지 않았다. 공소는 박해를 피해 흩어진 교우들이 함께 신앙을 지키며 살아가던 생명의 거점이자 공동체의 중심이었다.

1883년부터 19세기 말까지, 내포 지역에는 무려 100개가 넘는 교우촌과 공소가 집중적으로 형성되었다. 삽교천의 수로와 그 지류를 따라 분포된 이들 성지는 서해안 종교사의 결정적 흔적이자, 조선 후기를 살아낸 민중들의 믿음의 흔적이었다. 오늘날에도 가장 많은 천주교 성지가 이 지역에 위치해 있는 것은 단지 우연이 아니다. 그것은 내포라는 공간이 지닌 개방성과 종교적 열정, 그리고 외부에 열린 자연 조건이 겹쳐진 결과다.

삽교천의 여러 포구 가운데서도 구만포는 역사적 의미가 각별한 장소다. 1868년, 프랑스 선교사 오페르트는 덕산 지역의 천주교 신자들의 협조를 받아 삽교천 수로를 따라 내륙으로 진입하여 이 포구에 상륙한 뒤, 덕산 가야동에 위치한 남연군 묘소에 도달하게 된다. 이처럼 구만포는 조선 후기에서 개항기까지 선박이 정박할 수 있었던 실질적 항만이었으며, 사람과 물자, 정보는 물론 선교사와 신앙 서적, 교리 교육 등 새로운 문물의 유입 창구 역할을 했다. 아산만에서 삽교천을 거슬러 올라가는 수로는 단순한 교통 경로가 아니라, 새로운 문화와 신앙이 퍼져나가는 상징적 경로였다. 이 길을 따라 교우촌이 형성되고 공소가 세워졌으며, 박해 속에서도 신앙의 불씨는 꺼지지 않았다.

이와 같이 삽교천을 중심으로 한 내포는 그 자체로 하나의 살아 있는 신앙 지도라 할 수 있다. 물길은 곧 생명의 길이었고, 그 위에 놓인 공소들은 시대의 파고를 버티며 신앙의 끈을 놓지 않은 민중들의 작은 성채였다. 지리적 특성과 교통의 편리성, 그리고 시대적 위기 속에서도 문을 닫지 않았던 내포인의 개방성과 다양성, 자립성과 관용은, 이 지역이 왜 신앙의 중심지로 우뚝 설 수 있었는지를 말없이 증명해준다.

내포 문화는 하나의 가치로 수렴되기를 거부하는 문화다. 성리학적 질서가 주류를 이루던 조선에서도 내포는 다양성의 사유가 살아 있었고, 새로운 사상을 실험하며 자신만의 균형을 이루어 갔다. 다름을 존중하고 외부의 것을 포용하는 이 지역의 문화는, 오늘날 다양성과 포용이라는 시대정신을 선도했던 선례로 평가할 수 있다.

역사는 반복된다. 내포의 과거는 우리에게 분명한 사실을 일깨운다. 개방과 관용, 다름의 공존이야말로 지속 가능한 발전의 토대였다는 점이다. 오늘의 내포는 더 이상 해상 교통의 중심지로 기능하지 않지만, 그 안에 축적된 개방의 기억과 문화적 다양성의 전통은 여전히 살아 있다.

불교와 천주교, 성리학과 동학, 민간 신앙, 그리고 고유의 토착 문화가 공존했던 내포는, 지금 이 시대를 향해 다시 묻는다. 진정한 선진성은 무엇에서 비롯되는가? 우리는 이질성과 차이를 어떻게 포용할 것인가?

과거 내포의 경험은 말한다. 다름을 배제하는 것이 아니라, 다름 속에서 공존의 질서를 세워 나갈 때 비로소 공동체는 지속 가능해진다.

한때 외부 세계와 활발히 소통하던 삽교천의 물길은 이제 막혔지만, 그 자리를 대신하듯 내포의 중심에는 두 개의 철도 노선과 두 개의 고속도로가 관통하고 있다. 물길은 멈췄으나, 길은 사라지지 않았다. 새로운 교통망은 내포를 다시금 중부권의 심장부로 이끌고 있으며, 충청남도청의 이전은 이 흐름에 결정적인 전환점을 마련하였다.

오늘날의 내포는 더 이상 과거의 기억에 갇힌 공간이 아니다. 오랜 침묵의 시간을 지나, 다시 사람과 활력이 모이는 땅으로 변모하고 있다. 폐쇄에서 개방으로, 정체에서 재도약으로 이어지는 이 변화의 흐름 속에서 우리는 과거의 영광만이 아니라, 내일의 가능성을 함께 본다.

다시 길이 열리고, 다시 젊은 세대가 모여드는 내포. 그 재부상은 단순한 도시의 확장이나 행정의 이동이 아니라, 이 땅에 스며든 삶의 방식과 문화의 가치가 새롭게 피어나는 증거다.

이번에 흐르는 것은 물이 아니라, 사람과 뜻의 흐름이다. 내포는 이제, 또 한 번의 부활을 준비하고 있다.

2. 저항의 땅, 충청도 그리고 덕산현

충청도, 이름에 깃든 역사
역사적으로 22회에 걸쳐 강등 또는 도명 변경되었다.

조선의 팔도 가운데 충청도는 그 명칭만으로도 오랜 시간과 격동의 역사를 품
고 있는 땅이다. 본래 충청도는 고려 후기의 양광도(楊廣道)를 그 전신으로 한
다. 당시 양광도는 오늘날의 충청 지역뿐만 아니라 경기도 남부까지 포괄하던
광역 단위였다. 그러나 조선 태조 4년, 수도가 개경에서 한양으로 옮겨지면서 행
정 경계에 큰 변화가 일었다. 양광도에 속했던 양주·광주가 경기로 편입되고, 대
신 공주, 홍주, 충주, 청주 등 중부 내륙의 주요 거점이 하나로 묶이며 '충청도(忠
清道)'라는 새로운 도명이 탄생하게 되었다.

이 이름은 충주와 청주의 앞 글자를 따 조합한 것으로, 조선의 팔도 체제 가운
데서도 중심성과 균형을 상징하는 명칭이라 할 수 있다. 하지만 충청도의 도명
은 결코 한결같지만은 않았다. 조선의 500년 역사 동안 충청도는 유독 도명이
자주 바뀐 지역이기도 했다. 이는 단순한 행정 용어의 변경이 아니라, 대부분 역
모(逆謀), 강상(綱常) 등의 중대 사건에 대한 상징적 징벌로서 이루어진 조처였
다.

실제로 연산군부터 고종에 이르기까지, 충청도는 '충공도(忠公道)', '청공도(清
公道)', '공충도(公忠道)', '공홍도(公洪道)', '충홍도(忠洪道)', '홍충도(洪忠道)' 등

수차례 명칭이 개칭되거나 변경되었다. 그러나 이 모든 명칭에도 불구하고 '충청도'라는 본래 이름은 언제나 회복되었고, 가장 널리 통용된 이름이었다.

조선 후기로 접어들면서 충청도는 공주에 도청인 감영이 설치되고, 충청도 관찰사가 상주하는 행정의 중심지가 되었다. 그 중심에는 공주의 유영(留營)과 포정사(布政司)가 있었으며, 이 포정사는 후일 충청남도 도청으로 전환되며 '금남루(金南樓)'로 개칭되기도 하였다. 행정의 상징이 바뀌고 권력이 이동해도, 충청도는 여전히 조선과 근대사를 관통하는 중요한 지역이었다.

이처럼 충청도는 단지 행정 구역 이상의 의미를 지닌 땅이다. 도명의 변화는 단순한 호칭의 문제가 아니라, 왕조의 신뢰와 처벌, 민중의 분노와 응답이 교차한 기록이다. 도명이 자주 바뀐 것은 오히려 충청도가 언제나 역사와 시대의 심장부에 있었음을 반증한다. 그리고 우리는 이 이름을 통해 다시금 묻게 된다 "충청도란 무엇인가? 충절의 고장이었는가, 저항과 각성의 땅이었는가?"

조선 시대에는 지방 고을에서 중대한 범죄가 발생했을 때, 조정은 해당 고을의 행정 등급을 강등하는 제도를 시행하였다. 이를 통해 '군(郡)'이 '현(縣)'으로, 다시 '현령(縣令)'의 관할에서 최하위 수령인 '현감(縣監)'의 치하로 떨어지는 일이 벌어졌다. 이는 단순한 명칭 변경이 아니라, 고을 전체에 구조적인 불이익을 초래하는 중대한 조치였다.

고을 강등의 여파

첫째, 지역 신분 질서의 균열이다. 고을의 격이 떨어지면, 그곳에 기반을 둔 양반 계층의 사회적 위신이 흔들린다. "강등된 고을 출신"이라는 낙인은 사족(士族)의 체면을 훼손시켰고, 이는 곧 관직 진출, 혼사, 교류 관계 전반에 걸친 불이익으로 이어졌다. 양반 사회에서 체면과 위신은 실질적인 권력의 일부였기에, 이는 단지 감정적 굴욕이 아니라 사회적 추락을 의미했다.

둘째, 과거제의 제한이다. 현으로 격하되면 생도(生徒)의 선발 인원이 줄거나, 심할 경우 '정거(停擧)'라 하여 과거 응시 자격 자체가 박탈되기도 했다. 이는 곧 학문을 통한 신분 상승의 길이 차단되는 것이었고, 지방 엘리트의 사다리를 무너뜨리는 조치였다.

셋째, 백성들의 경제적 부담 증가다. 고을의 소속 현(縣)이 떨어져 나가더라도 공물이나 군역 등 국가에 대한 부담은 조정되지 않는 경우가 많았다. 결과적으로 남은 고을 주민들의 조세와 부역 부담이 늘어나는 불균형이 초래되었다. 고려의 속현제처럼 종속적 위계가 분명치 않은 조선의 행정 체계상, 이는 단순히 인원 감소가 아닌 권한과 책임의 왜곡으로 이어졌다.

넷째, 관아 조직의 축소다. 현은 군보다 작기 때문에 관노(官奴)의 수나 향교의 교생 정원이 줄어든다. 이에 따라 향리직 진입이 어려워지고, 행정력의 약화가 지역 분쟁 시 열위로 작용한다. 예컨대 수리(水利) 분쟁이나 산림 경계 다툼이 발생하면, 관품이 낮은 현감의 권위로는 이웃 군현과의 협상에서 주도권을 잃게 된다.

다섯째, 행정 자율권의 상실이다. 군 단위에서는 자체 판단으로 전결할 수 있던 사안들도, 현 단위로 떨어지면 보고와 결재 절차를 거쳐야 하므로 행정 처리가 지연되고 복잡해진다.

강등의 사유 : 강상범죄와 전패 변고

충청도 저항사 연표

고을이 강등되는 범죄 유형 가운데 대표적인 것은 강상범죄(綱常犯罪)다. 이는 부모나 친족을 살해하거나, 노비가 주인을 해치는 등 유교 윤리의 근간을 파괴

연도	연호	사 건
660	의자왕	20백제 멸망, 황산벌 전투, 임존성에서 지수신·흑치상지 부흥운동
663	–	주류성, 임존성 함락
892	–	견훤 후백제 건국
918	–	왕건 고려 건국, 충청 다수 고을 후백제 귀부
1176	고려 명종 6	망이·망소이 난, 예산현 함락
1177	고려 명종 7	가야사 침탈, 천안 홍경원 방화
1230	고려 고종 17	최향의 홍주 반란
1505	연산군 11	충청도 도명 충공도로 개명
1539	중종 34	도명 청공도로 개명 후 복구
1549	명종 4	도명 청홍도로 개명
1594	선조 27	천안, 직산 송유진의 난
1595	선조 28	충청도 → 충공도
1596	선조 29	이몽학의 난, 홍주 진격
1624	인조 2	이괄의 난, 인조 공주 피난
1646	인조 24	논산 유탁 역모, 공주목 강등
1661	현종 2	전패 사건, 홍주 강등
1728	영조 4	무신란, 가야산 강징위 군사 양성
1755	영조 31	박찬신의 역모, 덕산현 반차 최하위 배치
1791	정조 15	윤지충 제사 거부 사건, 예산 유배
1804	순조 4	도명 공충도로 개명

1813	순조 13	홍주 강등, 충청도 회복
1837	헌종 3	대흥군 괘서 사건
1844	헌종 10	흥선대원군 가야사 방화
1862	철종 13	회덕·공주 민란, 도명 공충도
1866	고종 3	병인박해, 해미읍성 감옥화
1894	고종 31	동학농민전쟁, 덕산 기포
1895	–	을미의병, 덕산군 편입
1906	광무 10	홍주병오의병, 예산 광시 봉기
1909	순종 3	예산경찰서 의병 습격
1918	–	아산 도고면장 박용하 처단
1919	–	유관순 아우내 독립운동
1920	–	유관순 열사 순국
1929	–	공주영명학교 동맹휴학
1932	–	예산농업학교 적색독서회 사건
1934	–	예산청년동맹 해산

하는 범죄로 인식되었다. 다른 하나는 '전패변(殿牌變)'이다. 전패는 지방 관아에서 국왕을 대신해 모시는 표상으로, 훼손되면 곧 국왕 권위에 대한 모독으로 여겨졌다. 실제로 전패가 손상되면 수령이 파직되었고, 때로는 고을이 강등되기도 했다. 이를 악용해 전패를 파괴하고 수령을 몰아내는 사건들이 빈발하자, 조정은 나중에 전패 훼손으로는 더 이상 수령을 파직하지 않도록 방침을 바꾸었다. 그 결과 전패 사건은 급격히 줄어들었다.

충청도가 가장 많은 강등을 겪은 이유

흔히 전라도가 조선 후기 중앙으로부터 가장 많은 차별을 받았다고 알려져 있지만, 실상 도명이 가장 많이 변경된 지역은 충청도였다. 총 22회에 걸쳐 강등 또는 도명 변경이 이뤄졌으며, 이는 타 지역을 압도한다. 사대부가 많고, 언변

이 느리며, 내면적 성품이 중시된다는 평가를 받던 충청도가 의외로 조정의 불신과 견제를 많이 받은 지역이었던 것이다.

한편 평안도와 경상도는 강등 사례가 드물었다. 이는 외교 사절이나 사신들의 주요 통로였던 점과 무관하지 않다. 실제로 조정은 외국인의 눈에 비치는 이미지를 고려하여 해당 지역에 중대한 강상범죄가 있어도 강등을 단행하지 않는 경우가 많았다. 이는 충청도와 같은 내륙 지역이 상대적으로 더 엄격한 행정 제재 대상이 되었음을 보여준다.

조선 왕조의 지방 통치 제도는 단순한 행정 구획 이상의 의미를 지녔다. 그 속에는 신분, 권력, 명예, 그리고 민의(民意)가 얽히고설켜 있었다. 특히 충청도와 같은 지역은 중앙과의 미묘한 긴장 속에서 때로는 저항의 땅으로, 때로는 희생의 공간으로 기록되었다. 덕산현 역시 그러한 역사의 한 단면으로, 오늘날 우리가 그 기억을 되새기는 까닭은 단지 지역의 변화를 되짚기 위함이 아니라, 그 속에 깃든 인간의 존엄과 사회의 작동 원리를 이해하기 위해서다.

역모의 땅, 충청도 : 도명 속에 숨은 저항의 역사

조선의 팔도 가운데 충청도만큼 이름이 자주 바뀐 지역은 드물다. 조선 왕조 500년 동안 충청도의 도명은 22차례 이상 변경되었다. 도의 명칭 변경은 단순한 행정 조정이 아니라, 역모나 패륜과 같은 중대 범죄에 대한 연대 책임의 상징적 조치였다. 이는 조정이 해당 지역 사회 전체에 경각심을 주기 위해 단행한 극약 처방이었다.

그렇다면, 충청도는 왜 이렇게 자주 도명이 바뀌었는가? 조용한 듯 보이지만, 불의를 참지 못하고 분연히 일어서는 성정, 이른바 '조용한 저항'의 지역사와 무관하지 않다.

도명의 시작 : 충청도라는 이름의 유래

'충청도(忠淸道)'라는 이름은 고려 예종 1년(1106년), 관내도·중원도·하남도의 일부를 통합해 양광충청주도(楊廣忠淸州道)라 명명한 데서 유래한다. 이후 조선 태조 4년(1395년)에 양광도에서 충청도로 이름이 바뀌면서 독립적인 도(道)로 자리매김하였다. 도의 명칭은 충주(忠州)와 청주(淸州)의 앞 글자를 따온 것이다.

1413년(태종 13년), 조선의 팔도제가 확립되면서 충청도에는 공주, 청주, 충주, 홍주 등 네 개의 주요 목(牧)이 설치되었다. 1598년(선조 31년)에는 감영이 공주로 옮겨지며, 공주가 행정의 중심지가 되었다.

반복되는 도명 개칭 : 역모와 패륜의 그림자
조선 초기부터 후기까지, 충청도의 도명이 바뀐 시점은 거의 예외 없이 역모 사건 또는 강상(綱常) 범죄와 관련이 있다. 대표적인 개칭 사례는 다음과 같다.

이러한 도명 변경은 왕조 차원의 징벌이자 상징이었다. 단지 범죄가 발생한 고을이 아니라, 도 전체의 명예를 훼손시키는 방식으로 도민들에게 연대 책임을 물은 것이다. 왕조 권위의 위협이 감지될 때마다, 충청도는 도명 변경이라는 형식적 징벌을 받았다.

계룡산과 정감록, 그리고 충청의 '잠재된 불씨'

1505년	(연산군 11년) :	공주의 앞글자를 따 충공도(忠公道)로 개칭됨. 이는 충청도가 내시 김처선의 출신지라 하여 연산군이 이를 배척한 데 따른 것이다.
1550년	(명종 5년) :	충주 지역의 역모 사건으로 인해 청홍도(淸洪道)로 바뀌었다가, 다시 복귀됨.
1505년	(연산군 11년) :	공주의 앞글자를 따 충공도(忠公道)로 개칭됨. 이는 충청도가 내시 김처선의 출신지라하여 연산군이 이를 배척한 데 따른 것이다.
1550년	(명종 5년) :	충주 지역의 역모 사건으로 인해 청홍도(淸洪道)로 바뀌었다가, 다시 복귀됨.
1612년	(광해군 4년) :	청주에서 역모가 발생하자 충홍도(忠洪道)로 개칭. 이듬해 충주에서 유인발의 난이 일어나자 공홍도(公洪道)로 다시 바뀜.
1628년	(인조 6년) :	괴산과 충주의 역모로 공청도(公淸道).
1646년	(인조 24년) :	공주의 역모로 홍청도(洪淸道).
1680년	(숙종 6년) :	공청도 → 1681년 공홍도.
1735년	(영조 11년) :	충주와 청주의 난으로 공홍도.
1777년	(정조 원년) :	공충도(公忠道).
1826년	(순조 26년) :	공충도로 개칭되었다가, 수차례 변경 후 1871년(고종 8년)에 최종적으로 충청도로 확정되었다.

충청도의 유별난 도명 변천은 단지 우연의 반복이 아니다. 계룡산이 자리하고 있는 이 지역은 예로부터 도참(圖讖)과 정감록(鄭鑑錄) 신앙의 중심지였다. 조선 후기, 정감록에 등장하는 '이씨의 나라를 뒤엎을 새로운 임금이 등장한다'는 믿음은 계룡산을 그 중심으로 삼았다.

계룡산에는 도참 신앙을 바탕으로 한 밀결 조직, 비밀 결사, 무속과 불교, 유교가 혼융된 종교적 저항이 꾸준히 존재했고, 이는 때때로 현실 정치와 결합되어 조정에 대한 저항의 불씨가 되었다. 충청도가 '잠재된 역모의 땅'으로 인식된 이유도 여기에 있다.

충청도, 조용한 듯 가장 많은 의열을 낳은 땅

조선 후기에만 국한하지 않더라도, 충청도는 한말과 일제 강점기에 가장 많은 독립운동가, 의사, 열사를 배출한 지역 중 하나다. 겉으로는 유순하고 중도적인 듯하지만, 불의에 대해서는 단호히 응징하는 민중의 정서는 충청의 역사 깊은 곳에서부터 흐르고 있었다.

이러한 역사적 정서와 기질은, 단지 우연한 사건들이 반복된 결과가 아니라, 민초들의 인내와 절제, 그리고 결정적 순간의 분노가 만들어낸 역사적 구조였다. 충청도는 조용히 견디다가, 결국 정의를 위해 나서는 '내면의 강인함'을 지닌 지역이었던 것이다.

도명 속에 새겨진 충청의 정체성

조선이 왜 하필 팔도(八道)로 나뉘었는지에 대한 해석은 분분하다. 주역(周易)의 팔괘에 착안했다는 견해도 있다. 그러나 분명한 것은, 팔도 중 충청도만큼 이름이 많이 바뀐 도는 없다는 사실이다.

역모와 패륜의 벌로 도명을 바꿨던 조정의 명분 뒤에는 민중의 생존과 저항이 있었다. 부정부패한 권력을 바로잡고자 했던 시도, 불공정한 사회를 개혁하려는 몸부림이 역모로 낙인찍힌 것이다. 충청도의 도명 변경사(道名變更史)는 억압받은 자의 역사, 고요하지만 뜨거운 심장의 기록이다.

오늘날 우리는 충청도를 그저 중부 지방의 한 지역으로 생각할지 모른다. 하지만 그 도명의 변천을 따라가다 보면, 조선이라는 왕조가 민의(民意)를 얼마나 두려워했는지, 그리고 그 속에서 충청도라는 땅이 어떤 정신적 유산을 품고 있는지를 새삼 깨닫게 된다.

충청도는 단지 역사 속의 수동적 공간이 아니라, 저항과 각성의 기억이 깃든 능동적 장소였다. 그리고 오늘날 우리가 충청도를 다시 바라보는 일은, 그 무수한 이름들 너머로 조선과 민중 사이의 숨겨진 긴장을 읽어내는 일이기도 하다.

충청도의 이중성 : 점잖음과 저항의 땅

'충청도 양반' 하면 흔히 점잖고 느긋한 성품의 상징처럼 여겨지곤 한다. 그러나 이 고정관념은 충청 지역의 역사적 실상을 온전히 담아내지 못한다. 충청남도만 살펴보더라도 그러하다. 한용운, 김좌진, 유관순, 윤봉길 등, 일제에 맞서 싸운 수많은 독립운동가들이 모두 이 땅에서 태어나 자랐다. 이들의 삶과 사상은 단지 유약하거나 점잖은 것과는 다른, 곧은 기개와 강인한 내면을 증명한다.

충남 지방은 예로부터 '한없이 부드러우면서도 위엄과 강기(剛氣)를 간직한 땅'이라 불렸다. 이러한 지역적 품성은 충청도의 사람들에게 '점잖음과 굳셈'이라는 양면적 기질을 함께 부여하였고, 이는 곧 충성과 의로움으로 귀결되는 저항 정신으로 표출되었다.

내포 지역의 성장과 저항의 기반

충청도의 저항은 임진왜란 전후부터 본격적으로 뚜렷해진다. 특히 내포(內浦) 지역은 그 지리적 특성상 일찍이 발전한 지역이었다. 넓은 평야와 서해를 통한 해양 교역로를 끼고 있었던 이 지역은, 고려 현종 대인 11세기 초에 '홍주(洪州)'로 명명된 뒤 조선시대까지 충청 서부의 중심지 역할을 수행하였다. 조선 후기 지리서인 《택리지》에서 이중환은 "충청도에서 가장 좋은 땅은 내포"라며 이곳의 풍요와 중요성을 기록하였다.

'내포'란 바닷물이 내륙 깊숙이 들어오는 지역을 이르며, 홍성·서산·당진·예산 등 10여 개 고을을 아우른다. 그 중심에는 홍주가 자리하였다. 《신증동국여지승람》(1530)에는 "홍주는 호서(湖西)의 거읍(巨邑)이요, 넓고 기름진 땅에 백성들이 번성하였으나, 다스리기 어려운 고을로 알려졌다"는 기록이 남아 있다. 물산의 풍요로움은 외려 강한 자존심과 독립된 공동체 의식을 키우는 기반이 되었고, 이는 위기 앞에서 '저항의 에너지'로 전환되곤 했다.

임진왜란과 수탈, 그리고 민중의 저항

임진왜란이 남해안을 통해 시작되었지만, 충청도 또한 그 피해에서 결코 자유로울 수 없었다. 특히 삽교천 유역의 비옥한 평야는 조정의 곡물 보급지로 활용되면서 왜군과 왕조 양측의 수탈 대상이 되었다. 이러한 압력은 조선 후기 왕조 체제의 균열과 맞물리며 농민층의 부역 거부 운동, 즉 '피역(避役)의 저항'을 불러왔다.

내포 지역은 그 지형적 특성상 수운과 교통의 요지로서 상업도 발달하였기에, 단순한 농민 저항을 넘어선 민중 기반의 사회적 저항이 일어날 수 있는 조건이 무르익어 있었다. 결과적으로 충청도는 조선 후기 내내 여러 차례 반란이나 소요의 중심지로 기록되었고, 이는 곧 행정적 불이익으로 이어졌다.

'반역향'으로 낙인찍힌 충청도

조선시대에는 특정 지역이 반란 사건에 연루될 경우 그 지역 전체를 '반역향(反逆鄕)'으로 낙인찍는 제도가 있었다. 반역향으로 지정되면 해당 고장의 선비는 과거 시험 응시에서 배제되었고, 고을의 행정 등급은 강등되었으며, 인근 주민들조차 해당 지역을 차별하는 인식이 형성되었다.

명종 대에 발생한 '이약빙의 옥사'는 충청도 전체의 위상을 추락시킨 결정적인 사건이었다. 수십 명이 처형되고 수백 명이 유배를 떠나는 대규모 정치적 숙청이었고, 이를 계기로 문정왕후는 "반역의 땅 충주는 유순현으로 강등하고, 충청도는 앞으로 청홍도라 부르라"는 명을 내린다. 이로써 충청도는 일시적으로 '공홍도', '공충도' 등의 이름으로 불리는 수모를 겪기도 하였다.

수도권과의 차별적 운용

이러한 '반역향' 제도는 전국적으로 확대되었으나, 유독 한성과 경기도는 예외로 남았다. 이는 곧 그 지역이 왕권과 고위 관료층의 거주지였기 때문이다. 행정적 처벌을 통해 자치를 제약하는 방식은 주변부에는 강하게 적용되었지만, 수도권은 그 자체로 성역으로 남아있었다. 반면 인천이나 부평과 같은 경기도 일부 지역은 고을의 등급을 낮추는 간접적인 방식으로 '반역향'의 형식을 빌려 제재가 이루어졌다.

결어 : 충청도의 저항은 성찰의 역사이다

충청도는 단지 점잖고 느긋한 고장만은 아니다. 지리적 풍요로움 속에서 자립성과 공동체성이 강화되었고, 그것은 국가가 위태로울 때 저항의 근거가 되었다. 조선시대 '충(忠)'과 '의(義)'를 구현한 수많은 인물이 이 지역에서 배출된 것은 우연이 아니었다. 이러한 전통은 일제 강점기까지 이어져 대한민국 독립운동의 중요한 거점이 되었다.

작금의 시점에서 우리는 충청도의 역사를 점잖음의 전통뿐 아니라 저항의 정신, 그리고 그에 따른 고난과 낙인의 역사로도 재조명할 필요가 있다. 그것은 단지 지역의 명예 회복이 아니라, 공동체의 기억을 되살리고, 오늘의 새로운 시대적 과제를 성찰하는 데 필요한 중요한 자산이기 때문이다.

3. 가야산 도청봉과 국사단, 그리고 가야사의 성역성(聖域性)에 대하여

고대인들의 제례공간에서 '가야갑사(伽倻岬祠)'와 가야사(伽倻寺)로
그리고 남연군묘까지
가야사 금탑터 : 고대 제의에서 불교 성지, 왕실 공간으로의 변천

가야산의 석문봉에서 흘러내린 도청봉의 끝자락, 넓은 대(臺)에 금탑이 자리한 곳은 가야산에서 손꼽히는 절경지였다. 가까이에는 가야동 마을 전체가 한눈에 내려다보이고, 멀리로는 가야산의 원효봉에서 이어진 능선이 명월봉과 청풍봉 사이로 뻗어 나아가며, 그 너머로는 첩첩한 금북정맥의 산줄기가 아련한 실루엣으로 펼쳐진다. 파도처럼 겹겹이 밀려오는 산그리메는 마치 꿈결 같은 시선을 머물게 하며, 예로부터 이곳이 신령한 기운이 감도는 명소로 여겨졌음을 짐작하게 한다.

고려의 국력이 융성하던 시기, 대각국사 의천(義天)은 깊은 불심과 국가적 염원을 담아 가야사에 거대한 금탑을 조성하였다.

그 탑은 마을 아래에서 올려다보면 아득히 솟아 있었고, 하늘에서 내려다보면 장엄하게 펼쳐져 있었다. 깊은 불심이 아니더라도, 이 터야말로 본디 거대한 탑이 있어야 마땅한 곳이라는 생각이 절로 들게 한다.

마을 아래에서 올려다보면 아득히 솟아 있었고, 하늘에서 내려다보면 한없이 웅장하게 펼쳐졌다. 이 터를 찾은 이들마다 저마다 감탄을 금치 못하고 탄성을

터뜨리곤 한다.

가야사의 금탑터는 산에서 마을 깊숙이 들어선 지형에 높직한 대지를 이루고 있다. 이처럼 독립된 대지 위에 자리한 이 터는 예로부터 신령스러운 기운이 서린 장소로 여겨졌던 듯하다. 본래 이곳은 고대 사회에서 하늘과 신령에게 제사를 올리던 성소로 기능하였으며, 후에 '가야갑사(伽倻岬祠)'라는 이름의 국가적 제례 공간으로 격상되었다.

그 뒤로, 불교가 한반도에 전래되면서 이러한 제의적 공간은 자연스럽게 불교의 신성 공간으로 전환되었고, 가야사(伽倻寺)라는 이름의 사찰로 이어졌다. 삼국 가운데 불교를 가장 먼저 수용한 국가는 고구려로, 372년(소수림왕 2년) 전진(前秦)의 사신과 함께 온 승려 순도(順道)를 통해 처음 불교를 접하였다. 이어 백제는 384년(침류왕 원년), 동진(東晉)에서 온 승려 마라난타에 의해 불교를 받아들였다. 신라 또한 5세기 초에 이르러 불교를 공인하였다.

가야사의 창건 시기에 대한 명확한 문헌은 드물지만, 1991년 발간된 예산군 향토지 『예산의 맥』에서는 백제 성왕 4년(526)에 고승 겸익(謙益)이 중인도 출신의 상가대율사에게 유학한 뒤 귀국하여 이곳에 가야사를 창건하였다고 전한다.

이와 같은 흐름을 종합하면, 가야사는 본래 제의적 성격을 지닌 고대 성소에서 출발하여, 한때는 '가야갑사(伽倻岬祠)'라는 국가 제사의 공간으로 기능하였으며, 다시 불교가 이 땅에 뿌리내리면서 가야사(伽倻寺)라는 사찰로 그 정체성을 바꾸어간 것으로 보인다. 이후 약 천 년에 가까운 시간 동안 불교의 성지로 존속하였으나, 1846년 흥선대원군 이하응이 이곳을 왕실의 공간으로 재편하면서 거대한 금탑을 훼철하였고, 가야사는 또 한 번 그 위상을 변화시키게 된다. 이로써 고대 성소, 국가 제례지, 불교 사찰, 왕실의 공간이라는 역사성을 지닌 장소로서, 가야사 금탑터는 내포 지역의 역사와 문화를 고스란히 품은 상징적 공간이라 할 수 있다.

들어가는 글

현재 발굴이 진행 중인 남연군묘 일원의 가야사지에 대한 역사적 의미를 조망하고, 이곳이 지닌 신성성과 공간적 변천 과정을 살펴보기 위한 서문이다. 고대 제사장의 성역으로 출발하여 불교의 수행 공간을 거쳐 조선 왕실의 묘역으로까지 변모한 이 터는, 시대의 흐름에 따라 그 기능과 의미가 바뀌면서도 신성한 장소로서의 위상은 지속되어 왔다. 이 글은 바로 그 변화의 과정을 따라가며, 가야사지의 역사적 성격을 보다 입체적으로 이해하고자 한다.

1. 가야산은 예로부터 신성한 의례의 공간으로 깊은 의미를 간직한 산이다.

가야사지 위편에 솟은 도청봉(道聽峰)과 국사봉(國師峰)은 비록 지금은 잊힌 이름이 되었으나, 조선시대까지만 해도 제례 의식이 이루어지던 성역으로 여겨졌다. 이 두 봉우리는 석문봉에서 흘러내려 마을로 이어지는 능선의 끝자락에 솟아 있으며, 고대 이래 제사와 불교 수행이 맞물려 이어져 온 복합적인 역사적 기억을 품은 장소로 이해된다.

가야사 인근의 '국사단(國師壇)'이라는 터는 제단이 세워져 고승들을 추모하던 장소로, 예헌 이철환이 1754년 저술한 『상산삼매』에서 그 내력을 밝히고 있다. 특히 고려 초기에 활약했던 진철국사 이엄(利嚴, 866~932), 현휘(玄暉, 879~941), 윤다(允多, 864~945) 등 당대의 대표적 고승들이 가야사에서 수계를 받았다는 점은, 이 사찰이 단순한 지방의 불전이 아니라 국사급 승려들이 머물며 수행하던 중심 사찰이었음을 뒷받침한다. 가야사 자체가 국사의 수행처였으며, 그 상단에 위치한 국사단은 이들을 추모하고 제사하던 공간으로 기능했을 가능성이 높다. '국사봉'이라는 봉우리 이름 또한 그 위계를 반영하는 지명이라 할 수 있다.

가야사 주변에서 확인된 유적은 이 지역이 불교 전래 이전부터 제의의 중심지였음을 암시한다. 도청봉과 국사봉 인근에서는 청동기 시대 제사장들이 사용했을 것으로 추정되는 쌍두령(雙頭鈴)과, 그 일대에서 윷판 형상의 암각화가 발견되었는데, 청동 방울은 제사장의 의례 도구로 해석된다. 이러한 유물은 가야사지 일대가 고대 제정일치 사회에서 제사장이 천신과 신령에게 제례를 올리던 성소였다는 해석을 가능케 한다. 이렇듯 의례가 이루어졌던 장소는 이후 불교가 전래되며 부처님을 모시는 불당으로 전환되었고, 조선시대에는 불교 억제 정책 속에서도 왕실의 사후 공간으로 다시 한 번 권위 있는 장소로 재정의되었다. 이는 단절이 아닌, 신성한 공간의 지속과 변용의 역사로 이해해야 한다.

즉, 가야사지 일대는 처음부터 국가가 인정한 제례 공간이었으며, 시간이 흐르면서 그 성격이 변모했을 뿐 그 신성성 자체는 계승되어왔다. 고려 초 불교가 국교로 자리 잡으면서, 기존 제사장이 사용하던 신성한 터는 불교 사찰로 전이 되었고, 불교는 이를 수용하며 자신의 교리적 세계관에 맞춰 재해석하였다. 이후 조선시대 유교적 통치 이념 아래 불교는 억제되었고, 19세기 중반 흥선대원군에 의해 가야사는 철폐되었다. 그러나 그 터는 다시 왕실 가족인 남연군 이구의 묘역으로 대규모 조성되며, 제사장의 성역에서 불교 수행처를 거쳐 왕실 후손의 영현을 기리는 공간으로 전환되었다. 이는 이 땅이 가진 신성한 위상이 시대에 따라 다르게 해석되며 계승되었음을 보여준다.

조선 『세종실록』과 『동국여지지』, 『세종실록지리지』에도 확인되듯, 가야갑사(伽倻岬祠), 가야사(伽倻寺)에서 국가 제례가 이루어졌다는 기록이 남아 있는 점도 이를 뒷받침한다. 이러한 문헌 기록은 가야사지가 오랜 세월 동안 단지 불교적 공간이 아닌, 국가적 제의의 핵심지로 기능했음을 말해준다. 결국 이 공간은 고대의 제사장 제례처에서 불교적 수행처로, 다시 조선 왕실의 가족 묘역으로 이행해 온 한국 종교문화의 축소판이라 할 수 있으며, 그 중심에는 도청봉과 국사단, 그리고 가야사가 있다.

2. 문헌을 통해 가야갑사(伽倻岬祠)에서 가야사(伽倻寺)로 이어지는 신앙 공간의 변화를 고찰하였다.

이는 '가야갑사(伽倻岬祠)'에서 '가야사(伽倻寺)'로의 명칭 변화에 그치지 않고, 고대 제례의 제단이 불교 사찰로 전이된 종교적 전환의 단서를 제공한다.

가야산 서쪽 기슭, 오늘날 덕산면 상가리 남연군묘 일대에는 조선 전기까지 국가 제례가 이어지던 '가야갑(伽倻岬)'이라는 신성한 공간이 자리하고 있었다. 『세종실록』, 『동국여지지』, 『신증동국여지승람』 등의 문헌에 따르면, 이곳은 신라 천년 동안 지속된 오악(五岳) 신앙 체계 가운데 서진(西鎭)을 맡은 제단으로서 기능하였으며, 고려를 거쳐 조선에 이르기까지 중사(中祀)로 지정되어 해마다 봄·가을 두 차례 국가 차원의 제사가 엄숙히 봉행되었다.

특히, 세종 11년(1429)과 19년(1437)의 실록 기록은 가야갑이 단순한 향촌 신앙의 대상지가 아니라, 국가 차원에서 위판(位版)을 두고 관원이 파견되어 제사를 주관하던 엄격한 사전(祀典)의 장소였음을 분명히 한다. 세종 대에는 지방의 영험한 제사처에 대해 일제히 정비가 이루어졌는데, 덕산의 가야갑은 그중에서도 폐지 대상에서 제외될 정도로 중요한 영지(靈地)로 간주되었다. 예조에서는 가야갑을 비롯한 영험한 단묘(壇廟)를 악(岳)·산(山)·천(川)과 동등하게 취급하여, 국고를 들여 제례를 지속할 것을 건의하였고, 이는 그대로 시행되었다.

그러나 조선 중기 이후 유교적 국가 이념이 강화됨에 따라, 무속과 샤머니즘적 요소가 강한 성황신(城隍神)이나 향촌 신앙은 점차 제도권 밖으로 밀려났다. 『세종실록』에 보이는 "고을 사람들이 성황 위판과 함께 음사를 행하였다"는 기록은, 국가 제례 외에 민간 주도의 자발적인 제의 행위가 혼재하고 있었음을 보여준다. 이는 가야갑이 단순한 국사(國祀)의 대상지를 넘어, 지역민들의 정신적 구심점 역할을 했음을 시사한다.

이후 조선 중후기부터 불교는 다시 지역 사회의 신앙적 기반으로 재편되기 시작하였다. 정확한 전환 시기를 특정하기는 어렵지만, 가야갑의 제단 터에는 점차 불전(佛殿)이 들어서고, 가야사(伽倻寺)라는 사찰로서의 명칭이 정착되기 시작한다. 18세기 이후 간행된 지도와 읍지에서는 '가야갑사(伽倻岬祠)'라는 명칭이 점차 '가야사(伽倻寺)'로 대체되며, 민간 신앙과 유교적 제의의 경계에 있던 이 공간이 불교적 의미를 중심으로 재해석되었음을 암시한다.

이러한 변화는 단순히 공간의 용도 전환이 아니라, 신앙 구조의 지각 변동을 반영하는 것이었다. 유교적 예제(禮制) 체계 안에서 행해지던 국가 제사는 불교 경내의 사찰로 그 양상이 변화하였고, 이는 지역민들의 신앙적 실천과 제도 정비가 복합적으로 작용한 결과였다.

결국, 가야갑은 청동기 시대 제사장의 공간에서 신라 이래의 '서진'이라는 지리적·영적 상징성을 간직한 채, 그 시대의 이념과 제도의 변천에 따라 신령에서 불전으로, 사묘에서 사찰로 전이되었다. 이러한 전환은 단절이 아닌, 변용(變容)과 계승(繼承)의 역사로 읽혀야 한다. 가야갑은 오늘날 '가야사지'로 전승되어, 그 이름은 바뀌었으나 여전히 가야산 서진의 영령이 깃든 성역으로 기능하고 있다.

연대기별 사료 정리 – 덕산현 가야갑(伽倻岬)의 국가 제례

1. 1429년(세종 11년)

『세종실록』 권46, 세종 11년 11월 11일 계축 2번째 기사 명 선덕 4년

예조에서 전국의 산천·기암·용혈·사사(寺社) 등 '영험한 곳'에 대해 국가가 사자(使者)를 보내 정기적으로 제사를 행할 것을 건의.

변계량의 의견 : 무분별한 제례 확장을 경계하며, "폐할 수 없는 곳만을 가려 제사하자"고 절충안을 제시.

왕명 : 제안을 수용하고, 지방관이 봄·가을에 춘추로 제례를 행하도록 지시.

가야갑 관련 : 유후사(留後司)에 속한 덕산의 가야갑(伽倻岬)도 해당 대상지로 구체 언급됨.

의의 : 가야갑이 단지 민간 신앙 대상지가 아닌 국가 공인 제사처였음을 명확히 확인.

2. 1437년(세종 19년)

『세종실록』 권76, 세종 19년 3월 13일 계묘 2번째 기사 명 정통 2년

예조에서 국가의 악(岳)·해(海)·독(瀆)·산천(山川) 등의 단묘와 신패 설치 제도(위판 방식)를 다시 상정.

가야갑 관련

덕산현의 가야갑에는 "가야갑지신(伽倻岬之神)"이라는 신위판(神位版)이 있었고, 성황신(城隍神)의 위패와 나란히 놓여 제사가 행해졌음.

고을 백성들이 음사(陰祀 부정하게 제사)를 병행하자, 제단을 정비하고 산기슭으로 옮겨 국가 차원의 치제를 진행할 것을 건의.

의의 : 가야갑이 여전히 국가의 제사 대상이었으며, 민간신앙(성황신)과 국가 제례가 혼재된 모습도 보여줌. 이는 이후 민간적 요소가 국가제례에서 점차 분리되는 흐름을 반영.

"德山縣 伽倻岬廟位版書伽倻岬之神, 右神位版, 與城隍位版連排, 縣人聚會淫祀, 請造壇山麓致祭"

3. 조선 전기 편찬 지리지

  가야갑사(伽倻岬祠)에서 가야사로(가야사伽倻寺)로 명칭 전환

4. 『세종실록 지리지』

(세종 말기, 1450년경 정리 / 실록 권149) 충청도 홍주목 덕산현 항목
가야갑(伽倻岬) :
"신라에서 사방의 진(鎭) 중 서진(西鎭)으로 정하고, 중사(中祀)로 삼았다."
조선 본조에서는 소재관(所在官, 지방관)이 춘추로 제사를 지냄.
의의 : 신라의 오악 사상을 계승한 국가 제례 유산으로 인식.

5. 『동국여지지』 (중종\~명종 대 편찬, 16세기 중엽) 덕산현 항목

가야갑사(伽倻岬祠) :
 현의 서쪽 3리에 위치.

신라 시대에 서진(西鎭)으로 삼고, 조선 본조에서는 중사로 기록하여 봄·가을 제사 시행.

의의 : 명칭이 '가야갑' → '가야갑사(祠)'로 변화.

이는 '祠'가 붙음으로써 신사적 성격 강조

6. 『신증동국여지승람』 (중종~선조 대, 1530년 편찬) 덕산현 항목

가야갑사(伽倻岬祠) :

현 서쪽 3리에 위치.

신라 때 서진(西鎭)으로 삼았고, 조선에서 중사로 기록, 춘추 제사가 계속됨.

'여단'(麗壇)은 현의 북쪽에 존재.

의의 : 가야갑이 제사의 제도적 위치를 지킨 채 정제된 형식의 사당(祠) 체계로 정착.

'여단'은 별도의 제단이 존재했음을 시사.

7. 정리 요약

1429 (세종11) 『세종실록』 가야갑 포함 전국 영험지 국가 제사화, 치제 예 통일 요청 가야갑 국가 제례 대상 확정

1437 (세종19) 『세종실록』 가야갑지신 위판, 민간 음사 혼재 → 제단 위치 조정 건의 민간-국가 제례 분리 시작

1450경 『세종실록 지리지』 신라 서진, 중사에 포함, 춘추 제사

'국가적 중사로 확정' 재확인

16세기 『동국여지지』 가야갑사(祠) 명칭 등장, 관아에서 제사

명칭 변화 : '岬'→'祠'寺로 함께 사용하거나 변경
1530 『신증동국여지승람』 '가야갑사' 명확히 기록, 여단 존재

역사적 의의와 문헌의 기록

가야산의 고대인들은 도청봉의 끝자락 가야갑(伽倻岬)을 특별한 성지로 여겼다. 그곳은 제사장이 산의 신과 하늘의 신에게 제사를 올리던, 경건하고 엄숙한 제의의 장소였다.

이후 가야갑(伽倻岬)은 신라 오악(五岳) 사상의 서진(西鎭)으로 출발하여, 고려~조선에 이르기까지 국가 제례의 유산으로 계승됨.

조선 전기에는 유교적 예제 아래에서 국고를 통한 제사와 지방관 주관 제례가 시행되었으며, 성황신이나 음사 등 민간 요소와의 경계가 논의됨.

'祠'라는 명칭과 함께 신사적(神祠的) 성격이 부각되며, 지역적 신령에 대한 공적 제례 형식이 정착.

이후 조선 후기 불교 사찰화 과정에서 '가야갑사 → 가야사(伽倻寺)'로 전이된 것으로 보이며, 이는 추후 별도 분석 가능.

세종실록46권, 세종 11년 11월 11일 계축 2번째 기사 1429년 명 선덕(宣德) 4년

예조에서 전국의 영험한 곳에서 제사드리는 것을 국가에서 행하는 치제의 예에 따를 것을 건의하다

예조에서 아뢰기를,

"건의하는 자가 아뢰기를, '이 앞서 경외(京外)의 제향(祭享)에 영험(靈驗)한 곳을 혁파하여 제사하지 않는 것은 온당치 않사오니, 원컨대, 이제부터 산천의 기암(奇巖)과 용혈(龍穴)과 사사(寺社) 등 영험한 곳에 제실(祭室)과 위판(位版)을 설치하고, 매양 4중월(仲月)의 길일(吉日)에 사자(使者)를 보내어 예를 행하게 하소서.' 하니, 명하시어 '이를 논의하라.' 하셨는데, 변계량(卞季良)이 아뢰기를, '이는 대개 주공(周公)이 사전(祀典)에 기록되어 있지 않은 곳에도 모두 질서 있게 제사한 뜻을 본받은 것이니, 진실로 이치가 있는 말입니다. 그러나 그 폐할 수 없는 곳만을 가려서 제사를 행하도록 하소서.' 하니, 명하시어 헌의(獻議)한 대로 따르도록 하셨으므로, 공경히 이에 좇아 각도에 이문(移文)하여 상고하오니, 지난 기축년에 다시 상정(詳定)할 때에, 사전(祀典)에 없앴던 것을 뒤에 수교(受敎)에 따라 소재관으로 하여금 아울러 춘추(春秋)로 치제(致祭)하도록 하고, 그 제향의 물자(物資)로는 혹은 위전(位田)을 주기도 하고, 혹은 국고의 미곡을 쓰기도 하며, 혹은 그 고을에서 자비(自備)하기도 하고, 제품(祭品)에 있어서는 혹은 중사(中祀)의 예(例)에 따라 변(籩)·두(豆) 각각 10개를, 혹은 소사(小祀)의 예에 따라 변(籩)·두(豆) 각각 8개를, 혹은 각각 2개를 쓰기도 하니, 매우 고르지 않습니다. 청하옵건대, 그 영험 여부를 분별하지 말고, 영구히 혁파하였거나 제사 드리는 장소를 모르는 곳을 제외하고는 모두 국가에서 행하는 악(岳)·독(瀆)·산(山)·천(川)의 제품(祭品)의 예(例)에 따라 국고의 미곡으로 치제하게 하고, 제사 뒤에 감사가 본조에 이문(移文)하는 것으로 항식(恆式)을 삼게 하소서. 유후사(留後司)의 덕산(德山)의 가야갑(伽倻岬), 이 그것입니다."

하니, 그대로 따랐다.

4중월(仲月) :

2월, 5월, 8월, 11월 길일(吉日)에 사자(使者)를 보내어 예를 행함.

세종실록 76권, 세종 19년 3월 13일 계묘 2번째 기사 1437년 명 정통(正統) 2년

예조에서 악·해·독·산천의 단묘와 신패의 제도를 상정하다

덕산현의 가야갑(伽倻岬) 묘 위판은 "가야갑지신"이라고 썼는데, 위의 신위판을 성황 위판(城隍位版, 서낭 나무패/위패)과 연하여 배설하고 고을 사람들이 모여서 음사를 행하니, 청하건대, 단을 산 기슭에 조정하여 치제(致祭)할 것.

세종실록 149권 지리지 충청도 홍주목 덕산현

가야갑(伽倻岬) 【신라에서 사진(四鎭)을 정하고, 이를 서진(西鎭)이라 하여 중사(中祀)에 실었다. 본조(本朝)에서 봄·가을에 소재관(所在官)으로 하여금 제사를 지내게 한다. 】

동국여지지

가야갑사(伽倻岬祠) 현 서쪽 3리에 있다. 신라 때 서진(西鎭)으로 삼고, 중사(中祀)로 기재하였다. 본조에서 그 관아에 명하여 봄가을로 제사 지내게 하였다.

신증동국여지승람

가야갑사(伽倻岬祠) 현 서쪽 3리에 있다. 신라 때에 이를 서진(西鎭)으로 삼아 중사(中祀)로 기록되어 있는데, 본조에서는 그 고을로 하여금 춘추로 제사하게 하였다. 여단 현 북쪽에 있다.

나가는 글

이 글은 가야산 도청봉과 국사봉이 고대 제사장의 공간에서 출발하여 불교 사찰로 전환되고, 다시 왕실의 묘역으로 변화해 온 과정을 조명하고자 한 것이다. 이는 단순한 명칭이나 기능의 변화를 넘어, 한 공간이 시대의 사상과 권력 구조에 따라 어떻게 의미를 달리하며 계승되어 왔는지를 보여준다. 청동기시대의 제단에서 불전, 그리고 조선 왕실의 사후 공간에 이르기까지, 이 터는 지속적으로 신성성을 담지해 왔다. 향후에도 이와 같은 역사적 장소에 대한 발굴과 연구가 이어지기를 바라며, 이를 통해 내포 지역의 정체성과 정신문화가 더욱 깊이 조명되기를 기대한다.

이러한 맥락에서 가야사지 일대는 단절이 아닌 변형과 계승의 역사 위에 서 있으며, 그 층위 깊은 기억을 되새기는 작업은 지역사의 미래를 여는 중요한 열쇠가 될 것이다. 국사봉 일대를 중심으로, 청동기시대 제사장의 제의 공간에서 불교 사찰로, 나아가 왕실의 사후 공간으로까지 이어지는 신성 공간의 변천을 조망하기 위해 집필되었다. 제례와 수행, 추모의 기능이 시대에 따라 재편되면서도 그 장소성은 끊기지 않고 계승되었음을 확인할 수 있었다. 이는 곧 가야사지 일대가 단절이 아닌 연속과 변용의 역사 속에 놓여 있음을 보여준다.

향후에도 이 땅에 켜켜이 쌓인 역사적 기억을 발굴하고 정리함으로써, 지역사의 정체성과 문화적 자산을 더욱 풍부하게 밝혀가는 작업이 이어지기를 기대하며, 가야사지의 역사성과 상징성에 부합하는 보존 정책과 활용 방안이 함께 공론화되기를 바란다.

4. 가야사 금탑 운제의 석수, 침묵의 증인

들어가는 글 – 가야사지 금탑운제와 사자상의 기원

한반도에는 야생 사자가 서식한 기록이 없다. 사자는 본래 아프리카의 사바나, 초원, 관목 지대, 그리고 인도 북부 일부 지역의 숲을 주 서식지로 삼는 동물이다. 그런데도 조선 이전 삼국 시대부터 조선 시대에 이르기까지, 이 땅의 사찰이나 왕릉 곳곳에서는 '사자상(獅子像)'이 조각되어 전해져 내려왔다. 특히 사찰에서는 금당의 기단부나 석탑의 운제(탑을 받치는 받침대), 혹은 계단의 좌우 입구 등에 사자상이 등장하곤 했다.

사자가 실제로 존재하지 않았던 이곳에서 어떻게 그 형상이 전래되었을까. 이는 불교의 전래와 깊이 연관되어 있다. 사자는 인도 불교에서 붓다의 권위와 설법의 힘을 상징하는 동물로, '사자의 포효(獅子吼)'라는 표현은 곧 진리의 말씀을 상징하는 은유로 쓰였다. 이러한 불교의 사자 개념은 중앙아시아와 중국을 거쳐 삼국 시대 한반도로 전해졌고, 불교 조각의 주요 모티프로 정착하게 되었다. 그리하여 사자는 단순한 동물이 아니라 법을 수호하는 성스러운 수호신, 즉 법수(法獸)로 조형되었다.

더욱 주목할 점은 삼국 시대 혹은 통일 신라기에 제작된 사자상이 의외로 사실적인 표현을 보인다는 점이다. 당대의 장인들이 실제 사자를 본 적이 없었다고 보는 것이 합리적인데도 불구하고, 이들은 근육의 힘과 얼굴의 형상, 발톱의 배열까지 섬세하게 표현해냈다. 이는 단순한 상상력에 의존했다기보다는 실크로드를 따라 전래된 회화, 모형, 불상 등을 참고하여 창작했음을 보여준다.

우리나라 고대 사자상은 대체로 크지 않았다. 금당 입구나 석탑 하단, 계단 기단 등에 장식처럼 배치된 경우가 많았고, 이러한 위치적 특성 탓에 도난 위험이 높았다. 실제로 보령 성주사지 소맷돌 사자상은 1989년에 도난당했으며, 경주의 불국사 다보탑 기단에 있었던 네 마리 사자상 가운데 현재까지 남아 있는 것은 단 한 기뿐이다. 경북 성주사지 금당지 계단 입구를 지키던 석사자도 오래전에 도난당했으며, 천안 광덕사 대웅전 계단 앞의 석사자상은 1985년에 도난되었다가 어렵게 회수되었다. 현재 이 석사자상은 충청남도 문화재자료로 지정되어 있다. 높이 약 90cm 남짓의 소형 석수(石獸)로, 오랜 세월 풍화되어 얼굴 윤곽이나 이목구비가 거의 닳아 사자상으로 인식하기조차 어렵게 되었다.

이러한 사자상의 문화사적 흐름 속에서, 가야사지에서 출토된 1기의 사자상은 매우 주목할 만한 발견이었다. 충남 예산군 덕산면에 위치한 가야사지는 2012년부터 본격적인 매장문화재 발굴 조사를 시작했고, 현재까지 총 10차 조사가 진행되었다. 그 가운데 2024년 12월에 이루어진 제10차 발굴 조사에서는, 금탑의 운제 일부로 추정되는 석조물 2기 가운데 1기의 사자상이 확인되었다. 이 사자상은 가야사 금탑의 장엄을 위해 돌계단 상단에 설치된 석재 구조물로 보이며, 배치와 조형 방식은 성주사지나 광덕사의 사자상과 유사한 양식을 따르고 있다.

이 글에서는 이의숙과 이철환이 남긴 가야사 금탑 운제 관련 문집과 덕산현 읍지에 기록된 석수, 즉 사자상의 존재를 참고하였다. 그리고 가야사지 금탑

운제의 유물로 출토된 사자상을 중심으로, 사자상의 기원과 상징, 한국 불교 조각사에서의 조형적·신앙적 의미를 고찰하고자 하였다. 또한 이 조각이 배치되었을 공간적 맥락과 기능, 더 나아가 사라진 금탑의 구조를 기존 유적과의 비교를 통해 추정하고자 하였다.

2025년, 땅속에서 되살아난 가야산 천 년의 역사

관찬 문헌과 고고학적 자료, 그리고 이철환·이의숙이 남긴 실견 기록을 바탕으로 되살아나는 가야사의 금탑, 그 숨겨진 실체를 추적하다

이 글은 조선 시대 가야사에 대한 관찬 기록인 『덕산현읍지(德山縣邑誌)』를 중심으로, 18세기 중반 가야산을 여행한 예헌 이철환과 이재 이의숙이 남긴 실견 문헌인 『상산산매』와 『가야산기』를 참고하여, 오랫동안 전설로 여겨졌던 가야사 금탑과 석수의 실체를 탐색하는 여정이다. 고지도와 문헌, 그리고 2012년부터 진행된 가야사지 매장 문화재 발굴 조사를 바탕으로, 잊힌 역사의 실마리를 하나하나 짚어 가고자 한다.

고려와 조선 시대 내포의 문화 중심지였던 가야산. 그 기슭에 자리한 가야사(伽倻寺)는 단지 종교 공간이 아니었다. 정치, 경제, 문화, 예술, 수륙 교통이 만나는 중심지이자, 고려 왕실·조선 왕실의 불사와 연결되는 역사적 무게를 지닌 곳이었다.

그동안 가야사의 거대한 금탑과 운제에 대해서는 조선 시대 지지류, 고지도, 그리고 개인의 유산기 등에서 언급되어 왔으나, 그 실체는 오랫동안 불분명하

게 남아 있었다. 이는 1854년 흥선대원군 이하응이 금탑을 훼철하면서 대부분의 물리적 흔적이 사라졌기 때문이었다. 훼철 당시 송나라 왕실에서 귀히 여긴 승설차 덩어리가 복장 유물로 나왔다는 이야기 등이 추사의 글에서 언급되었고, 구전으로 전해졌지만, 이러한 전언을 실증으로 인정하는 연구자는 거의 없었다.

당시 금석문 고증에 탁월했던 추사 김정희는 제자 이상적을 통하여 가야사 금탑에서 나온 차덩이를 우연히 손에 넣은 뒤, 그것이 고려 시대 의천이 중창한 불사의 복장 유물임을 고증하였다. 그는 이를 통해 금탑이 단순한 지방 사찰의 유물이 아니라 고려 왕실과 밀접한 관계를 가진 불사였음을 밝혔으나, 그의 통찰은 당대에도, 이후에도 크게 조명받지 못한 채 역사 속에 묻혀버렸다.

그러나 『덕산현읍지』와 18세기 가야사를 실견한 이의숙, 이철환 등의 문집에는, 금탑과 석수에 대한 자세한 묘사가 남겨져 있었다. 이들은 현장을 직접 목격하고 기록한 인물들이었으며, 그 기록은 후대 구전이나 전설과 달리 실지의 경험에 기반한 것이었다.

『덕산현읍지』는 가야사의 금탑 운제(金塔雲梯)를 다음과 같이 묘사한다. "바둑판처럼 생긴 대 위에 오층탑이 세워져 있고, 그 위에는 동철로 만든 덮개가 얹혀 있으며, 네 귀퉁이에 풍경이 걸렸다. 탑의 동쪽 계단은 일흔 세 층이며, 그 양쪽에는 웅크린 석수 한 쌍이 배치되었다."

아래는 1896년 덕산군수 조중서가 편찬된 『덕산현읍지』에 실린 가야사 금탑과 운제에 대한 기록 원문이다. 이 문헌은 당시 지역 관리와 주민들이 직접 관찰한 사실을 바탕으로 작성된 것으로, 구전이나 전설이 아닌 실지적 기록으로서 지역사 연구에 있어 중요한 사료로 평가된다.

"金塔雲梯(금탑운제)는 在縣十里(재현십리) 伽倻寺(가야사) 普雄殿(보웅전) 後山麓(후산록)에 停峙(정치)하니 有一高臺(유일고대) 狀如碁局(상여기국)이라 其中央(기중앙)에 設塔(설탑) 五層(오층)하고 上頭(상두)則(즉) 以銅鉄(이동철)을 爲甲(위갑)하며 四隅(사우)에 懸鉄索(현철삭)을 垂(수)하니 風磬(풍경)과 같더라 形體之壯大(형체지장대) 制度之奇巧(제도지기교)는 與凡塔有異(여범탑유이)하니 塔下(탑하) 東邊(동변)에 石梯(석제) 七十三層(칠십삼층)을 設(설)하고 梯上(제상) 兩傍(양방)에 蹲伏石獸一雙(준복석수일쌍)이 있더라 古傳(고전)에 曰(왈) 至大十八年(지도십팔년) 懶翁(나옹)이 建此(건차)하였다 하더라."

(번역) 금탑 운제는 현(縣)에서 십리 떨어진 가야사 보웅전 뒤편 산기슭에 우뚝 서 있었으며, 그곳에는 바둑판처럼 생긴 높은 대가 있었고, 중앙에 오층탑이 세워져 있었다. 탑의 꼭대기에는 동철로 덮개를 만들었고, 네 귀퉁이에는 쇠줄을 매달아 바람에 울리는 풍경처럼 달아 두었다. 구조의 웅장함과 제도의 정교함은 일반적인 탑과는 달랐다. 탑 아래 동쪽에는 돌계단이 73층으로 되어 있었고, 그 위 양쪽에는 웅크린 채 엎드린 석수 한 쌍이 배치되어 있었다. 전해지는 말에 따르면, 원나라 지대(至大) 18년(1321년)에 나옹(懶翁)이 이를 건립하였다고 한다.

여기서 언급된 운제의 석수(石獸)는 단순한 돌짐승이 아니라, 불교적 공간을 수호하고 상징하는 조형물로서, 당대 불교 미술과 신앙의 정수가 담긴 존재였다.

가야사의 금탑은 바둑판처럼 평평한 대(臺) 위에 세워져 있었고, 그곳에 이르기 위해서는 73개의 돌계단으로 이루어진 운제를 올라야 했다. 금탑의 기단은 다듬지 않은 자연석으로 구성되어 있었으며, 이 기단 위에 석탑이 세워졌다. 돌계단과 자연석 기단, 그리고 탑이 마치 하나의 구조물처럼 어우러져 더욱 장엄하고 장대한 인상을 주었다.

가야사의 금당인 보웅전에서 금탑을 향해 오르는 석계단의 양쪽에 배치된 사자상은 단순한 장식이 아닌, 고대 동아시아 불교에서 신성한 공간을 수호하는 존재로 인식되었던 신수(神獸)였다. 사자, 해태, 기린 또는 상상의 짐승으로 조각된 이 석수들은 불법을 수호하고 악귀를 막는 기능을 담당했다. 특히 사자의 경우, '사자후(獅子吼)'로 상징되는 부처의 설법처럼 위엄과 진리를 상징하며, 웅크려 엎드린 자세는 성역에 이르는 경건함과 장엄미를 표현하는 대표적 형태였다.

**금탑을 증언한 또 하나의 기록,
이재 이의숙의 『가야산기』와 예헌 이철환의 『상산산매』**

『덕산현읍지』는 오랫동안 번역되지 않아 연구자들의 시야에서 벗어나 있었고, 그 안의 기록들 또한 향토의 전설이나 구전으로 치부되는 경우가 많았다. 그러나 1754년 가야산을 여행한 예헌 이철환이 남긴 『상산산매』와, 1768년 가야사를 직접 답사한 이재 이의숙의 『가야산기』는 가야사의 금탑과 운제에 대한 구체적이고도 사실적인 묘사를 담고 있다. 그럼에도 불구하고 이들 문헌은 한동안 학계의 본격적인 조명을 받지 못했으며, 고고학자와 문화유산 연구자들 사이에서도 오랫동안 그 가치를 과소평가하고 전설적 전승의 일환으로

만 인식해온 것이 엄연한 현실이다.

아래의 글은 이의숙의 『가야산기』 전문이다.

〈가야산기(伽倻山記)〉

이의숙(李義肅, 1733-1805)

이산 관아에서 서쪽으로 3리 못 미쳐 언덕 기슭이 입을 벌려 길거리가 되었다. 거리는 제법 울창한 나무숲으로 그늘져 있었다. 여러 명이 소리쳐 부르면 들릴 만한 곳으로 들어가니, 은자의 집이 있었으며, 가옥과 울타리가 고요하고 깊어서 그윽한 정취가 있었다.

울타리에서 백여 걸음 걷노라면 옥병계에 다다르며, 계곡 물이 고여 연못을 이루었다. 벼랑은 계곡의 남쪽을 두르고 있고, 기세가 깎아지른 듯하고 병풍처럼 굽어 있었는데, 그곳에 '옥병계'라는 글씨가 새겨져 있었다. 그 위의 소나무, 가나무, 단풍나무, 위성류가 더북하여 아름다웠다. 계곡에 들어가 위로 올라가니 약간 평평하여 눕기에 적당하여 누워서 그물로 송사리를 잡고 있는 아이들을 보았다. 옥병계에서 사백 걸음 정도 올라가면 석문담에 이르는데, 어지러운 석판으로 깔려 있었다. 그 형상이 대부분 괴이하여, 어떤 돌은 구유 같고, 어떤 것은 감실 같았으며, 어떤 것은 절구 같고, 어떤 것은 부뚜막 같았으며, 어떤 것은 바둑판 같았다. 양쪽에 우뚝 솟은 돌은 대문과 유사한데, '석문담'이라는 글자가 새겨져 있었다. 물이 석문으로부터 쏟아져 내리고 아래로 떨어져 못을 이루었으며, 못은 맑아서 밑바닥이 훤히 보였다.

석문담에서 4리를 가면 가야사에 이르는데, 고목이 울창하여 길을 가리고 있었다. 길 왼쪽에는 사리탑이 있고, 누각 앞에도 작은 사리 석탑이 있었다. 불당에는 크게 주조한 불상이 북쪽을 향해 앉아 있었으며, 높이는 두 길이 넘었고 몸통 둘레는 길다고 말할 수 있다. 가야사 뒤에는 돌계단 73개가 있으며, 위로는 석탑이 솟아 있는데 높이는 3백 자 정도였다. 여러 층으로 되어 있으며, 층마다 작은 부처가 있었다. 탑 꼭대기는 구리와 주석으로 만든 굵은 고리를 씌어 두고 철사로 매어 두고는 돌 틈 사이로 쇳물을 부어 넣어서 비바람이 불어도 거의 마모되거나 휘지 않았다.

석탑에서 약간 남쪽으로 가면, 그윽하고 고요한 시내 골짜기에 물레방아가 있다. 언덕을 따라 오른쪽으로 돌아 백여 걸음 걷노라면 용암이 있다. 용암 아래로 몇 걸음 걸어가면 바위가 있는데, 거기에도 '와룡담'이라는 글자가 새겨져 있었다. 와룡담 위에는 폭포가 있으며, 와룡담은 수심이 깊고도 푸르며 업신여겨 볼 것은 아니다. 스님은 연못이 깊어서 밑바닥이 보이지 않는다고 말했는데, 곧장 세 갈래로 떨어졌다. 양쪽 언덕은 삼나무, 상수리나무, 등나무, 담쟁이 덩굴로 뒤덮여 얽혀 있었다. 숲속의 꽃잎이 새로 떨어져, 물에 붉은 꽃잎이 떠다녔다. 불교를 공부하는 사람 취우는 다소 시에 대해 말할 줄 알았는데, 그와 더불어 읊조리고는 돌아왔다.

離伊山舘西弗三里, 岸麓呀然爲衕, 衕有林樾頗幽. 入數喚地, 蓋有隱者宅焉, 屋廬籬落, 靚深有趣.

自籬落往百許武, 至玉屛溪, 溪水蓄以成淵. 壁繞溪之南, 勢如削, 曲輾若屛, 刻書曰玉屛溪. 其上松枷楓檉叢傿可愛. 揭流登之, 稍平宜臥, 臥看童子網小鱗.
自玉屛數四百步, 至石門潭, 亂石鋪置. 其形多詭異, 或如槽, 或如龕, 如臼, 如
竈, 如碁枰. 斗起兩邊者類門, 有刻曰石門潭. 水自門激射而下, 下陷而爲潭, 澄
可頮底.

自石門潭四里, 至伽倻寺, 老木蒼然擁路. 路左有浮圖, 樓前又有浮圖小石塔. 佛
宇有大鑄像北坐, 高過二丈, 體圍稱其長. 寺後作石梯七十三級, 上起石塔, 高
可三百尺. 凡幾層, 層各有小佛身. 塔末冒銅錫大環, 維以鐵索, 石罅鍛注水鐵,
風雨不足磨撓.

自塔少南, 谿壑窈窕, 有水碓. 緣崖右轉數百武, 有龍庵. 庵下又幾步有巖, 亦書
曰臥龍潭. 潭上有瀑, 潭蓋濊然深碧, 不可狎觀. 僧言淵深無底, 直澈三泉. 兩岸
杉櫟藤蘿糾纏轇轕, 林葩新落, 水泛餘紅. 學佛人聚祐稍能語詩, 與之咏而歸.
(≪이재집(頤齋集)≫ 권4)

[해제]

'이산관(伊山舘)'은 지금의 덕산초등학교 자리에 있었던 덕산 관아를 말한다.
'이산'은 덕산의 별칭이다. '아연(呀然)'은 입을 벌린 모양을 뜻한다.

'수환지(數喚地)'는 특정한 거리를 이르는 말이 아니라, 여러 명이 소리쳐 부르
면 들리는 거리를 말한다. '최연(濊然)'은 깊은 모양, 선명한 모양을 뜻한다.

'취우(聚祐)'는 미상이나, 당시 가야사에서 수행하던 승려로 보인다.
위 기문은 이의숙이 부친 이황중(李黃中)의 임지인 노성(魯城 : 尼山 논산군

노성면)에 거주할 때 잠시 시간을 내어 가야사와 그 주변을 탐방하고 지은 작품이다. 이철환(李嚞煥, 1722-1779)의 ≪상산삼매(象山三昧)≫에 이어, 가야사를 비교적 상세히 언급한 기문이다.

이의숙의 부친 이황중이 노성 현감으로 재직 중이던 영조 44년 무자(1768) 10월 8일(임술)에 가야사를 여행했던 것 같다.

이의숙은 먼저 덕산 관아에서 첫걸음을 뗀다. 덕산 관아 터는 지금의 덕산초등학교 자리다. 여기에서 서쪽으로 3리 못 미쳐 걸으면 가야동으로 들어가는 입구가 나온다. 당시 가야사로 들어가는 길 양쪽엔 울창한 나무숲으로 우거져 있었다. 여기에서 한참 걷다가 은자의 집을 발견했다. 아마도 지금은 수몰된 옥계저수지 안에 있었던 병계 윤봉구 고택을 가리키는 듯하다. 여기에서 다시 백여 걸음 걸으면 옥병계가 나오고 그 위에는 소나무, 단풍나무, 버드나무로 우거져 있었다. 옥병계에서 사백 걸음 올라가면 석문담에 이른다. 지금은 많이 파손되었지만 당시에는 구유, 감실, 절구, 부뚜막, 바둑판 같은 기암괴석들이 많이 깔려 있었다. 석문담에서 4리를 가면 가야사에 도달한다. 길 왼쪽엔 사리탑이 있고 누각 앞에도 작은 사리 석탑이 있었다. 불당에는 북향의 커다란 불상이 있었다. 왜 북향을 하고 있었을까? 불상 높이는 두 길이 넘었다. 그리고 절 뒤에는 돌계단 73개가 놓여 있었다. 지금의 남연군묘로 올라가는 길이다. 그리고 계단 위에는 높이 300자 정도의 다층 석탑을 보았다고 기록하였는데, 구체적으로 몇 층인지는 적지 않았다. 각 층마다 작은 부처가 새겨져 있었다. 그리고 탑 꼭대기에는 구리와 주석으로 만든 굵은 고리를 달아 놓았다. 이렇게 가야사를 둘러보고는 발걸음을 남쪽으로 옮긴다.

석탑에서 남쪽으로 가면 스님들이 이용하던 물레방아가 있었고 언덕을 따라 오른쪽으로 돌아 백여 걸음 걸으면 용암이 나오고 용암 아래로 '와룡담'이란 글씨가 새겨져 있었다. 현재 용암은 모두 망가져 내렸다. 당시 와룡담은 밑이 안 보일 정도로 수심이 깊었다고 한다. 폭포도 있어서 물길이 세 갈래로 떨어졌다고 한다.

지금은 원래의 모습이 많이 훼손되어 아쉽기만 하다. ≪상산삼매≫와 함께 읽으면 당시의 가야사 전경을 조금이나마 재현할 수 있을 것이다.
다음은 1753년 이철환의 가야산 유산기 상산삼매에서 가야사의 금탑 운제에 대하여 살펴보았다.

12월 12일 묘암사로 가서 구경하고 금탑을 감상하다. [계정(戒定)이 길을 안내했다.]

묘암사(妙巖寺)는 묘암사(妙庵寺) 혹은 무암사(舞巖寺)라고도 하는데, 어느 것이 옳은지 잘 모르겠다. 그러나 옛날에 이 절은 가야사에 속하였다. 가야사가 훼손된 뒤로부터 본래 쓰던 이름을 버리고 가야사를 사칭했다. 지금은 불전이 동쪽으로 향하였고, 불상은 남쪽으로 향하고 있다.

풍수가의 말에 따라 물의 흐름을 가로막아 직류를 바라지 않았기 때문이다. 그리고 달마법상(達磨法像)은 비할 바 없이 아름답고 화려했다. 일찍이 달마의 초상을 보고는 참으로 용감하고 강인함을 깨달아 위지공(尉遲恭)이나 종리권(鍾離權)으로 의심했으나, 이것은 그렇지 않았다. 스님들의 말에 의하면, 달마가 석장(錫杖)을 떨치며 동쪽으로 오던 날에 위엄 있는 모습을 드러내어 시련을 막아냈다고 한다. 아, 어찌 말이 이토록 방자스러운가.

스님이 거주하는 집은 세 채가 있으니 선당(禪堂), 승당(僧堂), 서상실(西上室)이다. 그리고 정문에는 누각을 지었는데 처음에는 자못 높고 널찍했으나, 지금은 무너졌으니 다시 논할 것이 없다. 그 누각 밖에 석탑 한 기가 있고, 탑 앞에는 돌로 설치된 광명대(光明臺) 한 기가 있다.

불당 뒤에 언덕에 의지해서 돌을 쌓아 층계를 만들었는데 이를 '운제(雲梯)'라고 하며 모두 77계단이다. 계단을 끝까지 올라가면 석탑이 우뚝 솟았으며, 그 석탑 꼭대기에는 철당(鐵幢)을 설치했기에 이것을 금탑(金塔)이라고 한다.

옛날에 일찍이 탑 전체를 금으로 도금하여 휘황하게 사방을 비추었는데, 전쟁이 일어났을 때 적들이 불을 질러 태우고 연기로 그을려 옛날의 모습을 잃었다. 스님들이 다시 석회를 발라 꾸며 놓으니 지금도 갠 날이나 맑은 밤이면 흰 윤택이 반짝반짝 빛이 나는데, 비록 은탑이나 옥탑이라도 안 될 것이 없다. 스님의 말에 의하면, 그곳의 지세가 달아나는 쥐가 밭으로 내려가는 모습이라 등마루에 탑을 쌓아서 누르고 쥐가 달아나는 형국을 방비한다고 한다. 불당의 기왓등과 기왓고랑은 운제의 층수를 모방했다고 한다.

금탑 뒤에는 돌로 된 광명대가 있다. 그리고 그 뒤로는 금당암(金堂庵) 터가 있는데, 금탑과 광명대는 모두 이 암자에 옛날부터 있었던 것이다. 그 터가 이 산중에서 최고의 절경을 차지하고 있다.

절에서 나와서 남쪽으로 백여 걸음 가면 산을 기댄 암자가 있는데, 이를 남전암(南殿庵)이라고 한다. 승려들이 다 흩어져 중간에 자못 폐기되었으나, 새로 두타승(頭陀僧)이 이곳에 모여들었다.

비스듬히 돌아서 산문을 나서자 좁은 길을 끼고 돌을 쌓아 봉우리를 만들었는데, 시냇물이 곧바로 쏟아지는 것을 꺼려서 그 형세를 눌러 막기 위해 만든 것이고, 도량(道場)의 표지판 역할로 쓰이기도 한다. 가까운 거리에 인암이 있는데 주지가 바뀔 때 인장을 교환하는 곳이다.

○ 금탑 아래 석함(石函) 하나가 있고, 인암 근방에 석함 두 개가 있다. 모두가 세속에서 말하는 반두구(飯頭臼)다.

○ 부속 암자의 폐사지 약사전(藥師殿), 관음전(觀音殿), 백암(百庵)에 모두 탑이 있었고, 덕산현 안에도 탑이 있었다.

○ 총림 옛 건물에 은향로가 있는데 만든 형상이 상당히 정교하다. 이것은 중국인에게서 사들인 것이다.

총림의 부속 암자들은 본사와 같은 골짜기에 있으면 내암(內庵)이라 하고, 각 방향에 흩어져 있으면 외암(外庵)이라 하는데, 우리나라의 풍속이 그러하다. 묘암사의 부속 암자로 외부에 수덕암(修德庵)이 있다. 본래 고찰이었으나 마모되어 떨치지 못했다. 또 정수암(淨修庵)이 있는데, 내가 처음 산에 들어가서 거처했던 곳이다. 샘구멍에서 나오는 물이 맑고 차가운 까닭에 정수암(淨水庵)이라고 했는데, 와전되어 정수암(淨修庵)이 되었다. 또는 탄부암(炭釜庵)이라고도 하는데, 지형 때문에 일컫는 말이다.

정수암은 원래 서림사(西林寺)에 관할하였는데 서림사가 없어지자 묘암사로 옮겨 소속되었다.

○ 서림사는 묘암사의 산등성이를 넘어 북쪽에 있다. 원래 승려 요사채 세 집이 있고, 백운암(白雲庵), 중대(中臺), 고정(高亭), 호암(虎庵), 운암(雲庵), 정수암을 관할하고 있었는데, 지금은 불당만 남아 있다. 운암에는 거사가 살고 있다. 정수암은 여러 현이 연결되는 길목에 있어서 손님 응대에 피로하여 날로 쇠퇴되어 간다. 기타 요사채 세 집과 암자 네 개는 흔적도 없이 사라졌다.

○ 호암(虎巖)은 추하고도 무섭게 생긴 바위가 있기 때문에 붙은 이름이다. 고정(高亭)은 고정(孤亭)이라 부르기도 하고 혹은 고정(考亭)이라고도 하는데, 어느 것이 옳은지는 모르겠다.

十二日往觀妙巖寺, 仍賞金塔(戒淨引路)

妙巖者, 或云妙庵, 或云舞巖, 未詳孰是. 然舊以招提, 屬于師爺寺. 自伽倻殘燼, 棄其本號, 而冒稱以伽倻也. 今佛殿向東, 而法像迺面南. 蓋緣靑鳥家言, 邀截水勢, 不欲其直注也. 又有達磨法像, 媚麗無比, 曾見磨之眞容, 甚覺武毅, 疑於尉遲恭·鍾離權, 而此不然者. 釋徒謂其振錫, 東來之日, 化現威相, 以禦魔難. 吁, 何其言之肆然也.

僧居有三, 曰禪堂·僧堂·西上室, 又正門搆樓, 始頗軒敞, 今頹圮無復論矣. 樓外有石塔一座, 塔前又有石設光明臺一座.

佛殿後, 倚岸築石爲階, 號曰雲梯, 凡七十七級. 梯窮而石塔巍然, 頂以鐵幢, 是之謂金塔. 昔曾金鍍渾塔, 煌煌然輝耀四燭, 兵革之際, 敵人火鑠煙薰, 喪其故觀. 釋徒更以石灰蘸鯑之, 至今霽日淸霄, 粉澤爛然, 雖謂之銀塔玉塔, 未爲不可. 僧言地勢似走鼠下田, 故築塔以鎭于脊, 防其逸奔也. 佛殿瓦壟, 象雲梯級數云.

金塔後有石光明臺, 又其後有金堂庵遺墟塔與光明臺, 皆此庵舊有也, 其址最占一山之勝.

出寺南行餘百步, 倚山有庵, 曰南殿. 僧徒渙散, 中頗廢棄, 新有頭陀輩萃焉.

迤出山門, 夾途有聚石爲峯, 蓋嫌溪流直下, 欲以鎭遏其勢, 亦用標識道場也. 距近有印巖者, 亦住持遞職時, 交印處也. ○ 金塔下有石函一事, 印巖傍近有石函二具, 皆俗謂飯頭臼者也.

○ 屬廢故墟, 藥師殿·觀音殿·百庵, 皆有塔, 又有縣內塔. ○ 叢林舊[觀]有銀香爐, 狀製精巧, 蓋買之華人也.

凡叢林屬庵, 與正寺同塹, 則曰內庵, 其散在各方者, 謂之外庵, 蓋東俗然也. 妙巖寺屬庵在外者, 曰修德, 本係古刹, 而耗磨不能振. 又有淨修庵, 卽余始入山倚棲處, 以其泉眼淸冽, 故號曰淨水, 訛爲淨修, 亦曰炭釜庵, 以地稱也. 本轄於西林寺, 西林旣廢, 移屬妙巖. ○ 西林者, 在妙巖隔岡以北. 原有僧寮三宇, 及管轄白雲庵·中臺·高亭·虎巖·雲庵·淨修庵, 今正寺獨餘佛殿. 雲庵, 則維摩居之. 淨修縮轂諸縣之路, 疲於應客, 日趣衰耗. 其他三寮四庵, 蕩然無跡. ○ 虎巖者有醜石可怖畏, 故名也. 高亭, 或作孤亭, 或作考亭, 未詳孰是.

『상산삼매』 중에서 이상의 내용은 가야사 금탑에 대한 이해를 돕고자 정리한 것이다.

송인과 이시홍 등도 비슷한 시기에 금탑과 관련한 기문을 남긴 바 있어, 이들의 글과 비교 연구할 여지가 충분하다. 향후 기회가 된다면 이들 자료를 토대로 다시 한번 정리하여 서술하고자 한다.

2012년부터 가야사지에 대한 매장 문화재 발굴 조사가 본격적으로 추진되면서, 오랜 세월 동안 전설로만 여겨졌던 가야사의 실체가 하나씩 드러나기 시작했다. 특히 2024년에 이루어진 제10차 발굴 조사에서는, 『덕산현읍지』와 예헌 이철환, 이의숙 등의 기록에 나타난 위치와 정확히 일치하는 지점에서 석사자상 한 기가 실제로 출토되었다. 이 발견은 『덕산현읍지』, 『상산산매』, 『가야산기』에 전하는 가야사의 석탑과 운제에 대한 기록이 단순한 전승이나 전설이 아니라, 현장에서의 관찰과 실증적 경험에 근거한 귀중한 역사 자료였음을 입증하는 결정적 사례다. 동시에 이는 우리가 오래도록 실체를 잃어버린 줄로만 여겼던 가야사 금탑의 일부가 다시 세상에 모습을 드러낸 중대한 전환점이라 할 수 있다.

2024년 겨울, 어느 날 갑자기 땅속에서 모습을 드러낸 석수는 지금 말없이 우리를 응시하고 있다. 수백 년 동안 가야사의 계단을 지키며 풍화되고 무너지고, 끝내 흙 속에 묻혀 있던 그 존재가, 이제는 조용히 자신의 존재와 역할을 다시 증언하고 있다. 이 석수는 단순한 돌덩이가 아니다. 그것은 신성한 경계의 표지이며, 침묵의 수호자이자 잊힌 기억을 증언하는 존재다. 이제 가야사의 석수는 다시금 지역의 문화사 속에서 살아 있는 목소리로 우리에게 말을 걸고 있다.

마치는 글

비록 나는 고고학이나 조선 시대 한문학을 정식으로 공부한 학자는 아니지만, 가야사지 매장 문화재 발굴 조사를 1차부터 10차까지 현장에서 유일하게 지켜보았다. 오랜 시간 가야사지 주변을 살피며 문헌을 모으고, 마을 어르신들의 기억을 경청하는 과정을 이어왔다. 이러한 경험은 전문적인 연구와는 다르되, 현장에서 느끼고 생각한 바를 조심스럽게 풀어내는 데 나름의 바탕이 되었다. 이 글도 그런 작은 관찰과 성찰의 결과물로서, 가야사 금탑에 대한 후속 연구의 단초가 되기를 바라는 마음에서 쓴 것이다.

특히 옛 가야사지에서 태어나 매장 문화재 발굴이 이루어지던 과정 전반을 처음부터 끝까지 지켜본 사람으로서, 금탑에 대한 관심은 단지 개인의 호기심이나 애정에 그치지 않고, 역사적 실체에 접근하고자 하는 의지로 이어졌다. 수많은 계절을 현장에서 보내며 돌을 바라보고, 사라진 탑의 윤곽을 마음속에 그리는 과정은 어느새 나의 삶과도 분리할 수 없는 시간이 되었다. 이 글은 그러한 오랜 시간의 응축이며, 동시에 지역사 연구의 작은 실마리로 남기를 바라는 소망의 표현이기도 하다.

상기 내용은 가야사지에 존재했던 금탑의 실체와 그 상징적 의미에 대한 이해를 돕고자, 현재까지 확인된 문헌 자료와 더불어 가야사지 매장 문화재 발굴 조사를 현장에서 처음부터 마지막까지 지켜본 유일한 사람으로서의 현장 체험과 관찰을 바탕으로 정리한 것이다. 이는 단순한 자료의 수집이나 이론적 해석을 넘어, 실견과 체험에 기반한 생생한 증언이자 해석이기도 하다.

오늘날 우리가 마주하는 옛 가야사의 유구는 대부분 파편화된 석재들과 구전이나 문헌 속에 남겨진 단편적인 기록뿐이지만, 이마저도 정성스럽게 읽어내고 의미를 되살리는 일은 바로 우리 시대가 짊어진 역사적 과업이라 할 수 있다. 1845년 훼철된 가야사의 금탑은 단순한 석조 건축물이 아니라, 당대 불교의 교리적 이상과 신앙적 실천, 정치 권력의 상징성, 그리고 지역 사회의 문화적 성숙도를 함의하는 복합적 정신 구조물로서 이해되어야 마땅하다.

주목할 점은 『덕산현읍지』를 비롯하여 이의숙, 이철환 등의 기록과 더불어, 문인 송인(宋寅)과 이시홍 역시 비슷한 시기에 금탑에 대한 깊은 관심을 보이며 각각 기문(記文)을 남긴 바 있다는 사실이다. 이들의 글에는 금탑을 단순히 사라진 옛 탑으로 보는 것이 아니라, 가야사의 정신적 전통과 불교적 상징성을 되새기며, 당대 지역의 역사적 정체성과 신앙적 맥락을 되짚고자 한 노력이 담겨 있다.

현재 남아 있는 이들 기문은 금탑의 존재를 구체적으로 증언하는 동시에, 후대의 문헌적 복원과 해석에 중요한 사료적 가치를 지닌다. 이로써 우리는 금탑을 단순한 유적이 아닌, 지역사와 정신 문화가 응축된 복합적 기호로 다시 바라볼 수 있는 시야를 얻게 된다.
따라서 본 글에서 다룬 내용은 어디까지나 기초적인 정리이자 탐색적 서술에 머물러 있으며, 앞으로 현장에서는 보다 더 넓은 사역에서 발굴 조사가 이루어지고 체계적인 고증과 문헌 비교를 통해 금탑의 실체와 가야사지의 위상을 복원하는 데 기여할 수 있기를 바란다. 가능하다면 향후 기회를 마련해, 송인과 이삼환 등의 기문을 보다 면밀히 분석하고 그 역사적 맥락을 밝히는 별도의 논고를 마련하고자 한다. 그 작업은 단지 과거를 복원하는 시도를 넘어서, 우리가 어떻게 지역의 문화유산을 대면하고 해석할 것인가에 대한 실천적 고민이 될 것이다.

결국 금탑의 실체를 복원하는 일은, 돌 하나하나에 깃든 시간의 무게를 다시금 해석하는 일이며, 그것은 기록과 기억, 그리고 공동체의 관심이 만날 때 비로소 가능해진다. 부디 이 글이 그러한 시작을 위한 작은 발걸음이 되었기를 바란다.

"덧붙이는 글"

「제상양방준복석수일쌍, 梯上兩傍蹲伏石獸一雙」
"계단의 양옆에 웅크리고 있는 돌짐승 한 쌍이 배치되어 있다"라는 의미로 해석할 수 있다.
문맥상, 가야사의 금탑 계단 양쪽에 배치된 이 "두 마리의 웅크리고 있는 석수 한 쌍"은 매우 상징적이며, 다음과 같은 세부 의미를 품고 있다고 볼 수 있다.
불탑·능묘·제단·궁궐 건축의 입구나 계단 양쪽에 배치되어 공간을 수호하고 상징적 위엄을 드러내는 상징 조각이다.

경계(境界) - 속세와 성역의 경계를 표시하는 역할. 운제(雲梯) 위에 배치된 석수는 이 계단을 넘어가는 것이 곧 불탑의 세계로 진입하는 의례적 과정임을 암시. 탑, 불전, 계단, 묘역 등을 외부의 악귀로부터 수호하는 기능. 석수는 상징적 경계로서 "여기부터는 신성한 영역"임을 의미한다.

장엄(莊嚴) - 사찰의 위엄과 장엄미를 드러내는 예술 조각물. 석수 자체가 조형미의 절정. 왕릉·탑·궁궐에서 모두 장엄 요소로 사용됨.

방위 상징 - 한 쌍이 마주 보거나 외곽을 바라보는 배열을 통해 방위와 우주의 질서를 형상화. 사자상은 동서남북 사방을 지키는 상징으로 여겨짐.

건축·불교 미술사적 맥락

불교 조각 전통에서의 석수

불탑, 특히 고대부터 고려 시대까지의 불탑 계단 양쪽에는 사자상이 자주 배치되었다.

사자는 불법(佛法)을 수호하는 동물이며, 부처님의 설법을 "사자의 포효(사자후, 獅子吼)"라 한다.

따라서 금탑의 운제 양쪽에 석수, 즉 사자상을 세웠다는 것은 이 탑이 단순한 건축물이 아니라 부처님의 진리를 상징하고 수호하는 법륜의 중심임을 의미한다.

가야사지 제10차 발굴 조사에서 실제로 운제(돌계단)로 추정되는 지점에서 석사자상이 출토되었습니다. 이는 『덕산현읍지』의 "石獸一雙" 기록이 문헌과 유물이 정확히 일치하는 드문 사례라는 점에서, 역사적 가치가 매우 크다.

이는 가야사의 석탑 운제가 구전이 아니라 실제 실물을 보고 기록된 신뢰도 높은 사료임을 방증한다.

동시에, 고려 시대 내포 지역에서 이처럼 정교한 석사자상을 건축물과 조화롭게 배치한 고급 조형 사례가 드문 점을 감안하면, 가야사의 위상과 정밀성을 더욱 부각시켜 준다.

참고로 가야사의 금탑 상륜에 대하여

가야사 금탑의 상륜부에 대한 묘사는 다음과 같다.
"上頭則以銅鐵爲甲 四隅懸鐵索 垂風磬(상두즉이동철위갑 사우현철삭 수풍경)"
즉, 탑의 윗부분은 동철(銅鐵)로 만든 덮개로 덮여 있으며, 네 귀퉁이에는 쇠사슬이 드리워져 바람에 흔들리는 풍경(風磬)이 달려 있었다.
또한, "形體之壯大 制度之奇巧 與凡塔有異(형체지장대 제도지기교 여범탑유이)"라 하여, 그 형체는 웅장하고, 제도(製度, 제작 방식)는 정교하고 기묘하여 일반적인 탑과는 뚜렷이 구별된다고 평하고 있다.
이는 단지 외형의 장엄함뿐 아니라, 기술적 완성도와 예술성 면에서도 당대의 탑 중 돋보이는 사례임을 보여준다.

이처럼 독특한 상륜 구조를 갖춘 금탑은 동시기 다른 탑들과 비교해도 유례를 찾기 어렵다. 현존 유사 사례로는 마곡사의 풍마동(風磨銅)이 꼽히며, 이는 가야사 금탑의 상륜 구성과 일정 부분 유사한 점이 있다.
이러한 구조물은 세 가지 가능성을 제기하게 한다. 하나는 거대한 금탑과 운제의 규모와 1845년 훼철했을 때 탑 속에 있던 부장물이 송나라 왕실에서 마시던 승설차 덩이가 나왔다는 점이다. 고려의 국력으로 문종의 아들 의천이 불사했을 가능성이 높다는 것이다.
두 번째로 석탑 위에 올려진 금속 덮개는 조선에서 볼 수 없는 탑의 형태로 원나라 장인이 직접 입국하여 제작에 참여했을 가능성, 다른 하나는 이미 제작된 풍마동을 수입하여 장착했을 가능성이다.

그러나 국내에서 이와 유사한 형식의 탑이 확인되지 않는 점을 고려하면, 후자인 '원나라에서 제작된 풍마동을 수입하여 활용했을 가능성'이 보다 설득력을 갖는다.

결국 가야사 금탑은 외형적 장엄함, 구조적 정교함, 그리고 국제적 문화 교류의 흔적까지 담고 있는 귀중한 유산으로, 그 상륜부의 형식은 당대 장인의 기술력과 미적 감각, 그리고 교역의 흔적을 엿보게 하는 소중한 단서가 된다.

송인의 시에서 가야사 금탑의 규모를 추정할 수 있어 참고한다.

〈가야사 석탑에 쓰며(題伽倻石塔)〉

송인(宋寅, 1516-1584)

蹋盡千層翠石梯, 천 개의 계단 밟고 오르니 돌계단 푸르고
更登孤塔覓留題. 다시 외로운 탑 올라 시제 찾아 남기노라.
前朝舊事無憑問, 이전 왕조의 지난 일은 물을 곳이 없거늘
谷鳥巖花客意迷. 골짜기 새소리, 암벽 꽃이 나그네 마음 홀린다.
1545년, 송인의 아버지 송지한(宋之翰, 1493~1563)은 홍주 목사로 재직 중이었다. 부친을 방문하기 위해 덕산으로 향했고, 그 여정에서 가야산과 가야사를 탐방하게 된다.
가야사는 고려 시대 이후로도 큰 변화 없이 여전히 불교 문화의 중심지로서

유지되고 있던 중요한 사찰이었다. 송인은 가야산의 빼어난 자연경관과 사찰의 장엄함에 감탄하며, 시문을 통해 자신의 감흥을 기록으로 남겼다.

송인과 덕산의 또 다른 인연이 있는데, 고모부 이형간(李亨幹)이 덕산의 현감이었다. 이형간이 덕산현감에 제수되었다가 그의 처 송씨 때문에 사망하는 희대의 사건이 벌어지기도 한다. 이형간의 처 송씨는 송질의 세 딸을 말하는데, 송인의 고모가 된다. 어머니 남씨와 함께 조선 시대 최고의 악행과 악처로 알려졌다. 『덕산현읍지』 선생안에는 이형간 현감에 대하여 다음과 같이 간략하게 쓰고 있다.
"李亨幹正德甲戌來丁丑捐館"
이형간(李亨幹)은 정덕 갑술년(正德甲戌, 1514년)에 부임하였고, 정축년(丁丑, 1517년)에 연관(捐館, 정든 집을 버렸다) 세상을 떠났다. 라고 서술하고 있다. 다음에는 이형간 현감에 대하여 써 보려 한다.

가야사 금탑을 상상할 수 있는 마지막 시문이 아닐까 한다. 1845년 어느 날 이시홍이 가야산을 여행한다.

〈가야산에 큰 불이 나서 세 수(大焚伽倻山三首)〉

이시홍(李是鈜, 1789-1862)

[1]
虐旱三春火碧山, 가뭄에 시달리는 춘삼월에 푸른 산 불태우고
翠微還作紫烟環. 청산에선 아직도 자줏빛 연기로 감싸였다.

勢驅風力蒸坤軸, 화마가 바람을 몰아 지축을 찌고
玉石無分赤焰間, 옥석 가리지 않고 화염에 잠겼도다.

[2]
燭天紅焰匝靑山 하늘 비추는 화염은 청산을 두르고
因谷緣巒四面環. 계곡과 봉우리를 따라 사방으로 돈다.
叢鬼奮呵那可得, 총림의 잡귀신이 성내며 꾸짖지만 어쩌랴
林妖燒死火光間. 산림의 요괴들은 화광 속에 불타 죽는다.

[3]
鬼失叢林虎失山, 귀신은 총림을 잃고 호랑이는 산을 잃었으며
千峯萬壑火光環, 모든 산봉우리가 불빛으로 뒤덮였도다.
惡靈上訴天將雨, 악한 신령이 고하여 하늘에서 비를 내려주면
墨色雲騰海岱間. 검은 색 구름이 바다와 가야산에서 치솟을 텐데.
(≪육회당유고(六悔堂遺稿)≫ 1책)

이시홍(李時弘)은 여주 이씨 가문으로, 자는 유신(孺紳), 호는 육회당(六悔堂)이다. 조부는 목재(木齋) 이삼환(李森煥, 1729~1813), 부친은 정헌(靜軒) 이재상(李載常, 1755~1836)이며, 모친은 고령 신씨로 신광연(申光淵, 1715~1778)의 따님이다.

그는 1789년 경기도 포천 청량리(淸凉里)에서 태어났다. 청량리는 고조부인 옥동(玉洞) 이서(李漵, 1662~1723)가 거주하던 곳으로, 가문의 중요한 기반이

었다. 증조부 정산(貞山) 이병휴(李秉休, 1710~1776) 대에 이르러 가문은 충남 덕산 장천(長川)으로 이주하였으나, 이시홍은 청량리에서 출생하여 유년 시절을 그곳에서 보낸 뒤 장천으로 옮겨 자라났다.

덕산 장천에서 그는 조부 이삼환에게서 엄격한 수학 지도를 받았고, 외가에서는 외숙 신석상(申奭相, 1737~1816)에게서 배우며 학문을 익혔다. 신석상은 석북(石北) 신광수(申光洙)의 넷째 아들이다.

이시홍은 성호학파의 거의 마지막 세대에 해당하는 인물로, 자신의 가계에 속한 주요 인물들, 즉 옥동 이서와 목재 이삼환의 학문과 행적을 정리하고 후대에 전하는 데 큰 역할을 하였다. 특히 장천 지역에 천주교의 영향이 확산되던 시기에는 덕산을 떠나 청양 어은곡(漁隱谷)으로 거처를 옮겨 후학을 양성하며 뜻을 이어갔다.

그는 1862년, 향년 74세로 생을 마쳤다. 평생을 학문과 후진 교육에 헌신하며, 가문과 지역의 학통을 정리하고 지켜낸 인물로 기억된다.

이 작품은 "鬼失叢林虎失山(귀실총림 호실산) 귀신은 총림을 잃고 호랑이는 산을 잃었으며" 또는 귀신이 수행처를 잃고, 호랑이가 거처인 산을 잃었다.

귀신이 총림을 잃었다는 말은, 귀신조차 의지할 수행처(승방 혹은 불법의 공간, 즉 가야사)가 사라졌다는 의미로 이해될 수 있다.

호랑이가 산을 잃었다는 것은, 산이라는 본래의 활동 무대를 잃은 호랑이처럼 세상의 질서가 어지러워졌거나, 어떤 존재가 삶의 근거지를 잃은 상태를 비유했다.

홍선대원군이 연천 남송정의 남연군의 묘소를 가야산 구광터(구왕지)에서 가야산 도청봉 금탑지로 이장하기에 앞서, 이하응에 의하여 금탑이 무너지고 가야사가 불태워지는 참혹한 광경을 목도한 뒤 이를 기록한 것으로 보인다.

남연군(南延君)은 1836년 3월 19일, 향년 49세로 별세하였다. 초장지는 경기도 마전(麻田) 백자동(栢子洞)이었으며, 이후 연천 남송정(南松亭)으로 이장되었다.
그러나 흥선군 이하응은 부친의 묘소를 보다 길지(吉地)에 모시고자 전국을 탐색을 거듭한 끝에, 1845년경 충남 덕산의 가야산 북쪽 기슭, 일명 구광지(舊壙地) 또는 구왕지(舊王地)라 불리는 터로 묘를 옮긴다. "이대천자지지" 길지로 지목한 터에는 가야사의 금탑이 서 있었기 때문이었다. 이는 가야사가 지니고 있던 역사적 위상을 암시하는 대목이기도 하다.

이듬해인 1846년 3월 18일, 흥선군은 가야사 경내의 금탑을 훼철하고 금당 보웅전(保雄殿), 남전(南殿), 묘암사(妙巖寺), 인암(印巖) 등 사역 전체를 불사르게 하였다. 이는 천 년 법통을 이어오던 가야사가 영원히 종말을 고하는 법난이었다. 그리하여 마침내 같은 해, 가야산 중심부의 금탑지 즉 건좌(乾坐)의 형국을 이룬 곳으로 남연군의 묘소는 다시 이장된다.

1845년 가야사, 이런저런 이야기 덕산의 이시홍은 이렇게 남겼을 듯하다.

대분가야산 (大焚伽倻山) - 가야산 큰 불
삼한 가뭄에 시달린 봄, 불이 푸른 산을 삼키네.
세찬 기세는 바람을 몰아 대지를 달구어 익히고,

붉은 불길에 옥과 돌이 가리지 않고 다 타버리네.

삼한삼춘화벽산, (虐旱三春火碧山)
세구풍력증곤축, (勢驅風力蒸坤軸)
옥석무분적염간. (玉石無分赤焰間)

제2수

하늘을 비추는 붉은 불꽃이 푸른 산을 둘러싸고,
골짜기 따라 산마루 둘러 사방을 에워싸네.
숲속 귀신도 막아낼 수 없었건만,
나무 요괴들은 불빛 사이에 타 죽어 가네.

촉천홍염잡청산 (燭天紅焰匝靑山)
인곡연만사면환. (因谷緣巒四面環)
총귀분하나가득, (叢鬼奮呵那可得)
림요소사화광간. (林妖燒死火光間)

제3수

귀신도 숲 잃고 범도 산 잃어,
천 봉우리 만 골짜기 불빛에 둘러싸였네.
(불에 타 죽은) 악령이 하늘에 호소하니 비가 내리려 하고,

먹빛 구름이 바다와 태산 사이에서 피어오르네.

귀실총림호실산, (鬼失叢林虎失山)
천봉만학화광환. (千峯萬壑火光環)
악령상소천장우, (惡靂上訴天將雨)
묵색운등해대간. (墨色雲騰海岱間)

이 시는 1845년 가야산에서 발생한 대형 산불을 목격하고 쓴 작품으로, "삼한" (三韓, 조선을 의미)의 봄을 가뭄과 불로 고통스럽게 만든 큰 산불이 푸른 산을 휩쓸었던 끔찍한 광경과 그 후의 변화를 매우 생생하게 묘사하고 있다.

엄청난 산불의 위력과 그로 인한 생명의 소멸, 그리고 그 비극 속에서도 다시 찾아오는 비와 생명의 가능성을 암시하는 매우 강력한 작품이다.

전해 들건대, 옛날 가야산이라 불리던 곳에 가야사라는 고찰이 있었다. 가야사는 사라졌지만, 그 터에는 금탑이 우뚝 솟고 불전들이 서로 이어졌으며, 그 전각의 이름은 보웅전이었고 또 남전이라 불렸다. 곁에는 묘암사와 인암이라 불리는 절도 있었다. 이들이 모두 예로부터 가야사를 대신한 총림이라 일컬어지던 수행처였다.
1845년 갑자기 불길이 치솟아, 거센 화염이 허공을 뒤덮었다. 천 년을 이어온 불법의 전당이 하루아침에 재로 사라졌던 것이다.
승려들은 흩어졌고, 범종 소리는 끊겼으며, 탑의 그림자조차 더는 볼 수 없었다.

어떤 이는 말하기를, 옛 왕지에 무덤을 옮기려 하여 그 터를 비운 것이라 하였다.
이 말을 듣고 마음이 매우 비통하여, 다음과 같이 기록하였다.
귀신은 총림을 잃고, 호랑이는 산을 잃었도다.
금탑은 무너지고, 보응전과 남전은 자취조차 없다.
삼보(三寶)는 적멸(寂滅)하였고, 세상 도리는 무엇에 기대야 하는가?
법등을 밝히지 못하니, 어찌하랴?

德山縣邑誌을 참고하면서

1845년경 가야사의 금탑이 훼철된 사실을 고려할 때, 보응전에서 언덕 위 금탑에 이르기까지 놓였던 73개의 돌계단, 즉 '운제(雲梯)' 역시 이 시기를 전후하여 금탑과 함께 철거되었을 가능성이 높다. 철거된 운제는 묻혔거나, 1845년 남연군묘를 이장할 때 일부는 재활용되었고 1865년 남연군묘를 오늘날과 같은 모습으로 대대적으로 단장할 때와 당시 건립된 제각, 보덕사 등 가야동에 신축하는 건축물의 자재로 전용되었을 것으로 추정된다.

흥미로운 점은, 금탑과 운제가 사라진 지 수십 년이 흐른 뒤인 1896년에 간행된 『덕산현읍지(德山縣邑誌)』에서 여전히 '운제'에 대한 기술이 등장한다는 사실이다. 이는 당시 금탑이나 운제가 지역에서 흥미로운 이야기로 강렬하게 전승되어 내려온 가야사 사적에 대한 지식이나 전승을 읍지 편찬자가 인용하거나 참조했을 가능성이 크다. 즉, 이는 금탑과 운제의 실재보다는 조선 후기까지 이어진 가야사에 대한 문화적 기억과 서술 전통의 일면을 보여주는 것으로 볼 수 있다. 어쩌면 실제로 석탑 운제로 쓰였던 석조 유적 일부가 현존했을 가능성도 조심스럽게 상상한다.

가야사 북쪽을 향해 모셨던 3구의 철불에 대하여

왜 북쪽을 향해 서 있나?

우리나라 대표적인 화엄 도량인 부석사(경북 영주시) 중심 법당(무량수전) 건물은 남쪽을 향해 있고, 법당 속 부처는 서편에 좌정해 동쪽을 바라보고 있다. 서방정토를 상징하는 아미타여래불이다. 이 불상의 시선도 유례가 드물지만, 가야사 3구의 철불이 북쪽을 향해 서 있다고 쓰고 있어 그 이유가 궁금하기 짝이 없다.

가야사가 있었던 가야산의 가야동은 지형적으로 북쪽 계곡에서 사계절 습하고 거친 바람이 불어온다. 북쪽 계곡의 거친 지형과 환경을 암시하는 듯하다. 전설에 따르면, 북쪽 계곡 어디쯤을 체봉산이라 하여 사람이 죽으면 탈골할 때까지 계곡에 3년을 모셨다고 한다.
가야사에서 북쪽은 먼 곳으로 떠나는 통로가 된다. 으름재, 대문동을 거쳐 보원사, 용현리 마애삼존불, 안국사지, 정미포구로 가는 길이었다. 이 길은 포구를 통해 중국으로, 황해도로 가는 통로였다.

5. 마곡사와 가야사 금탑의 풍마동에 대하여 문헌에서

풍마동(風磨銅)에 대한 조선 사행록 및 연행기 문헌의 언급을 정리하고, 마곡사와 가야사의 금탑과의 연관성까지 고려한 정리 글이다.

먼저 가야사의 금탑에 대한 기록을 살펴보았다.

가야사의 금탑, 그 황홀한 흔적

가야사는 백제 또는 통일 신라 시기에 창건되어 고려 시대에 이르러 사세가 크게 융성하였다. 특히 고려의 왕자 출신 대각국사 의천이 송나라에서 유학을 마치고 귀국한 뒤, 이 사찰의 중심 석탑을 중창하면서 다시금 법등이 환하게 밝혀진 듯하다. 《송사(宋史)》와 《대각국사문집》, 그리고 여러 전승에 따르면 그는 귀국 후 금탑을 다시 세우고, 송나라 철종이 하사한 용봉차(龍鳳茶)를 그 속에 봉안하였다고 한다. 이 용봉차는 1845년 이하응이 금탑을 훼철하면서 발견되었고, 그의 벗 이상적에게 전달된 뒤 추사 김정희에게로 이어진다. 고증학의 대가였던 추사는 이 차의 기원을 송나라로 비정하고, 이 유물이 봉안되어 있던 금탑이 바로 의천이 중창한 탑임을 지적하는 글을 남긴다. 이는 가야사의 금탑이 단지 신앙의 표식에 그치지 않고, 고려와 송 사이의 교류를 상징하는 귀중한 문화사적 단서였음을 보여준다.

그렇다면 이 탑은 왜 '금탑(金塔)'이라 불렸을까? 실제로는 석탑이었지만, 그 상륜부에 특이한 금속 장식을 얹은 탓에 '금'이라는 이름이 붙은 것이다. 《동국여지승람》 형승조(形勝條)에는 "탑의 윗머리는 구리쇠로 덮고, 네 모서리에는 철사를 꼬아 만든 줄을 늘어뜨려 풍경을 달았다. 그 형태는 웅장하고 구조는 기이하여 다른 탑과 같지 않다"고 기록되어 있다. 이는 고려나 조선의 일반적인 탑 형식과는 달리 이례적인 구조를 지녔다는 점을 암시한다. 이 기록을 토대로 볼 때, 탑 상륜부에 얹은 금속 장식은 풍마동(風磨銅)으로 제작되었을 가능성이 크다. 풍마동은 구리와 주석을 비롯한 여러 금속이 혼합된 합금으로, 빛을 받으면 반짝이며 마치 금처럼 광채를 발한다. 공주 마곡사의 석탑이나 중국 라마교 사찰에서 보이는 상륜부 금속 장식과 유사한 성격을 지녔던 것으로 추정된다.

또한 개인의 기문과 시에서도 이 금탑은 자주 등장한다. 이삼환(李森煥, 1729~1813)은 가야사를 유람한 후 남긴 시 〈유가야사삼수(遊伽倻寺三首)〉에서 다음과 같이 노래한다.

金塔光籠佛日浮
금탑이 반짝반짝 빛나니 해가 떠오르는 듯하다.

이는 단순한 묘사가 아니라, 금탑이 지닌 영적 광휘와 형이상학적 감흥을 동시에 담고 있는 표현이라 하겠다.

또한 예헌 이철환은 1753년 겨울 가야사를 찾은 기록인 《상산삼매(象山三昧)》에서 다음과 같이 금탑의 구조를 상세히 묘사하였다. "불당 뒤 언덕 위로 돌계단 73개를 따라 올라가면 우뚝 선 석탑이 있고, 그 꼭대기에는 철당(鐵幢)을 설치해 금탑이라 부른다"고 기록하였다. 이어 "전쟁 중 적이 불을 질러 황금 도금이 사라졌으나, 오늘날에도 석회를 발라 마감한 흰 표면이 맑은 날 반짝인다"고 하여, 후대에 이르러서도 여전히 그 광채가 회자되었음을 보여준다.

비슷한 시기, 이의숙(李義肅, 1733~1805)이 남긴 《가야산기(伽倻山記)》에도 가야사의 금탑에 대한 묘사가 나온다. 그는 "가야사 뒤 계단 73개를 오르면 높이 삼백 자에 이르는 석탑이 있다"고 하여 그 위용을 강조하고, "탑 꼭대기에는 구리와 주석으로 만든 고리를 씌우고 철사로 단단히 매어 고정하였으며, 돌 틈 사이로 쇳물을 부어 넣었기에 바람과 비에도 전혀 흔들림이 없다"고 기록하였다. 이 같은 기술은 풍마동(風磨銅)의 구조와 매우 흡사하며, 금탑 상륜부에 정교한 금속공예 기법이 적용되었음을 뒷받침하는 근거로 볼 수 있다. 이러한 묘사는 탑의 구조적 견고함뿐 아니라, 공학적 정밀성과 당시 금속 장인의 높은 수준을 보여준다.

이상의 문헌과 기문을 종합해 보면, 가야사의 금탑은 단순한 석탑이 아니었다. 구리와 철을 정교하게 결합한 상륜 장식은 당시 사람들에게 신비롭고도 눈부신 인상을 남겼으며, 그 찬란한 금빛은 하나의 시각적 경이로 작용했다. 이 탑은 단지 신앙의 표상에 머무르지 않고, 고려와 송나라, 조선이라는 세 시대의 정신을 관통하는 상징적 유산이었으며, 풍마동으로 제작된 상륜부는 동아시아 금속공예의 정수를 품은 건축 예술의 결정체였다. 지금은 실물이 남아 있지 않지만, 금탑을 목도한 이들의 문헌과 시문 속에 그 탑은 여전히 밝게 빛나고 있다.

풍마동(風磨銅)의 기록과 그 의미

조선 후기 연행록과 기행문에는 북경 황성(皇城)의 오문(午門) 및 단문(端門), 천안문(天安門), 태화문(太和門) 등 주요 건물의 건축 장식에 사용된 금속물의 재질로서 '풍마동(風磨銅)'이 여러 차례 언급된다. 풍마동은 단순한 장식재 이상의 상징성과 기교, 그리고 희귀성과 가치를 동시에 지닌 것으로 생각한 듯하다.

문헌 속 풍마동 언급 정리

1. 『경자연행잡지』 이의현(李宜顯, 1725~1799)
오문과 십자각 상부의 금빛 지붕 장식이 실제 금이 아니라 "외국산으로 금보다 귀하고 바람을 맞을수록 더욱 빛나는 풍마동"이라 소개.
풍마동은 외국산 구리의 일종으로 바람을 맞으면 광택이 증대되는 특성 때문이라고 기록.

2. 『계산기정』 이해응(李海應, 1760~1837)
"금정(金頂)"이라는 표현으로 표현된 황금색의 지붕은 바로 풍마동.
특히 "바람을 맞아 더욱 빛난다"고 하여 이름의 유래를 다시 한번 설명.

3. 『담헌서』 홍대용(洪大容, 1731~1783)
오문과 각루 상부에 설치된 지붕 장식의 재질을 풍마동이라 하며, "서양산이며 햇볕에 더욱 찬란하게 빛남"이라 함.

4. 『무오연행록』 서유문(徐有聞)
풍마동은 오봉루 십자각의 장식재로 등장.
금보다 귀하며 '외국에서 들어온 것'이라 다시 한번 강조.

5. 『연원직지』 김경선(金景善)
"서양의 풍마동으로 오래될수록 빛이 난다"고 하여, 이 재질이 황실 건축의 상
징성과도 연계됨을 서술.

6. 『북원록』 이의봉(李義鳳)
천왕전, 마곡사의 건축에서도 풍마동 사용이 있었음을 암시.
특히 마곡사(麻谷寺)에도 풍마동이 있었다는 구체적 언급은 지역사적으로 매
우 중요한 단서임.

7. 『연행일기』 김창업(金昌業, 1658~1721)
금이 아니라 풍마동이며, 외국산으로 바람을 맞으면 더욱 광채를 낸다고 재확
인.

8. 『초자속편』 남이익(南履翼)
금색의 독과 같은 장식을 풍마동이라 부르며, 풍광과 햇빛 속에서 더욱 빛나
는 특성을 재차 설명.

9. 『관연록』 김선민(金善民)
북경의 가게 간판에서도 금색 글자를 풍마동으로 윤색하였다 하여 일상에서
의 활용도 언급.

마곡사의 풍마동과 가야사의 금탑

특히 이의봉의 《북원록》에는 "마곡사(麻谷寺)에도 그것이 있다"고 언급되어, 풍마동이 단지 북경에만 쓰인 것이 아니라 한반도 내에서도 중요한 불교 사찰에 사용되었음을 보여준다. 풍마동은 단순한 장식용 금속이 아니라 권위와 영험, 그리고 불사의 상징으로 여겨졌던 금속이다.

이와 같은 맥락에서 1745년 이하응(이하응이 부친 남연군의 묘를 정비하며 벌였던 가야사의 훼손)을 살펴볼 때, 이 시기 가야사의 중심 금탑 역시 금도금 또는 풍마동으로 장식되었을 가능성을 배제할 수 없다. 고려와 조선 초기의 금탑 혹은 상륜부 장식에는 고급 청동과 금은칠이 혼용되었고, 풍마동과 같은 고급 재료는 왕실 후원을 받은 사찰에서 흔히 사용되었기 때문이다.

마무리

풍마동은 바람과 햇빛을 받아 더욱 광채를 내는 특성을 지닌 독특한 금속으로, 북경 황성의 오문(午門), 십자각, 태화문 등의 핵심 건축물 장식에 쓰였으며, 조선 사신들의 기록에 의하면 금보다 더 귀한 금속으로 인식되었다. 이러한 성질과 희소성은 단순한 외관 장식 차원을 넘어, 권위와 신성성, 그리고 건축물의 위계를 시각적으로 드러내는 데 쓰였던 것으로 해석할 수 있다.

문헌에 따르면 마곡사(麻谷寺)에도 풍마동이 있다는 기록이 확인되며, 이는 조선 내 일부 사찰이 황실 후원을 받아 당대 최고급 자재로 장엄되었음을 암시한다. 특히 주목할 점은 1845년, 이하응이 훼손한 가야사의 금탑 상륜부에도 철 또는 구리로 제작된 후 도금한 풍마동이 있었다는 글을 볼 수 있다. 가야사의 금탑에 대한 기록을 참고할 때 가야사 금탑 역시 풍마동이 사용되었을 가능성을 배제할 수 없다. 가야사의 금탑은 송나라에 유학한 고려 왕실 출신의 의천이 중창했기 때문에 더욱 가능성은 높아 보인다. 풍마동이 일부 고려의 왕실 혹은 중국과 관계가 있는 고승이 관련된 사찰에 사용되었을 가능성을 제기하게 한다.

다만 풍마동이 고려나 조선 사회에서 보편적으로 사용된 예는 거의 확인되지 않으며, 원(元)나라 간섭기에 영향을 받아 일시적으로 도입된 특수한 사례로 추정된다. 현재까지의 기록으로는 고려 말~원 간섭기 전후에 풍마동이 도입된 정황은 있으나, 그 이전이나 이후에 이 금속이 지속적으로 사용되었다는 사례는 확인되지 않는다.

이로 미루어볼 때 마곡사의 풍마동은 완성품 형태로 원나라에서 수입되었을 가능성, 혹은 원나라의 기술자가 직접 조선에 들어와 제작했을 가능성이 있다. 조선의 기술자가 현지에서 제작 기술을 전수받아 제작했을 가능성도 전적으로 배제할 수는 없지만, 문헌에 전하는 풍마동의 정교하고 미려한 금속 세공 기술을 고려할 때, 이후 풍마동을 올린 석탑의 사례를 더 이상 찾을 수 없어 기술을 전수 받거나 그것이 토착화되었을 가능성은 낮아 보인다. 즉, 이는 당시 조선 내 기술 수준만으로는 쉽게 구현하기 어려웠던 고난도의 세공 기술이었음을 반증하는 한 단서로 읽힌다.

따라서 풍마동은 그 존재만으로도 정치·종교·예술적 상징성을 지닌 특별한 재료였으며, 가야사의 금탑을 포함한 한국 고대·중세 사찰 건축사 및 금속 문화사 연구에서 더 깊이 있는 조명이 필요한 주제라 하겠다.

특히 이의봉의 기술에 따라 마곡사에도 풍마동이 있었다는 사실은 충청 지역 사찰의 위상과 조선 불교의 물질 문화 연구에 있어 중요한 단서를 제공한다. 더 나아가, 가야사의 금탑 또한 풍마동으로 마감되었을 가능성은 이후 가야산 불교 유적의 복원과 해석에 있어 중요한 관점을 제시해 줄 것이다.

계산기정(薊山紀程) 계산기정 제5권

이해응이 1803년 10월 21일부터 이듬해인 1804년 2월 1일까지 자제군관으로서 연행을 경험하고 기록한 것.

태청문 안 좌 월랑(月廊)과 우 월랑(月廊)은 각 100여 칸이고 천안문(天安門)의 월랑은 각 22칸씩이며, 좌우에 각각 문 하나씩이 있으니, 동조(東朝)와 서조(西朝)다. 단문(端門) 월랑은 각 40여 칸인데, 또한 두 협문(夾門)이 있으니, 협화(協和)와 희화(熙和)이다. 오문의 월랑 또한 각 40여 칸씩이고, 태화문의 월랑은 각 100여 칸씩이며, 양쪽에 좌익과 우익이 있다. 보화와 건청 두 전의 사이에 동문과 서문이 있는데 멀리서 서로 마주 보고 섰으니, 동은 경운(景運)이며 서는 융종(隆宗)이다. 단문 밖에 태사(太社), 태묘(太廟)가 두 거리에 있으니 즉 좌묘(左廟), 우사(右社)의 소재지이다. 태청문만 1층 3문이고, 천안문도 2층 3문, 단문도 2층이고 5문이다. 오문은 3층 9문이니 이것이 오봉루(五鳳樓)이고, 그 아래 5 홍예문(虹霓門)이 있다. 홍문의 좌우 담장이 꼬부라져 남쪽으로 나갔는데 각각 60여 보이고, 그 꼬부라진 곳에 각각 3층 채루(彩樓)가 있다. 그 최하층은 원각(圓閣)이고, 제2층에는 8각(閣)을 세웠는데 사방 방은 크고 네 귀는 작으며 누르고 푸른 단청이 영롱하다. 최상의 한 각 위에는 금정(金頂)으로 덮었는데 그 빛이 찬란하다. 이것이 곧 풍마동(風磨銅)이니, 바람을 맞아 더욱 광채가 나므로 이름 붙여진 것이다. 문밖에 석대(石臺)를 마주 설치하였는데 그 높이는 한 길 남짓하니, 일영(日影)을 관측하는 곳이다.

담헌서 홍대용

해가 올라온 뒤 통관이 일행을 인도해 어로 서쪽에 북향을 하고 앉았다. 천관들은 반열을 나눠 오문 밖에 앉아 있었으며, 유구 사신은 우리 뒤에 있어서 삼배구고두의 예를 행했다. 통관이 말하기를 황상께서 천관을 인솔하고 태후께 조회한다고 했다. 조금 있으니, 오문 위에서 북소리가 크게 진동을 했다. 황제가 전에 나와 앉은 것이다. 사행은 서반을 따라 우액문(右掖門)으로 들어갔다. 나는 대궐 오른쪽 문을 나가 서쪽으로 수십 보를 가서 사직 북문을 지났다. 문밖에 하마비가 있는데, 복판에 정자로 쓰고 좌우로는 몽고·만주 글자로 씌어져 있었다. 황제가 직접 관여하는 것은 모두가 다 그런 모양이다. 태학의 옹화궁(雍和宮) 같은 것도 마찬가지다. 궁성을 바라보니 오문에서 북쪽으로 백여 보쯤 가서 서쪽으로 꺾어 4~5백 보를 지나 다시 북쪽으로 꺾어져 있는데, 그 서남쪽으로 있는 각루(角樓)는 3층 처마에 지붕이 다섯인데 규모가 크고 잘 조화되어 있었다. 꼭대기가 훤하게 햇빛에 빛나고 있는데, 사람들의 말이,
"그것은 서양의 풍마동(風磨銅)이란 것으로 오래 갈수록 광채가 난다."
했다. 얼마 후 오문에 종이 울리고 천관이 조회에서 물러나왔다.

무오연행록(戊午燕行錄) 무오연행록 제4권
○ 기미년(1799, 정조 23) 1월[9일-25일] 23일

서유문(徐有聞)

대청문 안은 천안문이요, 단문(端門) 안은 오문(午門)이요, 오문 안은 태화문
이요, 태화문 안은 곧 태화전이라. 태화문에서부터 대청문까지 긴 줄로 친 듯
하니, 큰 조회 때에 다섯 문을 다 열면 안팎이 환히 터져서 조금도 막힌 곳이
없는지라, 태화전 위에서 대청문 밖을 바라볼 수 있기 때문에 사람을 금하여
건너다니지 못하게 하더라. 대청문 좌우 월랑(月廊)이 각 100여 칸이요, 동서
로 문이 있으니, 동은 희화문(熙和門)이요, 서는 협화문(協和門)이요, 천안문
좌우 월랑이 또한 각 스물두 칸이요, 중간에 각각 문이 있으니, 오른편 문은
사직문(社稷門)을 통한 문이니 이름은 태사문(太師門)이라 하였으며, 단문(端
門) 좌우 월랑은 40여 칸이요, 또한 문이 있으니, 동은 동조문(東朝門)이요, 서
는 서조문(西朝門)이요, 오문 좌우 월랑이 또한 100여 칸이며, 문 제도는 높이
다섯 길은 되고, 동서는 60보가 되는데, 가운데 세모진 외짝문을 내고, 문루
(門樓)는 두 층에 9칸이요, 문 좌우 옆에 꺾어 성을 쌓아 남으로 나오게 하여
60보는 되고 성 꺾인 모와 남편 나온 머리로 다 3층 십자각(十字閣)을 지었고,
문루의 십자각 사이에 월랑처럼 이어서 지은 집이 있는데 다 누런 기와로 이
고, 십자각은금으로 동이같이 만들어 대공 마루에 입혔으니 빛이 찬란한지라.
혹 이르되, 이는 금이 아니라 이름을 풍마동(風磨銅)이라하니, 외국에서 나는
것이요, 그 귀하기가 금보다 배나 더하니, 바람에 쏘이면 누런빛이 더욱 찬란해
서 풍마동이라한다 하더라.

연원직지(燕轅直指) 연원직지 제3권 유관록(留館錄) 상
○ 임진년(1832, 순조 32) 12월[19일-30일] 19일

김경선(金景善)

성안에는 간혹 사람이 다닐 수 있게 층계를 만들었으나, 문을 달아 굳게 채워
두고 오직 갑군이 당번을 교대할 때에 비로소 연다.
오직 궁성은 그렇지 아니하여 붉은 흙으로 바르고 누런 기와로 덮었으니, 아침
햇볕이 내리쬐면 광채가 현란하였다. 성의 네 귀퉁이마다 반드시 각루(角樓)가
있는데, 모양이 절구(折矩)와 같고, 제도는 적루(敵樓)와 같았다. 겹처마와 다
섯 용마루는 공중에 우뚝 솟았고 정대(頂臺)는 햇빛에 빛났다. 들으니, 이것이
서양의 풍마동(風磨銅)으로 오래되면 될수록 더욱 빛난다고 한다.

풍마동(風磨銅)을 가지고 상륜(相輪)을 만들어 탑 꼭대기에 씌웠는데, 광영
(光影)이 멀리 비춘다. 해가 중천에 다다를 때 전문(殿門)을 닫으면 탑의 전체
그림자가 문틈으로 들어와 전 안에 나타난다고 하니 역시 이상하다.

6. 『일성록』이 전하는 십승지(十勝地)로서의 가야산

- 예헌 이철환과 가야산에 대한 왕실의 관심

조선 후기에 활동한 예헌(例軒) 이철환(李嘉煥, 1722~1779)은 내포 지역 출신의 소론계 사족이자, 제도권 밖에서 활동한 성리학자로 알려져 있다. 그는 가야산 자락에 거처를 두고 내포 지역의 현실과 산수의 이치를 함께 탐구한 인물로 평가된다. 특히 주목할 점은, 그의 사망 이후 약 10년이 지난 시점에서조차 그의 사유 공간이었던 가야산과 관련된 인식이 왕실 기록인 『일성록(日省錄)』에 등장하고 있다는 사실이다.

『일성록』은 조선 후기 국왕의 일상과 국정을 상세히 기록한 실록류 자료로, 국왕의 지식과 관심을 반영하는 귀중한 사료이다. 이 문헌에서 가야산은 단순한 명산이 아니라, 난세를 피할 수 있는 '복지(福地)', 즉 십승지(十勝地)의 하나로 언급된다.

『일성록』은 조선 시대, 1760년부터 1910년까지 150년 동안 날마다 임금의 말과 행동을 적어(왕의 동정과 국정에 관한 제반 사항을 수록한 등록, 정무일지) 규장각에서 편찬한 책이다.
조선 왕조의 대표적인 관찬 사서의 하나로 2,327책의 필사본이지만 현재 전하는 것은 정조 연간 676책, 순조 연간 637책, 헌종 연간 199책, 철종 연간 220책, 고종 연간 562책, 순종 연간 33책이다.

정조의 『일성록』, 이철환과 가야산의 십승지 예언

『일성록』에 기록된 정조의 언급은 매우 중요하다. 가야산이 역모의 중심이 될 수 있다는 우려, 그리고 이철환이 언급한 '복지(福地)'라는 개념이 단지 비결서적 맥락이 아니라, 실제 정치적 파문을 일으킬 수 있는 공간적 상상력으로 기능했기 때문이다. 정조는 이철환의 가야산 언급이 갖는 위험성을 간파했으며, 이를 민중 동요와 연결 지어 매우 경계하였다.

이러한 점에서, 이철환이 말한 가야산의 십승지적 성격은 단순한 은둔처 또는 풍수적 명당이라는 의미를 넘어서, 당대의 정치 사회적 현실 속에서 사람들의 불안과 희망을 투사하는 구심점이 되었음을 알 수 있다.

이철환은 생전에는 기인으로 불렸고, 사후에는 예언과 예지력으로 국가적 조사 대상이 되었다. 그의 눈에 비친 가야산은 단순한 산이 아니었다. 그것은 환란을 피할 수 있는 지리적 복지이며, 정신적 도피처이자 사회적 메시지를 담은 공간이었다.

이철환은 사후 10여 년이 지난 정조 6년(1782), 다시 국가적인 주목을 받게 된다. 그 계기는 바로 십승지로서 가야산을 언급한 예언이 문제시되었기 때문이다. 『일성록』에는 당시의 국왕 정조가 이철환의 예언과 관련한 사건을 직접 지적하고, 관련자들을 엄정히 조사하라고 명하는 장면이 기록되어 있다.

이 사건은 다음과 같은 흐름을 보인다. 김광렬이라는 인물이 "1748년과 1783

년 사이에 반드시 왜변이 있을 것"이라는 예언을 퍼뜨리고, 민중을 동요시키며 의병장으로 자처했다. 그는 자신의 이러한 발언이 10년 전 이철환과의 만남에서 비롯되었으며, 그때 이철환이 가야산을 복지(福地)라 하며 난을 피할 곳으로 지목했다고 진술하였다.

〈일성록(日省錄)〉

정조 6년 임인(1782) 3월 23일(경신) 성정각(誠正閣)에서 형조 참의 이재학(李在學)을 소견(召見)하였다.

○ 내가 말했다.

"형조 참의는 이 포청의 문안(文案)을 가지고 영상의 집에 가서 대략을 상세히 뽑아 비밀 관문(關文)을 만들어서 금영(錦營)에 내려 보내라. 이 옥사의 정상(情狀)은 전적으로 요망한 말을 지어내서 인심을 선동한 것이다. 김광렬(金光烈)은 이철환(李嚞煥)에게서 들었다고 하니 그 뿌리를 참으로 한번 사문(査問)하지 않을 수 없다. 그러나 감사가 아니면 안사(按査)할 수 없기 때문에 이렇게 하교한 것이다. 반드시 문안이 있는 뒤에야 정상을 모두 알 수 있을 것이니 이것도 내려 보내라."

정조 6년 임인(1782) 3월 24일(신유) 성정각(誠正閣)에서 차대(次對)를 행하였다.

○ 영의정 서명선(徐命善)이 아뢰기를,

"좌상은 지금 감기가 심하게 걸려 들어오지 못하였습니다."

하여, 내가 이르기를,

"차자(箚子) 중의 두 글자는 참으로 지나치다."

하였다. 내가 이르기를,

"일전에 야금(夜禁)을 범한 윤가(尹哥)는 어느 영(營)에서 체포하였는가?"

하니, 부사직 이경무(李敬懋)가 아뢰기를,

"본영(本營)입니다."

하였다. 내가 이르기를,

"김광렬(金光烈)을 다시 문초하여 받아 낸 공초가 어젯밤에 또 도착하였는데, 영상은 아직 듣지 못했을 듯하다."

하니, 서명선이 아뢰기를,

"신은 듣지 못했습니다."

하였다. 내가 이르기를,

"김가(金哥)가 처음에는 자복하지 않고 버티다가 정순성(鄭純誠)의 공초 내용으로 신문하니 그도 감히 끝까지 숨기지 못하고 비로소 실토하였다. 그 내용을 보면, 계묘년(1783, 정조 7)과 갑진년(1784, 정조 8) 사이에 장차 왜변(倭變)이 있을 것이라는 등의 요망한 말을 지어 퍼뜨려 어리석은 백성들을 현혹시키면서 의병장(義兵將)이 되어야 한다고 하였고, 사람들에게 외치고 긴 창(槍)과 철추(鐵椎)를 자기 집에 감추어 두었으며, 또 팔진도(八陣圖)를 그가 스스로 해득했다고 하였다. 그 종적이 음험하고 비밀스러우며 그 모습이 흉악한 것은 말할 것도 없고, 그 죄악을 논한다면 백성을 현혹시킨 형률을 시행해야 한다. 더구나 그의 말 안에 장차 왜란이 있을 것이라는 말은 그가 지어낸 말이 아니고 10년 전에 이철환(李嘉煥)을 찾아가 만났을 때 이철환이 말하기를, 이 두 해에 반드시 왜변이 있을 것이니 난을 피하려고 한다면 가야산(伽倻山)이 평소 복지(福地)라고 일컬어지고 있으니 숨어서 피할 수 있을 것이라고 하였기 때문에 성을 쌓는다는 말 등을 잡다하게 수작하였다고 하였다. 김광렬이 이철환과 잠시 만났을 때 이런 말을 하였다면 이철환과 평소 친한 사람 중에는 필시 그 말을 익히 들은 사람이 있을 것이다. 이철환이 비록 죽었지만 그가 남긴

문적을 찾아 조사해 보면 어찌 철저히 조사할 단서가 없겠는가. 그리고 김광렬이 공초를 바칠 때 이철환과 수작했다고 했는데, 필시 그들 두 사람만 상대하여 말하지 않았을 것이고 반드시 그 자리에 끼어서 같이 들은 사람이 있을 것이다. 김광렬에게 공초를 받을 때 이것은 응당 물어야 할 일인데 문목(問目)에 이것을 빠뜨렸으니, 어찌 이처럼 자세하지 않은 것인가?”

하였다. 내가 이르기를,

“김광렬의 공초 내용에 이미 단서가 있지만 응당 신문해야 할 죄인들을 만약 서울의 옥에 잡아들인다면 소동이 일어날 염려가 있으니, 금백(錦伯)에게 회부하여 직접 조사하게 해서 결말을 내는 것이 옳다.”

하니, 서명선이 아뢰기를,

“본도로 하여금 사문(査問)하게 하는 것이 실로 지당합니다. 신이 어제 낮에 즉시 관문을 보내 분부하며 금백의 친비(親裨)인 김명우(金命遇)를 시켜 가지고 가게 하였습니다.”

하였다. 서명선이 아뢰기를,

“가야에 성을 쌓는다는 일은 참으로 괴이합니다. 이 산은 영남에 있는데 이철환과 수작할 때 어찌하여 멀리 있는 이 산을 지목한단 말입니까?”

하니, 이경무가 아뢰기를,

“이 산은 덕산(德山)과 홍주(洪州)의 경계에 있는 산인데 이 산도 가야라고 부릅니다.”

하였다. 내가 이르기를,

“이철환이 이가환(李家煥)의 지친(至親)이고 글재주로 명성이 조금 있다고 하는데, 이 사람이 이런 요망한 말을 할 줄은 생각지 못했다.”

하였다.

정조 6년 임인(1782) 4월 4일(경오) 홍충 감사 이숭호(李崇祜)에게 하유(下諭)하였다.

○ 다음과 같이 하교하였다.

"'경청(京廳)에서 조사한 일에서 김광렬(金光烈)이 가장 흉포하였다. 그는 완력을 믿고 술수(術數)를 부려 요망하고 허탄한 말을 지어내고 은밀히 흉패스러운 모의를 빚어 내어 인심을 선동하였으니, 그 의도가 무엇을 하려는 것이었는가? 법에 있어서 반드시 주벌해야 할 뿐만 아니라 또한 백성을 위해 해악을 제거하는 데에 관계된다. 조정에서 이 때문에 단서를 철저히 힐문하게 하도록 허락하여 기어이 그 소굴을 소탕하려 하였다. 그런데 이철환(李嘉煥)을 끌어댄 것에 이르러서는 김광렬의 심보가 더욱 모질고 간특스럽다. 이철환이 박학하고 많이 안다는 것은 세상에서 모르는 사람이 없는데, 더구나 김광렬은 이웃 고을에 살고 있었으니, 어찌 이철환이 널리 이름난 사람이라는 것을 몰랐겠는가. 그의 공초 내용에서 운운한 말은 분명히 스스로 만들어 낸 것으로 선동하고 현혹시킨 죄를 면하고자 망녕되이 회자되는 인물을 끌어댄 것이었다. 또 더구나 이철환은 죽은 지가 이미 여러 해가 되었다고 하니 대질시킬 방도가 없으므로 그가 이것을 속일 수 있는 방도로 여긴 것이다. 이러한 사정은 불을 보듯이 환히 알 수 있는 것이니, 어찌 조사하여 신문하기를 기다려야 알겠는가. 그러나 이 공초가 나온 뒤로 흑백이 판별되지 않았으니, 한번 환히 드러내는 거조가 없다면, 장차 구천(九泉)의 원한이 될 것이다. 이철환은 비록 죽었지만 그 아들과 아우는 살아 있다. 비록 자제(子弟)가 증인이 되는 혐의는 있더라도, 실로 부형(父兄)을 위해 무함을 푸는 도리에 관계된다. 또 생각건대, 그들은 사족(士族)으로서 반드시 무함을 씻고자 하는 데 급급할 것이기 때문에 그들을 불러다가 평문(平問)하게 한 것은 다 뜻이 있었던 것이다. 그들이 답변한 것을 살펴보건대, 참으로 조리가 있어 과연 내가 생각했던 것에서 벗어나지 않았다. 제문 한 가지 일은 더욱 명백한 증거여서 일이 이미 혐의에서 깨끗이 벗어났으니, 어찌 보수(保授)할 수 있겠는가. 경은 이 유지(有旨)를 가지고 이삼환(李森煥)과 이재위(李載威)에게 효유(曉諭)하여 모두 즉시 풀어 돌려보내도록 하라. 이 일로 인하여 호서의 사부(士夫)들에게 한번 하유할 것이 있다. 아, 근래 인심이 좋지 못하여 세변(世變)이 누차 발생하고 있는데, 호서 지역의 피해가 특히 심하였다. 그리하여 누차 심핵사(審覈使)가 파견되어 찬배(竄配)의 형전(刑典)을 받은 사람이 많았다. 이뿐만 아니라 체포할 때에는 여리(閭里)에서 소요가 이는 것을 면하기 어려웠을 것이고, 죄인을 분변하는 과정에서 포박하는 일이 더러 평인(平人)에게까지도 미쳤을 것이다. 한번 생각할 적마다 안타깝고 측은한 마음이 매우 간절하다. 그러나 죄가 있고 없는 것은 옥석처럼 절로 구분이 되는 것이니, 사부가 된 사람들이 진실로 조신(操身)하는 방도에 힘을 쓴다면, 부당하게 죄에 걸릴 걱정을 면할 수 있을 것이다. 어찌 지나치게 스스로 부화뇌동하여 구업(舊業)에 힘쓰지 않을 수 있겠는가. 지금부터는 조정에서 진안(鎭安)시키는 뜻을 깊이 헤아려 의심하고 염려하는 마음을 품지 말고 각기 자신의 위치에서 안주하도록 하라. 회유(回諭)하는 일이 시급하여 종이에 임해 두서없이 썼다. 경은 이 뜻으로 도내의 인사(人士)들에게 널리 고하라.'는 내용으로 회유하라."

또 하교하였다.

"이철환의 일은 실로 명백히 증거가 없는데도 지금 포청의 문안(文案)에 이와 같이 기록되어 있으니, 이후에 이철환의 아들이나 아우가 비록 등과(登科)하여 벼슬을 하더라도 혹 사람들의 구설수가 반드시 이를까 염려스럽다. 조금 전에 전교를 내려 운운한 것은 진실로 이 때문이었다."

정조 6년 임인(1782) 4월 5일(신미) 성정각(誠正閣)에서 주강(晝講) 및 차대(次對)를 행하였다. 지경연사(知經筵事) 김노진(金魯鎭), 특진관 정창성(鄭昌聖),

승지 유의(柳誼), 가주서 조연덕(趙衍德), 기주관 김건수(金健修)가 입시하였
다.

○ 내가 이르기를,

"원릉(元陵)의 사초(莎草)에 탈이 있는 곳을 즉시 수개(修改)해야 할 것이다.
가뭄이 비록 이와 같지만 잠시도 늦출 수 없는데, 다만 역사(役事)할 곳이 넓
다고 한다."

하니, 서명선(徐命善)이 아뢰기를,

"사초의 역사는 한시가 급하니, 속히 지금 보수하는 것이 좋겠습니다."

하였다. 영의정 서명선이 아뢰기를,

"오늘 빈대(賓對)에는 한 장(張)도 회계(回啓)할 것이 없고 다만 사복시에서 아
뢸 만한 것이 있을 뿐입니다."

하여, 내가 이르기를,

"경은 전 제주 목사(濟州牧使)를 보았을 텐데 읍폐(邑弊)를 처리하는 것이 과
연 어떠하던가? 어사는 기르는 말을 담장 안에 가두어 두는 것은 문제이므로
훼철(毁撤)해야 한다고 하였고, 목사는 이미 축조한 뒤에 지금 도리어 훼철한
다면 그 말을 모는 폐단이 작지 않다고 하였는데, 어찌 그리도 소견이 각기 다
른 것인가?"

하니, 서명선이 아뢰기를,

"전 목사를 신은 아직 보지 못했습니다만, 비록 말을 모는 폐단이 있더라도 제
주 말의 성질은 산비탈을 왔다 갔다 하면서 훌륭한 기질이 길러지는 것인데,
축장(築墻)에 한정되면 거의 가두어 놓고 키우는 것과 같습니다. 마정(馬政)이
또한 중대하니, 신의 뜻으로는 훼철하지 않아서는 안 된다고 봅니다. 당초에 김
영수(金永綏)가 본시(本寺)에 보고하지 않고 제멋대로 담장을 축조한 것은 참
으로 매우 해괴합니다."

하여, 내가 이르기를,

“작년 겨울 회계할 때 장신(將臣)들이 대부분 훼철하는 것이 마땅하다고 하였다.”

하니, 서명선이 아뢰기를,

“그렇습니다.”

하여, 내가 이르기를,

“전 목사가 또한 ‘침장(針墻)을 이미 훼철했으니, 다시 바깥 담장을 훼철하지 않더라도 곧장 한라산의 정상에 오를 수 있는 길이 있으므로 다시 굳이 훼철할 필요가 없습니다.’ 하였고, 또 민폐(民弊)를 조목조목 들어 진달하였다. 이미 민폐라고 한 이상 진념하지 않을 수 없다.”

하였다. 내가 이르기를,

“이철환(李嚞煥)의 일은 처분이 과연 어떠한가?”

하니, 서명선이 아뢰기를,

“신이 어제 내리신 전교를 보았는데, 수인(囚人)이 모두 혐의에서 벗어났으니 참으로 다행스럽고, 그들이 이미 누명을 벗겨 주는 은택을 입었으니 반드시 감읍(感泣)하였을 것입니다.”

하여, 내가 말했다.

“김광렬(金光烈)이 요망하고 허탄한 설을 이철환에게 들었다고 하였는데 매우 흉칙하니 반좌(反坐)의 형률을 시행해야 하고, 정순성(鄭純誠) 같은 자는 본사(本事)가 또한 매우 긴요하므로 정배(定配)의 형률을 면하기 어려우니, 모두 문안(文案)을 형조에 이송(移送)하여 조율(照律)한 뒤에 초기하게 하라. 진천(鎭川)의 죄인 백천식(白天湜) 등 3인은 무기한으로 정배하고, 김관욱(金寬郁) 등 3인은 본도(本道)에 내려보내어 각각 지방관이 용형(用刑)할 수 있는 때를 기다려 한 차례 엄하게 형추(刑推)하고, 죽산(竹山)의 죄인 박춘섭(朴春爕) 등 2인은 별로 다시 신문할 것이 없으니 즉시 풀어 주라.”

이와 같이 『일성록』의 기록을 참고하면 예헌 이철환이 생전에 가야산 일대를 유람하며 그 산천과 교유했던 행적은 단순한 유람이나 은둔의 차원을 넘어, 가야산을 난세를 피할 수 있는 길지(吉地)이자 이상향적 공간으로 인식하고 있었던 것으로 보인다.

정조실록에서도 이철환에 대한 글을 볼 수 있는데,
정조실록 13권, 정조 6년 4월 4일 경오 3번째 기사 1782년 청 건륭(乾隆) 47년
포청에서 인심을 선동한 백천식 등의 공초를 가지고 아뢰다.

포청(捕廳)에서 백천식(白天湜)·김훈(金勳)·문인방(文仁邦)·김광렬(金光烈)의 공초(供招)를 가지고 아뢰기를,

"백천식 등은 몰래 진천(鎭川)의 산속 깊숙한 곳에 있는 토굴(土窟)에 숨어 살면서 허위로 요술(妖術)을 떠벌리고 여력(膂力)을 자랑하면서 어리석은 백성을 광혹(誑惑)시킨 자들입니다."

하니, 하교하기를,

"백천식 등이 범한 일은 만번 죽여도 오히려 죄가 남는 것이지만, 우선 너그러운 법전(法典)을 따라 사형(死刑)을 감하고 정배(定配)하라. 배소(配所)에 도착한 뒤에도 만일 그런 기량(伎倆)을 고치지 않는다면 의당 그곳에서 정법(正法)에 처할 것이지만, 만일 구습(舊習)을 통렬히 고쳐 영구히 평민(平民)이 된다면 또한 마땅히 사유(赦宥)하여 석방시키겠다. 이는 반드시 죽여야 하는 가운데서도 살릴 길을 찾으려는 의도에서인 것이다." 하였다. 백천식·김훈·문인방

은 절도(絶島)에 정배하고, 김광렬은 원배(遠配)하였다. 이어 홍충도(洪忠道) 도신(道臣)에게 별유(別諭)를 내려 도내의 인사(人士)들에게 널리 고하기를,

"경청(京廳)에서 조사한 일에 김광렬이 가장 흉포하였다. 그는 여력(膂力)을 믿고 술수(術數)를 가차하여 요망하고 허탄한 말을 지어내고 은밀히 흉패스런 모의를 빚어 내어 인심을 선동시켰으니, 그 의도가 무엇을 하려는 것이었는가? 법에 있어서도 반드시 베어야 할 뿐만이 아니라, 또한 백성을 위하여 폐단을 제거하는 데 관계되기 때문에 조가에서 이로써 단서를 철저히 힐문하게 하였고 기어이 굴혈(窟穴)을 깨끗이 타파시키게 하였다. 그런데 이철환(李嚞煥)을 원인(援引)하기에 이르렀으니, 김광렬이 먹은 마음이 더욱 참특(慘慝)스럽다. 이철환이 박문(博聞)하고 아는 것이 많다는 것은 세상에서 모르는 사람이 없는데, 더구나 김광렬은 이웃 고을에 살고 있었으니, 어찌 이철환(李嚞煥)이 문인(聞人)이라는 것을 몰랐겠는가? 그의 공초 내용에 운운(云云)한 이야기는 분명히 스스로 만들어낸 것으로 선동하고 광혹시킨 죄를 면하기 위해 망령되이 널리 알려진 사람을 원인하였다. 또 더구나 이철환은 죽은 지가 이미 여러 해가 되었다고 하니, 대질(對質)시킬 방도가 없다. 그래서 그가 이를 속일 수 있는 방도로 여긴 것이다. 한낱 이런 사정은 불을 보듯이 환히 알 수 있는 것이니, 어찌 험문(驗問)하여 알기를 기다릴 것이 있겠는가? 그러나 이런 공초(供招)가 일단 나왔는데도 흑백(黑白)을 판별하지 않은 채 한번 폭백(暴白)하는 거조가 없게 되면, 장차 구천(九泉)에 원혼(冤魂)이 생기게 되는 것이다. 이철환은 죽었지만 아들과 아우는 살아 있다. 비록 아들과 아우에게 증험하게 하는 혐의는 있지만, 실로 부형(父兄)의 무함을 신리(伸理)시키는 방도에 관계되는 것이다. 또 생각건대, 저들은 사족(士族)으로서 반드시 신설(伸雪)하는 데 급급할 것이기 때문에 그들을 불러다가 평문(平問)하게 한 것은 뜻이 있는 데

가 있는 것이다. 그런데 그들의 대공(對供)을 살펴보건대, 모두 조리(條理)가 있어 과연 내가 헤아렸던 범주를 벗어나지 않았다. 제문(祭文)에 관한 한 조항은 더욱 명백한 증거여서 일이 이미 청탈(淸脫)되었으니, 이 유지(有旨)를 가지고 이삼환(李森煥)과 이재위(李載威)에게 효유하고 아울러 즉시 해송(解送)시키라. 이 일로 인하여 호토(湖土)의 사부(士夫)들에게 한 가지 효유할 것이 있다. 아! 근래 인심이 좋지 못하여 세변(世變)이 잇따라 발생하고 있는데, 호우(湖右) 일로(一路)가 받은 피해가 치우치게 극심하였다. 그리하여 누차 심핵사(審覈使)의 사행(使行)을 만나게 되었고, 찬류(竄流)되는 형전(刑典)을 받은 사람이 많았다. 이뿐만이 아니라 체포할 때 여리(閭里)에서는 소요가 이는 것은 면하기 어려웠을 것이고, 추변(推辨)하는 즈음에 오랏줄이 평인(平人)에게 미치기도 했을 것이다. 매양 이를 생각할 적마다 안타깝고 측은한 마음이 매우 간절하다. 그러나 죄가 있고 죄가 없는 것은 옥석(玉石)처럼 절로 구분이 되는 것이니, 사부가 된 사람들이 진실로 조신(操身)하는 방도에 힘을 쓴다면, 부당하게 죄에 걸리는 걱정을 면할 수 있는 것이다. 어찌 지나치게 스스로 부화 뇌동하면서 구업(舊業)에 전념하지 않는 것인가? 지금부터 이후로는 조가(朝家)에서 진안(鎭安)시키는 뜻을 본받아 의심하는 생각을 품지 말고 각각 자신의 거처를 잘 보존토록 하라."
하였다. 라고 이철환에 대하여 쓰고 있다.

조선 후기, 정국이 흔들리며 곳곳에서 민란과 반정의 기운이 감돌았다. 영조 대에 이르러 정국은 더 치열해지고, 그 중심에 충청도 내포 지역과 가야산이 있었다. 특히 가야사는 당시 강위징, 이현, 황진기 등 정치적 세력이 몰리는 장소였으며, 그 세력이 역모에 연루되자 가야사 일대는 혹심한 탄압의 대상이 되었다. 이 과정에서 가야산의 수많은 절집들이 불타고 폐사되었다는 사실은 암묵적인 정황으로만 전해질 뿐, 공식적인 기록에는 명시되어 있지 않다.

이철환(李嘉煥, 1722~1779)은 이 시기 가야산을 여행한 인물로, 그의 기록인 「상산삼매」는 가야산의 모습을 간접적으로 담고 있다. 그는 가야사의 폐사에 대해 명시적 언급을 하지 않았으나, 전화로 인해 탑이 훼손되었고, 승려들이 가야사를 떠났다는 표현을 통해 우회적으로 폐사의 현실을 암시하였다.

그가 기록을 남긴 시기, 시인 묵객들의 여행기에서는 오래전에 가야사의 노비들이 떠나고 전답을 사대부들이 서로 차지하고 있다고 간접적으로 가야사의 폐사 분위기를 드러내고 있다. 조선왕조실록의 단편적인 기사에서도 가야산 절집들이 운영을 이어가기 어려웠다는 정황을 확인할 수 있다.

18세기 덕산 지역 출신의 기인이었던 이철환에 대하여, 비슷한 시기 덕산 가야동에서 활동한 이동윤(李東允, 1782~?)은 그의 행적을 높이 평가하고 있다. 이동윤은 자신의 문집 『민재유고(敏齋遺稿)』 중 「박소촌화초(樸素村話抄)」에 이철환의 인품과 능력을 보여주는 여섯 가지 일화를 기록하였다.
그 내용은 다음과 같다.
① 이철환이 과거에 나가면 장원할 것이라 자부하자, 친구가 '소를 잡아 대접하기'를 내기하였고, 실제로 장원하자 친구는 약속을 지켰다.
② 말을 통한 지도만으로 아이들을 가르쳤고, 침과 약으로 병자를 치료하였으며, 나무를 심고 채소밭을 가꾸는 데에도 뛰어난 방법이 있어 노력은 반이었으나 효과는 갑절이었다.

③ 도승과 불교 경전의 오묘한 뜻을 논하여 승려를 굴복시켰다.

④ 천문을 관측하여 국왕(영조)의 죽음을 예견하였다.

⑤ 자신의 오이밭에 돌로 팔진도를 만들어 놓았는데, 송아지가 '사문(死門)'으로 들어가 나오지 못해 거의 죽을 뻔한 상황을 해결하였다.

⑥ 자신의 묘터를 미리 정해두었는데, 사후 논란 끝에 결국 그가 정한 곳이 명당으로 밝혀졌다.

이동윤은 역사적으로 거의 알려지지 않은 인물인 이철환에 대해, 그의 비범한 능력과 인품을 깊이 이해하고 이를 기록으로 남겼다. 『박소촌화』에 실린 이 일화들은 이철환이 단지 기이한 인물이 아니라 다방면에 걸쳐 깊은 식견과 실천적 역량을 지닌 인물이었음을 보여준다.

남인 계열의 출신이었던 이철환은 시대적 제약 속에서도 관직을 추구하지 않고 자발적으로 제도 밖에서 자신의 삶과 사유를 실현하였다. 초시에 합격하고도 더 이상 대과에 뜻을 두지 않았으며, 세속적 욕망보다는 학문과 자연, 천문과 풍수, 불교적 통찰에 힘을 기울인 인물이었다. 그는 세상에 물들지 않은 천재였고, 동시에 천문학자이며 풍수가, 불교 철학자였다.

정약용의 기록에도 예헌 이철환의 이름이 등장한다. 정약용이 지은 〈몽수전〉에 따르면, 자신을 치료한 이헌길은 조선 정종(定宗)의 후손으로, 이철환의 문하에서 학문을 배운 제자였다. 그는 마진(홍역) 치료로 명성을 얻은 유학자 의사(儒醫)였으며, 정약용이 투창(腫瘍성 종기)을 앓았을 때 그를 치료해 생명을 구했다. 정약용은 자신의 생명을 건져준 은인으로 이헌길을 기억하며 깊은 감사를 표하였다. 이헌길은 이철환의 서재에서 발견한 『두진방(痘疹方)』이라는 의서를 통해 마진 치료법을 익혔고, 이후 『마진기방(麻疹奇方)』

이라는 책을 편찬하여 그 방법을 세상에 널리 전했다.

예헌 이철환은 18세기 내포 지역에서 활동한 실천적 지식인의 한 사람으로, 시대와 지역을 넘는 통합적 사유와 삶의 태도를 보여주는 인물이다. 그는 『상산삼매』를 통해 가야산 일대의 자연과 불교 문화를 정리하고, 그곳을 단순한 은둔처가 아니라 재난을 피해 삶을 이어갈 수 있는 복지이자 길지로 인식하였다. 이러한 시선은 『일성록』에 기록된 십승지 언급과도 상통하며, 가야산의 위상을 조선 후기 국왕의 인식과 연결 짓는 단초가 된다.

18세기 덕산 지역에서 활동한 민재유고의 저자 이동윤은 그의 기지와 실천을 여섯 가지 일화로 남겼고, 정약용 역시 자신의 생명을 구한 유학자 의사 이헌길이 이철환의 제자였음을 기록으로 남겼다. 이 모든 기록들은 이철환이 단순한 기인이나 은둔학자를 넘어서, 자연과 사유, 현실과 이상을 잇는 실천적 지성인이었음을 보여준다.
그의 존재는 오늘날에도 내포 지역의 역사적 자산이자, 가야산을 중심으로 한 지식과 실천의 연결 고리로서 새롭게 조명되고 있다.

참고
일성록 /조선왕조실록
몽수전 / 상산삼매
민재유고 / 길보유고(가야산역사문화총서 2000년)

7. 1753년 이철환의 가야산 로드

이 글에서는 조선 영조 연간인 1753년, 예헌 이철환(李嚞煥)이 가야산 일대를 유람하며 남긴 기행문 『상산삼매(象山三昧)』를 중심으로, 그의 유람길에 참여한 승려들의 실질적인 역할과 조선 후기 가야산 사찰의 현실을 살펴보고자 한다. 특히 이 유람에 동원된 승려들의 수, 그들이 수행한 노동의 구체적인 내용, 그리고 기록 속에 드러나는 이들의 신분과 처지를 추적함으로써 조선 후기 불교의 사회적 위치를 재조명하는 데 그 목적이 있다.

상산삼매(象山三昧), 승려들의 땀으로 쓰인 가야산 여행기였다.

조선 시대 가야산 승려들의 잔혹사

덕산 가야산은 단지 경승지로서의 아름다움에 그치지 않았다. 조선 시대에 이 산은 승려들의 고된 노동과 희생으로 유지된 수행의 공간이자, 때로는 사대부 유람객들의 '향유'를 뒷받침하는 보이지 않는 그림자였다.

특히 가야산을 찾은 사대부들의 산천유람에는 승려들의 노동이 필수적이었다. 유람길이라 불리던 산행은 실상 혼자 걷기도 험한 암릉과 협곡을 지나야 했으며, 그들은 이 고된 산길에 남여(男輿, 가마의 일종)를 메고 사대부를 실어 날랐다. 석문봉이나 연엽봉과 같은 가파른 능선을 넘고, 연포회(宴抱會)라 불린 문인 모임이 열릴 때는 손수 음식을 마련하고 상차림을 도맡았다.
밤이 되어도 노동은 끝나지 않았다. 승려들은 유람객의 잠자리를 준비하고 뒤

치다꺼리를 감당해야 했다. 산사에서 수행의 길을 걷던 그들이 사대부의 시중을 드는 현실은 조선 후기 억압된 불교의 자화상이기도 했다.

광해군의 아들 이지가 가야산에 원찰(願刹)을 두면서, 일시적으로 사찰은 도성 축성이나 종이 제조와 같은 국가 차원의 부역(賦役)에서 면제되는 특혜를 누렸다. 그러나 1623년 광해군이 폐위되면서 그러한 보호는 사라졌고, 사찰과 승려들은 다시금 국가의 부역 체계 속에 편입되었다. 이후 가야사 승려들은 사대부들의 연포회에 필요한 음식과 제사용 두부를 생산해야 했으며, 덕산 지역의 사대부들에게 공급할 종이까지 만들어야 했다. 점점 늘어나는 부역의 부담은 수행을 어렵게 만들었고, 승려들은 결국 상소를 통해 부역의 감면을 요청하였다. 하지만 이 요청은 받아들여지지 않았고, 덕산 지역 사대부들과의 갈등이 심화되면서 승려들은 하나둘 가야사를 떠났으며, 그 결과 가야사는 점차 폐사의 길로 접어들게 되었다.

불교 내의 장인 시스템, 그리고 '불교 기술자'의 비극

조선 시대 불교는 점차 왕실의 후원에서 멀어지며 자체 생존 방식을 모색해야 했다. 이 과정에서 사찰은 필요한 모든 것을 스스로 해결하는 자급 체계를 구축하게 된다.

불화(佛畵), 불상(佛像), 단청, 심지어는 사찰 건축까지 이러한 종교적·예술적 작업은 대부분 승려 장인들의 손에 의해 이루어졌다. 조선 초기에는 도화서나 관청에 소속된 장인들이 불화를 그리기도 했으나, 불교에 대한 국가의 지원이 줄어들면서 점차 사찰 내부에서 장인을 양성하는 구조로 변화하였다.

이러한 장인 승려들은 뛰어난 솜씨로 국가의 건축 사업에도 동원되었다. 궁궐 공사나 도성, 화성성역(華城成役)과 같은 대형 공역에는 승장(僧匠 : 기술을 가진 승려)이 참여하였고, 그 기술은 조선 건축사에 적지 않은 영향을 끼쳤다.

흥미로운 점은, 동아시아 불교권에서 장인의 자급자족 체계를 갖춘 사례가 조선 불교 외에는 거의 없다는 것이다. 중국은 왕실에서 장인을 조직해 불화와 불상을 제작했고, 지방 사찰은 지역 장인에 의존했다. 일본은 장인이 혈연이나 사제 관계를 통해 이어졌으며, 이들에게 승려의 호칭을 부여하긴 했으나 실상은 민간 장인이었다. 이에 비해 조선은 수행자이자 기술자였던 승려 장인의 독특한 위치가 형성된 셈이다.

이철환과 『상산삼매(象山三昧)』

1753년(영조 29), 예헌(例軒) 이철환은 가야산을 유람하며 『상산삼매』라는 여행기를 남긴다. 이 기록은 단순한 산행기가 아니다. 가야산의 암벽과 계곡, 봉우리마다 승려들의 손때 묻은 지명이 담겨 있고, 이철환의 유람길 곳곳에는 승려들의 안내와 협조가 기록된다.

그는 혼자 산길을 오르지 않았다. 몇 명의 승려가 동원되어 가마를 메고, 짐을 나르며, 음식과 잠자리를 마련해 주었다. 오늘날 우리가 풍광이라 부르는 장소들인 가야봉, 석문봉, 백암봉과 석문담, 와룡담, 옥병계 등은 승려들이 노동의 땀방울로 닦아낸 '현장'이었다.

이철환의 기록은 사대부의 시선으로 쓰였지만, 그 이면을 읽어낸다면 조선 후기 불교의 사회적 위상, 그리고 승려들이 겪었던 현실의 고통이 여실히 드러난다. 『상산삼매』는 바로 그 피와 땀의 기록이다.

예헌 이철환의 『상산삼매』는 1753년 10월부터 1754년 1월 말까지 장천에서 가야산의 묘암사까지 돌아보고 남긴 가야산 유람기로 현존하는 유일한 책이다.

이철환이 가야산을 찾은 이유는 가야사의 금탑과 운제, 그리고 일락사 등의 승려들의 연희를 보려는 것이었다고 그는 적고 있다. 지적인 호기심이 많고 특별한 관직이 없던 이철환은 가야산에 특별한 음악을 하는 승려가 있다는 소문을 듣고 여행을 계획하는데, 장천에서 가까운 가야산을 찾아 잠시나마 탈속(脫俗)의 기분을 즐기고 돌아왔던 것 같다.

이철환의 『상산삼매』를 보면 가야산 승려들이 짐꾼이 되거나 길잡이가 되어 동행하는 노역이 있었음을 알 수 있다. 가령 일락사에서 4박하고 일조암으로 옮겨갈 때 현지 사정을 잘 아는 일락사의 승려들이 릴레이 방식으로 이어졌다.

이철환의 "가야산 로도"

1753년 10월부터 1754년 1월 29일까지 약 4개월간 이어졌으며, 이 기간 동안 47명의 승려들이 짐을 메고 길 안내를 맡았다.

1753년(영조 29년) 가을(10월)부터 1754년 1월 29일까지 약 4개월간 이어졌으며, 이 기간 동안 47명의 승려들이 짐을 메고 길 안내를 맡았다.

두 명의 종자를 거느리고 소호(현재의 소래포구)를 떠나 충청도의 내륙으로 향했다. 그 여정의 목적지는 바로 가야산이었다. 내포 문화의 요충지이자, 백제·고려·조선 시기 가야사와 보원사를 비롯해 100여 개가 넘는 사찰이 자리 잡은 이곳은 불교 문화를 꽃피운 성지였다. 가야산은 조선 후기 유학자의 눈에도 깊은 관심을 끌기에 충분한 장소였다.

10월 9일 소호를 출발한 일행은 강경, 예산을 거쳐 10월 18일경 덕산의 장천(長川, 현 고덕면 상장리)에 도착한다. 이곳은 이철환이 태어난 마을이며 여주 이씨 일가가 오랫동안 뿌리내린 연고지였다. 그리고 10월 23일부터 이철환은 본격적인 산중 유람에 나선다.

정수암과 영사암의 서림곡(西林谷)

첫 목적지는 봉산면 봉림리에 위치한 정수암(淨水庵)과 영사암(永思庵)이었다. 이 두 암자는 고즈넉한 서림곡 속에 나란히 자리 잡은 수행처로, '절터 너머 또 절'이라 할 만큼 불교 문화가 농밀하게 자리한 공간이었다.

정수암에서는 승려 여견(呂堅)의 연주회를 목격하게 된다. 여견은 비파와 생황, 피리를 넘나들며 산중의 정적을 깨는 음률을 울렸고, 이철환은 그의 연주에 "풍금과도 같고, 마치 서양인의 소리를 듣는 듯하다"고 회고한다. 당시 이철환은 예수회 신부 줄리오 알레니(Giulio Aleni, 1582~1649)가 편찬한 《직방외기(職方外記)》의 '풍금' 묘사를 떠올린다. 이 책은 그의 조부 성호 이익이 발문을 달았던 바로 그 서적으로, 정두원(鄭斗源)이 1631년 수입한 유럽 세계지였다.

운산 지럭재의 적조암(寂照庵), 불교와 유교의 경계

이철환은 곧이어 운산면 원평리 지럭재의 적조암으로 향한다. 적조암은 승려들의 독거 수행처이자 비밀스러운 음악 공간이었다. 그곳에서 만난 선비는 뜻밖에도 고성방가하듯 기물을 깨뜨리며 "정자(程子)조차 불교를 배척한 적은 없다(程子亦未嘗背佛)"는 말을 내뱉는다. 이는 단순한 방자함이 아닌, 유교적 질서 속에 숨어든 불교 수용의 역설을 표현하는 몸짓이었다.

일락사, '가야산 악장의 밤'

길을 안내한 짐꾼 중에는 특이한 승려가 있는데, 이철환은 12월 3일 일락사에서 4일간 머물다가 산 넘어 일조암으로 가는데, 짐꾼 중에는 일락사에서 소리를 하는 여옥이라는 승려가 1753년 일조암으로 가는 길에 짐을 들게 된다.

이들이 걸었던 길은 가야사지에서 석문봉을 지나 일락사를 오가던 길로, 지금도 서산 쪽과 예산 쪽에서 등산하는 사람들이 석문봉을 오르기 위해 가장 많이 다니는 곳이다. 이철환은 일락사를 거쳐 묘암사(가야사)로 가서 가야산의 랜드마크인 금탑과 운제를 구경하게 된다.

12월 4일, 가야산 남쪽 자락의 일락사(日樂寺)에서는 '중고제(中高制)' 명창이었던 방만춘(方萬春)의 득음 수련이 있었다. 중고제는 충청도 내포 지방에서 유행한 판소리 창법으로, 장중하고 절제된 선율이 특징이다. 이 무대에 오른 이들은 단지 승속을 초월한 구경꾼이 아니라, 가야산을 노래한 음률의 계승자였다.

이날 밤, 사미승 회잠(會岑, 17세)과 여옥(呂玉)은 다채로운 연희 공연을 펼친다. 징과 꽹과리, 태평소가 어우러진 춤과 음률, 그리고 쌍둥이 피리꾼 선돌(先突)과 후돌(後突)의 연주는 밤하늘을 뒤흔든다. 이철환은 이들을 '산중 악공'이라 표현하며, 단지 승려로서가 아닌 문화 창조자로 본다.

무엇보다 특별한 장면은 꼭두각시놀이(傀儡戲)였다. 운기자(運機子)라 불린 인형극 연주자는 소형 인형을 실로 조작하며 스페인 예배당 풍금 소리와도 흡사한 음률을 만들어냈다고 쓰고 있다.

종휘의 범패, 문수사의 새벽

가야산 북쪽 능선의 문수사에서는 승려 종휘(宗輝)의 범패(梵唄) 공연이 있었다. 범패는 불교 의식에서 염불과 음악을 결합한 독특한 성악 양식으로, 이철환은 이를 '산의 숨결'이라 묘사했다. "아침 안개 속 종휘의 목소리는, 짐짓 낙엽이 바람에 떠는 소리와 다르지 않다." 그의 기록은 단순한 기행문이 아니라, 불교 음악의 체험적 기록이라 할 수 있다.

백 개가 넘는 사찰, 내포 불교문화의 심장

이철환이 가야산 일대에서 탐방한 사찰과 암자는 100여 곳에 달한다. 대부분은 작고 소박한 암자였지만, 그 하나하나가 불교 문화의 현장이자 음악과 연희, 유·불 사상의 교차점이었다. 조선 후기 억불 기조 속에서도 가야산은 신앙과 예술, 철학이 공존하는 생동하는 무대였다.

산중의 예술, 유학자의 귀로 되살아나다

이철환의 가야산 기행은 단지 유학자가 절터를 둘러본 행차가 아니었다. 그것은 불교 예술과의 만남이며, 조선 후기에 존재했던 사상과 문화의 복합적 현장을 기록한 것이다. 특히 그는 음악과 연극, 범패와 인형극, 유럽의 풍금과도 같은 산중의 소리를 하나하나 수용하고 해석해낸다.

이러한 여정은 조선 후기 내포 지역 불교 문화의 풍성함을 증거함과 동시에, 유학자 내부에서 진행된 사상적 관용과 문화적 개방성을 보여주는 사례로 평가될 수 있다. 이철환의 기행은 조선의 산중에서 울려 퍼진 또 다른 문명의 숨결이었다.

아래는 날짜별 경유한 사찰과 승려들의 명단이다.
[때는 계유년(1753) 10~11월 무렵이다.]
용문에서 돌아와 예헌에서 머물며 쉬고 있는데, 때는 여름을 지나 가을로 접어들었다. 이에 종 두 명을 도반으로 삼아 산과 바다를 두루두루 유람하면서 불평과 울분을 풀어내고자 하였다.

11월 10일 적조암으로 이주하여 쉬다. (수해·여견이 짐을 지다.)
11월 12일 수정암에 가서 구경하다. (자위·정돌이 배석하다.)
11월 16일 수정봉을 다시 오르다. (자순이 따라가다. 귀선·상일)
11월 18일 문수사로 옮기다. (태성·승념이 짐을 지다.)
11월 20일 보현사로 이주하다. (채흡과 선재가 짐을 짊어졌다.)
11월 23일 보원사 불전에 가서 구경하다. [치신이 따라갔다.]

12월 2일 개심사로 바꿔 가다. (성책·각행·치균·치신이 짐을 운반하다.)

12월 3일 여러 암자를 구경하다. (석청이 앞에서 인도하다.)

이날 일락사로 갔다. (석한·항진·간식·낭혜가 짐을 운반하다.)

12월 4일 밤에 승려들의 연희를 구경하다.

회잠(會岑)·여옥(呂玉)이라는 두 사미승이 있는데 나이는 각각 17세이다.

12월 8일 일조암으로 이주하다. (여옥·금옥·희윤·회윤이 짐을 들다.)

12월 12일 묘암사로 가서 구경하고 금탑을 감상하다. [계정이 길을 안내했다.]

12월 13일 (삼금) (수은) 이철환과 동갑

1월 3일 한곡으로 가다. [일재·업산]

1월 6일 장천으로 돌아오다. (일재)

1월 11일 다시 정수암에 이르다. (막산·정만)

1월 15일 영탑사에 가서 구경하다. (극청이 길을 안내하다.)

1월 19일 (귀만)

1월 20일 벽련암으로 가서 구경하다. (비전과 아이가 앞에서 안내하다.)

1월 27일 가야사로 이주하다. (정익이 짐을 지다.)

1월 29일 마담에 가서 구경하고 나졸암을 감상하다. (삼보·금식이 길을 안내하다.)

가야산에서 만난 승려들
18세기 가야산 불교 공동체의 살아있는 단면

유람 여정에 동행한 이들은 단지 짐꾼이나 길잡이에 그치지 않았다. 그들은 가야산에 터를 잡고 수행하던 승려들이었으며, 이철환의 여정을 통해 가야산 불교 공동체의 면면을 드러내 주는 증인이었다. 그 수는 무려 47인에 달한다.

명단은 다음과 같다.

범동(范同), 귀선(貴先), 삼금(三金), 응숙(應淑), 대찬(大贊), 시남(時男), 수해(守海), 여견(呂堅), 자위(慈位), 정돌(貞乭), 자순(自淳), 상일(相日), 태성(泰性), 승념(勝念), 채흡(蔡洽), 선재(善財), 필귀(必貴), 치신(致信), 성책(性策), 각행(覺行), 치균(致均), 치신(致信), 석청(錫靑), 석한(釋閑), 항진(項眞), 간식(侃式), 낭혜(朗惠), 여옥(呂玉), 금옥(錦玉), 희윤(希胤), 회윤(會潤), 계정(戒淨), 막산(莫山), 박회(博回), 일재(一才), 업산(業山), 정만(貞萬), 극청(克淸), 의청(義淸), 삼찬(三贊), 귀만(貴萬), 비전(非田), 능습(能習), 귀금(貴金), 말금(末金), 정익(淨益), 금식(錦湜).

이 명단에는 법명과 속명이 혼용되어 있으며, 일부는 특정 암자에서의 역할이나 수행 계열을 시사하는 이름으로 추정된다. 예를 들어 '석한(釋閑)'이나 '항진(項眞)' 같은 이름은 선계 수행자일 가능성이 높고, '승념(勝念)'이나 '각행(覺行)'은 수행의 정신적 지향을 드러낸 법명일 수 있다.

이철환의 가야산 유람은 단순한 자연 탐방이나 유람기의 차원을 넘어선다. 당시 가야산을 중심으로 형성된 불교 공동체의 인적 구성을 생생히 전하는 자료로, 18세기 중엽 내포 불교의 실제를 보여주는 보기 드문 현장 기록이라 할 수 있다.

이철환이 만난 가야산 선승들(16명)

예헌 이철환은 1753년 음력 10월에서 12월에 걸쳐 덕산에서 출발하여 가야산 일대를 유람하며, 수많은 사찰을 순례하고 승려들과 교유하였다. 그 여정

가운데 만난 선승들은 그의 기행록 속에 간헐적으로 등장하며, 당대 가야산 불교 공동체의 면모와 선문화(禪文化)의 생동감을 보여주는 인물들이다. 아래는 그가 언급한 16인의 승려를 중심으로 정리한 명단이다.

인겸(印謙), 우색(宇色), 삼보(三寶, 2), 보순(寶淳), 종휘(宗輝 : 문수사 범패 연주), 법희(法喜), 선종(禪宗), 해은(海誾), 순순(諄諄), 회잠(會岑 : 사미승), 여견(呂堅 : 사미승, 정수암), 수운(守雲 : 이철환과 동갑내기), 죽림(竹林), 선돌(先突 : 선동), 후돌(後突 : 선동), 보인(寶印 : 영탑사).

이철환이 기록한 가야산 암자 목록 (총 59개소)

이철환이 기록한 가야산 암자 59곳에 대한 목록을 정리하면 다음과 같다. 이 목록은 암자의 명칭, 소속 또는 별칭, 그리고 특징적 정보 등을 기준으로 분류한 자료이다.

대표 암자 및 고찰
정수암(탄부암) : 서림사 관할 → 묘암사 소속으로 이관됨
나한암(일출암)
영사암
적조암
수정암
보원사(강당사로도 불림)

가야사 및 그 부속 암자

부속 암자 12개 : 지장암, 청룡암, 칠성암, 관음암, 환희암, 제석암, 허공암, 선적암, 휘암암, 상소선암, 하소선암, (기타 1곳 불명)
관련 사찰 : 백암(덕산현 소속, 가야사 관할)
기타 : 일락사, 일악사, 일조암

가야사 관련 및 독립 사찰
묘암사(무암사) : 원래 가야사 소속, 이후 가야사 사칭으로 전환
부속 암자 : 금당암, 남전암, 수덕암
서림사, 운암
와룡암
영탑사
벽련암 : 십여 명이 거주함
향월암 : 두 명 거주

가섭 삼암 (상가섭암, 중가섭암, 하가섭암)
용연계 암자군 (상용연암, 하용연암)
빈발암계 암자 (내빈발암, 외빈발암)
수도암계 암자 (상수도암, 하수도암)

기타 단일 암자 및 암자군
취대암, 봉대암, 내원암, 대승사, 북암, 문수사(현존), 보현사, 남암, 능인암, 외도솔암, 효선정사, 아란암, 삼매암, 해인암, 마적암, 상고룡암, 하교룡암, 굴암, 내도솔암, 서근암, 구룡암, 백운암, 호암, 벽련암, 관음사, 용봉사, 월조암, 원통암, 나

졸암, 묘암 등과 같이 방대한 기록이다.

이철환이 가야산 유람하며 관찰한 사찰의 현황에 대하여 다음과 같이 기록한다.

"가야사는 옛날에 대단히 큰 총림이었다. 당나라 영명(永明) 연간에 범왕국사(梵王國師)가 창건하였다. 가섭봉으로부터 짧은 산기슭이 내려와 가야사 오른쪽을 호위하고 있다. 또 기린봉에서 긴 산기슭이 나와서 절 왼쪽을 두르고 한 봉우리가 우뚝 섰는데, 이를 도청봉(韜靑峰)이라 하였다. 옛날의 도청(都廳)은 발음이 같기 때문에 와전된 것이다. 도청봉에서 다시 나아가면 망경대(望景臺)에 이르는데, 이를 일출암(日出庵)이라고도 하고 나한암(羅漢庵)이라고도 한다. 도청봉 아래에 가야사 터가 있는데, 전쟁 통에 모두 불에 타버렸다. 옛날에는 큰 비석이 있어서 가야사를 창건한 내력 및 상주하며 사용했던 물자까지 자세하게 기재되어 있었지만, 종들이 난리를 틈타서 그것을 때려 부수고 그 자취를 없애버렸다. 아직도 무너진 채 남아 있다."

과거에는 이곳에 가야사의 창건 경위는 물론, 상주 승려들이 사용하던 물자까지도 세세히 기록한 대형 비석이 있었다. 그러나 세상이 혼란스러웠던 틈을 타 종복들이 그것을 부수고 자취를 없애버리는 바람에, 지금은 파괴된 잔해만이 그 자리에서 옛날의 흔적을 증언하고 있을 뿐이다.

이철환 1753년 가야사에 대하여

화번(火番 : 태양을 향해 공양 올리는 스님)
가야산에서 시작 가야사 부속 암자 : 일조암, 백암 및 십이방(十二方)

가야사 폐사 이후 가야사를 사칭한 절 :묘암사(妙巖寺)→불당뒤'운제(雲梯)'77(73)계단→석탑(鐵幢 설치→금탑)→광명대→금당암 터.
조극선의 사대부 집안의 종이 공급처 : 가야사, 일조암(日照庵), 수덕사, 초암(草庵)(조극선의 ≪인재 일록(仁齋日錄)≫, ≪야곡일록(冶谷日錄)≫ 참조)
조극선(趙克善, 1595-1658)과 종이 제작 일로 1621년 겨울에 갈등이 생기면서 1623년에는 가야사의 승려들이 모두 도망가 폐사될 위기에 처함.

가야사에서는 불경을 발행하고 불상을 발원했다는 기록을 볼 수 있어 목공, 단청, 각자(刻字), 지장승(紙匠僧) 전문 승려가 있었다는 것을 의미한다.

이철환은 가야사가 쇠미한 이유로 중국인이 일조암 왼쪽 기슭을 파서 맥을 끊음(1월 27일자)이라는 풍수적인 관점의 의견을 남기기도 한다.
1753년 이철환이 기록한 가야사(伽倻寺)의 실상과 그 쇠퇴 원인

가야산 일대를 유람하며 가야사의 현황과 그 변천 과정에 대해 불교와 풍수 등에 능했던 이철환은 다각도로 관찰하였다.

가야사는 과거 화번(火番, 태양을 향해 공양을 올리는 스님)이 머물던 중심 사찰로, 본사와 더불어 일조암(日照庵), 백암(白庵), 그리고 십이방(十二方) 등 다수의 부속 암자를 거느리고 있었다. 이 일대는 천자문을 익히고 불경을 베끼는 공부승들과, 목공·단청·각자(刻字)·지장(紙匠) 등의 기술을 익힌 전문 승려들이 활동하던 문화적 중심지였다. 그들은 불상 조성에 참여하고, 불경을 간행하며 가야산 사찰들의 예술과 신앙의 전통을 계승하였다.

그러나 이러한 번영도 오래 가지 못했다. 조선 인조 연간인 1621년 겨울, 조극선(趙克善, 1595~1658)의 ≪인재일록(仁齋日錄)≫과 ≪야곡일록(冶谷日錄)≫에 따르면, 그의 사대부 집안과 가야사 간의 종이 공급 문제로 갈등이 심화되었다. 특히 일조암, 초암, 수덕사 등에서 종이를 조달받던 조씨 집안과의 분쟁은 1623년 무렵 승려들이 집단 이탈하는 사태로 이어졌으며, 이로 인해 가야사는 폐사의 위기에 처했다. 이는 단순한 경제적 분쟁을 넘어 사찰의 기능 자체가 흔들린 사건이었다.

이철환은 가야사의 쇠퇴 원인 중 하나로,1753년 1월 27일자 기록에는, 중국인(中國人)이 일조암 왼편 산기슭을 파헤쳐 지맥(地脈)을 끊었다는 주장이 나온다. 이는 풍수적 관점에서 사찰의 명맥이 끊어진 원인을 해석한 것으로, 지역 유력 인사로서 자연환경과 불교적 세계관을 동시에 고려한 평가라 할 수 있다.

또한, 가야사의 폐허 이후에는 본래 가야사의 권위를 사칭하거나 명맥을 잇는 듯한 움직임도 있었다. 묘암사(妙巖寺)가 대표적이며, 이 절은 '불당 뒤 운제(雲梯)'라는 이름의 77(혹은 73)계단을 중심축으로 삼고 있다. 계단을 오르면 철탑 혹은 금탑이 설치된 자리로 이어지며, 그 위에는 광명대와 금당암(金堂庵) 터가 남아 있다. 이는 가야사의 법통을 이어받았다고 주장하는 공간 구성으로 볼 수 있다.

이철환의 기행은 단지 유람 차원을 넘어서, 가야산 불교의 실상과 그 쇠락 과정을 풍수적·역사적 관점에서 성찰한 일종의 문화지리학적 탐색이라 할 수 있다. 특히 승려 집단의 사회경제적 역할, 문헌 간행과 예술 제작, 그리고 사찰과 사대부 간의 복합적인 이해관계를 함께 조망한 점에서 18세기 가야산 연구에 매우 중요한 기초자료로 기능한다.

그의 기록은 18세기 중엽 가야산 불교 공동체의 실체를 복원할 수 있는 귀중한 사료로 평가된다.

조선시대 사찰에 부과된 부역과 승려의 역할

불교의 쇠퇴를 초래한 억압의 구조, 사찰에 부과된 부역은 다양하고도 광범위했다.

조선 시대의 사찰은 단지 수행과 신앙의 공간에 머물지 않았다. 유교 이념에 기반한 국가 체제는 불교를 배척하고 억제하며, 사찰과 승려를 다양한 부역과 잡역의 주체로 삼았다. 이는 단순한 재정적 부담을 넘어서, 사찰의 내적 붕괴와 불교 공동체의 해체를 야기한 결정적인 원인 중 하나였다.

사찰에 매겨진 부역(종이, 차, 양념류)과 스님의 역할

왕이나 세도가의 묘지기, 시체의 매장과 수습, 국가 기관이나 지방 세도가의 겨울철 땔감 장만하기, 송진·관솔 따기, 솔씨 기름·동백기름·산초기름 바치기, 말린 제피잎 바치기, 건조 약초, 산나물, 칡뿌리 가루, 담비가죽·족제비 가죽, 녹용·사향·웅담, 산삼·영지·석청, 잣과 잣으로 만든 과자, 오동나무 기름, 들깨 기름 바치기, 상여 메기와 무덤 만들기, 양반집 잔치 때의 심부름, 서울에서 내려온 유생들을 가마에 태워서 절까지 안내하기 등 과다한 부역으로 인한 사찰의 퇴락이 발생하게 된다.

대표적인 항목을 살펴보면 다음과 같다.

1. 물자 조달과 노동 부역

종이·차·양념류 등의 조달은 물론, 겨울철 왕실 및 지방 세도가의 땔감 마련, 솔잎(관솔)·송진 채취, 솔씨 기름, 동백기름, 산초기름 바치기, 건조 약초·산나물·칡뿌리 가루 등 산물 채집과 공납, 담비·족제비 가죽, 녹용, 사향, 웅담, 산삼, 영지, 석청 등 희귀 약재와 동물성 자원의 상납 등이 그것이다.
이러한 부역은 산중에서 수행하던 승려들을 사실상 노동력으로 동원하는 체제를 낳았으며, 사찰의 독립성과 존엄성을 크게 훼손하였다.

2. 운송 및 의례 관련 부역

지방을 찾은 서울 유생들의 가마 운반,
상여를 메고 무덤을 조성하는 일,
양반가의 잔치에 심부름꾼으로 동원되는 일,
왕이나 고위 관료의 묘소를 지키는 역할, 심지어 시신을 수습하고 장례를 도맡는 일까지 승려들이 수행해야 했다.

이러한 역할들은 불교의 고유한 종교적 기능과는 거리가 멀며, 사찰과 승려가 사회의 하층 노동력으로 전락하게 된 현실을 보여준다.

부역으로 인한 사찰의 쇠퇴

이처럼 사찰은 자율적 수행과 신앙 공동체로서의 기능보다는, 국가 권력과 지배 세력의 편의에 봉사하는 '노동 기지'로 전락하였다.
정동주가 『부처, 통곡하다 : 조선 오백년 불교 탄압사』에서 지적했듯, 승려들은 수행 대신 땔감을 지고, 약초를 캐며, 가마를 메고, 상여를 들며, 귀족가 심부름까지 해야 하는 처지에 놓였다. 이는 불교의 교학과 수행의 전통을 무너뜨리는 구조적 억압이었으며, 사찰의 위상은 점차 쇠락할 수밖에 없었다.

특히 지방의 중소 사찰들은 이러한 부역에 대한 부담을 견디지 못하고 폐사되거나, 명목만 남은 폐허로 전락하기도 하였다. 수행은 사라지고, 공동체는 해산되었으며, 가르침은 잊혔다.

조선 시대 불교 탄압은 단순한 사상적 억압을 넘어, 제도적이고 물질적인 착취의 방식으로 전개되었다. 사찰에 부과된 부역은 국가 권력의 강압과 사회적 차별이 중첩된 결과였으며, 이로 인해 수많은 사찰이 퇴락의 길을 걸었다.
조선 불교사의 이해는 이러한 사회 경제적 맥락을 함께 조명할 때 비로소 보다 깊은 역사적 통찰로 나아갈 수 있다.

가야사의 주요 연혁과 역사적 사건

522년

가야사는 전승에 따르면 겸익대사(謙益大師)가 창건한 것으로 알려진다. 그러나 이러한 기록은 현대의 일부 문헌에 등장하는 서술일 뿐, 신뢰할 만한 사료적 근거는 부족하다.

문헌과 고고학적 조사

1991년 『예산의 맥』 등 지방사 서술에서는 창건 연대를 6세기로 보나, 실제 문헌적 뒷받침은 미비하다. 다만 지표 조사 결과 백제 시대 와편이 확인되었고, 통일 신라 시기의 유물도 함께 수습되어, 이 시기를 전후한 사찰 운영이 고고학적으로는 뒷받침된다.

874년

진공대사(眞空大師, ?-937)가 가야산 수도원에서 수계를 받았다.

898년

법경대사(法鏡大師) 현휘(玄暉, 879-941)가 가야산사(伽耶山寺)에서 출가하여 수계를 받는다.

1176년(고려 명종 6)

가야산 일대를 거점으로 활동하던 손청(孫淸)의 난이 발생하여, 예산현 관아가 함락되고 감무가 피살되는 중대한 사건이 벌어졌다. 이는 고려 후기 지방 통제력이 약화되고 민란이 빈번하던 시대상을 반영하는 대표적 사례로, 가야산 지역이 당시에도 전략적 중요성을 지닌 공간이었음을 시사한다.

1177년(명종 7)

1176년 손청의 난에 이어 반란 세력이 다시 봉기하여 가야사(伽倻寺)를 점거하였다. 이 사건은 『고려사절요』 제12권 정유 7년조에 실려 있으며, 당시 가야산은 반란군의 거점으로 이용되었다. 이러한 역사적 기억은 가야 구곡 제9곡인 옥량폭(일명 곤양골) 일대의 '중방바위'라는 명칭에 흔적으로 남아 전해진다.

1358년(공민왕 6)

일부 문헌에는 나옹(懶翁) 선사가 가야사에 오층 금탑을 조성하였다고 전하나, 이는 사실과 다를 가능성이 있다. 추사 김정희는 이 탑이 고려 문종의 아들 의천에 의해 조성되었을 가능성이 높다고 고증하였으며, 탑이 훼철될 당시 송나라의 차(茶)와 함께 부장된 유물이 출토되었다는 점은 국가 차원의 불사였음을 시사한다. 이 오층 금탑은 1845년 흥선대원군 이하응에 의해 철거되었고, 이 사건을 기점으로 가야사는 사실상 폐사되었다.

조선 중기-후기

1527년, 1531년 : 덕산 가야산 용연(龍淵)에서 가뭄을 극복하기 위한 기우제가 봉행됨.

1543년 : 성수영(成守瑛)이 덕산현감으로 부임하고, 그의 형 성수침(成守琛)은 모친을 모시고 덕산으로 내려와 가야사에 머물며 1년간 노무와 아들 성혼(成渾)과 함께 유거하였다. 이 시기 가야사는 덕산 지역에 부임한 중앙 관료들이 가족과 함께 임시로 거처하던 공간으로, 관가 외의 휴식처로서 일정한 역할을 했음을 보여준다.

1621년 : 광해군 13년, 가야사에서 『성관자재구수육자선정(聖觀自在求修六

字禪定)』이 간행됨. 같은 해 9월 1일, 조극선(趙克善)이 종이 제작을 의뢰하고
자 가야사를 방문함.

18세기 초 유배지로서의 위상

1706년 : 숙종의 처남 김진규(金鎭圭)가 덕산현으로 유배되어 7곳에 암각문
을 남겼다. 일반적으로 유배지로 알려진 남해나 제주도가 아닌 내포의 덕산에
서 문학 활동을 펼친 그는, 가야산 아래에서 1년여간 은둔하며 덕산 지역에 회
암서원을 설립하고 많은 시문과 저술을 남겼다. 이는 덕산이 유배 문학이라는
새로운 문예 유형의 산실로 자리 잡는 계기가 되었다.
1707년 : 김시보(金時保)가 유배 중인 김진규를 방문하고 가야사를 유람함.
1709년 : 김진규가 충청도 37개 읍의 선비들과 함께 회암서원 창건에 주도적
역할을 함.
1710년~1729년 : 윤봉구(尹鳳九), 한원진(韓元震) 등 당대의 문인들이 가야산
과 가야사를 유람하며 시문을 남김.
1723년 : 석문 윤봉오(尹鳳五), 옥병계(玉屛溪)에 은거.
1733년 : 심조(沈潮)가 내포에서 윤봉구를 만나 문학 교유를 나누었고, 같은
해 황진기(黃鎭紀)가 가야산 백암사에서 의병을 일으켰다. 그의 거병은 조정에
대한 반감에서 비롯된 행동으로 보이며, 체포되지 않은 채 종적을 감추었다.
이 과정에서 가야사를 비롯한 가야산의 여러 사찰이 수색의 여파로 폐사되었
고, 이전부터 이어지던 종이 생산 노역의 과중함과 황진기와 같은 인물들이 활
동한 정치적 불안정성 또한 사찰 소멸의 주요 원인으로 작용하였다.

이 시기 강위징, 이현 등은 가야산 일대에서 산중생활과 세력 기반을 다져가

며, 덕산현의 향촌 세력인 가등과 밀접한 관계를 유지하였다. 이들은 가야산의 사찰들과도 교류하며 지역 사회의 이념 형성에도 일정한 영향을 미친 것으로 보인다.

1760년 : 가야사에서 이만들에 의해 동종(銅鍾)이 주조되어 영탑사, 보원사 등 인근 사찰에 봉안되었다. 이는 당시 가야사가 여전히 사역과 불사의 중심지로 기능하고 있었음을 보여주는 사례이며, 조선 후기에 이르기까지 종교적·문화적 위상을 유지하고 있었음을 방증한다.

1766년~1767년 : 김재칠(金載七)이 덕산현감으로 부임. 이 시기 덕산 지역은 윤봉구 일가의 갑질로 한동안 현감을 임명하지 못하다. 같은 해 윤봉구가 별세한다.

19세기 : 파괴와 왕실의 개입

1845년(헌종 11) : 흥선대원군 이하응이 가야사에 속했던 남전 등 몇 개의 사찰을 직접 불태운 사건이 발생. 이는 조선 후기의 불교 억압 정책과 관련된 중요한 사건으로, 사찰의 존속에 결정적 타격을 주었다.

1845년 : 남연군(南延君)의 묘가 가야산 북기슭으로 이장되면서 이 일대는 다시금 왕실의 보호 공간이 됨.

1868년(고종 5)

서양 상인의 도굴 시도, 즉 오페르트(Oppert) 사건이 발생.

4월 18일 밤, 독일인 오페르트 일행이 차이나호를 타고 행담도에 정박.
4월 19일~20일 : 증기선 그레타호로 선원 100여 명과 함께 덕산군 구만포에 상륙한 후, 관아를 습격하고 군기를 탈취. 남연군 묘를 도굴하려다 실패함. 당시 충청도 관찰사 민치상(閔致庠), 덕산군수 이종신(李鍾信), 홍주 목사 한응필(韓應弼)이 이를 수습하였다.

총평

가야사는 백제~통일 신라기에 걸친 사찰의 기원을 바탕으로 고려와 조선 시대를 거치며 불교 수계의 중심지이자, 유배지와 왕실 단가로서 다층적인 기능을 수행해온 공간이었다. 19세기 후반 흥선대원군의 불태움과 오페르트 사건 등은 이 사찰의 역사적 전환점을 상징한다. 문헌과 유물, 고고학적 조사를 통해 가야사의 실체는 점차 복원되고 있으며, 향후 더 정밀한 발굴과 지역사 연구가 이어진다면, 내포 불교문화의 중핵으로서의 위상도 함께 재조명될 것이다.

"문화란 그런 것이다. 한 나라, 한 지역의 문화는 오랜 시간 자연스럽게 몸에 스며들며 삶의 일부가 된다. 비록 오래되고 낡았지만, 그래서 더 귀한 것들, 그것이 바로 미래의 자원이 된다."

8. 1845년, 가야사 금탑과 운제 철거,
남연군묘 조성의 직접적 증거 확인

충남 덕산의 가야산 자락에 위치했던 고찰 가야사는, 전국의 많은 폐사지들과 마찬가지로 창건 시기와 폐사 과정에 대한 확실한 기록이 전하지 않는다. 이는 조선 시대 불교에 대한 억제 정책과 더불어, 지방 사찰에 대한 문헌 기록 자체가 매우 소략하였던 시대적 환경과 밀접한 관련이 있다. 따라서 가야사의 전모는 출토 유물, 조선 후기 문인들의 기행록과 문집, 그리고 야사 등을 통해 간접적으로 유추할 수밖에 없다.

1991년에 발행된 『예산의 맥』은 가야사가 백제 시대 겸익(謙益) 대사에 의해 창건되었다고 서술하고 있으나, 이에 대한 문헌적 근거는 미약하다. 반면, 가야사지에서 확인된 유물들을 종합해볼 때, 통일 신라기에 창건된 사찰로 보는 것이 보다 설득력을 갖는다. 특히 출토된 와편, 기와 명문, 석재 조각의 양식은 통일 신라의 조형미와 기술력을 반영하고 있다.

가야사 터에서 출토된 대표적 유물 가운데 하나는 이른바 '금탑(金塔)'이다. 이는 고려 시대 고승 의천(義天) 또는 나옹화상(懶翁和尙)이 조성한 것으로 전해지며, 석탑 상륜부에 풍마동(風磨銅)을 입혀 황금빛을 띠게 한 형식이었을 가능성이 크다. 금탑은 실제 금으로 조성된 것이 아니라, 도금 처리로 빛을 발하게 만든 것으로 보이며, '금탑'이라는 명칭은 그 외형에서 비롯되었을 것이다.

또 다른 기록에 따르면, 가야사에는 세 구의 대형 철불도 봉안되어 있었던 것으로 추정된다.

그러나 이 사찰은 1730년경을 전후한 시기에 폐사된 것으로 보이며, 이후 사찰 기능은 몇 개의 소규모 암자가 이어받아 유지하였다. 일조암, 백암, 청룡암 등의 암자가 대표적이다. 하지만 이들조차도 1845년, 이하응(李昰應, 훗날 흥선대원군)이 선친인 남연군 이구(李球)의 묘를 가야산 자락으로 이장하는 과정에서 철거되고 만다. 이때 가야사에 남아 있던 금탑과 운제(雲梯), 철불 등 주요 유물은 함께 훼손되거나 반출되어, 현재까지 그 행방이 확인되지 않고 있다.

이러한 사실은 조선 후기 문인 이의숙(李義肅, 1733~1805), 이철환(李嘉煥, 1722~1779), 이시홍(李時弘) 등의 문집에 남겨진 단편적 기록을 통해 일부 확인할 수 있으며, 매천 황현(黃玹, 1855~1910)의 『매천야록』과 다수의 야사(野史)에도 그 흔적이 간간이 등장한다. 이들 사료는 가야사의 쇠퇴와 문화유산의 소실 과정을 조명하는 데 귀중한 단서를 제공한다.

특히 18세기 중엽 가야산을 유람한 예헌 이철환은 그의 기행록에서 가야사에 대한 상세한 묘사를 남기고 있다. 그는 당시 가야사에 남아 있던 금탑과 운제를 직접 목격하고, 그것이 지닌 불교 조형 예술의 아름다움과 역사적 상징성에 대해 서술하였다. 운제는 금당 뒷편 석축 위에 설치된 석계단 형식으로, 절 내부를 위계적으로 연결하던 구조물이었다고 추정된다. 이러한 기록은 고대 불교 건축의 물리적 요소뿐 아니라, 19세기 중엽 흥선대원군이 선택한 왕실 묘역 조성의 이면을 들여다보는 데에도 의미심장한 통찰을 제공한다.

결국 가야사는 조선 후기에 이르러 점차 쇠락의 길을 걷게 되었으며, 마침내 1846년 남연군 묘역 조성을 계기로 완전히 역사 속으로 사라지게 되었다. 남은 것은 풍문과 기록 속 단편적인 기억뿐이다. 그러나 이처럼 유실된 문화유산에 대한 재조명은 향후 가야사지의 보존과 복원, 나아가 지역사의 정체성 회복을 위한 기초 작업으로서 매우 중요하다.

덕산의 선비 이철환 1753년 가야사 금탑을 여행하다

1753년 12월 12일(음력) 가야산에 유람 가려고 길을 나선 이가 있다. 덕산현의 선비 예헌 이철환이다. 그는 덕산현의 장천, 즉 오늘날 고덕 상장리에서 세거하는 이익의 후손으로 이광휴(李廣休)와 해주 정씨 사이에서 장남으로 태어났는데, 아우인 이삼환(李森煥)과 함께 성호(星湖) 이익(李瀷)[1681~1763]의 문하에서 수학하였다. 이철환은 스스로를 삼교주인(三敎主人)이라 할 정도로 유교, 불교, 도교에 두루 박식한 것은 물론 포용적인 자세까지 갖추고 있었다.

금탑과 운제를 묘사한 『상산삼매』 – 가야사 사라진 유산의 흔적

가야사의 금탑(金塔)과 운제(雲梯), 그리고 사찰의 옛 자취를 확인할 수 있는 가장 생생한 문헌은 조선 후기의 유람기인 『상산삼매(象山三昧)』이다. 이 기록은 예헌(例軒) 이철환(李嚞煥, 1722~1779)이 1753년 가을부터 이듬해 봄까지 가야산에 기거하며 승려들과 교유하고, 사찰과 자연을 유람한 뒤 적조암(寂照庵)에서 집필한 기행록이다.

『상산삼매』에는 묘암사(妙巖寺)라는 사찰에 관한 상세한 기술이 등장한다.

이 사찰은 이미 폐사된 가야사를 대신하여 그 명맥을 유지하고 있는 사찰로 보이며, 당시 가야사 유산 일부가 이곳에 존치되어 있었음을 보여주는 귀중한 기록이다. 이철환은 12월 12일 묘암사를 방문하였고, 그 유람 내용을 다음과 같이 남기고 있다.

"스님이 거처하는 집은 세 채가 있었으니, 선당(禪堂), 승당(僧堂), 서상실(西上室)이다. 정문에는 본래 누각이 있었으나 지금은 무너졌기에 논외로 하였다. 누각 밖에는 석탑 한 기와 그 앞에 돌로 만든 광명대(光明臺)가 자리 잡고 있었고, 불당 뒤쪽 언덕에는 돌을 쌓아 만든 계단이 있었는데, 이를 운제(雲梯)라 하며 총 77계단이다."

운제의 정상에 다다르면 우뚝 선 석탑이 있었고, 그 상륜부에는 철당(鐵幢)이 설치되어 있어 이를 '금탑'이라 불렀다고 한다. 그는 이어 다음과 같이 서술한다.

"옛날에는 탑 전체에 금을 도금하여 사방을 밝게 비추었으나, 전쟁 중 적들이 불을 질러 연기로 그을린 뒤 옛 모습을 잃었다. 스님들이 석회를 발라 복원했기에, 맑은 날이나 달 밝은 밤에는 희고 윤택한 광택이 반짝이며 빛난다. 비록 은탑이나 옥탑이라 하더라도 이에 비할 수 없을 것이다."

이러한 묘사는 금탑이 단순한 탑이 아니라, 시대를 초월한 불교 조형 예술의 상징물로 간주되었음을 보여준다. 이철환은 또한 승려로부터 들은 설화를 기록하였는데, 이 지역의 지세가 밭으로 내려가는 쥐 형국이기에, 이를 막고자 등마루에 탑을 세워 눌렀다는 풍수적 해석도 덧붙인다. 또한 불당의 기와 무늬와 홈은 운제의 계단 수를 형상화한 것이라 전하고 있다.

『상산삼매』는 단지 사찰의 구조를 묘사하는 데 그치지 않는다. 이철환은 3개월간 가야산에 머무르며, 가야산 일대의 100여 개에 달하는 사찰과 암자, 봉우리들의 명칭과 내력, 자연 경관, 그리고 사찰에서 벌어진 음악 연주와 민속 연희, 꼭두각시놀이 등의 문화를 풍부하게 담아내고 있다. 수정봉에서의 깨달음, 증암(甑巖)에서 본 낙조, 적조암에서의 수행과 기록 등은 당시 선비가 가졌던 불교와 자연에 대한 인식을 반영하는 귀중한 문화사적 자취로 평가된다.

흥미로운 점은, 이철환의 기록으로부터 불과 2년 뒤인 1756년, 또 다른 선비 이의숙이 남긴 기행문에서도 동일한 금탑과 운제가 다시 등장한다는 점이다. 이의숙은 덕산 읍치에서부터 가야 구곡을 따라 유람하면서 가야사의 금탑을 목격하였고, 그 구조와 의미에 대하여 이철환과 거의 흡사한 묘사를 남기고 있다. 단 한 가지 차이점은 운제의 계단 수가 77개가 아닌 73개로 기록되어 있다는 점이다.

이와 유사한 기술은 1896년 간행된 『덕산현읍지』에도 보인다. 이 읍지는 운제의 계단 수를 역시 73개로 기록하고 있으며, 이는 이의숙의 서술이 보다 후대에 참고된 기록이었음을 방증한다. 이런 비교는 『상산삼매』와 이의숙의 기록, 그리고 『덕산현읍지』라는 세 문헌이 서로 교차하며 가야사 유산에 대한 증언을 보완하고 있음을 보여준다.

이의숙, ≪가야산기≫에서 본 1756년의 가야사와 금탑의 실상

조선 영조 32년(1756), 선비 이의숙(李義肅, 1733~1807)은 가야산 일대를 유람하며 ≪가야산기(伽倻山記)≫라는 기행문을 남겼다. 이는 앞서 이철환이 『상산삼매』에서 묘사한 가야사의 유산들을 2년 후의 시점에서 다시 확인해 주는, 매우 귀중한 보완적 사료로 평가된다.

기록에 따르면, 이의숙은 덕산 관아에서 서쪽으로 약 3리 못 미친 지점에서 유람을 시작한다.

이산 관아에서 서쪽으로 3리 못 미쳐 언덕 기슭이 입을 벌려 길거리가 되었다. 거리는 제법 울창한 나무숲으로 그늘져 있었다. 여러 명이 소리쳐 부르면 들릴 만한 곳으로 들어가니, 은자의 집이 있었으며, 가옥과 울타리가 고요하고 깊어서 그윽한 정취가 있었다.
울타리에서 백여 걸음 걷노라면 옥병계에 다다르며, 계곡 물이 고여 연못을 이루었다. 벼랑은 계곡의 남쪽을 두르고 있고, 기세가 깎아지른 듯하고 병풍처럼 굽어 있었는데, 그곳에 '옥병계'라는 글씨가 새겨져 있었다. 그 위의 소나무, 가나무, 단풍나무, 위성류가 더북하여 아름다웠다. 계곡에 들어가 위로 올라가니 약간 평평하여 눕기에 적당하여 누워서 그물로 송사리를 잡고 있는 아이들을 보았다. 옥병계에서 사백 걸음 정도 올라가면 석문담에 이르는데, 어지러운 석판으로 깔려 있었다. 그 형상이 대부분 괴이하여, 어떤 돌은 구유 같고, 어떤 것은 감실 같았으며, 어떤 것은 절구 같고, 어떤 것은 부뚜막 같았으며, 어떤 것은 바둑판 같았다. 양쪽에 우뚝 솟은 돌은 대문과 유사한데, '석문담'이라는 글자가 새겨져 있었다. 물이 석문으로부터 쏟아져 내리고 아래로 떨어져 못을 이루었으며, 못은 맑아서 밑바닥이 훤히 보였다.

석문담에서 4리를 가면 가야사에 이르는데, 고목이 울창하여 길을 가리고 있었다. 길 왼쪽에는 사리탑이 있고, 누각 앞에도 작은 사리 석탑이 있었다. 불당에는 크게 주조한 불상이 북쪽을 향해 앉아 있었으며, 높이는 두 길이 넘었고 몸통 둘레는 길다고 말할 수 있다. 가야사 뒤에는 돌계단 73개가 있으며, 위로는 석탑이 솟아 있는데 높이는 3백 자 정도였다. 여러 층으로 되어 있으며, 층마다 작은 부처가 있었다. 탑 꼭대기는 구리와 주석으로 만든 굵은 고리를 씌어 두고 철사로 매어 두고는 돌 틈 사이로 쇳물을 부어 넣어 비바람이 불어도 거의 마모되거나 휘지 않았다.

석탑에서 약간 남쪽으로 가면, 그윽하고 고요한 시내 골짜기에 물레방아가 있다. 언덕을 따라 오른쪽으로 돌아 백여 걸음 걷노라면 용암이 있다. 용암 아래로 몇 걸음 걸어가면 바위가 있는데, 거기에도 '와룡담'이라는 글자가 새겨져 있었다. 와룡담 위에는 폭포가 있으며, 와룡담은 수심이 깊고도 푸르며 업신여겨 볼 것은 아니다. 스님은 연못이 깊어서 밑바닥이 보이지 않는다고 말했는데, 곧장 세 갈래로 떨어졌다. 양쪽 언덕은 삼나무, 상수리나무, 등나무, 담쟁이 덩굴로 뒤덮여 얽혀 있었다. 숲속의 꽃잎이 새로 떨어져, 물에 붉은 꽃잎이 떠다녔다. 불교를 공부하는 사람 취우는 다소 시에 대해 말할 줄 알았는데, 그와 더불어 읊조리고는 돌아왔다.

離伊山舘西弗三里, 岸麓呀然爲衕, 衕有林樾頗幽. 入數喚地, 蓋有隱者宅焉, 屋廬籬落, 靚深有趣.

自籬落往百許武, 至玉屛溪, 溪水蓄以成淵. 壁繞溪之南, 勢如削, 曲轅若屛, 刻書曰玉屛溪. 其上松枏楓樫叢蒨可愛. 揭流登之, 稍平宜臥, 臥看童子網小鱗. 自玉屏數四百步, 至石門潭, 亂石鋪置. 其形多詭異, 或如槽, 或如龕, 如臼, 如竈, 如碁枰. 斗起兩邊者類門, 有刻曰石門潭. 水自門激射而下, 下陷而爲潭, 澄可覩底.

自石門潭四里, 至伽倻寺, 老木蒼然擁路. 路左有浮圖, 樓前又有浮圖小石塔. 佛宇有大鑄像北坐, 高過二丈, 體圍稱其長. 寺後作石梯七十三級, 上起石塔, 高可三百尺. 凡幾層, 層各有小佛身. 塔末冒銅錫大環, 維以鐵索, 石罅鍛注水鐵, 風雨不足磨撓.

自塔少南, 谿壑窈窕, 有水碓. 緣崖右轉數百武, 有龍庵. 庵下又幾步有巖, 亦書曰臥龍潭. 潭上有瀑, 潭蓋灂然深碧, 不可狎觀. 僧言淵深無底, 直澈三泉. 兩岸杉檪藤蘿糾纏轇轕, 林葩新落, 水泛餘紅. 學佛人聚祐稍能語詩, 與之咏而歸.
(≪이재집(頤齋集)≫ 권4)

(해제)

이의숙(李義肅, 1733~1807)의 본관은 전주(全州)이며, 자는 경명(敬命), 호는 이재(頤齋) 혹은 월주(月洲)이다. 조선 세종의 다섯째 아들인 광평대군 이여(李璵)의 후손으로, 부친은 동지중추부사를 지낸 이황중(李黃中)이다. 이상목(李商穆)에게 학문을 배우고 진사시에 합격하였으며, 1787년(정조 11) 음보(蔭補)로 개령현감(開寧縣監)에 제수되었다. 문집으로는 『이재집(頤齋集)』이 전한다.

이의숙은 먼저 덕산 관아에서 출발한다. 이 관아의 자리는 지금의 덕산초등학교 터이다. 관아에서 서쪽으로 약 3리 못 미쳐 걸으면, 가야산으로 들어가는 입구가 나온다. 이는 오늘날 명월봉과 청봉 사이 지점으로, 가야산과 읍내가 나뉘는 경계였던 것으로 보인다. 이 길을 따라 한참 걷다 보면 은자의 집이 나오며, 이는 오늘날 수몰된 관어대 일대의 사대부 고택이나, 옥계저수지 아래에 있었던 병계 윤봉구 고택을 가리키는 것으로 추정된다.

여기서 백여 걸음을 더 가면 옥병계가 나오며, 그 위에는 소나무, 단풍나무, 버드나무 등이 무성하게 자라 있었다. 다시 사백 걸음을 더 오르면 석문담에 이른다. 현재는 훼손되었지만, 당시에는 구유·감실·절구·부뚜막·바둑판 형상의 괴석들이 어지럽게 깔려 있었다.

석문담에서 산모퉁이를 돌아 4리를 더 가면 가야사에 이른다. 가야사 진입로 왼편에는 사리탑이, 누각 앞에는 작은 사리 석탑이 있었으며, 불당에는 두 길이 넘는 큰 불상이 북쪽을 향해 앉아 있었다. 흥미롭게도 이 불상은 북쪽을 향하고 있었는데, 이는 찬 바람이 드세게 불어오는 대문동과 으름재 방향을 향해 불상이 앉음으로써, 북쪽의 기운을 누르고자 했던 풍수적 배려로 해석할 수 있다. 현재 상가리에 서 있는 미륵불 역시 북향을 하고 있다.

불당 뒤편에는 돌계단 73개가 있었으며, 이는 오늘날 남연군묘로 올라가는 길에 해당한다. 계단 위에는 높이 약 300자에 달하는 석탑이 있었고, 각 층마다 작은 부처상이 새겨져 있었다. 탑 꼭대기에는 구리와 주석을 섞어 만든 굵은 고리를 철사로 고정하고, 쇳물을 부어 고정한 장치가 있었는데, 이는 조선의 일반적 탑 형식과 다르게 원대에 유행했던 풍마동 장식이었을 가능성이 있다. 현존하는 마곡사 오층석탑의 상륜부 풍마동과의 유사성이 주목된다.

이후 이의숙은 남쪽으로 발걸음을 옮긴다. 석탑 아래에는 스님들이 사용하던 물레방아가 있었고, 언덕을 따라 오른쪽으로 백여 걸음을 더 가면 용암이 나타난다. 그 아래 바위에는 '와룡담'이라는 글씨가 새겨져 있었으며, 그 위로는 폭포가 흘렀고 물줄기는 세 갈래로 흘러내렸다. 불교를 공부하는 사람 취우(醉愚)는 시에 대해서도 다소 말할 줄 알았는데, 그와 더불어 시를 읊조리며 돌아왔다.라고 불교 수행자 '취우'와 더불어 자연 속에서 시를 읊조리며 유람을 마무리한다.

당시 와룡담은 수심이 깊어 바닥이 보이지 않을 정도였다고 한다. 그러나 1992년 옥계저수지 조성 이후 원래의 골짜기 지형은 대부분 수몰되었으며, 현재는 물이 빠졌을 때에만 간헐적으로 암각문 일부를 확인할 수 있다.

이 글에서 '이산관(伊山舘)'은 지금의 덕산초등학교 자리에 있었던 덕산 관아를 가리킨다. '이산'은 덕산현의 옛 지명이다. 이 글에 등장하는 승려 '취우(醉愚)'는 신원 미상이나, 당시 가야사에서 수행하던 승려로 추정된다.

≪가야산기≫는 영조 44년 무자(1768)년 10월 8일(임술), 이의숙이 부친 이황중(李黃中)이 논산 노성 현감으로 재직 중일 때, 가야사를 여행하며 덕산 읍치에서 가야 구곡과 가야사 일대를 탐방하고 남긴 글이다. 이는 이철환(李嘉煥, 1722~1779)의 『상산삼매』에 이어 가야사의 구조와 유물을 상세히 묘사한 두 번째 대표 기문으로 평가된다.

가야사의 금탑과 운제에 대한 기록으로 1896년 덕산군수 조중서가 편찬한 『덕산현읍지德山縣邑誌』가 전해지고 있어 살펴보았다.

덕산현의 고적에서 가야사의 금탑에 대하여 비교적 자세하게 기록하고 있다. 원문과 번역문은 아래와 같다.

金塔雲梯在縣十里伽倻寺普雄殿後山麓停峙有一高臺狀如碁局其中央設塔五層上頭則以銅鉄爲甲四隅懸鉄索垂風磬形體之壯大制度之奇巧與凡塔有異塔下東邊設石梯七十三層梯上兩傍蹲伏石獸一雙古傳至大十八年懶翁建此云

‘금탑운제(金塔雲梯)’는 덕산현 서쪽 약 10리 떨어진 가야사(伽倻寺) 보웅전(普雄殿) 뒤편 산기슭에 위치해 있다.

그곳에는 바둑판처럼 생긴 높은 대(臺)가 있으며, 그 중앙에 오층 석탑이 세워져 있다.

탑의 윗부분은 동철(銅鐵)로 만든 덮개로 덮여 있고, 네 귀퉁이에는 쇠사슬이 매달려 있어 바람이 불면 풍경(風磬)처럼 울리는 구조였다. 형상은 웅장하고, 제작 방식은 정묘하고 기이하여, 일반적인 탑과는 완전히 다르다.

탑 아래 동쪽에는 석재로 된 계단 73층이 설치되어 있으며, 계단 양옆에는 웅크려 앉은 석수(石獸) 한 쌍이 배치되어 있다. 전해지기를, 원나라 ‘지대(至大) 18년’에 ‘나옹(懶翁)’이 이 구조물을 세웠다고 한다.

1. 가야사의 금탑 상륜, 현존하는 마곡사의 풍마동과 비교할 수 있다.

'금탑운제(金塔雲梯)'는 덕산현 서쪽 약 10리 떨어진 가야사(伽倻寺) 보웅전(普雄殿) 뒤편 산기슭에 위치해 있다.

그곳에는 바둑판처럼 생긴 높은 대(臺)가 있으며, 그 중앙에 오층 석탑이 세워져 있다.

탑의 윗부분은 동철(銅鐵)로 만든 덮개로 덮여 있고, 네 귀퉁이에는 쇠사슬이 매달려 있어 바람이 불면 풍경(風磬)처럼 울리는 구조였다.

형상은 웅장하고, 제작 방식은 정묘하고 기이하여, 일반적인 탑과는 완전히 다르다.

탑 아래 동쪽에는 석재로 된 계단 73층이 설치되어 있으며, 계단 양옆에는 웅크려 앉은 석수(石獸) 한 쌍이 배치되어 있다. 전해지기를, 원나라 '지대(至大) 18년'에 '나옹(懶翁)'이 이 구조물을 세웠다고 한다.

2. 이의숙, 이철환의 문집에 나타난 운제 기록

탑 아래 동쪽에는 석재로 된 73단의 돌계단, 즉 '운제(雲梯)'가 설치되어 있었다. 이 계단은 단순한 출입 구조물이 아닌 장엄을 더하는 상징적 의미를 지닌 불도 수행의 경로였다. 조선 영조대의 학자인 이의숙과 이철환도 이 가야사를 유람하며 석계단(운제)에 대한 인상을 그들의 문집에 남겼다.

3. 가야사 금탑 고려의 국력으로 봉안하다. 추사 김정희의 고증과 의천설

이하응이 1846년경 남연군묘를 이장하기 위해 가야사의 전각과 금탑을 철거할 당시, 탑 내부에서 귀중한 부장 유물들이 발견되었다. 그중에는 송나라 황실에서만 마시던 귀한 차가 포함되어 있었으며, 이 사실은 추사 김정희(秋史金正喜)의 기록에 남아 있다.

추사는 자신의 제자 이상적을 통해 이 유물의 일부를 얻었으며, 이를 근거로 해당 석탑이 고려 문종의 넷째 아들, 대각국사 의천(義天, 1055~1101)이 조성한 것으로 고증하였다.

이로 인해 비록 『읍지』에는 금탑은 고려 말 고승인 나옹 혜근(懶翁慧勤, 1320~1376)이 중창했다라고 전해지고 있으나, 석탑의 규모, 그리고 석탑에 부장되었던 송나라 황실 물품의 존재 등을 고려하면, 의천이 활동하던 11세기 후반 고려의 국력으로 석탑을 중창했다고 보는 것이 타당하다는 학설이 있다.

※ 특히 『덕산현읍지』에 표기된 "至大 18년"은 원나라의 실제 연호와 맞지 않는다. "至大"는 1308~1311년까지의 연호로, '18년'이라는 연도는 존재하지 않으며, 따라서 연호 표기에 오류가 있었던 것으로 보인다.

4. 운제 초입 사자상의 존재

금탑으로 오르는 73단의 계단은 보웅전 뒤편에서 시작되며, 『덕산현읍지』에 따르면 그 초입 양편에는 섬세하게 조각된 석사자(石獅子)가 소맷돌 위에 올려져 있었다고 전해진다. 이 사자상은 단순한 장식이 아닌, 탑과 계단, 전각을 감싸는 일종의 신수(神獸)로서 사찰 공간을 수호하고 장엄함과 수행의 경외심을 상징하는 중요한 역할을 하였다.

5. 금탑과 운제의 철거 및 유물 분산

1845년, 이하응(훗날 흥선대원군)의 명에 따라 가야사의 금탑, 보응전 등 전각이 철거되었고, 이 과정에서 돌계단과 두 기의 석수(사자상) 역시 해체되었다. 이후 계단을 구성하던 일부 석재는 같은 지역에 신축된 명덕사(明德寺)의 건축 자재로 전용되거나, 외부로 반출되었을 가능성이 있다. 이로써 가야사의 금탑운제는 역사적 원형을 대부분 상실하게 되었다.

결론 : 금탑 운제의 복합 건축사적 가치

『덕산현읍지』에 실린 금탑 운제에 대한 기록은 단지 한 사찰의 구조를 기록한 차원을 넘어, 고려 말~조선 초에 이르는 불교 건축과 금속공예 기술, 더 나아가 동아시아 문화 교류의 흔적을 담고 있는 귀중한 사료이다.

가야사의 금탑은 석탑과 금속 덮개인 풍마동, 73계단의 운제(雲梯, 계단 구조물), 석수(사자상)가 조화를 이루는 복합 건축물이며, 이는 조선 시대 일반적인 석탑과 확연히 구분되는 특징이다. 이처럼 형식과 상징, 기술의 융합이 한데 모인 금탑 운제는 향후 가야사의 복원과 불교 건축사, 고금속공예사, 향토유적사 연구에 있어 중요한 실마리를 제공한다.

맺는 글

가야사 금탑 운제와 석수는 땅속에 묻힌 채 179년을 조용히 견뎌냈다.

예헌 이철환, 이재 이의숙, 『덕산현읍지』 등 시대를 조금씩 달리하지만 가야사의 금탑과 운제, 그리고 동물상에 대하여 아주 구체적으로 묘사하며 이야기하고 있다. 그러나 가야사를 연구하는 이들조차 두 사람의 이야기가 다소 과장된 이야기로 인식하는 듯하고 관심이 없는 듯하다.

가야사지는 2012년부터 매장 문화재 발굴 조사 중이며 현재 11차 발굴 조사를 준비 추진 중이다. 지난 2024년 제10차 가야사지 발굴 조사를 통하여 사자상이 모습을 드러냈다. 남연군묘를 보존하자는 문화위원들의 숱한 논란에도 불구하고 더디게 추진된 가야사지 10차 발굴 조사를 통하여 가야사의 운제 일부가 드러난 것이다. 무너진 시간의 파편 속에서도 그 자리를 지키려 애쓴 마지막 수호자처럼, 이 사자상은 조용히 땅속 깊은 곳에서 세월을 견뎌냈다. 일부 훼손되었음에도 불구하고, 뒷모습에 남아 있는 유려한 곡선과 생생한 꼬리의 형태는 당시의 조형미를 고스란히 간직하고 있었다.
사자상은 단순한 석조물이 아니라, 가야사의 위계와 장엄, 그리고 19세기 중반의 격동과 단절을 고스란히 증언하는 역사적 실체였다.

덕산 가야사지에는 고려 중기의 고승이자 불교 중흥에 앞장섰던 의천(義天, 1055년 문종 9~1101년 숙종 6)의 원력에 따라 봉안된 오층 금탑이 자리하고 있었다. 이 탑은 평지에 세워진 금당에서 높직한 대(臺)를 올라서야 비로소 마주할 수 있는 구조로, 그 기반은 대형 석축을 평탄하게 다듬어 조성된 일종의 석상대였으며, 후대 문헌에서는 이를 마치 바둑판처럼 평평한 기국지대(碁局之臺)라 표현하였다. 그 석대의 중심에 우뚝 선 금탑은 상륜에 금도금된 풍마동을 올려 그 자체로도 압도적인 위용을 지녔으며, 네 모서리에는 철삭이 드리워지고 풍경이 달려 있어, 바람이 불 때마다 사방에 울려 퍼지는 맑은 종소리가 가야산이라는 신앙 공간의 경건함을 고조시켰다. 금탑의 외형은 일반적인 석탑들과 달리 장대하고 정교하며, 탑을 가장 높은 곳에 풍마동이 기이했던 듯하다.

금당 보웅전에서 금탑에 오르기 위해 설치된 계단, 곧 운제(雲梯)는 총 73단으로 이루어져 있었다. 잘 다듬어진 널찍한 돌로 층층이 쌓아 만든 이 돌계단은 가야사의 하단 금당에서 상단 금당 앞에 세워진 금탑에 이르는 길로 기능하였으며, 단순한 접근 통로를 넘어 수행자의 경건함을 유도하는 상징적 공간으로 조성되었다. 특히 계단 양편의 소맷돌에는 두 마리의 석조 사자상이 나란히 배치되어, 마치 성역을 수호하는 수문장처럼 장엄을 구성하고 위엄을 자랑하였다.

전하는 바에 따르면, 이 사자상과 금탑의 설치 시기는 고려 중기의 불교 중흥과 밀접한 관련이 있으며, 특히 의천이 송나라 불교 문화를 수용하면서 이룬 경천사적 불사(佛事)의 일환으로 이해된다. 탑 아래 동편에 설치된 압도적인 73단의 석계와 그 위에 배치된 석수(石獸)는 단순한 장식이 아니라 신성한 장소로의 접근을 조율하는 예배 공간의 일부였다.

그러나 이러한 웅장한 불탑과 운제는 1845년 흥선대원군 이하응이 덕산 가야산에 있던 남연군의 묘소를 현재의 가야사지로 이장하는 과정에서 철거되는 비운을 겪었다. 금탑은 해체되고, 운제 역시 묻히거나 훼철되었으며, 일부 석재는 제각과 기타 건축물의 자재로 전용되었을 가능성이 있다.

2024년, 가야사지 제10차 매장 문화재 발굴 조사에서는 이 운제의 일부로 추정되는 석조 사자상이 출토되어 과거의 기록과 실재 유물을 연결할 수 있는 중요한 실마리가 되었다.

이처럼 가야사 금탑의 운제는 단순한 접근로가 아니라, 불탑을 중심으로 형성된 공간 구성과 신앙 의례, 장엄 미학이 집약된 구조물로 평가되어야 한다. 오늘날 남은 기록과 유물은 소멸된 과거를 증언하는 동시에, 향후 복원 및 연구의 기초 자료로서 더없이 소중한 가치를 지닌다.

참고

덕산현읍지 운제 관련 기재
송인 이암유고
이철환 상산삼매,
이의숙 가야산기
육회당 이시홍 한시
2024년 발굴조사현장 참고
고려사 및 대각국사문집 내 의천 관련 기술
신증동국여지승람

9. 1870년 가야동 무과 향시,
남연군묘를 지킨 가야산 포수들

구전으로만 전해지던 포수 이야기 문헌으로 확인하다.

덕산의 가야동은 한때 가야사라는 거찰이 있어 내포 지역의 불교와 경제, 문화의 중심이었다.

그러나 18세기 초 가야사가 폐사된 후, 이곳은 150여 년간 한적한 시골 마을로 남아 있었다.

그 후, 흥선대원군은 가야동을 왕실의 중요한 공간으로 재건하며 새로운 의미를 부여했다. 1845년 이후부터 남연군과 그 가족들의 묘가 조성되었고, 1865년 그는 보덕사를 포함한 여섯 채의 궁집을 건설하며 가야동을 왕실의 상징적 공간으로 만들었다. 이곳에서 노후를 보내고 사후에는 묻히고자 했던 그의 의지는 강력했다.

하지만, 1868년, 가야동은 세계적으로 주목받는 사건인 '오페르트 도굴 사건'의 무대가 되었다. 이 사건은 독일 상인 오페르트와 천주교 신부 페론이 서구의 강력한 화력으로 무장한 세력을 이끌고 남연군묘를 도굴하려다 실패한 사건으로, 흥선대원군의 강력한 쇄국정책을 촉발하는 계기가 되었다.

흥선대원군은 이 사건을 계기로 서양 세력에 대한 방어와 남연군묘가 있는 가야동 일원의 수호를 현실적인 과제로 인식하였다. 특히, 가야산의 지형적 중요성과 전략적 필요성에 따라 가야동 지역 방어를 위한 특별 경계 및 방어 체계를 구축하기 위해 즉 1870년 '가야동향시(伽倻洞鄕時)'가 실행되었다. 이는 가야산의 지리적 이점과 뛰어난 사격술을 보유한 가야산 명포수들을 활용하여 지역 방어의 효율성을 극대화한 조치였다.

가야동향시에서 선발된 명포수 8인은 이후 가야동 지역의 방어 체계를 강화하는 데 중요한 역할을 하며, 조선 후기의 대외 방어 전략의 일환으로 평가된다.

1868년 가야동과 가야동향시와 가야동 포군 8인에 대하여

가야산 포군과 가야동향시 : 구전에서 문헌으로

가야산의 포군에 대한 이야기는 오랜 세월 동안 지역 주민들의 구술로만 전해져 내려왔다. 이들은 언제부터 주둔했는지, 정확히 누구였는지에 대한 기록이 전무하며, 단지 가야산에 조성된 왕가의 무덤과 그 공간을 수호하기 위해 조직된 세력일 것이라는 추측만이 이어져 왔다. 구체적인 사실을 알지 못할 때, 사람들 사이에서 전설과 이야기들이 자연스럽게 형성되었다.

이 구전 자료를 바탕으로 가야산 포군과 관련된 내용을 정리하려는 과정에서, 문헌 자료를 찾는 일은 큰 과제로 다가왔다. 기존에 전해져 오던 이야기는 대부분 주민들의 증언에 의존했지만, 그 증언들 간에도 내용이 일치하지 않거나 오차가 적지 않았다.

문헌 발굴과 연구의 여정

포수에 대한 자료를 찾는 과정에서, 기존 문헌에서는 관련 기록을 확인하기 어려웠다. 결국 구전된 이야기를 기반으로 문헌 자료를 탐색하며, '가야동향시

(伽倻洞鄕試)’에 대한 단서를 찾아 나갔다. 수년간의 끈질긴 노력 끝에 관련 문헌을 발굴하게 되었고, 이를 해독하고 번역하며 본격적인 연구가 시작되었다.

문헌 연구를 통해, 가야산 포군에 대한 이야기는 전설이 아니라 역사적 근거를 가진 실재임이 밝혀졌고, 가야동향시가 실제로 가야산과 그 일대의 방어를 위한 체계적 대책이었음을 확인할 수 있었다. 이 과정은 지역의 전통을 기록하는 데 그치지 않고, 구전이 문헌과 결합해 역사적 사실로 자리 잡는 과정의 중요한 사례로 평가될 수 있다.

가야산 포군 이야기의 의의

가야산의 포군에 대한 연구와 문헌 발굴 과정은 지역의 역사적 가치와 전통을 되살리는 데 기여했다. 구전을 문헌으로 연결함으로써 전설로 여겨졌던 이야기들이 역사적 사실로 인정받을 수 있는 가능성을 열었다. 이는 지역사 연구에서 구전의 중요성을 재조명하는 한편, 기록되지 않은 역사적 진실을 밝혀내는 데 있어 끊임없는 탐구의 필요성을 보여준다.

이 연구는 가야동향시의 역사적 배경과 그 의의를 현대에 되살리며, 지역사 연구와 역사적 문헌 발굴의 새로운 장을 여는 사례가 될 것이다.

이하응이 가야동 일원이 이대천자지지라는 말을 듣고 1845년 선친의 무덤을 쓰고 어린 아들이 조선의 제26대 왕위에 오르며 조선 최고의 권력을 잡자 1865년 대대적으로 토건 사업을 추진하며 묘역을 정비하고 여러 채의 전각을 짓는데, 묘역을 지키고 관리할 인력을 배치했던 듯하고, 1868년 이후 흥선대원군을 비롯한 흥친왕 등 왕실 가족들의 가야동 방문과 거주 기간이 장기화되자 묘역 관리와 왕실 가족의 경호를 위해 병력의 규모가 조금씩 증가하다 오페르트 사건 이후 추가의 도굴을 우려하며 가야동 일원을 수호하기 위해 가야동으로 들어가는 4곳의 입구에 보루를 짓고 옥병계 일원에 장대를 짓고 대규모 병력을 배치했던 듯하다.

최대 병력이 배치되었을 때 248명의 규모였으며, 가야동이 종친 개인이 수호하는 공간에서 1865년부터 왕의 할아버지, 최고 권력자의 선친 묘역으로 격상하며 조선이 지켜야 하는 왕실의 공간으로 돌린 듯하다. 이후 가야동은 대한제국의 가족 묘역이 되었지만, 지역에서조차 이런 사실을 아는 이 많지 않은 듯하다.

가야동의 무과 전시(武科殿試)

1865년 남연군묘(南延君墓)의 대대적인 조성과 1868년 오페르트에 의한 남연군묘 도굴 미수 사건은 가야동 일대의 안위를 심각하게 위협하는 계기가 되었다. 이에 따라 가야동 지역의 수호를 전담할 포군(砲軍)을 선발하기 위한 무사(武士) 과거 시험이 시행되었다. 이러한 과거 시험의 결과를 기록한 방문(榜文)은 매우 귀중한 자료로, 특히 무과(武科)와 관련된 기록은 더욱 희소하다.
가야동향시 시험 결과, 시상자로 선정된 인물은 총 8명이며, 이들에게는 조선왕조의 최종 시험인 무과 전시(殿試)에 바로 응시할 수 있는 자격이 부여되었다. 시험 방식은 화승총(火繩銃)을 사용하여 이루어졌으며, 각 참가자는 3발의 사격 기회를 부여받았다. 합격자들은 모두 만점을 기록하며 전시에 나설 자격을 얻게 되었다.

조선 시대의 무과 시험은 초시(初試), 복시(覆試), 전시(殿試)의 3단계로 구성되었다. 하지만 가야동 향시에서는 초시 합격자 전원이 곧바로 전시에 진출할 수 있는 자격이 주어졌다. 전시는 단순히 합격 여부를 결정하는 것으로 합격자들 간의 석차를 가리는 최종 단계로서, 가야동 향시에서 합격한 8인은 모두 전시에서 합격가야동을 수호하는 임무를 수행했다는 것을 의미한다.

이번 가야동 향시의 방문은 남연군묘 사건과 연계된 지역 방어 체계 강화를 위한 중요한 사료로 평가된다. 특히 무과 전시로의 직행이라는 이례적인 특혜는 당시 상황의 긴박성과 시험의 중요성을 방증하며, 조선 후기 지역 방어 체계와 무관 선발 제도를 연구하는 데 소중한 단서를 제공한다.

1845년 이후 가야동의 관리을 위해 주둔했던 병력의 규모를 알 수 있는 문헌을 정리하자면 이렇다.

당시 가야동을 수호하기 위해 1870년 가야동에서 덕산군 주민을 대상으로 향시를 열었다. 가야동 현지를 잘 아는 병력을 선발하기 위해서였다. 규모와 신분, 점수는 등을 알 수 있는 문서와 합격자의 명단은 다음과 같다

"공충도 덕산군 가야동 화포수 시방몰기 팔인 방목 성책(公忠道德山郡伽倻洞火砲手試放沒技八人榜目成冊)"

1870년(고종 7) 10월 공충도 덕산군 가야동에서 거행된 향시(鄕試) 화포과(火砲科)에서 우수한 성적으로 전시(殿試)에 바로 나아가게 될 조총수(火砲手) 8인 명단

1) 화포수 한량 민기혁(閔基爀)

나이 : 47세

본관 : 여흥(驪興)

거주 : 덕산

성적 : 만점(조총 세 발 쏘아 세 발 맞힘)

부친 : 학생 민백공(閔百貢)

2) 화포수 한량 김운봉(金雲奉)

나이 : 44세

본관 : 김해(金海)

거주 : 덕산

성적 : 만점(조총 세 발 쏘아 세 발 맞힘)

부친 : 한량 김순득(金順得)

3) 화포수 한량 방장학(方長學)

나이 : 27세

본관 : 상주(尙州)

거주 : 덕산

성적 : 만점(조총 세 발 쏘아 세 발 맞힘)

부친 : 한량 방낙운(方樂云)

4) 화포수 한량 박석인(朴錫仁)

나이 : 17세

본관 : 밀양(密陽)

거주 : 덕산

성적 : 만점(조총 세 발 쏘아 세 발 맞힘)

부친 : 한량 박희문(朴喜文)

5) 화포수 한량 조성화(趙聖化)

나이 : 43세

본관 : 한양(漢陽)

거주 : 덕산

성적 : 만점(조총 세 발 쏘아 세 발 맞힘)

부친 : 한량 조영형(趙榮亨)

6) 화포수 한량 최인보(崔仁甫)

나이 : 44세

본관 : 나주(羅州)

거주 : 덕산

성적 : 만점(조총 세 발 쏘아 세 발 맞힘)

부친 : 역리(驛吏) 최고불(崔古弗)

7) 화포수 재인(才人) 전만록(田萬祿)

나이 : 54세

본관 : 태인(泰仁)

거주 : 덕산

성적 : 만점(조총 세 발 쏘아 세 발 맞힘)

부친 : 가선(嘉善) 전의문(田儀文)

8) 화포수 재인(才人) 김대선(金大先)
나이 : 63세
본관 : 김해(金海)
거주 : 덕산
성적 : 만점(조총 세 발 쏘아 세 발 맞힘)
부친 : 재인(才人) 김판석(金判石)

공청도 관찰사(觀察使) 겸 도순(都巡) 민치상(閔致庠)

위는 1870년 가야동에서 거행된 향시(鄕試) 화포과(火砲科)에서 우수한 성적으로 전시(殿試)에 바로 나아가게 될 조총수(火砲手) 8인 명단 합격자의 명단이다.

덕산군 주민을 대상으로 시행했던 선발 시험(鄕試) 이었으니 해당 합격자는 모두 덕산군에서 거주자로 연령대는 17살에서 63세로 비교적 다양하다.
합격자 중에는 재인(才人 사냥(포수)이나 잡희 즉 곡예(曲藝)·가무(歌舞)·음곡(音曲 집단) 1명과 한량 (閑良)이 4명이다.

한량 그들은 누구였을까?
조선시대 한량은 요즘 의미는 상당히 다르다는 것을 할 수 있는데 〈용비어천가〉 에는 한량에 대하여 '관직이 없이 한가롭게 사는 사람을 한량이라 속칭한다.'고 하였다. 조선 초기의 한량은 본래 관직을 가졌다가 그만두고 향촌에서 특별한 직업이 없이 사는 사람을 가리키는 것이었다.

이들은 지방에서 유사시 예비군관으로 차출되었다고 한다. 그렇다면 평소에는 실제로 근무는 안해도 군적에는 올라 있을 수 있었다는 것을 의미한다.
경제적으로 부유할 뿐 아니라 평소 유학이나 무예를 배워 관리나 고급 군인이 될 잠재력을 가지고 있었다는 것을 의미한다.

한편 한량에 대한 기록으로 19세기 중반까지도 우수영(전라도와 경상도에 설치한 수군의 주진(主鎭), 1848년 허백원이 쓴 하백원의 글(해유집)에 충청수군절도사영(오천)에도 이순신의 거북선이 있다는 글과 그림을 남기고 있다)에 거북선(龜船)이 있었던 모양이다.
해남 사는 한량 주선덕이라는 사람이 선장을 맡았다는 내용도 나온다.

조선 중중실록에서 다음과 같은 한량에 대한 기사가 있어 참고한다.
중종실록 94권, 중종 35년 10월 1일 己未 2번째기사 1540년 명 가정(嘉靖) 19년 19년 무사에게 시험을 보여 한량 이정회 등 14인을 뽑다.
해돋이 때에 상이 익선관(翼善冠)을 쓰고 곤룡포(袞龍袍)를 입고 【세자(世子)가 거가를 따랐다.】 백관을 거느리고, 수레를 타고 모화관(慕華館)에 머물러 무사(武士)를 시험보여 한량(閑良) 이정회(李廷檜) 등 14인을 뽑았다.“다는 기록도 볼 수 있다

다음은 1865년 이후 가야동을 전담해 수호하기 위한 병력의 규모를 알 수 있는 기록을 살펴보았다.

1870년(고종 7) 충청병영의 보고서인 충청병영관첩(忠淸兵營關牒, 1402년(태종 2년), 덕산(德山)에 충청도 병마절도사영 설치. 설치 1422년(세종 4년), 해

미(海美)로 이전, 1651년(효종 2년), 청주(淸州)로 이전, 1895년(고종 32년) 7월 15일, 폐지)에 다음과 같은 기록이 있어 당시 주둔했던 가야동의 병력 규모에 대하여 참고할 수 있겠다.

충청병영관첩(忠淸兵營關牒) ○ 고종(高宗) / 고종(高宗) 7년(1870) 10월 11일 상고(相考)한 일
올해 10월 초7일 효창묘(孝昌墓, 정조의 아들인 문효세자의 묘) 전배(展拜)에 입시(入侍)하였을 때 영의정 김병학(金炳學)이 아뢰기를, "덕산(德山)은 양요(洋擾)를 겪은 이후부터 포군(砲軍) 몇 초(哨)를 설치하였는데, 기예(技藝)가 뛰어나서 바로 정병(精兵, 향시에서 선발된 가야동 포군을 말한다)이 되었으니 위급할 때에 믿을 데가 생겼습니다. 또 본읍(本邑)은 해방(海防, 해안, 해역 및 주관 해역에서 군사 방어)의 요충지로서 일찍이 여기에 병영(兵營)을 설치하였고, 이번에는 포군(砲軍)을 새로 설치했으니 통할(統轄, 거느리고 통솔)하고 절제(節制)하는 방도가 없을 수 없습니다. 현임 수령의 자리가 나기를 기다려 곧 내변지(內邊地)의 자리를 만들어 단속하고 조련하는 일을 도모할 수 있게 하는 것이 어떻겠습니까?"라고 하니, 아뢴 대로 하라고 전교하였다. 전교의 사의(辭意)를 잘 받들어 살펴서 시행할 것.

가야동에 주둔했던 병력의 규모에 대하여

영의정 김병학(金炳學)이 아뢰기를, "덕산(德山)은 양요(洋擾)를 겪은 이후부터 포군(砲軍) 몇 초(哨)를 설치하였는데, 기예(技藝)가 뛰어나서 바로 정병(精兵)이 되었으니 위급할 때에 믿을 데가 생겼습니다."라고 쓰고 있는데, 당시 가

야동에 배치되었던 병력의 규모를 추정할 수 있다.

병력의 편성 규모 초(哨)는 몇 명일까?
≪각 군영(軍營)에 속해 한 초(哨, 100명)를 거느리던 종구품 무관 초관 처소.≫ 경계 초소, 초관 처소(哨官處所) 초관은 조선 후기 군 편제법에서 100명 단위의 독립 부대 초(哨)를 지휘하는 지휘관이다.
광화문 외 궁문을 수비하는 독립 부대 지휘관 처소를 말한다.

초(哨)는 군대 편제 단위로 1초는 대략 100명이었다. 속오군은 유성룡(柳成龍)의 건의로 황해도 지역에서부터 편성이 시작되었고, 지방 방어 체제인 진관 체제가 재정비되면서 전국적인 편성이 이루어졌다. 정유재란 때에는 이들이 실전에 투입되어 왜군의 북진을 저지하였다고 쓰고 있다.
당시 가야동에 상시 주둔하고 있던 병력의 규모를 알 수 있는 자료가 되겠다.

한편 가야동 수호를 위해 상시 주둔하던 병력 외에 아래의 문헌은 1868년 오페르트 도굴 사건 때 수원의 총리영에서 긴급으로 출동했던 병력의 규모와 행로, 운용 등에 대한 문헌이다. 수원의 총리영은 평시에 400여 명 병력 규모로 운영되었다.
아래의 자료를 참고하면 당시 가야동의 병력 규모와 오페르트 사건 이후 긴급 출병했던 병력의 규모와 수원에서 가야동까지 행로와 경비 등이 구체적으로 기록되어 있다.

문서명 – (공충도덕산군하내총리관유격군병유연시각인원납수효급군마양료구별성책)公忠道德山郡下來摠理營游擊軍兵留連時各人額納數爻及軍馬糧料區別成冊, 1868년(고종 5) 윤 4월에 총리영(摠里營)의 군병(軍兵)이 덕산(德山)에 내려와 주둔할 때 소요된 경비의 염출 내역을 공충감영(公忠監營)에서 기재하여 중앙에 올린 책

당시 병력의 규모와 과정, 비용 등에 대한 현황은 다음과 같다.
"유격장 2명, 집사(執事) 2명, 서리(書吏) 2명, 포군(砲軍) 200명, 마부(馬夫) 12명, 사후군(伺候軍, 척후군(정찰)) 8명, 친솔군(親率軍) 2명, 말 12필"이었다.
위 기록을 참고하면 당시 가야동으로 출동한 수원 총리영의 병력은 총 228명이었으며, 오늘날 장갑차나 탱크와 같은 기능을 하던 말이 12필이 동원되었다.

그렇다면 가야동 일원 수호를 전담하던 상시 병력은 몇 명이었을까?
처음 남연군묘는 면례하고 이후 현재의 위치로 이장하는 1845년과 1865년, 1868년, 1870년 병력의 규모에 다소 차이를 두고 있다.
『대전회통』의 기록을 참고하면 아래와 같은 병력이 상시 가야동에 유지되고 있었다.
大典會通 禮典 雜令 [守墓軍] 대전회통 예전 잡령 수묘군,
○ 守墓軍, 德興大院君墓十六名, 仁嬪墓十名, 大王私親墓十名, 世子私親墓五名, 昌嬪墓五名, 王后考·妣墓, 每位各二名, 燕山君墓十名, 綾原君墓二名。補南延君墓八名。
《대전회통은 1865년 『대전통편』 체제 이후 80년간의 수교(受敎) 및 각종 조례 등을 보완하여 정리한 조선 시대 최후의 통일 법제서이다.》
덕흥대원군 묘역 16명, 인빈 묘역 10명, 대왕 사친 묘역 10명,

세자 사친 묘역 5명, 창빈 묘역 5명, 왕후고비 묘역 각 2명,
연산군 묘역 10명, 능원군 묘역 2명, 보남연군 묘역 8명.

위 기록을 참고하면 남연군묘의 수묘군은 처음 2명에서 1865년부터 대폭 증원되어 8명이었다는 것을 알 수 있다. 이뿐만이 아니다. 2km 위치에 있는 현종 태실의 수묘군도 기존 2명에서 대폭 증원되어 8명이 가야동을 수호하고 있었던 것이다. 현종 태실은 입지적으로 구만포구나 읍내에서 남연군묘가 있는 가야동으로 들어가는 입구가 된다.

이 현종 태실 증원에 대한 내용은 『현종태실가봉석난간조배의궤』(聖上胎室加封石欄干造排儀軌)에 태실의 수호군(守護軍)은 본래 2명으로 정해져 있는데, 6명을 더하여 총 8명으로 정하였다는 아래의 내용을 참고할 수 있다.
"聖上胎室加封石欄干造排儀軌. "胎室 胎室所無遺進排俾無臨時(태실 태실소무유진배비무림시)
守護軍元定二名加定六名(수묘군원정 2명 가정 6명) 吳用乭(오용돌) 高今哲(고금철) 趙辰赫(조진혁) 金白男(김백남) 孫二先(손이선) 高岳只(고악지) 朴巴回(박파희)." 등 수묘군의 숫자와 이름 등이 자세하게 기록되어 있다.
이와 같이 두 문헌을 참고하면 1865년부터 1868년 오페르트 사건이 벌어진 시점까지 16명의 병력이 상시 가야동 일원을 수호하고 있었다는 것을 의미한다.

이후 가야동에서 남연군묘 도굴 사건이 벌어지던 1868년 수원 총리영(摠里營)에서부터 긴급하게 출동했던 병력과 가야동의 남연군묘 수묘군 8명과 현종 태실 수묘군 8명 등 가야동에는 244명의 병력이 주둔하고 있었다는 의미가 된다.

가야동향시의 추진 배경에 대하여

흥선대원군은 가야동을 수호하는 데 서해 일원에서 유럽인들의 잦은 항해와 도발이 늘 불안했던 듯하다. 당시 가야동을 수호하는 데 흥선대원군이 고심했던 흔적을 읽을 수 있다.

1870년에는 덕산현을 중심으로 가야동의 남연군묘 등 왕실 가족의 묘역을 수호하기 위해 덕산현 백성을 중심으로 향시를 열어 8명의 가야동 포수 출신 포수를 선발한다.

가야동 향시를 추진한 배경에는 세 가지 현실적인 사정과 목적이 있었던 듯하다. 현실적으로 즉시 전력으로 활용할 수 있는 가야동 일원 지리를 가장 잘 아는 포수를 선발할 수 있다는 점과 가야산에 호랑이가 많아 화승총을 잘 다루는 포수가 많았다는 점, 오페르트 사건 때 중무장한 유럽인에 맞서 대응하며 남연군묘의 도굴을 막았던 백성들의 민원 해소와 지원책이 필요했던 듯하다.

1910년, 망국의 끝에서 가야동 포수들의 심정

1910년, 조선은 일본 제국의 압박 속에 끝내 국권을 빼앗기고 말았다. 이미 조정의 지원은 끊어졌고, 국가는 껍데기만 남은 채 몰락해 가고 있었다. 이런 상황 속에서 가야동의 포수들은 스스로의 역할을 다하려 노력했으나, 나라를 지켜야 한다는 책임감과 아무런 지원도 받을 수 없는 현실 사이에서 깊은 고뇌에 빠졌을 것이다.

남루한 군복을 입고, 열악한 환경 속에서도 그들은 옥병계 어딘가 장대에 서서 무겁게 마을을 내려다보았다. 자신들의 사명이 헛되지 않기를 바라면서도, 가슴 한편으로는 몰락해 가는 조국의 운명을 어찌할 수 없다는 무력감에 사로

잡혔을지 모른다.

그들의 발걸음은 날마다 남연군묘로 향했다. 하루 두 번 묘역을 순찰하는 그 길은 일상적인 임무 수행 이상의 무게를 지녔을 것이다. 남연군묘는 이제 나라의 자존심이 아니라 빼앗긴 조국의 비극을 상징하는 공간으로 남았다. 묘역 앞에서 그들은 스스로에게 물었을지 모른다. 조국을 지키기 위해 무엇을 더 할 수 있을지, 그리고 자신들의 노력은 어디로 향할 것인지.

오늘, 나는 그들이 서 있던 바로 그곳, 남연군묘 앞 높은 대 위에 서 있다. 바람에 흔들리는 나뭇가지와 묘역의 고요함이 그들이 느꼈을 침묵과 비애를 떠올리게 한다. 망국의 비운 속에서 포수들이 가졌을 심정은 지금의 나로서는 완전히 헤아릴 수 없을 것이다. 하지만 이곳에 서면 그들의 고뇌와 아픔이 느껴지는 듯하다.

그들의 마음속에서 희망은 사라졌을지도 모른다. 그러나 오늘날 우리가 그들을 기억하며 이 땅을 지키는 것은 그들의 희생과 노력을 헛되이 하지 않기 위한 다짐이 아닐까. 나는 이 땅의 역사를 되새기며 그들의 마음을 조금이라도 이해하려 노력한다. 그날의 침묵과 비애는 여전히 이곳에 남아 있다.

"덧붙이는 글"

①公忠道德山郡伽倻洞火砲手試放沒技八人榜目成冊
②公忠道德山郡下來摠理營游擊軍兵留連時各人額納數爻及軍馬糧料區別成冊

미공개되었던 두 문헌을 발굴하며 그동안 주민들이 전하는 구술과 다소 차이는 있지만, 모두 사실이었다는 것을 문헌을 통하여 확인할 수 있었다.

조선 시대 후기 덕산현 가야동이라는 특수한 지역의 운영과 중앙 정부의 지원 등을 파악할 수 있는 매우 중요한 자료가 되겠다.

구전으로만 전해지던 가야동의 포군에 대하여 1870년 공충도 관찰사(觀察使) 겸 도순(都巡) 민치상(閔致庠)이 기록한 문헌으로 확인할 수 있었으며, 이 문서의 발굴은 소문으로만 전해지던 1868년 이후 남연군 묘역과 가야동 일원 왕실 가족 묘역에 대한 관리와 왕실의 지원책 등 연구와 가야산 일원의 근현대사 연구에 도움이 되었으면 한다.

참고 자료

공충도 덕산군 가야동 화포수 시방몰기 팔인 방목 성책
(公忠道德山郡伽倻洞火砲手試放沒技八人榜目成冊)
공충도덕산군하내총리관유격군병유연시각인원납수효급군마양료구별성책
(公忠道德山郡下來摠理營游擊軍兵留連時各人額納數爻及軍馬糧料區別成冊)
헌종태실가봉석난간조배의궤"聖上胎室加封石欄干造排儀軌
경국대전(經國大典) / 속대전(續大典) / 대전통편(大典通編)
무과총요(武科總要) / 대전회통 보남연군 / 조선왕조실록
가야산역사문화총서

"본 연구에서 9.『공충도 덕산군 가야동 화포수 시방몰기 팔인 방목 성책』, 10.『공충도덕산군하내총리관유격군병유연시각인원납수효급군마양료구별성책』은 저자가 규장각 자료에서 찾아낸 미공개 자료이며, 그 번역은 조성환 박사의 도움을 받았다. 이 자리를 빌려 깊이 감사드린다."

10. 1868년 오페르트 사건과 총리영 병력에 대하여

"공충도덕산군하내총리관유격군병유연시각인원납수효급군마양료구별성책"(公忠道德山郡下來摠理營游擊軍兵留連時各人額納數爻及軍馬糧料區別成冊), 충청감영(公忠監營(朝鮮)編.)

가야산의 역사에 관심을 두기 시작한 것은 2000년대 초반이었다. 그때는 순수한 호기심에서 비롯된 관심이었다. 당시 가야산과 관련된 여러 자료를 찾는 과정에서 '포군(砲軍)'에 대한 문서가 검색된 적이 있었다. 그러나 그 문서의 중요성을 당시에는 깊이 인식하지 못했다. 한문으로 작성된 자료였던 데다, 가야산의 역사에 대해 체계적인 연구가 이루어지지 않은 상태였기 때문이다. 그저 흘려보낸 자료였지만, 그것이 훗날 20년이 넘는 연구의 단초가 될 줄은 그때는 알지 못했다.

시간이 지나면서 가야산의 역사에 대한 연구가 깊어졌고, 점차 그 문서가 다시금 떠올랐다. 특히 2015년을 전후로 하여 그 자료를 다시 찾기 위한 노력이 본격화되었다. 당대의 기록과 문헌을 뒤지고, 관련 연구자들과 교류하며 단서를 모아 나갔다. 하지만 당시 확인할 수 있는 자료는 많지 않았고, 문서의 출처조차 불분명하여 쉽지 않은 길이었다. 가야산이 품고 있는 역사적 맥락을 더 깊이 이해할수록, 그 문서가 가지는 중요성이 점점 더 선명해졌다. 가야산이 일반적인 명산이 아니라, 조선 후기에 중요한 역할을 했을 가능성이 크다는 확신이 들기 시작했다.

추적의 과정은 험난했다. 수많은 고문서를 분석하고, 사료 속 단서를 따라 규장각을 비롯한 여러 아카이브를 탐색해야 했다. 문헌 자료뿐만 아니라, 현장을 답사하며 가야산의 지형과 유적을 직접 확인하는 과정도 필수적이었다. 특히 가야산과 포군에 대한 실마리를 찾기 위해 고지도와 병서(兵書)도 검토했다. 조선 후기 군사제도와 연관된 기록들을 정리하고, 가야산의 지리적 위치와 그 역할을 분석하며 점차 실체에 접근해갔다.

마침내, 천신만고 끝에 수만 점의 문서가 보관된 규장각에서 그 귀한 자료의 출처를 확인하는 데 성공했다. 이 문서는 1870년 전후로 가야산 가야동의 병력 규모와 수호의 실상을 알 수 있는 매우 중요한 자료였다. 조선 후기의 능침의 방어 체계, 특히 가야동 남연군묘의 방어 체계와 관련된 문서였으며, 가야산이 일반적인 명승지가 아니라 실질적인 군사적 의미를 가지고 있었음을 시사하는 내용이 담겨 있었다. 이 발견은 단순히 하나의 사료를 찾은 것이 아니라, 가야산의 역사적 맥락을 새롭게 조명하는 데 중요한 단서가 되었다.

그 후 가야동의 방어와 관련된 추가 문헌을 발굴하고, 이를 해제하고 번역하는 작업이 이루어졌다. 이로써 연구는 새로운 국면에 접어들었다. 기초적인 문서 해독을 넘어, 그 의미를 심층적으로 분석하고 조선 후기의 역사적 흐름 속에서 가야산이 차지했던 위치를 구체적으로 밝히는 과제가 남아 있다. 20년이 넘는 집요한 추적과 자료 발굴이 헛되지 않도록, 앞으로 더 많은 연구자들이 참여하여 보다 깊이 있는 연구가 지속되길 바란다.

1868년 오페르트 사건과 덕산군 가야동 병력 : 역사의 현장을 복원하다

연구의 시작과 사료의 발견

이 문서는 조선 후기 능침 방어 체계, 특히 남연군묘 방어 시스템과 가야산의 군사적 가치를 입증하는 결정적 증거였다.

1868년(고종 5) 윤 4월에 수원 총리영(摠里營)의 군병(軍兵)이 덕산(德山)에 내려와 주둔할 때 소요된 경비의 염출 내역을 공충감영(公忠監營)에서 기재하여 중앙에 올린 책(기록)으로, 총리영에서 파견된 유격 군병(游擊軍兵)이 덕산군에 주둔하던 시기와 총리영에서 출병하는 병력의 규모(228명)와 수원에서 덕산까지 이동했던 경로, 당시 각 현에서 병력에게 보급되었던 각종 비용에 대하여 기록하고 있다.

이 문서는 오페르트 사건 때 덕산군 가야동과 구만포 등 병력의 주둔에 대하여 구체적으로 알 수 있는 지방 행정, 군사, 경제 등 다양한 관점에서 조선 후기 국가 운영 방식을 복합적으로 조명할 수 있는 중요한 사료이다.

1868년 오페르트 사건 때 수원 총리영(摠里營)의 군병(軍兵)이 4월 22일부터 4월 29일까지 총 8일간 덕산(德山)에 내려와 주둔할 때 소요된 경비의 염출 내역 원문을 현대어로 번역하면 내용은 다음과 같다.

당시 가야동으로 출동한 병력은 총 228명이며, 말 12필이었다. 구체적인 병력의 현황은 다음과 같다.

유격장(游擊將)이 인솔한 군병 내역

유격장 2명, 집사(執事) 2명, 서리(書吏) 2명, 포군(砲軍) 200명

마부(馬夫) 12명, 사후군(伺候軍, 척후군(정찰)) 8명, 친솔군(親率軍) 2명, 말 12필

총리영의 병력 228명과 말 12필이 수원에서부터 평택을 경유 덕산(德山)에 내려와 주둔할 때 경유하는 현과 덕산에서 소요된 경비의 염출 내역은 다음과 같다.

원납(願納) 내역

덕산 전 위장(衛將) 원한규(元漢奎) 원납미(願納米) 30석, 소 1두

한량 고진태(高鎭泰) 원납미 10석, 소 1두.

예산 전 참봉 장윤식(張胤植) 원납미 30석.

합계 70석 중에서

31석 7두(斗) 1승(升)은 4월 24일 정오부터 윤 4월 1일 저녁까지 도합 20시간(二十時)의 군병 등 식량(粮料) 및 말먹이 콩(馬太)·절미(折米)를 하달하고, 쌀 38석 7두 9승(약 106.65kg)은 덕산군에서 대신 지출한다.

소 2두(4월 24일)는 즉시 잡아 군병들에게 먹여 위로한다.

군병들이 내려올 때 연로 각 고을의 식량 부담 내역

평택참(平澤站)

쌀 3석 2두

말먹이 콩 7두 2승

4월 22일 저녁부터 23일 아침까지 군마의 두 끼 식량을 평택현감이 스스로 준비한다.

아산참(牙山站)
쌀 1석 7두 6승
말먹이 콩 3두 6승
4월 23일 점심으로 군마의 식량을 아산현감이 스스로 준비한다.

신창참(新昌站)
쌀 1석 7두 6승
말먹이 콩 3두 6승
소 1두
탁주 10동이
4월 23일 말먹이와 군마의 식량 및 소고기를 신창현감이 스스로 준비한다.

예산참(禮山站)
쌀 3석 2승
말먹이 콩 7두 6승
4월 23일 저녁부터 24일 아침까지 군마의 두 끼니 식량을 예산현감이 스스로 준비한다.

이상 합계
쌀 9석 6승

콩 1석 6두 6승

소 1두

술 10동이

아울러 각 지방관도 스스로 준비한다.

덕산 체류 시 군병의 호궤(犒饋, 위로 음식) 내역

4월 25일

대병(大餠) 각 3조각(片)

술 각 1대접(器)

산적(炙) 각 1꿰미(串) 2근

육탕(肉湯) 각 1대접

덕산군수가 스스로 준비

4월 26일 구만포(九萬浦) 행진(行陣) 시 호궤(犒饋) 내역

술 각 1대접

청어 각 1개

같은 날 호궤 내역

소병(小餠) 각 5조각(片)

술 각 1잔

청어 각 1개

예산 전 참봉 장윤식이 스스로 준비한다.

4월 27일 호궤 내역

병(餅, 떡) 각 5개
밥 각 1그릇
청어 각 1개
육탕(肉湯) 각 1대접
경중(京中, 한양) 전 판관 하정일(河靖一)이 스스로 준비한다.

4월 28일 호궤 내역

술 각 1잔
산적(炙) 각 1꿰미(串) 1근
육탕(肉湯) 1그릇
유격장(游擊將)이 스스로 준비한다.

4월 29일 호궤 내역

병(餅) 각 5개
산적(炙) 각 1꿰미(串) 1근
술 각 1잔
육탕(肉湯) 각 1그릇
예산현감이 스스로 준비한다.

관찰사 겸 순찰사 민치상(閔致庠)

총리영(摠里營)의 군병(軍兵) 228명과 말 12필이 4월 22일 수원에서부터 행로

는 다음과 같다. 수원 → 평택 → 아산 → 신창 → 예산 → 덕산(구만포, 가야동)

공충도덕산군하내총리관유격군병유연시각인원납수효급군마양료구별성책보의 맨 하단에 민치상이라 쓰고 있어 모든 보고서를 작성해 올린 이는 당시 충청도 관찰사였다.

특히, 4월 26일은 오페르트가 남연군묘 도굴에 실패하고 구만포구에서 선박을 이용 먼 바다로 떠난 이후였다. 총리영(摠里營)의 군병(軍兵)이 4월 26일 구만포(九萬浦) 행진(行陣)했던 이유는 매우 상징적이고 정치적인 조치였다는 것을 알 수 있다.

오페르트의 항해 경로와 구만포 상륙에서 남연군묘까지의 일정은 다음과 같다.

① 1868년 5월 8일(음력 4월 16일) 금요일 밤 10시 서해안의 남양만(南陽灣)으로 북독일 연방의 국기를 게양한 배 한 척이 들어왔다.

② 5월 9일 (음력 4월 17일) - 이 배는 이튿날 오전 10시에 행담도(行擔島)에 다다랐다.

③ 5월 10일(음력 4월 18일) 머스키스(Musket) 소총으로 무장한 일군의 낯선 사람들이 작은 배로 옮겨 타고 삽교천을 거슬러 올라가 오전 11시경 구만포(九萬浦)에 상륙하였다. / 오후 5시 30분 남연군묘 도착 5시간 무덤을 파헤친다.

④ 5월 11일(음력 4월 20일) 오전 6시경 배가 정박해 있던 구만포로 돌아간다.

⑤ 5월 12일 (음력 4월 21일) 행담도에 이르러 원래 몰고 왔던 큰 배로 갈아타고 남양만을 떠났다.

⑥ 5월 18일 영종도에서 조선인 군인들의 총격을 받고 퇴각한 이들은 5월 18일(음력 4월 27일) 조선을 떠나 상하이(上海)로 돌아갔다.

오페르트 출생과 약력

① 오페르트(Ernst J. Oppert, 1832~1903)는 1832년 12월 5일 독일 함부르크에서 태어난 유태계 독일 상인(동양학자)이었다. 형제들이 런던에서 교수로 활동한다.

② 오페르트가 19세 때인 1861년부터 처음에는 상인의 신분으로 홍콩에 와 있었다. 독학으로 중국 및 조선 등 동양학을 연구한다.

③ 어릴 때부터 상해, 홍콩, 일본 등지를 다니며 상인으로 활동하면서 동아시아에 관한 공부를 독학했던 것으로 보인다.

④ 오페르트는 상해에 오래 체류했는데, 일본의 개항과 중국 상인들이 조선에 오가는 것을 보면서 조선에 대해 관심을 갖기 시작했다고 말했다. 이후 그는 세 차례에 걸쳐 조선 항행에 나섰다.

⑤ 제1차 항해는 1866년 2월(음력) 영국 상선을 빌려 타고 우장(牛莊)으로 가는 도중 5일간의 말미를 얻어 조선을 거쳐 간다. 흑산도를 거쳐 아산만 일대를 탐사하고 해미 조금진에 도착해서 해미와 서산 등 지방 관리를 만나는 것에 그쳤다.

⑥ 제2차 조선 항행은 1866년 7월에 다시 이루어졌다. 오페르트는 자비를 들여 기선 엠페러(Emperor)호를 마련하고 선장과 선원, 무기 등을 준비해서 항행에 올랐다. 상해에서 출발하여 흑산도를 거쳐, 아산만에 도착했다. 다시 덕적도를 거쳐 강화도를 탐사했다. 해미 현감(김응집), 강화 유수 등을 만났지만 통상을 거부하는 대답만 들었다. 두 번에 걸친 조선 항해를 통해 작성

된 조선 해도는 같은 해 병인양요 때 프랑스 함대의 안내서가 되기도 했다.

⑦ 이후 1868년 윤 4월 한 차례 더 조선을 방문했는데, 이때 남연군묘 도굴 사건을 일으켰다. 도굴은 프랑스 선교사 페롱(Stanislas Feron, 1827~)이 제안했고, 미국인 젠킨스(Frederick B. jenkins)가 비용을 부담했다. 주범이 오페르트가 아니라 페롱이라는 의미가 된다. 오페르트는 학자적인 호기심이 많았던 듯하다. 도굴에 실패한 뒤 한 차례 총격전을 벌인 후 상해로 돌아갔다.

오페르트 도굴 사건에 대한 조선정부의 대응

① 고종실록 5권, 고종 5년 4월 21일 기해 1번째 기사 1868년 조선 개국(開國) 477년 서양인들이 덕산의 남연군 묘소에 침범하여 사초를 훼손한 변고에 대해 간심한 뒤에 계문하도록 하다.

전교하기를,

"방금 남연군방(南延君房)의 차지 중사(次知中使)가 아뢴 바를 들으니, 덕산(德山)의 묘지에 서양놈들이 침입하여 사초(莎草)를 훼손한 변고가 있기까지 했다고 하니 아주 놀랍고 황송한 일이다. 홍주 목사(洪州牧使) 한응필(韓應弼)을 가승지(假承旨)로 차하(差下)하여 빨리 달려가서 간심(看審)한 뒤에 특별히 계문하게 하라. 이 오랑캐들이 벌써 퇴각하기는 하였지만 뒤쫓아 가서 섬멸하는 방도에 대해서는 필시 도신(道臣)과 수신(帥臣)에게 방략이 반드시 있을 것이다. 묘당(廟堂)에서 임기응변의 계책을 세워 도신의 장계가 올라오기를 기다려 말을 만들어 행회(行會)하라."

하였다.

② 고종실록 5권, 고종 5년 4월 21일 기해 4번째 기사 1868년 조선 개국(開國) 477년 김병학이 남연군 묘소의 침범과 관련하여 사류를 소멸하라고 청하다. 대신(大臣), 종정경(宗正卿), 각신(閣臣), 유신(儒臣)들을 소견(召見)하였다. 영의정(領議政) 김병학(金炳學)이 아뢰기를,

"서양 오랑캐들이 덕산(德山)의 묘소에 난입하여 사초(莎草)가 훼손되는 폐단이 있기까지 하였으니, 전하의 마음이 크게 놀랐을 것이라고 생각됩니다. 여러 사람들의 통분한 마음이야 어찌 다 보고할 수가 있겠습니까? 섬멸하는 방책에 대해서 말한다면 도신(道臣)의 계사(啓辭)가 들어오기를 기다려 임기응변하게 해야 되겠습니다. 다만 생각건대, 정승이 적임자라면 조정에 유능한 사람이 있게 되고 변경의 환란이 생기지 않을 수 있으니, 이것이 바로 이류(異類)가 서로 경계하는 것입니다. 신은 이에 대하여 무능하니, 이것은 모두 신의 죄입니다. 황송하기 그지없어 공손히 엄한 견책이 내리기를 기다릴 뿐입니다."

하니, 하교하기를,
"경에게 어찌 인혐할 것이 있겠는가?"
하였다. 김병학이 아뢰기를,

"본방(本房)의 수본(手本)에서 자세히 보고 되었을 것으로 생각됩니다마는, 서양 오랑캐들이 과연 멀리 가버렸습니까?"
하니, 하교하기를,
"서양 오랑캐들은 물러갔다."
하였다. 김병학이 아뢰기를,

"이류들과는 원래 서로 소통이 없었는데 난입하여 변란을 일으킨 일은 전에는 없었던 심각한 것입니다. 변경의 형편을 생각해보면 방비가 극히 허술합니다만, 이것은 틀림없이 우리나라 사람이 부추기고 호응한 결과일 것이니, 더욱 통분하기 그지없습니다."

하니, 또 아뢰기를,
"사류(邪類)를 다스린 지 이미 3, 4년이라는 오랜 세월이 흘렀는데도 오히려 다시 규합하고 결탁하여 무리를 퍼뜨려서 오늘에 이르러 극도에 달하였으니, 그 통분함이 극도에 달하여 말하고 싶지도 않습니다. 삼가 응당 다시 엄하게 신칙하여 기어이 모두 소멸시켜야 하겠습니다."
하였다.

총리영(摠里營)의 군병(軍兵) 덕산 주둔의 의미와 기간

오페르트는 음력 4월 17일 행담도 도착, 남연군묘 도굴에 실패하고 4월 20일 구만포로 도주한다.
4월 21일 행담도에 이르러 원래 몰고 왔던 큰 배로 갈아타고 남양만을 떠났다.

가야동에서 남연군묘가 도굴되었다는 사실을 홍주 목사로부터 보고를 받고 수원 총리영의 군대가 수원에서 가야동까지 출병하는 데 총 4일이 소요되었다.
다음 날인 4월 22일 수원의 총리영(摠里營, 400명 수준으로 상시 주둔) 군병(軍兵)은 수원을 출발, 평택에 도착했다.
수원과 평택의 직선거리가 30km로 수원에서 출발 당일 도착 가능하여 22일

출발했다는 것을 알 수 있다.

덕산 주둔군이 이용한 육로는 평택 - 아산 - 신창 - 예산 - 구만포 - 가야동이었다.

4월 26일 군병(軍兵)의 구만포 행진은 전투나 포구 등의 시설을 수호하기 위한 것이 아니라 뒤늦은 무력 시위였다는 것을 알 수 있다.

1868년, 덕산군수의 집무공간은 어디였을까?

조선 시대 덕산군의 치소는 충청병영성(덕산 읍성)을 보수하여 덕산군의 관청 시설로 활용하고 있었으니, 읍성 안에 동헌은 덕산군수의 공식적인 집무실이었다. 위치는 현재 덕산초등학교 일대가 된다.

그러나 1868년 오페르트 사건 이후에는 군수의 집무실에 변화가 있었던 듯하다. 현감의 집무 공간이 덕산 읍성의 치소가 아니라 그곳에서 2km 떨어진 가야산의 입구가 되는 옥병계(관어대)에 집무 공간이 있었다는 것을 알 수 있다. 이 사실은 1897년 이명우 덕산군수의 문헌을 조사하는 과정에서 확인된다.

또 하나의 연구 결과로는 집무 공간의 공식적인 당호(堂號)가 〈축민당〉이었다는 것도 이명우 군수의 각종 축문에서 확인할 수 있었다.

다만, 군수의 집무실이 치소가 아닌 옥병계에 있었는가 하는 문제는 여전히 의문으로 남아 있지만 당시의 여러 정황으로 볼 때 두 가지 측면에서 설득력 있는 추정을 할 수 있었다.

하나는 1868년 서양인에 의한 남연군묘 도굴 사건 때문에 한양에서 상당히 먼 거리에 있는 충청도 가야동의 남연군묘를 수호하기 위해 조선 정부는 상당히 골몰했던 것 같다.

조선 정부는 오페르트 사건 당시 홍주 목사와 덕산군의 보고를 받고 사건 현장인 가야동으로 군사를 출동하는데, 서울에서는 먼 거리였으니 비교적 가까운 수원의 총리영 군대를 급파한다. 당시 수원 총리영에 400명 규모로 주둔하고 있었는데, 가야동 출동에 동원된 병사(포군)는 유격장 2명의 지휘로 일반 병사는 228명이라는 엄청난 숫자의 총리영 병사들이었다.

당시 남연군묘를 수호하기 위해 총리영에서 출병한 228명 이상의 총리영 병사들이 가야동의 수호군이 되어 시위하고 수원으로 돌아갔지만, 각종 기록을 참고하면 오페르트 사건 이후 가야동에는 최대 200여 명의 수호군이 주둔하고 있었던 듯하다.

1870년 이후의 가야동 병력에 대한 문헌의 기록을 참고하면 가야동의 공식적인 병력 규모는 다음과 같다.

1. 大典會通 禮典 雜令 [守墓軍] (대전회통 예전 잡령 수묘군) - 8명
2. 公忠道德山郡伽倻洞火砲手試放沒技八人榜目成冊 (공충도덕산군가야동화포수시방몰기팔인방목성책),
3. 公忠道德山郡下來摠理營游擊軍兵留連時各人額納數爻及軍馬糧料區別成冊 (공충도덕산군하내총리관유격군병유연시각인원납수효급군마양료구별성책)

1868년(고종 5) 윤 4월에 총리영(摠里營)의 군병(軍兵)이 덕산(德山)에 내려와 주둔할 때 소요된 경비의 염출 내역을 공충감영(公忠監營)에서 기재하여 중앙에 올린 책(228명)

위 3건 문헌의 기록을 참고하면 가야동의 공식적인 병력 규모는 다음과 같다.

남연군묘 수묘군 - 8명
헌종태실 수묘군 - 8명
1870년 가야동 향시에서 선발된 화포군 - 8명
총리영 병력 - 228명
평소 16~24명의 병력이 상시 수호하고, 1868년 오페르트 사건 때 총 244명의
병력이 수호했다는 것을 알 수 있다.

당시 바다를 통하여 가야동으로 진입하기 가장 쉬운 동쪽(구만포구에서 덕산
읍내)과 북쪽(운산과 정미포구)에 포루를 설치하고 병력을 집중적으로 배치되
는데, 병력을 효과적으로 지휘하는 장대가 가야동의 동쪽 진입로가 되는 옥병
계에 있었다는 것을 1872년 덕산군 지도를 통하여 알 수 있다.

지형적으로 남연군묘가 있는 가야산으로 들어가기 위해 덕산 읍성을 지나 서
쪽으로 800~1,500m 위치한 곳에 작은 협곡을 거쳐야 하는데, 그곳이 관어대
와 옥병계가 된다.

또한 가야동의 옥병계 일대에 장대가 설치되었던 이유는 수백 미터 공간에는
남연군의 아들 흥령군의 묘와 헌종의 태실 등이 있어 왕실에서 수호해야 하는
존엄한 왕실의 공간이었기에 현실적인 조치였던 듯하다.

수호의 직접적인 책임이 있는 덕산군에서는 지리적, 지형적으로 가장 적합한

위치에 군수의 집무실과 가야동 주둔 병사의 지휘관(장군)의 장대를 설치했다는 것을 미루어 짐작할 수 있다.

가야동에서 활동한 천하장안에 대하여

흥선대원군의 가신이자 비밀 요원과 같은 인물 중에서 특이한 인물을 볼 수 있다. 구전으로도 전해지는데 문헌으로 사실이 확인되었다는 점에서 지역사 측면에서 중요한 자료가 된다.

위 충청감영의 4월 27일 문서에서 경중(京中) 전 판관 하정일(河靖一)이 스스로 준비한다. 라는 내용을 볼 수 있는데 하정일은 누구일까?

그는 흥선군 이하응의 심복인 천희연, 하정일, 장순규, 안필주 네 사람 중에서 하정일을 일컫는 말이다.

이들 4인방은 흥선의 비선 실세가 되어 수족 노릇을 하며 흥선이 대원군으로 오르는 데 큰 역할을 하였다.

그동안 전 판관 하정일이 가야동의 주민들에게 덕산현과의 민원을 중재하며 지역에서 역할과 활동했다는 것이 구전으로 알려졌었다. 주민들이 전하는 사례로 가야산에 호랑이가 많았던 듯하다. 당시 덕산군수와 아전들이 호피 상납을 요구하는 일이 잦았는데, 호랑이라는 게 늘 잡히는 게 아니고 당시 기준으로도 고가로 거래되고 있었으니 주민들 입장에서는 큰 고통이었다고 한다.

윤 참봉, 하 참봉이라는 운현궁의 비호를 받는 비선 실세로 남연군묘의 참봉으로 한동안 지내며 가야동 주민들의 민원을 해결하는 등 상당한 역할을 했다고 전해지고 있다.

당시 호피 가격은 현시가로 환산하면 7천만 원에서 1억 5천만 원의 가격으로 오늘날 기준으로 로또와 같은 가격이었다는 것을 알 수 있는데, 덕산군에 신임 군수가 부임하면 가야동에 호피를 상납하도록 압력을 행사했다고 한다.

그의 가야동의 옛이야기를 전하던 어르신들은 모두 돌아가시고 기억하는 이는 없지만 그의 흔적은 가야동 장대가 있던 옥병계 병풍바위에 "河靖一"이라 쓴 암각문으로 남아 있다.

운이 따랐던 것일까. 지역사 연구를 막 시작하고 이곳저곳을 기웃거리던 시절, 우연히 눈에 들어온 한 자료가 있었다. 당시에는 그 진가를 온전히 알지 못했지만, 이상하게도 그 문서가 강렬히 마음속에 각인되었다. 시간이 흘러도 그 기억이 지워지지 않아, 결국 다시 그 자료를 찾기 위해 10년 넘는 세월을 헤맸다.

그 후로도 세월은 흘렀고, 내가 천착해 온 가야산의 근현대사와 이어진 그 문서의 가치를 진정으로 깨닫게 된 것은 또 다른 10년이 흐른 뒤였다. 그렇게 긴 시간을 돌아 다시 그 문서를 마주하게 되었고, 이제는 해제하고 번역할 수 있는 여유를 갖추게 되었으니, 그야말로 고마운 일이다. 그동안 학계에 공개되지 않았던 흥미로운 문헌이 수십 년을 돌아 되찾은 이 인연은 단순한 연구의 영역을 넘어, 삶의 깊은 결을 따라 다시 마주한 뜻깊은 만남이며, 오랫동안 잊혀졌던 가야산의 목소리를 세상에 다시 들려줄 수 있게 되어 마음 깊이 감사하다.

20년간의 사료 추적은 가야산이 '명승지'가 아닌 조선 후기 군사적 요충지였음을 입증했습니다. 1868년 총리영 병력의 이동 기록은 지방 행정·군사·경제 시스템을 복합적으로 보여주는 살아있는 증거입니다.

"규장각에서 마주한 문서는 비단 고문서가 아니라, 침묵했던 가야산이 스스로
역사를 말하기 시작한 순간이었습니다."

이 연구가 지역사의 잊힌 고리를 연결하고, 조선이 외세에 맞선 방어 전략을
재조명하는 출발점이 되길 기대합니다. 가야동 암각문에서 총리영 병영에 이
르기까지, 발굴되지 않은 이야기는 여전히 묻혀 있습니다.

"본 연구에서 9.『공충도 덕산군 가야동 화포수 시방몰기 팔인 방목 성책』,10.『공충도덕산군
하내총리관유격군병유연시각인원납수효급군마양료구별성책』은 저자가 규장각 자료에서 찾아
낸 미공개 자료이며, 그 번역은 조성환 박사의 도움을 받았다. 이 자리를 빌려 깊이 감사드린다."

11. 18세기 가야구곡을 주유한
   구봉 안세광(安世光, 1683~1765)에 대하여

윤봉구, 강봉래, 김진규 그리고 안세광 가야산의 학문적 교류

한국의 많은 구곡(九曲)은 송대 유학의 거두 주자(朱子, 1130~1200)가 정립한 복건성 무이구곡(武夷九曲)의 이상적 경관과 유교적 삶의 태도를 본받아 구성된 것이다. 이는 단순한 자연 예찬을 넘어 유학자의 이상을 산수에 투영하고, 인간의 수양과 도학적 실천을 자연과 결합시키는 상징 행위로 볼 수 있다. 한국의 구곡 역시 이러한 유교적 자연관에 근거하여 설정되었으며, 그중에서도 충남 가야산의 가야구곡은 그 대표적 사례이다.

가야구곡은 그 자체로 하나의 철학적 공간이며, 심미적·도학적 실천을 병행하는 정신의 여정이었다. 이 구곡의 설정은 특정 개인의 창작이 아니라 당대 내포 지역의 유학자들이 협업하여 완성한 총체적 기획의 결과였다. 가야구곡의 기획자로는 강봉래(姜鳳來, 1675~1753, 자 성서聖瑞)가 중심에 있으며, 그는 가야구곡 전체를 설계하고 그 사상적 틀을 주자의 무이구곡에 맞추어 기획하였다.

강봉래의 구상 아래, 죽천(竹泉) 김진규(金鎭圭, 1658~1717)는 옥병계(玉屏溪), 석문담(石門潭), 와룡담(臥龍潭) 등 세 곳에 이름을 붙이고, 바위에다 팔분서(八分書, 예서의 일종)로 이를 새겼다.

이후에는 병계(屛溪) 윤봉구(尹鳳九, 1683~1767)와 그 아우 석문(石門) 윤봉오(尹鳳五, 1688~1769) 형제가 가야산 일대를 직접 답사하며 나머지 곡들을 명명하였다. 이로써 구곡 전체가 완성되었고, 각 곡마다 시를 남기고 암각문으로 기록되었다.

현재까지 윤봉구, 김진규, 안세광 등의 문집을 통하여 가야구곡을 유람하며 읊은 한시들을 번역하였고, 그들이 남긴 시문을 통해 곡마다의 성격과 미학적 감흥을 복원할 수 있었다.

그러나 가야구곡의 원형적 시문, 곧 구곡을 설정한 의도와 구조, 운율적 모방을 처음으로 기획한 강봉래(강성서)의 원시(原詩)는 아직 발굴되지 않았다. 금번 출판하며 소개하는 안세광의 시 제목에 드러나듯, 강봉래 또한 주자의 『무이구곡가(武夷九曲歌)』의 율을 따르며 『가야구곡시』를 창작한 것으로 보이는데, 주자학을 몸소 실천하고자 했던 내포 유학자들의 의지적 산물이라 할 수 있다. 금번 출판에서 안세광이 남긴 가야구곡 한시를 제한적으로 소개하는데, 가야산 역사 문화 총서 5에서는 안세광의 한시를 모두 출판할 수 있을 것이다.

또한 강성서(姜聖瑞, 姜鳳來, 1675~1753)의 시가 수록된 문집을 발굴하고 검토한다면, 가야구곡의 전체 구조와 그 철학적 기조를 보다 명확히 파악할 수 있을 것이다. 더 나아가 이는 단지 가야산이라는 공간의 재조명이 아니라, 조선 후기 충남 내포 지역 유학의 사상적 깊이와 실천의 흔적을 조망하는 데 있어 중대한 단서가 될 것이다.

가야산은 충청남도의 역사와 문화를 논할 때 빼놓을 수 없는 중심지로, 내포 지역에서 학문과 예술이 융합된 독특한 전통을 만들어왔다. 특히 18세기에 이 지역을 중심으로 활동한 학자와 문인들은 자연의 경치를 노래하고 철학적 성찰을 담은 문학 작품을 남기며 가야산 문화를 형성했다.

2020년 출간된 ≪내포 가야산 한시 기행≫은 윤봉구, 김진규, 강봉래, 오원 등이 남긴 한시를 소개하며 가야산 문화의 단면을 조명한 중요한 저작이다. 그러나 이후 새롭게 발굴된 구봉 안세광(安世光, 1683~1765)의 자료를 통해 가야구곡에 대한 이해는 한층 심화되었다.

가야구곡의 설정과 주유한 인물들

가야산은 18세기 윤봉구 일가와 안세광, 강봉래 그리고 김진규(1709년 유배) 등이 은거하며 자연의 아름다움을 철학적·문학적으로 승화시킨 곳이다. 이들은 중국의 무이구곡을 본보기로 삼아 가야산 가야동 일원의 경승지 아홉 곳을 선정하고, 이를 각각 관어대(觀魚臺), 옥병계(玉屛溪), 습운천(拾雲泉), 석문담(石門潭), 영화담(映花潭), 탁선천(濯纓泉), 와룡담(臥龍潭), 고운벽(孤雲壁), 옥량폭(玉梁瀑)이라 이름 붙였다. 이러한 명칭들은 단순한 지리적 명소의 이름을 넘어 자연과 인간의 조화를 추구했던 학문적 이상을 반영한다.

죽천 김진규는 가야구곡 설정에 핵심적인 역할을 한 인물로 추정된다. 그는 가야산 동쪽 서원산 인근의 계곡을 무이천이라 명명하고, 이곳을 또 다른 가야구곡으로 설정했다. 무이천 상류의 회암서원 근처 너럭바위에는 '선유암(仙流巖)'과 '와룡담(臥龍潭)'이라는 글을 암각문으로 새겼는데, 이는 가야구곡의 자연적 아름다움을 상징적으로 표현한 것이다. 지역 주민들의 구전에 따르면 와룡담은 깊이가 두 길에 달할 만큼 수심이 깊었으며, 과거 선비들의 뱃놀이와 아이들의 물놀이가 이루어졌던 여흥의 중심지였다.

가야구곡 관련 시문 창작의 순서를 살펴보면, 강봉래가 최초로 시를 짓고, 이후 윤봉구와 안세광이 이에 차운(次韻)하여 시를 남겼다. 강봉래는 가야구곡 시의 시조로 평가되지만, 그의 문집이 아직 발견되지 않아 구체적인 내용은 알 수 없다. 강봉래의 문집이 발굴된다면, 가야구곡 시의 형성과 그 문화적 배경이 보다 완전하게 이해될 수 있을 것이다.

안세광(安世光, 1683~1765)의 생애와 가야산에서의 활동

안세광은 가야구곡 문화 중심 인물로 윤봉구와 함께 가야산 일대에서 학문적·예술적 교류를 활발히 펼쳤다. 그의 본관은 광주(廣州), 호는 구봉(九峯), 자는 회지(晦之)로, 덕산 출신이다. 풍애 안민학의 현손이자 안재(安載)의 아들로 태어났으며, 1721년(경종 1) 38세의 나이로 진사시에 합격하여 성균관에서 학문을 연마했다. 말년에는 첨지중추부사에 올라 유림의 대표로 활동하였고, 송준길과 송시열의 성무 종사를 상소하며 조선 유학의 전통을 이어갔다.

그는 병계 윤봉구와 동갑내기 친구로, 학문적 동지이자 가야산에서 함께 활동한 절친한 관계였다. 윤봉구는 ≪병계집≫에 안세광의 묘지명을 남겼고, 윤봉오도 ≪석문집≫에 제문을 남겨 그들의 깊은 우정을 증명했다. 가야구곡을 주제로 한 시문 활동은 이들의 교류를 보여주는 대표적인 예다.

≪구봉집≫과 가야구곡 시

≪구봉집≫은 독립된 문집으로 출간되지는 않았으나, 후손 안종화가 1907년에 편찬한 ≪광릉세고≫에 시 154수가 수록되어 있다. 이 중에서 특히 주목되는 작품이 「강성서가 '무이구곡' 운을 써서 가야구곡을 읊어 옥계에게 준 시에 차운한 열 수(次姜聖瑞用武夷九曲韻 詠伽倻九曲 贈玉溪詩十首)」이다.

이 시편은 각 구곡의 자연 경관을 사실적으로 묘사하면서, 유학자의 심성 수련과 자연 체험이 어떻게 결합되었는지를 보여주는 대표적인 작품이다. 단지 경관 묘사에 그치지 않고, 수양과 신선의 경지를 추구하는 철학적 메시지를 품고 있어 18세기 내포 유림의 사유 세계를 반영하고 있다.

특히 제1수는 전체 구곡의 서곡 역할을 하며, 산과 물의 신령한 기운이 인간의 정서와 만나 하나의 수양 공간을 형성함을 노래하고 있다. 이어지는 각 곡은 고요한 낚시터(관어대), 병풍처럼 둘러싼 봉우리(옥병계), 물기 어린 바위와 구름(습운천), 여울과 폭포(석문담), 화사한 봄날의 정경(영화담), 수행자의 고요(탁선천), 용이 잠든 못(와룡담), 최치원에 대하여(고운벽), 그리고 장엄한 비와 무지개(옥량폭)로 연결되며, 자연 속 수양의 여정을 은유적으로 표현한다.

〈강성서가 '무이구곡' 운을 써서 가야구곡을 읊어서 옥계에게 준 시에 차운한 열 수(次姜聖瑞用武夷九曲韻, 詠伽倻九曲, 贈玉溪詩十首)〉 안세광(安世光, 1683~1765)

[1]
山是名山水亦靈, 산은 명산이요 물 또한 신령하며
靈源隨曲轉深情. 신령스런 샘물 굽이 따라 도니 정 깊어진다.
雲霞忽入溪翁品, 구름과 노을이 갑자기 계옹 품으로 들어오니
增得山光與水聲. 산빛 더해주어 물소리와 어울린다.

[2] 관어대(觀漁)
一曲元無上鉤船, 일곡은 원래 낚시 드리운 배 없으니
漁臺只壓小沙川. 관어대는 단지 작은 모래 냇가 누른다.
磯頭客問金塘路, 낚시터 손님은 금당 길을 물으니
笑指靑山一抹烟. 웃으며 한 가닥 연기 쌓인 청산 가리키네.

[3] 옥병계(玉屛)
二曲屛巖護碧峰, 이곡 병암은 푸른 봉우리 보호하고
山光水態萬千容. 산빛과 물의 자태 가지각색이로다.
鍾聲晩落靑莎岸, 저녁 종소리 푸른 잔디밭의 언덕에 떨어지는데
謂問禪樓隔幾重. 선방의 누각이 몇 칸이냐고 묻는다.

[4] 습운천(濕雲)
三曲武夷有壑船, 삼곡 무이엔 가학선(架壑船) 있으니
先天物色憶當年. 선천적인 물색 당년이 생각나누나.
此間只是巖泉瀉, 이 사이로 바위 샘물이 쏟아져 나오니
滿壁雲霞挹可憐. 온 벽의 구름과 노을 잡으니 가련하도다.

[5] 석문담(石門)

四曲溪顔摠是巖, 사곡 시내에는 모두 바위가 드러나고

巖邊草綠浴氈毿. 바위 곁 초록 이끼 더부룩하게 젖었다.

飛湍盡日聲喧吼, 날 듯한 여울 소리 온종일 시끄럽고

瀉出崖門自作潭. 벼랑 문에 쏟아내어 스스로 못을 이룬다.

[6] 영화담(映花)

五曲看來境轉深, 오곡을 보아하니 지경이 더욱 깊어지고

東風花發後前林. 봄바람에 꽃은 앞뒤 숲에 피어난다.

紅光掩映澄潭面, 붉은 빛이 맑은 못 수면을 비추고

嬌鳥深春語水心. 깊은 봄에 아리따운 새들이 수면에 이야기하네.

[7] 탁석천(卓錫)

六曲淙淙碧玉灣, 육곡은 벽옥 물굽이 졸졸 흐르고

磬音起處卽禪關. 경쇠 소리 일어나는 곳이 선문이로다.

孤僧住錫聞泉響, 외로운 스님 주석하며 샘 소리 듣고

流水歸雲與自閒. 흐르는 물, 돌아가는 구름 저절로 한가롭네.

[8] 와룡담(臥龍)

七曲瀠洄灌衆灘, 칠곡은 굽이돌며 여러 여울을 흘러가고

潭深百尺凜然看. 백 자의 못 깊어 늠연히 바라보노라.

陰陰湫窟蛟龍臥, 음산한 못의 굴엔 교룡이 누웠고

雲氣常時繞壁寒. 구름 기운이 항상 차가운 절벽 두른다.

[9] 고운벽(孤雲)

八曲逶迤翠壁開, 팔곡은 굽이굽이 푸른 절벽 사이로 열리고

溪流得雨勢沿洄. 시냇물이 빗물을 얻어 오르내리네.

伽仙消息今何許? 가야산 신선 소식 지금 어디에 있나?

惟有孤雲自去來. 오로지 고운만이 스스로 오고가네.

[10] 옥량폭(玉梁)

九曲窮源漸窈然, 구곡 근원 다하여 점차 그윽해지고

藤蘿影外盡長川. 나무 덩굴 그림자 밖에 긴 물줄기 끊어진다.

轟雷白日恒飛雨, 우렛소리, 흰 태양에 늘 빗줄기 날리니

不霽銀虹掛碧天. 개지 않은 은빛 무지개 푸른 하늘에 걸렸다.

(≪九峯集≫) (번역 조성환 박사)

덕산의 '가야구곡'은 윤봉구의 창작으로 알기 쉬우나 그렇지 않다. 1706년(숙종 32) 덕산에 유배 왔었던 죽천(竹泉) 김진규(金鎭圭, 1658~1717)가 가야구곡 가운데 옥병계, 석문담, 와룡담을 명명하고 세 곳의 바위에 팔분서체로 새겼으며, 이후 윤봉구가 가야구곡의 이름을 설정만 하고 구곡시를 창작하진 않았다. 그런데 강성서가 먼저 가야구곡시를 지어서 윤봉구에게 보내주면서 차운시(次韻詩)를 지어 줄 것을 요청했다. 윤봉구가 강성서의 구곡시를 읽어보니 원래 자신이 설정했던 가야구곡의 이름과 순서가 뒤섞였다. 이에 화운시 〈가야구곡, '무이구곡'에 차운하여 병서(伽倻九曲, 次武夷九曲韻, 並序)〉를 지어 강성서에게 보내주었고, 아울러 이를 본 안세광도 위의 제목으로 가야구곡시

를 지었다. 요약하면 가야구곡은 김진규, 강성서, 윤봉구, 안세광의 손을 거쳐 최종적으로 완성한 셈이다. 처음으로 가야구곡시를 지은 강성서의 문집이 발굴되길 기대해본다.

안세광의 가계와 학문적 전통

안세광의 가계는 조선 중기와 후기의 학문적·문화적 전통과 깊은 연관을 맺고 있다. 풍애 안민학에서 시작된 학문적 전통은 안세광과 그의 동생 안세덕으로 이어졌으며, 그 후손들은 ≪광릉세고≫를 통해 가문에 흩어진 시문들을 모았다. 이를 통해 안세광 가문이 가야산 문화와 내포 지역의 학문적 전통에 기여한 바를 엿볼 수 있다.

안세광의 가계는 다음과 같다.
안민학(安敏學, 1542~1601) → 안전(安瑱) → 안호일(安好逸) → 안재(安載, 1655~1697) → 안세광(安世光) → 안정원(安鼎元). 동생 안세덕(安世德, 아들 안정대(安鼎大)는 윤봉구 문하생)

가야구곡 연구의 향후 과제

가야구곡은 가야산 지역의 자연 경관과 문학적 전통을 결합한 독특한 문화유산이다. 지난 2020년 『가야산 역사문화총서』(내포 가야산 한시 기행)로 죽천 김진규와 병계 윤봉구, 윤봉오 형제와 오원 등의 가야구곡 한시가 번역 출판되었다. 강봉래의 문집이 아직 미 발굴 상태에 있으며, 가야구곡의 최초 시문 형성과 구체적 배경은 일부만 확인된 상태이다. 금번 제한적으로 안세광의 시는 그러한 단절을 이어주는 징검다리이자, 18세기 내포 유림의 정신을 담은 문학적 기록으로서 그 의의가 깊다.

향후 강봉래의 문집이 발굴되어 가야구곡에 대한 한시를 다시 출판한다면 가야구곡의 형성과 문화적 지형도를 보다 분명히 복원할 수 있을 것이다.
그날이 오기를 기다리며, 한 줄의 기록을 남긴다.

※ 안세광의 문집 《구봉집》에 수록된 가야구곡 관련 시문은 모두 번역을 마쳤으나, 아직 간행에는 이르지 못한 상태다. 현재는 그 가운데 한 편을 우선적으로 소개하고 있으며, 향후 《가야산 역사문화총서》 제5권에서 20여 편에 달하는 가야산 관련 한시들을 본격적으로 수록·발표할 예정이다.

특히 주목할 점은, 안세광과 더불어 가야구곡의 제창자였던 강봉래(姜鳳來)의 문집이 아직 발굴되지 않았다는 사실이다. 문집이 추후 발굴된다면, 18세기 후반 가야산을 중심으로 전개된 유람 문화의 실상을 실증적으로 복원하는 데 중대한 자료적 기반이 될 수 있을 것이다.

이 경우, 안세광, 강봉래, 김진규, 윤봉구 등으로 연결되는 가야산 문인 네트워크의 존재가 보다 입체적으로 드러나며, 이를 토대로 가야구곡을 주제로 한 별도의 한시 선집을 간행하는 것도 가능해질 것이다.

12. 죽천 김진규를 중심으로 본 18세기 가야산 인적 네트워크

김춘택과 임징하의 교유를 중심으로

가야산 가야구곡에 대한 고찰을 진행하는 가운데, 18세기 초반 조선의 문인들이 남긴 한시들을 통해 가야산을 중심으로 형성된 특별한 교유망이 존재했음을 확인할 수 있다. 당시 가야산은 이미 고려에서 조선 전기로 이어지는 불교의 쇠퇴와 함께 가야사라는 거찰이 역사의 무대에서 물러나며 한동안 조용한 산골로 남아 있었던 곳이다. 그럼에도 불구하고 수많은 당대 명사들이 이곳을 방문하였으며, 그 문학적 흔적이 가야산의 자연과 더불어 남아 있다.

그 중심에는 죽천 김진규(竹泉 金鎭圭, 1643~1721)가 자리하고 있다. 그는 조선 후기 노론 명문가 출신으로 본관은 광산(光山), 자는 달보(達甫), 호는 죽천(竹泉)이다. 김반(金槃)의 증손이며, 할아버지는 증 영의정 김익겸(金益謙), 아버지는 영돈녕부사 김만기(金萬基)이고, 어머니는 한유량(韓有良)의 딸이다. 특히 누이동생은 숙종의 비인 인경왕후(仁敬王后)로, 김진규는 조선 왕실과도 인연을 맺고 있는 가문의 일원이었다. 또한 송시열(宋時烈)의 문인이자 사계 김장생(沙溪 金長生)의 학통을 잇는 인물로서, 당대 정치와 학문 양면에서 중요한 위치를 차지하고 있었다.

그러나 그는 정치적 풍랑 속에서 두 차례 유배의 길을 걸었다. 첫 번째는 기사환국(1689) 당시 거제도였고, 두 번째는 숙종 32년(1706) 충남 덕산으로의 유배였다. 후자는 특히 주목할 만한데, 숙종 즉위 30주년을 기념하는 진하(進

賀)와 진연(進宴)에 반대하는 상소를 올리면서 비롯되었다. 그는 "백성이 궁핍한데 연회를 여는 것이 옳지 않으며, 국상 중 여악(女樂)을 베푸는 것은 예법에 어긋난다"고 지적하였다. 이 상소는 소론의 거센 반발을 불러일으켰고, 결국 조태일(趙泰一)의 탄핵에 의해 덕산으로 유배되었다.

이 시기 충남 가야산은 단순한 유배지 이상의 의미를 지니게 된다. 죽천 김진규가 덕산에 머무는 동안, 그의 인품과 학덕을 존경하는 인사들이 가야산을 찾았고, 그 가운데에는 조카인 김춘택(金春澤)과 사위뻘인 임징하(林徵夏)가 중요한 위치를 차지하였다.

임징하의 연보에 따르면, 1706년 봄 그는 덕산을 방문하여 유배 중이던 김진규를 찾아가고, 김진규의 아들 김성택(金星澤)과 함께 가야산에 오른 기록이 보인다. 임징하의 부인은 광산 김씨로, 판서 김진구(金鎭龜)의 딸이며, 김진규는 김진구의 친동생이다. 나아가 김춘택은 김진구의 아들이자, 김진규의 조카가 된다. 따라서 임징하는 김진규의 사위댁이자 김춘택과는 인척 관계를 맺고 있었으며, 이 인척 관계는 단지 가문 간의 연계에 그치지 않고 문학과 사유의 장에서도 깊은 교류로 이어졌다.

김춘택은 당대 문인들 가운데서도 한시에 능한 인물로, 그의 작품들 가운데에는 가야산의 경물과 죽천의 인격을 예찬하는 시편이 전해진다. 특히 김춘택과 임징하가 남긴 시문은 단순한 유람의 기록을 넘어서, 유배 중인 김진규에 대한 깊은 존경과 위로, 그리고 가야산이 상징하는 유학적 사유와 자연의 조화를 사색한 작품들로 읽힌다. 이들에게 가야산은 단순한 유람처가 아니라, 도의(道義)를 성찰하고 수신(修身)의 길을 되새기는 상징적 공간이었다.

죽천 김진규를 중심으로 한 이들 문인들의 모임은 단순히 사사로운 방문이나 위로에 그치지 않았다. 이 모임은 당시 노론 명문가를 축으로 하는 유학적 네트워크가 가야산이라는 지정학적 공간 속에서 재편된 하나의 문화적 흐름이었다. 이는 지역적 문학 활동을 넘어, 유배라는 특수한 조건 아래에서 조선 지식인의 정신적 지향과 사회적 태도가 어떠했는지를 보여주는 의미 있는 사례로 평가할 수 있다.

죽천 김진규, 김춘택, 임징하가 가야산을 중심으로 남긴 시문과 흔적은 오늘날 가야구곡을 인문지리적·문화사적으로 조망하는 데 깊이를 더해준다. 이 글에서는 이들이 남긴 대표적인 시문을 함께 살펴봄으로써, 당대 문인의 내면과 경물에 대한 인식을 보다 구체적으로 조명하고자 한다.

그들이 공유한 감정과 자연에 대한 섬세한 감응, 시대적 현실에 대한 응답은 단순히 과거의 기록을 넘어서, 오늘을 살아가는 우리에게도 삶의 태도와 사유의 방향을 일러주는 귀중한 정신적 유산으로 남아 있다.

18세기 가야산을 중심으로 형성된 이 인문학적 네트워크는 단절된 기억 속에 묻혀 있지만, 우리가 되살려야 할 이유가 바로 여기에 있다. 그것은 단지 과거를 기리는 일이 아니라, 오늘의 문화적 기반을 다시 짜는 일이기 때문이다.

〈가야사[산]에 올라 '사종'의 시에 차운하여(登伽倻, 次士從韻)〉
임징하(任徵夏, 1687~1730)
爲愛春風早, 이른 봄바람 불어 좋아라하며

寺樓日暮登. 사루에 날 저물어 올라간다.
山雲遲作雨, 산의 구름은 서서히 비가 되더니
谷水半含氷. 골짜기 물은 반쯤 얼음 머금었다.
斷續深菴磬, 깊은 암자의 경쇠 소리 끊어졌다 이어지고
依微古壁燈. 옛 벽에 걸린 등불 희미하도다.
衆殊元一理, 중생 다르건 원래 하나의 이치이니
空色問高僧. 공즉시색의 이치 스님에게 묻노라.
(≪西齋集≫ 권1 〈初年錄〉)

공즉시색(空卽是色)

〔불〕 이 세상의 모든 것은 실체가 없는 현상에 지나지 않지만, 그 현상의 하나하나가 그대로 실체라는 말. ≪반야심경≫에 나오는 말.

색즉시공(色卽是空)

〔불〕 ≪반야심경≫에 나오는 말. 색(色)이란 유형(有形)의 만물을 말하며, 이 만물은 모두 일시적인 모습일 뿐 그 실체는 없다는 뜻이다.

본관은 풍천(豊川). 자는 성능(聖能), 호는 서재(西齋). 임환(任喚)의 증손으로, 할아버지는 임홍망(任弘望)이고, 아버지는 집의(執義) 임형(任泂)이며, 어머니는 이의저(李義著)의 딸이다.

1713년(숙종 39) 진사가 되고 이듬해 증광시에 병과로 급제하였으며, 1717년 가주서를 거쳐 1721년(경종 1) 지평(持平)·사간원 정언 등을 지내다가 신임사화로 삭직당하였다.

1725년 노론이 다시 집권하자 장령(掌令)으로 기용되었고, 6개조의 소를 올려

탕평책을 반대, 소론 제거를 주장하다가 유배되었으며, 1727년 소론이 집권하면서 제주도에 위리안치되었다.

1729년 사헌부의 요청으로 다시 역모의 죄명으로 친국을 받을 때 끝까지 왕의 각성을 촉구하며 항거하다가, 언관을 벌주면 안 된다는 전통에도 불구하고 왕권의 확립과 국가 기강을 세운다는 명분으로 여덟 차례의 고문 끝에 옥사하였다. 정조 때 관직이 복구되고 이조참판에 추증되었다. 저서로는 『서재집』이 있다. 시호는 충헌(忠憲)이다.

이 시는 1706년 봄, 처 삼촌 죽천 김진규가 유배 중이던 가야산을 찾아 처 사촌 김성택과 가야사와 가야산을 주유하고 쓴 글이다. '사종'의 시에 차운하여 〈登伽倻, 次士從韻〉라는 시제를 쓰고 있어 김성택이 가야산에 대한 글을 남겼다는 것을 알 수 있지만, 확인되지 않는다.

임징하와 김춘택은 어떤 관계였을까?
임징하의 부인은 광산 김씨(光山金氏) 판서 김진구(金鎭龜)의 딸이다. 김춘택의 매형이 된다.
위의 시는 1706년 임징하가 덕산에 유배 중이던 김진규를 방문하고 김성택과 함께 지금 발굴 중인 가야사를 둘러보고 지은 작품이다.
죽천의 아들 김성택은 김춘택과 사촌이 된다.

[임징하 연보]

1690년 2월, 부친을 따라 아산(牙山) 하죽곡(下竹谷)으로 이거(移居)하다.

○ 겨울, 모친을 따라 홍주(洪州)에 있던 외증조 이관(李慣)을 만나고 잠시 머물러 살다.

1691년 봄, 모친을 따라 아산으로 돌아오다.

1693년 부친을 따라 아산 독성촌(獨醒村)으로 이거(移居)하다.

1706년 봄, 덕산(德山)으로 김진규(金鎭圭)를 찾아가다.

○ 김성택(金星澤)과 가야산에 오르다.

1717년 3월, 가주서로 호가(扈駕)하여 온행(溫行)하다.

○ 7월, 금정도(金井道) 찰방(察訪)이 되다.

1730년 7월 24일, 의금부 감옥에서 졸(卒)하다.

○ 9월, 아산 독성촌에 장사 지내다.

임징하의 묘소는 아산시 염치읍 동정리에 있으며, 간재(艮齋) 전우(田愚)가 비문을 쓴 신도비가 세워졌다.

충청남도 아산시 염치읍 동정리 관련 항목 보기의 독성서사(獨醒書社)[독성서원(獨醒書院)]에 모셔졌다. 금석문은 '서재임선생적려유허비(西齋任先生謫廬遺虛碑)'이며, 임헌대가 썼다.

〈삼가 덕산에 유배 중인 중부를 그리며 18운(奉懷仲父德山貶所十八韻)〉
김춘택(金春澤, 1670~1717)

餘生荼毒後, 남은 삶은 고통을 당한 뒤부터
期奉竹林歡. 죽림의 기쁨을 누리길 기대한다.
霜露丘原冷, 서리와 이슬 내려 선영은 차갑고

風波世路難. 풍파에 세상살이 어렵다.

流離同禍網, 흩어져 함께 재앙의 그물에 걸리고

信宿並征鞍. 이틀 묵고 떠나는 말고삐 나란히 하리라.

白日瞻黃道, 흰 해는 황도를 바라보고

高秋泣紫蘭. 높은 가을 하늘에서 자줏빛 난초 근심한다.

讒言終罔極, 참언이 끝내 망극하고

恩譴更休嘆. 귀양 와서 더욱 한탄하지 않는다.

內浦憐深阻, 깊이 막힌 내포 가련히 여기고

南溟益渺漫. 남쪽 바다는 더욱 아득히 멀다.

險奇宜有此, 험하고 기이함이 이와 같거늘

孤直詎能安? 외롭고 곧으니 어찌 편안할 수 있겠나?

獨鶴晴空逈. 외로운 학은 맑은 하늘에 아득하고

羣鴉暝樹寒. 까마귀 떼는 어두운 나무에 차갑다.

朝廷思大老, 조정은 늙은 대신 생각하고

禮樂備皇壇. 예악은 황단에 갖추었다.

自致三階正, 스스로 삼계가 바로잡히니

寧勞一寸丹. 한 치의 충성심 어찌 수고로우리?

圖書堪跌蕩, 도서는 질탕함을 견디고

鬢髮恥衰殘. 백발 부끄럽게도 쇠잔하였다.

只爲慈顔隔, 다만 모친과 떨어져 있어

應難別淚乾. 이별하기 어려워 눈물 말랐다.

蒼天竟誰問, 푸른 하늘이여, 결국 누구에게 물어야 하오?

百世要人看. 백세토록 사람들에게 보게 하리라.

鴻鴈音徽靜, 기러기 소리는 아름답고도 고요하며

魚龍歲色闌. 어룡은 세월의 빛에 막힌다.

有時憑夢寐, 때때로 꿈속에 기대니

何以破憂端? 어떻게 수심 풀 것인가?

羯末知無忝, 갈말은 더럽힘이 없음을 알고

嚴敦愧自觀. 엄돈은 스스로 봄을 부끄러워하노라.

秪今悲薄祚, 지금은 박복을 슬퍼하노니

更欲勸加餐. 더욱 식사 많이 하도록 권하노라.

長羨雲間鵠, 오래도록 구름 속의 고니를 부러워하니

高飛有羽翰. 높이 날아 날개 떨치리라

(≪북헌집(北軒集)≫ 권2 〈수해록(囚海錄)〉)

[해제]

‘도독(荼毒)’은 고통스럽다는 뜻이다. ≪서경(書經)·탕고(湯誥)≫에, “흉하고 해로운 데 걸리어 도독을 견디지 못한다.(罹其凶害, 不忍荼毒.)” 하였고, 그 주에 “도독(荼毒)은 고통스럽다는 뜻이다.”라고 하였다.

‘죽림환(竹林歡)’은 죽천(竹泉) 김진규(金鎭圭)와 북헌(北軒) 김춘택이 숙질(叔姪) 간에 나누었던 과거의 청유(淸遊)를 말한다. 죽림칠현(竹林七賢) 가운데 완적(阮籍)과 완함(阮咸)이 숙부와 조카 사이였던 고사에서 비롯된 것이다.

‘자란(紫蘭)’은 훌륭한 자식을 두었음을 말한 것이다. 백거이(白居易)가 58세의 늦은 나이에 아들 하나를 얻고서 지은 〈나와 미지가 늙도록 자식이 없어 말로 탄식하고 시로 지었는데, 올겨울에 각자 아들 하나씩을 얻었다. 이에 기뻐서 시 두 편을 지었는데, 한 편은 축하의 내용이고 한 편은 자조의 내용이다.(予與

微之老而無子, 發於言歎著在詩篇, 今年冬各有一子. 戱作二什, 一以相賀, 一以自嘲》 시에 "가을 달 아래 늦게 나온 붉은 계수 열매요, 봄바람에 새로 자란 자줏빛 난초의 싹이로다.(秋月晩生丹桂實, 春風新長紫蘭芽.)"라고 하였다.

'황단(皇壇)'은 대보단(大報壇)을 가리킨다. 숙종은 명(明)나라 태조(太祖), 신종(神宗), 의종(毅宗)에게 제사 지내기 위해 1704년(숙종 30)에 창덕궁(昌德宮)의 금원(禁苑) 옆에 대보단을 설치하였다.

'삼계(三階)'는 하늘의 삼계로서, 즉 천자(天子)의 상계(上階), 제후·공경·대부의 중계(中階), 사서인(士庶人)의 하계(下階)를 말하는데, 삼계가 안정되면 음양이 조화되어 천하태평의 시대가 이루어진다고 한다.

'갈말(羯末)'은 봉호갈말(封胡羯末)의 준말로, 진(晉)나라 사씨(謝氏) 집안의 훌륭한 인물들을 가리킨다. ≪진서(晉書)≫에는 봉(封)은 사소(謝韶), 호(胡)는 사랑(謝朗), 갈(羯)은 사현(謝玄), 말(末)은 사천(謝川)을 가리키며 모두 어린 시절의 자(字)에서 한 글자씩 인용한 말이라 하였다. 그런데 남조(南朝) 송(宋)나라 유의경(劉義慶)이 지은 ≪세설신어(世說新語)·현원(賢媛)≫에는 갈(羯)을 갈(遏)자로 표기했고, 유효표(劉孝標)의 주(注)에 "봉호(封胡)는 사소(謝韶)의 어린 시절 자이고, 갈말(遏末)은 사연(謝淵)의 어린 시절 자이다."라고 하였다.

'엄돈(嚴敦)'은 후한(後漢) 마원(馬援)의 조카다. 마원은 엄돈을 훈계하면서, "고니를 그리다 보면 오리와 비슷하게라도 되겠지만, 호랑이를 잘못 그리면 거꾸로 개처럼 되기 십상이다.(刻鵠不成尙類鶩, 畫虎不成反類狗.)"라고 한 고사가 ≪후한서(後漢書)·마원전(馬援傳)≫에 수록되어 있다.

김춘택의 본관은 광산(光山), 자는 백우(伯雨), 호는 북헌(北軒)이다. 생원 김익겸(金益兼, 1614~1636)의 증손으로, 할아버지는 숙종의 장인인 김만기(金萬

基, 1633~1687)이며, 아버지는 호조판서 김진구(金鎭龜, 1651~1704)이다. 증조모 윤씨에게서 학업을 익히고, 종조부 김만중(金萬重, 1637~1692)으로부터 문장을 배웠다.

어려서부터 재질이 특이하여 김수항(金壽恒, 1629~1689)의 탄복을 받기도 하였다. 서인·노론의 중심 가문에 속하였으므로 항상 정쟁의 와중에 있었으며, 특히 1689년의 기사환국 이후로 남인이 정권을 담당하였을 때에는 여러 차례 투옥, 유배되었다.

1694년 재물로 궁중에 내통하여 폐비 민씨를 복위하게 하고, 정국을 뒤엎으려 한 혐의로 체포되고 심문받았으나, 갑술환국으로 남인이 축출되면서 풀려났다. 그 뒤 노론에 의해서는 환국의 공로자로 칭송받았으나, 남구만(南九萬, 1629~1711) 등의 소론으로부터는 음모를 이용한 파행적 정치 활동을 행하였다고 공격받았다.

1701년 소론의 탄핵을 받아 부안(扶安)에 유배되었으며, 희빈장씨(禧嬪張氏)의 소생인 세자를 모해하였다는 혐의를 입어 서울로 잡혀가 심문을 받고, 1706년 제주로 옮겨졌다. 1708년 1월, 덕산(德山)으로 유배되었던 숙부 김진규(金鎭圭)의 방귀전리(放歸田里) 소식을 제주 유배지에서 들었다. 위 시는 덕산에 유배 중이던 숙부 김진규를 그리워하며 지은 작품이다. 김춘택은 생전에 숙부를 뵙지 못하고 1717년 4월 23일, 48세의 일기로 제주도에서 사망했다.

시재가 뛰어나며 문장이 유창하였고, 김만중의 소설 ≪구운몽(九雲夢)≫과 ≪사씨남정기(謝氏南征記)≫를 한문으로 번역하였다. 글씨에도 뛰어났다. 이조판서를 추증받았으며, 시호는 충문(忠文)이다. 저서로 ≪북헌집(北軒集)≫ 20권 7책과 ≪만필(漫筆)≫ 1책이 있다.

나가는 글

조선 후기 내포 가야산은 더 이상 국가적 불교 중심지로 기능하지 않았지만, 지식인들의 심성 수양과 사유의 공간으로 변모하며 새로운 문화적 역할을 수행하였다. 특히 18세기 초반, 유배라는 정치적 현실 속에서 이 산을 배경으로 한 문인들의 인문 네트워크는 단순한 산수유람의 수준을 넘어, 도의와 충절, 유교적 세계관이 교차하는 깊은 정신적 지층을 형성하였다.

이 중심에는 죽천 김진규(金鎭圭, 1643~1721)가 있었다. 그는 인경왕후의 친오라버니로 조선 왕실과도 긴밀한 인연을 맺고 있었으며, 송시열 문하에서 수학한 노론의 핵심 인물이었다. 그러나 노론과 소론의 첨예한 당쟁 속에서 두 차례의 유배를 경험하게 된다. 특히 1706년 충남 덕산으로의 유배는 숙종 즉위 30년을 기념하는 진연(進宴)에 반대하는 상소에서 비롯되었으며, "백성은 굶주리는데 연회를 베푸는 것은 도리가 아니다"라는 그의 상소문은 유학자로서의 강직한 면모를 드러낸다.

덕산 유배는 죽천 개인의 고통으로 그치지 않았다. 그의 유배지였던 내포 가야산은 곧 유학자들이 모여드는 사유의 장이 되었고, 그 가운데 조카 김춘택(北軒 金春澤)과 사위인 임징하(西齋 任徵夏)의 존재는 주목할 만하다.

김춘택은 김진규의 조카로, 아버지 김진구(金鎭龜)가 판서를 지낸 노론 가문의 대표 문인이며, 김만기(金萬基)의 손자이다. 그는 시재가 뛰어났으며, ≪구운몽≫과 ≪사씨남정기≫의 한문 번역으로도 유명하다. 그러나 그 역시 노론계 인물로서 소론 정권 하에 유배와 고난을 반복하였다. 그가 1708년 제주 유배 중 지은 시 〈삼가 덕산에 유배 중인 중부를 그리며 18운(奉懷仲父德山貶所十八韻)〉은 유배지 덕산에 있는 숙부에 대한 그리움과 시대에 대한 안타까움, 그리고 고난 속에서도 지켜낸 선비정신을 절절하게 표현한다.

"霜露丘原冷, 風波世路難."

서리 내리고 바람 부는 언덕과 세상의 풍파는 그에게 있어 단순한 자연의 묘사가 아니라, 삶의 고난과 도덕적 고뇌의 상징이었다. '죽림환(竹林歡)'이라는 표현은 단순한 산수유람이 아닌 죽천과의 과거 사유의 시간에 대한 향수와 존경심이 담긴 은유이기도 하다.

임징하의 가야산 유람과 사유

한편, 임징하는 김진규의 사위뻘로, 그의 부인은 김진규의 형 김진구의 딸이다. 김춘택과는 인척 관계를 맺고 있었다. 임징하는 1706년 봄, 김진규가 덕산으로 유배되자 직접 그를 찾아가 위로하고 김진규의 아들 김성택과 함께 가야산을 유람하였다. 그가 남긴 시 〈가야사에 올라 '사종'의 시에 차운하여(登伽倻, 次士從韻)〉는 이 방문을 계기로 지어진 작품으로, 불교와 유학이 교차하는 공간으로서의 가야산을 섬세하게 포착한다.

"山雲遲作雨, 谷水半含氷"
산에는 구름이 느리게 비가 되어 내리고, 골짜기 물은 얼음처럼 찬 기운을 머금는다. 자연의 순환 속에서 인간의 마음도 함께 연화(鍊化)되어가는 과정을 시인은 감응적으로 그려낸다. '공즉시색(空卽是色)'이라는 반야심경의 구절을 인용하며, 단지 물리적 산수가 아닌, 존재의 본질과 무상을 성찰하는 유학자-불교적 사유의 깊이를 함께 보여준다.

18세기 가야산 인문 네트워크의 의미

김진규, 김춘택, 임징하가 덕산과 가야산을 배경으로 맺은 교유는 단순한 사사로운 위로의 수준이 아니었다. 그것은 조선 후기 노론 지식인들이 정치적 탄압과 유배 속에서도 지켜낸 정신적 연대이며, 가야산은 그들이 유학의 도리를 다듬고, 현실 정치에 대한 성찰을 새기는 공간으로 기능하였다. 이는 곧 18세기 지식인의 심성 구조를 보여주는 하나의 사례로서, 유배라는 정치적 현실 속에서도 문화적 중심지로 기능할 수 있었던 지역의 힘을 증명한다.

오늘날 우리가 가야산 가야구곡을 답사하며 마주하는 수많은 암각문과 시문은 단지 경물 찬미의 흔적이 아니다. 그것은 시대의 아픔을 지닌 선비들이 자신의 내면을 새기고, 도의와 사유, 정감을 자연에 투영시킨 유산이자, 정신사적 자료이다.

연구의 지향점 및 제언

이 글이 의도하는 바는 이러한 문인들의 흔적을 통해 18세기 가야산을 중심으로 한 인문 네트워크의 실체를 복원하고자 하는 데 있다. 정치와 유배, 문학과 사유, 인연과 지향이 어떻게 한 산천을 매개로 조응하고 교차했는지를 보여주는 이 사례는, 우리 향토의 문화 지리와 지역 문학사의 중요한 토대를 이룰 수 있을 것이다.

가야산을 찾는 연구자나 탐방객이 가야구곡을 찾았을 때, 자연 경관과 더불어 인문학적 감성을 느낄 수 있도록 암각문 앞에 관련 한시 한 수와 해설이 함께 담긴 품격 있는 안내판을 세워두는 일이 필요하다고 생각된다. 그러나 이러한 시도가 미흡한 현실은 우리 관광 문화의 아쉬운 단면을 보여주는 듯하다. 또 다른 연구자가 상가리를 답사를 하고 많은 후기를 남겨 주기를 기대해 본다.

13. 가야산의 보석, 선유암과 와룡담의 재발견

가야산의 아름다운 풍경 속에는 수많은 역사적 흔적이 숨어 있다. 죽천 김진규의 유배지는 덕산으로 알려져 왔지만, 그의 적거지는 의외로 옥병계나 가야동이 아닌 봉림리의 무이천이라는 사실이 밝혀졌다. 1937년 『예산군지』와 『봉산면지』를 통해 적거지가 봉림리임이 드러났으며, 봉림에서 우연히 발견된 암각문 선유암(仙遊巖)과 와룡담(臥龍潭)은 이 고증 과정에서 죽천의 글씨라는 사실이 확인되었다.

적거지 주변의 풍광은 현재의 모습과는 사뭇 다른 경관을 이루고 있었던 것으로 보인다. 1970년대 중반 저수지가 축조되면서 와룡담은 제방에 묻히고, 김진규와 관련된 회암서원 등 유적은 수몰되었다. 이러한 암각문은 단순히 바위에 새겨진 글씨를 넘어 지역 역사와 문화를 풍요롭게 만든 중요한 유산으로 평가받는다. 가야구곡의 옥병계, 석문담, 와룡담과 함께 선유암과 또 다른 와룡담은 죽천 김진규의 삶과 학문적 열정이 깃든 특별한 공간으로 자리 잡았다.

죽천 김진규와 선유암, 와룡담의 유래

죽천 김진규는 1706년, 당파 싸움의 결과로 가야산 일대로 유배되었다. 그에게는 거제도에 이어 두 번째 유배이다.

그동안 그의 유배지가 덕산현의 읍내인지, 가야산 일대인지 명확하지 않았으나, 최근 선유암과 와룡담의 암각문을 고증하는 과정에서 그의 적거지가 봉림리였다는 사실이 확인되었다. 『봉산면지』에 따르면, 그는 유배 당시 시냇가에 작은 초옥을 짓고 주자(朱熹, 1130~1200년)를 따라 이를 무이정사(武夷精舍)라 명명했으며, 이곳을 흐르는 개천을 무이천(武夷川)이라 불렀다고 기록되어 있다.

선유암은 죽천이 자연을 벗 삼아 학문과 사색에 잠겼던 공간으로 알려져 있다. 이곳에 새겨진 '仙遊巖'이라는 글씨는 그가 느낀 자연의 신비와 유배 생활 속에서도 포기하지 않은 학문적 의지를 담고 있다. 와룡담은 '용이 누워 있는 연못'이라는 뜻으로, 자연의 생동감을 글씨 속에 담아냈다.

그는 유배지에서 학문적 정진을 멈추지 않았고, 가야산 일대의 자연과 교감하며 여러 작품을 남겼다. 특히, 가야구곡의 옥병계와 석문담, 와룡담, 세이암, 수재대와 함께 무이천에 남긴 선유암과 와룡담에 새겨진 그의 글씨는 당시 그의 정신세계와 덕산 가야산에 대한 깊은 애정을 엿볼 수 있게 해준다.

죽천이 남긴 암각문은 당시 지역의 자연경관을 기록한 역사적 자료로서의 가치를 가지고 있다.

암각문의 고증 과정과 의미

선유암과 와룡담의 암각문은 오랫동안 그 주인이 밝혀지지 않아 미스터리로 남아 있었다. 선유암은 노출되었지만 와룡담 암각문은 저수지를 축조하는 과정에서 석축에 묻히면서 영원히 잊힐 뻔했다. 필자는 가야산과 무이천 일대를 수년에 걸쳐 답사하고, 봉림리 저수지 제방 아래 두 곳에 암각문이 있다는 사실을 발견했으며 문헌 조사와 전문가 자문을 통해 이 글씨들이 죽천 김진규의 필적임을 확인할 수 있었다. 그의 필체는 가야산의 다른 암각문, 특히 옥병계와 석문담에서 발견된 글씨와도 일치해 그 신빙성을 더했다.

이 고증은 단순히 암각문의 주인을 밝히는 데 그치지 않고, 그가 가야산의 가야구곡과 무이천을 주유하며 남긴 다수의 한시를 발굴 번역할 수 있게 했다. 조선 시대 유배 문학이 전라도나 제주에만 국한되지 않았음을 보여주는 중요한 사례로 평가된다. 또한, 7점에 이르는 죽천의 글씨는 가야산과 덕산 지역이 당시 학문적, 문화적 중심지로 자리 잡고 있었음을 증명한다.

선유암과 와룡담, 보존과 활용의 필요성

이제 우리는 죽천의 글씨 선유암과 와룡담이 잊혀진 과거의 흔적이 아니라, 오늘날에도 18세기 가야산의 문화와 역사를 알리는 중요한 자산임을 깨달아야 한다. 그러나 현재 이 암각문들은 향토 문화유산으로 지정되지 않아 보존과 관리의 사각지대에 있어 훼손 위험에 놓여 있다. 자연 풍화와 인위적 개발로 인해 소중한 유산이 점차 사라질 위기에 처해 있다.

이를 해결하기 위해 지역 사회와 학계의 협력이 필요하다. 향토 문화유산으로 지정하여 체계적으로 보존하고, 이를 관광 자원으로 활용할 방안을 마련해야 한다. 예를 들어, 가야구곡의 옥병계, 석문담과 서원산 봉림의 선유암, 와룡담을 중심으로 한 역사 탐방 프로그램을 개발하거나, 암각문을 디지털화하여 더 많은 사람들이 답사하고 즐길 수 있도록 하는 방안을 고려할 수 있다.

지역민의 관심과 참여가 중요

선유암과 와룡담의 보존과 활용은 단순히 전문가의 몫이 아니다. 지역민들이 이 유산의 가치를 이해하고, 보존 활동에 적극 참여할 때 비로소 진정한 보존이 이루어질 수 있다. 지역 주민들과의 협력을 통해 이 유산을 지역 경제와 연결 짓는 다양한 방안을 마련한다면, 죽천 김진규가 남긴 유산은 단순히 과거의 유물이 아니라, 현재와 미래를 연결하는 다리가 될 것이다.

마치는 글

가야산에서 죽천 김진규가 남긴 암각문 선유암과 와룡담은 18세기 유배 문학의 정수를 보여주는 동시에, 지역의 자연과 인간이 어우러진 문화유산이다. 이 귀중한 유산을 지키고 활용하는 일은 단지 과거를 기리는 데 그치지 않고, 우리 지역의 정체성을 확인하며 미래로 나아가는 길이다.

선유암과 와룡담이 품고 있는 이야기는 오늘날 우리에게도 깊은 울림을 준다. 그 목소리에 귀를 기울이고, 우리가 할 수 있는 최선을 다해 이 유산을 지키는 것은 우리의 책무이다. 가야산과 덕산이 가진 역사적 가치를 되새기며, 이곳이 잊혀진 문화유산이 아닌, 현재와 미래를 연결하는 문화적 자산으로 거듭나길 바란다.

14. 가야산의 암각문 우암 송시열의 흔적 : 역사와 문화의 교차점

1. 가야산 : 자연과 서예의 전시장

가야산은 자연 경관의 빼어남뿐 아니라, 조선 시대 서예와 학문의 흔적이 깃든 곳으로 주목받는다. 특히 바위나 암벽에 새겨진 이름과 문구는 이곳을 평범한 산천이 아닌 거대한 서예 전시장으로 만들어 준다.

조선 후기의 학자이자 정치가였던 우암 송시열(尤庵 宋時烈, 1607~1689)은 가장 많은 현판과 석각을 남긴 인물로 알려져 있다. 송시열의 글씨는 명료하고 강직하며 그의 학문과 신념을 반영한다. 가야산 가야구곡의 석문담(石門潭)에 각자된 '취석(醉石)' 두 글자는 송시열이 김수증(金壽增, 1624~1701)에게 써준 것으로, 그의 서체와 철학을 보여주는 대표적인 유물이다.

송시열의 글씨는 미학적 가치에 그치지 않는다. 그의 글씨에는 자연에 대한 이해, 학문적 성찰, 그리고 조선 시대 정치·사회의 역사가 담겨 있다. 가야산은 이러한 문화적 유산을 담고 있는 공간으로, 학문과 예술이 공존했던 당시의 흔적을 간직하고 있다.

2. 취석(醉石)의 유래와 의미

2.1. 취석의 고사

취석은 중국 도연명(陶淵明)의 고사에서 유래된 것으로, 자연 속에서 학문과 술을 즐기던 그의 일화를 반영한다. 《여산기(廬山記)》에 따르면, 도연명은 율리(栗里)의 큰 돌 위에서 술에 취해 잠들곤 했고, 마을 사람들은 이를 "취석"이라 불렀다고 한다.

송시열은 이 고사를 빌려 '취석'을 글씨로 남겼다. 이는 도연명의 고사를 재현한 것이며 조선 유학자들이 추구한 자연과의 조화, 그리고 명분과 학문을 중시하는 철학을 반영한 결과였다.

2.2. 김수증과 도산정사

'취석'은 송시열이 김수증에게 써준 글씨로, 1672년(현종 13) 김수증이 도산정사(陶山精舍)를 건립하며 비석에 각자된 것이다. 도산정사는 경기도 남양주 와부 덕소 석실마을에 위치하며, 원래 이름은 석실서원(石室書院)이었다.

김수증은 송시열이 써준 '취석'을 비석 앞면에 새기고, 뒷면에는 도연명 고사의 유래를 적었다. 이 비석은 도산정사가 위치한 석실마을의 지형적 특징과도 어우러진다. 석실마을은 바위로 둘러싸인 독특한 지형을 가지고 있으며, 이는 도연명의 고사와 송시열의 글씨가 함께하는 공간으로 적합했다.

3. 가야구곡과 송시열의 흔적

3.1. 가야구곡의 문화적 가치

가야산 가야구곡(伽倻九曲)은 가야산의 자연 경관과 유학적 가치를 결합한 장소이다. 그러나 송시열은 화양구곡(華陽九曲)과 달리 가야구곡에서 자주 언급되지 않는다. 조선왕조실록에서 송시열이 3천여 회 이상 등장하고, 화양구곡이 300여 회 기록된 것과 비교하면, 가야구곡에서 그의 흔적은 적다.

3.2. 죽천 김진규와 송시열의 글씨

가야산은 송시열의 수제자 중 한 명인 죽천 김진규(金鎭圭)의 글씨가 각자된 곳으로도 알려져 있다. 송시열의 글씨를 해설하며 스승의 철학을 계승한 김진규는 자신의 글씨를 가야구곡 여러 곳에 남겼다. 김진규가 스승 송시열의 '취석'을 석문담에 새기고, 자신의 글씨를 그 뒤에 각자했을 가능성도 제기된다.

4. 송능상의 가야산 유람과 학문적 연결

송시열의 현손(玄孫) 송능상(宋能相, 1709~1758)은 가야산에서 수학하며 글씨와 학문을 남긴 또 다른 인물이다. 그는 가야사(伽倻寺)를 유람하며 쓴 시에서 석문담과 옥병계를 언급하며 이 지역의 자연과 학문적 가치를 예찬했다.

〈가야사에서 지으며(伽倻寺作)〉

송능상(宋能相, 1709~1758)

平生結習未全刪, 한평생 이어온 습관 전부 버리지 못하고
選勝窮幽幾處山. 명승지 골라 그윽함 다하니 거의 모두 산이었다.
精舍寒燈纔罷講, 정사의 차가운 등불 꺼지자 강학 마치고
　上方斜日更忘還. 상방에 해가 비끼니 더욱 돌아올 생각 잊는다.

銅標突起重龕外, 구리 팻말이 우뚝 서서 감실 밖에 무겁고
雲瀑噴來絶峽間. 구름 폭포 쏟아져 깊은 협곡에서 나온다.
徙倚門樓撞法皷, 문루에 머뭇거리며 법고를 치고
石潭屛間細潺湲. 석문담·옥병계 사이로 시냇물 졸졸 흐른다.
(≪운평집(雲坪集)≫ 권1)

[해제]

송능상은 송시열의 현손으로 1710년 11월 1일에 공산(公山) 대전리(大田里 : 지금의 회덕)에서 출생하여 남당(南塘) 한원진(韓元震)의 동생 한계진(韓啓震)의 딸과 결혼하고 한원진을 찾아가 수학했다. 1751년에는 모친을 모시고 중씨를 따라 운평(雲坪 : 지금의 대덕구 덕암동 진구례)에 우거했다. 그의 학문은 집안 조카인 송환기(宋煥基, 1728~1807)로 이어진다.

위 시는 당시 덕산에 거주하던 병계 윤봉구 선생을 찾아뵙고 학문을 토론하는 여가에 가야사를 유람하며 지은 작품이다.

송능상은 이 시를 통해 가야산과 학문의 연관성을 노래했다. 이는 유람이 아닌 학문적 성찰과 자연의 조화에 대한 깨달음을 반영한 것이다.

5. 역사적 해석과 가야산의 콘텐츠화 가능성

5.1. 가야산의 서예와 문화 콘텐츠

가야산의 석각과 글씨는 자연적 요소를 넘어 조선 시대 유학자들의 철학과 예술성을 보여주는 중요한 유산이다. 이러한 유산은 다음과 같은 방식으로 현대적 콘텐츠로 발전할 수 있다. 서예 탐방로 조성 : 가야구곡의 주요 석각과 글씨를 연결하는 탐방로를 개발하여 역사와 예술을 체험할 수 있는 관광 콘텐츠

로 활용한다. 디지털 전시 및 스토리텔링 : 송시열, 김진규, 송능상의 글씨와 관련된 유래를 디지털 콘텐츠로 제작하여 교육적이고 흥미로운 자료로 활용한다.

5.2. 학문적·문학적 활용

가야산의 석각과 글씨는 조선 후기 학문과 예술의 상호 작용을 조명하는 중요한 학술적 주제이다. 이를 바탕으로 한 연구는 문학, 미술, 역사 등 다양한 분야에서 활용될 수 있다. 또한 소설, 연극, 뮤지컬 등 문학적·예술적 확장 가능성도 크다.

6. 결론 : 가야산, 역사와 문화의 중심

가야산은 조선 시대 유학자들이 학문과 자연을 조화롭게 연결한 공간이다. 송시열의 '취석', 김진규의 석각, 송능상의 시는 이곳을 자연 경관이 아닌 문화적 유산으로 승화시켰다.

이러한 유산은 오늘날 역사 교육, 문화 콘텐츠, 관광 자원으로 발전할 가능성이 크다. 가야산을 중심으로 한 이러한 노력은 조선 시대 서예와 학문의 가치를 재조명하고, 이를 현대적으로 해석해 새로운 문화적 가치를 창출할 것이다. 가야산은 조선 후기 학문과 예술의 송시열, 김진규, 윤봉구와 같은 문사들이 주유하며 많은 시문을 남겼다. 이를 바탕으로 한 문화 콘텐츠 개발은 역사와 현대를 잇는 다리가 될 것이다.

15. 보원사지 철불(鐵佛) 반출 과정에 관한 고찰

Ⅰ. 서론

충청남도 서산시 운산면 강당골 보원사지는 통일신라 이후 고려, 조선에 이르기까지 불교문화의 중심지로 알려져 있다. 이곳에서 출토된 대형 철불은 오늘날 국립중앙박물관이 소장하고 있는 중요한 불교 조형물이다. 그러나 해당 불상이 어떠한 과정을 거쳐 현지에서 경성으로 이송되었는가에 대해서는 구체적인 기술이 미비하다. 본 글에서는 조선총독부의 조사, 국립박물관 수장품 카드와 구술 전승, 지역 기록을 바탕으로 1918년 철불 반출 과정을 정리하여, 근대기 문화재 이송의 한 단면을 고찰하고자 한다.

Ⅱ. 반출 시기와 기록

조선총독부의 조사와 국립박물관 소장품 관리 카드에는 이 철불이 1918년 4월 20일, 당시 충청남도 서산군 운산면 사지(寺址)에서 옮겨졌다고 명시되어 있다. 이는 공식 문서로 확인되는 유일한 반출 기록으로, 일제강점기 초기 문화재 수집 정책의 일환이었음을 보여 준다.

Ⅲ. 운반 동원 인력과 장비

철불은 수 톤에 달하는 대형 조형물로, 반출 과정에서 40~50명의 인부와 소달구지 5~6대가 동원되었다. 이는 지방 사회에서 상당한 인력과 자원을 투입해야 가능한 작업이었음을 시사한다.

Ⅳ. 운송 경로의 검토

1916년 조선총독부의 보원사지 조사 보고서를 참고하면 처음 운반 경로는 육로와 수운을 아울러 세 가지 방안이 논의되었다. 하나는 서산의 구도항(舊島)을 통한 수송, 다른 하나는 해미(海美) 지역 포구를 통한 수송이 고려되었다. 또 다른 방안은 덕산을 거쳐 천안까지 육로로 운송하는 방법이었다. 자료를 참고하면, 해미 방면 경유가 보다 유력했던 것으로 보인다. 해미는 관할 행정의 중심지였고 시내 인근에 포구가 있어 수운을 통한 운송이 상대적으로 안정적이었기 때문이다. 그러나 실제 운송은 용현리-원평리-봉림-덕산-삽교-예산-신례원-온양을 거쳐, 철도가 부설된 천안까지 육로를 이용해 진행되었다.

조선총독부의 搬路畧圖(반로약도)에 대하여

1916년 조선총독부의 약도는 비교적 간략한 필사본 산천지도 형식으로, 반출하기 위해 고려되었던 주요 지역 및 지명과 도로, 고을, 산천 등이 기재되어 있다.

조선총독부의 搬路畧圖(반로약도) 정리

1) 지도 제목

搬路畧圖(반로약도)

"반출 경로 약도", 즉 보원사지 철불의 반출을 위해 작성된 지도라는 뜻이다.

2) 지도 내 표기 지명 및 반출을 위해 고려되었던 방면

餘美市 (여미시)

여미리는 조선시대 해미현(海美縣) 이도면(二道面)에 속한 마을이었다.

1895년(고종 32년) 갑오개혁 이후의 행정구역 개편 때에는 여미리(餘美里)와 리문리(里門里)로 분리되었다가,1914년 일제강점기의 행정구역 통폐합 정책에 따라 두 동리가 다시 합쳐져 서산군 정미면 여미리(瑞山郡 貞美面 餘美里)에 편입되었다.

당시 여미리 일원은 내포 지방에서 손꼽히는 장시(場市)로도 이름이 높았다. '윗여미시장(餘美市場)'이라 불린 이 장은 1910년대 초까지만 해도 성시(盛市)를 이루었으며,'여미(餘美)'라는 지명은 내포 지역에서는 널리 알려진 상업 중심지의 이름으로 회자되었다. – 좌상단 촌락 표시

德山至 (덕산 방면) – 좌상단 지시

瑞山 (서산) – 지도 좌중앙

旧島至 (구도 방면) – 좌하단 지시

海美 (해미) – 지도 하단

龍山至 (용산 방면) – 지도 우측(종점 지시)

龍賢洞 (용현동, 현재 용현리) – 중앙 남쪽

普賢洞 (보현동, 원평리, 보원사지 위치) –우상단

山林持主 京城 李達龍 (산림지주 : 경성 이달용) – 우측 산림 표시 옆 주기

조선총독부는 당시 3톤이 넘는 거대한 철불을 한양으로 반출하기 위해 처음에는 수운을 통해 구도항을 이용하는 방안을 검토했으나, 보원사지에서 구도항까지 약 35km에 이르는 육로의 도로 사정이 열악하여 대형 중량물 운송이

사실상 불가능했기 때문에 이 방안은 결국 포기되었다. 해미(포구) 역시 고려되었다는 것을 알 수 있는데, 도로 사정 때문에 포기할 듯하다.

결국 운송의 효율성을 높이기 위해 천안 지점을 기점으로 한 철도 운송 방안이 검토되었다.
당시 철도는 천안까지 부설되어 있었기 때문에, 그 이전 구간인 덕산에서 천안에 이르는 구간은 육로를 이용할 수밖에 없었다. 그러나 이 육상 구간의 도로 사정은 매우 열악했다.

보현동에서 덕산을 지나 예산·신례원·온양을 거쳐 천안으로 향하는 길목에는 작은 하천을 여러 차례 건너야 했고, 특히 폭이 100m가 넘는 삽교천(揷橋川)을 반드시 건너야 했다. 당시 이 구간에는 구양도(龜陽渡) 부근의 교량과 덕산-삽교 사이의 삽교천 다리가 있었지만, 모두 목교(木橋) 형태였다.

따라서 대형 중량물인 철불(鐵佛)을 운송하기에는 구조적으로 한계가 있었다. 이에 따라 덕산과 삽교 일대에서는 교량을 임시로 보강하거나 보수하여 철불을 안전하게 건너게 한 것으로 보인다.

삽교천을 건너기 위해 구양도 다리는 1930년, 삽교다리는 1931년 근대식의 철근콘크리트 구조로 새롭게 건설되었다.

3) 종합 해석

이 지도는 보원사지 철불을 보현동(普賢洞)에서 우마차로 출발해 덕산에서부터 차량으로 삽교천을 도강하고, 예산(무한교)과 온양을 지나 천안에서 철도를 이용해 경성 용산으로 반출하는 경로를 나타낸 약도이다.

중심 기점 : 普賢洞(보현동, 보원사지) → 佛像所在地 범례와 연결
주요 경유 : 보원사지(우마차) → 덕산 → 예산 → 신례원 → 온양 → 천안(철도) → 경성 龍山至(용산)

약도는 경작지(논)와 하천, 산림, 촌락이 함께 표시되어 실제 지형·환경을 반영하였으며, 경유하는 산림 구역에는 "山林持主 京城 李達龍"이라 명기하여, 반출 경로상의 산림 소유권자까지 기록했다.

이 약도만을 참고하면 조선총독부가 철불을 경성까지 해미와 구도항을 통하여 수운으로 옮기려 했다는 것을 알 수 있다. 약도에는 북쪽의 구도항과 남쪽의 해미 지역이 함께 표기되어 있으며, 구도항은 육로 상황이 불리해 포기하고 보원사지에서 20km 이내의 가까운 해미 포구를 이용하려 했던 것으로 보인다. 약도에는 '海美龍山至'라고 표기되어 있어, 해미에서 용산으로 이어지는 경로를 암시한다.

V. 육로 운반과 도로 개수

철불은 강당골 보원사지를 출발하여 덕산-예산-신례원-온양을 거쳐 천안으로 향하였다. 특히 사지에서 원평리로 이어지는 계곡을 빠져나오는 과정에서 큰 어려움이 있었던 것으로 보인다. 충남 내륙의 도로 사정은 극히 열악하여, 무거운 불상을 실은 달구지가 이동하기 위해서는 교량과 도로를 임시로 개수

해야 했다. 경유하는 곳의 내를 건너기 위해 교량 등 기반시설을 수선하며 진행된 대규모 작업이었음을 보여 준다.

특히, 덕산에서 삽교를 경유하기 위해서는 삽교천을 반드시 건너야 했는데, 당시 교량은 목교였다. 구체적인 기록은 전하지 않지만, 거대 철불과 달구지가 통과하기 위해서는 상당한 보강 작업이나 임시 가설물이 필요했을 것으로 추정된다.

VI. 철도 이용과 최종 이송

보원사지에서 출발한 철불은 천안역에 도착한 뒤, 경부선 철도를 이용하여 경성(京城, 현 서울)으로 옮겨졌다. 기차 수송은 당시 일본 당국이 추진한 문화재 정책의 핵심 수단이었으며, 지방의 불교 조형물이 중앙 기관으로 집중되는 과정을 보여 준다.

VII. 운반 기간

기록에 따르면, 보원사지에서 천안역까지 철불을 옮기는 데 7~8일이 소요되었다고 한다. 정확한 기간은 7일인지 8일인지 불분명하다. 이는 단순한 거리 문제를 넘어 도로 사정, 인력 조정, 도로 개수 등 복합적 요인으로 인한 지연을 보여 준다.

VIII. 결론

당시 보원사는 이미 폐사되어 운영되지 않았고, 철불을 조사한 1914년, 1916년 조선총독부의 조사 기록을 참고하면 이 "철불은 절터 인근에 사는 주민들에 의해 오래 전에 폐사한 보원사지 초가집에 보관되어 모셔지고 있다,라고 보고 한다.

보원사지의 문화유산이 도난이나 화재의 위험에 노출되자 조선총독부는 안전 하게 보존 관리할 수 있도록 한성으로 옮겼다. 옮기는 과정에서는 인력이 대규 모로 동원되었고, 경유 지역에서는 도로와 교량을 정비하였다. 필요한 경비가 실제 지급되었는지는 확인되지 않으나, 정황상 일정 부분 지불되었을 것으로 보인다.

보원사지의 철불은 반출되었지만, 결과적으로 일제강점기부터 총독부의 관리 아래 오늘날까지 보존된 것은 사실이다. 현지를 떠난 점은 지역 문화사적으로 안타까운 대목이다. 앞으로 내포지역에 박물관이 설립되어 철불이 환지본처 (還地本處된다면, 그 역사적 의미와 문화적 가치는 더욱 분명히 드러날 수 있 을 것이다.

조선총독부의 보원사지 조사 및 철불 반출에 대하여

1910년 일본이 조선을 강제합병하고 1916년부터 조선총독부는 '문화정치'를 표방하며 한반도 일대의 고적 조사를 진행하며 방대한 분량의 흑백사진과 보 고서를 남긴다.
보원사지와 보현사지에 대한 조사도 이때 이뤄졌다. 현지 조사를 통하여 당시 의 상황을 자세히 사진과 함께 보고서로 기록 한다.
1916년 작성된 〈서산 철불 조사 보고〉에는 "불상은 전포(田圃채소밭)가운데에 있다. 소옥(小屋 초가집)에 안치돼 있으며 문은 쇄약(자물쇠)으로 잠궈 부락민(보현동 주민)이 그것을 보관하고 있다. 불체는 좌상으로 정교 치밀해 보기 드문 일품이다"라고 기록됐다. 보원사는 이미 쇠락했지만, 절터에서 살아가는 인근 주민들은 소박한 초가집이지만 별도의 봉안당을 만들어서 불상을 모시고 예경(禮敬)하고 있었음을 알 수 있다.

조사를 마친 조선총독부는 법인국사의 비석과 승탑 , 오층석탑 , 석불 , 석조, 당간 등은 제자리에 놔두고 보물로 지정하며 표석(조선통독부)을 세운다. 도난과 훼손의 위험이 높고 옮길 수 있는 철불은 서울 경복궁으로 이운했다. 이운 시기는 기록마다 약간의 차이는 있지만, 〈조선휘보(朝鮮彙報, 1919)〉와 〈박물관진열품도감(博物館陳列品圖鑒, 1920)〉 등을 종합하면 보원사지 철불은 1918년 서울로 이운됐다.

당시 철불을 조사한 1914년, 1916년 조선총독부의 조사 기록을 참고하면 이 "철불은 절터 인근에 사는 주민들에 의해 오래 전에 폐사한 보원사지 초가집에 보관되어 모셔지고 있다,라고 보고한다.

그러나 국립박물관 수장품 카드에 따르면, 이 철불은 1918년 4월 20일 충남 서산군 운산면 사지에서 옮겨졌다고 기록되어 있다.

그 모든 과정에 대한 기록에 대하여 1928년 간행된 〈조선불교〉 제45호는 다음과 같이 쓰고 있다.
철불 반출에 동원된 인부 사오십 명, 소달구지 대여섯 대, 강당골에서 덕산을 경유 예산 , 신례원, 온양을 경유하는데 당시 도로사정이 좋지 않아 달구지가 지나는 도로와 교량을 개수하게 하여 운반한다.

경성까지 기차로 운반하기 위해 당시 천안역까지 이동하는 데 7~8일이 소요되었다고 기록하고 있다.

보원사지 철불 운송과 해미 포구의 고려

조선총독부가 검토한 보원사지 철불의 반출 경로를 살펴보면, 관련 문서에 '구도항'과 '해미포구'가 함께 기록되어 있다. 특히 해미포구에는 '용산지(龍山至)'라 지명이 병기되어 있는데, 이는 운송 계획 수립 단계에서 해미 포구를 통한 반출 가능성이 실제로 검토되었음을 보여주는 중요한 단서로 평가된다.

그러나 실제 운송은 덕산–삽교–예산–아산–천안으로 이어지는 육로 중심의 경로가 채택되었다. 이는 당시 철도의 종착점이 천안이었기 때문이며, 대형 중량물 운반에 대비해 교량을 보강하고 도강(渡江) 시설을 정비한 뒤 운송이 가능하다고 판단한 결과로 보인다.

한편, 1916년에 제작된 보원사지 철불에 해미 포구가 함께 표기되어 있다는 점은, 해미가 여전히 운송뿐 아니라 물자의 집산과 이동을 담당하던 지역 물류 중심지로 군산·인천·부산 등 서해 수운망과 연계된 전략적 거점으로 인식되고 있었음을 시사한다.

해미 포구와 수운의 역사

1984년 천수만에 방조제가 축조되기 이전까지 해미 일대의 귀밀포(개삼포)와 덕지포는 여전히 지역의 중요한 포구였다. 귀밀포는 본래 '개삼포(開三浦)'라 불렸는데, 이는 대교포구(개일포), 덕지천포구(개인포), 귀밀리 포구(개삼포) 세 곳의 이름을 묶어 부른 데서 비롯한다. 세 포구는 가까이에 있었으나, 육로로 직접 물자를 옮기기에는 불편이 많아 해안 포구를 중심으로 상거래가 이루어졌다.

귀밀포(개삼포)의 번성과 정미소

특히 개삼포로 불린 귀밀리 포구는 일제강점기 들어 새로운 전기를 맞았다. 휴암리에 거주하던 "인열군"씨가 이곳에 대규모 정미소를 세우면서, 해미·서산·음암·운산 일대에서 수집된 벼가 수천 석 단위로 모였다. 이 곡물은 도정을 거쳐 기선에 실려 군산과 인천으로 수송되었고, 귀밀포는 서해 수운망 속에서 서산과 인천을 연결하는 곡물 유통 거점으로 자리 잡았다. 이는 서산·해미 지역에 철도가 연결되지 못한 상황과 깊은 관련이 있었다.

가야산 목재와 수운

곡식 외에도 가야산 일대에서 벌목한 목재가 이 포구를 통해 반출되었다. 벌목꾼들은 산속에서 숙식하며 장작과 목재를 베어내어 네발 통구루마로 해미 포구까지 실어 나른 뒤 군산·인천·부산 등지로 판매하였다. 가야산에서 생산된 자원은 해미 포구를 거쳐 전국 각지로 흘러갔다.

덕지천강과 어업 활동

개삼포에서 합류한 물길은 해미천을 이루어 흐르며, 덕지천동 앞에 이르면 비교적 넓은 수역이 펼쳐진다. 이곳은 '덕지천강' 또는 '오픈강'으로 불렸다. 1960

년대까지 덕지천동 주민들은 12~15척의 어선을 운용하며 칠산·연평도까지 왕래하여 어획 활동을 이어갔다.

주만배와 화물 수송

1940년대에는 40~50톤급 무동력 화물선이 강을 드나들었으며, '서산환'과 '해미환'이라 불린 배들은 서산과 해미의 곡물과 임산물을 싣고 나갔다. 특히 가야산에서 베어낸 장작과 통두리(솔가지단) 같은 부피 큰 연료 자재가 주요 화물이었으며, 인천과 서울 마포까지 운반되었다. 돌아올 때에는 서산 지역에 필요한 생필품을 실어 왔다【서산문화원 자료】.

맺음말

해미 포구는 천수만 연안의 수운 체계 속에서 곡물·목재·어패류·생필품 등을 매개하는 내포 지역 교통·경제의 핵심 거점으로 기능하였다. 이 포구를 기반으로 한 교역 활동은 단순한 생활경제의 범위를 넘어, 내포 지역의 생산과 소비 구조를 외부 시장과 연계시키는 주요 경로로 작동하였다.

보원사지 철불의 반출 사례는 이러한 해미 포구의 위상을 상징적으로 보여준다. 철불은 실제로 덕산-예산-천안을 경유하는 육로를 통해 운송되었으나, 조선총독부가 작성한 보원사지 철불에 '해미포구'가 병기되어 있다는 점은 주목할 만하다. 이는 해미가 단지 인근 고을의 교통이나 시장 기능에 머무르지 않고, 수도권 및 중부 내륙, 나아가 서해 해상 교통망과 연계된 전략적 거점으로 인식되었음을 시사한다.

더 나아가 해미 포구는 군산·인천을 비롯해 용산·한양 등 국가적 교통·상업 네트워크에 편입될 수 있는 잠재적 가능성을 지닌 지점이었다. 이러한 역사적 위상은 해미 포구가 내포 지역의 교통 체계와 경제 구조, 그리고 문화적 교류의 흐름 속에서 지역을 넘어선 거시적 의미를 지닌 공간이었음을 보여준다.

천수만에 제방이 축조되면서 물길이 막히자, 해미 포구는 점차 그 기능을 상실하였다.
한때 내포 지역의 수운 중심지로 번성했던 포구는 바닷길이 닫히자 조용히 역사 속으로 사라졌지만, 이후 이 일대에 대규모 비행장이 조성되면서 바다의 길은 하늘의 길로 이어졌다.

군사적 목적에서 출발한 이 비행장은 오늘날 민간 공항으로의 전환이 논의되고 있다.
이는 단순한 기반 시설의 변화가 아니라, 지역 공간 구조의 전환과 교통체계의 역사적 연속성을 상징한다.

1916년 조선총독부가 제작한 보원사지 철불 반로약도를 들여다보면, 109 년 전 내포 지역의 교통망 속에서 해미 포구가 지녔던 전략적 위상이 생생히 드러난다.
과거 해미 포구가 내포 지역과 수도권, 그리고 서해 수운을 연결하던 근대 이전의 공간적 역동성이, 오늘날에는 항공 교통을 매개로 한 국제적 네트워크로 확장될 가능성을 품고 있는 것이다.

결국 해미 일대는 해상 교통의 중심지에서 항공 교통의 관문으로 변모한 역사
적 공간이며, 시간의 흐름 속에서도 그 지리적·전략적 의미가 끊임없이 재구성
되고 있는 장소라 할 수 있다.

16. 정자간(亭子間), 사라진 누정을 기억하다

가야구곡 석문담에 깃든 조선 선비문화의 자취

가야구곡(伽倻九曲)은 조선 영조 때 병조판서를 지낸 병계 윤봉구(尹鳳九, 1681~1767) 선생의 형제와 죽천 김진규(竹泉 金鎭圭), 강성서(姜聖瑞), 안세광(安世光) 등과 함께 충남 덕산 가야산의 절경 아홉 곳에 제1곡 관어대(觀魚臺), 제2곡 옥병계(玉屏溪), 제3곡 습운천(濕雲泉), 제4곡 석문담(石門潭), 제5곡 영화담(暎花潭), 제6곡 탁석천(卓錫泉), 제7곡 와룡담(臥龍潭), 제8곡 고운벽(孤雲壁), 제9곡 옥량폭(玉梁瀑)이라 명명하고 이를 문집에 기록함으로써 비롯됐다.

가야구곡은 18세기 내포 선비들이 모여 시를 읊고 학문을 논하며 이상적 삶을 실천하던 문화 공간이었다. 지금은 정자의 흔적이 사라지고 사람들의 기억도 희미해졌지만, 상가리 마을의 장년층 이상 주민들은 지금도 이곳 원래의 이름인 '마담'이나 '석문담'이 아니라 '정자간(亭子間)'이라 부른다.

'정자간'이라는 명칭은 이곳에 정자가 실재했거나 혹은 전해지지 못한 이야기와 전설이 잠재되어 있음을 시사하는 집단 기억의 흔적이라 할 수 있다. 이러한 명칭은 그 장소가 품은 기억과 정서를 되살리는 동시에, 사라진 옛 정자의 존재를 암시하는 상징적 표현으로서 무형문화유산의 성격을 지닌다.

18세기 정자간 이야기 스님의 귀환과 잊힌 길목

지역에 전해 내려오는 구전에 따르면, 과거 어느 날, 읍내를 다녀오던 가야사(伽倻寺)의 승려가 석문담 인근 산길을 지나던 중 산모퉁이 너머로 불타는 가야사의 모습을 목격했다고 한다. 이 이야기는 단순한 전설이 아니라, 당시 지형과 동선에 근거한 실제 회상(回想)의 가능성이 크다. 실제로 석문담에서는 마을 중심부나 가야사가 시야에 들어오지 않지만, 정자간에서 마을 방향으로 약 200미터가량 산길을 돌면 가야사와 마을 전경을 조망할 수 있는 지점이 나타난다. 현재는 옛길의 흔적을 찾아보기 어렵지만, 이 길은 조선 시대부터 차량 교통이 도입되기 전까지 가야사와 덕산 읍내를 가장 빠르게 잇는 주요 통행로로 사용되었다.

이 산길은 저수지가 조성되기 이전까지 덕산에서 출발하여 아리랑 고개를 넘고 홍령군 묘를 지나 바삭골과 습운천, 영화담을 거쳐 보덕사 입구에 이르는 주요 산길이었다. 신작로가 개설되기 전까지는 지역민들이 가장 자주 오가던 통행로였으며, 덕산읍과 가야사, 상가리를 잇는 실질적인 생활로이자 문화로의 기능을 수행했다.

'정자간'이라는 언어의 흔적

석문담을 '정자간'이라 부르는 것은 현재로서는 문헌도, 물리적 증거도 뚜렷하지 않다. 그러나 50대 이상의 상가리 주민들 대부분은 어릴 적 이곳을 그렇게 불렀고, 여름이면 그곳에서 천렵을 즐기고 수영하며 놀았던 기억을 간직하고 있다.

여름이면 으레 '정자간 가자!'는 말이 오갔다. 정자간은 학교를 오가던 아이들의 길목이자 자연스러운 놀이터였다. 마을에서 친구들의 모습이 보이지 않으면, 누구랄 것도 없이 정자간으로 향했고, 그곳에는 언제나 친구들이 먼저 와 있었다.

마을 주민들에게 '석문담'보다는 '정자간'이라는 이름으로 더 깊이 각인되어 있었다. 그들에게 '정자간'은 어린 시절의 추억과 공동체의 기억이 응축된 상징적인 공간이었다.

그러나 정자가 실제로 존재했는지, 그리고 언제부터 그 이름으로 불리기 시작했는지는 아무도 분명히 알지 못한다. 구전조차 뚜렷하게 전하지 않지만, '정자간'이라는 명칭은 그 공간을 향한 주민들의 인식과 기억이 응축된 상징적 표현이라 할 수 있다.

석문담의 누정(樓亭), 즉 정자의 흔적을 찾기 위해 지난 2000년 초에 지표 조사에서는 정자 터로 추정되는 구역에서 석재 일부가 발견되었고, 특히 전해승 씨가 경작하는 논에서는 인위적 건축 흔적으로 보이는 석재가 일부 노출되었다. 이를 근거로 볼 때, 과거 이곳에 정자 또는 유사한 구조물이 존재했을 가능성을 배제할 수 없다.

만약 정자가 있었다면, 그것은 윤봉구 일가 및 강문 팔학사들이 모여 학문을 논하고 시를 지었던 누정일 가능성이 높다. 풍류와 학문이 공존하던 가야구곡의 한가운데에 위치한 석문담이라는 장소의 상징성은, 누정 존재 가능성을 뒷받침하는 중요한 정황이 된다.

조선 시대 산수와 누정, 그리고 풍류문화에 대하여

조선 시대에 세워진 수많은 누정은 하나같이 주변의 수려한 산수와 조화를 이루며 자리했다. 이른바 구곡(九曲), 동천(洞天), 선경(仙境)이라 일컬어진 명승지에는 예외 없이 누정이 들어섰고, 이는 단순한 휴식처를 넘어서 사대부들의 삶의 철학, 자연관, 그리고 미의식을 반영한 공간이었다.

누정은 자연을 단순히 배경으로 삼지 않고, 자연과 교감하며 그 안에서 시와 음악, 술과 담론을 통해 선비의 삶을 완성하는 실천의 장이었다. 따라서 누정은 단순한 건축물이 아니라, 그 안에 담긴 인간과 자연, 그리고 학문의 관계를 실현하는 문화적 플랫폼이자 인문학적 기표였다.

특히 '동천(洞天)'이라는 개념은 신선이 머문다는 의미를 넘어서, 자연과 인간이 하나 되어 풍류를 즐기는 장소로 해석된다. 상상컨대, 가야구곡에는 '석문동천(石門洞天)', '옥병동천(玉屛洞天)', '와룡동천(臥龍洞天)'과 같은 이름으로 누정이 명명되었을 가능성도 충분하다.

윤봉구의 한시 가운데에는, 그가 지인들과 가족들을 위해 와룡담 인근에 '와룡암(臥龍庵)'이라는 암자를 짓고 교유와 풍류의 공간으로 삼았다는 내용이 전해진다. 이는 가야구곡 일대에 실재했던 정자 혹은 누정의 존재 가능성을 뒷받침해 주는 문헌적 단서로 주목된다.

〈앞의 시에 차운하여 와룡암 신축을 서술하며(次前韻, 述臥龍菴新成)〉
윤봉오 (尹鳳五, 1688-1769)
愛玆境幽絕, 이 명승절경을 사랑하니
良以白雲深. 진실로 흰 구름 깊도다.
泉噴鷺飛墜, 샘솟고 해오라기 날다 떨어지는데
潭潛龍夜吟. 못에 잠긴 용은 밤에 우노라.
謀僧臨素壁, 스님이 흰 벽에 이르길 꾀하여
置屋俯靑林, 집을 지으니 푸른 숲 굽어보노라.
千載歌梁甫, 천년 동안 〈양보음〉 노래하니
依俙烈士音, 열사의 소리 희미하도다.
(≪석문집≫ 권1)

[해제]

이 시는 가야구곡 가운데 하나인 와룡담 인근에 와룡암(臥龍菴)을 신축하고
이를 기념하여 지은 작품이다. 가야사 소속 암자라기보다는 윤씨 가문에서 별
도로 조영한 공간으로 보인다. 와룡암에 대한 상량문이 전하지 않아 구체적인
조영 시기나 형태는 확인할 수 없으나, 윤봉오가 남긴 ≪석문집≫ 권5의 「옥
병계 모정 상량문(玉屛溪茅亭上樑文)」에서 형 윤봉구가 모정을 지었다고 한
기록으로 미루어볼 때, 와룡암 역시 윤봉구의 손에 의해 지어졌을 가능성이
크다.

와룡암(臥龍菴)은 송나라의 주희(朱熹, 1130~1200)가 지은 와룡암에서 이름
을 따온 것으로 추정된다. 주희는 55세이던 1184년, 여산(廬山)의 오란봉(五亂

峯) 아래 원래의 지명이던 '와룡(臥龍)'을 취해 이곳에 와룡암과 무후사(武侯祠)를 세우고, 촉한(蜀漢)의 명재상 제갈량(諸葛亮)을 제향하였다. 주희는 제갈량을 흠모하여 「와룡암기(臥龍菴記)」와 「와룡암무후사(臥龍菴武侯祠)」 등의 글과 시를 남겼다. 가야구곡의 와룡암 명칭은 이러한 유교적 전통과 상징성을 의식하여 차용한 것으로 보인다.

잊힌 정자, 언어 속에 남은 기억

오늘날, 석문담 일대에는 정자의 자취는 남아 있지 않지만, 마을 주민들이 여전히 이곳을 '정자간'이라 부르는 호칭은 사라진 정자를 되살리는 상상력을 제공한다. 이처럼 '정자간'이라는 이름은 단지 지역 방언이 아니라, 조선 후기 가야구곡에 있었던 누정문화의 잔영이자, 지역민의 무의식 속에 내재된 집단기억일 수 있다.

조선시대 가야구곡에는 단지 경관을 즐기는 목적을 넘어서, 선비들이 자연 속에서 시와 학문, 유람과 풍류를 실현하던 정자가 곳곳에 있었던 듯하다. 기록은 사라졌고, 흔적은 묻혔지만, 여전히 남은 이름 하나 '정자간'은 그것이 단지 장소명이 아니라 하나의 사유 공간이었음을 웅변하고 있다.

17. 가야산의 잊혀진 흔적, '이미정(二美亭)' 암각문 이야기

조선의 지식인이 남긴 가야산 자락의 역사적 흔적

가야산은 충남 예산군의 품에 안겨 오랜 세월을 견뎌온 산이다. 빼어난 자연 경관과 고요한 숲길은 수많은 이들의 발길을 이끌었고, 단순한 명승지를 넘어선 정신적 안식처로 자리 잡았다. 특히 덕산면 옥계리 청풍봉(淸風峰)과 명월봉(明月峰) 사이에 자리한 '이미정(二美亭)' 암각문은 가야산이 간직한 역사적, 문화적 의미를 상징적으로 보여주는 유산이다.

산길을 따라 걷다 보면 바위에 새겨진 '이미정' 글귀가 모습을 드러낸다. 잡초와 이끼가 덮여 세월의 흔적이 느껴지지만, 그 글씨는 여전히 단아하고 힘이 있다. 이는 조선 후기 학자이자 관리였던 묵오(黙吾) 이명우(李明宇) 선생이 남긴 흔적이다.

조선 후기, 이명우 형제의 가야산 은거

이명우 선생은 효령대군의 15대손으로, 학자이자 목민관이었다. 그는 울릉도를 탐사하고 보고서를 작성하는 등 국가적 임무를 수행하며 명망을 쌓았다. 그러나 관직 생활을 마친 후, 그는 가야산 자락에 은거하며 자연과 학문 속에서 새로운 삶을 꾸려갔다.

'이미정'은 이명우 선생이 가야산의 아름다움을 두 가지로 나누어 기린 곳이다. 첫째는 청풍봉과 명월봉의 절경, 둘째는 가야구곡의 첫 번째 절경인 '관어대(觀魚臺)'이다. 이곳은 단순한 은거지가 아니라 학문과 사색, 그리고 교류의 공간이었다.

그는 이곳에서 글을 읽고 아이들을 가르쳤으며, 정자는 작은 학교이자 학문의 전당이었다. 문인과 학자들이 이곳을 찾아 자연을 벗 삼아 시를 읊고 글을 나누며 학문을 논의했다. 이 작은 정자에서 조선 후기의 문화적 교류가 이루어진 것이다.

암각문에 새겨진 이야기

'이미정' 암각문은 그저 바위에 새겨진 글씨가 아니다. 그것은 당시의 삶과 정신, 그리고 그 시대를 살았던 사람들의 이야기를 담고 있다. 김윤식의 면양행견일기(沔陽行遣日記)에는 이명우 선생과 그의 동생 이시우가 가야산 자락에서 학문에 매진하며 후학을 양성하던 모습이 기록되어 있다.

이명우 선생은 '월봉정사(月峯精舍)'를 짓고 그곳을 교육의 장으로 삼았다. 그는 학문을 넘어 인간의 도리를 가르치고, 지역 청소년들에게 배움의 기회를 제공했다. 암각문은 단순한 기록이 아닌 시대의 증언이며, 당시의 학문적 분위기와 인간적 교감을 응축한 상징이다.

보존과 방치 사이

 그러나 오늘날 '이미정' 암각문은 잡초와 이끼에 가려져 사람들의 발길이 닿지 않은 채 방치되고 있다. 공식적인 향토문화재로 지정되지 않아 보호와 관리의 손길이 미치지 못하는 실정이다.

역사는 단순한 과거의 이야기가 아니라 현재와 미래를 잇는 다리이다. '이미정' 암각문은 한 시대를 대표하는 정신적 유산이다. 이를 지키기 위해서는 지역 사회와 행정기관의 관심과 노력이 필요하다.

암각문과 주변 유적을 체계적으로 조사하고, 학술 연구를 통해 그 가치를 새롭게 평가해야 한다. 또한 안내판과 접근로를 설치하여 더 많은 사람들이 이곳을 방문할 수 있도록 해야 한다. 지속 가능한 보존 정책을 마련하고, 암각문 주변 환경을 정비하여 방문객들이 편안하게 둘러볼 수 있도록 해야 한다.

나가는 글

가야산은 평범한 산이 아니라 시대를 넘어선 이야기를 품은 공간이다. '이미정' 암각문은 그 이야기의 한 조각이다. 학문과 자연, 그리고 사람의 이야기가 얽혀 만들어진 이 흔적은 오늘날에도 우리에게 많은 것을 말해준다.

이 작은 암각문이 전하는 이야기는 우리가 되새기고 배워야 할 삶의 지혜다. 이제는 이곳을 지키고 보존해야 할 때다.
가야산을 오르는 길목에서 청풍봉과 명월봉을 바라보며 '이미정'의 이야기를 떠올려보길 바란다. 우리가 기억해야 할 역사이자 소중한 문화유산이다.

이 글이 가야산과 '이미정' 암각문을 돌아보는 작은 계기가 되기를 바란다.

18. 선비의 눈으로 다시 보는 가야산의 무릉대(武陵臺)는 어디일까

가야산 자락 깊숙이 숨은 곳, 오늘날 '무릉대(武陵臺)'라 불리는 이 지점은 오랜 세월 동안 사람들의 기억과 문헌 속에 비경으로 전해져 내려왔다. 그러나 무릉대라는 명칭이 붙은 정확한 위치를 두고는 여전히 의견이 분분하다. 물길과 바위, 안개와 숲이 어우러진 그 풍경은 수많은 발길을 멈추게 했고, 시인묵객들의 붓끝을 머뭇거리게 하였다. 조선 후기 서산군수 조현기(趙顯期, 1634~1685)와 김홍욱(金弘郁)이 각각 남긴 한시는 오늘날 우리가 무릉대를 비정하고 이해하는 데 결정적인 실마리를 제공한다.

이들 시문은 단순한 감상의 표현을 넘어, 당대의 교통로와 경관 인식을 복합적으로 담고 있다. 특히 신례원에서 삽교천을 건너 덕산을 지나 서산으로 향하던 옛 길목의 지형적 특징과, 무릉대를 지나며 마주한 풍광에 대한 정서적 반응은 지역사 고증에도 귀중한 사료가 된다. 여기에 더하여, 옛 서산 향토지인 호산록(湖山錄)에는 무릉대의 전설과 공간적 특징이 구체적으로 묘사되어 있어, 오늘날 그 위치를 탐문하고 경관의 성격을 되짚는 데 중요한 문헌적 기반이 된다.

이 글은 조현기의 무릉대구절시(武陵峑口占詩)와 김홍욱의 답시, 그리고 향토 문헌에 나타난 무릉대의 흔적을 통해 조선시대 선비들이 바라본 무릉대의 풍광과 그 속에 담긴 정서, 기능을 재조명하고자 한다. 이를 통해 오늘날 우리가

'무릉대'라 부르는 장소의 정체성과 가야산의 옛길과 사찰, 그리고 그에 얽힌 경관의 변화를 아울러 고찰함으로써, 이 공간이 지닌 역사문화적 층위를 더욱 깊이 이해하는 계기를 마련하고자 한다.

서산군수 조현기(趙顯期, 1641년 ~ 1693년)가 보았던 무릉대

가야사에 무릉대(武陵臺)와 같이 이름 지어진 봉우리나 계곡이 있는데 "대(臺)"는 주위를 둘러볼 수 있는 높은 지형을 가리킨다.
운산의 마애삼존불 근처에 있던 무릉대(武陵臺)는 민간에 전하기를, 석가모니를 장사 지낸 곳이라고 한다.
서산, 태안이 가야산에 가로막혀 있던 시절에 신례원에서 덕산을 원평리를 거쳐 가야산 계곡과 세상과 연결해 주던 유일한 통로 바로 그곳에 무릉대가 위치해 있다.

운산면지에 저수리로 수몰되기 전 고풍리(高豊里)에 대하여 다음과 같이 소개하고 있다.

서산군지 호산록에 무릉대는 군청 북쪽 30리에 있다고 쓰고 있다.
무릉대란 사람들이 말하기를 상왕을 장사 지낸 곳으로 대(臺)라고 후인이 불러 온 것이라 하는데 어찌 그리 했던가? 그 사람은 없어지고 세월이 오래되자 능소를 수호하는 사람이 없기 때문에 황폐해져서 하나의 옛 언덕이 되어 우뚝하게 시내 위에 있으므로 대(臺)라고 이른 것이다.
층층첩첩의 봉우리는 동·남쪽에 나열되어 서 있고, 서·북쪽에는 산이 없고 오직 큰 평야가 가득하여 가이 없었다.

또 석천(石川)이 있어서 먼 동네로부터 흘러와서 대(臺) 아래로 지나가는데 덕산·면천·당진·서산·태안·해미를 가는 데 모두 그 대 아래로 길이 있기 때문에 관리의 행차나 개인의 행차가 모두 여기에서 영접하고 전송하므로 그 대 위에 천막을 가설했으나 다만 산이 깊고 동네가 멀어서 행인들이 다니기를 꺼린다.

고풍리는 1914년 행정구역 개편 당시 군장동, 무릉동, 운곡리, 고색리 등 4개 마을이 합쳐져서 만들어졌다. 이 마을은 전형적인 협곡으로 농토가 작고 토질이 메말라 풍성한 수확을 기원하는 의미로 풍년 풍(豊)자를 마을 이름에 넣은 것이라 전해진다. 예전에는 군장동이란 마을이 당나라에서 당진을 통하여 들여오는 물자를 이곳을 통하여 공주 감영으로 지나는 경로로 사용되어 크게 유명세를 탔지만 1975년 고풍저수지가 축조되면서 수몰돼 지금은 흔적조차 찾아보기 힘들다.

조선 시대에는 해미현 이도면 고색리와 군장동리가 있었던 지역이다. 조선지지자료(朝鮮地誌資料)에 군자동(君子洞), 무릉동(武陵洞), 운곡[雲谷里], 고빗[高色里] 등 관련 지명이 보인다.

마을의 구전에 따르면 과거 이곳은 공주 감영으로 운반되는 물자를 보호하기 위하여 많은 군사들이 주둔하고 있어 군장동(軍藏洞, 軍莊洞)이라 불렀다 한다. 인접한 원평리에서 신라와 백제 간의 주도권 다툼이 한창일 때 축조된 것으로 보이는 성(城)이 발견되어 이를 뒷받침하고 있으며 세월과 더불어 전설은 역사로 바뀌었다. 수몰된 지역에는 맑고 큰 시내가 흘러 은어를 비롯한 수많은 어류가 회유하는 광경이 장관이었으며 물줄기를 타고 복숭아꽃잎이 떠내려와 무릉도원으로 불리기도 하였다 한다. 지명 또한 당연히 무릉동(武陵洞)이라 하였다.

조선 후기의 실학자 이중환(1690~1752)의 택지리에 의하면 "가야산(伽倻山)의 동남쪽은 토산이고 서북쪽은 돌산이다. 동쪽에 있는 가야사(伽倻寺) 동학(洞壑, 동쪽 골짜기)은 곧 상고 때 상왕(象王, 부처)의 궁궐터이고, 서쪽에 있는 수렴동(水廉洞)은 바위와 폭포의 경치가 매우 기묘하여 아름답고 북쪽에 있는 강당동(講堂洞)과 무릉동(武陵洞)도 수석(水石)이 또한 아름다우며 아울러 마을과 아주 가까워 가히 사람이 살 만한 곳이다. 비록 가야산보다 못하나 또한 바닷가의 경치를 차지한 곳이다. 무릉동에는 여러 대를 이어 사는 부유한 집이 많다."라고 고풍리를 묘사하고 있다. 또한 호산록(湖山錄)(고려시대 승려인 진정국사(眞靜國師) 천책의 시문집)에도 백제 부흥운동을 일으켰던 상왕의 능과 연관하여 고풍리의 남다른 풍수에 대하여 기록되어 있다. 마을은 개나리골과 속벌들 사이에 있으며 북쪽으로 고풍저수지가 있다. 고빛, 무릉대, 음산말, 양지말이 있었다. 고빛은 고풍리에서 가장 큰 마을이었으며 지대가 높아 고비(고사리과)가 많다 하여 생긴 이름이다. 무릉대(一名 쉰즐바위)는 돈대 밑에 있는 마을로 예전 상왕(象王)을 묻은 곳이라 하여 생긴 이름이다. 음산말은 응달이 진다 하여 생긴 이름이며 양지말은 양지쪽이라 하여 붙여진 이름이다. 상왕산(象王山, 해발 307.2m)이 자리 잡고 있으며 문수산, 동암산, 옥녀봉, 안국산의 지맥을 이루고 있다. 상왕산은 백제가 신라와 싸울 때 백제왕이 이곳으로 피신하여 붙여진 이름이다라고 쓰고 있다..

"이 구전으로 전하는 내용을 통해서 '상왕을 장사지낸 곳'이라는 역사적 사건

과, '시내 위에 우뚝하게 솟은 언덕'이라는 지형에서 지명이 유래하였음을 엿볼
수 있다.

『택리지』에 "해미에 있는 가야산은 동남측은 흙으로 된 산이요,
서쪽은 돌로 된 산이고, 동쪽에 가야사라는 절이 있고, 동쪽 골짜기에는 옛날
상왕의 궁궐터가 있다.

서쪽으로 하천이 흘러 바위와 폭포의 경치가 매우 기묘하여 아름답다.

북쪽에 강당동과 무릉동이 있어 가히 사람이 살 만한 곳이다. 이중환은 가야
산 무릉동 계곡을 무릉도원을 보았던 것 같다.
내포의 가야산을 합천의 가야산만 못하지만 역시 받들어 치성드릴 곳이다."라
는 기록이 있다.

조선 후기의 문신 서산군수 조현기(趙顯期, 1634~1685)가 1682년(숙종 8) 봄,
무릉대에 대하여 글을 남긴다.

〈무릉대에서 입으로 읊어 이원경, 윤우삼에게 보여주며
(武陵臺, 口占一律, 示李生元慶, 尹生遇三)〉

조현기(趙顯期, 1634-1685)

當時意氣鬱崔嵬, 그 시절의 기세는 울창하고 높았건만,

今日低頭吏役催. 오늘은 고개 숙인 채 관리의 업무에 쫓기네.
客路初經新禮院, 나그네 길에 처음 신례원을 지나며,
風光別入武陵臺. 풍광 따라 달리 무릉대로 들어가노라.
濃雲釀雨風吹散, 짙은 구름은 비를 머금은 채 바람에 흩어지고,
小幕排丘水抱回. 작은 막을 언덕에 치고, 물줄기는 산을 감아 흐르네
更待湖山春爛漫, 호수와 산에 봄빛이 한껏 퍼질 때를 기다렸다가
桃花源裏共重來. 그때 도화원의 경지에서 우리 함께 다시 오리이다
(≪일봉집≫ 권2)

이 시는 조선 후기 문신 조현기(趙顯期, 1634~1685)가 신례원에서 삽교천을 건너 덕산과 가야산 무릉대(武陵臺)를 지나며 남긴 한시로, 함께 여행한 젊은 두 인물 이원경(李元慶), 윤우삼(尹遇三)에게 보내는 즉흥적인 시(口占)이며, 공무 여정 중 사적인 감회를 담은 작품이다.

시의 전반적 정조는, 과거의 패기와 현재의 고단한 관직 생활 사이에서 느껴지는 감정의 변화를 토대로, 가야산 무릉대의 아름다움 속에서 다시 이상향(桃花源)을 꿈꾸는 마음을 담고 있다.

현직 군수로서 겪는 삶의 중압감과 젊은 시절의 기개에 대한 회고, 그리고 벗들과의 이상적인 유람의 꿈이 교차된 정서가 진하게 배어 있는 작품이다. 덕산에서 가야산 무릉대(武陵臺)로 가는 길에서, 현실과 꿈의 경계를 넘나들며 '桃花源'이라는 환상적 공간에 벗들과 다시 돌아오기를 바라고 있다.

조현기의 서산 부임과 구휼의 행적

조선 후기의 인물 조현기(趙顯期)는 진사시에 급제한 뒤, 장악원 첨정(掌樂院僉正), 인천 부사, 빙고 별검(氷庫別檢), 의금부 도사, 상의원 주부, 천안 현감 등의 관직에 차례로 임명되었으나, 대부분 사양하였다. 그가 본격적으로 정계에 모습을 드러낸 것은 1654년(효종 5) '갑오만언소(甲午萬言疏)'를 올리면서부터였다. 이후 1674년(현종 15), 청나라에서 오삼계(吳三桂)가 운남(雲南)에서 반란을 일으키자, 이를 병자호란의 복수 기회로 삼고자 하는 내용의 상소를 올리기도 하였다. 1676년(숙종 2)에는 좌의정 권대운(權大運)의 천거로 의금부 도사에 제수되었으며, 이후 온양 군수와 서산 군수를 거쳐 장악원 첨정을 지냈고, 인천 부사에까지 이르렀다.

1682년(숙종 8) 1월, 나이 49세에 조현기는 서산 군수로 부임하였다. 그는 1685년 서울로 올라가 장악원 첨정으로 임명될 때까지, 약 3년간 서산에 머무르며 군정을 이끌었다.

그는 총 264제(題), 312수의 시문을 남겼으나, 그중 서산 지역과 관련한 작품은 극히 드물며, 사실상 존재하지 않는다. 단 한 수를 제외하곤 서산과 관련된 그의 시문은 거의 전하지 않는다. 이 점은 흥미롭다. 그는 왜 자신이 머문 서산에서 시를 남기지 않았던 것일까? 혹여 당시 재난이 많고 행정 업무가 과중하여 여유가 없었기 때문이었을까? 아니면 자신의 선정(善政)을 시를 통해 스스로 드러내는 것을 경계했기 때문일까?

실제로 조현기는 서산 부임 직후 기록적인 한파와 흉년으로 인해 백성들이 아사에 직면하는 재난을 맞닥뜨렸다. 이에 그는 관곡(官穀)과 사재(私財)를 풀어 백성들을 구휼하였으며, 기록에 따르면 2만여 명의 목숨을 구제했다고 한다. 당시 이를 감찰한 어사는 그의 구휼 행적을 해당 도 전체의 으뜸이라 보고하였고, 숙종은 이에 감복하여 조현기에게 당하관 정삼품에 해당하는 준직(準職)을 내렸다.

서산 백성 2만여 구를 구휼했지만 선정비 하나 없다?
조현기가 서산에서 임기를 마치고 떠날 때, 백성들은 그를 기리기 위해 스스로 동(銅)을 모아 비(碑)를 주조하고 사우(祠宇)를 세웠다. 이는 조선 후기 지방 관료 가운데서도 보기 드문 사례로, 조현기의 선정을 생생히 증언하는 일화이다.

그렇다면 정말 2만 명이라는 인구를 구제했다는 기록은 얼마나 현실성이 있는 수치일까? 이를 검토하기 위해 당시 서산 지역의 인구를 살펴볼 필요가 있다. 『세종실록지리지(世宗實錄地理志)』에 따르면, 15세기 중엽 기준으로 서산군은 총 489호, 인구 1,887명, 인근 해미현은 258호에 855명이 거주하였다. 이후 조선 후기에 접어들며 인구는 비약적으로 증가하였다. 『여지도서(輿地圖書)』에 기록된 바에 따르면, 서산군은 총 6,620호, 남자 11,122명, 여자 13,636명으로, 총인구는 약 24,758명에 이르렀다. 해미현은 2,591호에 남자 4,185명, 여자 4,776명으로 집계된다.

『호구총수(戶口總數)』에 이르면, 서산군은 6,823호에 남자 13,176명, 여자 14,961명, 해미현은 2,763호에 남자 4,494명, 여자 5,204명으로 나타난다. 『여지도서』는 18세기 중엽, 『호구총수』는 18세기 말엽에 작성된 자료로 보이므로, 조현기가 서산군수로 재임하던 1680년대의 인구는 이 두 자료 사이 어딘가에 위치할 것이다.

이를 감안하면, 조현기가 재임하던 당시 서산 지역의 인구는 대략 2만\~2만 5천 명 수준이었을 가능성이 크며, 2만여 명을 구휼했다는 기록은 다소 과장되었더라도, 서산 전체 주민을 대상으로 한 전면적인 구휼 행정이었음을 보여주는 강력한 지표라 할 수 있다.

한편, 그의 시문에서 서산이 자취를 감춘 이유에 대해 문학사적으로 접근하자면, 관찰사의 순회, 어사의 감찰이 잦았던 시기에 지나친 자화자찬을 피하려는 태도였을 수도 있다. 혹은 당대 시인들 사이에서 흔히 볼 수 있는, '관직 중 시를 삼가고 물러나야 비로소 필묵을 든다'는 정신의 반영일 수도 있다.

요컨대, 조현기의 서산 부임 시기는 혹독한 자연재해와 구휼의 시기였으며, 시보다 정무에 몰두해야 했던 삶의 현장이었다. 그럼에도 백성들의 기억 속에 그는 시보다도 더 오래 남을 선정을 실천한 인물로 남게 되었다.

조현기(趙顯期)의 삶과 서산 치적 – 연천군지와 후대의 평가

1840년대에 편찬된 《연천군지》에는 조선 후기 문신 조현기(趙顯期)에 대한 간략하면서도 의미 있는 기록이 전한다. 조현기의 묘는 연천현 남쪽 20리 지점에 위치한 석현리(石峴里)에 자리하고 있으며, 이는 그가 이 지역과 일정한 연고를 맺었음을 짐작케 한다.

그의 행적 가운데 특히 주목할 만한 것은 서산군수로 재임하던 시기이다. 기록에 따르면 흉년이 들었던 당시 그는 적극적으로 민생을 돌보았으며, 그 구휼의 손길은 무려 2만여 구(口)에 이르렀다. 이는 단순한 시혜적 시정이 아니라, 실제적인 행정력과 민심에 대한 깊은 애정을 보여주는 사례이다.

그의 문집 또한 가문에 소장되어 있다고 기록되었으며, 이는 그가 단지 행정가로서뿐만 아니라 문인으로서의 삶도 충실히 살았음을 짐작하게 한다.

그러나 현대에 와서는 그의 흔적을 찾기 어렵다. 예컨대 사우(祠宇)를 세우고, 철비(鐵碑)를 제작하였다는 기술이 있으나, 서산시청 앞에 줄지어 선 공덕비에서 그의 철비는 볼 수 없다.

서산 명문가 출신 김홍욱도 무릉대에 대한 글을 남겼다

가야산의 백암봉과 옥양봉 아래, 으름재를 타고 흐르는 물줄기는 군장동에서 발원하여 용현 계곡을 따라 흘러내리는 물과 함께 오늘날의 고풍저수지 부근에서 하나로 합쳐진다. 이 물줄기는 무릉대 아래를 지나 운산의 여미벌을 가로지른 후, 당진 정미 방면을 향해 흘러가며 끝내 서해로 이른다.

이 일대는 가야산의 기암절벽과 운산의 '쉰 질 바위'라 불리는 거대한 암반 지형이 어우러져, 계곡 너머로 펼쳐지는 미륵벌 들판의 너른 풍경과 함께 한 폭의 산수화 같은 절경을 이룬다. 특히 쉰 질 바위 정상에 위치한 평평한 터는 급경사 바위 위에 아슬하게 놓인 듯한 자연 암반 위 공간으로, 누구든 이곳에 올라 앉으면 마주하는 경관의 장엄함에 절로 숨을 고르게 된다.

이처럼 산수가 수려한 곳에는 흔히 시인묵객이 머물며 풍류를 즐기던 정자나 누각이 마련되어 있기 마련이다. 하지만 김홍욱의 기록에 따르면, 쉰 질 바위 정상의 이 터는 단순한 풍류의 장소가 아니라 행정과 감시의 기능을 담당하던 공간으로 사용되었음을 시사한다. 김홍욱은 그의 글에서 이렇게 적고 있다.

〈무릉계 두 수(武陵溪二首)〉

김홍욱(金弘郁, 1602-1654)

[1]
仙家多住碧溪邊, 신선들은 대부분 푸른 계곡 옆에 사는데
洞裏煙霞別有天. 골짝의 연기와 노을로 다른 세상 펼쳐졌다.
路轉山廻千萬曲, 길은 산을 돌아 천만 굽이도니
令人重到已茫然. 사람을 거듭 망연하게 하노라.

[2]
一線穿雲細路通, 구름을 뚫고 가는 한 가닥 길이 통하니
洞門深鎖斷人蹤. 골짝 입구는 깊이 잠겨 인적 끊어졌도다.
春來盡是桃花水, 봄이 와 모두 복사꽃 물이니
不辨仙源處處同. 도원 구별 없이 어디나 같도다.
(≪학주집(鶴洲集)≫ 권5)

[해제]

작자 김홍욱은 충남 서산 출신(서울 훈도방(薰陶坊) 저전동(苧廛洞 : 중구 저동1가·충무로2가·명동1가·명동2가·을지로2가·장교동에 걸쳐 있던 마을로서, 모시와 삼베를 파는 저포전이 있었으므로 모시전골이라 하였고, 한자명으로 저포전동·저전동으로 하였으며 줄여서 저동이라고 한 데서 마을 이름이 유래되었다.)에서 출생)의 문신으로 증조부가 서산 지역의 경주 김씨 입향조인 김연(金堧, 1494-?)이다.

1635년[인조 13]에 증광문과에 급제하고 이듬해 병자호란이 일어나자 남한산성으로 인조를 호종했다.

1638년 7월에는 당진현감이 되었으며 이듬해 2월에 지제교(知制敎)가 되었다가 6월에 파직되어 서산으로 돌아왔다. 1650년(효종 1) 이후 집의, 승지를 거쳐 홍충도(洪忠道) 관찰사로 지내며 대동법 시행을 적극 추진했다.

1654년 7월 사도세자 강빈(姜嬪)의 억울한 죽음을 상소에서 언급했다가 효종의 분노를 사서 의금부(義禁府)에 수감되어 옥사했다. 8월에 영구가 서산으로 돌아와 대교리(大橋里)에서 임시로 장사 지냈고, 1655년 11월에 서산시 대산읍 묵수촌(墨水村) 선영에 장사 지냈다.

서산시 대산읍 대로리에 부친 김적(金積, 1564-1646)과 김홍욱의 묘와 신도비가 있다. 저작으로 ≪학주집(鶴洲集)≫이 있다. 가야산에는 쉰 질 바위가 두 곳이 있는데 하나는 덕산면 상가리 옥양봉에 있다.

또 하나는 '무릉계(武陵溪)'는 지금의 서산시 운산면 고풍리(高豊里) 4반 무릉동(武陵洞)을 말한다. 이곳에 위쪽에 무룡대(舞龍臺)가 있었는데, 무릉대(武陵臺) 혹은 쉰 질 바위라고도 부른다. 고풍저수지 제방 남쪽에 있고 무릉동에서 북측으로 높이 120미터의 벼랑으로 된 바위를 말하는데 사람 키의 50배가 된다고 하여 이 지방 사람들은 '쉰 질 바위'라고 부른다.

서산의 향토지 호산록에서

한여현(韓汝賢, 1571-?)의 ≪호산록(湖山錄)≫ '고적(古跡)'조에 "무릉대(茂陵臺)는 군(郡)의 동쪽 30리에 있다. '무릉(茂陵)'이라 부르는 이유는, 어떤 이들은 옛날 코끼리 왕(象王)의 무덤이 이곳에 감추어져 있다고 말하며, '대(臺)'라 부른 것은 후대 사람들이 붙인 이름이다. 어찌 된 일인가? 사람이 떠난 지 오래되어 능(陵)은 더는 수축(修築)되지 않았고, 폐허가 되어 옛 언덕이 되었다. 그 모습이 크고 웅장하여 시냇물 위로 우뚝 솟아 있으므로 사람들이 이를 '대(臺)'라 부르게 된 것이다.

겹겹이 쌓인 봉우리와 단절된 산령이 동남쪽으로는 줄지어 서 있으나, 서북쪽(정미 조금진)으로는 산이 없어 넓은 들판만이 아득하게 펼쳐져 있다. 또한 먼 골짜기에서 흘러나온 돌자갈 많은 냇물이 이 대 아래를 지나며 흐른다.
덕산(德山), 면천(沔川), 당진(唐津), 서산(瑞山), 태안(泰安), 해미(海美) 등의 고을에서는 모두 이 대 아래를 지나가는 길을 택하였다. 그러므로 관의 공무로 오가는 이들도, 개인이 왕래하는 사행(私行)도 모두 이곳에서 맞이하거나 전송하며 천막을 설치하고 머물렀다. 다만, 산이 깊고 골짜기가 멀어 길을 가는 나그네들은 이곳을 통과하기를 두려워하였다."라고 쓰고 있다.

≪호산록≫을 참고하면, 무릉대와 쉼 질 바위 일대는 단순히 경치를 즐기기 위한 유람의 공간이라기보다는, 교통의 요충이자 군사·행정상 요식 절차를 치르던 접대와 감시의 장소였던 셈이다. 무릉대 아래를 지나는 옛 길은 덕산을 비롯한 내포 중심 지역과 서해안 일대를 잇는 중요한 통로였고, 그만큼 이곳은 외부 손님을 맞거나 고을 간 사이를 오가는 관리들이 잠시 머물며 동정을 살피는 전략적 거점으로 기능하였다.

무릉대와 가야산 옛길의 역사적 의미

가야산은 그리 높지 않지만, 산줄기 사이의 옛길들은 해미와 덕산을 잇거나, 운산과 덕산 사이를 연결하는 교통의 요지였다. 특히 원평리를 지나 무릉대로 향하는 길은 해미와 서산으로 가는 관로의 일부로서 중요한 의미를 지닌다.

가야산 무릉대는 내포 지역 산수의 절경을 대표하는 명소로, 단순한 풍류의 공간을 넘어 조선 시대 육상 교통의 필수 경유지로서 기능하였다. 특히 서산, 태안 등 서해 연안 지역에서 한양으로 향하는 드문 육로 여정 중, 무릉대는 산을 넘는 대신 자연스레 통과해야 했던 중요한 지점이었다. 공식적인 영접과 전송이 이루어지던 임시 관청의 기능을 수행하였던 것으로 추정된다. 해당 지점은 지형적으로 높은 위치에 있어 주변의 시야 확보가 용이하였으며, 깊은 산중에 위치한 외진 입지 조건은 일반 행인의 접근을 제한함으로써 특정 대상의 이동을 효과적으로 통제하거나 확인할 수 있는 전략적 거점이 되었을 가능성이 높다.

이러한 공간적 조건 속에서 단순한 유람처의 기능을 초월하여, 조선 후기 행정·교통 체계의 실제 운용 양상과 밀접하게 연결된 장소로 이해할 수 있다. 특히 해당 지역은 덕산·해미·당진·태안·서산 등 내포 지역 주요 고을로 향하는 길목에 위치하여, 공적·사적인 왕래가 빈번했던 교통의 요충지였다는 점에서, 이곳이 지역 간 경계 통과 및 정보 수집, 인적 관리의 기능까지 수행하였음을 시사한다.

따라서 무릉대와 쉬 질 바위는 단순한 자연 경관의 일부로만 인식될 수 있는 공간이 아니라, 조선 후기 지역사회 내 행정적 대응과 감시 체계, 나아가 경계의식의 구체적 실천이 이루어진 장소로서 재해석될 수 있다. 경관 그 자체보다도, 그 속에 내재된 제도적·기능적 층위를 함께 고찰할 때, 우리는 이 공간이지닌 역사적 함의에 보다 입체적으로 접근할 수 있을 것이다.

조선시대 가야산 경유 육로 개요

1. 안흥 ~ 태안 ~ 서산 ~ 해미 ~ 덕산 한티고개 ~ 봉소원 ~ 삽교 ~ 신례원 ~ 신창

이 노선은 서해 연안에서 삽교천을 따라 내륙으로 진입하는 주요 관로였으며, '봉소원(奉詔院)'이 그 중간 거점이었다.

봉소원(奉詔院)은 삽교읍 신리 일대, 이른바 '봉쟁이' 비석거리 근처에 위치했던 조선 시대의 원(院)이었다. 《여지도서》 덕산현 방리조에는 원리(院里)라는 지명이 등장하며, 당시 72호의 대규모 마을이 형성되었음을 보여준다. 명나라 사신을 맞이하기 위한 기능도 있었던 이곳은 국사의 행차 때 사용된 공식 숙소로 활용되었다.

2. 홍성 결성 ~ 덕산 ~ 수덕고개 ~ 봉소원

홍성 결성에서 덕산을 지나 수덕고개를 넘어 봉소원으로 향하는 노선이다. 수덕고개는 덕산과 예산의 경계를 넘는 주요 고개 중 하나다.

3. 신례원 ~ 덕산 금치 ~ 원평리 ~ 무릉대 ~ 서산(혹은 당진)

이 노선은 내포 내륙 중심부에서 무릉대를 통과해 서산과 당진으로 연결되는 가장 직선적인 루트다. 무릉대는 단순한 지리적 경유지를 넘어, 산수가 아름다운 경승지로도 알려져 당시 사대부들이 한시로도 그 경치를 기록한 곳이다.

해미 안흥정과 국제 교류

한편, 해미면 산수리의 중턱에는 고려 시대 객관이었던 안흥정(安興亭)이 있었다. 이는 흔히 태안군 근흥면의 안흥항과 혼동되기도 하나, 《조선왕조실록》과 사신 기록에 따르면 사신들은 송나라의 수도 난징(南京)에서 출발하여 천수만의 양능포항(良陵浦港)을 통해 입국하였다. 이들이 하선한 뒤 처음 머무는 숙소가 바로 해미의 안흥정이었다. 이처럼 가야산은 외국 사신의 육로 통과지이자, 국가적 접대 시설이 운영되던 중추적 공간이었다.

마무리

무릉대와 가야산을 중심으로 한 이 옛길들은 단순히 지역을 잇는 경로가 아니라, 내포 지역이 외부와 소통하던 실질적인 동맥이었다. 사신의 내왕, 국사 행차, 중앙-지방 간의 물류 흐름이 모두 이 길을 경유하였으며, 오늘날까지도 그 흔적은 가야산 일대의 지명과 문헌 속에 고스란히 남아 있다. 이러한 옛길을 다시 발굴하고 조명하는 일은 단지 교통사 연구에 그치지 않고, 내포 지역의 역사성과 자긍심을 복원하는 작업이라 할 수 있을 것이다.

"덧글"

가야사의 해체와 위전 분급 – 조선 후기 불교사와 지역 사회의 재편

가야사(伽倻寺)는 내포 지역 불교의 중심 사찰로서 오랜 세월 동안 위전(位田)을 통해 경제 기반을 유지해 왔다. 그러나 조선 후기 억불 정책과 불교 제도의 축소 속에서 가야사는 점차 기능을 상실하고, 종이 노역과 정치적인 상황 때문에 17세기 후반경에는 사실상 폐사(廢寺) 상태에 이르렀다.

이 시기 호조(戶曹)가 올린 문서에는 다음과 같은 토지 분급 청원이 기록되어 있다.

"가야사 위전 7결 34부 6속, 봉용원 위전 32부 7속, 관둔전 23부 9속, 전답 합계 7결 11부 2속을 의례에 따라 절급할 것을 청함."

이 문서는 가야사의 해체가 단순히 사찰의 쇠퇴를 넘어, 그 재산과 인적 기반까지 지역 사족과 중앙 권세가들에게 흡수되는 구조였음을 보여준다. 실제로 당시 광성부원군 김만기(金萬基)에게 이들 토지가 절급된 기록이 있으며, 이는 국가가 사찰의 잔여 자산을 국가나 사대부 지주 계층에게 이전하는 방식으로 불교 기반을 해체해 나갔음을 말해준다.

또한 이철환(李嚞煥, 1702~?)의 ≪상산삼매(象山三昧)≫에는 당시 상황이 다음과 같이 묘사된다.

"가야사에 속했던 노복들은 사찰의 해체와 함께 모두 도주하였으나, 이를 쫓거나 추적한 관리는 없다."

이 기록은 사찰 노비의 이탈을 단속하지 않았던 점, 즉 국가가 암묵적으로 사찰 체계의 해체를 용인했음을 보여준다. 이처럼 불교의 경제 기반인 위전은 해체되고, 소속 노비들은 해방되었으며, 사찰 운영을 뒷받침하던 제반 체계는 붕괴하였다.

3중 구조로 본 가야사의 해체

- 사찰의 폐사 : 종단적 지원 중단, 기능 상실 지방 불교 기반의 약화
- 위전 분급 : 가야사·봉용원·관둔전의 사대부 분급 토지의 사적 재산화, 지주 계층 성장
- 노비 이탈과 방조 사찰 노비 전원 도주, 미추적 사찰의 인력 기반 붕괴 및 국가의 묵인

이처럼 가야사는 단순히 사라진 사찰이 아니라, 조선 후기 불교 쇠퇴, 지주층 대두, 국가 권력의 종교 해체 정책이 겹쳐진 역사적 현장으로 평가되어야 할 것이다.

봉소원(奉詔院)또는 봉용원(奉用院) 기록으로 호조의 문서에서는 광성부원군 김만기(金萬基)에게 가야사 위전과 함께 봉용원 위전을 절급하였다는 기록이 전한다.

"가야사 위전(位田) 7결 34부 6속, 봉용원 위전 32부 7속, 관둔전 23부 9속, 합 전답 7결 11부 2속 등을 의례에 따라 절급하기를 청하는 호조(戶曹)의 계" 가 있다.

현재의 기준으로 면적을 다음과 같다.(면적(㎡)　평수 (약))

가야사 위전	756,828㎡	22.9만 평
봉용원 위전	233,245㎡	7.0만 평
관둔전	167,934㎡	5.1만 평
합계	158,007㎡	35.0만 평

위 환산은 조선 후기의 전답 단위 기준(정약용 등 실학자들의 기록과 ≪경국대전≫, ≪대동지지≫ 기준)을 참고한 평균값이며 면적은 지역과 시기에 따라 오차가 있다. 관청용 토지(관둔전)와 사찰 위전의 성격에 따라 실경작 면적이 줄어드는 경우도 있다.
'위전(位田)'은 종묘사직이나 사찰·사당에서 제사를 올리기 위한 경비 마련용 토지로서, 생산성과 세금 면제 여부 등에서도 일반 전답과 구분된다.

참고

한국학중앙연구원 – 향토문화전자대전
한여헌의 호산록
가야산역사문화총서 – 내포가야산한시기행
예산군지
운산면지
연천군지

19. 상가리 봇돌, 사라진 마을의 기억

이 글은 충남 예산 가야산 자락 상가리와 옥계리 사이에 있었던 '중가리'라는
마을, 그 중심이었던 봇돌 일대를 중심으로, 100여 년간의 공간 변화와 그에
담긴 삶의 흔적을 조명한 기록이다. 사라진 마을의 자취를 지적도, 항공사진,
구전, 유적 등 다양한 실증을 바탕으로 더듬고, 시간의 결을 따라 현재의 모습
까지 연결하며 역사적 기억을 복원하고자 하였다.

사진(2020년)과 지적도(1912년)에 담긴 장소는 충남 예산 가야산의 옥계리와
상가리 사이, 중개골이라 불리던 봇돌 일대다. 조선 시대부터 1914년까지 이곳
은 '가동(伽洞)'이라 불리는 하나의 공동체였다. 일제강점기를 지나며 옥계리와
상가리는 행정구역상 분리되었지만, 그 지형과 마을의 모습은 크게 달라지지
않았다.

지금도 이곳에는 몇 마지기 남짓한 다랭이논이 이어져 있다. 비록 읍내나 내포
들녘에 비하면 매우 작은 규모지만, 옥계리와 상가리 사이에서 가장 넓은 경작
지였다. 봇돌은 장에 가기 위해 으름재를 넘어야 했던 가동 사람들의 길목이었
고, 바삭골·정자간·봉수동·진담불로 이어지는 작은 골짜기마다 가야산 사람
들의 삶의 자취가 스며 있다. 논과 밭이 넉넉하지는 않았지만, 그 땅마저도 지
금은 외지인의 집터로 변해가고 있다.

어르신들이 하나둘 떠나며 논은 점점 경작되지 않고 있고, 사람들의 손길이

닿지 않는 이 평화로운 풍경은 곧 사라질지도 모른다. 그러나 이 조용한 골짜기와 그 안에 스민 기억은 여전히 가야산의 품 안에서 살아 숨 쉬고 있다.

가야산 남쪽 자락, 충남 예산 덕산면 상가리는 오랫동안 '논이 귀한 산골 마을'로 불려왔다. 깊고 험한 골짜기들이 병풍처럼 둘러싼 이 마을에는 너른 들판이 드물었다. 그래서 이곳 사람들은 약초와 나물, 나무와 숯을 채취하며 생계를 이어갔다. 넉넉하진 않았지만, 산은 철마다 이들에게 먹을거리와 땔감을 내어주었다.

그러나 아무리 산이 풍요롭다 해도, 사람이 살아가기 위해서는 논농사가 필요했다. 쌀 한 톨을 얻기 위해 사람들은 물길을 끌고, 땅을 고르고, 돌을 치우며 골짜기를 개간했다. 상가리 사람들은 옥계리와의 경계에 있는 비교적 평탄한 땅을 조금씩 일구어 논을 만들었고, 그렇게 조성된 논이 바로 봇똘 일대의 다랭이논이다.

물은 언제나 낮은 곳을 향해 흐른다. 그것이 자연의 이치이며, 생명의 흐름이다. 한 줄기 물길이 논밭의 운명을 결정짓고, 마을의 위치를 정한다. 물이 드는 곳에 사람이 모이고, 삶의 터전이 형성된다.

물길을 따라 살아온 이들은 언제나 손해가 덜한 땅, 물이 유리하게 닿는 지형을 골라 마을을 꾸렸다. 가장 낮고 기름진 곳은 먼저 차지되었고, 그 주변으로 마을의 중심과 경계가 정해졌다. 그렇게 형성된 마을이 바로 중가리, 그 중심이 되는 터가 봇똘이었다.

100여 년 전, 상가리와 옥계리 사이에는 '중가리'라는 마을이 존재했다. 지금은 사라졌지만, 1912년 제작된 지적원도에는 '중가리'라는 지명이 또렷이 남아 있다. 지도를 보면 봇똘 일대는 논과 대지로 구분되어 있고, 다수의 주거지가 형성되어 있었던 것을 알 수 있다. 이 마을은 일제강점기 이전까지도 사람들이 모여 살던 제법 큰 마을이었다.

그러나 20세기 초, 중가리는 점차 해체되었다. 주민들이 하나둘 떠나며 집터는 논으로 바뀌었고, 세월이 흐르면서 그마저도 사라졌다. 그리고 다시 100년이 흘러, 그 자리에 새로운 마을이 들어서고 있다. 시간은 모든 것을 바꾸는 듯하지만, 또다시 원래의 자리를 찾아 흐르기도 한다.

'봇똘'이라는 지명은 물을 막아두는 '보(洑)'와 들판을 뜻하는 말에서 유래했다. 상가리 마을의 동남쪽, 옥계리와 인접한 들판 끝자락에 위치한 이곳은, 약간 높은 지역인 '잿빼기'와 그 아래 펼쳐진 평야 '봇들이'로 나뉜다. 산골 마을의 논은 대부분 천수답이었기 때문에, 물을 가두는 보의 역할은 절대적이었다.

상가리 사람들은 두 곳에 보를 축조하여 물을 가두고 농사를 지었다. 그중 한 보를 만든 이의 공덕을 기려 마을 입구에는 박일양 기적비가 세워져 있다. 1912년 지적도와 1954년 미 공군 항공사진을 비교해보면, 봇똘과 그 주변 지형은 지난 100년 동안 거의 변하지 않았음을 알 수 있다.

봇똘은 단순한 농경지 이상의 의미를 지닌다. 조선 시대에는 이 일대 전체를 '

가동(伽洞)'이라 불렀는데, 이름에서 알 수 있듯 절이 많고 불교 문화가 살아 있던 지역이었다. 진담불, 봉수동, 바삭골, 정자간 등도 모두 이 가동의 일부로, 가야산 중심부로 향하거나 읍내 장을 보기 위해 으름재를 넘어야 했던 이들의 필수 통로였다.

봇똘의 다랭이논은 봄이면 물을 가두고 모를 심는다. 작지만, 산골에서는 가장 넓은 평야였다. 옥계리와 상가리 사이에 자리한 이 논은, 가야산 사람들의 땀과 노력이 깃든 삶의 공간이었다. 그러나 지금은 점점 외지인의 집터로 바뀌고 있고, 옛 봇똘을 기억하는 어르신들도 하나둘 세상을 떠나면서 논도 더는 경작되지 않는다.

햇살이 좋은 날, 상가리 봇똘의 논에서 모내기를 하던 모습은 이제 점점 기억 속으로 사라지고 있다. 하지만 사진 한 장, 지도 한 장, 그리고 몇 줄의 기록만으로도 그 소중한 풍경은 다시 살아날 수 있다. 그렇게 기록된 풍경은 다음 세대를 위한 역사적 기억이 된다.

봇똘에서 남쪽으로 고개를 넘으면 퇴뫼산이 나타난다. 1872년 제작된 덕산군 지도에 따르면, 남연군묘 근처에 군사 시설인 장대(將臺)가 표기되어 있다. 이는 프랑스인 페롱과 독일 상인 오페르트가 일으킨 도굴 사건 이후, 헌종 태실과 남연군묘를 보호하기 위해 군이 주둔했음을 보여준다.

현재 장대의 정확한 위치는 확인되지 않았지만, 상가리에서 퇴뫼산으로 오르는 중가리 길목이 가장 유력한 후보지로 거론된다. 퇴뫼산은 지형상 가동 일대와 남연군묘를 모두 조망할 수 있는 고지로, 옥계리와 상가리, 봇똘, 석문담, 잿빼기 옛길이 모두 이어지는 전략적 요충지다.

'퇴뫼산'이라는 지명의 어원을 살펴보면, '퇴미'는 갈라져 나온 산줄기나 솟아오른 언덕을 의미한다고 한다. 다시 말해 '퇴뫼산'은 '퇴뫼'라는 고유 명칭에 다시 '산'이 붙은 것으로, 지형과 지역민의 인식이 반영된 이름이다. 상가리 사람들은 이 산을 '퇴메', '테미'라고 부르며, 가야산 중심부로 드나드는 통로의 감시처이자 수호처로 기억한다.

필자는 봇똘과 진담불 일대를 여러 차례 답사하며, 지금은 사라진 옛 마을의 흔적을 찾아 나섰다. 1970년대 삽교천 제방 공사 당시 가야산 일대에 흩어져 있던 석재들이 '제무시'에 실려 3년 넘게 반출되었지만, 봇똘 인근에는 일부 흔적이 남아 있었다. 초석으로 보이는 크고 반듯한 돌들, 깨진 기와 조각(와편), 지대석 등 다양한 형태의 석재들이 드러났다. 이 유물들이 과거 사찰 터에서 비롯된 것인지, 혹은 지역 사대부의 전각이나 별서의 유산인지는 단정하기 어렵다. 그러나 1912년 지적원도에는 이 일대가 '대지'로 표기되어 있어, 조선 말기에서 대한제국 시기까지 일정한 규모의 건축물이 실제로 존재했을 가능성이 높다.

비록 건축의 구조나 정확한 용도는 아직 밝혀지지 않았지만, 이곳이 절터에서 사대부의 거주지로 변화했을 가능성은 충분히 짐작된다. 이는 사찰과 그 주변에 형성되었던 전통 거주지의 기능 전환을 보여주는 흥미로운 사례로, 향후 보다 면밀한 고증과 조사 연구를 통해 가야산 자락 마을의 형성과 해체, 그리고 그 안에 담긴 지역사의 층위를 밝혀내는 데 중요한 단서가 될 것이다.

이처럼 봇똘 일대의 석재와 지형, 그리고 오래도록 전해 내려온 구전은 단순한 과거의 잔재가 아니다. 그것은 이 지역이 지닌 문화적 맥락과 공간 기억을 복원할 수 있는 귀중한 실마리이며, 지금은 논과 밭, 새로 들어선 몇 채의 주택만 남은 이 땅조차도 누군가의 삶이 층층이 켜켜이 스며 있던 자리였음을 조용히 증언하고 있다.

가야산 상가리, 그중에서도 중가리 봇똘 일대는 시간의 흐름에 따라 가장 극적인 변화를 겪은 곳이다. 한때 사람들이 모여 살던 마을은 논으로 바뀌었고, 그 논도 한동안 비워진 채 시간이 멈춘 듯 조용히 흘러갔다. 그러나 이제는 새로운 주택이 들어서며 다시금 삶의 온기가 깃들고 있다. 그렇게 이곳의 시간은 땅속에 층층이 쌓이고, 마을의 기억은 그 안에서 조용히 되살아난다.

역사는 끊긴 듯 보여도, 시간의 흐름 속에서 다시 이어진다. 그 흐름은 마치 물처럼 낮은 곳을 향해 흘러가며, 어느 순간 또 다른 생명을 틔운다.

가야산은 오늘도 상가리와 봇똘의 풍경이 바뀌어가는 모습을 묵묵히 지켜보고 있다.

20. 옥계저수지에 대하여

가야산 권역의 근현대사를 조망함에 있어 무엇보다 중요한 것은 지역 주민들의 삶과 기억이 어떻게 시대의 격랑 속을 지나왔는가를 밝히는 일이다. 특히 그 변화의 현장 중 하나인 옥계저수지는 단순한 농업 기반 시설을 넘어, 근대화와 식민지기 개발정책, 그리고 해방 이후 농촌 사회의 재편 과정을 고스란히 담고 있는 상징적인 공간이다. 당대 지역 주민들의 목소리가 담긴 고신문 기사는 옥계저수지를 둘러싼 갈등과 협력, 생존과 적응의 서사를 복원하는 데 결정적인 열쇠가 된다. 이제, 이 글은 그러한 사료들을 바탕으로 옥계저수지를 중심으로 펼쳐진 가야산 남사면의 근현대적 풍경을 천천히 짚어가고자 한다.

조선일보와 1949년 창간되어 1973년 폐간된 평화신문에서 옥계리 이야기를 검색해 보았다.

평화신문 (平和新聞) 1952년 08월 03일 옥계리 저수지에 대한 기사가 처음으로 등장하는데 원문은 다음과 같다.

貯水地工事反對, 禮山郡德山面民陳情 (저수지 공사 반대, 예산군 덕산면민 진정)

충청남도 예산군 덕산면 옥계리 거주하는 주민 약 100세대의 농민들은 방금 추진중에 있는 옥계리지역 수리시설계획을 절대반대하는 진정서를 지난 7월

31일 농림부당국에 제출하였다.

동부락민들이 당국에 진정한바에 의하면 동면 온천평(溫泉坪)과 읍내리 재뜰 약 16만평의 답(畓)을 소유한 지주들은 전기답을 포함한 주의(周圍 읍내리와 온천평)에 300정보의 농토를 몽리(蒙利이이익을 입음)면적이라고 하여 옥계리 20정도를 저수지화하고저 이를 적극 주진중에 있다하는데 실상인즉 이러한 저수지 공사는 전기 16만평의 답을 위하여 옥계리 20정보와 200여정보의 농토를 희생 시킬뿐이라 한다.

뿐만 아니라 이곳에 저수지가 실현되면 약 100세대의 부락민은 철거하게되리라는 바 경우 소유농지 3반보내지 5반보의 영세 농민으로서는 농지개혁이 완료된 이때 치명적 타격을 받고 기아 선상에 헤메게 될 것이라며 수리사업이라고 할지라도 여사한 공사는 질로 불요불급의 일이라하여 재고(再考)를 청하게 된 것이라 한다.라고 쓰고 있다.

참고 기사의 내용 중 정보와 반보는 평과 ㎡로 환산하면 다음과 같다.
1정보 = 약 9,917.36㎡
300정보 - 약 2,975,208㎡ (90만평)
1반보(半步) ≒ 약 297평
3반보 ≒ 297평 × 3 = 891평
5반보 ≒ 297평 × 5 = 1,485평

옥계리 저수지는 언제 완공했을까?
옥계저수지는 6·25 전쟁 이후 미국의 유엔한국재건단(UNKRA) 원조 사업의 일환으로 조성된 것이다.

이후 기사에서 찾을 수 없던 옥계리 저수지에 대한 기사를 다시 등장한다. 1957년 9월 조선일보 기사에서 덕산 옥계저수지에 대해 다음과 같이 보도하고 있다. 당시 옥계리 저수지 축조에 대한 기사의 원문를 참고한다.

'또 하나 완성된 수조'

'웅크라'(unkra - 유엔한국재건단, United Nations Korean Reconstruction Agency(유엔 한국 부흥 기관인데 1973년 폐지)의 원조로 재작년(1955년)에 착공된 충청남도 예산군 덕산면 옥계 저수지가 완성되어 9일(11월) 이양식이 거행되었다.

웅크라에서 공사에 필요한 자재를 제공하고 '아이씨에이(ICA)'에서 이 저수지를 완성한 것인데 앞으로 이 댐은 근대적 수리기술로서 미곡 증산에 이바지할 것이다.라고 쓰고 있다.

1957년 9월 조선일보 보도에 따르면, 옥계 저수지는 유엔한국재건단(UNKRA)과 국제협조처(ICA)의 협력 아래 진행된 공사였으며, 이와 관련해 가야산 원효봉 일대에 주둔하던 미군 부대의 물자 지원이나 기술 협력이 있었을 것으로 추정할 수 있다.

옥계리 저수지 축조와 관련된 당시의 두 신문 기사를 살펴보면, 국가의 개발 정책에 동조하는 긍정적 기대와 함께, 그 이면에 감춰졌던 지역 주민들의 피해와 반발이라는 어두운 그림자도 함께 존재했음을 알 수 있다.
이 글에서는 과거 가야산 지역의 근현대사가 어떤 흐름 속에서 전개되어 왔는지를 고찰하고자 한다. 비록 짧은 지역 신문기사일지라도 그 안에는 당시 국가 정책과 지역사회의 충돌, 주민들의 삶과 목소리가 고스란히 담겨 있다. 이러한 기록을 통해 우리는 가야산이라는 공간을 둘러싼 지역 공동체의 역사와 그 속에 깃든 삶의 결을 더욱 깊이 이해하게 된다.

맺는 글

오늘날 옥계리 저수지는 농업용 시설에서 지역 주민들의 휴식처로 서서히 탈바꿈하고 있다. 걷는 길이 조성되고, 물넘이보에는 전망대가 들어설 예정이라 한다. 개발의 흔적 위에 새로운 풍경이 덧씌워지고 있지만, 그 변화의 이면에는 여전히 말없이 가라앉은 기억들이 있다.

조선시대 이곳은 가야구곡의 제 1곡 관어대(觀魚臺)로 불리며 내포 지역에서도 손꼽히는 경관을 자랑하던 명승지였다. 1865년 이후에는 덕산군수의 관사와 집무실이 대한제국 시기까지 이 자리에 있었고, 판서 윤봉구 일가를 비롯해 지역의 사대부들이 모여 살던 옛 덕산군지역에서 경관이 수려한 중심 마을이기도 했다. 1952년까지도 백여 세대가 정착해 살았던 옥계리는, 이후 저수지 건설로 물속에 잠기게 되면서 마을의 풍경도, 사람들의 삶도 사라졌다. 그러나 그 터전 아래에는 여전히 지워지지 않은 기억들이 조용히 가라앉아 있다.

당시의 신문 기사를 통해, 이 고요한 저수지 수면 아래에는 지워진 마을과 삶의 궤적, 그리고 잊힌 고통과 꿋꿋이 버텨낸 사람들의 의지가 고스란히 남아 있음을 느낄 수 있었다.

이제 이곳에 걷는 길이 조성되어 많은 이들이 그 위를 다시 걷고 있다. 그러나 그 길을 따라 걸을 때, 우리는 단지 아름다운 풍경만을 감상하는 데에 그치지 않고, 한때 그곳에 터를 잡고 살았던 이들의 삶과 이야기를 함께 떠올려야 하지 않을까. 이곳의 진정한 역사와 정체성은 바로 그런 기억과 성찰 속에서 더욱 또렷이 드러날 수 있기 때문이다.

가야산 골짜기마다 스며든 삶의 자취는 오랜 세월을 견디며 전해 내려온 공동체의 목소리이자 살아 있는 역사 그 자체라 할 수 있다. 덕산면 옥계리에서 벌어진 저수지 반대 진정 사건은 시대의 격랑 속에서 자신의 삶터를 지키려 했던 사람들의 절절한 현실을 담고 있다.

오늘날 우리가 마주한 신문기사 한 편은 오래된 기록일지라도, 그 안에는 국가 정책과 지역 주민 간의 긴장과 타협, 그리고 공동체의 의지가 오롯이 담겨 있다. 이러한 과거의 흔적은 오늘날에도 여전히 지역의 공기 속에 살아 있으며, 우리가 이 지역의 역사와 정체성을 바라보는 시선을 더욱 깊고 사려 깊게 만들어 준다.

가야산의 서사는 단지 바위와 숲, 골짜기의 이야기에 머물지 않는다. 이곳을 살아온 사람들의 기억과 발자취, 그리고 남겨진 삶의 흔적 속에서 비롯된다. 조선시대 덕산군에서 가장 번성했던 관어대 마을, 백사장이 아름답기로 이름 났던 그 고요한 물결은 오랜 세월 마을 사람들의 삶터이자 안식처였다. 이 일대는 덕산 고을의 중심이었다.

우리는 그 기억을 다시 더듬으며, 시간 속에 잠들어 있던 이야기를 조심스레 꺼내 본다. 이는 과거 가야산 사람들의 삶을 되짚는 동시에, 우리가 그 역사를 어떻게 이어갈지 숙고하는 과정이기도 하다.

이제는 옛 가야산 사람들의 이야기를 조용히 듣고, 남겨 기록으로 이어갈 차례다. 가야산의 서사는 그렇게 기억 속에서 피어나, 다음 세대를 향해 조용히 말을 건넬 것이다.

21. 옥계저수지 준공에 대하여

잠이 오지 않아서 새벽에 옛 신문을 통해 가야산 지역의 근현대사 자료를 검색해 보았습니다.

1957년 9월 조선일보 기사에서 덕산 옥계저수지에 대해 다음과 같이 보도하고 있습니다.

'또 하나 완성된 수조'

'웅크라'(UNKRA : 유엔한국재건단, United Nations Korean Reconstruction Agency, 1973년 폐지)의 원조로 재작년(1955년)에 착공된 충청남도 예산군 덕산면 옥계 저수지가 완성되어 9일(11월) 이양식이 거행되었다.

웅크라에서 공사에 필요한 자재를 제공하고 '아이씨에이'에서 이 저수지를 완성한 것인데 앞으로 이 댐은 근대적 수리 기술로서 미곡 증산에 이바지할 것이다.

출처 조선일보 1957년

사진 속 배경은 청풍봉에서 명월봉으로 이어지는, 즉 헌종 태실이 위치한 가야산 아리랑 고개 지역입니다. 나무를 연료로 사용하던 시절이라 벌채로 인해 산이 황폐해졌습니다.

제 기억에도 삽교와 금마에서는 하루에 수백 명의 나무꾼이 가야산에서 지게
와 마차로 나무를 실어 나르곤 했습니다.

1970년대까지 가야산 일대에서는 주민들이 부역으로 동원되어 식목 작업에
투입되었던 것으로 보입니다.

1936년생 어르신이 말씀하시길, 관어대(옥병계)가 고향으로, 10세 이전에는 그
지역이 밤나무와 소나무 숲으로 덮여 있어 황새가 많이 서식했다고 합니다. 삽
교천 상류에 위치한 관어대 하천과 신평리 일대의 논은 황새의 번식에 적합한
조건을 갖추고 있었다고 하네요.

1942년 조선총독부의 자료에 따르면, 해당 지역은 황새의 번식지였던 것으로
보입니다. 요시다 하츠사부로가 제작한 조감도에서도 덕산 지역은 온천과 황
새로 표현되어 있습니다.

조선 시대에는 다음과 같은 기록이 남아 있습니다. 이율곡 선생의 저서인 『충
보』에 따르면, '논 한가운데서 날지 못하고 서 있는 학 한 마리를 보고, 동네
주민이 가까이 가서 살펴보니 상처를 입은 학이 3일 동안 논물로 상처를 치료
한 후 날아간 것을 보고 의아해한 마을 사람들이 학이 앉았던 자리를 조사했
을 때, 따뜻하고 매끄러운 물이 솟아나는 것을 발견했습니다. 이후 그곳은 약
수터로 사용되었고, 피부병과 신경통에 효과가 뛰어나다고 하여 마을은 온천
골이라 불리게 되었다'고 덕산 온천의 유래가 전해집니다.

덕산 온천의 따뜻한 물로 발을 다친 황새가 치유되었다는 이야기가 지역에서 구전되고 있으며, 사실로 여겨집니다. 또한, 저수지가 생기고 서식지의 생태 환경이 변하기 전까지는 황새가 이곳에 살았던 것으로 보입니다.

기사에 나온 사진을 더 자세히 설명하면, 흐릿한 신문 기사의 사진은 가야산의 경승지 중 하나인 가야 구곡의 제1곡, 관어대를 입니다. 자료와 지역의 70대 이상 어르신들의 증언에 따르면, 1957년 이전에는 옥병계와 관어대 일대에 논이 많았고, 강가에는 넓은 바위와 모래사장이 있었다고 합니다.

맑은 물이 흐르는 시냇가의 넓은 바위에 앉아 노닐던 물고기를 바라보았다고 합니다.

1954년의 항공 사진을 자세히 보면, 저수지가 만들어지기 전에는 50 가구가 넘는 마을이 존재했으며, 흥선대원군의 형 흥녕군 이창응의 궁집, 윤봉구의 저택, 그리고 덕산 군수의 집무실이 덕산 읍성이 아닌 이 지역에 위치해 있었음을 알 수 있습니다.

군수의 집무실이 치소(治所)가 있는 덕산 읍성이 아닌 가야동의 관어대에 있었던 이유는 오페르트 사건 이후 남연군 묘를 비롯한 왕족의 능묘들을 마을이나 마을 위쪽에 있어 마을에서 감시와 관리가 수월해 효과적으로 보호할 수 있어 군수의 집무실이 이곳에 위치했던 것으로 보입니다. 당시 가야동에는 최대 220명의 병력이 주둔해 있었는데 1872년 덕산군 지도를 참고하면 가야동 일대를 수호하는 병력을 관리하는 장대도 인근에 있었다는 것을 알 수 있다.

조선 후기 오페르트에 의해 벌어진 남연군묘 도굴 사건 이후 왕실이 가야동을 수호하기 위해 고심했던 흔적이 담긴 자료라고 할 수 있습니다.

참고

1. 'ICA' 국제 협력국(International Cooperation Administration, ICA)은 1955년 6월 30일부터 1961년 9월 4일까지 운영된 미국 정부 기관으로, 대외 원조와 '비군사 안보' 프로그램을 담당했다. 그것은 현재의 미국 국제 개발처의 전신이었습니다.
2. '운크라(UNKRA)' – 국제 연합 한국재건단(United Nations Korean Reconstruction Agency)
6·25 전쟁으로 인해 파괴된 한국의 재건을 목표로 세워진 UN 산하의 특별 임시 기구다. 1950년 12월 1일 국제연합 총회 결의 410(V)호에 의거해 한국 전쟁으로 붕괴된 한국 경제를 전쟁 전 수준으로 회복시키는 재건 사업의 추진을 목적으로 설립되어 1958년 해체되었다.
1950년대 중반부터 미 공보 문화원(또는 운크라)에서 보급한 스피커를 통하여 정오에 리버티 뉴스(자유의 소리 방송)를 틀어주었으며, 저수지 축조를 비롯해 공장 가동을 위한 자금 지원, 분유, 밀가루, 쌀, 보리쌀을 비롯해 잡곡들을 지원했다.
직접 지원은 1958년 끝났지만 교육 분야 등등의 지원은 1970년까지 계속되었다.

22. 일제강점기 덕산 가야산은 황새 번식지였다

제가 사는 덕산 가야산 관어대 일원과 대술 지역은 일제강점기 황새 번식지였습니다. 현재도 대술 궐곡리에는 1930년 조선총독부가 세운 황새 번식지 표석을 볼 수 있지만 덕산에서는 어찌 된 영문인지 구체적인 기록도 찾을 수 없고 황새 번식지 표석을 볼 수 없습니다. 덕산 지역이 황새 번식지였다는 사실을 기억하는 이도 없습니다.

다행이도 황새를 기억하는 어르신이 계십니다.

관어대(옥병계)에서 태어나셔서 어릴 때 황새를 보고 자란 한 어르신은 덕산 가야산의 관어대와 헌종 태실 일원(소나무와 밤나무 밭)에서 황새가 살았다고 구술하십니다. 현재 헌종 태실과 그 위쪽에 소나무 밭과 밤나무 밭이 있었는데 일대가 황새 번식지였다고 증언하십니다.

과거 관어대 일대는 논이 많았고 맑고 모래사장이 넓은 내(川)가 흘렀습니다. 조선 시대에는 가야구곡의 제1곡인 관어대입니다.

관어대 일대에 1957년 옥계저수지가 축조되었는데 서식지의 환경이 변하기 전까지 황새가 살았던 것 같습니다.

번식지 관어대에서 반경 1km 이내에 있는 덕산 온천 뜰에서도 600년 전부터 황새가 살았다고 전해집니다. 황새가 덕산의 신평리의 한 논에서 다친 다리를 치유해 그곳을 파니 온천수가 솟았다고 전해집니다.

그곳이 바로 현재의 덕산 온천입니다.

덕산의 신평리 일원에서는 홍성 지진 때 온천수가 자연 분출되기도 합니다.

홍성 지진은 1978년 10월 7일 오후 6시 진앙지였던 홍성읍 일원이 진도 V(5)에 해당하는 강한 지진에 홍주 읍성과 건축물이 무너지는 등의 피해가 발생했을 만큼 심각하였는데 당시 진원지에서 가까운 덕산 지역도 지각 변동에 의해 덕산면의 신평리 한 논에서 온천수가 자연적으로 상당 기간 분출되었습니다.

당시 노천 온천으로 허가받거나 특별한 시설이 있던 게 아니었지만 온천수 소문에 남녀노소 뒤섞여 적당히 노출하고 이용하다 보니 논란도 많았습니다. 정확히 기억할 수 없지만 몇 년인가 분출되다 온천수가 끊겼습니다.

암튼 덕산 지역은 개발화 과정에서 번식지도 황새가 살아갈 수 있는 논이나 습지도 대부분 사라져 황새가 번식할 수 있는 환경도 변했습니다.

욕심인 듯하지만. 가야산에서 다시 황새를 볼 수 있을지 모르겠습니다.

23. 가야구곡 옥병계에 들어서며
– 병계 윤봉구의 자취를 따라

충남 가야산 자락, 덕산천 상류의 곡절진 물줄기를 따라 오르노라면 고요한 수림 속, 바위틈마다 이름을 새긴 구곡이 하나둘 모습을 드러낸다. 옥처럼 맑은 물이 흐르고 푸른 병풍처럼 둘러선 계곡, 그윽한 바위글씨 속에 오래전 학인의 숨결이 배어 있는 곳, 바로 '옥병계(玉屛溪)'다. 병풍처럼 둘러선 바위 절벽 아래, 세월을 담은 이 물길을 따라 병계 윤봉구(屛溪 尹鳳九)의 자취가 남아 있다.

1723년, 병계 윤봉구 형제가 가야산 자락에 정착하면서 가야구곡의 역사는 시작되었다. 이후 그의 학문적 교유를 함께한 벗들, 즉 구봉 안세광(九峯 安世光), 월곡 오원(月谷 吳元), 성서 강봉래(聖瑞 姜鳳來), 죽천 김진규(竹泉 金鎭圭) 등이 이 계곡의 곳곳에 이름을 붙이고 시문을 남겼다. 이들이 가야구곡을 유람한 것은 단순한 풍류의 차원이 아니었다. 자연 속에 성리학적 이상과 도학적 신념을 투영하고자 한, 학인의 마음과 수행의 공간이자 정신적 도상(圖像)이었던 것이다.

옥병계는 가야구곡의 제2곡으로, 계류가 바위를 휘감고 흐르는 모습이 옥 같고, 그 둘레의 절벽이 병풍처럼 둘러선 형상에서 유래한 이름이다. 이곳은 윤봉구의 고택이 있었던 곳으로 전해진다. 비록 1957년 일대가 저수지 공사로 인해 수몰되고 고택은 자취를 감췄으나, 구곡의 바위에 새겨진 각자와 시문, 그리고 여전히 맑게 흐르는 물줄기는 병계의 삶과 정신을 고요히 증언하고 있다.

가야구곡의 형성은 죽천 김진규가 중심이 되었고, 그의 학문적 이상과 우정은 윤봉구 형제와의 교유 속에 깊이 뿌리내렸다. 그들은 단지 자연을 유람한 것이 아니라, 자연과의 교감과 일체감을 통해 성리학적 수양의 경지를 실현하고자 했다. 이는 단순히 '구곡'이라는 명칭 이상의 의미를 지닌다. '관어대'에서 시작해 '옥병계', '석문담', '와룡암'을 거쳐 '옥량폭'에 이르기까지, 각각의 곡은 이름과 풍경 너머로 사유의 깊이를 담고 있다.

가야구곡에는 죽천 김진규의 사상과 신념을 상징하는 문구들이 암각되어 있다. 또한 병계 윤봉구를 흠모하거나 학연으로 연결된 80여 명의 관리와 문사들이 이곳을 성지처럼 순례하며 글을 남겼고, 자신의 호를 새겨둔 경우도 적지 않다. 현재까지 확인된 암각자는 20건으로, 단일 구곡 중 내포 지역에서 가장 많은 수를 자랑한다. 더 많은 각자들이 있었을 것으로 추정되나, 옥병계 일부와 관어대가 1957년 저수지 축조로 수몰되며 대부분 사라졌다. 이 밖에도 가야산의 동쪽 서원산 계곡에 창건되었던 회암서원 일대에 암각문을 비롯해 창건석이 세워졌고, 편액도 있었으나 지금은 일부 암각문만 남기고 편액은 물론 비석과 전각 등은 흔적조차 남아 있지 않다.

지금까지 발굴된 가야구곡과 가야동 관련 한시는 50여 편이 발굴되어 번역되어 전해지고 있다. 그러나 강봉래의 문집이 확인되지 않고 있어 여전히 발굴되지 않은 구곡도와 구곡시가 더 있을 것으로 추정된다.

옥병계 일대는 병계 윤봉구의 생애가 스며든 핵심 공간으로, 내포 유학의 역사
와 정신이 고스란히 응축된 장소로 평가할 만하다. 오늘날 옥병계를 찾는다는
것은 18세기 가야산 자락에 뿌리내린 유학자들의 사유와 삶을 더듬어 보는
일이라 할 수 있다.

24. 옥병계 노거수가 기억하는 가야산 이야기

가야산 동남쪽, 상가리 일대를 중심으로 형성된 가야동(伽倻洞). 그곳 사람들에게 '옥병계(玉屛溪)'란 어떤 의미였을까.

가야구곡 중 제2곡에 해당하는 옥병계는 조선 시대 내포 지역의 관료, 시인, 묵객이라면 한 번쯤 들렀던 필수 유람지였다.

18세기부터 19세기까지 가야산을 유람한 문사들은 자신의 시문 속에 '옥병계'를 자주 언급하며, 그 경승지의 아름다움을 노래하고 있다.

옥병계는 단지 아름다운 경관으로 그치지 않았다. 1723년 이후 이곳에 세거한 윤봉구·윤봉오 형제를 비롯해, 덕산 지역의 사대부들이 대거 이 일대에 거주했다는 사실은 이곳이 내포 사림의 중심지였음을 말해준다. 덕산현의 행정 중심은 성내에 있었지만, 현감 역시 옥병계 인근에서 기거했다는 기록이 있어, 관과 사대부가 어우러진 일종의 문화·행정 복합 공간으로 기능했음을 짐작하게 한다.

당시 문집 속 묘사에 따르면, 옥병계 일대는 홰나무가 하늘을 가릴 만큼 울창했다고 한다. 이 나무들은 가야동 사람들의 기억 속에서 고향과 떠남, 귀향의 경계로 작용하는 감정의 지표였다. 지금은 개발과 정비의 물결을 피하지 못해 그 울창함은 사라졌고, 단 한 그루의 홰나무만이 옛 옥병계 공간을 지키고 있다.

옛 옥계리와 상가리 사람들에게 옥병계는 덕산 읍내에서 가야산으로 들어서
는 첫 관문에 해당한다. 다리가 없던 시절에는 큰 내가 있어 비교적 큰 물줄기
를 건너야 비로소 '가야산에 들어섰다'는 인식이 생겼고, 이 지점을 지나면서
여정은 보다 본격적인 산행 혹은 유람의 형식을 띠게 되었다. 이곳은 말 없는
홰나무가 지키고 서서, 먼 타지로 떠나는 이에게는 고향을 등지는 상념의 장소
였고, 돌아온 이에게는 반가운 귀향의 징표였다.

1870년, 가야동에서 향시가 열렸을 때에도, 선비들과 지역 최고의 명포수들이
이곳에 모여 홰나무 꽃을 바라보며 생원시, 진사시의 합격을 기원했다는 이야
기가 전한다. 그 순간, 옥병계는 단순한 자연이 아니라 성스러운 의식의 장소
로 기능했고, 가야산을 품은 사람들의 간절한 마음이 깃든 성역이었다.

이제 남은 단 한 그루의 홰나무 아래에서, 나는 17세기 가야동 사람들의 발자
취를 떠올리며 오늘의 가야동 이야기를 이어 쓴다. 풍경은 변했지만, 시간이
새긴 기억은 여전히 그 나무 아래 머물러 있다.

'안'과 '밖'을 가르는 상징적인 경계

옥병계는 덕산 읍내에서 출발해 가야산으로 들어서는 길목에 자리한 곳으로,
가야동의 '안'과 '밖'을 가르는 상징적인 경계였다. 이곳을 지나야 비로소 '가
야산 안으로 들어섰다'는 인식이 생겼고, 그 경계성은 단순한 지리적 위치를
넘어 역사적 의미를 품고 있었다.

17세기 이후, 옥병계 일대는 내포 사람들이 조성한 공간으로, 특히 홰나무가

군락을 이루며 식재된 기록이 전한다. 이 나무들은 외부와 내부, 속세와 산중의 경계를 알리는 상징물로 여겨졌다. 그리고 19세기 중반, 이 일대는 다시 한번 역사적 전환점을 맞이하게 된다. 1845년 이하응은 자신의 부친 남연군 이구의 묘소를 가야산에 조성하면서, 가야동을 일종의 왕실 수호 공간으로 재편한다. 그의 아들 명복이 조선의 제26대 왕으로 즉위하는 1863년에는 흥선대원군은 가야동의 남쪽 어귀에 해당하는 옥병계 일대에 장대를 세우고, 남연군과 가족의 묘가 있는 옥병계와 가야동 일대 수호를 위한 진(陣)을 마련한 것으로 전해진다.

지금은 그 장대의 흔적은 사라지고 없다. 다만, 1872년 제작된 『대동여지도』의 덕산군 편에서 그 존재를 암시하는 장대를 확인할 수 있을 뿐이다. 따라서 오늘날의 우리는 이 장대와 수호 진지를 상상으로만 되살릴 수밖에 없다. 그러나 상상은 결코 허공에 그리는 그림이 아니다. 문헌과 지도, 그리고 남겨진 풍경의 단서를 통해 실재했던 공간을 재구성하는 것은 역사 서사의 중요한 작업이다.

흥선대원군은 1865년 7월부터 37일간 가야동에 머무는데 한양을 떠나 천안, 온양, 덕산을 거쳐 가야산으로 향했던 흥선대원군 역시, 이 나무 앞에서 잠시 말을 멈추었을 것이다. 또한 1870년, 가야산에서 치러진 향시(鄕試)를 위해 모여든 덕산의 포수들, 내포의 선비들 또한 이 길목을 지나며 마음을 다졌을 것이다. 이 노거수는 말이 없지만, 수백 년을 살아온 목격자로서 수많은 이들의 발걸음과 마음을 기억하고 있다.

25. 가야사의 경관과 기억

옥병계와 김이곤의 시를 중심으로

조선시대, 내포 지역을 찾는 시인 묵객들에 가야구곡의 옥병계와 가야산은 꼭 한번은 선유하는 명소였다. 가야사(伽倻寺)를 중심으로 펼쳐진 가야구곡(伽倻九曲)은 그 자체로 하나의 문학적 공간이자 성찰의 무대였다. 이 구곡은 석문봉과 으름재 계곡에서 발원한 물줄기가 가야사를 훑고 지나 덕산현 읍내까지 5km가량 흘러내리며 형성된 하천으로, 가야동을 통과하며 각기 다른 경승과 시경(詩境)을 품고 있다.

그 가운데 제2곡에 해당하는 옥병계(玉屏溪)는 물줄기가 절벽을 끼고 돌면서 만든 아름다운 병풍바위이다. 이곳은 유독 많은 시인과 묵객이 시를 남긴 곳으로, 석문담(石門潭)과 와룡담(臥龍潭)과 더불어 가장 시적 상상력을 자극하는 공간이었다.

1854년 무렵, 고덕 장천 출신의 선비 육회당(六悔堂) 이시홍(李是口, 1789~1862)은 가야사를 유람하며 이 옥병계의 울창한 홰나무 숲에 깊은 인상을 받았다고 쓰고 있는데 지금도 옥병계에는 수백 년은 족히 넘었을 법한 한 그루의 고목이 남아 있어, 그 옛날 홰나무 숲이 무성했던 풍경을 상상하게 한다.

〈옥병계를 지나며(過玉屛溪)〉

- 이시홍(李是鉷, 1789-1862)

玉屛溪上玉屛環, 옥병계 위에 하얀 병풍 두르고
一帶澄流繞碧山. 띠처럼 맑은 물 푸른 산 감싼다.
復有槐陰濃滿地, 게다가 홰나무 그늘이 온 땅을 덮고
斜陽臨水剩淸閑. 석양이 물가 비추니 여유로움 넘친다.
≪육회당유고≫ 1책

[해제]

옥병계의 예전 이름은 ‘기암(妓巖)’이었다. 죽천 김진규가 그 이름을 ‘옥병계’로 바꾸고 기암에 글씨를 새겼으며, 병계 윤봉구가 〈가야구곡(伽倻九曲)〉을 쓰면서 그 이름이 ‘옥병계’로 고정되었다. 옥병계는 가야구곡 가운데 제2곡이다. 이 시에서 이시홍은 옥병계에 홰나무 그늘이 온 땅을 덮고있다고 쓰고 있다.

18세기 중엽, 김이곤(金履坤, 1712~1774)은 가야산과 덕산 읍내의 경계로 인식되던 옥병계(玉屛溪)에 이르러, 그곳에서 비로소 가야사의 금탑(金塔)을 조망한 감회를 시로 남겼다.

그의 시는 옥병계라는 공간이 가야사(伽倻寺)의 상징인 금탑이 눈앞에 펼쳐지는 첫 지점이라는 점에서 의미를 갖는다. 즉, 김이곤에게 옥병계는 단순한 경승지가 아니라, 가야사의 실재와 마주하는 관문이자 사유의 시점이었다고 할 수 있다.

〈옥병계에서(玉屛溪)〉
- 김이곤(金履坤, 1712-1774)

噴薄寺前水, 절 앞의 물줄기 세차게 솟아오르고
縈廻一曲明. 한 굽이 돌아 밝도다.
何曾下流濁, 어찌하여 하류 혼탁한가?
自是上方淸. 이로부터 상방은 맑도다.
壁立驚天巧, 벼랑이 우뚝 서니 하늘을 놀랠 정도로 교묘하고
潭停見地平. 못가에 멈추고 평평한 땅 바라보노라.
秋高金塔路, 가을 하늘 금탑 가는 길에 높은데.
霜葉亂山晴. 서리 맞은 단풍잎이 개인 산 어지럽힌다.
(≪봉록집(鳳麓集)≫ 권2)

[해제]

김이곤의 본관은 안동(安東), 자는 후재(厚哉), 호는 봉록(鳳麓)이다. 조부는
모주(茅洲) 김시보(金時保, 1658-1734)이고 아버지는 김순행(金純行, 1683-
1721)이며, 족부(族父) 김명행(金明行)에게 입양되었다.
1752년에 동궁시직(東宮侍直)이 되었으며, 1762년 사도세자(思悼世子)가 화를
당하자 궐내로 달려가 땅을 치며 통곡하고 사직하였다. 그 뒤 북악산 청풍계
(靑風溪)에 살면서 시가와 독서로 소일하다가 말년인 1774년에 신계현령(新溪
縣令)에 제수되었다. 경사(經史)와 음악에 조예가 깊었으며, 특히 시가에서는
그의 독특한 체를 이룩하였는데, 그것을 봉록체(鳳麓體)라고 하였다. 저서로
는 ≪봉록집(鳳麓集)≫이 있다.

시제의 '옥병계'는 가야구곡 가운데 제2곡이다.
김이곤은 옥병계에서 가을하늘에 우뚝 선 가야사 금탑의 장관을 묘사했다.

가야사의 금탑과 옥병계는 그렇게 하나의 풍경으로 이어졌고, 그것은 내포를 찾는 선비들에게 반드시 들러야 할 상징적 여행지, 즉 '명소'였다.

가야사는 물론이고, 옥병계와 가야구곡 전체가 조선 후기 선비들의 정신적 위안을 주는 '자연의 강당'이자 '사색의 골짜기'였음을 김이곤의 시는 웅변하고 있다.

옥병계의 전설과 죽천 김진규의 작명 – '기암'에서 '옥병계'로

가야산 가야구곡 중 제2곡인 옥병계(玉屛溪)는 원래 지역에서는 '기암(妓巖)'이라 불렸다. 이름 그대로, 어느 시대인지는 확실치 않으나 덕산현의 기생이 현감과의 이별을 이기지 못하고 이 바위에서 몸을 던졌다는 설화가 전해 내려오는 장소였다.

1706년(숙종 32), 죽천 김진규(金鎭圭, 1658~1716)는 덕산으로 유배되었고, 그는 유배 중 가야산의 여러 명승을 즐겨 찾았다. 그의 글을 통해 '기암', '마담(磨潭)', '와룡담(臥龍潭)' 등의 명소들이 그때 이미 널리 알려져 있었음을 알 수 있다. 그러나 죽천에게 기암은 단순한 전설의 장소가 아니었다. 그는 이 바위의 지세와 계류의 수려함을 새롭게 인식했고, 그에 어울리는 이름으로 '옥병계(玉屛溪)'라 명명했다. 병풍처럼 펼쳐진 절벽과 수정처럼 맑은 계류의 이미지가 어우러진 이름이었다.

죽천은 자신이 명명한 이 이름을 바위에 새겨 남겼다. 병풍바위에 새긴 '玉屏溪'라는 세 글자는, 단지 공간의 표식을 넘어 그 풍경을 재해석한 문인의 흔적이자, 자연과 정신의 교감을 담은 각문(刻文)이었다. 그리고 이 명칭은 훗날 가야동 출신 윤봉구(尹鳳九, 18세기 중반)가 〈가야구곡(伽倻九曲)〉을 정리하면서 공식적으로 '제2곡 옥병계'라는 이름으로 자리잡게 된다. 이로써 전설의 기암은 문인의 해석과 이름을 통해 조선 후기 내포 산수문화의 중심 공간으로 재탄생했다.

죽천 김진규는 평범한 유배객이 아니었다. 그는 덕산에 유배되어 가야산 일대를 선유하는데 그의 사유와 감정은 가야산의 자연에 깊이 투사되었으며, 단지 글을 남긴 데 그치지 않고 이름을 짓고, 그 이름을 바위에 남기며 공간을 다시 규정했다. 오늘날 '옥병계'라 불리는 이 아름다운 협곡이 단순한 지명 이상의 의미를 지니는 이유가 여기에 있다. 기암이라는 비극적 전설의 공간이, 죽천의 글과 이름을 통해 '옥병계'라는 새로운 기억과 정서의 장소로 승화된 것이다.

이처럼 옥병계는 수많은 사람들의 이야기를 품고 있다. 슬픔을 견디지 못한 기녀의 전설, 유배 중에도 산수를 벗 삼아 자신만의 이름을 남긴 문인, 그리고 이를 계승해 문헌으로 정리한 내포 사림의 후예들까지 옥병계는 단지 한 곡의 물줄기가 아니라, 시대와 정서, 문학과 기억이 흘러드는 가야산의 심연이다.

26. 조선시대 선비들에게 옥병계는 어떤 의미였을까?

17~20세기 가야동과 가야산 가야구곡의 문화사적 위상

가야산 가야구곡(伽倻九曲), 그리고 그 가운데 제2곡인 옥병계(玉屏溪)는 조선 시대 내포 지역을 대표하는 유람처이자 문학과 수행, 그리고 사상적 교류의 거점이었다. 이곳은 단순한 자연의 풍경을 넘어, 시대와 사상을 품은 공간으로 기능했다.

17세기에서 19세기까지, 가야동을 중심으로 형성된 이 문화 공간은 당대 문사들에게 유행처럼 방문되었으며, 그 흔적을 남긴 인물만도 80여 명에 이른다. 가야동은 그야말로 '문명의 골짜기'였고, 가야구곡은 그 정점에서 정신과 경관이 만나는 공간이었다.

고려·조선 전기 : 초기 방문과 기록의 흔적

상가리에 사람들의 발길이 처음 확인되는 것은 고려 중기, 1176년 망이·망소이 난에 가담한 손청이 가야사로 피신했다는 기록에서 비롯된다. 이후 14세기에는 유숙(柳淑), 15세기 조위(曺偉), 16세기에는 성수침, 성수영, 성혼, 조극선, 김안국, 송인, 권벽 등 당대의 대학자들이 이곳을 찾았다.

특히 권필, 구봉령, 구사맹, 신응시, 이달 등은 상가리와 가야구곡을 유람하며 시문을 남겼고, 이들의 기록은 후대 가야산 인식의 기초가 되었다.

17~18세기 : 유배 문학과 사림 문화에 대하여

17세기 들어 가야산은 유배지로서의 위상과 동시에 문사들의 교유처로 본격적으로 자리 잡는다. 대표적인 예가 죽천 김진규(金鎭圭, 1658~1716)다. 그는 1706년 덕산에 유배되어, '기암(妓巖)'이라는 전설적 바위를 '옥병계'로 재명명하고 바위에 직접 '玉屏溪'라 새겼다. 이로써 가야구곡은 공간적 형상만이 아닌, 문학적으로 해석된 지명으로 탄생하게 된다.

이 무렵 이안눌, 황중윤, 조경, 김홍욱, 임의백, 임방, 이세구, 김시보, 이진백 등 유림 출신 선비들도 이곳을 자주 찾았으며, 그들의 시문은 지역성과 전국적 지식인의 교류가 가야산을 매개로 이뤄졌음을 보여준다.

18~19세기 : 정치와 종교, 유학과 비밀 결사의 무대

이 시기 가야산과 가야사의 위상은 단순한 유람지를 넘어서기 시작한다. 황진기·박찬신·강위징·이현 등은 18세기 말 이인좌의 난과 관련해 가야사 일대를 비밀 결사의 본거지로 삼았으며, 이로 인해 가야사와 주변 사찰은 폐사되거나 심각한 타격을 입었다.

한편으로 윤봉구, 윤봉오, 윤봉조, 오원, 오청취당, 김이곤, 송능상, 위백규 등 내포의 유림들은 가야구곡에 시문을 남기고, 그 경관을 지역 유학의 상징 공간으로 승화시켰다. 정약용도 덕산을 경유하며 시를 남겼으며, 추사 김정희(金正喜, 1786~1856)는 1847년 덕산현의 군(郡) 승격 과정에 간접적으로 관여하였다. 그는 조선 후기 대표적인 문인이자 서화가로 널리 알려져 있지만, 동시에 왕실 교육 기관인 세자시강원(世子侍講院)에서 필선(弼善)으로서 세자 교육에 참여하였다. 그의 부친 김노경(金魯敬)은 익종(익종은 순조의 아들이자 헌종의 생부)과 헌종을 지도한 세자시강원의 주요 인물로서, 왕실과 긴밀한 관계를 유지하고 있었다.

헌종이 탄생하자, 헌종의 태실(胎室) 후보지로 ① 충청도 덕산군 서면 명월봉 ② 충청도 회인현 북면 ③ 강원도 춘천부 수청원이 제시되는데 조정에서는 가야산을 선정한다. 그 배후에는 추사 김정희(金正喜, 1786~1856)의 보이지 않는 영향력이 작용하고 있었던 것으로 보인다. 추사는 1827년, 당시 세자였던 효명세자의 교육을 담당하는 필선(弼善)으로 발탁될 정도로, 왕실 내에서 신임받는 학자이자 문인이었다.

헌종의 태실(胎室)이 즉위를 기념해 1847년(헌종 13년), 가봉(加封) 즉 새롭게 단장되었고, 이를 계기로 그동안 정치적 이유로 지위가 격하되었던 덕산현이 덕산군으로 승격되었다.

이는 1755년(영조 31) 역모 사건의 주모자 중 한 명인 박찬신(朴燦臣)의 출생지라는 이유로 덕산현의 행정적 반차가 최하위로 밀려났던 데에서 회복된 조치였다. 덕산의 군 승격은 김노경과 김정희 부자의 정치적 신망과 왕실과의 인연이 결정적인 배경이 되었으며, 이들은 지역 위상의 복원에 실질적인 역할을 한 인물들로 평가된다.

'세이암(洗耳嵒)' 고운 최치원의 흔적일까?

죽천 김진규가 말한 '기담' 아래, 필자는 한때 '수재대(水齋臺)'라 불렸던 강당의 터를 찾아 나선 적이 있다. 옥병계 병풍 바위 위, 100평이 훌쩍 넘는 평평한 나대지에는 초석 하나 남지 않았고, 그곳이 강원이나 강당이었음을 보여주는 물리적 흔적은 전혀 없었다. 1957년대 저수지 축조로 주변 석재가 모두 반출되었다.

이시홍이 시로 남겼던 '병풍 같은 바위'는 도로 공사로 절반 이상이 매몰되어 더 이상 아랫부분을 확인할 수 없으며, "온 땅을 덮고 있었다"던 왜나무 숲은 이제 단 한 그루만이 남아 자리를 지키고 있다. 조선 선비들이 즐겨 찾던 그 옛 풍경은 상상 없이 도달할 수 없는 세계가 되었다.

그러나 병풍 바위 위에는 여전히 각자(刻字)가 남아 있다. 가장 눈에 띄는 것은 죽천 김진규(金鎭圭, 1658~1716)가 직접 새긴 "玉屛溪"라는 세 글자다. 그리고 그 아래 희미하지만 분명히 보이는 또 하나의 각자 '세이암(洗耳嵒)'과 그 좌하단에 음각된 '고운(孤雲)'이라는 이름. 고운, 곧 최치원(崔致遠, 857~~?)의 호다.

고운 최치원과 가야산 : 전설인가, 흔적인가

고운 최치원의 유적은 전국에 흩어져 있다. 그가 마지막으로 신선이 되어 사라졌다는 '가야산' 또한 경남 합천 가야산을 가리키는 경우가 더 많다. 그러나 이 전설은 어디까지나 조선 후기 이후 각색된 측면이 강하며, 고운이 실제로 어떤 가야산에 은거했는지는 명확하지 않다.

그렇다면 덕산의 가야산과 최치원은 정말 무관한 것일까?

한 가지 단서는 그의 관직 이력에서 발견된다. 최치원은 12세에 당나라로 유학을 떠나 17년간 머문 뒤, 885년(29세)에 귀국하여 서산(부성군) 태수로 부임한 기록이 있다. 이는 곧 내포 지역 전체가 그의 실제 행정 활동 반경 안에 포함되었음을 의미한다.

특히 내포의 수로망은 바닷길을 통한 중국 왕래의 최단 경로였다. 이곳은 단순한 서해안의 어촌이 아니라, 신라 사신들이 당나라로 향하던 항로의 기점이기도 했다. 그렇다면 최치원이 서산에 부임한 이후, 덕산의 가야산과 가야구곡, 특히 '귀를 씻는 바위'라 불린 세이암에서 삶의 전환점 혹은 사색의 여운을 남겼다는 상상은 허무맹랑하지만은 않다.

더구나 덕산 가야산의 가야구곡 중 8곡에는 '고운벽(孤雲壁)'이라는 이름까지 남아 있다. 옥병계의 세이암, 가야구곡의 고운벽 이 두 지명에 공통적으로 새겨진 '고운'이라는 이름은, 단지 후세의 경외심만으로는 설명되기 어렵다. 그것은 문자 그대로 '이름을 새긴' 존재의 흔적이기 때문이다.

범해(泛海) : 최치원이 귀국길에 쓴 바다의 시

고운 최치원의 시 가운데 '범해(泛海)'는 그가 귀국길에 가야산이 보이는 포구 어디쯤으로 상륙하기 위해 서해를 건너며 지은 시로 널리 알려져 있다. 이 시는 중국의 '봉래산'을 지척에 보며 신선을 찾아 나서겠다는 의지를 담고 있다. 시의 행간은 단순한 귀환의 감상이 아니라, 구세계의 붕괴와 신세계의 탄생을 예감하는 지식인의 고뇌가 서려 있다.

掛席浮滄海　　（괘석부창해）　　돛 달아 푸른 바다에 배를 띄우니
長風萬里通　　（장풍만리통）　　긴 바람 타고 만 리를 가는구나
乘槎思漢使　　（승사사한사）　　뗏목 탄 한나라 사신이 떠오르고
採藥憶秦童　　（채약억진동）　　불로초 찾던 진나라 아이도 생각나네
日月無何外　　（일월무하외）　　해와 달은 허공 너머에 있고
乾坤太極中　　（건곤태극중）　　하늘과 땅은 태극 안에 있다네
蓬萊看咫尺　　（봉래간지척）　　봉래산이 눈앞에 다가오니
吾且訪仙翁　　（오차방선옹）　　나 또한 신선을 찾아 떠나리라

혹여 이 시가 내포의 서해에서 지어진 것이고, 그가 다시 이 땅에 발을 디딘 곳이 서산·덕산이라면, 그가 '신선을 찾아 떠난 가야산'이란 말은 과연 어느 가야산을 뜻하는 것일까? 경남 가야산이라는 문헌화된 고정 관념만이 아니라, 덕산의 가야산 또한 그의 삶과 사유의 여운을 간직한 또 하나의 '고운의 산'일지도 모른다.

에필로그 : 옥병계, 사라진 풍경과 남은 이름, 각자는 말한다.

지금은 병풍 같은 바위도, 강당 터도, 수로의 길도 사라졌지만, 바위에 새겨진 글씨는 아직 희미하게 남아 있다. 죽천이 새긴 '玉屛溪', 그 아래 '洗耳嵒', 그리고 조심스럽게 음각된 '孤雲'의 이름… 최치원이 정말 이곳을 거쳐 갔는지는 알 수 없다. 그러나 문헌의 빈칸과 지명의 흔적, 그리고 풍경 속에 남은 정서를 통해, 우리는 그를 이곳에 '불러내는' 상상을 한다.

상상은, 잊힌 역사를 되살리는 첫 문장이기도 하다.

옥병계(玉屛溪)는 가야산과 덕산, 내포 지역의 역사와 문화, 그리고 시인의 사유가 겹겹이 쌓인 상징의 공간이었다. 병풍처럼 둘러친 기암 아래 맑은 물이 흐르고, 최치원의 '세이암(洗耳巖)' 전설이 아득히 떠오르던 이곳은, 조선 선비들이 시를 짓고 뜻을 다지던 정신적 정거장이기도 했다.

죽천 김진규가 새긴 '玉屛溪' 각자는 지금도 바위에 남아 있으나, 그 아래를 흐르던 둠벙과 물길은 이미 자취를 감췄다. 오래된 느티나무 한 그루와, 고사 직전의 홰나무만이 겨우 옛 기억을 붙잡고 서 있을 뿐이다. 조선 시대 설내(선내) 마을과 관어대가 있었던 옥병계 일대는 지금 저수지 아래 잠겼고, 시간은 물길처럼 기억을 덮었지만, 이름과 시문은 여전히 오늘 우리에게 조용히 말을 건넨다.

이제 옥병계는 단순한 풍경이 아닌 '기억의 장소'로 남았다. 그 기억은 과거의 회상에 머무는 것이 아니라, 지역의 정체성을 되살리는 단초이자, 가야산을 공부하는 이들이 반드시 되짚어야 할 사유의 자리다. 역사는 아는 만큼이 아니라, 공부한 만큼 비로소 보인다는 것을, 나는 이곳을 걸으며 몸으로 깨달아왔다.

가야산과 상가리는 왕실의 문화, 정치와 종교, 그리고 민생의 현장이 교차하던 내포의 심장부였다. 한때 중심이었던 가야사, 그리고 잊힌 이름 가야구곡. 많은 이들이 가야산을 안다고 말하지만, 그 속살은 공부하지 않으면 드러나지 않는다.

이제 우리가 해야 할 일은 단 하나. 사라진 경관을 애도하는 데 그치지 않고, 기억을 기록하며 다시 불러내는 것이다. 그것이야말로 우리 세대가 남겨야 할 문화적 책임이며, 다음 세대에게 건넬 수 있는 가장 단단한 다리가 될 것이다.

27. 가로림만(加露林灣)의 지형과 지명 이야기

캐롤라인에서 가로림까지, 서해안의 숨겨진 지명사와 그 역사적 맥락

충청남도 서산시와 태안군 사이에 넓게 펼쳐진 '가로림만(加露林灣)'은 우리 해안선에서 가장 안온한 내만 중 하나로 꼽힌다. 천수만, 아산만, 대호지 등과 함께 서해안의 주요 만(灣) 지형을 형성하며, 내포 지역의 해양 문화와 생태계를 지탱해온 공간이기도 하다.

'만(灣)'은 바다가 육지로 깊숙이 파고든 지형을 말한다. 이와 반대되는 개념으로, 바다를 향해 뾰족하게 튀어나간 지형을 '곶(串)'이라고 한다. 예컨대 '가야갑사(伽倻岬祠)'에 쓰인 '갑(岬)' 자는 곶이나 산허리를 뜻하는데, 본래는 산(山)과 갑옷(甲)이 결합된 형성자로, 바닷가에 돌출된 언덕이나 고지를 의미하는 한자이다.

한반도와 일본에 분포한 '串'과 '岬' 지명의 용례는 『삼국사기』 지리지나 『일본서기』 등 고문헌에서도 확인할 수 있으며, 이는 '곶'이라는 지리명이 단순한 지형 묘사를 넘어서 정치적, 문화적 의미가 덧입혀진 상징적 명칭임을 시사한다.

가로림만, '캐롤라인'에서 비롯되었는가

가로림만이란 이름의 유래는 분명하지 않다. 서산의 향토 사학자였던 고(故)

이은우 선생은 "독일인 측량 기사 '캐롤라인'의 이름에서 비롯되었다는 이야기를 전해 들었다"고 회고한 바 있다. 실제로 1868년, 독일 함부르크 출신 유대인 상인 에른스트 야코프 오페르트(Ernst Jakob Oppert)가 조선 덕산의 남연군묘를 도굴하려 했던 사건이 있었다. 이 사건에는 '캐롤라인'이라는 동행자가 함께했다는 설이 전해진다. 그러나 이는 확인된 기록이라기보다는 구전의 영역에 가깝다.

보다 확정적인 설명은 '캐롤라인(Caroline Bay)'이라는 지명이 1859년 프랑스의 군함 비르지니호(Virginie)에 의해 수로 탐사 도중 명명되었다는 점이다. 이 때 명명된 'Caroline'은 나폴레옹 보나파르트의 여동생 캐롤라인(Caroline Bonaparte)을 가리키며, 그녀는 나폴리의 왕비로 알려져 있다. 프랑스 수로 탐사팀이 그녀의 이름을 딴 이 명칭을 해당 만에 붙였고, 이후 일본과 조선총독부에 의해 '加露林灣'이라는 한자 명칭으로 번안되었다.

'加露林灣'은 문자 그대로 풀이하면 '이슬이 더해지는 숲의 만'으로 해석될 수 있으나, 이는 음차(音借)적 명명이며 실질적인 의미보다 음운적 대응이 우선시된 것이다. 즉, 자연 지리의 특성에서 명명된 이름이 아닌, 외래 명칭을 한자화한 결과이다.

서해의 지명들, 외세의 흔적과 남겨진 질문

가로림만처럼 서해안의 다른 지명들도 근대 서양 제국의 수로 탐사에서 유래한 경우가 많다. 예컨대 천수만은 1840년 영국 동인도회사가 'Shoal Gulf(얕은 만)'라는 이름으로 명명했으며, 일본에 의해 '千水灣(천수만)'으로 음차되었다. 주목할 것은 오늘날까지도 이들 외래 지명의 한자 번안이 그대로 사용되고 있다는 점이다. 전국적으로 약 118개에 이르는 서양 명명 지점 가운데, 한자화하여 지명에 지속적으로 사용하는 사례는 천수만과 가로림만 두 곳뿐이다.

이와 같은 명명 행위는 단순한 명칭의 수용을 넘어, 해당 지역의 정체성과 역사적 맥락에 영향을 끼친다. 이름은 곧 기억이기 때문이다. 따라서 '가로림만'이라는 지명은 단지 조용한 바다를 뜻하는 것이 아니라, 한반도가 제국주의적 세계 질서에 편입되어갔던 시공간의 한 조각으로 읽을 수 있다.

지명, 잃어버린 이름을 되찾다

한편, 일제강점기 행정 구역 개편에 따라 왜곡된 지명 문제도 짚어볼 필요가 있다. 서산 지곡면 왕산포(旺山浦)와 중왕리 일대는 원래 '왕산(王山)'이라는 명칭을 가지고 있었다. '임금의 산'이란 의미의 이 지명은 1914년 조선총독부령에 따라 '성할 왕(旺)'으로 바뀌었고, 이는 일제의 의도가 반영된 결과였다. '왕(王)'이라는 상징적 한자를 제거하고, 그 자리에 천황의 통치 이념이 투영된 '旺'을 사용함으로써 식민지 통치의 정당성을 암묵적으로 주입하려 했던 것이다.

이처럼 지명은 단순한 지리적 표지가 아니다. 그 땅에 살았던 사람들의 기억과 역사, 문화적 정체성이 녹아든 상징이다. '왕산(旺山)'을 다시 '왕산(王山)'으로 되돌리는 것은 단지 글자의 수정이 아니라, 잃어버린 이름을 되찾는 역사적 복원의 일환이다.

이름에 깃든 역사, 무엇을 기억할 것인가

가로림만이라는 이름은 근대 제국주의의 도래, 일제강점기의 한자화 정책, 지역 사회의 기억까지 복합적인 층위를 지닌다. 지금 이 지명을 바꾸는 것이 마땅한 일인지, 아니면 그 안에 깃든 역사적 변천과 기억을 보존하는 것이 더 나은 방식인지는 단정할 수 없다. 그러나 분명한 것은, 이 땅의 이름에는 그 땅을 살아낸 사람들의 역사와 정신이 담겨 있다는 점이다.

오늘날 가로림만은 해양 생태 보호 구역으로 지정되어 있으며, 서해안 최대의 갯벌과 풍부한 생물 다양성을 간직한 채 후대에게 물려질 자연 유산이 되었다. 이제는 이 자연의 이름 역시, 우리 스스로의 언어로 정리하고 기억해야 할 때다.

28. 가야사지 상가리 미륵불 앞에서

우리는 우리는 언제부터인가 가야사지 석불을 '상가리 미륵불'이라 부르고 있다.

1984년 도 지정 문화유산으로 지정되면서 문화재 공식 명칭도 '상가리 미륵불'로 굳어졌다. 그러나 이 명칭에는 중요한 정보가 빠져 있는 듯하다. 이 석불이 자리한 터는 단순히 마을의 한 부분이 아니라, 가야사의 북쪽 사역에 속하며, 석불 주변에는 민초들이 터를 잡고 살아갔고, 앞뒤 계곡에는 작은 암자들이 흩어져 있었던 살아 있는 신앙의 공간이었다. 또한 이곳은 가야사와 보원사를 잇는 신앙로의 핵심 거점이자, 나아가 당진 정미 쪽 바다로 이어지는 교통과 신앙의 관문 역할을 하던 중요한 지점이었다. 그럼에도 불구하고, 이러한 풍부한 역사적 맥락에 대한 고려 없이, '상가리 미륵불'이라는 단순화된 명칭만이 반복되고 있는 현실을 안타깝게 바라보게 된다.

그동안 '상가리 미륵불'로 불려온 이 석불은 이제 제 이름과 제 자리를 찾아야 할 시점이다. 전문가들은 이 석불이 930년 무렵에 조성된 것으로 보고 있으며, 이는 가야사가 가장 번성했던 시기와 겹친다. 석불이 위치한 곳은 가야사에서 자매 사찰과도 같았던 보원사로 향하는 길목으로, 지리적·신앙적 의미가 큰 장소다. 특히 북쪽 으름재에서 흘러내려오는 강한 기운을 누르기 위한 비보 석불로 세워졌다는 해석도 있다. 그렇다면 이 불상은 단지 조형물 이상의 존재로, 가야사와 깊은 신심을 간직한 민초들의 염원이 응축된 상징이라 할 수 있다.

그러나 덕산 가야사지는 1845년 이후 남연군묘의 위세에 가려져 오랜 세월 동안 본래의 역사적 위상과 가치를 제대로 조명받지 못했다. 가야사의 사역은 남연군묘 일대로 축소되어 인식되어 왔지만, 실제로는 석문봉과 으름재에서 발원하는 하천이 합류하는 지점부터 석문봉 아래 도청봉에 이르는 넓은 범위가 사역의 원형에 해당한다. 이 같은 지리적 맥락 위에 오늘날 우리가 마주한 이 석불은 가야사가 가장 번영했던 시기에 조성된 유산으로, 천 년 가야사의 정신과 신앙이 응축된 결정체라 할 수 있다. 흥선대원군조차 철저히 훼철하던 와중에도 이 석불만은 손댈 수 없었다는 사실은, 그 안에 깃든 민초들의 염원과 신심이 얼마나 절절했는지를 방증한다. 이제는 이 석불의 이름도 그러한 무게에 걸맞게, 그 역사성과 장소성을 반영한 '상가리 가야사지 미륵불'로 바로 세워야 할 때라고 본다.

2012년 '백제의 미소 길' 조성 공사 중 진행된 발굴 조사에서, 상가리 미륵불의 앞뒤로 전각지로 추정되는 유적이 확인되었다. 이는 이 일대가 절터였음을 고고학적으로 입증하는 결과이며, 곧 해당 부지가 가야사지의 북쪽 사역에 포함된다는 뜻이다. 그러므로 지금까지 '상가리 미륵불'로 불려온 이 석불은 보다 정확히 '상가리 가야사지 미륵불'이라 부르는 것이 합당하겠다.

조선 시대 시인과 묵객들의 문집에 따르면, 가야사에는 많은 철불과 석불이 존재했음을 알 수 있다. 그러나 오늘날 현존하는 것은 '상가리 미륵불'이라 불리는 석불 하나뿐이다. 일부 전승에는 남연군묘 앞쪽에 석불을 매장했다는 이야기도 전해지지만, 이는 현재 진행 중인 발굴 조사의 결과를 지켜봐야 할 사안이다.

가야산을 찾는 날이면 나는 하루에 한두 번씩 가야사지와 상가리 미륵불 앞을 거닌다. 그 미륵불은 오래된 침묵 속에서 내 마음의 짐을 내려놓게 하고, 다시 걸어갈 용기와 조용한 위로를 건네준다. 바라보는 이의 마음결에 따라 그 모습은 천 가지 얼굴로 응답하는 듯하다.

어떤 이에게는 보관을 쓴 당당한 관음보살처럼, 또 어떤 이에게는 먼 길을 나서는 이들의 무사 안녕을 기원하는 수호불처럼 보인다. 또 누군가에게는 깊은 그리움과 절실한 마음으로 부처 앞에 간절히 빌고 있는 모습으로 다가오기도 한다. 어쩌면 이 모든 모습은 고단한 업보를 안고 살아가는 우리 민초들의 내면을 비추는 거울일지도 모른다.

가야사는 1845년과 1865년, 흥선대원군 이하응의 권력욕으로 인해 지상에 남아 있던 전각과 비석 등 모든 유산이 철저히 사라졌다. 그러나 미륵불 하나만은 끝내 남겨졌다. 이미 1730년경 중심 사찰이 폐사된 뒤에도 묘암사, 보응전, 남전, 인암 같은 작은 암자들과 함께 금탑과 석불은 남아, 마을 사람들의 신앙을 지탱하는 중심이 되었다. 이하응은 승려들과 민초들을 회유하며 금탑을 허물었지만, 민초들의 마음 깊이 깃든 미륵불만큼은 감히 손댈 수 없었던 듯하다. 권세의 절정에 있던 그였지만, 백성들의 절절한 신심과 여론은 무시할 수 없는 힘이었다.

상가리 미륵불은 민초들 한 사람 한 사람의 간절한 기도와 염원이 쌓여 그렇게 지켜져 온 것이다. 흥선대원군 이하응이 가야사의 거대한 금탑을 무너뜨리고 전각을 없애던 그때에도, 이 미륵불만은 손댈 수 없었다. 권세를 등에 업고

온 나라를 뒤흔들던 그였지만, 상가리 민초들이 품은 불심과 믿음 앞에서는 끝내 물러설 수밖에 없었던 것이다. 이 석불은 어떤 권력도 무너뜨릴 수 없는 민초들의 의지와 마음으로 지켜졌고, 오늘까지 이어져 왔다. 그러한 점에서 상가리 미륵불은 단지 하나의 불상이 아니라, 이 땅 민중의 신앙과 역사적 기억이 응축된 상징이기도 하다.

가야산에는 가야사지와 보원사지를 비롯해 150여 개가 넘는 크고 작은 폐사지들이 흩어져 있다. 흔히 폐사지는 황량하고 쓸쓸한 이미지로 그려지지만, 가야사지 높다란 이곳은 그렇지 않다. 오래된 돌과 흙 사이에는 아직도 따뜻한 기운이 배어 있고, 고요한 바람조차도 쉼을 얻듯 머물다 간다. 하늘의 구름도 이 자리에 잠시 내려앉아, 말 없는 시간을 묵묵히 바라보고 지나간다.

이곳에 서면, 평소에는 느낄 수 없던 것들이 서서히 모습을 드러낸다. 사찰이 폐사에 이르게 된 사연, 미완의 흔적 속에서 오히려 더 선연해지는 완전함, 아무것도 남기지 못한 듯 보이지만 오히려 더 많은 것을 품고 있는 옛 가야사 터. 겉보기에 비어 있는 이곳에는 수많은 이야기가 켜켜이 쌓여 있으며, 그 시간의 결들이 조용히 말을 건넨다. 침묵의 공간처럼 보이지만, 오랜 세월을 지켜온 이 땅은 오히려 말보다 더 깊은 울림으로 다가온다. 눈을 감고 마음을 열면, 그 이야기들이 들리기 시작한다.

내가 살아가는 땅 가까이에 이처럼 고요하고 깊은 이야기를 품은 곳이 있다는 것만으로도, 나는 참으로 복된 사람이다. 가야사지 그리고 미륵불, 더욱 깊고 맑은 마음으로 매일 이 자리를 찾을 수 있었으면 좋겠다. 그리고 이제는 이 미륵불에 걸맞은 이름도 되찾아야 할 것이다. '상가리 미륵불'이라는 단순한 지칭을 넘어, 가야사지라는 역사적 공간 안에서 그 본래의 의미를 되살린 '상가리 가야사지 미륵불'이라는 이름으로 다시 불러야 할 때다. 이는 단지 불상의 명칭을 바로잡는 일에 그치지 않고, 이 땅의 기억과 민초들의 염원을 함께 복원하는 길이기도 하다.

아울러 인근에서 반출되어 현재 보덕사 경내에 서 있는 예산 삼층석탑과 보덕사 석등 또한, 그 원래의 위치와 역사성을 반영하여 각각 '상가리 가야사지 삼층석탑', '상가리 가야사지 석등'으로 제대로 된 이름으로 불려야 한다. 이는 단순한 명칭 변경이 아니라, 유물의 정체성을 회복하고, 그에 깃든 지역의 역사와 기억을 온전히 되살리는 일이다.

이제 우리는 이 석불을 '상가리 미륵불'이라는 관습적인 이름 대신, 역사적 맥락과 장소성을 반영한 '상가리 가야사지 미륵불'로 다시 불러야 할 때다. 이름을 바로잡는 일은 단지 명칭의 문제가 아니라, 이 땅의 기억을 되살리고 바르게 계승하려는 마음의 표현이기 때문이다.

29. "가야산, 누구의 성지인가"

"가야산과 내포 문화 숲길, 공공 역사의 경계를 묻다"

충남 내포 가야산 자락을 따라 조성된 '백제 미소의 길'을 걷다 보면, 어느 지점에서 문득 시선을 잡아끄는 표지판이 등장한다. 숯가마 터에 세워진 안내판에는 "천주교 신자들이 이곳에 숨어들어 숯가마를 운영하며 신앙을 지켰다"는 내용이 담겨 있다. 그러나 이 주장은 역사적 근거가 부족하며, 오히려 특정 종교를 성역화하려는 의도에서 비롯된 과장된 서사로 보인다.

우선, 이 안내문이 어디서 비롯되었는지 확인해 보면 그 출처는 모호하다. 현지의 오랜 기록이나 사료, 고지도, 성당 문서, 증언 자료 등을 종합해 보아도 천주교 신자들이 이 지역에서 숯가마를 운영했다는 직접적인 증거는 드러나지 않는다. 상가리 주민 중 생존해 있는 육모 씨가 1970년대까지 숯가마를 운영했으며, 1960년대 이전까지도 폐사지 인근에 살던 주민들이 숯가마로 생계를 이어 갔다는 사실은 확인되지만, 이들이 천주교 신자였다는 증언은 존재하지 않는다.

물론, 조선 말기 병인박해와 신유박해 등으로 천주교인들이 내포 지역 산골로 피신한 사례는 여러 문헌에 기록되어 있다. 그러나 그것이 곧바로 가야산 중턱 숯가마와 연결되는지는 별개의 문제다. 더욱이 천주교와 무관한 지역 주민의 생업 활동을 신앙적 저항의 상징으로 변환하는 해석은 역사적 공정성과 사실성을 흐릴 우려가 있다.

가야산은 단순한 명승지가 아니다. 이곳은 수많은 불교 유적이 천 년 세월 동안 축적된 신앙의 터전이다. 보원사지, 가야사지를 포함해 이름 없이 사라진 180여 곳의 사찰 터가 골짜기마다 숨 쉬고 있으며, 현재도 개심사, 일락사, 문수사, 천장암, 수덕사, 보덕사 등이 그 맥을 이어가고 있다. 이처럼 가야산은 내포 지역 불심의 중심지이자 정신적 귀의처로 자리해 왔다.

이 가야산의 역사성과 종교적 상징성은 단지 불교라는 종교적 울타리에 머무르지 않는다. 가야구곡의 유람 시문과 암각문, 그리고 상가리에 남겨진 조선 지식인들의 발자취는 이 땅의 문화적 기억을 천 년 넘게 지탱해온 중요한 축이다. 따라서 특정 종교가 이 공간을 단일한 성지로 규정하려는 시도는 의도와 무관하게 지역의 역사 서사를 단선화하고 협소화할 위험을 동반한다.

특히 문제는 이러한 안내판이 공공 예산, 즉 세금으로 조성된 걷는 길에 설치되었다는 점이다. 공공 역사란 모두가 공유할 수 있는 객관적 근거 위에 서야 하며, 어느 한 종교나 단체의 해석만으로 채워져서는 안 된다. 그 공간을 걷는 이들에게 제공되는 정보는 역사 교육의 성격을 띠는 만큼 더욱 신중한 접근이 필요하다.

물론 천주교가 이 지역에 남긴 발자취와 순교의 역사를 부정할 필요는 없다. 그러나 그것이 곧바로 특정 장소를 일방적으로 '성지'화하는 방식으로 표현되어서는 곤란하다. 역사적 사실과 신앙적 해석은 구분되어야 하며, 특히 공공의 공간에서는 그 균형이 더욱 절실하다. 종교는 신성함을 추구하지만, 공공 공간에서는 그 신성함조차도 조화를 이뤄야 한다.
해당 안내판이 걷는 길 조성 단체에서 독자적으로 제작한 것이라면, 역사적 사실 검증 절차와 표현의 중립성 확보에 더 큰 주의를 기울여야 한다. 만약 천주교계의 의도가 일부 반영된 것이라면, 교회 스스로가 거룩함과 공공성 사이에서 균형을 모색하는 태도가 요청된다. 역사는 특정 집단이 소유할 수 있는 것이 아니며, 모두가 해석하고 함께 나누어야 할 공동의 유산이다.

이 땅의 산은 기억의 터전이다. 수많은 이들이 이 길을 걷는다. 걷는 길의 표지 하나, 해석의 문장 하나가 지역 전체의 역사 인식에 영향을 미친다. 그렇기에 안내문 하나도 신중해야 한다. 사실에 근거하고, 지역의 복합적 정체성을 온전히 품어야 한다. 그것이야말로 진정한 역사 교육이며, 지역 공동체가 걸어야 할 공공 역사 서사의 길이다.

예의와 염치, 그리고 천주교 성지 사업의 이면

예의와 염치는 신앙인이라면 누구나 실천해야 할 기본적인 덕목이다. 많은 종교 지도자들이 신도들에게 강조해온 가르침이기도 하다. 그러나 정작 교단 차원의 성지 정비 사업이 추진되는 과정에서는 그러한 기본조차 무시되는 경우가 적지 않다. 특히 일부 교단이 '순교의 비극'이라는 역사적 서사를 앞세워 사업을 추진할 때, 그 이면에 존재했던 타 종교나 지역 공동체에 대한 예의와 염치는 종종 사라진다.

여러 교단이 역사적 장소를 성지로 정비하려 하다 보면, 자연스럽게 종교 간 역사적 흔적이 겹치는 지역이 생긴다. 이런 경우일수록 더욱 신중한 태도가 요구된다. 초기 선교의 어려움과 순교의 아픔을 기리는 것은 존중받아야 할 일이지만, 그 과정에서 타 종교의 전통이나 지역 문화가 훼손되거나 왜곡되었던 사실이 있다면, 이에 대한 성찰과 겸허한 자세가 반드시 필요하다.

가야산 지역의 예를 들 수 있다. 이곳은 불교, 유교, 그리고 천주교가 서로 다른 시간대에 뿌리를 내리고 교차한 공간이다. 그런데 최근 가야산 숯가마 터를 두고 특정 교단이 이곳을 '순교지'로 재정의하고 정비하면서, 본래의 역사적 맥락이나 타 종교와의 관계는 충분히 고려되지 않았다는 지적이 있다. 숯가마는 오랜 세월 지역 주민들의 생계와 밀접하게 연결된 공간이며, 또한 가야산 일원의 전통 문화와 노동의 기억이 서린 장소이기도 하다. 그런데 이곳을 천주교적 시선으로만 재단해 '신앙의 현장'으로 고정하는 것은 역사 해석의 일방성과 왜곡이라는 비판을 피하기 어렵다.

과거를 기념하려는 의도는 충분히 이해된다. 하지만 그 기념이 다른 전통을 지우는 방식으로 이뤄질 때, 이는 신앙이 아닌 일종의 역사적 독점으로 비칠 수 있다. 더욱이 이러한 일이 교단의 이름으로 추진될 때, 신도들이 일상에서 실천하려 애쓰는 예의와 염치는 어디에 있는지 자문하게 된다.

신앙의 진정성은 타인과의 관계 속에서 더욱 또렷해진다. 성지 정비라는 이름 아래, 순교의 이야기만을 강조할 것이 아니라, 그 땅에 함께 살아온 타 종교와 지역 공동체의 아픔과 유산에 대해 감사와 사죄, 그리고 화해의 마음을 담는 것이 진정한 신앙인의 태도일 것이다.

가야산의 숯가마 터 유적, 한국 천주교가 독점할 역사가 아니라 하겠다.

1910년 이전, 가야산에서는 숯가마가 운영되지 않았다. 이는 단순한 추정이 아니라, 남연군묘가 이곳에 조성된 이후 왕실 차원의 철저한 관리가 이루어졌기 때문이다. 조선 후기, 특히 이하응 가문이 중심이 된 이후 가야산 일대는 왕실 묘역으로 지정되어 벌목이 엄격히 금지되었고, 임산물 채취나 일반인의 출입 또한 제한되었다.

반면, 1910년 이후의 상황은 다르다. 이 시기부터 상가리를 비롯한 가야산 인근 마을 주민들에 의해 숯가마가 운영되었다는 구체적인 증언이 다수 존재한다. 숯을 굽던 당사자들이나 그 후손 등 10여 명에 이르는 증언은 일관되며, 해당 숯가마의 운영 주체가 명확히 지역 주민들이었음을 뒷받침하고 있다.

이러한 역사적 사실을 종합할 때, 가야산 내 숯가마 터 유적은 특정 종교 단체, 특히 한국 천주교만의 서사로 독점할 수 있는 성격의 유산이라 보기 어렵다. 오히려 이는 지역 주민들의 생활사와 가야산의 근현대사, 그리고 왕실 묘역과의 관계 속에서 보다 입체적으로 조명되어야 할 역사적 현장이다..

30. 가야산 벌목과 숯가마 운영에 대한 증언 기록

다음은 1935년생 상가리 태생 원기송(元基松) 씨의 증언을 바탕으로 정리한 가야산 벌목과 숯가마 운영에 관한 역사적 서술이다.

– 원기송(1935년생) 구술에 따른 정리 –

가야산 일대는 한때 아름드리 소나무로 빽빽이 덮여 있었으며, 이는 산자락은 물론 마을 안쪽까지 이어졌다고 한다. 이러한 산림 보존의 배경에는 조선 왕실의 정책이 있었다. 1845년(1863년), 이하응(흥선대원군)이 가야산 중심부에 부친 남연군의 묘를 조성하면서 1863년 아들 이재면이 조선의 제26대 왕으로 즉위하자 이 일대는 왕실에 의해 특별 보호를 받게 되었다. 소나무를 비롯한 임산물의 벌채는 물론, 새로운 묘역 설치도 엄격히 금지되었으며, 이는 조선 말기까지 이어졌다.

1910년 대한제국의 소멸 이후에도 일제 총독부는 가야산 일대의 소나무 자원을 전략적 자원으로 인식하여 일정한 보호 정책을 유지한 것으로 보인다. 그러나 원기송 씨는 일제강점기 후반부터 일부 지역―특히 으름재, 대문동 등 마을과 외부 시야에서 벗어난 지점―에서 점차 도벌이 시작되었다고 증언한다. 당시 도벌은 일부 지역 주민과 더불어 삽교, 오가 일대 자본가들이 주도하였으며, 이로 인해 가야산의 산림은 서서히 훼손되기 시작하였다.

도벌된 목재는 주로 야간을 이용해 은밀히 목재소나 외지로 반출되었으며, 원씨는 당시 이를 목격했다고 증언한다.

해방 이후인 1945년부터는 공식적인 산판 허가가 발급되기 시작했고, 덕산의 박성홍 씨가 초기 허가권을 가졌다고 한다. 이를 계기로 적법한 벌목이 가능해졌고, 이때부터는 숯 생산도 본격화되었다. 당시 숯 생산에는 참나무와 잡목이 주재료였으나, 고열을 내는 소나무 또한 필요했다. 안정적인 원목 공급은 숯가마 운영의 필수 조건이었다.

원 씨의 증언에 따르면, 1956년 단기 4289년(서기 1956년) 입대하여 3년간 복무한 뒤 제대했을 때, 가야산의 풍경은 완전히 달라져 있었다. 입대 전까지만 해도 소나무가 장관을 이루었지만, 제대 후에는 황폐화된 모습이었다고 한다. 산자락 아래부터 소나무를 벌목하고 위쪽의 나무를 쉽게 아래로 굴려 반출하는 방식으로, 가야산의 산림은 철저하게 도벌되었다. 목재는 대부분 외지의 목재소로 운반되었으며, 이 과정은 체계적이고 대규모로 이루어졌다고 한다.

도벌은 단순한 생계 차원의 문제가 아니었다. 원 씨는 "당시에는 덕산 주민뿐만 아니라 삽교나 오가 지역 사람들까지 앞다투어 가야산으로 들어와 나무를 베었다"고 증언한다. 특히 1956년 이후에는 허가 절차조차 무시된 채 무분별한 도벌이 이루어졌으며, 이는 결국 1960년 이전에 가야산의 주요 산림이 거의 완전히 사라지는 결과를 낳았다.

(당시 벌목에 미군이 개입되었다는 일부 증언도 있으며, 이는 미군정기(1945~1948) 동안의 산림 자원 관리 및 벌목 허가 체계와 관련이 있었던 것으로 추정된다. 보다 구체적인 행정 기록과의 대조가 필요한 부분이다.)

숯가마에 대하여

일제강점기에는 원칙적으로 숯가마 운영이 금지되어 있었다. 이는 총독부가 가야산 일대의 산림 자원을 전략 물자로 간주하고 철저히 통제하였기 때문으로 보인다. 실제로 1942년, 덕산 옥계리에서 운산 여미리까지 이어지는 도로 개설 공사가 조선총독부 주도로 추진되었으며, 당시 신문 기사에 따르면 이 도로는 가야산 일대의 자원 수탈과 군수 물자 수송을 염두에 둔 전략 도로였던 것으로 보인다. 으름재 퉁퉁고개까지 토목 공사가 진척되었으나, 해방을 맞이하며 완공되지 못하고 중단되었다. 현재 이 도로는 '백제 미소의 길', 또는 '원효 깨달음의 길'이라는 이름으로 탐방로로 재활용되고 있으나, 정작 이 길이 지닌 역사적 배경에 대해서는 잘 알려지지 않은 실정이다. 탐방객이 걷는 길 어디쯤엔가 그 역사적 맥락을 알려주는 안내판 하나쯤 있었으면 하는 아쉬움이 남는다.

이와 같은 총독부의 전략적 산림 통제에도 불구하고, 원 씨는 가야산의 구랑골, 빈발 등 외부의 시선이 닿기 어려운 깊은 골짜기에서는 극소수의 비공식 숯가마가 은밀히 운영되었다고 회고한다. 당시 이들은 대부분 단속을 피하기 위해 주로 야간에 불을 지폈으며, 생산된 숯 또한 어두운 밤을 틈타 몰래 구만리나 해미, 삽교 등으로 반출되었다. 이러한 숯가마는 합법적 운영이 불가능했던 시기의 생계 수단으로, 철저한 감시 체계를 피해 움직이는 일종의 은밀한 생활 전략이었다.

해방 이후 상황은 달라졌다. 산판 허가가 발급되기 시작하면서, 지역 주민들이 공식적으로 숯가마를 운영할 수 있는 환경이 조성되었다. 참나무나 잡목은 물론 일정 부분 소나무도 합법적으로 공급받을 수 있게 되자, 가야산 일대에는 숯가마가 빠르게 확산되었다. 당시 생산된 숯은 덕산장과 인근 장터에서 공식적으로 유통되었으며, 지역 경제의 중요한 생계 기반이 되었다.

숯가마 운영 주체는 대부분 가야산 인근 마을 주민들이었고, 일부 외지인들도 깊은 골짜기에 숯가마를 설치하여 운영한 사례가 있었다. 그러나 원기송 씨는 "그 시기 숯가마를 운영하던 사람들 가운데 천주교 신자는 본 적이 없다"고 증언한다. 이는 오늘날 일부 천주교 관련 주장과 상충되는 부분으로, 향후 보다 면밀한 역사적 검토와 다각적인 증언 수집이 요구된다.

종합적 정리

| 연도 | 사건/상황 |

1863년	남연군묘 조성 이후, 조선 왕실에 의해 가야산 일대 벌목 및 매장 금지
1910년	대한제국 소멸 후에도 일제에 의해 일정 수준 보호
일제 말기	으름재 등 외부 시야에서 벗어난 지역에서 도벌 개시
1945년 해방 이후	산판 허가제 도입. 공식적 벌목과 숯 생산 가능
1956~59년	무허가 도벌 급증. 외지인 유입, 전면적 황폐화 진행
1960년 이전	주요 산림 자원 대부분 도벌 완료, 가야산 산림 실질적 붕괴

1933년, 충남 덕산 지역에는 가야산 일대의 국유지를 관리하기 위한 '이왕직 산림보호구 사무소'가 설치되어 있었다.(덕산 지역을 소개하는 신문 기사 참고)

이왕직(李王職)은 대한제국의 붕괴 이후, 그 황실 재산을 정리·편입한 일제가 조선총독부 직할로 운영한 기구로서, 국가 재정과 토지 행정의 한 축을 이루었다. 덕산 지역에 해당 사무소가 존재했다는 사실은, 가야산 상가리 일대의 산림이 일제 지배하에서도 여전히 왕실림(御林) 수준의 특별 보호림으로 분류되어, 철저한 감시와 관리 아래 있었음을 보여준다.

또한 덕산에 이왕직 산림보호구 사무소가 존재했다는 사실은, 남연군묘를 중심으로 한 가야산의 산림이 1930년대까지도 총독부에 의해 특별히 보호·관리되었음을 시사한다. 이는 1863년 남연군묘 조성 이후 약 70년 이상 이 일대가 조선 왕실의 관리에 따라 보존되어 왔으며, 대한제국의 멸망 이후에도 국유림의 형태로 그 지위가 1945년 이전까지 유지되었음을 신문 기사와 주민들의 증언을 토하여 알 수 있었다.

이 기록은 1935년생 원기송 씨의 구술을 토대로 정리된 것이다. 향후 동일 지역의 다른 노년층 구술 자료 및 일제강점기 산림 관련 행정 기록과 대조하는 보완 연구가 병행된다면, 가야산 지역 현대사의 생생한 단면을 구성하는 데 기초 자료로 활용될 수 있다.

31. 보덕사와 관음암 – 하나였던 절, 그리고 잊힌 이야기

덕산 가야산의 보덕사와 관음암은 별개의 절인 듯 보이지만, 실은 하나의 사찰이었다고 보는 것이 보다 정확하다. 보덕사 옆에는 작은 절이 하나 있는데, 이곳이 바로 관음암이다. 일제강점기의 사찰 관련 기록에 따르면, 당시 관음암은 독립된 절이 아니라 보덕사에 속한 암자(庵子)였다. 일제강점기 신문 기사와 현재 등기부 등본 등 행정 서류상으로도 관음암의 대지 소유권은 보덕사에 귀속되어 있다. 이로 미루어 보아 보덕사와 관음암은 하나의 사찰이었다는 것을 알 수 있다.

세간에 이 절에 대해 "흥선대원군의 애첩 초선이 머물던 곳"이라는 이야기가 전해지지만, 이는 문헌적 근거나 역사적 사실에 부합하지 않는다. 오히려 여러 문헌 자료와 불교계와 왕실 후손들의 구술에 따르면, 이곳은 사동궁에서 생활하던 궁녀들이 머물던 공간이었음을 시사하는 정황들이 확인된다.

1970~80년대 보덕사에서 세 차례 안거를 지낸 무구 스님(현 서산 옥천사 주지)의 증언에 따르면, 그 시기 보덕사와 관음암은 자유롭게 왕래할 수 있었으며, 사실상 하나의 사찰처럼 운영되었다. 특히 관음암에 주석하던 노스님이 거주하던 법당에는 공개되지 않은 큰 괴짝이 서너 개 있었고, 그 안에는 궁녀들의 옷가지가 가득 들어 있었다고 한다. 그러나 10년 뒤 다시 방문했을 때는 문화재를 노린 도둑이 침입해 스님이 위협을 받았으며, 괴짝과 유물들은 자취를 감추었다고 전한다. 후일 노스님은 괴짝에는 궁녀들의 옷이 가득했는데 그 옷들이 너무 낡아 여러 날에 걸쳐 불태웠다고 전했다고 한다.

관음암의 궁녀들은 누구였을까?

조선 시대에는 궁중에서 생활하던 궁녀들이 왕이 승하하거나 일정 연령이 되면 퇴궁하게 되었고, 이후에는 사찰에서 여생을 보내는 경우가 많았다. 특히 운현궁과 사동궁에 머물던 궁녀들 가운데 일부는 덕산 수덕사에서 노후를 보냈으며, 이들 중 일부가 관음암에서도 거주한 것으로 추정된다.

한편, 1865년부터 조선 왕실에서는 남연군묘를 참배하기 위한 가야동 행차가 빈번해졌고, 흥선대원군을 비롯한 왕실 가족들의 거주와 예배를 위한 공간의 필요성에 따라 보덕사가 창건된 것이다. 이 시기부터 왕실의 행차를 맞이하여 시종을 들고 제례를 담당할 궁녀들이 관음암에 거주했다는 것을 알 수 있다.

송만공(宋晩空), 보덕사 주지가 되다

보덕사 창건 초기, 벽담도문(碧潭道門)이라는 승려가 수호 일품 대승(守護一品大僧)의 품계를 받아 주지로 임명되었다. 벽담은 한양 시절부터 고종과 인연이 깊었던 승려로, 서울 개운사에서 어린 시절의 고종과 함께 지냈던 인물로 전해진다.

이후 보덕사는 근대 선불교의 중흥을 이끈 대표적 승려 송만공(宋晩空) 스님이 1918년부터 1921년까지 주지로 있었다. 송만공 스님은 이 시기 의친왕 등 왕실 인사들과 교류한 것으로 알려져 있으며, 특히 의친왕 서거 이후 사동궁 출신 궁녀들이 보덕사 부속 암자인 관음암에서 여생을 보낸 것으로 전해진다.

결론적으로, 가야산 상가리의 보덕사와 관음암은 일제강점기까지도 제도적·생활적 측면에서 하나의 사찰로서 존속하였다. 비록 창건 연대는 비교적 짧지만, 이 두 절에는 조선 왕실과 사동궁, 궁녀들의 삶이 얽힌 풍부한 서사가 깃들어 있다. 그만큼 보덕사와 관음암은 내포 지역 불교사뿐만 아니라 조선 왕실사와도 긴밀히 연결되어 있는 중요한 문화유산이다.

관음암은 언제 중건되었을까?

1865년 창건된 보덕사는 관음암이라는 암자를 두고 일제강점기까지 하나의 사찰로 운영되었지만 현재는 완전히 다른 사찰로 운영되고 있다.

관음암의 창건에 대해서는 『관음암기(觀音庵記)』에 명확한 기록이 전하고 있다. 본고에서는 이 기록을 바탕으로 관음암의 중건 시기와 배경, 그리고 그 역사적 의미를 고찰해보고자 한다.

관음암기(觀音庵記)

상왕산 중턱에 보덕사가 있고, 절 동쪽으로 백 걸음도 안 되는 가까운 곳에 관음암이 있으며, 그 곳에 노비구니 보운 스님이 살고 있다.

처음에 보운 스님의 무리들이 마곡사에서 와 이 절에 행장을 풀고 머물고자 하였다. 이는 이 절의 경계가 그윽하고 깊은 것을 좋아하여 참선할 계획을 세웠기 때문이었다. 그러나 방은 좁은데 승려들이 많아지니 오히려 대중들이 시끄러운 것을 싫어하게 되었다. 그래서 절로 가는 중간에 사람의 발길이 뜸한 곳에다 작은 암자를 짓고자 하였으나 힘이 없는 것을 근심하였다. 이에 짚신과 면양말로 서울과 지방의 멀고 가까운 명문 화옥(華屋)과 모든 착한 마음씨의 남녀들에게 두루 다니며 이 사실을 알렸다. 모두 기꺼이 들어주고 넉넉히 도와주었는데 계동궁에서 가장 많이 보조하였다. 이 일은 신묘년(1891년) 가을에 시작하여 임인년(1902년) 봄에 마쳤으며 12년 동안 막대한 금액을 모았다. 처음에는 초가집이었지만 푸른 기와를 얹고 처음에는 흰 벽이었지만 그림과 탱화를 걸었으며 부처님을 편안히 봉안하였다. 그런 뒤에 그 안에서 거처를 하니 휘구(暉構, 햇빛이 잘 들어) 조용해서 훌륭하다고 여기기에 충분하였다. 호서(湖西)에서 이리저리 관람하며 다니는 자들이 이제까지 보지 못한 곳을 보았다고 기뻐하면서 보운 스님의 정성스러운 마음으로 이루어진 것이라고 거듭 찬탄하였다.

혹자가 암자를 지나가며 물었다. "내가 들으니 불가(佛家)에서는 형상이 있는 것으로 외물(外物)을 삼고 그것을 제거하려고 생각한다고 하던데, 하물며 이 암자는 외물 중의 외물입니다. 그런데도 성급하게 절을 짓고 살고자 하니 마음에 누(累)가 되지 않겠습니까? 더구나 스님의 나이가 70여 세입니다. 장차 극락 세계에 가서 노닐 터인데 무엇 때문에 잠깐 의지하여 사는 세상에서 이를 위해 고생합니까? 내가 스님을 위하여 애달프게 생각합니다." 보운 스님이 말하였다. "그렇다면 그렇고, 그렇지 않다면 그렇지 않습니다. 우리 불가에서 외물을 싫어하는 것은 아마도 마음에 누가 될까 염려하기 때문입니다. 만약 마음의 누가 되지 않는다면 외물인들 굳이 싫어하겠습니까? 몸은 마음이 의탁하는 집이고, 암자는 그 몸이 의탁하는 집입니다. 몸은 암자가 없어서는 안 되는 것이 마치 마음은 몸이 없어서는 안 되는 것과 같습니다. 고행하고 수행하여야 비로소 마음에 누가 되지 않을 것입니다. 이제 여기에 새로 작은 암자를 짓는 것이 어찌 누가 될 수 있겠습니까? 대체로 본래 없는 것으로 관찰한다면 두두물물

(頭頭物物 : '두두시도 물물전진(頭頭是道 物物全眞)'이라는 선가(禪家)의 말
에서 따온 것으로 모든 존재 하나하나가 모두 진리라는 뜻이다.)이 다 무(無)
에서 나온 것이니 내 암자라 한들 어찌 있다고 하겠습니까? 다만 천지의 인연
일 뿐입니다. 또 나는 늙었습니다. 이미 사방을 운수납자처럼 다니기에도 지쳐
버렸고, 이 산이야말로 죽음을 맞이할 좋은 장소라고 여기고 있습니다. 내게
도 제자가 있는데 앞으로 내 마음을 전하여 제자의 마음을 고달프게 하지 않
고자 하는 까닭에 내가 이 암자를 짓는 것입니다. 그들이 이 집을 의탁해 사는
것이 마음이 몸을 의탁해 사는 것과 같다면 옳지 않겠습니까?" 이 말을 들은
자가 웃으면서 그 사실을 전하였다.

어느 날 일현(日玄) 화상이 와서 이 말을 하며 나에게 기문(記文)을 요청하였
다. 나는 보운 스님의 뜻을 가상히 여기고 또 스님의 정성스러운 마음으로 이
루어진 일을 기뻐하면서 마침내 그를 위해 기문을 쓴다.

계묘년(1903) 5월 16일 도은(道隱) 거사 함평 이민걸(李敏杰)이 기록함.

관음암은 "신묘년(1891) 가을부터 모금을 시작하고 이후 건축하여 임인년
(1902) 봄에 마쳤으며 공사를 위해 11년 동안에 막대한 금액을 모았다"고 기
록하고 있다.

관음암을 중수하는 데 계동궁(흥선대원군(興宣大院君)의 조카이자 고종의
사촌형) 이재원(李載元)이 모금을 주도하고 가장 큰 금액을 보조하였다고 쓰
고 있어 조선 왕실이 아닌 계동궁에서 주도적으로 불사했다는 것을 알 수 있
다.

대한제국 시기 11년이라는 긴 세월을 모금하고 있어 어떤 사정이 있었던 듯하지만 알 수 없다.

다만, 관음암이 번듯한 전각이 아니라 처음에는 초가집의 구조에 벽이 흰 색이라고 강조하고 있어 석회벽의 허름한 구조였지만 개축하면서 푸른 기와를 얹고 그림(불화)과 탱화를 걸었으며 부처님을 편안히 봉안하였다고 쓰고 있다.

가야산에서는 조선 왕실의 지원으로 1865년 제각 명덕사와 보덕사를 신축하는 데 2년 정도의 시간이 소요된 것에 비하여 관음암을 중수하기 위해 자금 마련하고 공사를 마치는 데 총 11년이라는 상당한 시간이 필요했다는 것을 알 수 있다.

보덕사와 명덕사는 경복궁을 중수하는 같은 기간에 신축되었는데 당시 왕실에서 모든 자재와 시공을 주도하면서 어렵지 않게 지은 듯하지만, 관음전 시공에 계동궁의 이재면이 주도하면서 어려움이 있었던 듯하다.

『관음암기』를 남긴 도은 거사 이민걸은 누구였을까?

도은 거사(陶隱居士) 이민걸(李敏杰, 1869~1930)은 덕산 지역에서 활동한 관리이자 유학자였다. 『봉산면지』에 따르면, 그는 1869년(고종 6) 충청도 덕산현 외야면 금치리 380번지에서 태어나, 1905년(광무 9) 문관전고소회고에 급제한 뒤 중추원 주사로 임명되었다. 이후 판임관 7급으로 승급되어 4년간 재직하였고, 1908년(융희 2)에는 판임관 2등으로 승진하였다.

경술국치 이후, 그는 고종 황제께 상소하여 당시 천진궁(天津宮)에 봉안되어 있던 단군 영정을 고향으로 이운하여 봉안하였다. 그는 조석으로 분향하며 지역 유림을 초청하여 단군 숭배 사상을 고취시켰고, 사재로 단군 위호전(田) 약 1천 평을 마련해 제수를 준비, 매년 3월과 10월에 대제를 봉향하였다. 1928년 조선총독부로부터 봉산면장에 임명되었고, 면장 재직 중인 1930년 10월 8일, 향년 62세로 별세하였다. 묘소는 현재 예산군 봉산면 금치리에 자리하고 있다.

관음암은 중건하고 이후 중건 보수하는 등 여러 번의 보수를 추진한다. 이재원이 신묘년(1891) 모금과 공사를 시작해 임인년(1902)에 완공하고, 46년 후 1948년 風磨雨洗(풍마우세 : 비바람에)로 倒壞狀態(도괴 상태 : 무너져 내린) 낡은 전각을 창건주(創建主, 보운 스님)의 孫上佐(손 상좌)인 승려 윤용일(尹龍一)이 다시 중건 수리했다는 것을 알 수 있다.
초가 형태의 건물을 보운 스님이 중수하여 본격적인 사찰의 면모를 갖추게 되었지만, 사동궁이나 조선 왕실로부터의 지원이 부족했던 것으로 보이며, 이로 인해 사세가 크지 못했던 듯하다.

관음암 중건 보수하다.

관음암의 중수기를 통해, 당시 사찰의 위상과 외부의 지원 상황, 그리고 지역 불교계의 자력 재건 의지를 엿볼 수 있다. 중수 공사에 보덕사 주지 김관용이 감역을 맡는다.

관음암 중수기는 다음과 같다.

記

重建歲年月日 甲申八月 二十八日 (중건세년 갑신 1944년 8월 28일)
重建主 ○○ 윤용일 스님 (중건주 윤용일 스님)
木工 ○○永氏
瓦工 김현호 스님 (와공 김현호)
監役 普德寺住持 金寬龍 (보덕사 주지 김관용)
化主 이재덕 수좌 스님 (이재덕)
供司 지보현 수좌 스님 (공사 (밥 짓는 스님) 지보현)
別坐 최대원 수좌 스님 (별좌 최대원)
願以此功德(원이차공덕), 이 공덕을 바라건대
普及於一切(보급어일체). 널리 일체 중생에게 미치게 하소서.
我等汝衆生(아등여중생), 우리와 너희 중생들이
當生極樂國(당생극락국). 극락세계에서 태어나길 기다리노라.
同見無量壽(동견무량수), 함께 아미타불을 뵈옵고
皆共成佛道(개공성불도). 모두 함께 불도를 이루게 하소서.
禮山郡 德山面 象王山 普德寺

觀音菴白(관음암백)
甲申八月二十八日立 (1944년 8월 28일)

중수기를 중앙에 고의적으로 시주자나 시공자 부분의 명단에 □홈을 만들어 훼손한 부분이 있는데 사찰과 갈등이 있었던 것 같다. 지워진 흔적은 관음암 보수 공사에 참여한 목공들의 이름이 아닌가 한다.

사찰과 어떤 문제가 있었던 것 같지만 더 이상 사정은 알 수 없다.

관음암의 중건과 중건 보수를 정리하면,

원래 초가였던 관음암은 이재원이 신묘년(1891) 모금과 중수 공사를 시작해 임인년(1902)에 완공하고, 42년 후 1944년에 風磨雨洗(풍마우세 : 비바람에)로 倒壞狀態(도괴 상태 : 무너져 내린) 낡은 전각을 창건주(創建主)의 孫上佐(손 상좌)인 승려 윤용일(尹龍一)이 다시 중건 수리했다는 것을 알 수 있다.

보덕사와 관음암 이런저런 이야기

관음암과 보덕사 : 왕실의 그림자와 내포의 전설

충남 예산 가야산 자락의 관음암과 보덕사는 겉으로는 자그마한 산중 암자와 절집으로 보이지만, 그 역사적 배경은 단순한 지방 불사에 머물지 않는다.

조선과 대한제국의 마지막 원찰이었다. 조선 말기 왕실의 후원과 관련 인물들의 흔적을 따라가며, 내포 지역 불교의 근대사와 조선 왕실의 주변 인물들의 삶이 교차하는 중요한 정치와 문화적 공간이었다.

1. 보덕사의 창건과 왕실의 후원

보덕사는 1865년(고종 2)에 창건되었다. 이 시기는 고종이 즉위하고 흥선대원군 이하응(李昰應)이 섭정을 시작한 정치적 전환기였다. 『보덕사기』에 따르면, 이 절은 당시 조선 왕실과 계동궁(桂洞宮)의 후원 아래 창건되었으며, 이는 단순한 민간 불사가 아닌 정치적 의도가 반영된 왕실 발원 불사였음을 시사한다. 계동궁은 흥선대원군의 조카이자 고종의 사촌형인 이재원(李載元)의 거처이자 활동 공간이었고, 이후 관음암 창건에도 깊이 관여하게 된다.

보덕사는 이후 몇 차례 중건을 거쳤으나, 그 시기와 내역에 대해서는 기록이 단편적이다. 한국 전쟁 시기에 화재로 소실되었다는 주장이 있으나, 현장 조사와 증언을 통해 보면 이는 사실과 다를 가능성이 높다. 오히려 사찰은 일제강점기까지 비교적 온전히 유지되며, 운영되었다.

2. 관음암의 중건과 중건

관음암은 보덕사의 부속 암자로, 1902년(광무 6, 임인년)에 초가집에서 기와집으로 중건되었다. 중건의 주체는 계동궁의 이재원(李載元)으로, 그는 고종의 사촌형이자 흥선대원군의 조카였다. 이재원은 자신의 재정과 영향력을 통해 보덕사와 관음암에 깊이 관여하였다. 창건 당시 보운(普雲) 스님이 주도하여 부처님을 봉안하였고, 이를 계기로 관음암은 왕실의 보호 아래 지역 불교의 중심 암자 중 하나로 자리 잡는다.

이후 1944년, 윤용일(尹用一) 스님에 의해 관음암은 다시 중건된다. 중건의 총책임자는 보덕사 주지 김광용(金光容, 해미 출신 항일 독립운동) 스님이었으며, 윤용일 스님은 실질적인 중건주(重建主)로서 공사를 이끌었다. 윤용일 스님은 당대 왕실 인사와 교분이 있었던 것으로 보이며, 이 시기의 관음암은 여전히 보덕사의 행정 및 재산권 아래 운영되었다.

3. '초선' 전설의 허구성과 궁녀들의 실체

관음암에는 한동안 '흥선 대원군의 애첩 초선이 이곳에 머물렀다'는 전설이 구전되어 왔다. 그러나 이 전언은 연대적으로나 역사적으로 성립하기 어렵다. 흥선 대원군은 1820년에 태어나 1898년에 사망하였는데, 관음암이 중건된 시기는 1902년으로, 대원군 사후 4년 뒤이다. 이에 따라 초선과 관음암의 관계는 사실이 아닐 가능성이 크다.

다만, 흥선대원군을 비롯한 왕실 인사들이 남연군묘를 참배할 때, 의전과 제반 업무를 담당하던 궁녀들이 보덕사와 관음암에 머물렀을 가능성은 남아 있다. 특히 관음암 일대에서 발견된 유물과 전언에 따르면, 궁중에서 사용되었을 것으로 추정되는 생활용품과 의복, 기물들이 전해지고 있으며, 이는 관음암이 단순한 지방 암자가 아니라 왕실의 일정한 후원과 관리 아래 유지되었음을 시사한다.

4. 보운(普雲)과 윤용일(尹用一)에 대하여

보운 스님은 19세기 말 관음암의 불사를 주도한 인물로, 1902년 관음암 중건 당시 중심이 되었던 승려이다. 그는 이재원의 지원을 바탕으로 관음암에 부처님을 봉안하였으며, 이보다 앞선 1891년(신묘년) 가을에도 중창에 관여한 기록이 전해진다. 아직 생몰년과 유래는 명확히 밝혀지지 않았지만, 왕실의 후원과 깊은 관련이 있었던 것으로 보인다.

한편, 윤용일 스님은 1944년 관음암의 중건을 주도한 인물로, 20세기 중엽 보덕사계 사찰의 중흥을 이끈 핵심 인물로 평가된다. 그는 보덕사 주지 김광용 스님과 협력하며, 왕실 사찰로서의 정체성과 명맥을 이어가는 데 기여하였다. 윤용일 스님의 생애나 활동 배경은 아직 구체적인 연구가 부족하나, 관음암 중건 당시 그가 실질적인 책임자로 나섰던 정황으로 보아, 왕실 또는 고위층과의 관계망이 존재했을 가능성이 크다. 그는 일제강점기의 불교계에서 왕실의 상징적 위상과 전통을 보전하려는 노력을 실천한 마지막 세대의 승려 중 하나로 보인다.

보운 스님은 19세기 말 관음암 중건 당시 중심 인물로, 그의 정확한 생몰년은 확인되지 않지만, '신묘년(辛卯, 1891년)' 가을에도 중창에 관여하였다. 그에 비하면 윤용일 스님은 20세기 중엽 관음암 중건 보수의 핵심 인물로 떠오른다. 윤 스님의 생애나 인맥에 대해서는 아직 구체적인 자료가 부족하지만, 그가 보덕사 주지 김광용 스님과 협력하여 왕실 사찰의 불사를 이끈 점으로 보아, 일정한 신뢰와 정치적 기반이 있었던 것으로 짐작된다. 특히 조선 왕실의 불교 후원 전통이 20세기까지 이어졌다는 사실을 보여주는 중요한 인물이라 평가된다.

맺음말

관음암과 보덕사는 조선 말기부터 대한제국 시기까지 왕실의 지원과 비호 아래 운영되었던 불교 유산이다. 특히 1865년 7월에는 흥선대원군 이하응이 37일간 보덕사에 체류하며 남연군묘를 대대적으로 정비하고, 보덕사와 명덕사의 공사를 직접 주관하였다. 이는 왕실의 내포 지역 사찰에 대한 직접적 관심과 후원이 이루어졌음을 보여주는 중요한 사례다. 이처럼 수많은 인물과 전설이 얽혀 있지만, 향후 지역사를 정리함에 있어서는 문헌과 고증을 통해 진실과 허구를 분별하는 작업이 필수적이다. 관음암에 얽힌 '초선' 전설 역시 민간에 의해 후대에 창작된 이야기일 가능성이 크며, 오히려 주목해야 할 점은 당대 왕실과 불교의 관계, 그리고 계동궁 이재원을 비롯한 인물들이 내포 불교를 어떻게 후원하고 그 흔적을 남겼는가에 있다.

32. 서울 봉원사에서 옛 가야사를 만난다 :
가야사의 범종이 전하는 천 년의 울림

서울 서대문구의 연세대학교 뒤 언덕 위, 봉원사(奉元寺)에 들어서면 오래된 범종이 눈길을 끈다. 평범해 보이지만, 이 종은 조선 후기 충청도 덕산 가야산에 자리했던 대사찰, 가야사(伽倻寺)의 마지막 숨결을 품고 오늘날까지 전해지는 유물이다.

가야사는 백제 시대 창건되어 고려 시대부터 조선 중기까지 내포 지역 불교의 중심으로 자리했던 고찰로, 비록 17세기 말 또는 18세기 초 폐사되었지만 그 정신은 동종, 석탑, 철불과 같은 유물에 면면히 새겨져 있다. 이 중에서도 1760년(영조 36), 가야사의 대종을 녹여 제작된 네 기의 동종은 사찰의 신앙과 예술, 지역의 후원을 아울러 보여주는 귀중한 증거이다.

이 글은 서울 봉원사에 봉안된 가야사 범종 한 점을 중심으로, 폐사된 가야사의 역사와 유물의 이동 경로, 그리고 그것이 지닌 문화적 의미를 다시 짚어보려는 시도이다. 가야사는 사찰로서의 기능은 끝났지만, 그 유산은 지금도 다양한 장소에서 우리의 기억과 신앙, 역사 인식 속에 살아 있다. 봉원사에서 이 종을 마주하는 경험은 곧, 내포 지역과 서울, 그리고 우리 모두를 잇는 시간의 교차점에 서는 일이다.

서울 봉원사에 봉안된 가야사 범종은 내포 지역의 불교문화와 역사를 상징하는 문화유산이다. 이 종은 1760년(영조 36년), 당시에 '가야사'로도 불렸던 묘암사에서 주조된 것으로, 가야산의 중심 사찰이었던 가야사에서 사용되던 대종을 녹여 제작한 여러 범종 중 하나이다. 지금은 폐사된 가야사의 흔적을 서울에서 마주할 수 있다는 사실은, 서울과 내포를 이어주는 소중한 역사적 매개라 할 수 있다.

가야사의 창건 연대는 문헌에 분명히 나타나 있지 않지만, 통일 신라 시기부터 이곳에서 고승들이 계를 받았다는 기록을 통해 삼국 시대부터 이미 사찰이 운영되었을 가능성이 크다. 고려 시대에는 왕실의 적극적인 후원을 받으며 전성기를 누렸고, 조선 중기에는 광해군의 아들 이지의 원찰로 지정되어 중창의 기회를 얻기도 했다. 그러나 광해군이 폐위되면서 이러한 후원은 단절되었고, 이후 쇠퇴의 길을 걷게 되었다.

왕실의 비호를 받던 시기에는 각종 노역에서 면제되었으나, 1623년경부터 종이 제조와 관련된 강제 노역이 부과되면서 승려들이 점차 이탈하였고, 이로 인해 사찰 운영이 어려워지면서 1730년 이전에 폐사된 것으로 추정된다.

가야사 폐사 이후에도 가야사에 속했던 암자나 사찰들은 여전히 운영되었으며, 그 중심에는 묘암사, 남전, 인암, 보응전 등이 있었다는 기록이 1754년 이후에도 전한다. 덕산 출신의 선비 이철환(1722~1779)이 남긴 가야산 유산기 《상산삼매》에는 묘암사와 금탑에 대한 언급이 있으며, 이를 통해 당시에도 묘암사가 가야사의 법맥과 위상을 이어가고 있었음을 확인할 수 있다.

봉원사에 봉안된 범종은 1760년, 가야사에서 사용되던 대종을 녹여 4기의 동종으로 다시 주조된 것이다. 이철환의 가야산 유산기 "상산삼매"에 따르면 가야사는 폐사하였으나 대종은 사찰 터에 남아 있었고, 이를 바탕으로 새롭게 작은 종들이 제작되었음을 보여준다.

종을 제작하는 작업에는 충청 지역에서 활동하던 사장(私匠) 이만돌, 신덕필, 최종취 등 3인의 주종장이 참여하였고, 제작에는 덕산, 예산, 대전, 천안, 결성(홍성), 옥천 등지의 지역민들이 참여했다. 종신(鍾身)에는 이를 증명하는 주종기가 남아 있으며, 오늘날 당진의 영탑사, 당진의 영랑사, 홍성의 용봉사, 서울의 봉원사 등에 보관된 동종이 바로 이 시기에 이만돌이 제작한 것이다. 종에는 "건륭 이십오년 경진 이월 가야사 법당 금종 백근금입중조성야(乾隆二十五年 庚辰二月伽倻寺法堂金鐘百斤金入重造成也)[건륭 25년(1760) 경진년 2월, 가야사 법당의 금종을 백 근을 들여 다시 제작하였다.]"라는 기록이 있고 각 지역에서 불사에 후원을 한 신도들의 이름이 새겨져 있다.

가야사의 금종이 여러 개의 종으로 다시 제작될 수 있었던 사실은, 가야사 폐사 이후에도 묘암사가 일정한 규모와 역량을 유지하며 운영되었음을 보여준다. 사찰의 존속에는 조직 체계, 재정 기반, 지역 신도들의 후원이 필요하며, 동종 제작에는 많은 비용과 정교한 기술이 동반되기에 당시 묘암사의 위상을 방증하는 사례라 할 수 있다.

가야사의 폐사 이후에도 그 전통을 계승하던 묘암사와 남전 등의 사찰은 1845년, 흥선대원군 이하응이 부친 남연군의 묘를 가야사 금탑이 있던 자리에 이장하면서 함께 철거되었다. 당시까지 가야산의 불교 맥을 유지하고 있던 보웅전, 인암 등도 이때 일괄적으로 폐사되며 가야산의 사찰은 역사 속으로 사라졌다. 이와 더불어 주요 불교 유물들도 이 시기에 외부로 유출된 것으로 추정된다. 특히 가야사 대종을 녹여 제작된 범종 가운데 일부는 내포 지역 사찰을 거쳐 서울 봉원사에까지 이르게 된 것으로 보인다.

서울 봉원사는 도선 국사가 창건하고, 임진왜란 이후인 1748년에 재건되어 왕실의 후원을 받은 사찰이다. '봉원사'라는 이름은 영조가 직접 하사한 것이며, 이로 인해 왕실과의 인연 속에서 중요 유물이 보관되는 장소로 기능했을 가능성이 있다. 가야사에서 제작된 봉원사의 범종이 언제 누구에 의해 이 사찰에 봉안되었는지에 대한 구체적인 기록은 없으나, 1943년 안진호 스님이 편찬한 『봉원사지』에 이 동종에 대한 최초의 언급이 확인되어, 가야산에서 남연군묘를 이장하던 1846년 무렵 또는 늦어도 20세기 전반에는 봉안된 것으로 보인다.

이 동종은 높이 84.5cm, 입지름 61cm로 중형에 속하며, 천판 위의 쌍룡 종뉴, 종신 상단의 연곽과 보살 입상, 범자 등의 문양이 정교하게 장엄되어 있다. 전체적으로 안정적인 종형과 조화로운 문양 배치가 돋보이며, 이는 이만돌 계열 주종장의 양식을 잘 보여준다. 현재 서울시 유형문화재로 지정되어 있다.

주목할 점은 이 동종이 처음부터 봉원사에 있던 것이 아니라, 흥선대원군의 별장이었던 아소정을 거쳐 봉원사로 옮겨졌을 가능성이 있다는 점이다. 아소정은 1962년 매각되어 봉원사의 대방, 노전, 유골당 등 건물 자재로 활용되었으며, 이 과정에서 동종도 함께 이관되었을 것으로 추정된다.

가야사 범종의 반출과 아소정 또는 봉원사로의 봉안은, 조선 후기 정치 질서와 불교 공간 재편의 흐름을 보여주는 상징적 장면이다. 흥선대원군 집권기, 덕산은 태실 설치를 계기로 왕실과의 관계가 긴밀해졌고, 이어 남연군 묘소의 면례가 이루어지면서 범종의 이전 또한 이와 같은 역사적 맥락 속에서 해석할 수 있다.

결과적으로 봉원사에 이안된 이 범종은, 가야사 폐사 이후 사찰 기능이 해체되고 불교 공간이 재조정되는 과정, 내포 지역에서 이어진 신앙의 지속성, 그리고 왕실 정치의 전략적 전환이 맞물리며 형성된 복합적 문화유산이라 할 수 있다.

앞으로 기회가 된다면 옛 가야사를 회고할 수 있는 기획 전시가 추진되었으면 한다. 수덕사나 보덕사 등에서 가야사와 관련된 동종 4기를 한 자리에서 전시할 수 있는 기회가 마련된다면, 이는 가야사의 유산을 종합적으로 조명하고 그 역사적 가치를 다시 확인하는 소중한 계기가 될 것이다. 이미 수덕사 근역 성보박물관에서 세 점의 동종을 모아 전시한 경험이 있으며, 여기에 봉원사 동종까지 더해진다면 충청 내포 지역 불교문화 복원의 실질적인 출발점이 될 수 있다.

가야사에서 유출된 유물들은 근현대기를 거치며 전국 각지로 분산되었다. 고려 시대 철불은 수덕사에 봉안되었고, 석탑은 수도권의 대학으로 이전되었으며, 일부 유물은 리움박물관과 국립중앙박물관 등에 소장되었다. 석재는 가공되어 삽교천 제방 공사나 개인 주택의 정원석으로 활용되기도 했다. 현재까지도 가야사에서 반출된 유물 중 상당수는 일반에 공개되지 않은 채 남아 있다.

가야사의 옛 터로 비정되는 절터는 아직 전체의 15%도 채 조사되지 않은 상태이다. 2026년에 예정된 제11차 발굴 조사를 통해 더 많은 유물과 유적이 드러나기를 바라며, 가야사의 역사적 가치가 지역 사회와 문화재 당국에 의해 충실히 조명되기를 기대한다.

봉원사에서 마주한 이 범종은 가야사의 천 년 불교사, 내포 지역민의 신앙, 조선 후기 장인의 기술과 예술성이 고스란히 어우러진 귀중한 유산이다. 서울에서 가야산의 자취를 발견하게 되는 이 특별한 인연은 지역 역사에 대한 더 깊은 이해와 애정을 불러일으킨다.

맺는 글

서울 봉원사에서 만난 이 범종은 단지 한 사찰의 유물이 아니라, 폐사된 가야사가 남긴 마지막 울림이자, 내포 지역 불교문화의 정수를 담은 역사적 유산이다. 1760년 가야사 대종을 녹여 제작된 이 종은 당시 충청도 지역민의 신앙심, 주종장 이만돌 등의 뛰어난 기술력, 그리고 폐사 이후에도 사세를 유지했던 묘암사 등의 실체를 함께 증언한다.

오늘날 가야사는 그 터 위에 아무것도 남지 않은 듯 보이지만, 봉원사의 이 범종은 가야사라는 그 존재를 증명하는 살아 있는 목소리다. 지난 2023년 수덕사 근역성보박물관에서 진행된 가야사 유물 전시는 이러한 문화유산의 귀환이 가능함을 보여주는 좋은 사례다. 언젠가 이 범종 또한 다른 세 기의 동종과

더불어 가야사 터 인근에 마련될 새로운 문화 공간에서 다시 울려 퍼질 날을
기대해본다.

한때 가야산의 하늘에 울려 퍼졌을 법한 은은한 종의 소리가 오늘은 서울 봉
원사 경내에서 잔잔히 되살아난다. 이곳에 봉안된 한 점의 범종은, 가야사의
천 년 역사를 품은 울림이며, 우리가 무엇을 기억하고 어떻게 계승할지를 묻는
깊은 역사적 메아리로 다가온다..

33. 가야산의 이산표석(李山標石) : 그 정체와 역사적 의미

가야산 일대에서 발견되는 '이산표석(李山標石)'은 '이씨의 산'이라는 의미로, 지역 주민들 사이에서는 오래전부터 왕실의 산, 곧 이씨 왕가의 소유지를 표시한 것으로 전해지고 있다. 현재까지의 조사를 종합해 보면, 이 표석은 충청남도 내포 지역 덕산 상가리 가야산 일원을 비롯해 부산 장산, 회동 수원지, 아홉산 등지에서도 다수 발견된다. 이처럼 특정 지역에 집중적으로 분포된 이산표석은 단순한 경계 표식 그 이상의 역사적 의미를 내포하고 있는 것으로 보인다.

표석의 설치 시기와 목적에 대한 추정

이산표석이 언제, 누구에 의해, 어떠한 목적으로 세워졌는지에 대한 구체적인 문헌은 아직 발견되지 않았다. 지역 주민들의 구전도 명확하지 않다. 그러나 몇몇 정황과 당시의 시대적 배경을 종합해 보면, 이 표석은 대한제국 말기인 1910년부터 1917년 사이, 고종 또는 그 왕실 후손들에 의해 세워졌을 가능성이 크다.

대한제국이 국권을 상실하고, 조선의 국유재산이 조선총독부로 일괄 귀속되던 격변의 시기였다. 당시 왕실 재산과 고종 개인의 사유 재산 간의 경계는 불분명하였고, 고종은 이러한 혼란 속에서 자신이 소유하던 임야를 지키기 위해 '전주 이씨의 산'임을 명확히 하고자 표석을 세운 것으로 추정된다. 당시 총독부는 기존의 사유지를 원칙적으로 인정하고 있었기에, 표석은 사유 재산을 입증하려는 상징적 조처였을 가능성이 있다.

'이산'에서 '창덕궁'으로 : 표식 변화의 이유

표석의 내용은 시기별로 변화를 보인다. 가야산이나 부산 장산 등지에서는 '이산'으로 표기된 반면, 전주의 덕진동 건지산 일대에서는 '창덕궁(昌德宮)'이라 새겨진 금석문이 확인된다. 이는 당시 왕실 토지를 관리하던 기관이 '이왕직(李王職)'에서 일시적으로 '창덕궁'으로 이관되었던 사실과 연관된 것으로 보인다. 즉, 관리 주체의 변화에 따라 표석의 명칭 또한 달라졌던 것이다.

이러한 표석은 고종이 왕실 소유의 임야를 지키려는 의지의 표출이자, 조선총독부에 대해 소유권을 주장하려는 명확한 증거로 작용했을 것이다. 결국, 대한제국의 멸망 이후 왕실이 소유하던 임야는 대부분 조선총독부에 귀속되었으나, 표석 덕분에 일부 임야는 고종의 사유지로 분류되어 이후 창덕궁과 문화재관리국, 재무부를 거쳐 이청(李清, 흥선대원군의 손자)의 소유로 이전되기도 하였다. 가야산 상가리의 남연군 묘역 인근은 2016년 이청의 후손에 의해 예산군에 기증되었다.

박영효와의 관련 가능성

흥미로운 가설 중 하나는 박영효(朴泳孝, 1861~1939)와 이산표석의 연관성이다. 그는 고종의 친척 매제로서, 철종의 부마이기도 했다. 1910년 일본의 강제병합 이후 일본으로부터 회유를 받으며 후작 작위를 받고, 은사 공채 28만 원이라는 거액의 자금을 받았다. 그는 자신의 묘역을 포함한 토지 문제에서도 조선총독부와 교섭한 전력이 있다.

당시 이왕직이나 창덕궁이 직접 나서기 어려운 상황에서, 정치력과 자본력, 그리고 일본 당국과의 협상 능력을 갖춘 박영효가 이산표석의 실질적 조성자였을 가능성은 충분하다. 수백 기에 이르는 석재를 가공하고, 험준한 산악 지대에 설치하기 위해서는 단순한 개인의 차원을 넘는 조직력과 재력이 필요했기 때문이다.

남은 의문과 역사적 과제

표석에 대한 명확한 문헌적 증거가 부재한 상황에서, 현재까지는 여러 연구자들이 가설을 제시하고 있을 뿐이다. 특히 가야산 일대와 같은 왕실의 유적이 집약된 지역이 아닌, 왕실과 상대적으로 거리가 있는 지역에도 이산표석이 발견된다는 점은 또 다른 의문을 남긴다.

그러나 가야산 상가리와 보현동 일원은 조선 왕실과 깊은 관련이 있는 지역이다. 남연군의 묘를 비롯해 그의 아들 흥인군, 흥령군의 묘, 헌종 태실, 명종 태실, 그리고 고종의 원찰로 알려진 보덕사(報德寺)와 관음암, 연령군과 명빈 박씨의 유적지 등이 집중되어 있어, 왕실의 사적지로서의 위상을 지닌다.

문화유산으로서의 이산표석

오늘날까지 남아 있는 이산표석은 약 30기 내외로 확인되며, 나머지는 자연 훼손, 지형 변화, 또는 외부 반출 등의 이유로 소실된 것으로 보인다. 이 표석은 단순한 경계석의 의미를 넘어, 가야사, 박성석의 사폐지(賜廢地), 가야동 주민들, 이하응, 조선 왕실과 대한제국이 얽힌 가야산 일대의 복잡한 토지 소유

구조와 그 변천을 실증적으로 추적할 수 있는 귀중한 사료로서의 가치를 지닌
다.

1845년, 가야동 주민들은 조상 대대로 살아온 터전을 권력자인 이하응에게
내어주고 소유권을 상실하였다. 그리고 65년이 흐른 뒤, 대한제국이 멸망하는
격동의 시기에도 고종은 해당 토지를 백성에게 되돌릴 의사를 밝히지 않았다.
오히려 자신의 사유지임을 주장하며 '이산(李山)'이라 새긴 표석을 세웠고, 이
는 훗날 덕산 상가리 일대가 국유지로 분류되는 역사적 기점이 되었다.

가야산 역사문화연구소는 이 표석을 문화유산으로 보존하고, 누구나 쉽게 접
근하여 그 가치를 이해할 수 있도록 전시 공간과 교육 자료를 마련해야 한다고
강조한다. "이산표석은 가야산의 근현대사와 조선 왕실의 관계를 보여주는 핵
심 사료인 만큼, 실물 전시와 함께 이해를 돕는 다양한 해설 자료가 마련되어
야 한다"고 밝혔다..

34. 대원군 아버지 남연군, 지역의 이산 금표

충남 예산군 덕산면 상가리 지역인 가야산 일대에는 상가리 산 5-29에 남연군 묘가 자리하고 있다. 남연군묘는 고종의 아버지인 흥선대원군의 아버지 묘소로 묘소를 쓸 때부터 그리고 오페르트 도굴 사건 등 많은 이야기가 전한다. 남연군묘 위에는 상가 저수지가 있는 곳으로 이곳에는 풍류를 즐길 만한 장소가 많으며 바위에는 와용담(臥龍潭) 암각서가 쓰여 있다. 와룡담은 가야 9곡 가운데 제7곡으로 넓은 바위에 예서로 글씨를 썼는데, 품격이 있는 것으로 보아 격조 있는 명필이 쓴 것으로 보인다. 서자는 쓰여 있지 않은데 지역 향토 사학자들은 조선 후기의 문신인 죽천 김진규의 글씨라고 말한다.

〈1706년(숙종 32년) 죽천이 49세 때 소론이 집권하자 충남 예산 덕산으로 약 2년 유배돼 이곳에서 지내면서 가야구곡의 옥병계와 석문담, 와룡담에 글씨를 남긴다.〉

남연군 묘에서 약간 북쪽으로 상가리 477번지에는 상가리 미륵불이 길가에 나그네들을 바라보고 있다. 이 불상은 전체적으로 돌기둥 형태를 이루고 있다. 일반적으로는 미륵불로 불리지만 형태로 볼 때 관세음보살을 표현한 것이 분명하다 하겠다. 머리에는 풀과 꽃무늬(당초) 장식된 화려한 관(冠)을 쓰고 있으며, 관의 가운데에는 작은 부처(화불)가 조각되어 있다. 얼굴은 길쭉하며 양 볼에 두툼하게 살이 올라가 있다. 왼쪽 어깨를 감싸며 입은 옷은 선으로 새겼으며, 왼쪽 어깨에서 오른쪽으로 자연스럽게 흘러내리고 있다. 양팔은 몸에 붙인 채 오른손은 가슴까지 들었고 왼손은 손바닥을 배에 대고 있다. 이 불상에 표현된 양식은 고려 시대에 유행한 것으로 이런 유형의 불상은 충청도 지방에 널리 분포되어 있다. 위에서 말했듯이 관세음보살이 보이지만 이곳의 사람들은 예전부터 미륵불로 불리어졌기 때문에 명칭을 지금도 개정을 하지 못하고 있는 것이다.

또 남연군묘에서 북서쪽으로 약 500미터 떨어진 능골 부근에는 커다란 비석좌대가 있는데 비석은 조선 시대 중기에 사라진 것으로 추정되어 누구의 것인지 정확히 알 수 없다. 다만 고려의 개국 공신인 유숙의 묘비라는 주장이 있어 문헌을 통해 더 많은 연구가 있어야 할 것이다.

귀부의 모습으로 볼 때 통일 신라의 귀부라는 주장이 있지만 비신이 없어 더 이상 알 수 없다.

남연군묘 올라가는 옥계저수지 부근에는 흥령군묘, 조선 시대 죽천 김진규의 옥병계(玉屛溪)라는 글씨와 청송 송수침의 수재대(水哉臺) 등의 암각서들이 존재하고 있다. 그리고 근대의 수성 백충기와 인헌 이동익의 시가 기록되어 있다.

옥계저수지 뚝방 부근에는 헌종의 태를 묻는 태실이 존재하고 있다. 이 태실은 1847년 석물을 단장했지만 태실비는 사라지고 귀부만 남았으며 태실의 둘레석도 사라졌다. 그렇지만 귀부와 태실이 있다. 대원군은 아마도 이곳 상가리를 오가면서 이곳 태실을 보았을 것이다.

사실 이산표석이 있기까지는 남연군묘소가 가장 중요한 위치를 차지하고 있다. 마을 입구로 들어서니 가장 먼저 남연군 신도비가 눈에 띈다. '숭정기원후4 을축5월 일립'이라는 기록을 통해 1865년 5월에 세워졌음을 알 수 있다. 전체 4면비로 비의 상단 전면과 후면에 전서로 '남연군충정공신도비명'이라고 쓰여 있다. 이 글씨는 남연군의 맏손자인 이조참판 이재원이 쓴 것으로 되어 있다. 그리고 전면 오른쪽에는 위에서 아래로 '유명조선국 현록대부 남연군 시충정공 신도비명 병서'라고 쓰고, '성상이 즉위한 원년인 갑자년에 영의정 조두순이 건의해서'로 시작하는 비문이 이어진다.

이 비문은 좌의정 김병학이 찬하고 남연군의 셋째 아들인 흥인군 이최응이 글씨를 썼다. 내용을 보면 김병학은 먼저 시호를 충정(忠正)으로 고쳐 내리게 된 연유를 쓰고 있다.

비문에는 남연군의 가계가 자세히 설명되어 있다. 인조대왕까지 그 혈통이 이어지는데 그 처음을 인조의 셋째 아들인 인평대군에게서 찾고 있다. 그리고 1788년 8월 22일 태어나 은신군의 양자가 되었고 1836년 3월 19일 49세의 나이로 세상을 떠났음을 밝히고 있다. 묘는 처음 마전 백자동에 있다가 연천 남송정으로 이장하였다. 그리고 1845년 다시 덕산 가야산 북록(北麓 : 북쪽 기슭)으로 옮겼다가 1846년 3월 18일 중록(中麓) 건좌(乾坐)에 안장한 것으로 되어 있다.

슬하에는 자식이 4남 1녀가 있는데 장남이 흥녕군 창응이고, 차남이 흥완군 정응이며, 삼남이 흥인군 최응이고, 사남이 흥선대원군 하응이다. 그리고 손자들이 있는데 맏이가 비문의 글씨를 쓴 재원이다. 흥선대원군의 맏아들은 재면이며 둘째 아들이 나중에 고종이 된 재황이다. 그리고는 마지막에 명(銘)을 지었는데 마지막 문장이 '큰 기틀을 영원히 보살펴서 억만년 이어지소서(永佑鴻基時萬時億)'이다. 그러나 1910년 조선이 망했으니 그 바람은 겨우 45년 이어졌음을 알 수 있다.

신도비를 지나 도로를 따라 가다 보면 평탄한 잔디밭에 남연군 묘표가 나타난다. 이곳에 보면 시호가 영희공(榮僖公)으로 나와 있다. 이를 통해 우리는 남연군의 처음 시호가 영희공이었으며 나중에 충정공으로 바뀐 사실을 알 수 있다. 여기서 다시 언덕으로 나 있는 가파른 나무 계단을 따라 올라가야 남연군묘에 도달할 수 있다. 이곳에 오르니 사방으로의 전망이 탁 트인다. 그리고 남연군묘 뒤로 가야산 줄기가 좌우를 웅혼하게 감싸고 있다.

정말 명당임에 틀림이 없다. 아래로는 시원한 느낌이, 위로는 경건한 느낌이 몸을 통해 흘러간다. 묘역 또한 단정하게 벌초가 되어 있다. 묘를 답사할 경우 풀이 무성하면 이상하게 산만한 느낌이 드는데 깨끗해서 좋다.

남연군묘는 봉분 왼쪽에 비석이 있고, 그 앞쪽으로 혼유석, 장명등, 양석, 망주석이 있는 형태이다. 봉분은 둘레석이 있는 단아한 모습이다. 봉분 왼쪽 비석에는 충정공 완산 이씨 이구와 그의 부인 여흥 민씨의 묘라는 글씨가 새겨져 있다. 뒤에 세운 날짜를 보니 1865년 3월이다. 그리고 글씨는 흥선대원군이 썼다.

가야산 자락에는 조선 왕실 소유의 토지의 경계를 알리는 경계 표지석을 말한다. 재질은 화강암 돌로 되어 있는데, 다듬어진 부분은 높이 30cm, 가로 세로 13cm 직사각형으로 앞면엔 이산(李山)이란 한자로 음각되어 있다. 그리고 나머지는 길이가 약 60cm 정도 되는데 거칠게 다듬어 송곳 같은 형태로 땅속에 깊이 파묻게 만들었다. 가야산의 상가리에는 1960년대까지 남연군묘를 중심으로 밭과 논둑 주변에 토지 경계를 알리는 '李山'이라고 각자된 표석이 많았다. 이산 표석을 흔하게 볼 수 있었으나 최근에는 볼 수 없고 경작이 늘어나며 돌무더기 속이나 일부는 기념물로 반출되고 훼손되어 사라졌다. 일제강점기 1918년 총독부의 조사령에 의해 조선 왕조와 인연이 깊던 현종 태실과 남연군묘가 있던 가야산과 전국의 임야는 조선총독부의 소유지가 된다. 이에 조선 왕조는 남연군묘가 있는 가야산의 상가리 일대 곳곳에 이산이라는 표석을 세워 가야산이 조선 왕실의 (전주 이씨 종친) 사유재산임을 내세워 조선 총독부의 재산으로 넘어가는 것을 모면한다.

조선 왕실의 창덕궁(왕실 사무를 총괄)은 일본 총독부에 사유지 이의서를 제출하고 가야산 일대에 조선 왕실의 소유지라는 표시로 표(標)항(杭)인 이산표석을 세우는 한편, 가야산 일대의 조선 왕실 소유의 토지를 사유지로 신고한다. 그 결과 조선 왕조 소유의 임야는 1924년 창덕궁에 소유권이 이전됐다.

이산 표석은 일제강점기 조선 왕조 소유의 산림과 임야 약탈 때 창덕궁이 소유권(왕실)을 표시하며 저항한 역사적인 산물이라고 할 수 있다. 이산 표석을 통해 왕조 체제의 해체 과정과 함께 식민지 상황에서 전통 왕실 소유의 토지가 어떻게 관리 또는 이용되는가를 보여준다. 조선 시대에는 임야에 대한 소유 개념이 없었다.

조선 법전인 〈경국대전〉에는 '산림을 개인이 점유하면 볼기 80대를 때린다'라고 명시되어 있다. 이른바 공산무주(公山無主) 원칙을 지켜왔다. 다만 임야에 관한 배타적 이용이 금지되었을 뿐 누구든지 주인 없는 임야에 출입해 가축 방목, 연료 채취, 토석 채취, 수렵 채집을 할 권리가 인정되었다.

일제 강점기에 개인의 재산으로 등록되지 않은 임야는 모두 조선총독부의 재산으로 몰수하는 법이 시행되었다. 일제는 군사·학술상 필요한 보안림에 준하는 국유림은 '요존치 임야'로 나머지는 '불요존치 임야'로 분류해 관리했다. 국유림에 속한 촌락 공유림과 분묘림은 일본인 등에게 선심 쓰듯 내주었다. 당시 전체 임야의 50%가 총독부 소유로 되었다가 다시 일본인 개개인에게 불하되었다. 그 시절에는 조상 대대로 물려받은 임야를 등록하지 않고 사용하다 자신의 땅을 빼앗긴 억울한 백성도 많았다고 한다.

한편 가야산의 상가리 쪽의 임야와 토지는 제주 목사 박성식의 사폐지로 사위인 윤봉구에게 상속되었다. 윤씨 일가의 토지는 100여 년간 온전히 소유권이 보존되었다. 하지만 가야산에 대원군이 남연군묘를 면례하며 윤봉구의 토지는(윤봉구의 손자 윤철보) 대원군의 회유와 강압에 의해 헐값에 빼앗기게 된다. 대원군에 의해 1846년 가야산은 조선 시대 왕가의 땅이 되며 조선 왕실의 소유가 된 것이다. 가야산 일대에서 발견된 이산(李山) 표석은 1918년 일제 총독부가 주인 없던 임야를 모두 자신들의 소유로 귀속시키려던 수탈에 맞서 이씨 왕가가 세운 것이다. 이 땅의 주인이 창덕궁임을 알리려던 조선 왕조의 고된 싸움을 이산 표석은 보여준다.

이산(李山) 표석

가야산 일대에서 발견된 이산(李山) 표석은 1918년 일제 총독부가 주인 없던 임야를 모두 자신들의 소유로 귀속시키려던 수탈에 맞서 이씨 왕가가 세운 것이다. 이 땅의 주인이 창덕궁임을 알리려던 조선 왕조의 고된 싸움을 이산 표석은 보여준다.

이왕직 [李王職]이란?

일제강점기, 궁내부(宮內府) 대신에게 딸려 조선 왕가(王家)의 일을 맡아보던 관청이다. 대한제국을 조선으로 국호를 개칭하고, 조선 왕실의 일을 맡아볼 관청을 내세웠는데, 바로 궁내부 소속의 이왕직이다.

1910년 8월 29일 한일합병으로 대한제국이 일본으로 흡수됨으로써 조선은 일본 정치 조칙에 편입되게 된다.

조선을 관할하는 기관으로서 "조선총독부"가 설치되었고 별도로 "이왕직"이라고 하는 조직이 생겼고, 이왕가에 관한 직무를 관장하게 되었다.

그리고 이왕가의 모든 토지는 이왕직에서 관리하게 된다.

가야산의 이왕가 토지는 이왕직에서 이후 재무부, 문화재 관리청, 충청남도와 예산군의 소유로 현재에 이른다.

창덕궁 표석

1920(쇼와 4년)에는 이왕직 장관 소유로 기재된 점으로 보아 이 푯말은 서울의 창덕궁에 있던 것이 아니라, 이 일대가 조선 왕실 소유 땅임을 표시하는 경계석이며 그 안쪽에는 묘지를 쓰거나 벌목을 금지하는 구역을 표시한 것으로 볼 수 있다.

35. 안영중 등 청원서(安永重 等 請願書)에 대하여
  – 1922년, 왕실 위토의 유실과 지역 유림의 상소

1922년(임술년) 10월 초2일, 충청남도 덕산군의 전 군수 안영중(安永重)과 유학 김봉식(金鳳植), 김진구(金鎭九) 등이 연명하여 궁내부 대신이자 이왕직 시장관(理事官) 이재극(李載克)에게 올린 청원서가 전해진다. 문서 번호 1925로 분류된 이 상소문은 고종 황제의 부친인 남연군(南延君)의 묘소와 관련된 왕실 재산이 타인에게 불법적으로 처분된 사실을 고발하고, 그 복구를 청원하는 내용이다.

청원서에 따르면, 당시 왕실 종가의 한 일원인 이기용(李埼鎔)이 덕산군에 위치한 남연군 묘소 산기슭의 위토(位土)를 타인에게 매도하였다. 이 땅은 본래 남연군 묘역을 유지하고 제사를 봉행하기 위한 묘토로, 왕실 재산으로서 엄격히 보호되어야 할 성격의 토지였다. 그러나 이미 이 토지는 이근호(李根浩)라는 자의 소유로 이전되었고, 묘역 앞의 송추(松樹)와 임야 약 33,000평도 오정근의 후손에게 넘어간 상태였다. 더욱이 최근에는 오가(吾家)에서 이규원(李圭源)에게까지 전매되었다고 한다.

청원서의 말미에서는 이 청원이 단순히 개인의 채무 변제와 관련된 사안이 아니라, 왕실 조상에 대한 제례를 지키고 국왕의 효행을 뒷받침하는 성역(聖域)을 보존하려는 취지임을 강조하고 있다. 작성자들은 조정을 향해 다음과 같은 내용을 간곡히 요청하였다.

첫째, 이미 매각되거나 넘어간 왕실 토지를 원래의 상태로 환원할 것,

둘째, 왕실 재산의 유실에 무심했던 중앙 관료들의 직무유기를 질책하고 대책을 강구할 것,

셋째, 이기용이 지닌 채무를 이유로 궁가 재산이 흩어지는 일이 재발하지 않도록, 가용한 금원으로라도 이를 충당할 것,

넷째, 해당 위토 및 수목 등에 대해 즉각적인 압류 조치를 취할 것 등이다.

청원서에는 '이기용가 정리에 관한 상서(李埼鎔家整理關上書)'라는 제목이 부기되어 있으며, 이왕직에서 접수한 날인이 찍혀 있다. 피봉(封皮) 전면에는 '이왕직장관 이재극 합하(李載克閤下)'라는 수신인을, 후면에는 '경성부 예결동 29번지 안영중(安永重)'이라 하여 발신인의 주소와 이름을 명기하였다.

이 사건은 단지 한 통의 청원서로 그치는 것이 아니라, 일제강점기 하 조선 왕실 재산의 무분별한 유실과 더불어 친일파의 재산권 행사가 어떤 결과를 낳았는지를 보여주는 상징적인 사례다. 이기용은 고종의 생가 계통 종실로서, 흥선대원군의 형인 흥녕군 이창응(李昌應)의 손자이며 은신군의 현손에 해당한다. 본래 계동궁(桂洞宮)의 사손(嗣孫)이었던 그는, 일제강점기에 자작(子爵) 작위를 수여받고 귀족원 의원을 역임하며 일본 제국의 지배 체제에 편입되었다.

그러나 그는 도박 등으로 많은 채무를 지게 되었고, 이를 갚기 위해 남연군묘 위토를 포함한 궁가의 재산을 임의로 처분하였다. 이러한 사태는 결국 1926년 그의 파산 신청으로 이어졌으며, 이 청원서에는 이미 그 전조가 명백히 드러나 있다. 유림과 지역 인사들이 중앙에 상소를 올려 왕실 묘역과 관련한 위토의

수호를 요청하게 된 배경에는, 단지 사유 재산의 상실이라는 문제를 넘어 왕실의 권위와 전통이 침해되고 있다는 위기의식이 깊이 깔려 있었다.

안영중 청원서 安永重 等 請願書

1922년 | 114.1×33.3cm, 피봉 : 8.5×21.8cm, 첨지 : 9.5×13.1cm, 첨지 : 6.3×13.4cm | 문서 번호 1925

1922년(임술) 10월 초2일에 덕산군 전 군수 안영중과 유학 김봉식, 김진구 등이 전 궁내부 대신 시장관 이재극에게 올린 청원서이다. 청원서에 따르면 이기용이 덕산군에 소재한 남연군 묘소 산기슭의 위토를 팔아 지금은 이것이 이근호라는 자의 소유가 되었고, 묘소 앞 송추, 임야 33,000여 평도 이미 오정근의 아들집에 빼앗겼는데 지난 봄에 오가(吳家)에서 또 이규원에게 이를 팔았다고 하므로, 이를 원래대로 물리는 등의 일을 청하고 있다. 일제강점기 고종 왕실가의 산송(山訟) 실태를 파악할 수 있는 문서이다.

첨지에는 '이기용가 정리에 관한 상서'라고 쓰여 있고 이왕직에서 문서를 수령한 날인이 찍혀 있다. 피봉 앞면에는 '이왕직장관 이재극 합하'라 쓰고 뒷면에는 '경성부 예결동 이구팔 근봉 안영중'이라 하여 발수신인을 적어 놓았다. (사진 파일)

1922년 10월 궁내부에 제출된 한 청원서(문서 번호 1925)에는 고종 생가의 종질인 이기용이 충청도 덕산군에 소재한 남연군(흥선대원군의 부)의 묘소와 위토, 송추 등을 타인에게 전매해 버렸고, 그 전에도 동류의 재산을 비롯한 임야

33,000여 평을 타인에게 팔아버려 왕실의 토지들이 여러 군데로 흩어지게 된 사연이 기록되어 있다. 이는 이기용이 자신의 빚을 갚기 위해 왕실 재산을 매각하고 빼앗기듯 넘기게 된 사실은 수치스러운 일이었던 것이다.

이기용은 노름 등으로 진 빚 때문에 1926년에 파산 신청을 하게 되는데 이와 관련한 조짐이 이미 나타나고 있었음을 알 수 있다.

청원서의 후록에는 이러한 청원이 이기용의 빚을 탕감하자는 데 있는 것이 아니라 성상이 조상을 모시는 효와 관련된 위토 등을 회복하려는 것이라는 점, 이 사안에 무심한 중앙 관리들에 대해 해결책을 마련할 것을 촉구하고 아울러 빚으로 인해 뺏긴 궁가의 토지와 수목들을 모두 환퇴받을 수 있도록 처분해야 한다는 점, 빚을 변제할 가액이 모자랄 경우 가용 금원으로 충당해야 한다는 점, 해당 재산들을 압류해야 한다는 점 등 청원 사항을 요약해 두고 있다.

이기용(李埼鎔, 1889년 11월 1일 ~ 1961년 3월 4일)은 조선 후기의 왕족으로, 장조의 서자 은신군의 현손이며, 흥선대원군의 형인 흥녕군 이창응의 손자입니다. 그는 계동궁의 사손으로서, 일제강점기에는 자작 작위를 받고 일본 제국 의회 귀족원 의원을 지내는 등 친일 행위를 했습니다.

1922년(임술) 10월 초2일에 덕산군 전 군수 안영중과 유학 김봉식, 김진구 등이 전 궁내부 대신 시장관 이재극에게 올린 청원서이다.

청원서에 따르면 이기용이 덕산군에 소재한 남연군 묘소 산기슭의 위토를 팔아 지금은 이것이 이근호라는 자의 소유가 되었고, 묘소 앞 송추, 임야 33,000여 평도 이미 오정근의 아들집에 빼앗겼는데 지난 봄에 오가(吳家)에서 또 이규원에게 이를 팔았다고 하므로, 이를 원래대로 물리는 등의 일을 청하고 있다. 일제강점기 고종 왕실가의 산송(山訟) 실태를 파악할 수 있는 문서이다.

첨지에는 '이기용가 정리에 관한 상서'라고 쓰여 있고 이왕직에서 문서를 수령한 날인이 찍혀 있다. 피봉 앞면에는 '이왕직장관 이재극 합하'라 쓰고 뒷면에는 '경성부 예결동 이구팔 근봉 안영중'이라 하여 발수신인을 적어 놓았다.

이재극 (1864(고종 1) ~ 1927) 1879년(고종 16)

동몽 교관(童蒙敎官)이 주어지고, 1882년 임오군란 이후 민비의 장례 시 종척 집사(宗戚執事)를 맡았으며, 1893년 유학(幼學)으로 정시 문과(庭試文科)에 병과로 급제하였다.

여러 지역 관찰사와 궁내부 대신을 거쳐 1910년 10월 7일 조선 귀족령에 의거하여 일본 정부에 의하여 남작이 주어졌다. 1919년에는 이왕직 장관(李王職長官)에 임명되어 친일반민족행위자로 활동하였다.

36. 가야산 '금표'와 강제 수용의 역사

들어가는 글 – 상가리 주민과 토지 강탈, 그리고 이산표석

조선의 흥선대원군과 대한제국 고종의 손에 의해 가야산 상가리 일대는 왕실의 묘역이라는 이름 아래 강제로 사유화되었다. 백성들은 보상도 받지 못한 채 삶의 터전을 빼앗기고 금표 바깥으로 밀려났다. '이산(李山)'이라 새겨진 표석은 고종의 소유권을 주장하는 국가의 폭력이었으며, 이는 단지 한 사람의 욕심에 그치지 않고 국가 권력의 폭력적 성격을 드러낸다. 돌려받지 못한 땅, 회복되지 못한 정의. 오늘 우리는 가야산에서 발견되는 이산표석을 통해, 아직도 끝나지 않은 그 역사와 마주하고자 한다.

조선 말기, 왕실의 위엄을 앞세운 사유지화는 지방 민중에게 폭력적인 방식으로 다가왔다. 특히 충청남도 덕산 가야산 일대, 오늘날 예산군 덕산면 상가리에 해당하는 가야동 일원의 금표(禁標)는 고종과 흥선대원군 이하응 부자의 토지 욕망을 상징하는 대표적 사료로 남아 있다. 금표는 본디 왕실이 사적으로 혹은 공적으로 관리하던 묘역과 산림을 보호하기 위한 경계 표시였으나, 조선 후기 들어서는 국왕의 토지 편입과 무단 수용의 도구로 악용되기 시작한다.

금표는 단순한 표지석이 아니었다. 그것은 '이곳은 왕실의 토지이니 침범하거나 개발하지 말라'는 명백한 경고였다. 금표가 세워진 땅은 백성의 접근을 금지하는 곳이었고, 거주나 묘지 조성, 나무 벌채가 모두 제한되었다. 이른바 '그린벨트'의 원형이라 할 수 있다. 그러나 그 목적이 사적인 편입과 왕실 위계의 과시를 위한 것이라면, 이는 보호가 아니라 억압이 된다.

가야산 상가리, 왕실의 사유지화된 땅

이하응은 덕산 가야산 자락, 상가리 옛 가야사 금탑이 서 있던 자리를 '왕이 두 사람 날 자리'라 일컬으며 최고의 명당으로 간주하고, 이 일대를 조상의 능침지로 삼기로 결정하였다. 1845년, 경기도 연천 임진강 가에 있었던 남연군(이구)의 묘를 지금의 상가리로 이장하면서부터 이 지역은 점차 왕실의 사유지처럼 관리되기 시작하였다. 1863년 고종이 즉위하자 상가리에 왕실 제각인 명덕사와 개인적 사찰 성격이 강한 보덕사를 신축하고, 남연군묘를 대대적으로 정비하면서 왕실화의 흐름은 더욱 가속화되었다. 대원군은 가야산 일대를 자신의 가문과 왕실을 위한 전용 묘역으로 확정하고, 금표를 세워 일반 백성들의 출입과 거주를 강제로 제한하였다. 이 과정에서 마을 주민들은 아무런 보상도 받지 못한 채 삶의 터전을 잃고 산 아래로 쫓겨나야 했다.

상가리에서 시작된 금표는 점차 보현동 일대까지 확장된다. 흥선대원군의 권세가 정점에 이른 1865년 무렵에는 금표 구역이 가야산 동쪽 능선을 넘어 남쪽 보현동에까지 이르렀고, 이른바 '왕실의 금 구역'은 400만 평에 달하는 산림과 농지, 민가를 아우르게 된다.

이장하는 과정에서 정당성을 확보하고자 했다면 마땅히 기록을 남겼을 법하지만, 어떠한 문헌도 존재하지 않는다. 이는 토지 수용이 은밀하고 강제적으로 이루어졌으며, 실질적인 보상 없이 이뤄졌다는 점을 뒷받침한다. 실제로 대가를 지급했다는 공문서도, 보상금을 받았다는 구전도 전혀 전해지지 않는다.

이와 같은 방식은 정조 때의 사례와 현저히 대비된다. 정조는 사도세자의 현륭원을 조성하기 위해 수원부 일부를 이전하며, 기존 거주민에게 집값과 이주비는 물론 위로금까지 충분히 지급했다. 당시 기록에 따르면, 초가삼간을 가진 평민도 몇 냥씩을 받았고, 큰 기와집을 가진 아전은 수백 냥을 받았다. 이는 왕실의 의례와 권위를 지키되, 민심을 헤아리려는 최소한의 배려였다.

반면, 가야산의 경우는 전혀 다른 양상을 보인다. 이하응은 강제로 땅을 수용하고, 백성들을 몰아낸 후, 그 자리에 남연군묘를 중심으로 거대한 묘역을 조성하였다. 묘역 축성에는 인근 백성들이 동원되었고, '부역'이라는 이름으로 강제 노동이 부과되었다.

남연군묘가 내려다보이는 지역에는 조상의 묘지를 조성할 수 없게 되자, 주민들은 왕실의 감시와 처벌을 피해 평장을 택하거나, 왕실 묘역의 시야에서 벗어난 대문동이나 으름재 너머에 조심스레 조상을 모실 수밖에 없었다. 이러한 제약은 일제강점기 이후에도 계속되었고, 이로 인해 오늘날에도 상가리 주민 다수의 조상 묘가 연고 없는 으름재나 대문동에 위치하고 있는 역사적 연원이 되었다.

"이산"이라 새겨진 금표석, 그날의 증언자

가야산 상가리와 보현동 일원에는 지금도 "이산(李山)"이라 새겨진 금표석이 남아 있다. 이는 '흥선대원군 이하응'의 산, 즉 왕실 소유임을 알리는 표지다. 이 표석은 왕실 사유지를 표시하는 목적 외에도, 백성들에게 위압적으로 작용하여 "여기는 감히 범접할 수 없는 왕가의 땅"이라는 상징성을 부여하였다.

대한제국이 멸망하고 일본이 조선을 병합하면서, 이 금표 구역은 '황실 소유지'로 분류되어 조선총독부의 국유지로 전환된다. 하지만 고종이 이 지역을 왕실의 사유지라고 주장했던 입장은 일본 당국에 의해 그대로 수용되었고, 조선 왕실의 사적 재산으로 인정되었다.

돌려받지 못한 땅, 회복되지 못한 정의

문제는 이 부동산들이 애초에 백성의 삶터였다는 점이다. 왕실의 묘역이라는 명분 아래 사유화되었고, 그 소유권은 일제 식민지기를 거쳐 해방 이후에도 민간에게 정당하게 환원되지 않았다. 조선 시대 백성의 땅이었던 이 지역은, 일제의 국유화 정책과 해방 후 군부 정권의 권력 논리에 가려져, 오늘날까지도 '국유지'라는 이름 아래 본래의 주인을 찾지 못한 채 남아 있는 실정이다.

역사는 그대로 반복되는 것이 아니라, 반복을 통해 진실을 드러낸다. 가야산 금표는 고종의 사적 욕망을 보여주는 단서일 뿐 아니라, 국가 권력과 폭력에 의해 민중의 삶이 얼마나 손쉽게 배제되고 침해될 수 있는지를 상징적으로 보여주는 증거물이다. 금표석은 말없이 서 있지만, 그 침묵은 과거의 억압을 말해주는 강력한 증언이다.

작금의 대한민국에서 우리는 과거를 되짚는 일에 망설이지 않아야 한다. 가야산 상가리, 이 '이산표석'은 잊히지 않아야 할 역사다. 그리고 언젠가는, 이 땅의 진짜 주인들이 그들의 터전과 권리를 되찾을 수 있도록 공공의 논의와 성찰이 이어져야 한다.

조선 말기 고종과 흥선대원군이 벌인 가야산 금표 설치와 강제 수용은, 왕권의 사유화가 어떤 방식으로 민심을 등지게 되었는지를 여실히 보여준다. 고종이 백성에게 땅을 돌려주었다면, 혹은 묘역 조성에 정당한 보상을 했다면 역사의 기억은 전혀 다르게 남았을지도 모른다. 그러나 강제로 빼앗긴 땅, 침묵을 강요당한 민중의 고통은 땅에 새겨진 이름, '이산'이라는 두 글자로 아직도 가야산에 살아 있다.

37. 덕산 가동(伽洞) 남연군묘역 부동산의 국유화 과정
연대별 정리

고려에서 조선 중기까지 덕산 가야동은 가야사를 중심으로 전각이 즐비한 불교 마을이었다. 마을의 토지와 임야 대부분은 가야사 소유였으며, 불교 중심의 공동체적 성격이 뚜렷했다. 그러나 가야사의 폐사 이후 지역은 커다란 변화를 겪게 된다. 그 전환점은 1723년 병계 윤봉구 가문이 이주해오면서 시작되었다. 윤봉구의 장인 박성석은 이 무렵 가야동 일대 임야를 사패지로 하사받았고, 무남독녀였던 딸이 윤봉구와 혼인하면서 해당 임야는 윤씨 가문으로 귀속되었다. 이후 박씨 일가가 모두 가야동으로 이주하면서 마을의 지형과 구성, 나아가 공동체의 성격도 점차 변화하게 되었다.

1. 1845년경 – 이하응의 부동산 강탈

흥선대원군 이하응은 1845년, 풍수가들이 가야사의 금탑터를 명당이라 주장하자 이를 남연군묘의 묘역으로 삼기 위해 가야산과 가동 일대의 임야를 확보하였다. 윤봉구의 임야는 유구 지역의 다른 임야와 대토하는 형식을 취했지만, 가야동 주민들의 토지는 보상이나 매입에 대한 명확한 기록이 없어 사실상 강제 편입된 것으로 보인다. 만일 정당한 대가를 지급한 정황이 있었다면, 그 정당성을 입증하기 위해서라도 분명히 기록하고 남겼을 것이나, 관련 문헌이 확인되지 않는 점에서 그 임야 확보는 강제성의 성격을 띤다.

당시 대원군 가문의 정치적 위상이 빠르게 상승하던 시기였으며, 이에 따라 가

동 일대의 토지는 점차 흥선대원군 일가의 명의로 편입되며 본격적인 사유화
가 진행되었다.

2. 1863년 12월 - 고종 즉위 후 '왕실 부동산화'

1863년 고종이 즉위한 이후, 가야산과 가동 일대의 토지는 이하응 개인의 사
유지에서 명목상 왕실 재산으로 편입되었다. 이는 흥선대원군 이하응이 생전
에 확보한 토지를, 고종이 왕실의 정통성을 공고히 하고 재정 기반을 마련하기
위해 제도적으로 왕실 소유로 전환한 것이다. 이후 이 지역은 대한제국 시기까
지 왕실 산림으로 간주되어 중앙 정부의 관할 아래에 놓였다.

3. 1910년 8월 29일 - 한일 병합 이후 총독부의 전면적 국유화

1910년 8월 29일 대한제국이 일본 제국에 강제 병합된 이후, 조선총독부는 조
선 왕실이 보유하던 부동산을 일괄적으로 국유화하였다. 이 과정에서 남연군
묘 일원은 흥선대원군의 사유지였다는 주장과 왕실 재산이라는 인식이 충돌
하며 경계가 불분명해 논란이 되었다. 이에 고종은 해당 지역이 왕실 재산이
아닌 자신의 개인 소유지임을 강조하며, '이산(李山)'이라는 표석을 세워 경계
를 명확히 하려 하였다. 총독부는 이를 공식적으로 인정하지는 않았지만, 고종
의 항의와 왕실의 상징성, 여론을 감안해 가야산 일대를 고종의 개인 재산으
로 유지하는 조치를 부분적으로 취한 것으로 보인다.

일제강점기에는 이하응의 후손들이 가야산 일원과 남연군 묘역 주변의 토지
를 일부 매각하였다. 이와 관련한 정황은 전 덕산군수 안영중이 제출한 청원

서에 기록되어 있으며, 매각 과정에서 왕실의 상징성과 권위가 훼손될 것을 우려한 지역 인사들의 문제 제기가 있었다.

4. 1945년 8월 15일 – 해방과 미군정기

광복 이후 미군정청은 구 황실 재산에 대한 전면적인 조사를 실시하였다. 1945년부터 1948년 사이, 일부 왕실 재산은 원 소유자에게 환원되었으며, 대표적으로 운현궁과 덕산 상가리 남연군 묘역이 이에 해당한다. 이들 부동산은 일시적으로 문화재관리국이나 재무부 등의 명의로 관리되었으나, 상가리 남연군 묘일원에 대해서는 왕실 후손의 소유권이 인정되어 사유지로 회복되었다. 해당 부동산은 고종의 사유 재산으로 간주되었고, 대원군의 5대손인 이청(李淸, 1936~) 씨에게 귀속되었으며, 이 시기에는 대체로 왕실 후손들의 재산권이 법적으로 인정되는 분위기였다.

5. 1948년 7월 24일 – 이승만 정권의 국유화 법제화

이승만 대통령 집권 후, 조선 왕실의 복권 움직임을 철저히 차단하기 위한 조치가 연달아 이루어진다.

1954년 9월 23일, 제3대 국회에서 「구황실 재산 처리법」을 제정하여 황실 재산을 전면 국유화함. 이 법은 순종의 후계자인 영친왕(英親王, 이은) 전하가 생존해 있었음에도 불구하고 제정되었으며, 왕족의 사유 재산까지 모두 국유로 몰수하는 초법적 조치였다.

제4조는 생계비 지원 대상 범위를 '법 시행 당시 생존해 있던 구 황실 직계 존비속과 그 배우자'로 한정함으로써, 사실상 재산권을 박탈하였다.

가야산 및 가동 일원의 고종 소유 부동산도 이 법의 적용을 받아 국유지로 전환되었다.

6. 1948~1960년 – 이승만 정권의 구 황실 탄압 조치

이승만 정권은 다음과 같은 방식으로 조선 왕실을 철저히 배제하였다.

1. 영친왕(이은)의 귀국 저지.
2. 영친왕에 대한 비방 전략 시행.
3. 일본 저택의 생활용품 몰수.
4. 윤황후에 대한 예우 부재.
5. 이구 전하에 대한 정치적 탄압.
6. 의친왕의 손자 이청·이장 형제에게 국내 이탈 요구.
7. 왕실 재산 전면 몰수.

7. 1960년 이후 – 정권 교체와 구 황실 귀국 허용

4·19 혁명 이후 이승만 정권은 붕괴되었고, 1960년대 박정희 정권은 제한적으로 구 황족의 귀국을 허용하였다. 이에 따라 일부 왕실 후손들은 귀국하거나 법적으로 소유권을 정리할 기회를 갖게 된다.

8. 이청 씨의 귀속 재산 기증

이청 씨는 1948년 소유권을 인정받은 뒤 다음과 같은 기증을 시행하였다.

운현궁 부지는 서울시에,
상가리 남연군묘 일원은 예산군에,
경기도 내 부동산은 경기도에 각각 기증하였다.

9. 안영중의 청원서 사건

가동 일원 부동산 일부가 민간인에게 매각되자, 전 덕산 군수 안영중과 지역 유생 두 명이 내무대신 이재면에게 청원서를 제출하여 계약 취소를 요청하였다. 이는 왕실의 권위와 상징이 땅의 처분을 통해 훼손되는 것을 막기 위한 보전 행위였다.

구 황실 재산 관련 행정기관은 다음과 같이 변화함 :

1945년 이왕직 구 황실 사무청
1948년 구 왕궁 재산 관리위원회
1955년 구 황실 재산 사무총국
1961년 문화재관리국으로 전환, 재무부, 충청남도, 예산군 등 소유권의 변화가 있다.

38. 1918년, 가야동 역사의 중심에서 변방으로,

조선 시대 기록을 살펴보며 가야산과 가야동의 19세기를 재구성하기 위해 자료를 탐색하는 중이다.

가야산은 오랜 세월 동안 수많은 이야기를 품어왔다. 백제 또는 신라 시대 이래 불교의 성지로서 가야사가 중심에 자리 잡았으며, 조선 시대에는 문인과 선비들의 유람지로 사랑받았다. 그러나 1730년을 전후로 가야산의 사찰이 정치적 사건에 휘말리면서 그 중심에 있던 가야사는 폐사되었고, 1백 년 넘는 세월 동안 조용한 산골 마을로 남아 있었다. 이후 1865년, 흥선대원군이 가야산 일대를 장악하여 자신의 공간으로 설계하면서 다시 역사의 중심에 섰지만, 그가 권력에서 밀려나면서 대한제국기부터 일제강점기에 이르기까지 가야산의 존재감은 점차 희미해졌다. 이 시기를 가야산과 가야동에 대하여 기록한 문헌 또한 찾기 어려운 것이 현실이다.

1918년, 조일원과 조필원이라는 두 선비가 가야산을 찾았다. 그들은 남연군묘와 보덕사를 방문하고 그 감흥을 시로 남겼다. 이들의 기록은 단순한 유람기가 아니라, 대한제국 이후 일제강점기부터 왕실의 묘역으로 존엄하게 관리되었던 남연군묘의 위상이 달라졌음을 암시하는 글을 남기고 있어 대한제국기와 일제강점기를 잇는 중요한 시대적 증언으로 평가된다.

1918년 어느 날, 가야산을 마주한 이들의 감회 속에는, 국권을 잃은 채 격동의 시대를 살아가던 조선인들의 상실감과 시대 인식이 고스란히 배어 있다. 대한

제국의 몰락 이후, 남연군묘는 더 이상 조선 왕실의 위엄을 느낄 수 없었다. 위상이 바뀌고, 무너진 시대의 그림자를 품은 채 조용히 침묵하고 있었다.

〈종제 주사 연암 조필원과 보덕사에 오르며(與宗弟烟菴主事弼元上報德寺)〉
보덕사는 덕산 가야산에 있다(寺在德山伽倻山)

조일원(趙一元, 1860-1950)

盡日尋芳解惜春, 온종일 아름다움 찾아 봄을 아끼고 아쉬워하네,
來今往古幾遊人. 오고 간 옛사람과 지금 나그네 그 수 몇이나 되리.
蒼屛遶壁溪聲活, 푸른 병풍 절벽 둘러싸고 시내 소리 살아 있고,
老樹參天雨意新. 고목 하늘 닿으니 비 내릴 듯 새로우라.
佛界蓮花云有道, 불법의 세계 연꽃은 도(道) 있다 하건만,
王孫草色轉傷神. 왕손 떠나가니 풀빛이 마음 상하게 하는구나.
[山有南延君墓, 合邦後守護異前. 가야산에 남연군묘가 있는데, 합방 후 지킴이 전과 다르다.]
山水百年朝暮遇, 산수 자연 백 년을 아침저녁으로 마주하고,
餘風其德不孤隣. 남은 풍습에 덕은 이웃 있어 외롭지 않으리라.
[有玉屛溪, 卽屛溪尹先生兄弟與湖洛諸儒賢遊賞地. 옥병계가 있다. 이곳은 병계 윤봉구(尹鳳九, 1683-1767) 선생 형제가 기호 제현들과 노닐며 감상하던 곳이다.]

≪蘇山詩集≫ 권2

『소산시집(蘇山詩集)』은 조일원(趙一元, 1860~1950)이 1870년부터 1947년까지 지은 시를 모은 시집이다. 자연 경관을 읊은 작품뿐만 아니라, 일제의 침탈로 인한 참담한 현실을 표현한 시들도 포함되어 있다.

조일원의 본관은 한양(漢陽)이며, 자는 문유(文有), 호는 소산(蘇山)이다. 보령시 화산동에서 태어났으며, 아버지는 조종만(趙鍾萬)이다. 어려서부터 문학적 재능이 뛰어났으며, 운포(雲圃) 이민보(李敏輔)와 기정(起亭) 안종수(安宗洙, 1859~1896)의 문하에서 학문을 수학했다. 1891년 증광 진사시에 입격한 이후에도 관직에 나아가지 않고, 고향인 보령에서 선비들과 교유하며 우국지사로서의 삶을 살았다. 전국을 유람하며 견문을 넓히는 한편, 고향에서 후학을 양성하는 데 전념하여 많은 제자를 길러냈다.

대한제국이 패망하고 8년 후 1918년, 조일원은 사촌 조필원과 함께 가야산을 여행하며 남연군 묘와 가야구곡의 옥병계, 보덕사를 방문한 것으로 보인다. 그는 당시의 상황을 다음과 같이 기록하였다. "山有南延君墓, 合邦後守護異前" 즉, 가야산에는 남연군의 묘가 있으며, 합방 이후 그 지키고 관리하는 방식이 이전과 달라졌다.

가야동은 1865년부터 "수호 일품 대승"인 도문(1865-1891?)이라는 서울의 개운사 승려가 파견되어 보덕사 주지를 겸해 남연군묘를 수호하고 이후 각률(1891-1912)이라는 승려가 보덕사 주지가 되어 남연군묘를 수호하는데 수묘군과 특별히 편성된 포군을 지휘했던 듯하다.

남연군묘와 헌종 태실은 처음 2명의 수묘군에서 1865년부터 16명의 수묘군으로 증원되었고, 오페르트 사건 이후 1870년부터는 8명의 포군이 증원되어 총 24명의 정규군이 보호를 담당했다. 그러나 대한제국이 일본에 병합된 이후, 가야동 일원을 지키던 병력은 해산되었으며, 옥병계 주변에 있던 장대에서 포군을 지휘하던 장대 역시 더 이상 기능하지 못하고 훼철되었던 듯하다.

1910년 이후에는 소수의 헌병이 감시하는 체제로 변화한 것으로 보인다. 오일원은 당시 가야동의 상황을 시로 자세히 표현하고 있다. 특히 가야동의 풍광에 대한 논조가 대종을 이루지만, 일제강점기 남연군묘의 위상 변화에 대하여 이야기하고 있어 조선 시대 후기 가야동을 여행하고 남긴 문사들의 시와 전혀 다른 이야기들도 보인다.

남연군 묘소를 둘러싼 자연은 백여 년의 세월 동안 변함없이 자리를 지켜왔지만, 역사적 변동 속에서 그 위상과 운명은 달라졌다. 조선총독부의 문화재 정책과 일본의 조선 지배 체제는 기존의 왕실 묘역 관리 방식에 중대한 변화를 초래했다. 대한제국 시기까지 왕실의 보호 아래 있던 남연군 묘소는 일제강점기에 접어들며 조선총독부의 관리 체계로 편입되었고, 전통적인 왕실 주도의 보호 방식에서 벗어나 일본의 행정적 개입과 정책적 변화를 겪게 되었다.

조선총독부는 남연군 묘소를 비롯한 왕실 묘역을 체계적으로 조사하고, 일부 개조하거나 활용 방안을 모색하는 과정에서 전통적인 왕실 보호 방식과 차이를 보였다. 이 과정에서 남연군 묘소 아래 위치한 제각 '명덕사'가 훼손될 위기에 처했으나, 마을 주민들의 공공시설로 활용하는 노력 덕분에 보존될 수 있었다. 이후

1963년, 고종의 후손인 이기용에 의해 매각되어 다른 장소로 이전되었다.

보덕사는 본래 흥선대원군의 사저적 성격이 강했던 곳으로, 대한제국 시기까지 왕실과 밀접한 관련을 유지하였다. 이후 사찰로 인정받아 예배 공간으로 기능하게 되었으며, 조계종에 귀속되었다. 한때 마곡사의 관할 아래 있었던 보덕사는 현재 덕숭총림에 소속되어 수덕사의 말사로 운영되고 있다.

특히 보덕사는 대한제국 시기와 일제강점기를 거치며 그 운영과 성격에 변화가 있었다. 대한제국 시기에는 왕실의 후원을 받으며 비교적 안정적인 운영이 이루어졌으나, 일제강점기 이후 사찰 관리 체계가 조선총독부의 정책에 따라 변하면서 자율성이 상당 부분 제한되었다. 이러한 변화에도 불구하고 보덕사는 지역 신도들의 신앙 중심지로서 역할을 지속해왔다.

한편, 일제강점기까지 보덕사에 속해 있던 암자인 관음암은 대한제국 시기 주로 사동궁 출신의 궁녀들의 거처로 활용되었다. 점차 사유화 과정을 거치면서 현재 관음암은 개인 소유로 전환되어 한 승려가 운영하고 있다.

남연군 묘역의 일부 토지는 일제강점기 흥선대원군의 후손인 이기용에 의해 부분적으로 매각되어 사유화 과정을 거쳤다. 이에 대해 전 덕산군수 안영중과 지역 유생 두 명이 강하게 반발하며 계약 취소를 요구하였으나, 해당 계약은 당시의 법률적 보호를 받으며 효력이 유지되었다. 이는 왕실 재산이 점진적으로 민간으로 이전되는 과정에서 발생한 대표적인 사례로 평가되며, 이후 남연군 묘역 관리 방식에도 적지 않은 영향을 미쳤다.

『소산시집』의 구성과 내용

이 시집은 조일원이 창작한 시를 연도별로 정리하여 수록한 필사본 3책으로 구성되어 있으며, 표제에는 '소산시집(蘇山詩集)'이라 적혀 있다.

시집의 앞부분에는 짧은 일화(逸話)가 수록되어 있으며, 시는 창작 순서대로 배치되었다.

권 1. 시집의 목차와 함께 1870년부터 1897년까지 창작된 21여 수의 시가 실려 있다.

작품들은 주로 계절에 따라 변화하는 자연의 모습과 역사적 유적을 노래한 내용이 많다. 특히, 일제의 침탈이 시작되던 당시 나라의 상황에 대한 조일원의 통분이 시에 잘 드러나 있다.

권 2. 1897년부터 1930년까지 창작된 280수의 시가 수록되어 있다.

이 시기에는 산천을 읊은 작품뿐만 아니라, 지산(志山) 김복한(金福漢, 1860~1924), 면암(勉菴) 최익현(崔益鉉, 1833~1906), 복암(復菴) 이설(李楔, 1850~1906) 등과의 교유를 통해 지은 시들이 포함되어 있다. 또한, 시대의 풍속과 세태를 걱정하며 읊은 시들도 다수 포함되어 있다.

권 3. 1931년부터 1947년까지 창작된 약 180수의 시가 수록되어 있다.

『소산시집』의 의의와 평가

이 시집을 통해 구한말 학자인 조일원의 문학적 재능과 더불어 그가 교유했던 동시대 인물들의 면면을 확인할 수 있다. 또한, 망국의 위기에 처한 조선의 현실에 대한 깊은 고민과 일제에 대한 울분이 그의 시 속에 녹아 있어, 당시 시대상을 이해하는 데 중요한 자료로 평가된다.

39. 덕산읍성에 대한 단상 – 지적도와 옛 사진 한 장을
   마주하며

최근 나는 1914년 11월 19일부터 1915년 3월 23일까지 측량된 예산군 덕산면의 지적원도 한 장과, 1954년에 촬영된 덕산초등학교 일원의 항공사진 한 장을 오랫동안 들여다보고 있다. 흑백의 풍경 속에 사라진 시간과 공간이 선명히 드러나 있다.

1912년, 일제는 덕산 지역의 공간 구조를 재편하기 위한 도시 계획을 수립했다. '근대화'라는 명분 아래 추진된 이 계획은 덕산 읍성의 철거를 기점으로, 조선 시대 관아 건축물 일부를 해체하거나 재활용하여 덕산 소학교와 면사무소 신축에 활용하는 것으로 시작되었다. 이어 덕산 중심부를 관통하는 직선 도로들이 개설되었고, 일본인 정착자들의 거주지를 확보하기 위한 택지 정비도 함께 이뤄졌다.

이와 같은 도시 계획은 단지 공간 구조의 변화에 머무르지 않았다. 일본은 식민지 통치를 보다 안정적으로 수행하기 위해 수탈한 토지를 기반으로 일본인 농업 이민자들을 조선 각지에 정착시키는 정책을 병행하였다. 1917년까지 매년 1천 호, 이후 1926년까지는 매년 약 360호씩 이민을 받아, 총 9,096호가 조선에 이주 정착하였다. 이들은 동양척식주식회사의 지원을 받아 대부분 직접 경작하기보다는 지주로서 토지를 소유하고, 조선 민중에게 고율의 소작료를 부과하며 생계를 위협하는 존재로 군림하였다. 결국 이들은 일제 식민지배를 구조적으로 뒷받침한 대변자이자 앞잡이였던 셈이다.

그 결과 일제의 경제적 수탈과 생존 위기에 내몰린 내포 지역의 농민들은 새로운 삶의 터전을 찾아야 했다. 이들은 1923년부터 영업을 시작한 삽교역에 모여 기차를 타고 북간도와 연해주 등지로 이주하며, 또 다른 경계의 삶을 시작하게 되었다.

당시 전국의 대부분 읍성은 대한제국이 국유지로 관리하던 토지였다. 대한제국이 소멸된 뒤 그 소유권은 조선총독부로 넘어가면서 국유지로 전환되었고, 일제의 식민 통치 체제 아래 조직적인 개발 대상이 되었다. 덕산 읍성 역시 전통적인 읍치의 핵심 공간이었기에, 일제는 1910년 공포된 '읍성 철폐령'에 따라 성벽 철거를 우선 시행하였다. 이후 성벽이 철거된 자리에 대한 지적원도 측량 작업이 이어졌으며, 이는 곧바로 도시 재편과 일본인 정착지 조성으로 연결되었다.

한때 충청병영이 주둔하며 군사 도시로 기능했던 덕산 읍성은 일제의 도시 계획에 따라 본격적으로 해체되기 시작했고, 그 이후 지도 위에는 희미한 성곽의 윤곽만이 남게 되었다. 해체된 성벽은 도로 공사나 삽교천 제방 축조에 재활용되었고, 그 자리는 덕산 소학교와 면사무소 같은 새로운 공공 건물로 대체되었다. 성 내부는 서쪽 일부를 제외하고는 대체로 기존의 공간 구조를 유지했으나, 남문은 철거되었고 동문·북문 등의 지역은 거리 이름이나 위치 지명으로 간신히 그 흔적을 전할 뿐이다.

서북쪽과 동쪽 일부 성벽은 20세기 중반까지 남아 있었으나, 지금은 동쪽 수정 식당 부근의 약간 높은 지형과 서쪽의 약 50미터 정도 구간에서만 성벽의 흔적을 어렵사리 확인할 수 있을 뿐이다. 서쪽 성벽은 비교적 직선의 형태를 보이나, 경작지로 오랜 시간 활용되며 점차 그 윤곽조차 사라지고 있다. 남쪽과 서쪽의 성 내부는 이미 건물로 들어차 흔적을 찾기 어렵다.

그럼에도 불구하고, 일제강점기에 제작된 지적원도는 덕산 읍성의 평면 윤곽을 비교적 정밀하게 복원할 수 있는 근거를 제공한다. 최근 덕산 시장 일대를 포함한 중심지에서 개발 사업이 이루어지면서 기존 건물들이 철거되고 주차장이나 상업 시설이 새로 들어서고 있다. 그러나 지하를 파내는 토목 공사 과정에서 문화유산에 대한 사전 조사가 거의 이루어지지 않고 있어 우려가 크다. 최소한의 조치로서 지표 조사라도 병행되어야 할 필요가 있다.

실제로도 덕산 읍내리 일대에서 가스 공급을 위한 지중 배관 공사가 진행되는 과정에서 덕산현 관아 건물과 읍성 성돌의 일부로 추정되는 석재가 다수 발견되었지만, 이에 대한 공식 보고나 문화재적 조치는 이루어지지 않고 있는 실정이다.

2000년대 중반부터 지역 주민 사이에서 덕산 읍성을 복원하자는 여론이 조심스레 제기된 바 있으나, 실질적인 조사나 문헌 정리 등의 움직임은 아직 미진하다. 복원은 단지 의욕만으로 가능한 일이 아니다. 문헌 발굴, 고지도·사진·지적도 등의 자료 수집, 유구(遺構) 확인 등을 체계적으로 진행해야만 가능한 일이다.

복원을 준비해 온 단체들의 지속적인 노력은 충분히 의미 있으며 존중받아야 한다. 그러나 덕산 읍성 복원은 단지 과거의 상징을 되살리는 데 그쳐서는 안 되며, 공간의 역사적 정체성을 어떻게 현재와 연결하고, 지역 사회의 삶과 어떤 방식으로 연계할 것인지에 대한 구체적이고 실현 가능한 복원 및 활용 방안이 함께 논의되어야 한다.

그렇다고 해서, 과거 충청 병영성이 자리했던 이 지역을 단지 "옛날에 성이 있었던 곳"이라고만 넘길 수는 없다. 최소한의 조치로서 안내판 설치, 가상 복원 모형 제작 등 시각적 정보 제공이 우선적으로 이루어져야 한다. 특히 덕산 읍성에 존재했던 관아, 객사, 치소 등 주요 공공 건물의 배치와 구조에 대한 고증은 향후 복원의 기초가 되기에 중요하다. 이를 위해 17세기와 18세기의 덕산현 관련 문헌과 더불어 송시열, 윤봉오, 이의숙, 이명우 등 인물들이 남긴 동헌 중수 기록을 참고할 수 있다. 또한 1872년 지방도와 1910년대 지도 및 지적도에 묘사된 관아 건물과 성곽의 배치는 오늘날 성곽의 실체를 실감 있게 재구성하는 데 매우 유효한 사료로 활용될 수 있다.

많은 이들이 인식하지 못하고 있지만, 우리는 지금도 일제가 근대적인 도시를 만들기 위해 설계한 도시 계획의 틀 안에서 살아가고 있다. 성벽이 사라진 자리에 들어선 학교, 관공서, 그리고 방향 감각을 바꾼 직선의 신작로들이 우리의 일상이 된 지 이미 한 세기가 넘었다. 홍성, 해미, 운산, 고덕, 북문리, 상가리로 이어지는 도로망은 덕산 읍성의 공간 경계를 무너뜨렸고, 그 결과 성곽의 흔적은 점점 더 사람들의 기억 속에서 잊혀지고 있다.

지금 우리에게 필요한 것은, 거창한 복원 공사보다 먼저, 구호나 상징에 머무르지 않고 옛 덕산군의 역사와 덕산 읍성, 그리고 덕산장이 품고 있던 생활의 기억을 되살릴 수 있는 작고 구체적인 기억의 장치를 마련하는 일이다.

문헌을 발굴하고 고고학, 건축사 등 관련 분야 전문가들의 학술 자문을 받는 일도 병행되어야 할 것이다. 특히 덕산군 지도에 나타난 읍성 내부 치소 및 관아 건축물에 대한 구조적 분석을 토대로, 정밀한 평면 모형이나 3차원 복원 시뮬레이션을 제작할 필요가 있다. 무엇보다도 우선적으로 옛 덕산 읍성 터에 안내판을 설치하여, 이곳이 어떤 공간이었는지를 주민들과 방문자들이 인식할 수 있도록 해야 한다.

공간은 눈으로 직접 마주할 때 비로소 그 무게와 존재감을 실감할 수 있다. 덕산 읍성, 혹은 충청병영성이라 불리던 이 장소는 단지 옛 지명과 지형으로만 기억되어서는 안 되며, 지역의 역사와 정체성이 재조명되는 출발점으로 다시 이야기되어야 한다.

이제는 주민과 행정, 그리고 관련 분야 전문가들이 함께 참여하여, 지금 이 자리에서부터 작지만 구체적인 실천을 통해 덕산 읍성 복원의 첫걸음을 내디뎌야 할 때이다.

40. 내포 가야산, '걷는 길'의 왜곡과 종교화 시도에 대하여

요즘 내포 가야산 자락의 한적한 마을에, 상식적으로 납득하기 어려운 일이 벌어지고 있다.

2000년대 초, 전국적으로 '걷는 길'이 유행하며 많은 지역에서 이를 본떠 길을 조성하였다. 가야산도 예외는 아니었다. 그러나 자세히 들여다보면, 이곳의 걷는 길은 새로 만든 길이 아니라, 원래 상가리 나무꾼들이 다니던 옛 숲길, 혹은 절터로 향하던 산길에 그럴듯한 이름만 붙인 것에 불과하다. 이름은 근사하지만 길의 본래 의미나 역사적 맥락은 고려되지 않았다.

문제는 이 길 위에 세워진 안내판들이다. 최근 몇 년 사이 설치된 일부 표지판은 특정 종교의 서사를 과장하거나 부풀려 해당 길을 마치 그 종교의 성지 순례길인 것처럼 꾸며놓았다. 대표적으로 상가리 인근의 옛 숯가마 터에 대해, 천주교 박해 시기 신자들이 숯을 굽고 피신하던 장소라고 단정적으로 표기하고 있다. 그러나 이 주장에 대한 역사적 근거는 부족하며, 무엇보다 마을 주민들은 그런 사실이 없다는 점을 잘 알고 있다. 그 터는 분명 상가리 사람들의 생업 현장이었다.

이에 대해 걷는 길을 찾는 탐방객들 사이에서도 불편한 기색이 감지된다. "누구나 명상하고 자연을 음미하는 길이라 들어 방문했는데, 어느 순간 특정 종교의 색채가 짙어지면서 편안함이 사라졌다"고 말하는 이들도 있다. 최근 이곳을 다녀간 한 방문객은 분노와 실망을 감추지 못하며, "이런 안내판은 철거되어야 한다"고 강하게 호소하기도 했다.

이러한 행위는 지역 주민의 세금으로 운영되는 '내포 문화 숲길' 사업단의 주도로 진행된 것으로 보인다. 해당 단체는 오래전부터 가야산이 천주교와 인연이 깊은 산이라 주장하며 점차적으로 성지화를 시도해온 것이 아닌가 하는 의문도 제기되고 있다. 이러한 일련의 과정을 통해 주민들의 생활 터전과 역사, 기억의 공간이 특정 종교의 이야기로 대체되는 일이 벌어지고 있는 것이다.

무엇보다 걷는 길이 특정 종교의 색으로 채색되면, 불특정 다수의 방문객들은 그 길에서 이질감을 느끼고 발길을 돌릴 수 있다. 이는 곧 지역 공동체에 부정적인 영향을 미친다. 한때 걷는 길이 조성되며 외지인의 발길이 늘고, 마을에 생기가 돌았던 것은 분명한 사실이다. 주민들은 간단한 식사와 다과를 제공하며 소득을 얻고, 공동체 안에 활력이 더해졌다. 그러나 지금처럼 걷는 길이 종교적으로 왜곡된다면, 그 모든 성과는 무너질 수 있다.

행정적으로도 이 문제는 결코 가볍게 넘어갈 사안이 아니라고 판단된다. 예산군이 예산을 지원하고 관리 책임이 있는 내포 문화 숲길 사업단이 특정 종교의 주장을 충분한 고증 없이 수용하고, 지역의 역사나 주민들과의 협의 없이 일방적으로 안내판을 설치한 것은 공공성에 어긋난다. 이는 세금으로 운영하는 공익 단체의 역할을 벗어난 편향된 활동으로 볼 여지가 충분하다.

따라서 예산군은 즉시 이 문제에 대해 책임 있는 조치를 취해야 한다. 내포 문화 숲길 사업단에 사실관계를 재검토하게 하고, 해당 안내판에 대해 자진 철거를 권고해야 한다. 만약 이러한 시도가 계속된다면, 강제 철거와 함께 해당 단체에 대한 행정적·재정적 지원을 재검토할 필요가 있다.

지역의 기억과 삶의 터전을 지키기 위해서는 누구보다 주민의 목소리를 우선해야 하며, 종교적 편향이 아닌 역사적 진실과 공동체의 조화를 중심으로 한 방향 설정이 절실하다.

41. 상가리에서 으름재까지 : 길 위에 새겨진 기억과
공존의 기록

으름재, 그 너머의 길을 기억하며

예산군 덕산면 상가리에서 으름재로 이어지는 길은 흔한 임도나 산길의 풍경과는 사뭇 다르다. 조선총독부의 도로 설계도나 지역 개발 관련 발표 자료에 따르면, 이 길은 가야산 지역의 산림 자원을 비롯한 내포 일대의 각종 물산을 개발·수송하기 위한 목적으로 계획된 교통망이었다. 1942년부터 본격적으로 개설이 추진되었으나, 제2차 세계대전의 전세 악화와 1945년 해방으로 공사가 중단되며 끝내 완공되지 못했다. 농산물, 해산물, 산물(山物)의 수송뿐 아니라 대호지만 일대의 해상 운송과 삽교역을 연결하여 내륙과 해안을 빠르게 잇는 체계로 활용하려 했고, 이는 군사적·경제적 수요를 충족시키기 위한 식민지 전략 기반 시설의 일환이었다.

그러나 이 길은 1945년 해방과 함께 끝내 완공되지 못한 채 일부 구간만이 남게 되었다. 총독부의 식민지 기반 시설 구축이라는 명목 아래 추진되었지만, 전쟁 말기의 혼란과 일제의 패망으로 인해 사업은 중단되었고, 지역 주민들에 의해 생활로가 되어 오늘에 이르고 있다.

미완의 이 길은 덕산장이 서던 날이면, 산기슭과 골짜기에서 짐을 지고 내려오는 장돌뱅이들의 발길이 이어졌다. 싸릿대 광주리, 대나무 소쿠리, 나무 지게 같은 생활 공예품은 물론이고, 직접 화전을 일구며 마련한 땔감과 산나물도 이 길을 따라 시장으로 향했다. 산과 들, 사람과 사람, 장터와 마을을 잇던 이 길에는 생업을 위한 숨가쁜 발걸음과 가족을 위한 짐을 진 어깨들의 기억이 켜켜이 쌓여 있다. 나무를 하러 오르던 이들, 광주리를 이고 덕산장에 나서던 이들, 외따로 살아가며 서로 기대던 이웃들의 일상이 이 길 위에 포개어져 있다. 으름재는 그렇게, 지역 공동체의 고단한 하루가 오롯이 통과하던 삶의 통로였다.

으름재와 대문동, 그리고 폐사지 주변에 터를 잡고 살던 사람들은 시간이 흐르며 하나둘 읍내나 도시로 삶터를 옮겼다. 옛집들은 허물어졌지만, 마당의 주춧돌 하나, 무너진 담장의 흔적, 들꽃 사이로 드러난 오래된 샘터는 여전히 그들의 자취를 말없이 증언하고 있다. 산속에서 생계를 이어가던 이들이 중심 마을로 완전히 편입되지 못한 채 길가에 터를 잡고 살아온 흔적이다. 고립 속에서도 서로를 의지하며 살아갔던 사람들, 그들이 놓은 작은 다리와 샘터, 고샅과 돌담은 이 길이 단순한 산길이 아님을 조용히 증명하고 있다.

상가리와 으름재, 대문동, 용현리 사람들에게 으름재는 단지 고개 하나가 아니다. 그것은 가족과 이웃을 잇던 길이자, 삶의 무게를 지고 오르내리던 기억의 현장이다. 장날이 되면 짐을 진 어깨들이 으름재 고개를 넘어 장터로 향했고, 그 발걸음들이 하나둘 쌓여 결국 길이 되었다. 고요한 산길에도 그날만큼은 숨가쁜 걸음 소리와 얽힌 이야기들이 흘렀고, 그 자취는 지금도 바람결에 실려온다.

세월이 흐르며 삶터는 달라지고, 마을의 윤곽도 바뀌었다. 누군가는 도시로 떠났고, 누군가는 이주해 왔지만, 그 길은 가야산 생태길이라는 이름으로 여전히 제자리를 지키고 있다. 우리가 오늘 이 길을 다시 걷는다는 것은 단순히 지나간 흔적을 좇는 답사가 아니라, 잊혀진 숨결과 마주하고 그 안에 깃든 시간의 결을 다시 어루만지는 일이다. 그리고 그것은 곧 잊혀져가던 지역의 근대사, 삶과 기억의 서사를 복원하는 조용한 실천이기도 하다.

으름길의 역사적 배경

가야산 자락의 으름재는 예산과 서산, 덕산과 정미를 잇는 내포 지역의 내륙과 해안, 산지와 포구를 연결하던 물류 흐름과 행정, 교역망을 염두에 두고 조성되었던 전략적 기반 시설 중 하나였다.

이 길의 발상은 덕산장과 삽교, 그리고 대호지만 일대 포구를 연결하고자 하는 구상에서 비롯되었다. 실제로 1930년대부터 1940년대에 이르기까지 지역 간 교통망 개선에 대한 요구가 높아지던 시기, 내포 중심부인 덕산과 서산, 당진 일대는 철도와 해상 물류에서 소외된 지역으로 인식되었다. 반면 삽교에는 이미 1920년대에 장항선 철도역이 설치되어 있었고, 정미면과 대호지면 일대는 포구를 중심으로 한 해상 운송이 활발히 이루어지던 지역이었다. 이러한 해상과 철도 거점을 내륙의 덕산, 운산, 서산 방면과 연결하여 수도권과의 직접적인 물류 통로를 구축하려는 시도가 으름길 조성의 핵심 취지였다.

일제강점기 내포 지역 교통망의 변화

1910년 한일 강제 병합 이후, 일제는 조선을 본격적인 식민지 체제로 편입시키며 교통 기반 시설의 확장을 추진했다. 1930년대에서 1940년대에 이르기까지 가야산 으름재 길은 예산과 서산을 잇는 주요 도로망 중 하나로 자리 잡았다. 이 시기 삽교까지 철도가 연장되었고, 철도가 지나가는 예산·홍성·광천을 중심으로 도시 기반 정비와 도로 확장이 활발하게 이루어졌다.

이 가운데 특히 주목할 만한 도로는 청일 전쟁 수행을 명분으로 일제가 급조한 공청 가도(公淸街道)였다. 이 도로는 공주에서 조치원과 전막을 거쳐 청주로 연결되며, 단순한 통행로를 넘어 군사적 목적과 자원 수송을 위한 전략적 간선도로로 기능했다.

내포 지역에서 당진과 예산의 큰 경계를 이루는 삽교천 구양도에는 초기에는 목교(木橋)가 설치되었으나, 반복되는 홍수로 자주 유실되었고, 결국 1927년경에는 당시로서는 첨단 공법이었던 콘크리트 다리로 교체되었다. 삽교와 덕산을 잇는 교량 역시 1930년대에 콘크리트 구조물로 대체되었다. 이러한 교량 건설은 지역 간 연결성을 크게 높였을 뿐 아니라, 삽교와 광천 등지의 포구와 수도권을 연결하는 물류망을 더욱 촘촘하게 구성하는 전환점이 되었다.

가야산 으름재 길은 내륙의 육상 교통과 서해안의 해상 운송을 연결하는 중요한 교통 축으로 구상된 것으로 보인다. 이 길은 가야산 일대를 관통하며 예산과 서산을 이어주었고, 지역 주민들에게는 생업의 통로이자 시장과 외부 지역을 오가는 상업 활동의 주요 경로로 구상되었으나, 결국 완공에는 이르지 못했다..

42. 으름재 사람들의 이야기 : 일제강점기와 전쟁의 기억

주민들의 증언에 대하여

1940년부터 시작된 가야산 으름재 길의 도로 공사는 일제강점기의 지역 개발과 식민지 정책을 반영한 사례였다. 공사에는 폭약인 남포(다이나마이트)가 주로 사용되었으며, 당시 척박한 기술과 장비 속에서도 도로 확장을 강행했다. 이를 유지하고 관리하기 위해 주민들이 투입되었으며, 일당으로 밀가루를 배급받았다는 증언이 전해진다. (구술 상가리 주민 원기성(92세))

그러나 이 배급이 실제 밀가루였는지, 혹은 다른 대체물인지에 대한 논란도 존재한다. 당시 한국인에게는 밀가루 대신 비료용 대두박(大豆粕)을 배급했다는 기록이 남아 있기 때문이다. 특히, 1943년부터 일본이 태평양 전쟁의 막바지로 접어들며 식량 사정이 더욱 악화되었고, 조선에서도 식량 공출(食糧供出)이 강제적으로 이루어졌다. 이는 조선인들에게 남은 최소한의 식량조차 빼앗아가는 가혹한 정책이었다.

으름재와 백암터 사람들의 삶

으름재와 백암터에 살던 사람들은 산비탈과 척박한 환경 속에서도 자립적인 삶을 이어갔다. 덕산장이 서는 날이면, 이들은 새벽부터 산에서 나무를 해다 팔고 집에서 직접 만든 죽제품을 싸리 광주리에 담아 길을 나섰다.
죽제품은 주로 싸리비, 광주리, 죽공예품 등으로, 장에서 팔려나간 수익은 생계를 유지하는 중요한 자원이었다. 이들의 삶은 생업 이상의 의미를 지녔다. 자연과 함께하며 생산된 물품은 가족의 생계를 유지할 뿐 아니라, 지역 공동체의 경제 활동을 이루는 기반이었다.

일제강점기의 수탈과 그 영향

으름재 길과 관련된 주민들의 기억은 일제강점기의 압제와 동시에, 그 속에서 스스로의 삶을 지키기 위해 노력한 사람들의 이야기를 담고 있다. 도로 건설과 같은 공사는 일본의 식민 통치 전략의 일환으로 강제 수행되었고, 이에 대한 대가는 주민들에게 최소한의 생존만을 허락했다.

또한, 전쟁 막바지에 이르러 식량 공출은 주민들을 더욱 궁핍하게 만들었다. 조선 식량 영단의 정책은 농민들에게 쌀과 곡식을 징발하고, 이를 일본 본토와 전선으로 수송하는 시스템이었다. 그 결과, 주민들은 자신들이 생산한 곡식을 빼앗기고 비료용 대두박이나 저질 식량으로 연명해야 했다.

오늘날 으름재 길의 가치

으름재 길과 대문동 그 주변 마을은 교통로와 한때 사람들이 살았던 거주지 이상의 역사적 의미를 지닌다. 이 길은 일제강점기 강제 동원과 식민 정책의 흔적을 보여주는 동시에, 가야산 주민들이 그 속에서도 자립과 생존을 이어간 삶의 현장이었다.

아는 사람 많지 않지만 오늘날 이 길은 역사의 현장으로 남아 있다. 걷다 보면 덕산장을 향하던 주민들의 발걸음, 싸리 광주리에 담긴 생계의 무게, 강제 동원된 노동의 흔적이 고스란히 떠오른다. 이 길은 상가리, 으름재, 대문동, 용현리 주민들의 삶이 담긴 살아 있는 역사책이라 할 수 있다.

1940년 옥계리부터 운산까지 신작로 공사에 대한 신문 기사를 참고하면 다음과 같다.

경성일보, 【대전】 가야산의 잠자는 자원을 개발하기 위한 충남도의 노력

충남도는 오랜 기간 준비 끝에 예산과 서산 두 군의 경계를 이루는 가야산의 신비로운 자연과 산림 자원을 개발하기 위해 임도 개설을 추진했다. 이 사업은 충남도가 본 정부(조선총독부)에 요청하여 승인을 받았으며, 이왕직 소유의 임야와 산업부의 지원을 바탕으로 진행되었다.

1940년 11월 19일, 예산군 덕산면 옥계리의 현장에서 산업부 장관이 참석한 가운데 성대한 기공식이 열렸다.

사업 개요

- 임도 개설 구간 : 옥계리에서 운산면까지
- 총 연장 : 18,500m
- 도로 폭 : 4m
- 사업 면적 : 총 2,500정보(町步)
- 투자비 : 20,000엔

- 벌목량 : 약 600척의 침엽수(葉樹)를 포함하여 가야산 원시림에서 총 236,600척 규모의 나무를 벌목 예정.

사업 목적과 기대 효과

이 임도 개설 사업은 가야산의 자원을 효과적으로 개발하여 경제적 수익을 창출하기 위한 목적으로 추진되었다. 이를 통해 다음과 같은 효과가 기대되었다 :

1. 직접적인 수익
- 산림 벌목으로 약 15만 엔의 수익 예상.
2. 부가 수익 :
- 목재와 기타 산림 자원으로 5만 엔의 수익 예상.
3. 농산물 생산 및 운송 효과 :
- 쌀, 보리, 메밀, 참깨 등 잡곡, 담배 재료(연초), 과수 등 농산물 생산에서 약 15만 엔의 추가 수익 기대 등 총 35만 엔의 경제적 효과를 기대했다.

사업 목적은 산림 자원과 농산물을 효율적으로 생산·운송하기 위함이며, 이를 통해 가야산 권역의 경제적 잠재력을 극대화하는 것이었다.

※ 1940년의 35만 엔(圓)은 현재 가치로 환산하면 약 2,500억 원에 해당합니다. 이는 당시 쌀 한 가마(80kg)의 가격이 약 22.68원이었다는 점을 고려하여 계산한 결과입니다.

경성일보, 1940년 11월 20일 : 비경 가야산 임도 충남 공사 착수

신비로운 비경으로 알려진 가야산의 잠자는 자원을 개발하기 위해 충남도는 조선총독부에 요청을 올려, 이왕직의 승인을 받아 가야산 일대의 대규모 임야를 개방하고 임도 개설 공사를 착수했다.

당시 기공식은 덕산면 옥계리에서 성대하게 열렸으며, 조선총독부가 이 사업에 상당한 기대를 걸고 있음을 짐작케 한다. 그러나 기사가 자세하지 않아 기공식에 누가 참여했는지는 확인되지 않는다.

공사 진행과 중단

이 사업은 정상적으로 진행되었으나, 1945년 해방을 맞으며 공사는 중단되었다. 완공되지 못한 도로는 이후 방치되었고, 한국 전쟁 시기에 가야산에서 활동하던 빨치산을 소탕하기 위해 군사 작전 도로로 잠시 사용되었다.

사업의 목적과 계획

이 사업은 가야산 원시림을 개발하고, 쌀, 보리, 메밀 등 잡곡과 연초, 산과일 등을 효과적으로 생산하고 운송하기 위해 추진되었다. 도로의 구간은 옥계리에서 상가리, 으름재를 거쳐 운산까지 이어졌으며, 총 연장은 18,500m, 도로 폭은 4m로 계획되었다. 사업비는 총 2만 원이 투입되었으며, 사업 완공 후 농산물과 임산물 등에서 약 35만 원의 수입을 기대한다고 발표되었다. 이처럼 사업의 목적과 기대 효과는 매우 구체적으로 설계되어 있었다.

공사의 진행 상황

공사에는 장비와 함께 현지 주민들이 동원되었으며, 최대 난공사로 꼽히는 으름재 구간을 완공한 후 통통고개 아래까지 순조롭게 진행되었다. 그러나 1945년 해방 이후 공사는 중단되었고, 완공에 이르지 못했다.

도로의 활용과 변화

해방 이후 이 도로는 6·25 전쟁 당시 가야산에 숨어든 빨치산(내포 지역의 사회주의자 및 인민군 포함)을 소탕하기 위한 군사 작전 도로로 잠시 사용되었다. 주민들의 증언에 따르면, 이 도로로 유엔군의 탱크가 투입되기도 했다. 이후 도로는 상가리와 으름재에 거주하는 소수 주민들이 이용하며 관리되지 않아 자동차가 다닐 수 없는 상태로 점차 기능을 상실했다.

1970년대 들어 으름재 일대에 수십만 평의 밤나무 단지가 조성되면서 농장 측에서 대형 버스로 관계자들을 운송하기 위해 잠시 도로를 관리했으나, 이후 다시 방치된 상태로 남았다.

이후 주민들이 이용하다 2012년 백제의 미소 길(걷는 길)로 개발되어 활용하고 있다.

당시의 물자 운송과 시너지 효과

가야산에서 벌목된 나무는 인천, 서울, 부산 등으로 운송되었고, 해미나 서산, 당진 항구에서 배로 실어 나르기도 했다. 특히 삽교까지 운행하는 기차를 이용해 물자를 수송하면 큰 시너지 효과를 기대할 수 있었으나, 삽교천 상류를 건너야 하는 문제로 비가 오면 도강이 쉽지 않았다. 이에 따라 신작로를 개설하고 콘크리트 다리를 가설하는 등 인프라 구축이 공사의 핵심 과제로 포함되었다.

이와 같은 사업 계획은 당시의 열악한 환경 속에서도 매우 구체적이고 체계적으로 수립되었으며, 가야산 권역 개발에 대한 기대와 가능성을 보여준다.

현대의 으름재 길

2012년, 이 길은 "백제의 미소 길"이라는 이름으로 새롭게 탐방길로 조성되었다. 그러나 길의 아름다운 풍경 뒤에는 우리가 마주해야 할 역사의 이면이 있다. 으름재 길의 진정한 의미는 자연경관뿐 아니라, 그 안에 담긴 사람들의 삶과 시대의 흔적을 함께 이해하는 데 있다.

길의 초입에 안내판 하나 세워, 길이 품은 이야기를 방문객들에게 전달할 필요가 있다. 신작로와 으름재 길에 얽힌 역사는 우리가 후손들에게 숨김없이 알려야 할 소중한 과거다.

이 길을 걷는 것은 평범한 여행이 아니라, 역사 속으로의 시간 여행이자, 현재를 돌아보는 기회다.

나가는 글 : 변화의 길목에서 기록의 의미를 새기다

상가리에서 으름재로 이어지는 이 길은 시대의 흐름 속에서 다양한 변화를 겪어 왔다. 그 변화는 때로는 가파르고도 벅찼으며, 해방 이후 남북의 이념 대립과 내포 지역의 사회주의 운동과 같은 역사적 사건을 통해 오해와 단절의 그림자를 남기기도 했다.

한때 조용히 주민들만 이용하던 이 길은 '백제의 미소 길'이라는 탐방로로 조성되었다가, 최근에는 '원효 깨달음의 길'이라는 이름으로 바뀌었다. 그러나 이러한 명칭 변경이 지역 주민들의 공감대 형성이나 역사적 배경에 대한 충분한 설명 없이 특정 종교의 시각으로 추진되었다는 점은 아쉬움을 남긴다.

오늘날 종교가 지역과 더욱 조화롭게 공존하기 위해서는 보다 섬세한 배려가 필요하다. 신앙의 실천에서 중시되는 예의와 염치는 이러한 공공 사업에서도 마땅히 실현되어야 하며, 특히 지역민의 삶과 기억이 배어 있는 장소에서는 그들의 목소리에 진지하게 귀 기울이는 태도가 요구된다. 종교와 지역의 역사가 겹치는 곳일수록, 신앙과 지역의 공존을 모색하는 성숙한 태도가 요청된다.

이 길을 걷는다는 것은 과거를 단순히 뒤돌아보는 일이 아니다. 변화 속에서도 잊히지 않을 삶의 흔적을 되새기며, 그 흐름을 오늘에 연결하는 과정이다. 상가리와 으름재를 잇는 이 길은 그 자체로 한 편의 살아 있는 역사이며, 이를 올바로 이해하고 해석하는 일은 지역의 정체성을 되짚고, 역사의식을 심화시키는 중요한 실천이 될 것이다.

이 길 위에 쌓인 시간의 결은 여전히 뚜렷하다. 그것을 기록하고 성찰하는 일은 단순한 회상을 넘어, 앞으로도 꾸준히 이어져야 할 지역사 연구의 소중한 과제가 될 것이다.

으름재를 걷는 길목 어딘가에, 이 길의 역사와 의미를 조용히 전해줄 수 있는
작은 안내판 하나쯤은 있었으면 한다.

43. 단가(檀家)로 가야사와 옥병계 성수침(成守琛, 1493~1564)의 암각문에 대하여

성수침은 조선 중기의 대표적인 학인으로, 명종 대에 활약하였으며 사후 시호는 문정(文貞)이다. 1552년(명종 7년), 예산 현감으로 제수되었으나 벼슬을 사양하고 부임하지 않았다.

그의 아우 성수영(成守英)은 중종 38년(1543)에 덕산 현감으로 부임하였고, 이를 계기로 성수침은 당초 파주 우계에서 여생을 마치려던 뜻을 접고, 노모를 모시고 동생을 따라 덕산으로 향하였다. 이후 가야산 기슭에 자리한 가야사(伽倻寺)에 거처하며 한적한 산중 생활을 하게 된다.

이 시기, 성수침의 종질(從姪)인 성혼(成渾, 1535~1598)도 가야사에 머물며 학문을 익혔다. 훗날 율곡 이이와 사단칠정 논쟁을 벌이며 조선 성리학의 흐름을 바꾸게 되는 성혼의 학문적 토대가 이 시절의 가야사 유숙과도 무관치 않다 하겠다.

성수침이 남긴 암각문은 단순한 유람의 흔적을 넘어, 조선 중기 덕산 가야산을 중심으로 형성된 학문적 교류와 삶의 선택이 각인된 귀중한 기록이라 할 수 있다. 그의 행적과 암각문은, 내포 지역의 유교문화 지형도에서 가야사가 단순한 사찰이 아닌 사유와 거처의 공간이었음을 보여준다.

그가 남긴 암각문은 가야구곡(伽倻九曲) 제2곡 '옥병계(玉屛溪)' 암반에 새겨져 전한다. 이 시는 자연 속에서의 고요한 사색, 그리고 무위(無爲)의 삶을 지향하는 그의 내면 세계를 잘 드러낸다.

옥병계에서

– 성수침

獨抱瑤琴過玉溪
혼자 요금을 안고 옥계천을 건너노라
琅然淸夜月明時
맑고 고요한 밤, 달빛이 청량하였지
秪今己矣無心久
이제는 그만일세, 세속의 뜻을 비운 지 오래
却怕山前荷簣知
산 앞 삼태기 멘 은자가 이를 알아차릴까 두렵구나
獨抱瑤琴過玉溪(독포요금과옥계)
고결한 마음을 상징하는 요금을 안고 옥병계 계곡을 조용히 지나감. 은둔자의 길을 걷는 모습을 상상할 있다.
琅然淸夜月明時(낭연청야월명시)
맑은 거문고 소리와 고요한 달밤이 어우러진 순간. 자연과 하나 되는 선경(仙境)의 장면을 묘사하고 있다.
秪今己矣無心久(지금기의무심구)
이제는 세속에 마음 두지 않은 지 오래. 벼슬과 명예에 대한 집착에서 벗어난 삶의 고백일 것이다.
却怕山前荷簣知(각파산전화궤지)

오히려 산속 은자(荷篑)가 자신의 속마음을 알아챌까 두려움. 무심조차 들키길 꺼리는 섬세한 내면의 표현이다.

이 시는, 은거한 선비가 자연 속에서 누리는 평정한 심경과 동시에 그것조차 누가 알아볼까 하는 조심스러움을 섬세하게 드러낸다. '요금(瑤琴)'은 고결한 선비의 심성을 상징하고, '옥계(玉溪)'는 가야산의 제2곡에 해당하는 옥병계의 은유적 표현이다.

마지막 구절의 "삼태기 멘 은자(荷篑)"는 노장적 은유로, 진정한 은자가 자신을 알아볼까 두려워한다는 반어적 표현이다. 이는 자아의 경계를 더욱 단단히 하고자 하는 사림의 고고한 태도, 또는 진정한 '무심(無心)'의 경지에 아직 이르지 못한 인간적 고뇌를 동시에 암시한다.

성수침의 이 암각시는 단지 유람의 기록이 아니라, 가야산이라는 공간에서의 삶과 사유, 그리고 유교적 고독과 자연 속 무위의 철학이 어우러진 한 편의 정갈한 수묵화와도 같다. 그의 발자취는 가야구곡의 풍광과 함께 지금도 옥병계 바위 위에 고요히 남아 있다.

성수침과 성수영 그리고 성혼이 가야사에서 살았던 배경에 대하여

조선 중기 '단가'로서의 가야사 – 성수침 일가의 가야산 거주를 중심으로

조선 시대 내포 지역, 특히 덕산현에 자리 잡은 가야사(伽倻寺)는 단지 불교 신앙의 공간이 아니었다. 중기 이후로 가야사는 '단가(檀家)', 즉 지방관이나 유

림, 문인들이 임시로 거처하거나 손님을 접대하던 공간으로 기능하였다. 이처럼 사찰이 관사 또는 유숙소로 활용되는 사례는 조선 시대 산간 지역의 특수한 행정·주거 환경에서 비롯된 독특한 문화 현상이다.

대표적인 예가 1543년(중종 38)이다. 이 해에 성수종(成守琮)이 덕산 현감으로 부임하면서, 병중이던 어머니와 형 성수침(成守琛, 1493~1564), 그리고 조카뻘 되는 성혼(成渾, 1535~1598) 등 가족이 함께 덕산으로 내려왔다. 이들은 덕산 읍성에 머무르지 않고, 가야사로 거처를 정해 한동안 머물렀다. 병든 어머니를 모시고 산사의 조용한 공간에서 치유와 사색, 학문을 병행하려는 뜻이 담겨 있었을 것이다. 이후 성수침은 이곳 가야사 인근의 옥병계(玉屛溪)에 자신의 시를 암각문으로 남겼고, 성혼 또한 이 시기에 가야사에서 학문을 닦으며 성장한 것으로 보인다.

이러한 사례는 단발적인 일이 아니었다. 17~18세기에도 가야사는 덕산현에 부임한 수령이나 가야산을 유람하던 사대부들이 임시 거소로 자주 이용하였으며, 이를 증명하듯 가야사 주변에는 이들이 남긴 아회(雅會) 기록과 문집, 그리고 암각문들이 수십 곳에 이른다. 옥병계, 와룡담, 석문담, 무이천 일대의 병풍바위나 너럭바위에는 20여 곳 넘는 각자(刻字)가 남아, 이곳이 단순한 불사의 공간을 넘어 지식인 교류의 장이었음을 증명한다.

그러나 1730년 이후, 가야사에 대한 기록은 문집에서 더 이상 등장하지 않는다. 이는 사찰의 위상이 급격히 쇠퇴했음을 시사한다. 가야산의 절집들은 점차 폐사되었고, 몇몇 암자에 승려 한두 명이 명맥을 이어가는 수준으로 축소되었다. 결정적인 사건은 1846년 흥선대원군이 남연군의 묘지를 조성하며 가야사 금탑과 가야사를 대신해 남아 있던 가람을 전소(焚燒)한 일이다. 이로써 가야사 전각은 물론, 내(川) 건너편의 묘암사, 남전암, 보응전 등도 흔적 없이 사라지게 되었다.

이러한 단가 사찰의 기능은 덕산뿐 아니라 내포 지역 전반에서 확인된다. 예컨대 서산시 대산 지역의 망일사(望日寺)와 대흥군의 안곡사(安谷寺) 역시 대표적인 단가였다. 초려 이유태(李惟泰, 1607~1684)는 1662년(임인년) 8월, 형 이유택이 대흥 현감으로 재직 중이던 시기, 관아에서 잠시 머물다가 9월에 안곡사로 거처를 옮긴다. 초려의 연보와 남유상(南有常)의 시를 통해 안곡사가 단가로 사용되었음을 유추할 수 있다. 이때 초려를 찾아온 이는 다름 아닌 홍주의 대 유자 창강 조속(滄江 趙涑, 1595~1668)으로, 그들은 며칠간 안곡사에서 함께 강학하며 뜻을 나누었다.

이처럼 조선 시대 지방 수령이나 문인들에게 산사(山寺)는 단순한 불교 공간이 아니라, 행정과 학문, 휴식이 어우러진 다목적 공간이었으며, 그중 가야사는 덕산 관아의 부족한 관사 시설을 보완하는 '단가'로서 핵심적 역할을 하였다. 동시에 성수침, 성수종, 성혼의 사례처럼 한 가문이 지닌 은둔과 학문의 이상이 실현된 장소이기도 했다.

오늘날, 가야사의 가람은 사라졌지만, 옥병계 암각문과 너럭바위에 새겨진 시문들, 그리고 사라진 사찰의 이름은 가야산과 내포 지역의 유교와 불교, 행정과 사색, 인간과 자연이 교차한 현장을 말없이 증언하고 있다. 앞으로 관련 문헌과 유적이 더 발굴된다면, 가야사의 단가 기능은 지역사의 중요한 단서로 작용할 것이다.

맺는글 – 사라진 절집, 그러나 살아 있는 기억

가야사는 조선 중기 이후 덕산현의 행정과 지식인 문화를 잇는 중요한 공간이었다. 이 절집은 단지 불공을 올리는 사찰이 아니라, 병든 어머니를 모시고 내려온 성수침과 성수종, 그리고 젊은 성혼이 머물며 사색과 수양을 이어가던 집이었다. 산문(山門) 너머 흐르는 옥병계의 맑은 물소리와 함께 거문고를 안고 걷던 선비의 모습은, 그곳에 새긴 암각시 한 수로 지금도 우리 앞에 남아 있다.

그리고 그 뒤를 이은 17~18세기의 덕산 현감들과 문인들 또한 가야사를 일시적인 관사로, 혹은 지적 교류의 장으로 삼아 머물렀다. 절집은 머물고, 먹고, 배우고, 나누는 장소였고, 그 흔적은 지금도 너럭바위와 병풍암의 글씨로 새겨져 있다.

그러나 역사의 한 굽이, 1845년 남연군 묘역 조성을 위한 불길은 그 모든 것을 삼켜버렸다. 가야사는 전각도, 탑도, 승려도, 그리고 그 안에서 오고 갔던 인연도 함께 사라진 듯 보였다. 허나 사라진 것은 눈에 보이는 건물일 뿐이다. 성수침의 시, 성혼의 기억, 각자에 남겨진 이들의 자취는 가야산 깊은 골짜기에 지금도 살아 있다.

'단가'라는 이름으로 이어졌던 가야사의 또 다른 역할은, 지방 행정의 빈틈을 메우는 실용의 공간이었으며 동시에 자연과 함께하는 고요한 삶의 장이기도 했다. 조선 선비들은 가야산에서 단지 머무른 것이 아니라, 살고, 배우고, 그리고 남겼다.

이제 우리가 해야 할 일은 그 흔적을 조용히 복원하고, 그 안에 담긴 기억을 되살리는 일이다. 그렇게 가야사는 다시, 내포의 산줄기 속에서 살아 숨 쉬는 '기억의 장소'가 될 것이다.

44. 가야산 계곡에서 발견한 9엽 수막새 :
   흙 속에서 깨어난 역사와 추억

충남 가야산의 보원사지에서 군왕골(구랑골) 계곡을 따라 오르다 보면, 가야산 옥양봉 아래로 북쪽 산기슭에 위치한 백암사지 터에 다다르게 된다. 이곳은 현재 운산면에 속해 있지만, 조선 시대에는 덕산현에 속하는 지역이었으며 가야사에 속하는 사찰이었다. 백암사지의 규모는 약 1천여 평에 이르는 넓은 터로, 고려 시대 이전부터 운영되었던 사찰로 알려져 있다. 지금은 석축 일부만 남아 한때의 영화를 전할 뿐이지만, 한때 이곳은 불교문화와 관련된 활동으로 활발했던 가야산 불교의 중심지였을 것이다.

상가리와 용현리 주민들의 증언에 따르면 백암사지는 1960년대까지만 해도 이곳에는 석탑과 승탑 등의 여러 유물이 남아 있었다고 한다. 하지만 이 유물들은 전문 도굴꾼에 의해 반출되었다. 사지의 석탑 등을 기억하는 마을 주민들의 증언에 따르면, 1960년대에 교수로 자처하는 사람들이 찾아와 주민들에게 넉넉한 일당을 제공하며 이곳의 유물을 반출했다고 한다. 상가리와 용현리 트럭의 운행이 가능한 신작로까지 반출 작업에 참여했던 주민들의 증언과 지역 사람들의 목격담이 이를 뒷받침하고 있다. 1962년, 박일훈이 논문을 쓰기 위해 이곳을 조사했을 당시 대좌 등의 흔적이 남아 있었다고 기록에 남겼지만, 지금은 그마저도 흔적을 찾기 어렵다.

9엽 수막새의 발견

여름비가 한차례 지나간 뒤, 흙더미 속에서 한 조각의 수막새가 모습을 드러냈다. 9개의 꽃잎이 정교하게 조각된 연화문 수막새였다. 비록 오랜 세월 땅속에 묻혀 있었던 탓에 일부는 훼손되었지만, 그 섬세한 문양은 여전히 생생하게 남아 있어 당시 사찰의 품격을 짐작하게 했다. 이 수막새는 백암사지에서 약 50미터 떨어진 계곡 하류에서 발견되었으니, 상류에서부터 물살에 의해 흘러 내려온 것으로 보인다. 발견된 와편의 표면은 오랜 시간 굴러온 흔적이 남아 있었지만, 문양의 기본 형태는 선명히 남아 있었다.

어린 시절의 기억이 이 수막새와 함께 떠올랐다. 나는 가야사지 주변에서 자랐고, 절터는 나와 친구들의 놀이터였다. 그 시절, 비슷한 형태의 수막새를 돌더미 속에서 찾아내곤 했다. 특히 수막새의 동그란 부분을 다듬어 목자치기 놀이에 사용하곤 했는데, 지금도 그때의 추억이 생생하다. 수백 년 전 사찰의 흔적이었던 기와 조각들이 아이들의 손에서 또 다른 쓰임새로 새롭게 태어났던 것이다.

가야산 계곡의 유적들

가야산 계곡에는 여전히 수많은 와편들이 흩어져 있다. 대부분은 풍화가 심해 원형을 알아볼 수 없을 정도로 손상되었지만, 간혹 온전한 형태를 간직한 조각들이 발견되기도 한다. 여름의 폭우나 겨울의 차가운 냇물이 흐르는 계절이 되면 상류에서 흘러 내려온 유물들이 모습을 드러내곤 한다. 이 와편들은 한때 가야산의 여러 사찰에서 사용되었던 기와들로 보이며, 이 지역에 기와를 제작했던 가마가 있었음을 암시한다.

하지만 아직까지 기와 가마의 흔적은 발견되지 않았다. 가야산의 곳곳에서 가마터에 대한 이야기가 전해지는데 정작 기와 가마가 어디에 있었는지에 대한 주민들의 목격담도 없는 상황이다. 아마도 가야산의 가야동, 보현동, 혹은 그 인근 어딘가에 존재했을 가능성이 높다. 기와를 생산하던 가마터를 발견하는 경우 가야산 일대의 불교문화와 역사적 배경을 밝히는 데 중요한 단서가 될 것이다.

가야산 사찰과 9엽 수막새의 의미

우리나라의 수막새는 고구려, 백제, 신라 시대부터 널리 사용되었다. 고구려의 수막새는 꽃잎이 뾰족하고 다소 강렬한 인상을 주는 연화문이 많으며, 백제의 수막새는 부드럽고 넓은 꽃잎이 특징이다. 백암사지에서 발견된 9엽 수막새는 꽃잎의 형태가 조화롭고 섬세하게 표현되어 있으며, 당시 사찰 건축의 미적 감각과 종교적 상징성을 담고 있다. 특히 9엽이라는 숫자가 가지는 의미는 명확히 밝혀지지 않았지만, 이는 사찰의 건축과 예술적 감각을 엿볼 수 있는 중요한 단서다.

잊혀진 역사, 남겨진 흔적

백암사지는 현재 발굴과 보호의 손길을 애타게 기다리고 있다. 세월의 무게에 짓눌린 이 유적들은 적절한 관리와 연구가 이루어지지 못해 점점 그 형태와 의미를 잃어가고 있다. 과거에 반출된 유물들을 포함해, 아직 땅속에 잠들어 있을 유물들을 발굴하여 제자리에 돌려놓아야 할 것이다. 백암사지의 전체 사역을 조사하고 유물의 원래 위치를 확인하는 일은 가야산 일대에 깃든 불교문화와 지역 역사를 복원하고, 후대에 전할 수 있는 중요한 작업이기도 하다.

가야산의 사찰 터는 평만한 건축물의 흔적이 아니라 이곳에는 당대 사람들의 생활과 종교적 열망, 문화적 정체성이 깃들어 있다. 백암사지와 그곳에서 발견된 9엽 수막새는 과거와 현재를 잇는 다리이자, 미래를 향해 열려 있는 통로다. 흙 속에서 깨어난 유물은 그저 과거의 조각이 아니라, 오늘날 우리에게 새로운 영감을 주는 이야기의 시작이 될 것이다.

45. 헌종 가봉태실의 조성 과정과 덕산군 승격

들어가는 글

덕산현은 고려 시대에 덕풍과 이산, 두 개의 고을로 나뉘어 있었다. 덕풍은 고려 현종 때 운주에 속하게 되었고, 명종 대에는 감무를 두어 별도로 다스렸다. 이산현(伊山縣) 역시 현종 대에 홍주에 예속되었다가 이후 감무가 파견되었으며, 조선 건국 이후인 1405년에는 지나친 피폐를 이유로 두 현을 통합하고, 1413년부터는 덕산이라는 이름으로 현감을 파견하였다. 그러나 1755년, 덕산 출신 박찬신이 역모 사건에 연루되면서 덕산현은 중앙의 신뢰를 잃고 전국에서 가장 낮은 반차로 내려앉는 불명예를 겪었다. 이후 오랜 세월이 흐른 끝에, 1847년(헌종 13)에 헌종 태실의 가봉을 계기로 덕산은 마침내 군으로 승격되었고, 1913년 행정 구역 개편에 따라 예산군에 병합되었다.

내포 지역의 중심지 덕산(德山)은 예로부터 가야산의 신령한 기운을 품은 산세와 넉넉한 평야가 조화를 이루는 고장이었다. 조선 초기에 충청병영이 설치되며 군사적 요충지로 부상하였고, 내포 지역 사회의 중심지로 기능하였다. 그러나 17세기 들어 가야산을 배경으로 강위징, 이현, 황진기 등이 무력 세력을 형성해 왕조를 위협하였고, 박찬신의 역모 사건까지 더해지면서 덕산현은 정치적 불신을 받아 위계가 낮아지는 반차 조치를 겪게 되었다.

그러한 덕산이 19세기 중반, 오랜 불명예를 딛고 '현(縣)'에서 '군(郡)'으로 승격된 해가 있었으니, 그것이 바로 헌종 13년, 1847년의 일이었다.

현에서 군으로의 승격은 단지 행정 구역 명칭의 변경에 그치지 않는다. 이는 한 고을의 위상과 기능, 역사적 정체성이 새롭게 자리매김되는 중대한 전환이었다. 더욱이 조선 후기처럼 정치적 중심화가 강화되고 도성 중심의 질서가 뿌리내린 시대에 변방의 작은 현이 군으로 격상된 사례는 드물었다. 덕산은 어찌하여 이 같은 전환점을 맞이하게 되었는가.

그 열쇠는 가야산 명월봉에 안치된 헌종의 태실이, 헌종 즉위 이후 뒤늦게 가봉(加封)되며 단행된 상징적 조치에서 찾아볼 수 있다.

조선 왕실의 태실을 유치하는 일은 단순한 의례를 넘어, 해당 지역에 왕실의 권위와 위계를 상징적으로 부여하는 행위였다. 특히 헌종의 태실이 덕산 가야산 명월봉에 자리 잡게 된 결정은 지리적 조건만으로 설명되기 어려운 선택이었다.

그 배경에는 추사 김정희(金正喜)의 조용한 손길이 있었던 듯하다. 그는 헌종의 부친인 효명세자의 필선(弼善)으로서 궁중의 깊은 신임을 받았고, 학문과 예술, 정치적 식견에 이르기까지 조선 지식인의 모범으로 여겨진 인물이었다. 특히 유배에서 풀려난 뒤 덕산에서 말년을 보낸 그는, 왕실과의 인연을 바탕으로 덕산의 위상을 끌어올리는 데 있어 은밀하면서도 깊은 영향력을 행사했을 가능성이 크다.

이 글은 덕산이 '현'에서 '군'으로 다시 자리매김하게 된 역사적 맥락을, 헌종 태실의 가봉이라는 상징적 사건과 그 이면에 놓인 추사 김정희라는 인물을 중심으로 차분히 살펴보려는 시도다. 겉으로는 조용히 변모한 듯한 덕산의 역사 속에는, 이름 없이 작용한 힘과 보이지 않는 흐름이 있다. 한 고을의 위상이 어떻게 바뀌고, 그 변화의 동력은 어디서 비롯되는지를 더듬어가며 우리는 조선 후기 지역사의 한 단면을 들여다보게 될 것이다.

헌종 즉위와 태실 가봉 논의 (1837~1847)

1837년, 헌종이 즉위하면서 태실 가봉이 논의되었다. 그러나 초기에는 사친인 효명세자(추존 익종)의 태실 가봉에 집중하면서 본인의 태실 가봉은 미뤄졌다.

1845년(헌종 11년), 즉위 11년 차에 좌의정 김도희가 태실 가봉을 청하며 다음과 같이 상소하였다.

삼가 살펴보건대, 역대 왕자들은 태실에 봉건(封建)하는 의례를 베푸는 것이 곧 국조(國朝)의 불변의 전례이온데, 지금 우리 성상(聖上)께서 즉위하신 지 이미 십일 년이 되었음에도, 덕산 가야산의 태실은 아직까지 봉건되지 못하고 지체되었으니, 이는 실로 오늘날의 빠뜨린 예제라 하겠습니다.

이는 사안이 매우 중대하므로 하루라도 더 지체할 수 없이 거행할 뜻으로 관계 부서(해당 관아)에 지시할 것을 건의하였더니,

전하께서 말씀하시기를 "내년 봄에 거행함이 좋겠다"고 하셨습니다.

〈"謹按列輒有胎室加封之擧卽是國朝彝典而我聖上御極今德山伽倻山胎室爲
十有一年向稽緩尙未加封依前朝已行之例寔今日之闕典也事體至重有不容一卽
爲擧行之意分付該曹何如上曰待明春擧行可也."〉

그러나 1846년, 태실의 좌향이 좋지 않다는 관상감의 의견에 따라 가봉이
1847년으로 연기되었다.

병오년(1866년) 10월 20일. 예조 판서 박영원이 시기(時忌)에 임금께 뵙고 아뢰
었다.

덕산 태실의 가봉(加封)은 이미 지난해에 명을 받들었으나,

올해는 여러 일정 때문에 진행이 여의치 않아, 신하가 작성한 초안에는 내년에
가봉을 거행하자는 내용으로 이미 재가를 받았습니다.

이에 따라 공사 인력은 미리 준비를 해야 하므로,

새해 달력(신력)이 반포된 이후에 다시 보고드리겠사오니,
감히 이를 아룁니다.
임금이 말씀하시길 "그대로 하라(依爲之)."

〈"丙午十月二十日. 禮曹判書侍時忌朴永元所啓引見入德山胎室加封成命在於
昨年而今年則坐向有拘因臣曹草記待明年擧行事批下矣工役當預先經紀新曆

頒下後啓下故敢此仰達矣上曰依爲之."〉

명월봉 태실지 결정 과정 (1846~1847)

삼망단자(三望單子)와 덕산 명월봉의 헌종 태실 : 추사 김정희의 숨은 기여

조선 시대 왕실에서 왕자가 탄생하면, 곧 태실(胎室)의 입지를 정하는 일이 국가적 의례로 이어졌다. 이 결정은 지리적 선택이 아니라, 지역의 위상과 정치적 상징이 걸린 중대한 일이었다. 관상감(觀象監)은 풍수와 지리, 음양오행의 이치를 종합하여 전국에서 세 곳의 후보지를 선정하고, 이를 '삼망단자'에 기록하여 왕에게 올렸다. 국왕은 이 삼망단자 중 한 곳을 선택해 태실 입지를 최종 결정하였다.

당시 관상감에서는 다음 세 곳을 후보지로 제시하였다.
① 충청도 덕산군 서면 명월봉
② 충청도 회인현 북면
③ 강원도 춘천부 수청원

지리학 전정(地理學前正) 박주학이 세 곳을 직접 답사한 후, 덕산 서면 명월봉이 길지(吉地)로 판정되었다.

"덕산현 태실은 자좌(子坐) 방위에 따라 봉해졌다."〈"德山縣胎室加封,子坐之原."〉

즉, 덕산현의 자좌지원(子坐之原, 자(子) 방위(정북향)를 등지고 앉는)이 가장 적합하다고 평가되었다. 이에 따라 1847년 명월봉으로 태실 봉안이 결정되었다.

이와 같은 나름의 치열한 과정을 거치면서 덕산 가야산의 명월봉은 헌종(憲宗)의 태실지로 낙점되었고, 이는 지역적 명예와 함께 조선 후기 내포 지역의 정치적 격상에 결정적 전환점이 되었다. 19세기 중반, 덕산현은 그리 명예로운 고을이 아니었다. 1728년 이인좌의 난 당시, 덕산 지역은 반란 세력의 근거지로 지목되며 강위징(姜渭徵), 이현(李鉉), 황진기(黃鎭紀) 등 역모 가담자들과 연루되었고, 박찬신(朴贊臣) 또한 덕산 출신이라는 이유로 연좌되었다. 그 여파로 덕산현은 전국의 군현 체계 속에서 가장 낮은 등급의 현으로 격하되었다.

이러한 덕산현의 오명을 벗고 위상을 회복할 수 있는 결정적 전환점이 바로 헌종 태실의 유치였다. 그 배후에는 추사 김정희(金正喜, 1786~1856)의 보이지 않는 영향력이 작용하고 있었던 것으로 보인다. 추사는 1827년, 당시 세자였던 효명세자(孝明世子)의 교육을 담당하는 필선(弼善)으로 발탁될 정도로, 왕실 내에서 신임받는 학자이자 문인이었다.

주목할 것은 그보다 1년 전인 1826년(순조 26), 왕실의 절대적인 신임을 받고 있는 추사가 충청 우도 암행어사로 임명되어 110여 일 동안 지방을 순회했을 당시 덕산현을 방문한 기록이다.

그는 서계(書啓)에 덕산 현감 정세교에 대하여 다음과 같이 쓰고 있다.

덕산 현감(德山縣監) 정세교(鄭世教)입니다. 초예(初譽)는 치밀하고 좋은 쪽[綜明]으로 평이 났으며, 다스릴[爲治] 때는 자애·성신을 다했습니다. 진휼할 때는 실질적 혜택[實惠]이 있었으므로 백성들의 기대가 대단했습니다.라고 쓰고 있다. 이는 당시 충청 우도 현감들에 대한 비판적인 평가와 비교되는데 훗날 덕산 명월봉을 헌종 태실의 후보지를 결정하는 과정에서 추사의 영향력이 반영되었을 가능성을 시사한다.

헌종의 태가 명월봉에 안치된 것은 1847년. 덕산 지역이 다시 조정의 관심과 보호를 받는 지역으로 부상하게 된 중대한 사건이었다. 실제로 이 일을 계기로 덕산현은 '덕산군(德山郡)'으로 승격되며 명월봉 태실은 정치적·상징적으로 덕산의 재부흥을 알리는 신호탄이었다.

결과적으로 덕산은 추사 김정희라는 인물을 통해, 역사적 전환의 계기를 마련하게 된 셈이다. 학문과 예술의 경지를 넘어, 국가 의례와 지역 행정에도 실질적 영향력을 행사한 인물로서 추사의 또 다른 면모를 확인할 수 있다.

오늘날 추사는 흔히 암행어사, 금석학자, 시인 혹은 예술가로 회자되곤 한다. 그는 덕산의 가능성을 일찍이 주목하고 이를 조정에 알리며 실질적인 변화를 이끌어낸 인물로, 덕산을 변호하고 그 가능성을 발굴한 '은인'이라 불릴 만한 존재였다.

태실 조성을 위한 모든 석재는 덕산 대치리에서 채취되었다.

1846년 12월 21일 : 석재 품질 간품.

1847년 1월 2일 : 석재 채취 시작.

3월 10일 : 표석에 글씨 새김 완료.

3월 21일 : 태실 석물 배치 및 완공.

이 과정을 통해 완성된 태실 석물은 장인의 손길로 세밀히 다듬어졌으며, 모든 과정은 "성상 태실 가봉 석란간 조배 의궤"〈"聖上胎室加封石欄干造排儀軌, 胎室石物加封圖."〉에 남겼다.

장인과 인력 구성

헌종의 가봉 태실은 즉위한 지 11년이 지난 1845년부터 논의되었고, 1846년 10월 말부터 본격적으로 추진되었다. 11월 7일 관상감에서 길일을 택하였고 11월 10일 영조의 가봉 태실을 전례로 삼았다.

가봉 태실은 관상감 제조가 책임을 졌고 충청도 관찰사나 덕산 현감 및 해미 현감 등 지방 수령들이 감독하였다. 석물을 제작한 장인의 장색은 6종에 총 50명이었다. 서울에서는 석수 2명과 각자장 1명이 차출되었고, 충청 장인들은 덕산을 비롯하여 10곳에서 동원하였다. 그 밖에 각 군현에서 연군 1,010명과 승군 310명을 분정하여 5일간 부역하게 하였다.

물력은 충청도 34곳의 군현에서 조달하였다. 석재는 덕산현 대치리에서 1846년 12월 21일 석재의 품질을 간품했다. 1847년 1월 2일 석재를 떠내는 작업을 시작하여 3월 10일 표석에 글씨를 새겼고, 태실 석물은 3월 21일에 배치하였다. 완공 후 태봉도가 그려졌고 현존하고 있다.

1847년 3월 21일 아기 태실을 가봉 태실로 조성한 다음에는 현에서 군으로 승격한 전례에 따라 덕산현은 덕산군으로 승격되었다.

『비변사등록』, 헌종 13년(1847) 5월 13일. 또한 아뢰건대,

과거에도 태실을 가봉한 고을은 현(縣)에서 군(郡)으로 승격한 선례가 이미 있사옵니다.

이제 덕산현도 태실 가봉을 마쳤으므로,

그 예에 따라 군으로 승격시키고, 군수(郡守)를 임명하려는 뜻을 전교하시어

전조(銓曹, 인사 담당 관청)에 지시하는 것이 어떻겠습니까?

임금께서 이르시길, "그대로 하라(依爲)."
〈"又所啓, 胎室加封之邑, 以縣陞郡, 旣有已例矣, 德山縣胎室加封, 今旣告完, 依例陞爲郡守之意, 分付銓曹何如, 上曰, 依爲."〉

가봉 태실을 제작하기 위해 동원된 장인의 장색은 석수, 노야장, 화원, 책장, 각자장, 목수 등 6종이었고, 총 인원수는 50명이었다. 특히 서울의 장인은 경석수 2명과 경각자장 1명 등 3명을 차출하였다. 충남 장인들은 47명으로서 석수 36명, 노야장 4명, 화원 1명, 책장 2명, 각자장 2명, 목수 2명이었다. 장인의 출신지는 서울, 남포, 온양, 공주, 청주, 홍주, 천안, 목천, 홍산, 대흥, 덕산 등 11

곳에서 동원하였는데, 석물을 다루는 석수의 비중이 높았다.

경석수 2명과 함께 향석수는 덕산을 비롯한 여러 지역에서 34명이 활동하였다. 석수들이 돌을 떠낼 때 정과 끌을 만들어주던 노야장 4명은 덕산의 장인이었다.

공사가 시작되는 1847년 1월 28일에 공장과 군인 등을 인부로 동원하였다. 태실의 수호군(守護軍)은 본래 2명으로 정해져 있는데, 6명을 더하여 총 8명으로 정하였다. 당시 부역군은 200명이었고 그들은 민간에서 출역한 연군(烟軍)으로서 1달간 부역하도록 하였다. 각 읍에서는 역군 1,010명, 승군(僧軍) 310명을 분정하여 5일간 부역하게 하였는데, 기록을 집계한 결과 역군 1,000명, 승군은 320명으로 총 1,320명이었다.

태실 공사에는 장인과 인력이 대규모로 동원되었다.

장인 구성 : 석수, 각자장, 노야장, 화원 등 총 50명.
“工匠秩 : 畵員山柳成文.”
“德山朴基默冊匠二名, 石匠三十四名.”

동원 인력 :
역군 1,000명, 승군 320명.
“守護軍元定二名加定六名.”
현종 가봉 태실의 모습은 완공된 이후 덕산 출신의 화원 박기묵(朴起默)이 그렸으며, 이것은 덕산의 책장(冊匠) 2명이 족자 형식으로 꾸몄다.

『聖上胎室加封石欄干造排儀軌』
"忠淸道德山縣伽倻山明月峯子坐德山朴基默冊匠二名德聖上胎室石物加封圖"

헌종 태실 및 남연군묘 수호군 편성 (1847)

1847년 3월 21일 아기 태실을 가봉 태실로 조성한 다음에는 태실을 지키는 수호군 편성 또한 강화되었다. 기존 2명의 수호군에 6명을 추가하여 총 8명으로 편성되었다.

수호군으로 원래 정해진 자가 두 명이며, 여기에 여섯 명을 더하여 모두 여덟 명을 확정하였음.

그 인물은 다음과 같다.
오용돌, 고금철, 조신혁, 김백남, 손이선, 고악지, 박파회.〈"守護軍元定二名加定六名 吳用乭 高今哲 趙辰赫 金白男 孫二先 高岳只 朴巴回."〉

1865년 『대전회통』 禮典 雜令 [守墓軍] 대전회통 예전 잡령 수묘군,
○ 守墓軍, 德興大院君墓十六名, 仁嬪墓十名, 大王私親墓十名, 世子私親墓五名, 昌嬪墓五名, 王后考·妣墓, 每位各二名, 燕山君墓十名, 綾原君墓二名。補南延君墓八名。

덕흥대원군 묘역 16명,

인빈 묘역 10명,

대왕 사친 묘역 10명,

세자 사친 묘역 5명,

창빈 묘역 5명,

왕후고비묘역 각 2명,

연산군 묘역 10명,

능원군 묘역 2명이다.

보남연군 묘역 여덟 명.

『대전회통』은 1865년 『대전통편』 체제 이후 80년간의 수교(受敎) 및 각종 조례 등을 보완하여 정리한 조선 시대 최후의 통일 법제서이다.

태실 조성과 군 승격의 역사적 의미

헌종 태실 가봉은 국가 전례로서 국왕 권위의 상징이자 통치 정당성을 드러내는 정치적 행위였으며, 동시에 덕산군 승격을 통해 지역의 위상을 높이고 경제적 기반을 확장시킨 행정적 전환점이었고, 특히 덕산 출신 화공 박기묵이 그린 태봉도와 석물 제작을 통해 조선 후기 장인 정신과 예술적 성취를 집약한 문화사적 장면이기도 하였다.

헌종 태실 가봉은 국가의 전례로서 국왕 권위의 상징이자 통치 정당성을 표방한 정치적 행위였다. 동시에 덕산군 승격을 통해 지역의 위상을 제고하고 행정적·경제적 기반을 확장시킨 행정사적 전환점이었다.

특히 덕산 출신 화공 박기묵이 그린 태봉도(胎封圖)와, 석물(石物) 제작 및 가봉 의례의 과정을 기록한 도상은 조선 후기 장인 정신과 회화·공예의 정수를 집약한 문화사적 장면으로 평가된다.

그 가운데 덕산 출신의 화공 박기묵의 헌종 태봉도는 헌종 대 태실 가봉을 시각화한 대표적 의궤 도상으로, 1847년 이전의 가야구곡 관어대(觀魚臺) 풍경을 유일하게 확인할 수 있는 도상 자료로서 사료적 가치가 크며, 이러한 점을 인정받아 국가 지정 보물로 지정되었다.

무엇보다 주목할 점은, 헌종 태실의 입지 선정 과정과 덕산의 행정적 위상 회복 뒤편에 추사 김정희의 영향력이 은밀히 작용하고 있었다는 사실이다. 추사는 헌종의 생부인 효명세자의 필선(筆筌)으로 활동하며 왕실과 깊은 인연을 이어온 인물이었다. 그는 덕산 가야산 자락에 태실 입지를 정함에 있어 풍수적·지리적 조건을 치밀히 검토했고, 또한 당시 쇠락한 덕산현이 태실지로 반차(班次)되어 군으로 승격될 수 있도록 물밑에서 조정의 인사들과 긴밀히 교감하며 지역의 부활을 위해 노력한 은인이었다.

이렇듯 헌종 태실 가봉은 왕실의 전례에 머무르지 않고, 정치·행정·문화·예술이 맞닿은 지점에서 조선 후기 국가 질서와 지역 사회의 흐름을 함께 보여주는 복합적인 역사 사건이었으며, 그 핵심에는 추사의 식견과 혜안, 그리고 덕산에 대한 애정이 조용히 녹아 있었다.

46. 왕실 권위 회복의 무대가 된 가야산,
1865년 흥선대원군의 행차와 그 파장

가야산, 권력의 그림자를 품다

충남 덕산의 가야동은 통일 신라 이전부터 내포 지역 불교의 중심지로 자리 잡았으며, 유서 깊은 고찰 가야사가 이곳에 세워져 오랜 세월 신앙과 교류의 중심이 되었다. 수많은 이들이 이곳을 찾아 기도하고 위안을 구했으며, 가야사는 단지 종교 시설에 그치지 않고 지역 사회의 정신적 구심점 역할을 해왔다. 그러나 18세기 초 가야사가 폐사된 이후, 가야동은 오랜 시간 동안 침묵에 잠긴 채 외부의 관심에서 멀어진 조용한 마을로 남게 되었다.

이 고요를 깨운 인물은 조선 말기 권력의 중심에 선 흥선대원군 이하응이었다. 그는 1845년, 자신의 아버지 남연군의 묘를 경기도 연천에서 덕산 가야동으로 이장하며, 이곳을 다시 조명하게 만들었다. 지세가 뛰어난 명당으로 판단했을 뿐 아니라, 장차 조선 왕조의 중흥을 도모하는 정치적 상징 공간으로 삼으려는 의도도 담겨 있었다. 이후 그의 어린 아들이 조선의 제26대 왕으로 즉위하면서, 가야동은 더 이상 변방이 아닌, 왕실 권위가 서린 특별한 공간으로 변모하게 된다.

1865년 여름, 흥선대원군은 가야동에 직접 내려와 아버지 남연군의 묘역을 웅장하게 재조성하고, 인근에 왕실 사우인 보덕사(報德寺)와 여섯 채의 궁집, 가족 묘역을 조성하였다. 이 공간의 재편은 37일간 이어진 장대한 행차와 함께 이루어졌으며, 평범했던 산골 마을은 조선 후기 왕실 권력의 상징적 무대로 탈바꿈하였다. 가야동은 더 이상 외진 시골이 아니라, 권력과 제의, 그리고 대원군의 정치적 구상이 뿌리내린 공간이 되었다.

이하응은 생전 이곳에서 말년을 보내고 사후에도 이곳에 묻히기를 바랐다. 그러나 그의 바람은 끝내 이루어지지 않았다. 그는 자신이 직접 조성한 그 성역(聖域)에 잠들지 못했다. 가야산 자락 아래, 가야동은 오늘날에도 여전히 그날의 권력과 야망의 그림자를 머금고 있다.

1865년 7월 흥선대원군의 가야동 행차에 대하여

1865년 7월 23일, 흥선대원군 이하응은 남연군묘 별다례를 위해 한양 운현궁을 출발했다. 남대문을 거쳐 천안, 아산, 신례원, 예산을 지나 덕산 가야동에 도착한 그의 행차는 단순한 성묘 여정을 넘어, 절정의 권력을 누리던 대원군의 위엄을 과시하는 중대한 정치적 행보였다. 약 37일간 이어진 이 대장정은 가야동 역사에 깊은 흔적을 남겼다. 가야동에서는 남연군묘 별다례에 참여한 후 보덕사에서 30일 이상을 머물다 8월 30일 운현궁으로 돌아갔다.

1. 공식 의례로서의 행차 : 왕실의 명과 권위의 과시

이 행차의 공식성은 《고종실록》에 명확히 기록되어 있다.

① 고종실록 2권, 고종 2년 7월 23일 을유 2번째 기사 1865년 청 동치(同治) 4년

대왕대비가 대원군이 선대의 묘에 전배하러 가는 행차를 대군의 규례대로 하라고 명하다
대왕대비(大王大妃)가 전교하기를,
"대원군(大院君)의 성묘 행차는 모두 대군(大君)의 규례대로 거행하는 것을 분명하게 정식(定式)으로 삼으라. 연로(沿路)에서 제공하는 등의 절차는 될 수 있는 대로 비용을 줄여 검약(儉約)하는 뜻에 부응하라."
하였다.

② 고종실록 2권, 고종 2년 8월 30일 임술 1번째 기사 1865년 청 동치(同治) 4년
대원군이 돌아오는 것을 숭례문 밖에서 맞이하다
대원군(大院君)이 덕산(德山)에서 돌아오는 것을 숭례문(崇禮門) 밖에서 맞이하고 문안하였다.

이는 조대비의 명에 따라 왕실 대군(大君)의 예에 준하는 공식 의례로 진행되었음을 보여준다. 당시 조대비가 수렴청정을 통해 공식 권력을 행사하던 시기였으나, 국왕의 생부인 흥선대원군은 실질적인 국정 운영자였다. 이 행차는 단순한 사적 행보가 아니라, 조대비 섭정 체제의 안정성을 보여주고 대원군 개인의 정치적 위상을 왕실 권위와 결부시켜 대내외에 선포하려는 의도가 담긴 국가적 행사였다. 비록 수백 명에 달할 것으로 추정되는 수행원(경호, 의장대, 예문관·사헌부 관원, 문무 고관, 궁인 등)의 구체적 명단이나 행렬 규모는 중앙·지방 기록에 남아 있지 않지만, 그 규모와 위엄은 상상할 수 있다. 주요 경유지 군현의 수령과 향리들이 수행이나 접대에 동원되었을 가능성도 크다.

2. 가야동 : 권력의 상징적 공간과 의례의 무대

행차의 핵심 목적지는 당시 대규모 토목 사업이 한창이던 가야동의 남연군묘
역이었다. 흥선대원군은 묘역 조성의 마지막 공정을 직접 점검하고, 부속 시설
인 명덕사(明德祠, 유교적 제향 공간)와 보덕사(報德寺, 불교적 기도 공간)에서
체류하며 의례를 주관했다. 이 두 공간은 흥선대원군이 부친 남연군과 가문의
은덕을 기리고, 자신의 효성과 왕실 일원으로서의 정통성 및 권위를 상징적으
로 드러내기 위해 조성한 복합적 의례 공간이었다. 남연군묘는 단순한 장지가
아니라 흥선대원군의 정치적 정체성과 가문의 권위를 구체화하는 공간으로
격상되었다.

금의찬란한 의장과 단아한 복색의 수행원 수백이 질서 정연히 가야동 들판을
가로지르던 행렬. 그 중심에서 백성들에게 손을 들어 보이며 위엄을 드러내던
대원군의 모습은 제향 의례 그 이상이었다. 이는 권위의 현현(顯現)이자 장엄
한 권력의 연출이었다. 행렬이 지나간 들판엔 먼지뿐 아니라, 한 시대의 권세와
그 흔적이 선연히 새겨졌다.

3. 지역 사회의 복합적 반응 : 수탈과 혜택

남연군묘역 조성과 행차는 지역 사회에 심대한 영향을 미쳤다.

수탈과 고통 :
묘역 조성은 마을 지형과 토지 이용, 수로와 도로를 재정비하는 대형 공역이었
다. 강제 노역과 공납 부담은 주민들의 생활 기반을 뒤흔들었다. 특히 농번기의

장기 인력 동원은 생업에 치명적 타격을 주었고, 이로 인한 원성과 불만은 행차 당시 격쟁(擊錚)이라는 직접 상소의 형태로 표출되기도 하였다.

혜택과 협력 :

그러나 모든 것이 일방적 수탈로만 귀결되지는 않았다. 행차 과정에서 지역 유지 홍씨는 오위장(五衛將)이라는 무관직에 제수되었고, 주민들에겐 군역 면제나 토지 하사 등의 포상이 이루어졌다. 더욱이 1870년 가야동에서 무과 향시가 개최된 것은 이 지역 공동체에 상당한 정치적·사회적 이익과 명성을 안겨주었다.

이처럼 가야동 행차와 그 배경이 된 대공사는 억압과 수탈, 보상과 혜택이 교차하는 복잡한 양상을 보였다. 이는 조선 말기 중앙 권력이 강력한 의지로 지방에 개입할 때, 향촌 사회가 겪는 긴장과 협력의 상호작용을 보여주는 대표적 사례라 할 수 있다.

4. 정치사적 의미 : 체제 재정비와 권력 기반 확고화

1865년은 흥선대원군이 경복궁 중건 등 대규모 국가 사업을 추진하며 권력 기반을 공고히 하던 시기였다. 가야동 행차와 묘역 조성은 이를 위한 전략적 행보의 일환이었다.

정치적 정당성 강화 :
왕권의 대리자로서 지방에 직접 모습을 드러냄으로써 백성의 인식 속에 자신의 존재와 권위를 각인시키고, 조상 제사를 통한 유교적 효치 이념의 정당성을 강조했다.

권력 구조 재정비 :
세도 정치의 잔재 청산과 새로운 권력 체제 구축 과정에서, 대규모 사업 추진
과 지방 순시는 그의 리더십과 통제력을 과시하는 수단이었다.

공식 체제 내 위상 확인 :
조대비의 명에 따른 대군 예의 행차는, 비록 섭정 체제 아래서였지만 그의 실
질적 권력 행사가 공식 체제 내에서 일정 부분 인정받고 있음을 보여주는 증거
였다.

맺는 글 : 지역사와 정치사가 교차하는 장

1865년 흥선대원군의 가야동 행차는 조대비의 명령 아래 왕실 대군의 예로
진행된 공식적·의례적 행보였다. 이는 당시 가야동에서 진행 중이던 남연군묘
역 및 명덕사·보덕사 조성이라는 대규모 토건 사업과 불가분의 관계에 있었다.
단순한 지역 행사나 사적 성묘가 아니라, 조대비 섭정 체제의 안정성 유지, 흥
선대원군의 실질적 권위 공고화, 국가적 차원의 통치 이념 및 체제 재정비라는
복합적인 정치적 목적을 가진 사건이었다.

이 행차는 조선 말기 정치사에서 흥선대원군의 독보적 위상을 이해하는 핵심
사례이자, 중앙 권력과 지방 사회의 긴장과 협력 관계를 생생하게 보여주는 중
요한 지역사적 사건이다. 향후 가야동 일대 노년층 구술 채록, 1860년대 덕산·
예산 지역 향안(鄉案) 및 문중 기록, 사우 중수 기와 비문, 보덕사 관련 사찰
문서 등 지역 밀착 사료의 발굴과 분석을 통해, 당시 주민들의 구체적인 삶의
조건, 경제적 부담, 정치적 대응 방식, 그리고 행차가 가져온 사회적 변화 등을

더욱 입체적으로 재구성할 수 있을 것이다. 가야산 근현대사를 조명하는 데 있어 이 사건은 지속적인 연구와 탐구가 요구되는 중요한 출발점이다.

47. 흥선대원군의 행차와 가야동의 격쟁과 상소에 대하여

조선 시대에는 '격쟁(擊錚)'이라는 독특한 상소 제도가 있었다. 이는 억울한 일을 겪은 백성이 왕에게 직접 호소할 수 있도록 허용된 일종의 긴급 진정 절차였다. 백성은 궁궐로 뛰어들거나, 왕의 행차 시 징이나 북 등 타악기를 울려 이목을 끈 뒤, 억울한 사정을 직접 아뢰었다. 왕의 눈에 띄기 위해 높은 곳에 올라 외치거나, 나뭇가지에 글을 써 붙이기도 했으며, 때로는 길바닥에 엎드려 울부짖었다. 격쟁은 공식적인 절차를 우회하는 방식이었기 때문에, 시도한 자는 우선 피의자로 간주되어 곤장을 맞기도 했지만, 그만큼 억울함을 밝힐 수 있는 기회를 얻을 수 있었다.

특히 정조 시대에는 격쟁이 유난히 자주 발생했다. 정조는 아버지 사도세자의 무덤을 수원으로 이장하고 그 일대에 화성을 건설하면서, 직접 능행(陵行)을 자주 했고, 그때마다 백성들은 줄을 이어 격쟁을 올렸다. 정조의 한 차례 행차에서만도 100건이 넘는 격쟁이 있었다고 『일성록』 등에 전해진다. 이는 단지 억울한 일이 많아서만이 아니라, 정조가 민의(民意)를 중시하고 이를 직접 듣고자 하는 의지를 보였기 때문이었다. 조선 후기 정치 문화가 보여준 군주와 백성 간 소통의 한 단면이다.

1865년, 흥선대원군이 덕산 가야동에 행차하여 한 달 이상 머물렀을 때의 상황도 이와 유사한 맥락에서 바라볼 수 있다. 당시 그는 공식적인 왕은 아니었지만, 어린 고종을 대신하여 국정을 장악하고 있었고, 실질적으로는 누구보다 강력한 권력을 행사하고 있었다. 대원군이 머문 덕산 지역은 일시적으로 '권력의 중심지'가 되었고, 자연히 지역민들의 민원과 상언이 쏟아졌을 가능성이 크다.

1845년 이하응이 선친 남연군의 무덤을 가야산으로 이장할 당시의 상황을 살펴보면, 마을 공동체와의 갈등을 피할 수 없는 여러 민원이 수반되었음을 알 수 있다.

① 가야동 백성들이 오랜 세월 치성을 드려오던 가야사의 금탑이 무덤 조성 과정에서 훼철되었다. 이처럼 신앙의 공간이 물리적으로 해체되며, 주민의 정서적 충격도 컸을 것으로 짐작된다.
② 가야동 주민들이 대대로 소유해오던 전답이 남연군묘 조성과 관련하여 일부 점유된 것으로 보인다. 조정에서 이러한 조치의 정당성을 확보하고자 관련 문서를 남겼을 가능성도 충분하지만, 현재로서는 이를 입증할 수 있는 구체적인 자료는 전하지 않는다. 반면 지역 주민들 사이에서는 당시 토지가 강제로 몰수되었다는 기억이 전승되고 있어, 당대 행정 기록과 민중의 기억 사이에 명확한 인식의 간극이 존재한다.
③ 남연군묘가 마을 중앙에 자리 잡으면서, 이후 주민들은 가야산 안쪽에 조상들의 묘를 봉안하는 것이 사실상 어려워졌다. 일부 주민은 불문율을 피해 무덤을 평장 형태로 조성하고, 그 존재를 드러내지 않으려 애쓰기도 했다.

오늘날 가야동 일대 일부 가문들의 조상 무덤이 가야산을 넘은 대문동 등 외곽 지역에 위치하거나, 심지어 무덤의 위치조차 전하지 않는 사례가 있다. 이처럼 조상의 흔적이 마을 밖으로 밀려난 사실은 지역 공동체의 역사적 단절감을 반영하는 한 단서가 되기도 한다. 이는 남연군묘 조성 이후 가야산 내부에 묘역 조성이 사실상 금지되면서 빚어진 결과로 보인다.

④ 가야동 주민들은 남연군묘의 조성 과정은 물론 이후의 봉분 보수, 묘역 정리, 제향 준비 등 다양한 관리 업무에도 지속적으로 부역에 동원되었다. 이는 단발성 동원이 아니라 왕실 묘역이라는 특수성으로 인해 장기간에 걸쳐 반복적으로 수행된 일이었다.
⑤ 흥선대원군이나 왕실 인원이 가야동을 행차할 때마다, 주민들은 어로(御路)를 정비하고 길가의 풀을 베는 등 각종 준비 작업에 동원되었다. 이러한 동원은 반복적이고 강제적인 성격을 띠었기 때문에 주민들에게는 일상적인 불편과 부담으로 작용했다.

이와 같이 남연군묘가 상가리에 모셔지면서, 가야동 주민들은 일상적인 제약과 부역 등 상당한 불편을 감수해야 했다. 군역 면제나 참봉의 지원과 같은 일정한 보상도 일부 있었던 것으로 보이지만, 기록과 구전 전승에 따르면 다양한 민원이 지속적으로 제기되었음을 알 수 있다. 이는 조성 당시의 강제성과 이후 유지·관리 과정에서 주민들의 부담이 적지 않았음을 보여준다.

이러한 상황 속에서 가야동 주민들의 민원이 일부 수용되어 보상적 조치가 이루어진 사례도 확인된다. 가야동의 홍씨는 오위장(五衛將)이라는 무관직에 제수되었고, 다른 이에게는 왕실로부터 토지가 하사되었다는 구전이 전해진다. 또한 일부 주민에게는 군역이 면제되었고, 1870년에는 가야동에서 특별히 무과 향시가 열려 여덟 명의 포수가 선발되기도 하였다. 이는 단지 형식적인 보상이 아니라, 당시 권력층이 지역 민심을 일정 부분 수렴하고자 했던 실질적 대응의 일면으로 해석할 수 있다.

조선 시대에는 왕이 지방을 순행할 때 '상언별감(上言別監)'이라 하여 백성의 상소나 민원을 직접 접수하는 전담 관리를 임시로 두었다. 이는 백성이 왕에게 직접 목소리를 전할 수 있도록 마련된 공식 창구였다. 아울러 행차 중에는 격쟁도 가능했는데, 백성이 징이나 꽹과리, 북 등으로 소리를 내어 왕의 주의를 끌고, 허락을 받아 억울한 사정을 구두로 진술하는 방식이었다. 이러한 제도는 평소에는 접근이 어려운 중앙 권력과 지역 민의가 직접적으로 맞닿는 드문 계기를 제공하였다.

1865년 해미 현감 김응집(金膺集)의 일기에 따르면, 흥선대원군의 가야산 행차 당시 해미 지역에서 민원을 청취하는 공식 일정이 있었던 것으로 확인된다. 김응집이 해미 지역의 수령이었기에 덕산 지역의 사안은 일기 속에 직접 기록되어 있지 않지만, 대원군이 덕산에 한 달 이상 장기 체류하면서 그 위세가 정점에 달했던 점을 고려하면, 덕산에서도 크고 작은 민원이 접수되었을 가능성이 충분하다. 특히 대원군의 행차가 단순한 권위 과시를 넘어, 실질적인 민의 청취와 현안 조율의 계기가 되었을 가능성도 있다. 이는 격쟁이라는 전통적인 방식뿐 아니라, 보다 제도화된 민원 수렴 과정이 조선 후기에도 일정 부분 실효성을 갖고 있었음을 보여주는 중요한 단서로 이해할 수 있다.

48. 남연군묘와 조선의 길 – 육로의 한계와 수운에 대하여

이 글은 나문들(또는 나분들) 상여의 기원을 추적하며, 그것이 흔히 알려진 1845년 남연군 이장의 유물이라기보다, 실은 1865년 흥선대원군이 권력을 장악한 이후 왕실의 별다례 의식에 맞춰 제작된 상여임을 문헌과 사료를 바탕으로 밝히고자 한다. 구전과 신화를 넘어, 실제 문헌 속의 상여는 어떻게 제작·운송·사용되었으며, 왜 나분들에 남게 되었는지를 규명함으로써 지역사와 왕실 의례의 접점을 살펴보려는 시도이다.

1845년, 연천 남송정(南松亭)에서 충청도 덕산 가야동(伽倻洞)으로 남연군 이구(李球)의 유해를 이장한 사건은 후대에 이르러 여러 신화적 서술과 오해를 낳았다. 특히 '나분들 상여'로 대표되는 대형 상여가 경기도 지역을 관통해 아장하며 덕산 가야동까지 운구되었다는 이야기는, 안타깝게도 문헌적 근거가 부재한 허구의 서사에 가깝다. 면례 시, 무덤의 상징인 묘표(墓表)까지 함께 이송되었는데 당시 도로와 운송 여건을 고려할 때 사실로 보기 어렵다. 3톤에 달하는 석재를 험로로 운반했다는 가정은 실현 가능성이 낮으며, 문헌상으로도 이를 뒷받침할 명확한 근거는 부족하다.

나문들 상여의 실체 : 1865년 왕실의 별다례 상여

나문들 상여에 대하여 다음과 같은 구전이 전해진다. "흥선대원군이 아버지 남연군의 묘를 현재의 충청남도 예산군 덕산면 상가리로 이장할 당시, 연천에서 덕산까지 여러 지역 주민들이 상여 운구를 분담했고, 그중 마지막 구간을 담당한 곳이 '나문들'(또는 '남은들') 마을이었다. 이 마을은 덕산면 광천리의 옛 지명으로, 이장이 끝난 후 흥선대원군이 그 공로를 기려 상여를 마을에 하사했다고 한다."

그러나 이와 같은 서사는 구체적인 문헌보다는 후대의 구전이나 의존한 것으로 보이며, 현재 전해지는 나분들 상여는 1845년 면례가 아닌, 1865년 흥선대원군이 권력을 장악한 뒤 왕실 별다례(別茶禮) 의식에 맞춰 새롭게 마련된 예장 절차에서 사용된 상여인 것으로 판단된다.

1845년 당시 이하응은 단지 왕실의 종친에 불과했으며, 조정 내에서 정치적·사회적 영향력을 전혀 행사하지 못하던 인물이었다. 대원군이라는 작호는 훗날 아들 이명복이 고종으로 즉위한 이후에야 비로소 부여된 것으로, 이 시기 이하응에게 왕실 예장에 상응하는 장례를 치를 권한이나 자원이 주어졌다고 보기는 어렵다. 이러한 정치적 배경을 감안할 때, 1845년 이장에 동원된 상여가 왕실 격식에 맞춰 제작되었거나 후대까지 보존되었다는 주장은 역사적 사실로 뒷받침되기 어렵다.

1865년 김응집(金膺集)의 ≪일기≫는 나분들 상여의 기원이 1845년이 아닌 1865년임을 뒷받침하는 결정적인 문헌 증거다. 이 기록을 통해 상여가 왕실 예장 절차에 따라 한양에서 제작되어, 수로를 통해 해미로 이송되었으며, 별다례 와 면례 등 공식 왕실 의례에서 사용되었음을 확인할 수 있다.

김응집은 1865년 해미 현감으로 재직하면서 흥선대원군의 보현동과 가야동 행차, 그리고 그 과정에서의 민원 청취(격쟁)와 관련된 일련의 행정 및 의례 절차를 상세히 기록하였다. 특히 남연군의 예장(禮葬) 절차에 사용된 상여가 한양에서 제작되었음을 분명히 언급하고 있다. 앞서 언급한 바와 같이 마지막 운구에 참여한 인물들이 나분들 또는 남은들이라 불리는 마을 사람들과 연관되어 있고, 그 마을에 상여가 하사되었다는 점을 고려할 때, 면례에 사용된 상여를 비롯한 제반 용품은 모두 한양에서 준비되어 선박 편으로 조금진의 안쪽 포구인 명천 포구를 경유해 해미로 이송되었을 가능성이 높다.

남연군의 상여에 대하여

해미 현감 김응집의 1865년 일기를 참고하면, 덕산 가야동의 남연군묘와 해미 보현동 홍인군의 면례를 준비하며 다음과 같은 기록을 확인할 수 있다.

8월 26일 : 홍완군(興完君) 이정응(李晸應)의 묘소를 서산 보현동(普賢洞)으로 이장(緬禮)하며 장례를 거행하였다. 이 묘소는 서산읍에서 약 30리, 해미에서 15리 거리에 위치한다. 당시 상여 행렬(喪行)이 덕산(德山)에 머무를 경우, 다음 날 해미 지역의 관례에 따라 중간 점심(中火)을 해미에서 제공해야 했기 때문에, 해미가 이를 담당하였다.

홍선대원군(大院位大監)은 자신의 형(伯氏)의 이장을 위해 덕산 가야동(伽倻洞)에 머무르던 중, 보현동으로 이동하여 장례에 직접 회장(會葬)을 한다. 고을의 피폐한 상황을 염려하여 조용한 경로를 택하려 하였으나, 상여 행렬의 중간 접대를 해미에서 맡게 됨에 따라 계획을 조정한 것으로 보인다.

상여 행렬이 해미를 지날 때, 대원군 행차 시 지공(支供, 음식 따위를 제공함)에 대한 일기 기록 중 "用各排布於兩位轝床下矣 용각배포어양위여상하의)"는 '각기 두 분의 상여(轝床) 아래에 베를 깔아 배치하였다'는 의미로, 남연군과 흥인군을 위한 각각의 상여 아래 제물이나 의장품을 정성스럽게 마련했음을 보여준다. 일기에 나타난 이 구절은 당시 예장의 형식성과 절차적 엄숙함을 엿볼 수 있는 중요한 문헌 증거이다.

여기서 '여상(轝床)'은 '상여(喪輿)'의 또 다른 표현으로, 고인을 운반하는 데 사용된 의례용 가마를 가리킨다. 특히 '兩位'라는 표현은 남연군과 그의 아들 흥인군 두 사람을 함께 기리는 장례 형식을 취했음을 암시한다. 이는 각각의 여상 아래에 왕실 예법에 따라 한양에서 마련된 제물과 의장품을 따로 갖추었으며, 두 분 모두를 왕실의 예법에 따라 동등하게 예우함으로써, 당대 장례 의례의 이면에 내포된 왕실 권위와 위계 질서를 상징적으로 드러내고 있다.

1865년, 흥선대원군 남대문 출발부터 면례까지 그리고 다시 운현궁으로

1865년 여름, 흥선대원군 이하응은 아버지 남연군 이구의 묘소가 있는 덕산 가야동으로 성대한 별다례 의식을 거행하기 위해 한양을 출발하였다. 이 행차는 단순한 개인적 추모를 넘어, 왕실의 위계를 새롭게 각인시키는 국가적 의례의 성격을 지녔다. 남대문을 나선 행렬은 선왕의 예에 따라 준비되었고, 연로 제공과 절차는 대군(大君)의 격식에 따르도록 대왕대비가 명하였다.

이하응은 가야동 남연군묘에서 별다례를 올렸고, 해미 보현동에 있는 흥완군의 묘소에도 직접 들러 면례를 행하였다. 이와 관련된 준비 및 제례 집행은 도신과 금영이 담당하였으며, 《고종실록》과 김응집의 일기에도 상세히 기록되어 있다. 장례 의식이 끝난 후, 대원군은 다시 한양으로 귀환하였고, 그 귀로의 마지막은 숭례문 밖에서 왕실의 공식적인 영접을 받으며 마무리되었다.

위 기록을 교차 검증할 수 있는 사료로는 《고종실록》이 있다. 이 실록은 1865년 대원군 이하응이 덕산으로 행차하여 남연군의 묘에 별다례를 올리고, 흥완군의 묘를 면례한 과정을 상세히 기록하고 있다. 왕실 차원의 의례 준비와 집행 과정, 그리고 돌아오는 행차의 예까지 전 과정이 문서화되어 있어, 1865년 상여 운구와 예장의 실체를 확인할 수 있는 중요한 근거 자료다.

(1) 고종 2년 을축(1865) 7월 23일(을유) 맑음

대원군이 남연군의 묘소에 별다례를 올릴 일을 금영에서 준비하고 도신이 행사하라는 전교

○ 전교하기를,

"대원군이 덕산으로 행차할 때에 남연군(南延君)의 묘소에 별다례를 올릴 일을 금영(錦營)에서 준비하고 도신이 행사하도록 하라."

하였다.

(2) 고종실록 2권, 고종 2년 7월 23일 을유 1번째 기사 1865년 청 동치(同治) 4년

남연군의 묘소에 행하는 다례는 공충 감사가 치제하도록 명하다

전교하기를,

"대원군(大院君)이 덕산(德山)으로 행차할 때 남연군(南延君)의 묘소에 별다례(別茶禮)를 올릴 일을 금영(錦營)에서 마련하게 하여 도신(道臣)이 행사(行

事)하도록 하라."
하고, 또 전교하기를,
"흥완군(興完君)의 묘(墓)를 면례(緬禮)할 때에 공충 감사(公忠監司) 신억(申
檍)을 보내어 치제(致祭)하게 하라."
하였다.

(3) 고종실록 2권, 고종 2년 7월 23일 을유 2번째 기사 1865년 청 동치(同治) 4년

대왕대비가 대원군이 선대의 묘에 전배하러 가는 행차를 대군의 규례대로 하
라고 명하다.
대왕대비(大王大妃)가 전교하기를,
"대원군(大院君)의 성묘 행차는 모두 대군(大君)의 규례대로 거행하는 것을
분명하게 정식(定式)으로 삼으라. 연로(沿路)에서 제공하는 등의 절차는 될 수
있는 대로 비용을 줄여 검약(儉約)하는 뜻에 부응하라."
하였다.

(4) 고종실록 2권, 고종 2년 8월 30일 임술 1번째 기사 1865년 청 동치(同治) 4년

대원군이 돌아오는 것을 숭례문 밖에서 맞이하다
대원군(大院君)이 덕산(德山)에서 돌아오는 것을 숭례문(崇禮門) 밖에서 맞이
하고 문안하였다.

흥선대원군이 덕산 남연군묘에 별다례(別茶禮)를 올리기 위해 금위영(金衛營)
에 준비를 맡기고, 충청 감영의 도신에게 의례 집행을 맡기라는 왕명이 내려졌
다. 동시에 해미 보현동에 있는 흥완군의 묘소에는 공충 감사 신억이 파견되어

제사를 지내도록 명령되었다.

이처럼 준비와 의전이 왕실의 명에 따라 체계적으로 마련되었고, 대왕대비는 이 행차를 대군(大君)의 예에 따라 시행하도록 특별히 지시하였다. 길에서 제공되는 물품이나 접대 역시 검약(儉約)의 원칙을 따르라는 조항은, 이 행사가 왕실 차원의 엄격한 규율 아래 운영되었음을 보여준다.

면례와 별다례 절차가 끝난 후, 흥선대원군은 귀경하며 숭례문 밖에서 왕실의 공식적인 영접을 받았다. 이처럼 출발에서 귀환에 이르기까지 전 구간에서 왕실 의전이 철저히 적용된 사실은, 이 행사가 단순한 종친의 장례가 아닌 국가적 위상을 반영한 공식 예장이었음을 분명히 증명해준다.

흥선대원군의 장례 행차에는 예장 절차의 규모와 형식에 비추어 볼 때 상당한 수의 수행원과 의례 담당 인력이 동행했을 것으로 보인다. 그러나 구체적인 인원 구성이나 행렬의 상세에 대한 직접적인 기록은 전하지 않아 정확한 규모는 확인하기 어렵다.

이 네 건의 가야동 행차 관련 기록은 흥선대원군의 참례가 단순한 종친의 효성이 아니라, 왕실의 위계와 형식을 엄격히 따랐던 공적인 의례였음을 분명히 보여주는 사료라 할 수 있다.

1845년 남연군의 상여와 3톤에 달하는 묘표에 대하여

1845년은 이하응이 정치적 실권은커녕, 조정 내에 뚜렷한 역할조차 없던 무명의 종친에 불과하던 시기였다. '대원군'이라는 칭호는 아들 이명복이 조선 제26대 국왕 고종으로 즉위하고 권력을 장악한 이후에야 비로소 공식적으로 부여되었다. 따라서 이 시기의 이하응에게 왕실의 예장(禮葬)에 준하는 대형 상여가 제공되었을 가능성은 극히 희박하다. 더욱이 한양에서 제작된 상여가 연천을 거쳐 산악 지형과 수로를 넘나들며 덕산까지 약 500리에 달하는 거리를 육로로 운송되었다는 주장은, 조선 후기의 열악한 도로 사정과 제한적인 운송 수단을 감안할 때 역사적 사실로 받아들이기 어렵다.

현재 남연군묘의 제각 명덕사 터에는 묘표 한 기가 서 있으며, 비문에 따르면 1838년에 세워진 것이다. 이 묘표는 그해 남연군의 유해가 경기도 마전에서 연천으로 이장될 당시 새로 제작된 것으로, 석질과 규모를 고려할 때 무게는 최소 3톤 이상으로 추정된다. 이처럼 거대한 석재를 19세기 중엽, 수레의 활용이 제한적이고 정비된 도로 기반도 갖추지 못한 시점에 수백 리를 육로로 운반했다는 주장은, 교통·물류 인프라의 현실을 감안할 때 극히 실현 가능성이 낮다고 볼 수 있다.

연천에서 덕산 가야동까지 상여가 직접 운구되었다는 서사는 문헌적 근거가 없으며, 당시의 교통 여건과 정치적 맥락을 고려할 때 허구로 판단된다.

조선 시대의 도로와 운송 수단을 감안하면, 연천에서 덕산까지 유해 및 묘표를 직접 상여로 일괄 운송했다는 주장은 실현 가능성이 극히 낮다.

조선의 도로, 이상과 현실

조선은 중앙 집권적 유교 국가로서 한양을 중심으로 정비된 이상적 도시 계획을 갖추고자 했다. 『경국대전』에는 대로(大路)는 폭 56척(약 17m), 중로(中路)는 16척(약 5m), 소로(小路)는 11척(약 3.4m)로 규정돼 있었지만, 이는 실생활과는 거리가 있었다. 이러한 도로 규격은 국왕의 행차, 사신의 영접, 국가 의례를 위한 형식적 공간에 불과했다. 육조 거리, 종로 일대의 대로는 정치 권위와 성리학적 위계의 시각화였으며, 그 외곽으로 나가면 조선의 길은 실상 좁은 흙길, 굽은 산길, 비와 눈에 무너지는 수로였다.

문경새재, 죽령, 이화령 등 관동과 관서를 잇는 주요 고갯길조차 가마 한 대가 지나갈 수 있을 정도에 불과했고, 말이나 지게를 이용한 운송 외에는 대안이 없었다. 이는 곧, 무거운 석재나 상여의 장거리 이동이 거의 불가능했음을 뜻한다. '구절양장(九折羊腸)'이라는 고사 성어처럼 조선의 길은 현실의 지형과 민생보다는 통제와 방어에 초점을 둔 체제적 인프라였다.

또한 수레의 사용은 세종대 장영실에 의해 일시적으로 시도되었으나, 하층민의 이용을 금하고 국가의 질서 유지와 군사적 방어를 이유로 확산되지 못했다. 도로망이 정비되지 못한 이유에는 단지 기술의 부족이 아니라, 사회 질서 유지라는 관념의 벽이 있었다.

임진강(臨津江)과 서해, 대호지만의 조금진 명천포구 수운을 따라

1845년 남연군묘 면례 당시, 유골과 함께 3톤이 넘는 거대한 묘표가 옮겨졌다는 점에서, 연천 인근 임진강 수운의 활용 가능성이 제기된다. 남연군묘가 위치한 연천 남송정은 임진강 포구에서 약 700m 거리에 있었고, 이처럼 하천과 가까운 지리적 이점은 장거리 육로 대신 수로를 이용한 운송 경로를 고려하게 했을 것으로 추정된다.

이는 내륙 산악지를 넘고 다수의 하천을 건너야 하는 육로 운송에 비해 상대적으로 효율적이고 안정적인 운송 수단이었기 때문이다.

조선 시대 국가 물류 시스템의 핵심은 수운(水運)이었다. 특히 세곡(稅穀)과 공물(貢物) 등 국가 재정의 근간을 이루는 물자의 운송은 대부분 선박을 통해 이루어졌다. 수로는 자연 지형을 이용한 가장 효율적인 운송 수단으로, 육상 운송에 비해 비용과 시간, 노동력이 현격히 절감되었다. 또한 큰 하천과 연안 항로가 전국적으로 연결되면서, 수운망은 조선의 경제·행정 시스템을 뒷받침하는 필수 기반이 되었다. 이러한 점에서 3톤에 달하는 묘표의 장거리 이동이 필요한 상황에서, 육로보다는 수운을 활용하는 것이 합리적이었고, 이는 당대 운송 방식의 일반적인 흐름과도 부합한다.

또한 19세기에는 임진강 수계뿐만 아니라 아산만으로 흘러드는 삽교천의 구만 포구, 그리고 대호지만의 안쪽에 위치한 조금진과 명천포구 일대가 모두 수운이 활발하게 이루어진 지역이었다. 이러한 내륙과 해안의 연결 지점들은 조선 후기 물류와 교통망의 중추적 거점으로 기능하며, 대형 화물이나 의례 용품의 장거리 운송에도 실질적인 기여를 하였다.

나문들 상여의 진실과 허구 : 가지 못한 길, 남은 기록

1845년 남연군 이장의 상여가 연천에서 덕산까지 육로로 직접 운구되었다는 주장은, 조선 후기의 도로 사정과 교통 현실을 무시한 서사적 과장에 가깝다. 당시 이하응은 정치적 실권도, 왕실 의례를 주도할 지위도 갖지 못한 종친에 불과했으며, 그에게 국가 예장에 준하는 의전이 시행되었을 가능성은 희박하다. 이후 1865년, 대원군으로 권력의 정점에 올라 왕실 격식이 동원된 별다례가 거행되면서 비로소 상여와 관련된 문헌과 실물이 등장하기 시작했고, 현재 나문들에 전해지는 민속 유산도 바로 이 시기의 산물로 이해하는 것이 타당하다.

문헌과 유물에 기초한 역사적 고증을 바탕으로, 나문들 상여에 얽힌 과도한 신화와 전승을 재검토하고, 역사적 사실에 근거한 올바른 이해를 확립해야 할 시점이다.

이 글은 나문들 상여에 얽힌 구전과 전통을 재검토하고, 상여의 실제 제작 시기와 운송 경로를 둘러싼 역사적 사실과 허구를 고증하려는 시도이다. 특히 1845년 육로 운구설의 비현실성과, 1865년 별다례를 위한 왕실 격식의 상여 제작이라는 문헌적 근거를 비교함으로써, 나문들 상여의 실체를 규명하고자 했다. 이를 통해 조선 후기 왕실 장례 의례의 구조와 위계, 그리고 당대 수운 체계가 의례 준비와 실행에 어떻게 작동했는지를 지역사의 맥락에서 함께 고찰하고자 했다.

49. 1917년 흥친왕비 이희공비의 가야동 남연군묘 참배 여정

들어가는 글

1917년 9월, 조선 왕실의 흥친왕비 이희공비(李熹公妃 이재면의 부인)가 충남 예산군 덕산면 상가리, 당시 가야동으로 불리던 지역에 위치한 남연군묘(南延君墓)를 참배한 여정은 왕실의 의례적 전통과 일제강점기 조선의 역사를 이해하는 데 중요한 사건으로 평가된다. 조선 후기 왕실의 권위와 전통을 계승하기 위한 행위로서, 흥친왕비의 이 여정은 왕가의 일상적인 의례를 넘어 근대사 속에서 왕실의 상징성을 되새기게 하는 계기가 되었다.

1910년 일본의 강제 병합 이후 조선 왕실의 위상은 크게 흔들렸으나, 왕실은 여전히 자신들의 의례적 전통을 유지하며 역사적 정체성을 이어가기 위해 노력했다. 1917년의 가야동 참배는 그러한 노력의 일환이었으며, 남연군묘와 이를 둘러싼 왕실 시설은 조선 후기의 역사적 단면을 보여주는 공간이었다. 이번 글에서는 1917년 흥친왕비 이희공비의 참배 여정을 통해 당시 왕실이 유지했던 전통, 가야동과 왕실의 역사적 관계, 그리고 일제강점기 속에서 왕실이 가졌던 상징적 의미를 탐구하고자 한다.

흥친왕비 이희공비의 남연군묘 참배 여정

흥친왕비 이희공비의 여정은 1917년 9월 26일, 서울 남대문역에서 시작되었다. 오전 8시 남대문역에서 경부선 기차를 이용해 천안까지 이동한 후, 천안에서부터 덕산까지는 육로를 따라 차량과 가마를 이용해 이동했다. 당시 천안 이후의 철도는 미개통 상태였기 때문에, 왕실 일행은 온양, 신례원, 예산, 삽교를 거쳐 덕산에 도착한 후, 덕산에서 상가리 남연군묘까지는 가마를 이용해야 했다.

참고로 내포 지역 철도 부설은 다음과 같다.

1917년 당시 이재면의 둘째 부인 흥친왕비 이씨(興親王妃 李氏)가 덕산의 남연군묘에 참배하기 위해 이용했던 남대문에서부터 천안까지 이용한 기차는 조선경남철도주식회사(朝鮮京南鐵道株式會社)에 의하여 충남선이라는 이름으로 건설된 사설 철도선이었다.
천안에서부터 온양까지 구간의 선로는 1922년 6월 1일 되어서야 운행한다.
6월 15일에는 온양역 - 예산역 구간이 개통된다.
1923년 12월에는 예산 ~ 삽교 ~ 11월에는 홍성 ~ 12월에는 광천까지,
1929년에는 대천까지 개통된 후 1933년에야 천안에서 장항에 이르는 144.2㎞ 전 구간 개통됐다.
1923년 11월 1일에는 예산 - 홍성역이 개통되었으며 1923년 12월 1일은 광천역까지 개통되었다.
1923년 12월 신곡역, 12월 15일에는 오목역 (충남신창역으로 개칭), 1929년 12월 1일에는 광천 - 남포역, 1930년 10월 22일에는 기동역, 삼산역, 1930년 11월 1일에는 판교역, 서천역, 송내역 이후 1931년 8월 1일 남포역 ~ 판교역 구간이 개통됨으로써 전 구간을 개통하게 되었다.
1917년 흥친왕비(공비 전하)가 남연군묘를 참배하기 위해 기차를 이용하는데 철도가 천안까지만 부설되어 천안까지 기차를 이용하고 이후는 국도를 따라 차량과 가마를 이용했다.

1917년 9월 26일 공비 전하 이 씨는 남대문역을 08시 출발 천안까지 기차 편을 이용하고 당시 장항선 미개통 지역이었던 온양 (차량) ~ 예산 (차량) ~ 삽교 (차량) ~ 덕산 (차량) ~ 상가리 (가마)까지는 조선 시대 흥선대원군이 이용하던 길을 따라 가야산까지 왔던 것 같다.

9월 26일 남대문을 출발, 1917년 추석은 9월 30일이었다. 중앙절 참배에 맞추어 남연군묘에 참배하고 10월 6일 남대문으로 복귀한다.

당시 일정으로 보아 10일간 가야동에서 생활하며 가야산 일원에 있는 왕실 가족 묘를 참배하며 보덕사에서 머물렀다는 것을 알 수 있다.

당시 가야산 일원에는 제각 및 궁집 등 7채의 왕실 관련 건축물이 있었다.

가야동에 도착한 왕실 일행은 남연군묘를 참배하며 약 10일간 지역에 머물렀다. 9월 30일 추석을 맞아 참배 의식을 거행한 뒤, 흥친왕비와 수행원들은 10월 6일 서울로 복귀했다. 이 여정은 총 11일간 진행되었으며, 왕실 일행은 남연군묘 외에도 가야산 일원에 위치한 명덕사(明德祠)와 보덕사(報德寺) 등 왕실과 관련된 다양한 공간을 이용했다.

가야동과 왕실의 연관성

가야동은 조선 왕실, 특히 흥선대원군 이하응과 그의 가족들에게 중요한 역사적 장소였다. 1865년, 흥선대원군은 자신의 아버지인 남연군의 묘를 가야산 기슭으로 이장하며 명덕사를 건립했고, 이를 중심으로 왕실 제례와 의례적 전통을 이어갔다.

가야동은 대한제국의 제례를 위한 공간에 그치지 않고 왕실 일행의 숙소와 생활 공간을 겸했다. 대표적인 시설인 보덕사는 흥선대원군이 창건한 사찰로, 제례와 숙소의 기능을 동시에 수행했다. 이곳에서는 흥선대원군과 그의 가족들이 머물며 의례를 진행했으며, 극락전에는 흥선대원군 부부와 관련된 불화들이 보존되어 있다. 또한, 고종이 어린 시절 쓴 어필 현판과 흥선대원군의 친필 현판도 남아 있어, 가야동의 역사적 가치를 더한다.

왕실 의례와 일제강점기의 의미

1910년 일본의 강제 병합 이후, 조선 왕실의 권위는 쇠락했으나 의례적 전통은 여전히 유지되었다. 흥친왕비의 남연군묘 참배는 왕실의 존속을 상징하는 동시에 조선 후기 왕실 전통의 지속성을 보여주는 행위였다.

당시 가야동은 왕실 전용 시설 외에도 지역 주민들이 참여해 왕실 일행을 지원하는 구조를 갖추고 있었다. 마을 주민들은 제수 음식을 준비하고, 가마를 운반했으며, 왕실의 안전을 위해 질서를 유지하는 역할을 맡았다. 이는 가야동이 제례 공간을 넘어 왕실과 지역 사회가 연결된 중요한 거점이었음을 보여준다.

나가는 글

1917년 흥친왕비 이희공비의 가야동 남연군묘 참배는 조선 왕실의 전통과 의례를 근현대사 속에서 되새기게 하는 중요한 사건이었다. 이 여정은 일상적인 참배 행사 이상의 의미가 있었던 듯하다. 조선 후기 왕실의 역사적 정체성과 일제강점기 속에서의 상징적 존재를 보여주는 사례로 평가된다.

가야동은 흥선대원군과 그의 가족들에게 있어 중요한 장소였으며, 조선 후기 왕실의 의례와 생활이 어우러진 공간이었다. 특히 보덕사와 명덕사를 중심으로 한 왕실 시설은 조선 왕실의 마지막 흔적을 간직한 공간으로서, 오늘날에도 역사적 가치를 지니고 있다.

일제강점기라는 역사의 질곡 속에서도 왕실은 의례를 통해 자신들의 정체성을 유지하려 했으며, 이는 흥친왕비의 참배 여정을 통해 잘 드러난다. 이 사건은 조선 왕실의 전통적 권위를 되새기고, 역사적 정체성을 이어가려는 노력의 일환으로, 오늘날에도 그 의미를 깊이 탐구할 가치가 있다.

50. 1909년 흥친왕 이재면의 가야동 행차

관찬 사료와 개인 문집을 통해 가야산과 가야동의 역사적 흔적을 추적해 오던 중, 1909년 발행된 옛 신문에서 주목할 만한 기사를 발견하였다. 이 기사에는 흥선대원군의 아들인 흥친왕 이재면(興親王 李載冕, 완흥군 完興君, 1845~1912)이 그의 아들 이준용(李埈鎔, 1870~1917, 모친 풍산 홍씨)과 함께 대한제국 황실을 대표하여 충남 예산 덕산에 위치한 남연군묘를 참배하기 위해 가야동을 방문한 사실이 소개되어 있다.

이 방문은 흥선대원군 사후 11년이 지난 1909년에 이루어진 일로, 대한제국 황실을 대표하여 참배한 의미 있는 사례이다. 이는 고종 황제의 집권기 내내 가야산 가야동이 왕실의 지속적인 관심과 실제적인 방문이 이어졌음을 보여주는 단적인 예라 할 수 있다.

흥친왕 이재면은 누구인가?

이재면은 조선 제26대 고종(高宗)의 친형이며, 흥선대원군 이하응(李昰應, 1821~1898)의 장자이다. 고종보다 일곱 살 연상이었지만, 당시 왕위 계승은 반드시 장자에게 돌아가는 원칙이 관철되지 않았고, 또한 흥선대원군이 자신의 정치적 입지를 강화하기 위해 어린 아들 고종을 왕위에 올린 측면이 강했다. 이로 인해 이재면은 왕위 계승권에서 배제되었다.

그는 처음 '이재록(李載錄)'이라는 이름을 사용하다가 1858년, 13세에 이재면(李載冕)으로 개명하였다. 이후 1910년 한일 병합 직전, 친왕(親王)의 반열에 오르며 다시 이희(李熹)라는 이름을 받았으나, 일반적으로는 '이재면'이라는 이름이 가장 널리 알려져 있다.

대한제국 수립 이후에는 완흥군(完興君)으로 봉해졌으며, 1910년에는 정식으로 흥친왕(興親王)의 칭호를 받는다.

이재면은 정실 부인 두 명과 첩 한 명에게서 총 2남 3녀를 두었다. 첫 번째 부인 풍산 홍씨는 그보다 한 살 연상이었고, 두 사람 사이에 2남 2녀를 두었다. 1887년 사별한 뒤, 1902년에는 무려 38세 차이가 나는 여주 이씨와 재혼하였는데, 여주 이씨는 당시 20세였고 이재면은 58세였다. 당시 상류층 사회에서 흔히 볼 수 있는 재혼의 형식이었다. 이씨 부인은 1978년 1월 8일, 93세로 별세하였으며 흥친왕 사후에도 66년을 더 살았다. 첩실 주씨에게서는 1녀가 있었다.

1909년 남연군묘 참배 기사 요지

1909년 10월 23일자 《대한매일신보》 기사에 따르면, 흥친왕 이재면과 아들 이준용은 충청남도 예산군 덕산면에 위치한 남연군 산소에 성묘를 하기 위해 출발하였다. 기사 원문 일부는 판독이 어렵지만, 다음과 같은 내용을 담고 있다.

"남연군묘 참배를 위해 완흥군 이재면과 아들 이준용이 열차를 타고 출발하였으며, 궁내부에 헌병대장에게 경호를 요청하였다. 이에 따라 헌병 세 명이 파견되어 왕실 일행의 경호를 담당하였다..."

궁내부(宮內府)는 왕실 의례 및 경호를 담당하는 기관으로, 당시 경성의 헌병대에 공식적으로 경호를 요청하였고, 이에 따라 헌병대장은 헌병 3명을 호위 인력으로 파견하였다. 이는 일제강점기 초기 대한제국 왕실이 여전히 상징적 권위를 행사하고 있었음을 보여주는 장면이다.

왕실 행차는 남대문에서 천안까지는 철도(기차)를 이용하고, 천안에서 온양,

신례원, 예산, 덕산까지는 차량을 이용한다. 이후 덕산에서 가야동(伽倻洞, 현재의 예산군 덕산면 상가리 일대)까지는 가마를 이용해 이동하였다.

가야동의 행궁과 왕실의 이용

흥선대원군은 생전에 선친 남연군의 묘소가 있는 가야동을 수차례 방문하였으며, 특히 1865년 7월부터 8월까지 37일간 머물기도 하였다. 이 시기는 대원군의 권력이 최고조에 달했던 시기로, 그는 이 기간 동안 가야동의 보덕사를 정치와 행정의 임시 거점으로 활용하였다. 단기간이었지만, 보덕사는 사실상 '임시 궁궐'의 역할을 수행하였고, 대원군은 이곳에서 국정 전반을 직접 챙겼다. 관료들도 함께 동행하여 각 부서의 업무를 수행하였으며, 이에 따라 가야동 일대에는 네 채의 행궁이 세워졌다.

특히 1870년 대원군은 덕산 지역에서 '가야동동무과향시'라는 특별 시험을 실시하여, 유능한 포수 8인을 선발하였다. 아울러 이 시기 남연군묘의 조경에 헌신한 가야동 백성 홍병기에게는 오위장(五衛將)의 직책을 내리고, 공을 치하하며 토지를 하사하는 등의 포상을 베풀었다.

당시 가야동의 백성들은 군역과 세금에서 면제되는 특혜를 누리기도 하였다. 이러한 조치는 타 지역의 사대부들이 흉내를 내며 문제를 야기했고, 이에 조대비가 이를 개선할 것을 지시한 관찬 문헌도 남아 있다.

이처럼 흥친왕 이재면과 이준용 부자의 남연군묘 참배는 단순한 성묘를 넘어, 조선 후기부터 일제강점기에 이르기까지 가야동이 왕실과 대한제국의 정치·의례적 공간으로 기능했음을 보여주는 상징적인 사례라 할 수 있다. 이 행차는 지역 사회와 왕실 사이의 긴밀한 관계를 드러내는 동시에, 보덕사와 명덕사, 관음암 등 가야산 사찰들이 단순한 불사(佛事)의 공간을 넘어서 실질적인 정치 행위의 장으로 기능하였음을 입증한다.

1909년, 내포 지역의 한 선비가 가야동에 흥선대원군의 시도비(時到碑)를 세우고 위패를 봉안할 수 있는 전각을 신축할 것을 건의하였다. 이 제안은 내각의 협조를 얻어 전국적인 모금 운동으로까지 이어졌으나, 정치적 여건과 재정상의 문제 등 복합적인 사유로 인해 끝내 성사되지 못하고 무산되었다.
이재면의 1909년 가야동 행차는 가야산과 그 일대가 단순한 명승이 아닌, 조선 후기와 대한제국기의 실질적인 왕실 활동의 거점이었음을 입증하는 한 사례다. 이는 향후 가야산 지역의 역사적 복원과 문화유산적 가치 평가에 중요한 기초 자료로 활용될 수 있을 것이다.

51. 잊혀진 덕산군의 기억. 금석문에서 옛 덕산군의
기억을 되살린다(1)

4년 전에 은퇴한 뒤 세상과는 일정한 거리를 두며 조용히 지내고 있다. 마음 가는 대로 여행하고, 가야산에서 한가하게 지내거나 오래된 유적지를 답사하며 나날을 채운다. 특별히 이루어야 할 목표도, 스스로를 재촉할 이유도 없다. 다만 지나온 시간들을 곱씹으며, 다가올 날들을 무리 없이 맞이하고 싶다는 소박한 마음이 있을 뿐이다. 5월 장거리 답사 계획이 있었지만, 운전이 예전과 같지 않아 부담스럽고 대중교통 역시 이용하기 쉽지 않아 두세 개 일정은 포기하고 얼마 전에는 경주를 짧게 다녀왔다. 남산 계곡을 천천히 걷고, 2박 3일 머물렀다. 경주시 전체가 박물관 같아 한 걸음마다 오래된 기운이 스며드는 듯했고, 아마도 경주의 30퍼센트쯤을 눈에 담고 돌아온 셈이다.

가끔씩 관절이 아파 예전보다 발걸음은 느려졌지만, 그만큼 오래 바라보게 되었다. 그 여운이 채 가시기도 전에, 다시 카슈가르와 타클라마칸 사막으로 떠날 긴 여정을 준비하고 있다. 내포에서 4천 킬로미터로 비교적 먼 길을 나서는 여행이다. 무슬림의 도시와 사막과 협곡, 낯선 도시를 오래 걸으며 마주할 풍경을 생각한다. 그러기 위해 요즘은 조금씩 더 걸을 수 있는 몸을 만들고 있다. 무리하지 않고 천천히, 그러나 단단하게. 그렇게 준비하는 이 시간이 어쩌면 여행보다 더 여행 같은 날들이다. 긴 여정은 이미 걷기 시작한 셈이다.

잠이 없는 새벽 비교적 여유 있는 시간을 활용해, 1896년 발행된 《덕산면지》

와 옛 신문, 조선 시대 문헌(문집) 등의 사료를 참고하며 대한제국 이전에 세워진 덕산 지역 군수들의 비석을 하나하나 살펴보고 있다. 현재의 덕산면은 조선 시대 덕산군이 관할하던 고덕면, 봉산면, 삽교읍, 합덕 일부 지역이 1914년 군면 통폐합을 거치며 현내면과 나박소면을 통합한 덕산면으로 개편되었고, 이와 동시에 예산군에 편입되었다. 같은 해 덕산면사무소가 개소하면서 행정 중심지가 정립되었으며, 과거 덕산군수가 재임하던 흔적은 옛 군청과 덕산초등학교 앞에 비석으로 남아 있었다. 이 비석들은 1982년 면사무소가 신평리로 이전되며 함께 옮겨졌고, 현재는 면사무소 앞의 공간에 다시 이건되어 오늘에 이르고 있다.

1914년 이전, 덕산군의 관청 건물들은 한때 충청 병마절도영이 주둔했던 덕산읍성 일대, 곧 현재의 덕산초등학교 주변에 집중되어 있었다. 그러나 1600년대 중반에 신축된 건물은 이후로는 더 이상 보수나 중창이 어려운 상태였던 것으로 보이며, 1728년~1760년경에는 관청의 건축물이 거의 제 기능을 상실했을 정도였다는 기록도 전한다. 1760년 이전까지는 정치적 사정(덕산현 출신, 가야산의 세력 등이 역모에 가담) 등으로 인해 덕산현의 주요 건축물들이 중앙의 지원을 받지 못하자 보수나 중창하지 못하고 사실상 제 역할을 하지 못했고, 읍치로서의 위상도 크게 약화되어 있었다. 이후 한 군수가 부임하여 중앙정부의 별다른 지원 없이 1760년대 초 관아 건물들을 새롭게 중건하였고, 이 건물들은 대한제국 시기까지 수리와 개축을 거쳐 행정 공간으로 활용되었다.

다만, 1865년 이후 군수의 관사는 읍성 내에 있지 않고 옥병계로 옮겨졌다는 포도청의 심문 기록이 전한다. 이는 덕산 읍내에서 가야산으로 들어가는 초입에 명월봉과 청풍봉이 병풍처럼 둘러선 좁은 협곡 지형이 형성되어 있어, 이 일대에 가야산 수호 병력을 지휘하는 장대가 설치되었기 때문으로 보인다. 이러한 지형적·전략적 요인을 고려해 군수의 관사를 해당 길목에 두고, 가야산 일대의 남연군묘와 옥병계 인근의 태실 및 왕실 묘역을 보다 효율적으로 관리하고 수호하려는 목적이 있었던 것으로 짐작된다.

1910년 대한제국이 국권을 상실한 뒤 시행된 읍성 철폐령에 따라 덕산읍성의 성벽이 헐리고 성 내 동헌과 같은 모든 공공 건축물은 면사무소나 교육 시설 등으로 존치되어 재활용되었다. 이후 행정적 필요에 따라 덕산면사무소는 일본식(강점기 시대이므로 당연) 건축 양식으로 새롭게 건립되었고, 그 옆의 관사 역시 작지만 정원을 갖춘 단정한 형태의 일본풍 건물로 지어졌다. 이러한 건물들은 실제로 일제강점기 일본인 관리들이 사용한 것으로 보인다. 면사무소 앞뒤에 배치된 창고들 역시 비슷한 시기에 조성된 것으로 보이며, 그 풍경은 지금도 기억에 또렷이 남아 있다. 1960년대 내가 보았던 그 시절 건물들이 사진으로라도 남아 있기를 바라지만, 확인되지 않는다.

덕산초등학교 또한 신축된 교육 서실과는 별도로, 관리사와 그 옆의 등사기 창고 동에서 일제강점기 건축의 분위기를 어느 정도 유지하고 있었다. 특히 담장 앞에 줄지어 서 있던 역대 덕산군수와 관찰사 등의 비석들 사이를 오가며 놀던 55년 또는 60년 전의 기억이 조용히 되살아난다.

조선 시대 덕산현, 혹은 이후 덕산군으로 이어지는 행정 운영에 대한 구체적인 기록은 많지 않다. 이는 폐군 과정에서 문서와 제도적 흔적이 함께 소실되었기 때문으로 보인다. 행정 단위의 소멸은 당시 지역민들에게 당혹스러운 사건이었을 가능성이 크지만, 이에 대한 구체적인 반응이나 당시 덕산군 주민들의 저항 흔적 또한 기록으로는 남아 있지 않다. 현재까지 덕산 지역의 향토사를 전문적으로 연구한 사례가 드물다는 점도, 이러한 공백을 메우는 데 어려움을 더한다.

1896년 간행된 《덕산면지》 등의 자료에 따르면, 대한제국 이전까지 덕산군수의 선정비는 총 23기가 세워진 것으로 확인된다. 그런데 최근 현장 조사에서는 문헌에 기록되지 않은 비석들이 추가로 발견되었는데, 군수 조연승의 비석 2기와 군수 김갑수의 비석 1기 등 총 3기의 비석이 새롭게 존재를 드러냈다. 이 외에도 후손이나 측근들에 의해 세워졌으나 기록되지 않은 비석이 더 존재할 가능성도 있으며, 면지에 이명우 군수 등 더 많은 관리들의 선정비가 있는 것으로 기록되어 있지만 현존하지 않는다. 일부는 훼손되었거나 흙에 묻혀 아직 모습을 드러내지 못하고 있을 수도 있다.

공식적으로 확인된 비석들에 대해서는 보다 전문적인 고문서 해독 및 금석문 판독 작업이 필요해 보인다. 현재까지는 비석의 주인이 누구인지는 확인되었지만, 비문에 새겨진 사언 율시(四言律詩)는 글씨의 마모가 심해 전체 내용을 온전히 읽어내기 어려운 상태다. 해당 세부 사항은 탁본 및 고해상도 정밀 촬영 자료에 의한 판독 과정을 거쳐야만 확인 가능한 수준으로 판단된다.

덕산향교 홍살문 옆에는 군수 조연승의 선정비가 있으며, 비석의 좌우 측면에는 그의 공덕을 찬양하는 사언 율시 형식의 시구가 새겨져 있다. 그러나 세월의 풍화로 인해 일부 글자가 희미해져 판독이 어렵다. 이 비석의 뒷면에는 비문을 세운 인물들의 이름과 건립 연대가 새겨져 있어, 이를 통해 조선 후기 지역민들의 기억 방식과 공동체적 가치관을 엿볼 수 있다.

조연승 비석 옆에 위치한 김갑수 군수의 비석 또한 뒷면에 건립 시기와 관련된 내용이 새겨져 있는 것으로 보이지만, 오랜 세월의 풍화와 더불어 지의류가 표면을 뒤덮어 글자의 윤곽조차 분간하기 힘든 상태다.

이 비석 역시 탁본이나 고해상도의 정밀 사진을 통한 판독 작업을 통해서만 확인이 가능한 수준으로 보인다.

이처럼 대부분의 비석은 150년에서 많게는 400년에 이르는 세월 동안 풍우를 견디며, 이끼와 지의류에 덮여 비문의 전체 내용을 확인하기 어렵다. 비문에는 사언 율시 형식으로 당시 군수의 공덕을 기리는 문구가 새겨져 있는데, 이를 판독하고 기록으로 보존하는 작업은 문헌 사료가 부족한 향토사 연구에 있어 매우 귀중한 일이다. 특히 이러한 금석문은 덕산 지역의 행정, 문화, 인물의 역사를 밝혀주는 핵심 자료로서 중요한 학술적 가치를 지닌다.

그러나 이들 비석 대부분은 비지정 문화재로 분류되어 있어 행정의 관심과 지원에서 멀어져 관리의 사각지대에 놓여 있다. 이로 인해 훼손이 점점 가속화되고 있으며, 행정 차원의 보존 조치나 정기적인 관리도 이루어지지 않는 실정이다.

그렇다면 어떻게 해야 할까. 풍화에 따른 마모는 피할 수 없는 자연의 흐름이다. 더 심해지기 전에 탁본과 고해상도 사진 촬영을 포함한 정밀한 기록 작업이 우선되어야 하며, 비석의 주인공과 비문 내용을 시민들이 이해할 수 있도록 돕는 안내판 설치 등 현장에 맞는 해설 체계의 마련도 뒤따라야 한다.

금석문은 단지 돌에 새긴 옛 글이 아니라, 또 하나의 기록 문헌이다. 돌에 새긴 문자는 한 번 새기면 고치기 어렵고, 종이보다 훨씬 오래 보존된다는 점에서 오히려 더욱 객관적이고 사실적인 역사를 담아내는 증거물이라 할 수 있다.

금석문은 단순한 기념비에 그치지 않는다. 그것은 지역이 기억하려 한 인물의 삶과 행정 행위, 그리고 당시의 통치 철학과 공동체가 중시한 가치를 담아내고 있는 하나의 역사적 매체다. 비문에는 단지 개인의 공덕만이 아니라, 그 시대 사람들의 언어와 관점, 정치와 도덕에 대한 이해가 응축되어 있으며, 지역 주민들이 어떤 방식으로 기억하고자 했는지를 보여주는 문화적 흔적이기도 하다. 나아가 이는 행정과 생활, 공동체의 삶이 어떻게 맞닿아 있었는지를 보여주는 실물 증거로서, 지역사가 단순한 과거의 기록이 아니라 현재와 연결되는 문화유산임을 일깨워준다.

물론 조선 중기 이후에 세워진 일부 비석에는 허위나 과장이 섞인 경우도 있으며, 때로는 특정 인물의 위세를 과시하거나, 후손이나 유력 인사들의 이해관계가 작용한 흔적이 엿보이기도 한다. 선정비라는 이름 아래 정치적 목적이나 사적 이익을 반영한 사례들도 적지 않다. 어떤 경우에는 실제 업적보다 과장된 미담이 새겨졌고, 후손의 입장에서 불리한 기록은 의도적으로 배제되거나 축소되기도 했다. 하지만 이러한 모습들 또한 당시 사회의 작동 방식, 권력의 분포, 그리고 지역 사회 내에서 기억이 형성되는 과정을 보여주는 귀중한 단서가 된다. 따라서 우리는 그 허위나 과장의 유무를 넘어서서, 비석에 담긴 기록을 당대 사회의 단면으로 읽어야 하며, 가능한 한 편견 없이 있는 그대로 기록하고 해석하려는 자세가 필요하다. 오히려 이러한 복합성과 모순은 당시의 역사적 맥락을 더욱 생생하게 드러내주는 요소이기도 하다.

그러나 그러한 부분 역시 그 시대의 단면으로서, 사실에 입각해 있는 그대로 기록하고 해석하면 되는 일이다. 과장이 있더라도, 그것은 지역 사회가 어떻게 기억을 구성하고 누군가의 공덕을 드러내려 했는지를 보여주는 흔적이다. 미화된 표현이나 생략된 사실이 있더라도, 당시의 언어와 시선이 반영된 것으로 이해할 필요가 있다. 금석문은 진위 여부만으로 판단하기보다는, 그 안에 담긴 표현과 형식, 쓰인 맥락을 함께 살펴보며 조용히 읽어야 할 기록이다.

이러한 맥락에서 금석문은 덕산 지역의 역사를 조용히 증언해주는 문화유산이다. 비석이나 눈에 띄지 않는 바위 틈에 새겨졌을지라도, 그것은 과거 사람들의 생각과 손길이 남긴 진실의 흔적이다. 서둘러 해석하거나 의미를 과장하기보다는, 지금 우리가 할 수 있는 정직한 조사와 차분한 보존이 더해질 때, 금석문은 단지 오래된 돌이 아니라, 다음 세대와의 진실한 대화를 이어주는 '살아 있는 기록'이 될 것이다.

52. 잊혀진 덕산군의 기억. 금석문에서
옛 덕산군의 기억을 되살린다(2)

경주를 짧게 다녀온 뒤, 다시 중국의 서쪽 카슈가르, 타클라마칸 사막 여행을 준비하며 장거리 도보를 견딜 수 있는 체력을 조금씩 기르고 있다.

비교적 여유 있는 시간을 활용해, 1896년 발행된 《덕산면지》와 옛 신문 등의 사료를 참고하며, 대한제국 이전에 세워진 덕산 지역 군수들의 비석을 하나하나 살펴보는 중이다. 이들 비석은 과거 덕산군 청사가 있던 구 덕산면 청사 및 덕산초등학교 앞에 줄지어 서 있었으나, 1982년 덕산면사무소가 신평리로 이전하면서 함께 이건되었다. 이후 다시 면사무소 앞의 공개된 장소로 옮겨져 지금에 이르고 있다.

일본식 건축 양식의 면사무소와 관사는 조그마한 정원을 품고 있었고, 전체적으로 단정한 구조의 일본풍 건물이었다. 일제강점기 당시 일본인들이 실제로 사용했을 것으로 보인다. 사무소 앞뒤에 놓였던 창고들도 같은 시기에 지어진 듯하며, 지금도 그 풍경이 선명하게 떠오른다. 그 시절의 모습이 사진으로라도 남아 있다면 좋겠지만, 지금까지 보존되었는지는 알 수 없다. 학교 역시 일제강점기 분위기를 어느 정도 간직하고 있었으며, 학교 담장 앞에 늘어선 비석들 사이를 오가며 놀았던 55년 전의 기억이 조용히 되살아난다.

1896년 간행된 《덕산면지》 등의 자료를 참고하면 대한제국 이전까지 총 23

기의 군수 비석이 세워진 것으로 확인된다. 이와는 별도로 현재 현장에서 확인된 바에 따르면, 문헌에 기록되지 않은 군수 조연승의 비석 2기와 군수 김갑수의 비석 1기 등 추가로 3기의 비석이 존재함이 밝혀졌다.

일부 비석은 주인의 신원만 확인된 상태로, 비문에 새겨진 사언 율시(四言律詩) 형식의 글씨가 심하게 마모되어 아직까지 온전히 해독되지 않고 있다.

덕산향교 홍살문 옆에는 군수 조연승의 선정비가 있으며, 비석의 좌우 측면에는 그의 공덕을 찬양하는 사언 율시(四言律詩) 형식의 시구가 새겨져 있다. 그러나 세월의 풍화로 인해 일부 글자가 희미해져 판독이 어렵다. 이 비석의 뒷면에는 비문을 세운 인물들의 이름과 건립 연대가 새겨져 있어, 이를 통해 조선 후기 지역민들의 기억 방식과 공동체적 가치관을 엿볼 수 있다.

조연승 비석 옆에 위치한 김갑수 군수의 비석 또한 뒷면에 건립 시기와 관련된 내용이 새겨져 있는 것으로 보이지만, 오랜 세월의 풍화와 더불어 지의류가 표면을 뒤덮어 글자의 윤곽조차 분간하기 힘든 상태다.

이처럼 대부분의 비석은 150년에서 많게는 400년에 이르는 세월 동안 풍우를 견디며, 이끼와 지의류에 덮여 비문의 전체 내용을 확인하기 어렵다. 비문에는 사언 율시(四言律詩) 형식으로 당시 군수의 공덕을 기리는 문구가 새겨져 있는데, 이를 판독하고 기록으로 보존하는 작업은 문헌 사료가 부족한 향토사 연구에 있어 매우 귀중한 일이다. 특히 이러한 금석문은 덕산 지역의 행정, 문화, 인물의 역사를 밝혀주는 핵심 자료로서 중요한 학술적 가치를 지닌다.

그러나 이들 비석 대부분은 비지정문화재로 분류되어 있어 관리의 사각지대에 놓여 있다. 이로 인해 훼손이 점점 가속화되고 있으며, 행정 차원의 보존 조치나 정기적인 관리도 이루어지지 않는 실정이다. 마모가 더욱 심화되기 전에 탁본, 고해상도 사진 촬영 등 체계적인 기록 작업이 시급히 이루어져야 하며, 아울러 비석의 주인공과 새겨진 내용을 시민이 쉽게 이해할 수 있도록 안내판을 설치하는 등 적절한 현장 해설 장치 마련도 필요하다.

금석문은 단지 돌에 새긴 옛 글이 아니라, 또 하나의 기록 문헌이다. 돌에 새긴 문자는 한 번 새기면 고치기 어렵고, 종이보다 훨씬 오래 보존된다는 점에서 오히려 더욱 객관적이고 사실적인 역사를 담아내는 증거물이라 할 수 있다.

금석문은 단순한 기념비가 아니라, 지역이 기억하려 한 인물과 행정, 그리고 선정을 통해 계승하고자 했던 공동체 정신의 표상이다. 물론 조선 중기 이후 비석 건립에 있어 허위나 과장, 비리의 흔적이 적지 않았던 것도 사실이다. 그러나 그러한 부분 역시 그 시대의 단면으로서, 사실에 입각해 있는 그대로 기록하고 해석하면 되는 일이다. 이렇듯 금석문은 향토의 역사를 밝히는 귀중한 문화유산으로, 보다 체계적인 조사와 적극적인 보존 정책이 시급하다.

53. 1865년, 흥선대원군의 37일간 가야동 행차에 대하여

조선 왕실, 가야동에 들다, 마을의 시간과 기억

나는 2021년 은퇴한 이후, 내가 태어나 자라고 지금도 살아가고 있는 충청남도 예산군 덕산면 상가리의 근현대사를 기록해 오고 있다. 대한제국기와 일제강점기의 신문 자료, 지역 문헌, 그리고 마을 어르신들의 구술을 바탕으로, 시간이 허락할 때마다 이 마을의 지난 역사를 하나씩 되짚어보며 글로 남기고 있다.

상가리는 조선 말기부터 대한제국과 일제강점기를 거치며, 한 지역 공동체가 겪은 역사적 변화의 흐름을 고스란히 품고 있는 곳이다. 격동의 시대를 통과하며 이곳에 남겨진 기억과 흔적들은, 한국 근현대사의 한 단면을 깊이 있게 보여준다.

조선 시대, 이 지역은 '가야동(伽倻洞)' 혹은 줄여서 '가동(伽洞)'으로 불렸다. 본래 불교 문화가 깊게 뿌리내린 내포 지역의 중심이었으며, 가야사(伽倻寺)라는 천년 고찰이 1730년을 전후로 폐사했지만, 가야사에 속했던 묘암사와 남전 등 작은 암자와 가야사의 5층 금탑이 이곳에 자리하고 있었다. 조용했던 마을은 1845년, 이하응이 부친 남연군 이구의 묘소를 이곳으로 이장하면서 가야동의 운명은 결정적인 전환점을 맞이한다. 이후 그의 아들 이재명이 1863년 조선 제26대 국왕으로 즉위하자, 가야동은 한적한 지방의 마을이 아닌 왕실과 밀접하게 연결된 성역으로 위상이 격상되었다.

1865년, 고종 즉위 3년째 되던 해에 이하응은 흥선대원군이라는 조선 최고 권력자의 신분이 되어 가야동에 직접 행차하며 대대적인 묘역 정비에 착수하고, 이후 이곳은 조선 왕실의 공식적인 행차지가 되었다. 이는 대한제국기를 지나 일제강점기까지 이어지며, 가야동은 왕실의 의례와 행차가 이어지는 역사적 장소로 자리매김하게 된다.

이 과정에서 한양에서 가야동까지의 교통수단은 시대의 변화와 함께 달라졌다. 가마와 말에 의존하던 이동 방식은 경부선과 충남선 등의 철도의 부설과 함께 기차와 도로망으로 전환되었으며, 철도의 등장은 왕실의 이동 방식은 물론 공간 인식, 근대화에 대한 당대의 인식 변화를 상징적으로 드러내는 사건이었다. 이로써 행차의 풍경은 곧, 우리 사회가 전통에서 근대로 넘어가는 과정을 보여주는 하나의 단면이 되었다.

나는 이 글을 통해 흥선대원군 이하응과 그의 가계, 그리고 조선 왕실의 가야동 행차에 얽힌 다양한 기억과 흔적을 되짚어보고자 한다. 덕산 상가리와 가야동이 지닌 장소성과 역사성, 그리고 권력과 신앙, 정치와 지역 사회가 교차하는 지점을 문헌과 대한제국기 및 일제강점기 신문 기사, 마을 어르신들이 전하는 구전, 현지 답사 자료를 바탕으로 살펴보고자 했다. 그것은 곧 '가야동'이라는 공간이 품고 있는 근현대사의 실루엣을 읽어내는 여정이기도 하다.

가야사의 금탑이 사라진 자리, 천자의 길이 시작되다

남연군 이구(李球, 1788~1837)는 사망하고 초장지 마전 백자동에서 연천 남송정으로 사후 두 차례 이장을 거쳤다. 그러다 1845년, 이하응은 또 한 번의 이장을 감행한다. 그가 주목한 곳은 충청도 내포 지역의 심장이라 할 수 있는 가야산, 그중에서도 '가야동(伽倻洞)'이라 불리던 곳이었다. 이장이 이루어진 명분은 풍수지리였다. 이곳이 "2대에 걸쳐 천자가 날 자리", 즉 왕이 나는 터라는 말을 들은 이하응은 선친의 묘를 가야사의 금탑 자리로 옮기기로 결심하였다.

하지만 그 터는 빈 땅이 아니었다. 현재 남연군묘가 위치한 장소는 당시까지 가야사가 완전히 소멸되지 않은 상태였으며, 가야사에 소속되었던 암자 다섯 곳이 여전히 운영되고 있었다. 특히 묘를 쓰려는 지점에는 가야사의 금탑(金塔), 즉 고려 전기부터 세워져 700여 년간 내포 지역 불교의 상징이자 중심이 된 거대한 석탑이 버티고 있었다. 이는 단지 폐사지의 유물만이 아니라, 그 당시까지도 가야사의 금탑은 마을 사람들에게 여전히 경외의 대상이었다. 신앙의 중심이자 내포 지역을 대표하는 상징물로 자리하며, 문화적·역사적 의미를 간직한 내포의 랜드마크로 기능하고 있었다.

처음에 이하응은 이 금탑을 바로 철거하지 못했다. 전해 내려오는 구전(口傳)에 따르면, 한동안 궁리 끝에 그는 지역의 승려들과 주민들을 설득하거나 매수한 것으로 보인다. 이하응은 흔히 야사로 알려진 것처럼 몰락한 왕족, 즉 파락호(破落戶)가 아니었다. 오히려 그는 한양에서 당대 예술가들을 후원하고 서화를 수집할 만큼 상당한 재력을 지닌 인물이었다. 그런 점에서 볼 때, 금탑의 철거는 막대한 자금력과 정치적으로 치밀한 기획이 작동한 결과였을 가능성이 크다.

그 시절에도, 지금 이 시대에도, 세상은 돈의 힘을 거스를 수 없었다. 돈이면 안 될 일이 없다는 현실은, 시대를 막론하고 사람들의 삶 깊숙이 스며 있었던 것이다.

마침내 1845년, 금탑은 철거되었고 임시로 구광지에 매장되었던 남연군의 유해는 1846년 3월 18일 현재의 위치에 안장되었다. 이후 이하응은 정치와는 거리를 둔 채 가야동을 오가며 세상을 관조하는 듯 조용한 삶을 이어갔다. 하지만 불과 18년 뒤인 1863년 12월 13일, 그의 둘째 아들 이재황(李載晃, 훗날 고종)이 후사 없이 승하한 철종의 뒤를 이어 조선의 왕위에 오른다. 정만인이 주장한 "이대천자지지(二代天子之地)"가 실현된 사건처럼 받아들여졌다.

이 시점을 기점으로, 조용하던 내포 가야산 일대는 급격한 변화를 맞이하게 된다. 그동안 폐사지로 남겨져 있던 가야사는 흥선대원군 이하응의 시선 아래, 새로운 권력의 상징 공간으로 탈바꿈하였다. 이하응은 남연군 묘소 인근에 자신의 사저인 '보덕사(報德寺)'를 창건하고, 부친의 위패를 봉안하는 '명덕사(明德祠)'도 함께 세운다. 이어서 자신의 형제들 묘소 또한 이 일대에 이장하여 정비하였으며, 마을에는 5채 이상의 궁집을 신축하여 가야산 일대를 사실상 왕실의 별서지로 조성하였다.

1865년 가야동 왕실의 공간으로

이 시기의 한양에서 추진된 경복궁 중건과 더불어, 가야동에서 진행된 대규모 토건 사업은 조선 말기 왕실의 위엄과 기획 역량이 집약된 대표적인 사례로 평가된다. 남연군묘는 1846년만 해도 소박하고 규모가 작았으나, 1865년 흥선대원군의 주도로 이루어진 대대적인 확장을 통해 현재와 같은 웅장한 형태의 묘역으로 재조성되었다. 묘역 주변에는 제례를 위한 전각뿐 아니라, 사저, 숙소, 창고 등 다양한 기능을 수행하는 건축물들이 함께 조성되었다. 이는 단순한 선영 조성에 머무르지 않고, 흥선대원군이 내포 가야산을 정치적 권위와 정신적 상징의 공간으로 삼으려 했던 구상의 구체적 실현이었다.

운양 김윤식은 면천(沔川)에 유배되어 머무는 동안, 틈날 때마다 덕산 가야동을 찾아 주유하곤 했다. 그의 유배 일기 속 기록을 통해 19세기 말 남연군묘와 보덕사의 면모를 어느 정도 상상해볼 수 있다.

1893년 5월 초여드레, 정해일.

아침부터 비가 내렸으나, 저녁이 되자 날이 개었다. 아침에 일어나니 아직 빗방울이 남아 있었고, 주인과 손님들이 나란히 앉아 흐린 하늘을 걱정했다. 오후가 되어 마침내 구름이 걷히자, 석운, 초하, 도운, 이생, 태현, 문생, 추, 월해 스님, 김일관, 시동, 장성록, 이우린, 최생, 시철 등 여러 인사들과 함께 가야동으로 향하였다.

원당곡을 지나 쌍룡폭포에 이르렀다. 비가 갠 직후라 그런지 물소리가 유난히 커, 이전에 보았을 때보다 훨씬 더 장관이었다. 폭포를 뒤로하고 산길을 따라 가야동으로 접어들자, 길은 구불구불 이어졌고, 곳곳마다 물소리가 귓전을 울렸다.

남연군의 묘소에 도착했다. 이곳은 본래 가야사의 옛 터로 알려진 곳이다. 산세는 웅장하고, 사방이 겹겹이 둘러싸인 듯한 형세를 이루어 멀리서 보아도 맑고 단정한 기운이 감돌았다. 예부터 이 산에는 왕기가 흐른다고 일컬어졌는데, 과연 이곳으로 묘소를 이장한 뒤 고종이 탄생하고 마침내 왕위에 오르게 된 것은 결코 우연이 아니었다. 풍수지리설을 둘러싼 수많은 말들이 괜한 소문만은 아님을 실감케 했다.

묘역은 정갈히 정비되어 있었고, 소나무가 가지런히 자라고 있었으며, 묘소를 둘러싼 석물과 비석, 그리고 제각들은 왕릉에 견줄 만한 품위를 갖추고 있었다.

보덕사는 묘소 동북쪽 기슭에 자리 잡고 있었다. 이 절은 갑자년(1864년) 이후 국가 주도로 다시 창건된 곳이었다. 이날 우리는 절에서 하룻밤을 묵었다. 주지는 한송이라는 법호를 지닌 각률(覺律) 스님이었으며, 해월 스님의 스승으로 이전에는 경산에 머물렀던 인물이다.

사찰에는 30여 명의 승려가 거주하고 있었고, 중심 법당 외에도 스님들이 생활하는 동별당과 서별당이 있었다. 그 밖에 어필각(御筆閣, 대방)과 칠성각 등도 새로이 세워져 있었으며, 절 옆에는 여승 두 명이 별채에서 거처하고 있었다.

이러한 기록은 남연군묘와 보덕사가 조선 말기에도 여전히 살아 있는 신앙의 공간이자 정치적 상징의 중심지로 기능하고 있었음을 말해준다. 김윤식이 직접 보고 남긴 이 생생한 묘사 덕분에 우리는 묘역의 위용과 사찰의 실상을 또렷이 그려볼 수 있다.

이 시기, 흥선대원군은 가야산을 정치적·상징적 무대로 삼아 자신의 이상과 권위를 투영한 공간으로 완성해 나갔다.

그 후 조선 왕실과 대한제국은 이곳에 공식적이거나 비공식적으로 빈번히 행차하였으며, 덕산 가야동의 보덕사와 제각 명덕사는 왕실 가족들의 거처이자 제례의 공간으로 기능하였다. 이러한 행차는 일제강점기 1920년대까지 이어졌으나, 그 이후로 왕실의 방문이 줄어들면서 가야산 일대는 점차 제례와 주거의 기능을 상실하였고, 관련 건물들은 후손들에 의해 매각되거나 일반 사찰로 전환되었다.

1845년 이후 가야동은 흥선대원군 이하응의 정치적 내면이 투영된 상징적 공간이었다. 1898년 2월 세상을 떠난 이하응은 생전 가야동에 묻히기를 염원했지만, 그가 기획하고 조성한 공간에 안장되지는 못했다. 이듬해인 1899년 가야동에 전각을 짓고 그의 신도비와 위패를 봉안하자는 논의가 있었으나, 대신들의 미온적인 반응과 재정 확보의 어려움으로 끝내 실행에 옮겨지지 못하였다.

한양에서 가야동 가는 길 가마에서 충남선 기차로

대한제국 시기부터 철도망이 점차 확충되었지만, 상류층 인사들은 여전히 도보보다는 가마를 선호했다. 걷기를 피하려는 습관은 단순한 편의의 문제가 아니었다. 그것은 신분적 위세와 위엄을 드러내는 일종의 상징이었다. 여인들의 가마는 사방을 완전히 가린 채로 움직이며, 외부의 시선을 차단했다. 반면 사대부 남성들의 가마는 한 면을 개방한 채 운행되었고, 주인은 느릿한 걸음에 맞춰 풍광을 감상하며 권위와 여유를 동시에 연출하였다.

일제강점기 초기, 일본인들은 조선의 풍광과 풍속을 사진엽서로 만들어 해외에 유통하기 시작했다. 그들은 가마와 가마꾼을 담은 장면에 "the sedan chair"라 이름 붙이며, "가마꾼이 들고 다니는 의자식 탈것"이라는 식의 간단한 영어 해설을 덧붙였다. 이러한 설명을 통해, 그들이 조선의 일상을 어떻게 바라보았는지를 짐작할 수 있다. 가마를 타는 이들에게 가마꾼은 일종의 '인력 바퀴'였고, 한낱 이동 수단의 일부처럼 인식되었을지도 모른다.

1865년부터 1920년대까지 왕실은 덕산 가야동으로의 행차를 여러 차례 단행하였으며, 흥선대원군과 여흥부대부인 민씨 역시 정기적으로 참여하였다. 그 중에서도 1865년 흥선대원군 이하응의 행차는 특히 주목할 만하다. 이 행렬은 남대문을 출발하여 천안, 아산, 신례원, 예산을 거쳐 덕산에 이르렀고, 이후 가야동 남연군묘에서 제향과 각종 의례가 진행되었다. 이때의 행차에는 수백 명의 수행원이 동원되었으며, 일제강점기에는 남대문 경찰서 소속 헌병이 출발지부터 가야동까지 전 구간에 걸쳐 경호 임무를 수행하였다는 기록도 확인된다.

이하응뿐 아니라 그의 부인과 조카들 역시 가야동을 방문할 때마다 당연히 가마를 이용했다. 그들은 덕산에서 가야동까지, 다시 보현동에 있는 흥완군(이정응, 1814~1848)의 묘지까지 가마로 이동하였다. 가마는 통상적으로 네 명의 장정이 받쳐 들었고, 구불구불한 산길과 논두렁 사이를 오가며 왕가 일행을 실어 날랐던 그들의 땀과 숨결이 오늘날엔 거의 전해지지 않는다.

그러나 왕실의 기록과 마을 어른들의 구술은 당시의 풍경을 희미하게나마 되살려준다. 가야산과 가야동 일대에 울려 퍼졌을 의장대의 북소리, 삐걱거리며 흔들리던 가마, 하인들의 발걸음이 흩뿌린 먼지 자욱한 자취는 조선 말기, 왕권과 의례, 일상의 풍속이 교차하던 역사적 장면으로 남아 있다.

철도가 부설된 이후, 남대문에서 기차를 타고 천안까지 이동한 뒤에는 온양·신례원·예산·삽교를 거쳐 덕산까지 차량으로 이동하는 방식이 일반화되었다. 그러나 덕산에서 가야동까지 이르는 구간에는 아직 신작로가 개설되지 않아, 마차나 차량 대신 가마가 주요한 이동 수단으로 쓰였다. 이처럼 가마는 근대 교통망이 미치지 못한 지역에서 여전히 중요한 역할을 담당하고 있었다.

가마는 작고 단단한 집 모양으로 만들어져 안에 사람이 앉을 수 있도록 설계되었으며, 네 명의 가마꾼이 앞뒤에서 가마채를 들거나 끈으로 메어 운반하였다. 전통적으로는 신랑 집에서 가마와 가마꾼을 보내 신부를 맞이하였다고 전해지는데, 이 관습은 20세기 초까지 일부 지역에서 이어졌다.

필자의 기억 속에서도 가마는 또렷한 인상으로 남아 있다. 상가리에서 함씨와 오씨의 혼례가 열렸을 때, 신부가 가마를 타고 이동하던 장면이 지금도 선명하다. 그 모습은 오래된 흑백 사진 속 장면과 매우 유사했으며, 필자는 새터마을(새터말)에서 윗남전까지 이어지는 가마 행렬을 따라간 기억을 또렷이 간직하고 있다.

당시 마을에는 공식적으로 사용되던 가마가 있었던 것으로 보인다. 이 가마는 1920년대까지 왕실 인사들이 사용하던 가마에서 유래했을 가능성도 제기되지만, 그 실제 사용 시기나 용도에 대해서는 명확히 확인된 바 없다. 한편, 이 가마가 훗날 덕산초등학교에 기증되었다는 이야기도 전해지지만, 현재는 그 행방이 알려지지 않아 유물로서의 존재는 전설처럼 남아 있다.

그 행차는 대한제국이 소멸하고 왕실의 영향력이 남아 있던 시기까지 이어지는데, 1920년대 이전까지 조선총독부의 수행과 경호(남대문 경찰서 헌병)를 받으면서 행차가 이어졌다는 것을 알 수 있다.

그러나 1920년대 이후 명덕사와 같은 제례 공간은 더 이상의 기능을 상실하고 마을의 공공 건축물로 활용되어 1963년까지 존치되었지만, 왕실 후손들에 의해 매각되어 이건되었으며 그 외 작은 규모의 궁집들 역시 매각되어 이건되었다.

조선 왕실의 마지막 원찰이자 흥선대원군의 사저였던 보덕사는 이렇게 저렇게 해서 마곡사에 속하는 사찰로 귀속된다. 사동궁의 지원으로 중수되었던 관음암은 보덕사의 부속 사찰로 운영되며 궁녀들이 노후에 수행하던 사찰로 운영되었지만, 현재는 개인 사찰로 남게 되었다.

흥선대원군의 행차는 당시까지 철도가 부설되지 않아 왕실에서 온양까지 이용하던 경로를 따라 가마를 이용하고 대한제국 시기부터는 철도를 이용하게 된다.

1917년 이희공비(李熹公妃) 전하께서 남연군묘 참례에 대하여

홍선대원군의 손자, 홍친왕 이재면(李載冕)이 사망하자 둘째 부인인 이희공비(李熹公妃) 전하께서 남연군묘를 참례했다는 대한매일신보의 기사다.

《대한매일신보》 1917년 9월 27일자
공비 전하 전묘(公妃殿下展墓) 남연군묘소에〉

고 이희공비 전하(故李熹公妃殿下)는 9월 26일 오전 8시 남대문역에서 출발하는 열차로 충청남도 예산군 덕산면 옥계리(실제로는 상가리의 오기로 보임) 남연군묘소에 전묘하시기 위해 출발하셨으며, 10월 9일 밤에 귀경하실 예정이다.

위 기사는 대한제국이 공식적으로 소멸한 지 7년이 지난 1917년 9월, 서울 남대문역에서 출발한 이희공비 전하가 충청남도 덕산 가야동의 남연군묘에 참례하기 위해 길을 나선 사실을 전하고 있다. 그녀의 여정은 남대문에서 천안까지 기차로 이동한 뒤, 차량으로 온양·예산·덕산까지 이용하고 가마로 가야동으로 이동, 남연군묘에 참배한 후 10월 9일에 서울로 돌아갈 예정이었다.

1917년 당시 서울에서 천안까지 운행된 열차는 사설 철도인 조선경남철도주식회사(朝鮮京南鐵道株式會社)가 부설한 '충남선(忠南線)'으로, 국가 철도가 아닌 민간 회사가 운영한 노선이었다. 이 철도는 천안까지만 운행되었으며, 이후 구간은 아직 철도가 놓이지 않은 상태였다. 천안에서 온양까지의 철도는 1922년 6월 1일에야 개통되었고, 이어서 6월 15일에는 온양에서 예산까지 구간이 완공되며 예산 지역에서도 철도를 이용할 수 있게 되었다.

공비 전하가 남연군묘를 찾는 1917년 충남선은 천안까지만 부설되어 천안까지 기차를 이용하고 이후는 국도를 따라 차량과 가마를 이용했다.

1917년 9월 26일 공비 전하 이 씨는 남대문역을 08시 출발 천안까지 기차 편을 이용하고 당시 장항선 미개통 지역이었던 온양 (차량) ~ 예산 (차량) ~ 삽교 (차량) ~ 덕산 (차량) ~ 상가리 (가마)까지는 조선 시대 흥선대원군이 이용하던 길을 따라 가야산까지 왔던 것 같다.

9월 26일 남대문을 출발, 추석(9월 30일)에 맞추어 남연군묘에 참배하고 10월 6일 남대문으로 복귀한다.

당시 일정으로 보아 보덕사에서 7일~8일 머물렀던 것 같다.
그 뒤로도 충남 서부 지역의 철도망은 점차 확장되었다.
- 1923년 11월 : 예산 ~ 삽교 , 홍성까지 연결, 12월 광천까지 연장
- 1929년 12월 : 대천까지 진출
- 1933년에 이르러 천안에서 장항까지의 총 144.2㎞ 구간이 전면 개통되었다.
이러한 교통망의 변화는 가야동에 이르는 왕실 행차의 경로와 방식을 크게 바꾸었으며, 이전까지 가마나 마차에 의존하던 왕실의 지방 행차도 점차 철도와 자동차로 전환되는 과도기를 겪었다.

조선 왕실이 공식적으로 가야동을 참배지로 삼은 시기는 1865년부터로 보아야 할 것이다. 물론 그 이전인 1840년대부터 흥선대원군 이하응은 가야산 일대를 자주 찾은 것으로 보이나, 이 시기의 그는 정치적 위상이 높지 않은 평범

한 종친에 불과하였다. 이후 권력을 장악하고 국정을 주도하게 되면서, 가야산과 가야동은 그의 정치적 상징 공간으로 부각되었고, 남연군묘 또한 왕실의 성역으로 자리 잡게 된 것이다.

나가는 글

가야동은 조선 말 왕실의 권위와 정치적 상상력이 투영된 상징적 공간이었으며, 동시에 일제강점기와 근대 국가 형성기의 격동을 겪으며 그 흔적을 간직한 내포 지역의 핵심 역사 무대였다.

흥선대원군 이하응이 아버지 남연군 이구의 묘소를 이장하면서 가야동은 조선 왕실의 시선이 집중되는 공간이 되었고, 그 중심에는 왕기가 서린 명당, 가야사의 터가 자리하고 있었다. 불타 소실된 사찰의 폐허 위에 새로운 권위의 상징이 구축되는 이 과정은 곧 조선 후기의 권력 구조, 왕실의 의례와 정치적 기획, 사상적 방향성을 엿볼 수 있는 역사적 장면으로 읽힌다.

한양에서 가야동까지 이어진 왕실의 예우 속에 거행된 그 행차에는 왕조의 정통성과 정치적으로 고려되었던 개인적 효심, 그리고 풍수에 기대어 역사의 흐름을 바꾸고자 했던 한 정치가의 의도가 선명히 반영되어 있었다. 가마와 말에서 시작된 이동은 철도의 개통과 함께 기차로 이어졌으며, 이러한 여정의 변화는 단지 왕실 의례의 방식 변화에 그치지 않고, 철도가 왕실 이동의 수단으로 채택되었다는 점에서 당시 철도라는 문물이 지닌 근대화 상징과 더불어, 대한제국기 철도 정책의 흐름, 국가 권력의 작동 방식, 나아가 한국 철도의 제도화 과정까지 읽어낼 수 있는 실마리를 제공한다.

또한 김윤식이 남긴 유배기의 한 장면 속에서 우리는 1890년대 보덕사의 면모와 남연군묘의 위용, 그리고 이 마을을 둘러싼 자연과 신앙, 사람들의 움직임을 또렷하게 엿볼 수 있다. 유배객의 눈으로 기록된 그 풍경은 조선 왕실의 쇠잔기에도 여전히 깊은 여운과 영향력을 발휘하던 가야동의 위상을 증언하고 있다.

오늘날 가야동은 옛 풍광의 많은 부분이 사라지고, 역사적 기억도 점차 희미해지고 있다. 그러나 천하장안 하정일의 암각문, 흥선대원군의 난이 새겨진 석물, 마을 어르신들이 전해주는 이야기들은 여전히 이 땅에 생생히 남아 있는 살아 있는 역사다. 이들은 우리가 다시 불러내어 기록하고, 후세에 전해야 할 소중한 지역의 문화유산이다.

가야동의 역사는 권력과 신앙, 공동체와 자연, 그리고 시대의 흐름이 한 공간에 투영된 내포 지역의 심장부이며, 조선에서 대한제국, 일제강점기를 거쳐 온 한국 근현대사의 거울이다. 우리는 그 역사 속에서 과거의 실체를 마주하고, 오늘의 의미를 성찰하며, 내일을 향한 통찰을 얻게 된다.

54. 1868년 삽교천과 덕산현 구만포구,
　　증기선 '그레타호'를 만나다

**내포의 물길을 거슬러 온 근대,
유럽의 증기선을 만난 덕산현 사람들**

1868년, 삽교천 하류 구만포는 조용하던 내포 땅이 완전히 다른 시대의 문턱에 들어선 날이었다. 짙은 연기를 내뿜으며 다가온 철선 '그레타호'는 단지 새로운 배가 아닌, 낯선 세계의 도래를 상징하는 존재였다. 이 기이한 철선이 덕산현 사람들 앞에 모습을 드러낸 순간부터, 조선 사회의 인식과 질서에는 미세하지만 치명적인 금이 가기 시작했다. 충격을 넘어선 그 여운은 이후 내포 지역 주민들의 정서와 사유 방식에 깊숙이 투영되었다.

이 글에서는 이 사건 이후 덕산현과 내포 일대에서 드러난 세계 인식의 흔들림, 문명에 대한 공포와 호기심, 그리고 이러한 감정들이 근대화의 초기 징후들과 어떤 방식으로 맞물려 형성되어 갔는지를 구체적으로 짚어볼 것이다.

문명 앞에 선 덕산 – 낯선 세계의 그림자를 마주하다

1868년, 삽교천 하류의 구만포는 뜻밖의 문명 충돌을 마주했다. 그레타호라는 거대한 선박과 마주했다. 그 무렵 조선의 배란, 대개 바람을 받아 돛을 펴거나 사공의 힘으로 노를 젓는 방식이었다. 그 익숙한 풍경 속에, 검은 연기를 뿜으며 물살을 거슬러 오르는 철선 하나가 등장했다. 이름은 '그레타(Greta)'. 독일

계 상인이자 모험가였던 에른스트 오페르트(Oppert)가 이끌고 온 60톤가량의 이 철선은, 자선이 있는 아산만에서부터 삽교천 수로를 따라 거슬러 올라오며 사람들의 이목을 단번에 사로잡았다.

그레타호에서 뿜어져 나오는 짙은 연기, 우르릉대는 기관의 소리, 쇳덩이 같은 몸체가 스스로 움직이는 장면은 조선 사람들에게 실로 충격적이었다. 구만포를 비롯해 합덕, 덕산 인근의 주민들은 물론 산골의 사람들까지도 삽교천변으로 몰려 나와 이 기괴한 배를 바라보았다. 어떤 이는 그것이 요괴가 깃든 배라고 했고, 또 어떤 이는 서양 귀신이 탄 배라며 혀를 찼다. 어린아이들은 울음을 터뜨렸고, 어른들은 서로 얼굴을 마주보며 말문을 잃었다.

선박이 구만포구에 접근하자 긴장감은 고조되었다. 사람들은 뒷걸음질을 치며 언덕 위로 피신했고, 용감한 이들 몇몇은 배를 쫓아내야 한다며 나섰지만, 연기를 뿜으며 움직이는 괴물 같은 철선 앞에 쉽게 다가가지 못했다. 조선의 전통적 상식과 기술로는 이해할 수 없는 존재였기 때문이다.

그 시각, 덕산현 관아도 요란한 움직임에 휩싸였다. 오페르트의 목적은 표면적인 탐험이 아니었다. 그는 흥선대원군의 부친 남연군 이구의 묘를 파헤쳐 유해와 부장품을 약탈하려 했다. 무장한 인원들을 동원한 그는, 구만포를 출발해 삽교천 지류와 육로를 따라 북문리와 가야동 방면으로 향했다. 묘소에 도달한 그들은 도굴을 감행하려 했으나, 예상 밖의 저항(가야동 주민들)과 견고한 석회로 다진 무덤의 구조, 조수 간만의 차에 따른 낮아진 수로 수위 등 여러 장벽 앞에서 결국 시도는 실패로 돌아갔다. 도굴에 나섰던 이들은 허둥지둥 철수할 수밖에 없었다.

당시 이 사건에 대하여 북한의 중앙방송은 "미제에 의해 자행된 국제적 만행 사건"으로 규정하며, 다음과 같은 논조로 보도한 바 있다.

"1868년 5월, 젠킨스를 우두머리로 한 100여 명의 무리가 러시아 군인을 가장하고 남연군의 묘소를 도굴하려다, 충청도 덕산군 가야동 주민들의 격렬한 저항에 부딪혀 실패하고 퇴각했다"고 기록하고 있다.

북한의 이 서술은 외세의 침입에 맞선 역사적 저항을 강조하고, 민중의 항거를 정당화하려는 이데올로기적 해석으로 볼 수 있다. 특히 미국 국적의 젠킨스를 핵심 인물로 지목한 것은 미국에 대한 정치적 반감을 드러낸 것이며, 실제로 그가 도굴 작전을 위한 자금 조달자로 알려진 만큼 일정한 사실적 근거를 가진 설명이기도 하다.

이 사건은 표면적인 외세의 침입 그 이상의 의미를 지녔다. 삽교천을 따라 진입한 철선은 덕산현 사람들의 세계관을 정면으로 뒤흔들었다. 자연과 인간의 힘, 그리고 문명의 한계를 둘러싼 기존의 인식이 무너졌다. 마을의 노인들은 "하늘이 달라졌다"고 중얼거렸고, 젊은 이들은 그 배를 '화마(火魔)'라 부르며 두려움과 혼란에 휩싸였다. 일부는 이방인들이 귀신을 데려온 것이라며 근심했고, 민심은 크게 술렁였다.

현감과 덕산현 치소를 지키던 관군들까지도 머스킷 소총의 화력 앞에 속수무책으로 놀라 물러났다는 기록은, 조선이 당시 유럽과 일본의 근대 기술에 얼마나 무지했는지를 보여주는 사례다. 총포나 선진 병기뿐 아니라, 그 증기선이라는 존재 자체가 '이해할 수 없는 것'이었던 것이다.

덕산현 사람들이 맞닥뜨린 이 엄청난 경험은 표면적인 시각적 충격을 넘어서 있었다. 이는 문명의 충격, 곧 문명적 외상(文明的 外傷)이었다. 바다와 연결된 수로를 통해 새로운 세계가 문 앞까지 도달했다는 사실은, 이제 조선이 결코 고립된 세계에 머물 수 없다는 것을 예고하고 있었다. 이 사건은 훗날 조선이 개항과 개화를 맞이하며 겪게 될 수많은 변화의 서막이자, 내포 지역이 처음으로 외세의 그림자를 직접적으로 체험한 순간이었다.

덕산 사람들에게 있어, 그레타호가 연기를 뿜으며 물길을 거슬러 올라가던 모습은 단지 외래 문물에 대한 두려움 그 자체가 아니었다. 그것은 알지 못하던 세계가 움직이기 시작했음을 알리는 조용한 신호였다. 그날의 기억은 그들 삶의 기억 속에 깊이 새겨졌으며, 이후 변화의 물결이 본격적으로 밀려오기 전, 조선이 마주한 최초의 '철의 그림자'였다.

19세기 조선에서 제작된 한 고지도에는 유럽의 증기선과 조선의 전통 돛단배가 나란히 그려져 있다. 이 장면은 당시 조선이 처한 문명 간의 간극을 시각적으로 여실히 드러내며, 변화의 파고 앞에 놓인 초라한 조선의 현실을 상징적으로 보여준다.

나가는 글

1868년 삽교천에서 벌어진 '그레타호 사건'은 낯선 세계의 존재를 실감하게 만든 '문명의 충돌'이자, 내포 땅에서 펼쳐진 최초의 세계사적 마주침이었다. 연기와 소음을 토해내며 내륙 깊숙이 침투한 철선은, 바다 건너에만 있던 외부 세계가 이제 조선의 경계에 도달했음을 상징적으로 알리는 신호탄이었다.

이 경험은 덕산 사람들의 정서 깊숙이 남아, 이후 조선이 맞닥뜨릴 개항과 개화, 전쟁과 식민의 격동기를 예고하는 신호탄이 되었다. 쇳덩이 배의 진입, 이해할 수 없는 기계의 움직임, 무장을 갖춘 이방인의 상륙은 조선이 익숙하던 세계관이 무너지는 순간이었다. 이 갈림길에서 내포 땅은 처음으로 눈앞에 다가온 유럽 문명의 실체를 마주했고, 그것은 한 시대의 막이 내리고 또 다른 시대의 막이 오르는 장면이었다.

내포는 본래 바다를 통해 외부 세계와 활발히 연결된 열린 지대였다. 선진 문물과 새로운 사상을 능동적으로 받아들이고 흡수하던 이 땅은, 그레타호 사건을 계기로 다시 한 번 '바깥 세계'와의 극적인 충돌을 겪게 된다. 이 충격은 그저 스쳐 지나가는 사건이 아니었다. 그것은 곧 조선과 세계가 처음으로 마주한 역사적 현장이자, 이후 펼쳐질 근대의 거대한 전환기 속에서 내포가 어떤 방향으로 나아가게 될지를 암시하는 서곡이었다.

55. 송시열의 〈송자대전〉「덕산현 축민당기」를 중심으로

덕산현 축민당 중수기를 통하여 본 덕산현 이야기

덕산현은 천 년의 역사를 품은 고장으로, 오랜 세월 충청 내포 지역의 중요한 중심지로 자리 잡아 왔다. 조선 초기 덕산 지역은 충청병영성이 위치한 군사 도시로 번영을 누렸다. 이러한 군사적 중요성은 덕산군의 성장으로 이어졌고, 내포 지역의 군사·문화·정치·경제 중심지로서 위상을 공고히 했다.

그러나 1914년 행정구역 개편으로 덕산군이 예산군에 통합되면서 과거의 영광은 서서히 사라졌다. 이후 덕산은 면 지역으로 전락하며 쇠퇴의 길을 걸었지만, 지역민들은 옛 덕산의 위상을 기억하며 자부심을 간직해 왔다.

오늘날 덕산은 천 년의 유구한 역사를 되새기며 새로운 도약을 준비하고 있다. 옛 영광을 되찾기 위해 전통과 문화유산을 계승하고, 현대적 가치를 더해 미래지향적 발전을 도모하는 노력이 지속되고 있다. 과거의 찬란한 덕산을 추억하며, 다가올 시대에 맞는 새로운 위상을 상상해본다.

옛 덕산군의 역사적 연혁에 대하여

덕산군(德山郡)은 백제 시대부터 근현대에 이르기까지 다양한 명칭과 지리적 경계의 변화를 겪어 온 지역이다. 오늘날 충청남도 예산군 덕산면에 해당하는 이 지역은 백제 시대 마시산군(馬尸山郡)으로 시작하여 신라, 고려, 조선 시대를 거치며 여러 차례 지명 변경과 행정 구역 조정을 경험했다. 조선 시대에는 덕산현과 덕산군으로 불리며 군사적 요충지로서 정치, 군사, 문화적 역할을 수행했으나, 일제강점기 행정구역 개편으로 예산군에 편입되면서 외상을 넘겨주고 점차 그 독자적 정체성을 상실하게 되었다.

덕산군의 연혁을 살펴보면, 『삼국사기(三國史記)』에 "이산군(伊山郡)은 원래 백제의 마시산군(馬尸山郡)이었던 것을 경덕왕이 개칭한 것(757년)이다. 금무현(今武縣) 역시 원래 백제의 금물현(今勿縣)이었던 것을 경덕왕이 개칭한 것이다. 지금의 덕풍현(德豐縣)이다."라는 관련 기록이 처음 수록되어 있다.

삽교천 지역은 내포 지역에서는 큰물로 불렸기 때문에 이 물줄기를 다스리는 현을 큰물현이라 했는데, 백제 때에는 백제식 한자음으로 금물현이라 하였고, 신라 경덕왕 때에 금무현으로 개칭되었다. 고려 태조가 큰물현 일대에서 견훤군을 대파하여, 큰물현의 본뜻을 살리면서 고려 조정에 '큰 덕을 베푼 곳'이라는 의미를 담아 덕풍현이라는 이름으로 고쳤다.

이후 조선 태종 5년(1405년)에는 덕풍현과 합병되어 덕산현(德山縣)으로 개칭되었다. 이후 1413년 태종 13년에는 현감이 배치되며 지방 행정의 중심으로 기능했다.

덕산현은 조선 후기 정치적 사건과 덕산 출신의 박찬신이 연관되어 1755년(영조 31년)에 전국에서 가장 낮은 현으로 강등되었으나, 헌종 13년(1847년)에 왕실의 가야산 명월봉 태실 조성으로 다시 군으로 승격되었다. 그러나 1914년 일

제의 행정구역 통폐합에 따라 예산군으로 편입되어 현재의 덕산면으로 축소
되며 행정적 독립성을 상실하게 되었다.

예산군의 자료는 조금씩 차이가 있지만 조사한 덕산군의 연혁은 다음과 같이
9개 항으로 정리할 수 있다.

① 백제 시대 : 마시산군(馬尸山郡)이 설치되었다.

② 신라 시대 : 경덕왕이 이산군(伊山郡)으로 개칭하였다.

③ 고려 시대 : 고려 초에 덕풍(德豊)으로 고치고 현종 때 운주의 임내에 속하
였다가, 명종 5년에 처음으로 감무를 두었다. (이산군(伊山郡)은 본래 백제
(百濟)의 마시산군(馬尸山郡)이었는데, 경덕왕(景德王)이 이름을 고쳤다. 지
금[고려]도 그대로 쓴다)라는 기록도 있다.

④ 조선 태종 5년(1405년) : 옛 영현이었던 이산군(伊山郡)과 덕풍현과 합병되
어 덕산현(德山縣)이 되었다. 1402년 태종 2년에 덕산에 충청도 병마절도사
영이 설치되었으나, 1418년경 해미로 이전되었다. 잠시 군사 도시로 성장할
수 있는 거점을 확보했지만 위상을 해미 지역으로 넘기면서 평범한 현으로
기능이 축소된다.

⑤ 조선 태종 13년(1413년) : 덕산현에 현감이 배치되었다.

⑥ 조선 영조 31년(1755년) : 덕산현은 정치적 사건으로 인해 전국에서 가장 낮
은 현으로 강등되었다. 이는 가야산 절집을 중심으로 한 지역 세력의 정치
적 부담 때문이었다. 이 시기 가야산의 절집들이 폐사를 피할 수 없었고 덕
산현의 치소 역시 1847년까지 쇠퇴의 흐름을 벗어나지 못했다.

⑦ 조선 헌종 13년(1847년) : 순조 27년(1827)에 헌종이 태어났을 때 덕산 가
야산의 명월봉에 태를 묻었는데, 헌종이 왕위에 오른 후 1847년 태실을 가

봉하면서 덕산이 군으로 승격되었다. 이 과정에서 왕실의 필선이었던 추사 김정희 부자의 지원이 있었던 것으로 보인다.

⑧ 1895년 : 1895년에 23부제가 실시되자 홍주부 덕산군으로 개편되었다가, 1896년에 충청남도 덕산군(3등군)이 되었고, 1914년에 예산군에 통합되었다.

⑨ 1914년 : 조선총독부의 부군면 통폐합으로 현내면과 나박소면이 합병되어 예산군에 편입되었으며, 현재의 덕산면이 되었다.

덕산(德山)은 조선 태종 5년(1405)에 기존의 덕풍현(德豊縣)과 이산현(伊山縣)을 합쳐서 만든 지명이다.

위 정리와 같이 많은 변화가 있었다는 것을 알 수 있는데, 행정 구역의 조정으로 덕산군이 폐지되면서, 이 지역의 역사적 정체성과 문화적 연속성은 심각한 단절을 겪었다. '덕산군'이라는 이름과 경계가 행정 지도로부터 사라지자, 그 지명에 축적되어 있던 역사적 사건들과 주민들의 생활상, 지역 고유의 풍속과 자연환경에 대한 기억 역시 점차 희미해지기 시작했다.

일제강점기에는 기존 지명을 대체하는 새로운 명칭들이 만들어졌는데, 이는 대체로 본래 지명에서 임의로 한 글자씩 따온 '의준 지명(擬準地名)'에 불과하였다. 이러한 작위적인 명명 방식은 지역의 역사적 맥락이나 정체성을 충분히 반영하지 못했으며, 결과적으로 그 땅에 살아온 이들의 기억과 감정을 지우는 데 일조하였다.

덕산군의 이름이 지형도에서 사라졌다는 사실은 단순한 행정상의 조치를 넘어, 지역 공동체 구성원들에게 깊은 상실감을 안겨주었을 것이다. 지역민들은 오랜 세월 동안 그 이름과 함께 쌓아온 정체성과 소속감을 어느 날 갑자기 박탈당한 셈이었다.

이러한 상황에 대해 지역 차원의 저항이나 반발이 있었을 가능성은 충분하지만, 공식적인 기록이나 문헌 어디에서도 그 흔적은 확인되지 않는다. 침묵 속에서 진행된 이 행정 개편은, 어쩌면 가장 조용한 방식으로 한 지역의 기억을 지우고, 이름 없는 땅으로 만들었던 과정이었는지도 모른다.

덕산현의 동헌 축민당의 흥망성쇠를 통해 본 덕산현의 역사

덕산현 중심부에 자리 잡았던 동헌의 이름은 축민당(祝旻堂)이었다. 1666년(현종 7년)에 신축되어 19세기에 이르기까지, 덕산현의 역사와 정신을 상징하는 공간이었다.

그러나 시대의 흐름은 덕산의 위상을 점차 약화시켰고, 축민당 역시 그 운명을 함께했다. 1914년 일제에 의해 단행된 행정구역 개편으로 덕산군이 폐지되고 예산군에 통합되면서, 축민당은 행정 중심지로서의 역할을 잃고 사람들의 기억 속에서 서서히 사라지게 되었다. 읍성이 훼철되면서 잠시 활용되었던 듯하지만, 오늘날에는 문헌 속 기록만이 과거의 영광을 전할 뿐, 그 실체는 더 이상 찾아볼 수 없다.

축민당의 흥망성쇠는 곧 덕산현이라는 지역이 걸어온 역사적 여정의 축소판이라 할 수 있다. 영광과 쇠락을 함께 지닌 이 공간을 통해 우리는 덕산의 과거를 되돌아보고, 지역 정체성과 문화적 자산의 복원을 위한 미래의 방향을 고민하게 된다. 축민당이 남긴 시간의 흔적 속에는 오늘을 살아가는 우리가 되새겨야 할 가치와 의미가 담겨 있다.

한편, '덕산현 축민당기(德山縣祝旻堂記)'는 조선 후기 대학자 송시열(宋時烈, 1607~1689)이 남긴 기문으로, 이 당의 건립 배경과 의의를 상세히 전하고 있다. 이 기문은 송시열의 문집인 『송자대전(宋子大全)』 권141에 수록되어 있으며, 당시 덕산현감 최세경(崔世慶, 1620~1673)이 1666년(현종 7년)에 객사 동쪽에 축민당을 창건한 사실을 전하고 있다.

'축민(祝旻)'이라는 명칭에서 '민(旻)'은 '가을 하늘' 또는 '인자한 하늘'을 뜻하는 고어로, 하늘의 덕스러움과 임금의 인자한 통치를 기원하는 뜻이 담겨 있다. 최세경은 이 건물을 통해 백성을 향한 하늘의 뜻과 왕정의 은덕이 지역에 미치기를 바랐고, 송시열은 이러한 의의를 기문 속에 담아 그 뜻을 기리고자 했다.

조선 후기의 대학자 송시열(宋時烈, 1607~1689)은 중앙의 정치에서부터 향촌 사회에 이르기까지 깊은 영향력을 행사한 인물이었다. 그런 그가 충청도 덕산현(德山縣)의 '축민당(祝旻堂)' 창건에 대해 기문을 남긴 것은 주목할 만한 일이다. 실제로 송시열이 직접 덕산을 방문하였는지, 혹은 덕산현감 최세경에 대한 존경의 뜻으로 기문을 작성했는지는 분명하지 않다. 그러나 중앙의 대학자가 외진 고을의 백성 교육 공간에 대해 기문을 남겼다는 사실만으로도 그 의미는 결코 작지 않다.

송시열은 왜 덕산을 주목했을까? 무엇이 그로 하여금 '축민당'이라는 전각을 신축하는 데 주목하게 했을까?

'축민당기(祝旻堂記)'는 기문(記文)의 형식을 취하고 있지만, 그 안에는 송시열이 지향한 향촌 교화의 철학, 유교적 이상사회에 대한 구상, 그리고 민을 대하는 태도가 고스란히 녹아 있다. 덕산이라는 한 지방 고을이 당대 최고 유학자의 사유와 관심의 대상이 되었다는 사실은, 그 자체로 중요한 역사적 의미를 지닌다.

이제 아래에 소개할 송시열의 「축민당기」를 통해, 우리는 조선 후기 유학자의 눈에 비친 덕산의 풍경과 민심, 그리고 유교적 이상사회에 대한 그 열망을 함께 읽어낼 수 있을 것이다.

이 글은 송시열 한 사람의 사유에 그치지 않고, 조선 후기 사림(士林) 전체가 지향했던 향촌 교화의 이념과 실천을 보여주는 하나의 사례이기도 하다.

덕산현 축민당기(德山縣祝旻堂記)

최군 세경(崔君世慶)이 덕산의 다음 해 현령이 되었을 때, 객관(客館)의 동쪽에 한 당(堂)을 세우고 이름을 '축민(祝旻)'이라 하였다. 내가 그 이름의 이유를 물었다. 최군이 말하기를, "예로부터 하늘을 말할 때 '황천(皇天)', '호천(昊天)', '민천(旻天)'이라고 하였습니다. 하늘은 하나이지만, 특히 '민천'에 대해 주자(朱子)는 '인(仁)으로 덮어 아랫사람을 걱정하는 뜻'이라 해석했습니다. 그래서 제가 감히 우리 임금을 기원하며 당 이름을 그렇게 지었습니다"라고 하였다.

세상 사람들이 임금을 칭송할 때, 성군(聖)이나 명군(明)으로 칭하기도 하지만, 오직 '인(仁)'으로 칭하는 것이 가장 절실합니다. 그래서 역사서에서는 요(堯) 임금의 덕을 찬미하며 "그 인덕은 하늘과 같다"고 하였습니다. 그렇다면 하늘이 하늘다운 이유, 요 임금이 하늘과 같은 이유는 단지 '인' 때문일 뿐입니다. 하늘에서는 이를 민(旻)이라 하고, 사람에서는 이를 요라 하니, 이것으로 충분히 말할 수 있습니다. 그래서 나는 이 이름으로 기원한 것입니다.

그러나 최군은 눈물을 흘리며 다시 말하였습니다. "하늘이 아래를 걱정하는 마음을 가진다면, 날아다니고 물속에 잠기는 모든 생물, 움직이고 자라는 모든 존재가 하늘의 사랑 안에 포함되지 않을 리 없습니다. 하지만 우리 집안은 불행하게도 과거 집안이 망했을 때, 이루 말할 수 없는 참혹한 화를 겪었습니다. 그 당시 하늘의 뜻을 대신하여 세상을 다스리는 자들은 말할 것도 없지만, 소위 '민천'이라 불리는 하늘 또한 어찌하여 이를 감찰하지 못했겠습니까?

그 후 우리 아버지는 끊임없는 고난을 겪으며 끝내 평온한 삶을 누리지 못하셨고, 나는 홀로 남아 외롭고 연약한 상태로 후손도 잇지 못하였습니다. 조상들은 살아서 원통하였고, 돌아가셔서도 굶주린 채 계셨습니다. 옛사람이 '사람이 궁하면 근본으로 돌아간다'고 하였습니다. 그래서 아프고 괴로운 순간마다 하늘을 부르지 않은 적이 없습니다. 이것이 제가 하늘을 부르며 기원할 때 꼭 이 이름을 사용하는 이유입니다.

또한 임금을 사랑하는 마음은 하늘에서 얻은 것이므로, 신분이 낮고 미천하다고 해서 거리가 생기지 않습니다. 그래서 이미 이 마음을 우리 임금께 바쳤고, 소박하고 작은 진심을 담아 구름 속 하늘 궁전을 북쪽으로 우러르며, 이곳을 세시마다 경배하고 기원하며 머무는 장소로 삼았습니다. 후세 사람들이 나의 뜻을 헤아릴 수 있을 것입니다. 또한 나의 뜻은 단지 '화봉(華封)'의 축원처럼 형식적인 것이 아닙니다.

늘 마음속으로 축원하며 이렇게 말합니다. '성상(聖上)께서 요 임금처럼 무고한 자를 억누르지 마시고, 순 임금처럼 죄를 가벼이 다루소서.' 또 이렇게 기원합니다. '성상께서 대우(大禹)처럼 죄를 슬퍼하며 스스로 뉘우치시고, 문왕(文王)처럼 백성을 상처 입은 자로 여기소서.' 또 머리를 조아려 기원하며 말합니다. '우리 성상이시여, 백성을 사랑하는 덕이 백성의 마음에 충만하게 하여, 모두 함께 생명을 이어가며, 동방의 만년 하늘로 영원히 자리하시기를 바랍니다.' 아! 임금의 덕은 진실로 이보다 더할 것이지만, 내가 기원하는 바는 오직 여기에 있습니다. 이는 낮과 밤으로 상심하며 탄식하는 바가 있기 때문입니다. 이 진정성은 목말라 죽을 것 같은 사람이 강물을 부르듯 절박한 것입니다.”

내가 듣고 측은히 여겨 말하였다. “그대의 뜻은 비통하오. 그러나 민요를 수집하는 자가 그대의 말을 받아들여 임금께 상소한다면, 형벌을 애민(愛民)으로 다스리는 덕정(德政)이 이루어지고, 만물이 모두 봄을 맞는 세상이 이루어질 수 있을 것이오.” 그리고 그의 말을 적어 벽에 붙여 두었으며, 최군에게도 이르기를 “그대가 임금께 바란 것을 스스로 실천하며 살기를 바라오.”

최군은 수양산(首陽山) 사람으로, 그의 증조부 관찰사(觀察使) 최씨는 이름이 기(沂)인데, 인조(仁祖) 때 특별히 이조판서(吏曹判書)로 추증되었다. 이는

광해군 때 형서(刑書)에 기록된 내용이다. 병오년(丙午年, 1666년) 9월에, 은진
(恩津) 송시열(宋時烈)이 기록하였다.

이 글은 송시열의 문집 『송자대전(宋子大全)』에 수록된 「덕산현 축민당기
(德山縣祝旻堂記)」의 번역문이다. 이 글에서 언급된 '최군 세경(崔君世慶)'은
바로 조선 중기의 문신인 최세경(崔世慶, 1620~1673)을 가리킨다. 이때의 '최
군'은 조선 시대 문헌에서 사용된 존칭어로, 벼슬아치를 높여 부를 때 쓰던 표
현이다.

최세경은 본관이 해주(海州)이며, 조선 중기에 활동한 문신이다. 그는 덕산현
감(德山縣監)으로 재직하면서 '축민당(祝旻堂)'을 건립하였고, 이 사실은 송시
열이 직접 지은 기문을 통해 오늘날까지 전해진다.

이와 관련된 추가 기록은 1896년 당시 덕산군수 조중서가 편찬한 『덕산현읍
지(德山縣邑誌)』 「선생안(先生案)」에 다음과 같이 수록되어 있다.

"崔世慶 甲辰七月初六日到任 丁未六月日貶去"

최세경이 갑진년(1664) 7월 6일 부임하고, 정미년(1667) 6월에 폄거되었다.
기록에 따르면, 최세경은 1664년 7월 6일 덕산현감으로 부임하였으며, 1667년
6월 경에 '폄거(貶去)'되며 임기를 마쳤다. '폄거'란 관직에서 좌천되거나 파면
당함을 뜻하는 말로, 이로 미루어 보아 그의 퇴임은 명예로운 것이 아니었음
을 알 수 있다. 결과적으로 그는 덕산현감으로 약 2년 11개월간 재직하였다. 이

는 조선 시대 지방 수령의 평균 재임 기간과 유사한 수준이다.

그의 퇴임 배경은 구체적으로 밝혀져 있지 않지만, 정치적 맥락을 고려할 필요가 있다. 특히 1660년대는 조선 후기 정치가 극심한 당쟁의 소용돌이에 빠져 있던 시기였다. 1660년에는 박세당이 송시열과 학문적 견해 차이로 갈등과 분열은 송시열 주변 인사들의 인사권에도 큰 영향을 끼쳤으며, 고을 수령에 대한 임면 역시 중앙 정치의 흐름과 무관하지 않았다.

따라서 최세경의 '폄거'는 단순한 지방 행정상의 문제가 아닌, 조선 후기 당쟁의 영향을 받은 정치적 결과였을 가능성도 엿보인다. 축민당이 건립되고 송시열이 그 기문을 지은 정황 또한 이러한 정치적 맥락 속에서 다시 조명될 필요가 있다.

나가는 글 – 천년의 기억에서 미래를 짓다

송시열이 덕산현의 '축민당기(祝閔堂記)'를 지으며 전한 뜻은, 선현의 이상을 기리고 후세를 일깨우려는 데 있었다.

'백성에게 복을 비는 집'이라는 이름처럼, 축민당은 한 고을 수령의 마음이 백성에게 닿기를 바라는 염원을 담고 있었다. 축민당의 자취는 오늘날 현장에서 확인할 수 없고 문헌 속에만 전해지지만, 그 정신은 여전히 우리 삶 속에 유효하게 남아 있다.

덕산은 고려 이래 천년을 이어온 문화의 고장이며, 조선 초기 충청병영이 설치된 군사적 요충지로서 내포 지역의 중심 역할을 해왔다. 이 땅은 불교와 유교, 그리고 조선 왕실의 유산이 깊이 스며든 곳이기도 하다. 그러나 조선 말기의 격동, 일제강점기의 행정 개편, 산업화와 도시화의 물결 속에서 덕산의 위상은 점차 빛을 잃었다. 지금은 그 잊힌 위상을 회복하고, 시대정신에 부합하는 새로운 가치를 부여해야 할 때이다.

오늘날 덕산은 충남도청의 이전과 철도 부설이라는 기반 시설의 변화 속에서, 내포 문화권에 대한 재조명과 가야산 권역의 역사적 의미를 되살릴 기회를 맞이하고 있다. 가야사 옛 절터와 가야산에 남아 있는 조선 왕실의 제향 유적은 지역의 정체성과 문화적 자산으로서 미래를 밝히는 원천이 될 수 있다.

어느 한 사람의 힘으로 이뤄질 수 없다. 주민과 연구자, 행정과 공동체가 함께 손을 맞잡고, 덕산의 역사와 자연을 되살리는 일에 마음을 모아야 한다. 문화유산의 복원은 단순한 과거 회귀가 아니라, 그 속에 담긴 정신을 오늘에 맞게 해석하고, 미래세대가 누릴 수 있도록 다듬어가는 과정이어야 한다.

천년의 역사 위에 서서, 덕산은 다시 변화의 길을 찾고 있다. 잃어버린 이름을 되찾고, 사라진 풍경을 복원하며, 그 기억을 품은 채로 새로운 세기를 열어가려 한다.

덕산의 부활은 단지 이상이 아니라 실현 가능한 과제다. 이는 과거를 되새기는 기억, 공동체의 책임감, 그리고 실천하는 의지 위에 세워질 수 있으며, 그 중심에는 고장을 아끼고 돌보는 주민들이 있다. 이제는 역사 속 빛을 오늘의 삶에 비추고, 그 등불을 따라 내일로 나아가야 할 때다.

옛 덕산현 축민당의 복원을 상념하며, 천년의 등불이 내일을 비추길 기대한다.
옛 덕산현의 축민당이 언젠가는 복원되기를 상상하며...

56. 덕산읍성에 대하여 - 윤봉오 석문집 축민당 중수기를 중심으로

송시열의 덕산현 축민당기에 이어 시리즈로 조선 시대 덕산현을 상상하며

충남 덕산읍성은 한때 충청 병영성으로 운영된 덕산현의 치소였지만, 과거 덕산현이 가졌던 위상에 비해 관심과 연구 성과는 턱없이 미미하다.

그리고 남아 있는 것이 읍성 일부 구간의 흔적 밖에 없다. 천주교 측에서 복원하자는 주장이 있지만, 제대로 된 모양을 갖추지 못하고 있다.

덕산 지역의 시민들도 단체를 구성하고 복원을 주장하지만, 읍성의 역사성에 대한 연구가 없어 자칫 역사상 기록된 고유 명칭의 왜곡도 우려된다.

지난해 천주교에서는 종교적인 목적에 부합하는 주제로 덕산 지역 천주교 신자들에 대한 처벌과 관계되는 덕산읍성 옥사터를 찾는 세미나를 진행하며 특정 위치를 확정하려는 듯한 분위기의 행사였다.

이미 덕산읍성은 눈에서 사라진 지 100년이 넘었으니 덕산 읍내 사람이지만 잘 알고 있지는 않다. 더구나 눈에 보이는 게 아무것도 없어 옛날 상황에 대해서는 발굴이나 문헌 등에 능한 전문가의 의견이 막강한 영향력을 가지는 게 현실이다. 그렇다고 해서 그들의 의견이 절대적인 것은 아니다.

예를 들어, 작년에 세미나를 추진하며 특정 위치를 옥사터라 주장하고 있지만 복수의 주민들은 천주교 측이 주장하는 그곳이 아니라고 한다.

비정하기 위해 고고학적 발굴 조사를 통해 출토되는 유물과 문헌 기록 등의 자료를 통해 상식적인 사고에서 생각해 봐야만 논리적이고 실질적인 해석이 가능하다고 생각한다.

덕산 사람들의 삶과 역사에 대하여

이 땅에 살았고, 살아낸 사람들의 이야기이다. 이 땅에서 역사적 사실도 중요하지만, 내게 더 관심 있는 것은 어떻게 살았을까 하는 삶의 문제이다. 그 공간에서 지금도 사람들이 살고 있기 때문이기도 하다.

현재 덕산 시장을 중심으로 도시 재생 사업이 진행된 후 곳곳에서 개발 행위가 일어나고 있고, 예산군에서도 관심을 갖고 행정을 추진하고 있다. 하지만 그 중심에 덕산읍성이 존재할 때의 상황과 공간 구조에 대한 정확한 밑그림이 없는 상태에서 진행하는 일들은 대단한 위험을 내포하고 있다. 그래서 덕산읍성을 중심으로 덕산 읍성에 어떤 시설 또는 건물이 있었으며, 지나간 시간에 어떤 변화를 겪었는지에 대해 구체적으로 따져볼 필요가 있다.

윤봉오 〈축민당 중수기〉가 증언하는 황폐화

1760년대 석문(石門) 윤봉오(1688~1769)가 기록한 〈덕산현 축민당 중수 상량문〉은 당시 읍성의 참혹한 상태를 생생히 전한다.

축민당 중수기는 덕산현 관아의 폐허 모습 그대로였다.

덕산현 축민당 중수 상량문(德山縣祝旻堂重修上樑文) 번역

고을 수령이 백성을 다스리고 정사를 행할 때는 반드시 먼저 쇠락한 것을 일으켜야 합니다. 군자가 하늘의 도를 본받아 도를 행함에 있어 가장 귀한 것은 인(仁)을 펼치는 것입니다. 장정(長汀)과 항주(杭州)의 사례로, 사주경(謝周卿)과 조평사(趙評事)의 중수(重修)는 그 본보기가 될 만합니다. 어진 어머니와 인자한 아버지로 칭송받은 이는 최급령(崔汲令)과 장녕위(張寧尉)였으니, 그 명예가 결코 다른 이유에서 비롯된 것이 아니었습니다. 이는 곧 선대의 훌륭한 인물들이 이룩한 업적을 통해 드러날 뿐입니다. 그렇지 않다면 어찌 고을의 책임을 분담하는 큰 책무를 감당할 수 있었겠습니까?

생각건대, 명부(明府)는 계문(溪門) 집안의 여섯 대 후손으로, 우리 고을 백리(百里)의 백성을 다스리는 직책에 임하였습니다. 계곡과 산이 우뚝 솟아 흐르고, 소나무 아래의 옛 자취가 느껴집니다. 형벌과 정사에 풍채가 있으며, 유가(儒家)의 시례(詩禮)에서 전해지는 유산을 본받아 다스립니다. 백성은 위엄과 명철한 통치에 의지하고, 고을 일은 그 굳건한 역량에 의지합니다.

관청(덕산현) 건물이 백여 년을 거치는 동안 서까래와 대들보가 온전한 것이 하나도 없게 되었습니다. 위로는 비가 새고 옆으로는 바람이 불어 들며, 물이 스며들고 벌레가 갉아먹어 이미 극에 달했습니다. 동쪽으로 기울고 서쪽으로 무너져 보수도 불가능할 정도였습니다. 눈에 띄는 황폐함은 고을 운명에 닥친 불행이기도 했습니다. 초라한 처소에서 겨우 몸을 의지하며, 임시로 관청 창고를 빌려 거처하였습니다.

더구나 축민당(祝旻堂)이라는 현판이 지닌 이름은 백성을 사랑하는 마음을 나타냅니다. 하늘의 도리가 인(仁)에 있으니, 이곳은 인(仁)의 원리가 흐름을 증명하는 공간입니다. 수령이 백성을 다스림에 있어 이 이치를 응용하지 않음이 없었습니다. 임금을 향한 깊은 축원을 담은 것은 곧 인을 행하는 도리를 본받고자 함이었습니다.

옛 당의 이름과 뜻을 잃어버린 오늘날, 이름의 의미를 되새기지 않으면 전날의 업적에 미치지 못할까 염려되며, 지금 시대에 더 큰 기대를 걸 수밖에 없습니다. 태수께서 말씀하시길, "이는 고을 관청의 외형만이 아니라 백성의 기쁨이기도 하다"고 하셨습니다. 고을 사람들이 다행이라 여기며 앞다투어 장인을 부르며 보수 작업을 지휘했습니다.

관사는 서쪽에, 정당(政堂, 관아)은 동쪽에 두고, 옛 터를 넓혀 약간 아래로 낮추었습니다. 북쪽에는 고루(鼓樓, 북을 단 누각)를, 뒤쪽에는 사정(射亭, 활터에 세운 정자)을 배치하였습니다. 예전의 설계보다 증축하되, 검소하지도 사치스럽지도 않게 하였습니다. 이는 관청이 그저 보기 좋은 용도로만 쓰이는 것이 아니라, 적절하게 설계되었음을 보여줍니다. 조정에 재정을 의지하지 않고 수령의 월급으로 공사를 감당했습니다.

관청 마당은 오랜 세월 동안 방치되어 들짐승과 나뭇가지가 무성했으나, 이제 새롭게 단장되었습니다. 오늘날에는 제비와 버드나무가 어우러져 노래가 울려 퍼집니다. 새로운 모습이 눈앞에 드러나니 산천도 새롭게 변한 듯합니다. 백성들과 관리들이 모두 기뻐하며 이를 축하합니다.라고 쓰고 있어 당시 덕산현의 상황을 이해할 수 있다.

상량문에서 읊은 시

- 동쪽에 대들보를 던지니, 아득한 구름과 산이 연결되어 바라보입니다.
  저녁이 되면 고요한 관청에 들이친 빛이 아침 햇살 속에서 가장 먼저
  붉게 빛나리라.
- 남쪽에 대들보를 던지니, 산 위에는 희미하게 작은 절이 보입니다.
  바람이 불 때마다 종소리가 들려 문서 작성에 게으름을 경계케 하리라.
- 서쪽에 대들보를 던지니, 시를 읊던 소나무의 푸른빛이 암벽에 새겨집니다.
  태수가 맑은 밤 벽계를 거닐며 옥빛 거문고를 안고 오리라.
- 북쪽에 대들보를 던지니, 푸른 산과 흰 구름이 끝없이 펼쳐져 있습니다.
  저 건너 아름다운 사람을 바라보며 붉은 마음은 끝이 없으리라.
- 위로 대들보를 던지니, 몇 그루 큰 나무가 맑은 그늘을 드리웁니다. 관청의

은혜가 나무 그늘처럼 널리 퍼져, 온 백성에게 고루 비추기를 바랍니다.
- 아래로 대들보를 던지니, 푸른 들판 10리가 아래로 펼쳐져 있습니다.
  저녁이 되면 농민들의 노래가 멀리까지 들려오고, 태평한 기운이 그 노래
  속에서 묘사됩니다.

윤봉오의 중수기에는 덕산읍성의 황폐한 실상이 생생히 전해진다. 오랜 세월
동안 방치된 끝에, 새로 부임한 현감은 머물 관사조차 없어 창고에서 숙식을
해결해야 할 정도였다고 한다. 이는 당시 덕산읍성이 사실상 행정과 군사적 기
능을 상실한 채 관리되지 않았음을 보여준다. 특히 "조정에 재정을 의지하지
않고, 수령의 녹봉으로 공사를 감당하였다"는 대목은, 중앙 정부로부터 어떠
한 재정적 지원도 받지 못한 현실을 드러낸다. 그렇다면 덕산이 이처럼 외면받
고, 쇠퇴하게 된 배경에는 어떤 사정이 있었을까?

영조 대에 이르기까지 가야산 일대의 불교 사찰은 여전히 일정한 세력을 유지
하고 있었고, 그 중심에는 강위징(姜渭徵), 이현(李玄), 황진기(黃鎭基) 등의 인
물들이 있었다. 이들은 영조 1년(1725)에 일어난 이인좌의 난에 연루되었으며,
체포되거나 추적을 피해 산으로 도주하는 신세가 되었다. 특히 황진기는 추포
망을 피해 가야산으로 도피하였다고 전해진다.
더욱이, 이 사건과 관련하여 덕산 출신의 박찬신(朴纘新)이 반역에 가담한 인
물로 지목되면서, 덕산현 전체가 중대한 정치적 책임을 함께 지는 결과를 초래
하였다. 조정은 덕산을 사실상 문책의 대상으로 삼았고, 이후 덕산현은 전국
의 모든 현 가운데 가장 말단에 배치되는 불명예를 안게 되었다.
이러한 정치적 불신은 행정과 재정 지원의 단절로 이어졌으며, 덕산현에는 오

랜 기간 유능한 관리가 부임하지 않았고, 지역의 기반 시설은 방치되었다. 가야사의 경우도 마찬가지였다. 이 시기를 전후하여 사찰은 쇠락의 길을 걷게 되었고, 지역의 정신적 중심지로서의 역할도 점차 상실되어 갔다.

결과적으로, 이인좌의 난과 그 여파는 덕산의 정치·종교·행정 전반에 걸쳐 장기적인 타격을 입혔으며, 그 후유증은 읍성의 붕괴와 행정력의 부재, 그리고 가야사와 같은 불교 사찰의 몰락으로 가시화되었던 것이다.

충청 병영성에서 덕산읍성으로

고려에서 조선으로의 왕조 교체는 피를 부르는 전란이나 대규모 내란에 의한 것이 아니었다. 군사적 충돌 없이 이뤄진 정권 교체였기에, 지역의 행정 체계나 지리적 구획도 큰 흔들림 없이 이어졌다. 덕산 또한 그러하였다. 고려의 덕산은 곧 조선의 덕산이 되었고, 기존의 덕산읍성 역시 조선 왕조 아래에서 새로운 역할을 부여받았다.

특히 덕산읍성은 조선 초기, 충청도의 병영이 설치되면서 '충청 병영성(忠淸兵營城)'으로 승격되었고, 이후 병영이 이전된 뒤에는 다시 덕산현의 읍성으로 기능하게 되었다. 이처럼 덕산읍성은 왕조의 변동 속에서도 그 지리적 위상과 기능을 보존하며, 시대에 따라 그 역할을 달리해 왔다. 조선의 행정 체계는 기존 고려의 제도를 계승하면서도, 각 지역의 실정에 맞게 개편해 나갔다. 덕산 역시 이러한 흐름 속에서 기존의 읍성을 유지하며, 수리와 보강을 통해 읍치(邑治)로 계속 사용되었다.

결과적으로 덕산읍성은 단지 군사적 요새에 머무르지 않고, 고려 말부터 조선 중기까지 충청도 서북부의 거점으로 기능하며 행정, 군사, 지역 통치를 관장하는 중심 공간으로 자리매김하였던 것이다.

그러나 이 과정에서 한 가지 의문은 오래도록 마음에 남았다. 과연 1869년 대대적인 수축(修築)에 사용된 그 막대한 양의 성돌은 어디에서 가져왔으며, 이후 읍성이 훼철되었을 때 그 돌들은 어디로 사라졌을까?

일각에서는, 폐성된 후 성돌이 읍성 안팎의 우물을 메우는 데 사용되었다고도 말한다. 하지만 이는 납득하기 어려운 주장이다. 상수도 시설이 전혀 없던 시대, 우물은 생존에 직결된 '생명수'였고, 주민의 일상생활과 군사의 주둔, 읍치 행정 운영에 필수적인 수원(水源)이었다. 그런 우물을 인위적으로 메웠다는 설명은 당시의 물 사정과 생활 양식에 비추어볼 때 설득력이 부족하다.

1869년의 수축 당시, 성돌의 공급처를 밝힐 수 있는 직접적인 자료는 아직 발견되지 않았지만, 지형적 여건을 고려할 때 일정한 추론은 가능하다. 덕산 읍치와 인접한 대치리, 상가리 일대는 지금도 암반이 드러나 있는 채석 적지로 알려져 있으며, 옛 문헌에도 해당 지역에서 석재를 채굴했다는 간접적인 기록들이 전한다. 만약 이 지역에서 실제로 성돌을 마련했다면, 그 과정은 결코 단순한 노동 동원만으로 가능하지 않았을 것이다. 물자 조달과 운반, 인력 배치, 작업 기간에 대한 계획 등 다층적인 행정과 조직력이 동반되었을 것이며, 이는 당시 지방관 혹은 축성 책임자의 지휘 아래 체계적으로 진행되었음을 암시한다.

이와 같은 대공사의 진행 경위는 통상적으로 '축성기(築城記)'나 성루의 '상량문(上樑文)' 등을 통해 남겨지기 마련이다. 축성기에는 공사의 시기와 주관자, 석재의 채집처, 참여한 인원, 동원된 백성들의 숫자까지도 비교적 상세히 기록되는 경우가 많다. 그러나 안타깝게도 지금까지 덕산읍성과 관련한 축성기나 상량문은 발견되지 않았으며, 현재로선 구전이나 문헌의 단편을 통해 유추할 수밖에 없는 실정이다.

그럼에도 불구하고, 이러한 물음은 단순한 호기심을 넘어 역사적 추적의 출발점이 된다. 우리가 묻는 '돌은 어디서 왔는가'라는 질문은, 단지 물리적 자재의 이동에 대한 탐색을 넘어, 당시 지역 사회가 국가의 명령에 어떻게 응답했는가, 지방관은 어떤 방식으로 국책을 집행했는가, 주민들은 그 과정에서 어떤 역할을 했는가를 묻는 것이기도 하다. 이러한 질문들은 향후 덕산읍성의 축성사 연구를 더욱 심화시킬 수 있는 중요한 단서가 될 것이다.

읍성 철폐령

1910년 나라를 빼앗긴 초기에 읍성 철폐령에 따라 성벽을 훼철할 계획이 섰다. 전국 읍성 철거의 밑그림을 그린 것이 1913년 9월부터 본격적인 공사에 들어갔고, 1916년 9월에 공사를 마쳤다.

부수는 공사에 면민들로부터 부역(賦役)을 동원하여 사역하였다. 신작로를 만들기 위해 사업에 속하는 토지 및 지장 가옥은 모두 다 무상으로 제공되거나 또는 이전하여 그 수행을 용이하게 하였다고 한다.

신작로를 닦는 데 걸리적거리는 집이나 필요한 토지는 '모두 다 무상으로 제공되거나 또는 이전하였'다고 했는데, 다짜고짜 빼앗고 쫓아낸 것으로 보인다.

그렇게 완성된 시가지가 지금의 덕산이다.

그런데, 그 많은 성돌은 어떻게 했을까? '봇도랑(側溝, 물이 잘 빠지도록 만든 얕은 도랑), 돌담(石垣) 및 하수구(暗渠), 토관(土管)'공사에 일부가 쓰였겠지만, 높이 20척, 두께 25척, 둘레 3,950척의 엄청난 양의 성돌이 사라진 것이 궁금했다.

읍성을 훼철하는 동시에 신리와 성리 등 수해로부터 지킬 수 있는 농지를 확보하기 위해 삽교천 상류 하천 제방 정비에 사용했다는 주장이 있는데 사실인 듯하다.

1869년에 공사로 새롭게 탄생했던 덕산 읍성은 45년 만에 완전히 사라졌다. 덕산 지역의 역사가 사라졌으니 불행하지만 나라를 뺏기면 어떤 일이 일어나는지 보여주는 증거다. 지금은 덕산 읍성을 본 사람이 하나도 없다. 그렇지만 소설 쓰는 사람은 많다.

덕산 읍성의 남문

읍성의 문이 몇 개였는지 문의 위치를 두고 말이 많다. 성이 사라졌기 때문에 직접 본 사람이 없기 때문이다. 그런 만큼 문이 몇 개였는지 그리고 문의 정확한 위치를 찾아놓고 가는 것이 덕산 읍성을 두고 생길 수 있는 혼란을 줄이는 방법이다. 문의 위치를 찾아서 확인하는 것은 의외로 간단하다.

성의 안팎을 잇는 옛 길의 흔적을 따라가면 서로 이어지는 곳이 문이 있던 곳이다. 1912년에 그린 덕산 지역 지적도와 덕산 지역의 지도는 측도한 해가 읍성이 훼철되기 전부터 시작되었으니 읍성이 있는 상태에서 그린 것이다. 그래서 자세히 살펴보면 성벽의 윤곽이 보인다. 성벽 밖을 따라 생긴 길의 흔적이 성벽을 추정할 수 있는 근거가 된다. 그리고 안팎이 연결된 곳이 있는데, 4대문과 야문의 위치를 추정할 수 있는 근거이다.

1910년의 조선 읍성 철폐령을 기반으로 성벽을 철저하게 훼철하고 그 결과를 반영한 것이 철폐령 이후 측도한 '덕산군지도' '덕산군지적원도'이다. 지적 원도에는 잡종지로 분류된 성벽 자리의 자투리땅이 보인다.

두 가지 도면을 비교해서 살펴보면 1872년에 둥그렇게 그려놓은 읍성이 어떤 모양이었는지 알 수 있다. 그게 보이면 덕산 읍성의 평면도가 보이는 것이다. 그것을 중심으로 높이 00척의 덕산 읍성을 상상할 수 있다면 덕산 읍성을 이해할 수 있는 첫 단추를 채우는 것이다.

그런데, 덕산 읍성을 이해하기 위해서는 1869년의 대공사 이전과 이후로 구분할 줄 알아야 한다.

일단 1869년의 수개축을 거쳐 재탄생한 읍성의 〈축성기〉, 〈상량문〉, 그리고 〈축성사적비〉 등을 통해 확인할 수 있겠지만, 보이지 않는다.

읍성 관아(官衙)에 대한 대대적인 보수 공사가 있었는데, 성벽을 정비했다는 기록은 볼 수 없다.

덕산읍성에 해자가 있었을까?

읍성이 평지에 있었지만 주변보다 지대가 높다. 그래서 해자를 파고 물을 끌어오기가 쉽지 않다. 삽교천이 서쪽에 흘렀고, 우물이 있었지만 수량이 많지 않았다. 해자를 판다고 해도 그것을 채울 수 있는 물을 확보하기 쉽지 않았기 때문에 해자를 따로 설치하지 않았던 것으로 이해했다.

또 한 가지는 '야문(夜門)'의 위치가 어디였는가 하는 것이다. 통행 금지 시간에 급한 일이 있을 때 출입할 수 있도록 만든 문이 야문이다. 관청에서 아침 식사를 조리하려면 새벽부터 준비해야 한다. 음식을 조리하던 이들이 모두 읍성 안에 살았던 것이 아니고, 또한 식재료가 늦게 도착할 경우에는 야문을 이용했다. 그래서 파루 이전에 출근해야 하는 이들이 가장 많았을 관청 부근에 야문이 있었을 것으로 추정하는 게 합리적이다.

덕산 객사(客舍), 옛 기록의 검토

각 지역의 치소에 있는 객사는 지방 관아만의 기능을 하는 게 아니라 임금의 궐패(闕牌)를 모시던 건물이다. 지방관은 왕의 친정(親政)을 나타내는 이 건물에 매월 초하루와 보름날 지성껏 참배하여 왕에 대한 충성과 어진 정치를 다 짐한다. 망궐례(望闕禮)라고 했다. 동시에 객사는 공무 출장자가 머무는 숙소 이자 거리를 잴 때 기준점이 되는 곳이었다.

건축물의 특징으로 객사는 세 개의 지붕을 가진 한 채의 집이다. 멀리서 정면 을 보면 가운데 채가 좌우 채보다 한 단 높은 솟을대문처럼 치솟은 지붕 모양 이다. 옆에서 보면 맞배지붕으로 막음되어 있다. 망궐례가 행해지는 제사 공간 임을 상징적으로 보여준다. 그리고 좌우에 팔작지붕으로 막음한 건물이 이어 져 있다. 객사에 딸린 익랑(翼廊, 대문의 좌우 양편에 잇대어 지은 행랑)으로 부르는데, 객사와 달리 온돌방과 툇마루가 있다. 공무 출장자들의 숙소였던 곳 이고, 그곳에 묵었던 이들이 남긴 제영 시가 많이 남아 있는 제영 공간이기도 하다. 어찌 보면 세 채인 듯하지만, 한 채의 건물로 보는 것이 타당하다.

현재까지 덕산읍성 객사의 당호는 기록을 찾을 수 없어 알 수 없지만 축민당 이 아닐까 추정해 본다.

객사의 당호는 각 고을의 옛 이름에서 따온 경우가 많다. 그것은 그 지역 사람 들이 자기 고장의 역사와 의미를 표현하기에 가장 적당한 이름을 붙인 것이다. 덕산읍성은 충청 병영으로 운영되었던 시기와 1666년(현종 7년) 최세경 군수 에 의해 대대적으로 중수하고 이를 기념해 남긴 송시열(宋時烈, 1607~1689)의 기문과 윤봉오의 중수기를 참고하면 시공을 초월해 종합적으로 고려해야 전 체적인 그림을 그릴 수 있다.

역사적으로 창건과 중건 이후에도 계속 관찬, 사찬으로 기록한 것으로 판단된다. 덕산읍성에 대한 한시가 많은데, 덕산 지역을 살펴보는 데 유용한 정보를 갖고 있다. 그래서 덕산의 역사와 위상을 기준으로 창작된 시와 함께 살펴본다면 그 변화상을 추적할 수 있다. 검토하고 살펴볼 것들이 많은데, 이렇게라도 해야만 치소로서 기능과 동헌 그리고 읍성에서 가장 넓은 공간을 차지했던 객사와 관련 공간에 대해 그나마 접근할 수 있을 것으로 본다.

본 글은 송시열 〈덕산현 축민당기〉 해설에 이은 "조선 시대 덕산읍성 재구성" 시리즈 2편입니다.

57. 1781년 유만주의 덕산읍성 귀신 이야기

들어가는 글

조선 후기 덕산읍성(德山邑城)은 한때 충청남도 내포 지역의 거점으로 번영을 누렸으나, 세월이 흐르면서 점차 쇠락의 길을 걸었다. 몰락한 읍성은 단순한 행정·경제의 침체를 넘어, 지역 사회의 불안과 공동체의 상처를 상징하는 공간이 되었다. 이런 맥락에서 전해진 것이 바로 '귀신 이야기'다.

귀신의 존재는 당시 지역민이 느낀 두려움과 절망, 그리고 무너져가는 관아의 현실을 은유적으로 드러냈다. 18세기 말 조선의 대표적 기록자인 유만주(兪晩柱, 1755\~1788)는 자신의 일기 《흠영(欽英)》에 덕산현 관아에 출몰한 귀신 이야기를 남겼다. 그는 명문가 출신으로, 개인의 일상뿐 아니라 당대의 사회 분위기와 민심을 섬세하게 기록한 인물이다. 1781년 7월 14일자 일기에는 대낮에도 관아 행랑을 배회하며 소란을 피우는 귀신 이야기가 실려 있는데, 이는 단순한 민간 괴담을 넘어 당시 덕산의 쇠락과 사회적 불안을 압축적으로 보여준다.

이 귀신 이야기는 윤봉오의 '덕산현 축민당 중수기'와도 맥락을 같이한다. 관아 건물의 심각한 노후, 행정 기능의 마비, 그리고 북문 인근 지명 '귀신 모랭이'와 같은 구전 전승은 덕산읍성의 몰락과 민심의 불안을 한층 실감나게 한다.

이 글에서는 유만주의 기록과 덕산읍성의 역사적 배경, 그리고 지역에 전해 내려오는 구전과 지명을 바탕으로, 18세기 덕산현이 겪은 쇠락과 그 속에 깃든 인간적 고뇌를 살펴보고자 한다.

1. 유만주와 귀신 이야기의 시작

유만주는 한양 남대문 근처에서 성장한 문인으로, 추사 김정희의 외가와도 깊은 연관이 있다. 추사의 외조부 유준주(兪俊周, 1746~1793)의 사촌동생이자, 추사의 생모 기계 유씨의 당숙이었다.

그가 남긴 《흠영》 1781년 7월 14일자 기록에 따르면, 당시 덕산현 관아에서는 대낮에도 귀신이 행랑을 돌아다니며 소란을 피웠다고 한다. 이런 이야기가 한양까지 전해졌다는 점은 단순한 민간전승이 아니라, 지역 사회에 만연한 불안과 혼란을 반영했음을 시사한다.

조선 시대의 일기는 개인 기록을 넘어, 지역 사회의 공기와 관습, 초자연적 믿음을 함께 담아내곤 했다. 유만주의 짧은 기록 속 '귀신의 변고'라는 표현은 단순한 사건의 묘사가 아니라, 당시 덕산현이 처한 정치·사회적 불안의 상징이었다.

2. 덕산현의 쇠락과 몰락한 관아

같은 시기 윤봉오가 남긴 '덕산현 축민당 중수기'에는 관아의 황폐한 모습이 더욱 구체적으로 묘사되어 있다. 그는 백여 년간 유지·보수가 전혀 이루어지지 않아 서까래와 대들보가 썩어 문드러지고, 기둥은 벌레 먹어 약해졌으며, 지붕은 새어 비바람조차 막지 못하는 참혹한 상황이었다고 적었다. 마당 곳곳에는 잡초가 무성하고 담장은 무너져 내렸으며, 관리와 수리가 전혀 이뤄지지 않아 사람들의 왕래마저 뜸해진 모습이었음을 기록하였다. 그는 이러한 모습을 "고을 운명에 닥친 불행"이라 표현하며, 쇠락한 관아가 지역 전체의 침체를 대변한다고 지적했다.

관아의 물리적 붕괴와 행정 무력화는 귀신 이야기와 맞물려, 당시 지역민이 피부로 느끼는 불안과 상실감을 한층 더 극적으로 부각시켰다. 황폐해진 관청과 무력한 지방 행정은 공동체의 균열을 상징했고, 귀신은 곧 쇠락한 권력과 무너진 질서, 그리고 그 속에서 살아가는 이들의 절망과 두려움까지도 함축하는 은유가 되었다.

3. 북문과 '귀신 모랭이'의 흔적

덕산읍성 북문 인근은 오랫동안 귀신 이야기의 무대가 되어 왔다. 1914년 행정구역 개편으로 북문리로 편입된 이곳은 오랜 세월 동안 '귀신 모랭이'라는 이름으로 불리며 지역민의 기억 속에 자리 잡았다. 북문 북쪽 산모퉁이는 햇빛이 잘 들지 않고, 여름철에도 서늘하며 습기가 가득한 음침한 지형이었다. 이런 특유의 환경은 대낮에도 귀신이 나타난다는 이야기에 생생함을 더해주었다. 현재 50대 이상의 일부 주민들은 어린 시절 이 지명을 또렷이 기억하며, 덕산초등학교를 오가던 길목에서 괜히 발걸음을 재촉하거나 먼 길을 돌아가 귀신 모랭이를 피해 다녔다고 증언한다. 어떤 이는 그곳을 지날 때 갑작스러운 한기나 바람 소리를 느꼈다고도 전한다. 이러한 증언과 기억은 단순한 전설을 넘어, 세대를 거쳐 내려온 구전 전승이 여전히 현대에도 이어지고 있음을 잘 보여준다.

무슨 사정인지 알 수 없지만, 북문 인근에는 다 쓰러져가는 초가집이 덩그러니 남아 있다. 기울어진 지붕과 무너져 내린 담벼락, 잡초가 무성한 마당이 어우러져, 마치 오래전부터 내려오던 귀신 이야기를 조용히 증언하는 듯하다. 그 앞을 지날 때면 과거와 현재가 겹쳐 보이며, 북문리의 전설이 여전히 살아 숨 쉬는 듯한 분위기를 자아낸다.

4. 공공시설의 몰락과 상징성

1872년 제작된 '덕산군 지도'에는 동헌, 객사, 군기고 등 한 도시로 기능하던 다양한 공공시설이 읍성 안에 질서 있게 자리하고 있었다. 이들 건물은 원래 고을 행정과 의례, 방어 기능을 수행하던 핵심 기관들이었으나, 윤봉오의 기록처럼 세월의 풍파에 휘말려 유지 관리가 전혀 되지 않았다. 서까래는 썩고 기와는 바람에 날려 부서졌으며, 빗물이 스며든 벽은 곰팡이와 이끼로 뒤덮였다. 문짝은 떨어져 나가 바람이 그대로 통했고, 마당에는 잡초와 가시덤불이 무성했다. 객사에는 손님이 찾아오지 않아 빈 방에 먼지만 쌓였고, 군기고에는 오래된 무기들이 녹슬어 쓸모를 잃은 채 방치되었으며, 동헌마저 휑하게 비어 관리자의 부재를 여실히 드러냈다.

이러한 황폐한 풍경은 단지 물리적 붕괴만을 의미하는 것이 아니라, 지역 사회의 권위와 질서가 무너진 현실을 상징했다. 귀신 이야기는 이와 같은 폐허의 이미지를 한층 극적으로 부각시키며, 무너진 공공 건축물과 쇠락한 행정을 은유적으로 그려냈다. 이는 단순한 괴담을 넘어 당시 사회 전반의 피폐함과 공동체의 상실감을 함축하는 집단적 기억이 되었다.

5. 현재까지 이어지는 기억

예산군에서 발행한 덕산지역 지명유래 자료에도 귀신 이야기의 흔적은 또렷하게 드러난다. 마을의 연로한 주민들은 옛날 덕산초등학교 학생들이 귀신 모랭이를 피해 먼 길을 돌아가거나, 해가 진 뒤 북문 근처를 지날 때 이상한 울음소리나 속삭임 같은 기이한 소리를 들었다는 이야기를 전한다. 어떤 이는 바람에 흔들리는 나뭇가지 그림자가 사람 형상으로 보였다고 말하며, 그때 느낀 등골이 서늘해지는 공포가 평생의 기억 속에 지워지지 않는다고 한다. 또 다른 주민은 비 오는 날 귀신 모랭이를 지날 때 갑자기 몸이 무겁고 숨이 가빠졌던 경험을 이야기하며, 마치 보이지 않는 무엇인가가 길을 막는 듯했다고 회상한다. 이처럼 귀신 이야기는 단순한 전설이나 흥밋거리로 소비되는 것이 아니라,

덕산 지역민의 삶과 경험 속에 깊숙이 스며들어 세대를 거쳐 전승되는 소중한 문화적 유산으로 자리 잡았다. 이는 단순한 전설이 아니라, 마을의 공동 기억이 세월 속에서 흥미롭고도 교훈적인 이야기로 변주되며 이어져 온 것이다. 이러한 맥락에서 귀신 이야기는 지역 사회의 정체성을 형성하는 한 축으로 기능하며, 과거와 현재를 잇는 생생한 증언이자 문화적 자산으로 평가된다.

6. 추사, 유만주, 그리고 《흠영》

유만주는 덕산을 직접 여행하거나 현장을 답사한 적은 없었던 것으로 보인다. 다만 그는 덕산현의 쇠퇴상을 은유적으로 표현했을 가능성이 있으며, 당시 한양까지 전해진 귀신 관련 소문을 토대로 이야기를 정리했을 가능성도 있다. 이러한 소식은 한양과 지방을 오가던 인물들과의 교류, 친척이나 지인의 편지,

구전, 관청 보고 등 여러 경로를 통해 전달되었을 수 있다. 1781년 여름 덕산읍성 북문 일대에서 귀신이 대낮에 사람을 해코지한다는 소문이 돌았고, 이는 한양까지 전해졌을 가능성이 높다. 추사의 생모 유씨가 이 소식을 직접 들었을 수도 있으며, 유만주와 추사 외가의 긴밀한 관계를 고려하면 가족 사이에서 화제가 되었을 개연성도 있다.

이러한 정황은 단순한 추측에 머물지 않는다. 당시 한양과 지방을 연결하던 소식망의 속도와 범위를 고려할 때, 이 이야기가 유만주의 귀에 들어갔을 가능성은 충분히 높았다. 한양의 사대부였던 유만주와 덕산읍성의 귀신 이야기는, 한 개인의 기록을 넘어 가문과 지역 사회를 잇는 서사로서 서로의 기억과 역사 속에 연결되어 있었다.

나가는 글

덕산읍성의 귀신 이야기는 단순한 민간 괴담이 아니라, 조선 후기 지방 사회가 겪었던 행정적 쇠락과 사회적 불안을 상징적으로 드러내는 기록물이다. 유만주의 《흠영》에 남은 짧지만 인상적인 기록, 윤봉오가 남긴 '덕산현 축민당 중수기'의 생생한 묘사, 그리고 지역 주민들의 세대를 이어온 구전은 모두 당시 덕산현이 어떤 상태에 놓여 있었는지를 입체적으로 보여준다.

이 귀신 이야기는 무너져가는 관아와 황폐한 읍성, 그리고 불안과 두려움 속에서 살아가던 사람들의 심리를 은유적으로 담아낸다. 대낮에도 관아를 배회하던 귀신의 이미지는 무너진 권위와 질서를 상징하며, 관아의 폐허와 방치된 공공시설은 지역 공동체의 몰락을 직시하게 한다. 이러한 이야기는 공포심을 자극하는 전설이면서도, 당시 사회의 구조적 문제와 민심의 흐름을 고스란히 반영한 역사적 증언이다.

오늘날 덕산읍성의 귀신 이야기는 단순히 옛날이야기로 소비되기에는 아까운 문화적 자산이다. 북문리 '귀신 모랭이'와 같은 지명, 주민들이 직접 경험하거나 전해 들은 체험담, 그리고 기록 속 묘사는 덕산의 정체성을 구성하는 중요한 요소로 남아 있다. 이 전설은 과거와 현재를 잇는 매개체로서, 지역민의 집단 기억을 재확인하게 하고, 나아가 덕산이 지닌 역사적 깊이와 문화적 의미를 재발견하게 만든다.

몇 년 전부터 덕산읍성을 복원하자는 여론이 지역 사회와 향토사 연구자들 사이에서 점차 확산되고 있다. 이는 단순히 성곽을 재현하는 사업이 아니라, 지역의 역사와 문화를 복원하고 후대에 전승하려는 의지와 맞닿아 있다. 이런 복원 논의 속에서 귀신 이야기는 단순한 공포담을 넘어, 무너진 제도와 공동체 속에서 당시의 현실을 은유적으로 비추는 상징으로 새롭게 조명된다. 오늘날 이 이야기는 덕산의 역사와 문화를 되살리는 데 중요한 해석의 열쇠이자, 지역 정체성을 재발견하게 하는 소중한 자산으로 자리하고 있다.

앞으로 덕산읍성 귀신 이야기는 학술 연구뿐만 아니라 문화 콘텐츠 개발, 교육 자료, 관광 자원 등 다양한 분야에서 활용될 수 있는 중요한 기반으로 더욱 가치 있게 다뤄져야 한다. 전설 속 귀신은 단순한 공포의 상징이 아니라, 몰락과 변화의 시대를 살아낸 사람들의 정서와 경험을 비추는 거울이자, 덕산의 역사와 문화를 현재와 미래로 잇는 살아 있는 증언이기 때문이다.

58. 허구의 안내판, 진실을 묻다

– 남연군묘 상여 육로 운반설의 실체와 해석에 대하여

1. 역사를 쓴다는 것 : 사라진 시간과의 대화

역사를 쓴다는 것은 때로는 사라진 시간과 존재하지 않는 실체를 더듬으며 한 걸음씩 나아가는 길이다. 문헌은 없고 흔적만 남은 역사 속 특정 인물이나 사건에 대해 텍스트를 재구성하고 설명하려는 시도는 학자에게 끝없는 고민과 불안감을 준다. 우리는 어떤 주제를 연구할 때 가능한 모든 문헌과 자료를 수집해 텍스트를 재구성하고 맥락을 밝히지만, 단 하나의 새로운 사료가 출현하면 그동안의 노력은 쉽게 무너질 수도 있다. 그렇다면 그 노력은 과연 무의미한가? 틀렸다고 해서 그 재구성 자체가 잘못된 것인가?

2. 가야산에서 시작된 나의 역사 쓰기와 성찰

나는 이십여 년 전 처음 가야산에 얽힌 역사와 이야기를 쓰기 시작할 무렵 만난 한 편의 선행 연구 논문에서 그러한 고민을 목격했다. 논문의 저자는 이미 사라져 존재하지 않는 원본 텍스트를 재구성하기 위해 당시로서는 접근하기 어려웠던 자료들을 애써 찾아내며, 조금이라도 근접한 흔적을 발견하기 위해 치열하게 애쓰고 있었다. 비록 후일 새로운 사료가 등장하여 그 재구성이 틀린 것으로 밝혀졌다 하더라도, 나는 그의 노력을 존중하고 경의를 표하지 않을 수 없었다. 그 이유는 단 하나, 그가 할 수 있는 모든 방법과 자료를 다해 역사의 빈칸을 메우고자 노력했기 때문이다.

3. 다시 쓰는 상여 이야기 : 작은 안내서의 고민

지금 내가 쓰고 있는 글은 남연군묘 상여와 연천에서 가야동까지의 이동에 얽힌 이야기로, 가야산의 근현대사를 안내하는 작은 여행 지침서와 같은 성격을 지니고 있다. 이 서문을 쓰면서 나 또한 지난 학자의 고민을 되새기며 어떻게 글을 써야 할지 끊임없이 고민하고 있다. 역사를 재구성하는 작업은 결코 완벽할 수 없으며, 우리가 할 수 있는 최선의 노력과 진실에 다가가려는 성실함을 담는 것만이 우리가 할 수 있는 전부일 것이다. 남연군묘 상여에 얽힌 이야기를 펼쳐 보이며, 이 작은 글이 조금이나마 가야산과 그 주변 역사의 빈칸을 채우는 단서가 되기를 기대한다.

4. 안내판에 비친 상여 운반설의 실체

충남 덕산 상가리의 문화유산을 소개하는 안내판이나 책을 읽다 보면 참 어이없는 내용을 접하게 된다. 나도 가끔 실수하지만 자기 전문 분야가 아닌 것에 대해 과한 해석을 하는 경우를 종종 본다. 남연군묘 이장 때 유골 운구에 이용되었다는 남은들 상여안내판에서 그런 경우를 볼 수 있다.

전체적으로 흥미롭게 읽고 있는데 심하게 왜곡하고 있다. 대표적인 것이 남은들 상여와 운구하는 방법에 대한 해석이다. 덕산 지역 향토지에는 "남연군 이구의 묘를 면례할 때 남은들 상여를 경기도 연천에서 가야동까지 육로로 500리를 상여로 운구했다"라고 설명하고 있다. 또한 남연군묘 남은들 상여각 앞에 세워져 있는 안내판에는 다음과 같이 쓰고 있다.

"대원군은 종실 중흥이라는 큰 뜻을 품고 경기도 연천 남송정에 있던 남연군의 묘를 덕산 가야산으로 옮겼다. 시신을 넣은 관을 운반하는 데에는 500리 길을 따라 한 지방을 통과할 때마다 그 지역의 주민들이 동원되어 각 구간을 연결하여 모셔가는 방법을 택하였다"라고 쓰고 있어 덕산면의 향토지와 다르지 않게 쓰고 있다는 것을 알 수 있다.

5. 기록은 있지만 검토는 없었다 : 입담에서 유래한 서사

대중에 신뢰감을 더하는 한국학중앙연구원 향토문화전자대전 "남은들 상여" 편에는 다음과 같은 내용이 등장한다.
"남은들 상여는 흥선대원군 이하응의 아버지이자 고종의 할아버지인 남연군 이구의 묘소를 옮길 때 사용하였던 것이다… 당시 대원군은 경기도 연천 남송정에 있던 묘를 이장하면서 시신 넣은 관을 운반하기 위해 500리 길을 따라 통과하면서 지방마다 그 지역 주민을 동원하여 각 구간을 연결하는 운반 방식으로 시신을 운구하였다…"
이와 같은 해석은 입담 좋은 호사가들이 흥미 위주로 전해 온 말장난식 지역 구전을, 별다른 검토 없이 안내판이나 인터넷 자료에 그대로 옮겨 놓은 데에서 비롯된 것이다.

6. 교통망과 정치 현실을 외면한 해석의 오류

하지만 이러한 설명은 1845년 당시 조선의 수운(水運)과 육상 교통 체계, 그리고 이하응의 정치적 지위와 활동 범위 등을 충분히 고려하지 않은 상태에서 이루어진 해석에 지나지 않는다.

결국 현재의 인터넷 자료나 관광 안내문에 실린 내용은 조선 후기의 실제 도로망과 운송 체계에 대한 역사적 이해 없이, 전승된 이야기와 단편적 상상에 근거해 구성된 것으로, 사실보다는 허구에 가까운 서사로 평가할 수 있다.

당시 수도 한양과 이 나라에서 가장 큰 항구인 제물포 사이에도 차가 다닐 만한 도로가 없었고, 거세게 흐르는 넓은 한강의 지류에는 다리도 없었다.

육상 도로가 만들어지는 근대 이전에 각 지방의 조세를 서울까지 배로 운반하는 조운(漕運)이 크게 해로로 운반하는 해운(海運)과 내륙 수로로 운반하는 수운(水運)으로 구별되었다.

당시 서울과 내포 지역 간 물류와 교통은 육상이 아니라 한강, 서해, 아산만, 삽교천, 대호지 등의 수륙이 더 많이 이용되고 있었다.

7. 비석 운반이라는 또 하나의 무리한 상상

또 하나 주목해야 할 점은, 이장 당시 유골과 함께 남송정 남연군묘역에 세워졌던 묘표, 즉 비석도 함께 옮겨졌다는 사실이다. 이 비석은 대략 3톤 정도로 추정되며, 조선 후기의 도로 사정과 교량 기술, 운송 장비를 고려할 때 이를 육로로 운반하는 것은 사실상 불가능에 가까웠다. 당시 현실적인 운송 수단과 인력 동원 체계를 감안하면, 이러한 주장은 설득력을 갖기 어렵다.

8. '꿈보다 해몽'이 된 안내판, 그 책임은 누구에게

안타깝게도 이러한 서술 방식은 가야구곡을 비롯한 가야산 일대의 문화유산을 다룬 안내판이나 소책자 등에서 적지 않게 발견된다. 흔히 '꿈보다 해몽'이라는 말처럼, 구전이나 전설에 대한 해석이 그 자체를 넘어서 과장되거나 무리한 상상력에 기대는 사례가 있다. 해석은 전승의 본래 맥락을 해치지 않는 범위 안에서 이뤄져야 하며, 사실에 대한 인식을 흐리게 하거나 새로운 허구를 덧씌우는 방식이어서는 곤란하다.

9. 나가는 글 : 진실 위에 서야 기억으로 남는다

이 안내판은 남연군묘 면례의 과정과 그에 얽힌 지역 구전을 중심으로 흥미롭게 설명하고자 한 의도는 엿보이지만, 그 내용은 지나치게 과장되어 있다. 대표적인 예가 연천 남송정에서 가야동까지 500리를 남은들 상여로 운구했다는 서사다. 이는 조선 후기의 실제 교통 사정과 수운·육상 물류의 한계, 그리고 당시 이하응의 정치적 위상 등을 전혀 고려하지 않은 채 흥미 본위로 각색된 것에 불과하다. 특별한 역사적 의미를 부여할 이유는 없다.

현장을 찾는 탐방객이나 지역 문화에 관심을 가진 독자들에게 중요한 것은 정확한 정보와 역사적 맥락에 대한 성실한 전달이다. 글을 쓰는 이가 반드시 유념해야 할 점은, 그 해석이 누군가를 오도(誤導)하지 않도록 절제하고 성찰하는 태도이다. 지역의 전통과 유산을 진심으로 아끼는 마음이 있다면, 우리는 더욱 정직하고 근거 있는 이야기로 그 가치를 전달해야 한다.

허구 위에 세운 감동은 오래가지 않으며, 진실 위에 서야만 비로소 기억으로 남는다.

59. 경복궁 영건일기를 통해 읽는 덕산 상가리의 역사

구만포구의 진실을 찾아서, 허구의 역사를 바로잡다

『경복궁영건일기(景福宮營建記)』는 고종 대 경복궁 중건의 전 과정을 일기 형식으로 세밀하게 기록한 조선 후기의 귀중한 1차 사료이다. 이 문헌은 1865년(고종 2) 4월 공사 착수부터 1868년(고종 5) 7월 준공에 이르기까지 41개월 동안 매일의 상황을 날짜별로 정리하였으며, 정치·행정 절차와 함께 공정, 인력, 재정 운용에 이르는 궁궐 건축의 전모를 집약하고 있다.

편찬자는 한성부 주부 원세철(元世澈)로, 현재 서울대학교 도서관에는 1책 1권이, 일본 와세다대학교 도서관에는 완질 9책 9권이 소장되어 있다. 표지에는 '경복궁영건일기'라는 제명이 표기되어 있으며, 제1권 서두에는 서문 성격의 「경복궁영건기」가 실려 있다. 서문의 말미에는 "통훈대부 한성부 주부 원세철이 삼가 쓰다"라는 문구가 남아 있어, 그가 편찬 작업을 주도했음을 확인할 수 있다.

원세철은 원주 원씨 출신으로, 1864년(고종 원년) 효문전 참봉에 임명된 뒤 1866년 영건도감 낭청, 1867년 한성부 주부를 거쳐 임실 현감, 영천 군수, 밀양 부사 등 지방관을 역임하였다. 그의 이력에서 알 수 있듯, 『경복궁영건일기』 편찬은 단순한 관청 기록의 범주를 넘어, 당시 중앙과 지방 행정 전반에 걸친 네트워크를 이해하는 데 중요한 단서를 제공한다.

이 기록은 경복궁 중건 과정을 다음 다섯 범주로 체계화하였다. 첫째, 날씨 - 매일의 기상 상황과 강우 시 수심 기록. 둘째, 왕명과 계사 - 고종과 대왕대비의 전교, 흥선대원군의 분부, 각 관청의 계사와 보고문. 셋째, 문서 왕래 - 영건도감과 지방 관아, 관청 간 공문 및 문서 교환 내역. 넷째, 공사 진행 - 일별 공사 내용과 진척 상황. 다섯째, 인력·재정 - 장인, 담모군·자원군 인원, 원납전(捐納錢) 현황 등을 기록하고 있다. 이러한 분류 체계는 당시 국가 주도 대규모 건축 사업의 실무 구조와 절차를 이해하는 데 필수적인 자료적 가치를 지닌다.

경복궁 중건은 단순한 궁궐 복원 공사를 넘어 19세기 조선 정치사의 전환점을 이루는 사건이었다. 병인양요(1866) 전후의 대외 위기, 왕권 회복을 꾀한 흥선대원군의 정치 구상, 지방 자원의 집중 동원 등은 모두 이 사업의 전개와 맞물려 있었다. 그 과정에서 건축 자재의 확보와 운송, 인력 동원, 재정 조달이 전국적 규모로 전개되었고, 이는 각 지역 사회와 경제에도 직·간접적 영향을 미쳤다.

이번 글에서는 『경복궁영건일기』를 통해 덕산 가야산의 남연군묘가 흥선대원군의 구상 아래 제례 공간인 명덕사와 휴식·거주 공간인 보덕사, 그리고 남연군묘의 참봉인 관리인과 가야동 행차 시 수행하는 관리들이 사용할 여러 전각이 함께 조성되었으며, 신축에 필요한 자재와 인력이 한강-서해-삽교천-구만포구를 잇는 수운망을 통해 오갔음을 확인할 수 있었다. 이를 바탕으로 1845년 남연군묘 이장이 연천에서 가야산까지 약 500리의 육로 대신 연천 남송정 아래 임진강 포구에서 서해를 거쳐 아산만 삽교천 구만포구로 이어지는 수로를 이용했을 가능성을 살펴본다. 또한 1865년 별다례를 계기로 한 남연군묘를 대대적으로 확장하는 과정에서도 인력과 자재가 한강과 삽교천을 잇는 수운망을 따라 이동했을 가능성을 함께 검토하며, 이를 통해 당시 덕산 지역과 한양을 이어주던 삽교천 구만포구의 물류와 교통 흐름을 입체적으로 살펴본다.

『경복궁영건일기』 1865년(고종 2년) 4월 30일의 기록을 살펴보았다. 교동수사(喬洞水使)에게 보낸 관문에는 다음과 같은 내용이 전해진다.

"덕산묘(德山墓, 남연군묘)에 쓰고 남은 목재 55개가 구만포(九萬浦)에 거주하는 김계만(金啓萬), 노중철(魯重喆)에게 있으니, 덕적(德積)의 선적(船籍)에 올려 황급히 나누어 싣고, 오는 윤달 20일 봄에 경강(京江)에 도착하도록 하라."라고 쓰고 있다.

이 기록을 살펴보면, 교동수사(喬桐水使, 강화 수군 절도사 또는 부사)에게 덕산묘(德山墓) 공사 후 남은 목재를 한양으로 운반하라는 구체적 명령이 내려졌음을 알 수 있다. 문서에는 남은 목재 55개가 구만포(九萬浦)에 거주하는 김계만(金啓萬)과 노중철(盧中哲)에게 보관되어 있으니, 이를 덕적(德積)의 선적(船籍)에 나누어 실어 윤달 스무 날 이전까지 경강(京江)에 도착시키라는 지시가 적혀 있다. 덕산묘의 잉여 목재 관리 기록이 반영되어 있어 경복궁과 덕산 남연군묘 현장이 함께 관리되었다는 것을 알 수 있다.

여기서 '덕산묘'는 흥선대원군의 부친 남연군(南延君) 묘역과 관련된 공사를 가리키는 것이다. 정확한 범위는 문서만으로 단정하기 어렵지만, 같은 시기 덕산 가동(伽洞 또는 伽耶洞) 남연군묘 일대에서는 제각(齋閣)인 명덕사(明德祠)와 흥선대원군의 사저 성격이 강한 보덕사(報德寺), 그리고 왕실 인물들의 예배와

※ 경강(京江)은 과거 한양의 뚝섬에서 양화나루에 이르는 한강 구간을 이르는 지명이다.

거처를 위한 여러 전각이 새로 지어지고 있었다. 따라서 이 문서 속 '덕산묘'는 명덕사와 보덕사, 그리고 관련 전각의 건립을 포괄하는 것으로 이해된다.

남은 목재 55개는 덕산군의 관문이었던 포구가 있는 구만포에서, 한양으로의 운송을 염두에 두고 포구 관리자나 공사에 관계되는 주민이 임시로 보관하고 있었던 것으로 보인다. 이를 교동수사가 덕적도의 배를 이용해 서울 경복궁 현장으로 서둘러 운반하도록 한 것이다.

다만, 기록에는 '木'이라고만 표기되어 있어, 그 목재의 구체적인 용도나 규격, 수종 등은 알 수 없다. 그러나 가야산은 1845년 남연군묘의 면례와 1847년 헌종 태실의 가봉 이후 봉산으로 관리되며 벌목이 금지되는 등 엄격히 관리된 것으로 보인다. 이 시기 가야산에는 건축 자재로 쓰일 만한 질 좋은 소나무가 울창하게 자라고 있었다.

당시 덕산 지역은 삽교천 상류에 자리한 구만포구를 통해 서울, 인천, 전라도 등지와 물류가 연결되었다. 구만포 수운은 쌀, 수산물, 목재 등 다양한 물자의 집산·운송에 중요한 역할을 했으며, 이번 사례 역시 그 활용의 한 단면이라 할 수 있다. 1868년(고종 5년) 덕산 도굴 사건 당시 천주교 신부 페롱과 오페르트 역시 이 수로를 이용해 구만포구에 상륙, 12km 떨어진 남연군묘로 진입한다.

같은 해 7월 28일 기록에는 다음과 같은 내용이 실려 있다.

"간의대(簡儀臺)를 다시 석축하는 과정에서 길이 3치의 금동(金銅) 한 점이 발견되었다. 금이 거의 벗겨진 상태였으나 금칠을 다시 입히고, 나무를 깎아 연화부좌(蓮花趺坐)를 제작하여 덕산 보덕사(報德寺)에 봉안하였다.”라는 기록을 볼 수 있다.

간의대는 세종 시대에 천문을 관측하여 백성들에게 절기의 변화를 알리기 위해 설치된 관측대였다. 그러나 임진왜란 때 경복궁이 소실되면서 이 시설들은 방치되었고, 이후 경복궁을 중창하는 과정에서 축대를 다시 쌓는 도중 작은 금동 불상이 출토되었다.

이 불상의 크기는 ‘3치’로, 당시 도량형 기준 약 9cm에 해당한다. 발견된 불상은 덕산 보덕사에 봉안되었으나, 현재는 그 행방이 전해지지 않는다.

이 기록은 다음과 같은 사실을 뒷받침한다.

① 1865년 남연군묘 제각인 명덕사(明德祠)와 보덕사 신축에 사용된 목재와 각종 자재는, 한양 경복궁 중건에 필요한 자재와 함께 조달되었다.
② 자재 운송 경로는 한양에서 경강을 따라 내려와 해로를 거친 뒤, 삽교천 상류의 구만포(예산 덕산 인근 포구)에 도착했으며, 일부는 안면도에서 확보되었다.
③ 경복궁 간의대 축대 보수 과정에서 발견된 금동 불상은 가공을 거쳐 보덕사에 봉안되었다.
그동안 보덕사와 제각 명덕사 신축과 그 규모와 기능에 관한 내용은 《보덕사기》와 운양 김윤식의 《면양행견일기》에 남은 단편 기록과 마을 구전에만 의

존해 왔다. 그러나 이 사료를 통해 '삽교천의 수운이 이용되었다'는 점과 '한양 최고의 왕실 목수·석공·화공이 동원되었다'는 사실이 구체적으로 입증된다.

또 하나 주목할 점은, 이 기록이 남연군묘 면례 과정의 실제 운구 경로를 밝혀 준다는 것이다. 기존에는 연천에서 덕산까지 약 500리를 육로로 상여를 메고 이동했다고 전해졌으나, 이는 사실이 아님이 드러났다.

그동안 각종 인터넷의 소개나 현지 안내판에서도 육로를 따라 이동했다고 쓰고 있다. 연천 남송정에서 충청도 덕산 가야동까지 500리를 육로를 상여로 이동했다라고 누가 최초로 제기하였는지는 분명하지 않으나, 문헌적 근거 없이 잘못 인용된 주장이 어느새 학계와 대중 사이에서 '정설'처럼 굳어져 있다. 그러나 해당 주장은 제시된 사료가 전무하며, 서술의 정확성 또한 모호하고 일관성이 결여되어 있다.

더구나 1845년 당시 조선의 운송 장비와 도로 사정을 감안하면, 이는 역사적·물리적 가능성조차 희박한 주장으로, 일고의 가치가 없다 할 것이다. 이러한 점에서 해당 논의를 장기간 이어가는 것은 생산적이지 않으며, 불필요한 소모로 귀결될 가능성이 크고 역사적 실체를 흐리게 만들고, 후대의 인식마저 왜곡시킨다.

따라서 지금 필요한 것은 근거 없는 주장에 대한 감정적 논쟁이 아니라, 사료 검증과 현장 고증을 통한 사실의 복원이다. 사료의 원문, 지리적 실측, 그리고 동시대의 정치·사회적 맥락을 종합하여 상가리의 역사를 재구성함으로써, 비로소 잘못 전해진 역사를 바로잡고, 이 땅의 진정한 역사적 의미를 후대에 전할 수 있을 것이다.

『경복궁영건일기』를 통하여 그동안 문헌 기록 부재로 구전과 추정에만 의존하던 남연군묘 면례(緬禮)와 육로 500리 상여 운송 경로의 이야기가 허구였음이 밝혀졌다. 더불어 '경복궁 중건 자재와 덕산 남연군묘·보덕사 신축이 직·간접적으로 연결되었다'는 사실이 구체적이고 확실한 근거로 확인되었다. 이는 덕산 지역 향토사 연구에서 매우 중요한 자료이며, 남연군묘·명덕사·보덕사와 경복궁 영건이라는 국가적 공사가 어떻게 긴밀히 연계되었는지를 보여주는 귀중한 역사 기록이다.

"덧글"

1) 1865년 목재의 벌목과 수운을 통한 운송 체계는 다음과 같이 정리할 수 있다.

전통적으로 국유림 목재의 최대 산지는 강원도였다. 특히 태백산맥 서쪽 기슭의 인제와 양구, 오대산, 한계령 일대는 주요 벌목지로 이용되었다. 이 지역은 양질의 대형 목재가 많았을 뿐 아니라, 벌목 후 뗏목으로 엮어 한강을 따라 운반할 수 있었기에 우선적으로 채벌 대상이 되었다. 강원도 외에도 충청도 안면도의 봉산이 목재 공급지로 활용되었다. 안면도는 바닷길을 통해 한강변까지 자재를 운송할 수 있다는 지리적 이점이 있었다.

삼척부에서 벌목한 굵은 송목 두 그루는 바닷가 포구로 끌어내린 뒤, 동해·남해·서해를 거쳐 조강(祖江)에 이르러 한강으로 들어왔다. 이 과정에서 경상·전라·충청·경기 감영에 공문을 내려, 연안 각 고을에 별도의 관문을 보내 운송에 차질이 없도록 조치하게 하였다.
구체적인 방안으로는 교졸을 대거 징발하여 견고한 선척을 선발하고, 목재가 지나는 고을과 진보에서 차례로 인계·운반하도록 하였다. 당시 수운에 의존하던 상황에서 강물이 어는 일은 큰 난관이었으므로, 반드시 결빙 전에 경강(京江)에 도착하도록 시기를 재촉하였다는 기록을 볼 수 있다.

『경복궁영건일기』권2, 고종 2년(1865) 9월 21일의 기록에 따르면, 강원도나 전라도에서 벌목된 나무를 실은 선박은 서해를 거쳐 조강에 오른 뒤 한강 물줄기를 따라 상류로 나아갔다. 여기서 조강은 한강과 임진강이 합류하는 하류 끝자락의 옛 지명을 가리킨다.

2) 남연군묘 '안내판'과 '디지털문화재전', '한민족문화백과대사전'이 제공하는 설명에는 사실관계가 모호하고 중요한 오류가 포함되어 있어 수정이 필요하다. 이는 초기 작성 단계에서 사료에 대한 충분한 고증이 이루어지지 못한 데서 비롯된 것으로 보인다.

따라서, 경복궁영건일기에 근거하여 1845년 면례와 1865년 2차 대대적인 중건에 "구만포구가 자재 운송에 이용되었다"라고 명기하는 것이 적절하다. 앞으로는 원전과 날짜를 명시하고, 단정적 표현은 검증 단계가 드러나는 서술로 수정되어야 한다. 또한 남연군묘 면례 당시 연천에서 가야산까지 500리가 넘는 길을 육로를 이용했다고 서술하고 있으나, 이 기록을 토대로 검토하면 실제로는 그 가능성이 낮다. 오히려 임진강 남송정 아래의 포구를 거쳐 강화도 수로를 거쳐 서해와 아산만, 삽교천을 잇는 수운 경로가 이용되었을 개연성이 높다. 조선 시대의 물류 체계와 운송 장비, 도로 사정을 이해한다면 이는 상상 차원의 해석이 아니라 합리적이고 역사적 맥락에 부합하는 추론이다.

이 글은 특정인의 잘잘못을 지적하거나 오류를 문제 삼기 위한 것이 아니다. 오직 가야산과 그 역사 유산을 올바르게 이해하고, 후대에 보다 정확한 기록을 남기고자 하는 마음에서 비롯된 것이다. 가야산을 아끼는 마음이 크기에, 그 역사 또한 바르게 전하고자 한다.

60. 구만포(九灣浦)는 물길과 지형이 만들어낸 지명이다

조선 시대 덕산군의 관문으로 기능했던 구만포(九灣浦)는 경제적, 군사적, 외교적 중요성을 지닌 포구로, 내포 지역의 교통과 물류를 책임졌다.

충청남도 내포(內浦) 지역 삽교천 유역 상류에 위치한 포구로, 물길과 지형, 그리고 역사의 흐름이 함께 엮여 있는 특별한 이름을 지니고 있다. 하지만 구만포라는 이름은 시간이 지나며 과장된 설화와 행정 개편·지도 편찬 과정에서의 왜곡으로 인해 본래의 의미를 잃었다.

구만포의 지명이 어떻게 변화해왔는지, 그리고 그 안에 담긴 역사적, 지리적 의미를 재조명하는 일은 내포 지역 정체성의 회복을 위한 중요한 작업이다.

구만포의 본래 이름 : '九灣浦'

구만포의 원래 이름은 '九灣浦'로, 물길의 특징을 반영한 지명이었다. '灣(만)'은 물길이 굽이쳐 흐르는 지형적 특성을 나타내며, 이는 삽교천 유역의 자연환경을 정확히 담아낸 표현이다. 서해에서 시작된 삽교천은 내륙 깊숙이 아홉 번 구부러지며 흐르고, 그 물길의 끝자락에 구만포가 자리 잡고 있었다.

하지만 조선 후기부터 지도 등에 구만포는 '九萬浦'로 표기되자 그렇게 불리기 시작했다. 삽교천의 지형적 특성이 희석되고 숫자 '九萬'이 강조된 결과로, 구만포에서 쌀 '구만 석(九萬石)'을 한양으로 운송했다는 전설적인 이야기가 더해졌다. 그러나 조선 시대 후기 삽교천의 수심과 수로 상태를 고려할 때 대형 선박이 정박하거나 대량 물류를 운송하기에는 부적합했기에, 이 설화는 실제보다는 과장된 이야기로 보인다.

구만포의 이름이 변질된 결정적 계기는 일제강점기의 행정구역 개편이었다. 1914년 조선총독부는 행정 편의성을 이유로 지명의 의미에 관심이 없었고, 복잡한 글자보다는 획수가 적고 더 익숙한 '萬'을 사용하며, 구만포의 행정 지명을 공식적으로 '九萬浦'로 표기했다. 이 과정에서 구만포라는 이름에 담긴 본래의 의미와 정체성은 점차 사라지게 되었다.

문헌 속의 구만포 : '九灣浦'와 '九萬浦'의 갈등

구만포라는 지명은 조선 시대 문헌에서 두 가지 형태로 등장한다. 김정호가 제작한 《대동여지도》(1866)와 최성환의 《여도비지》(輿圖備志, 1866)에서는 구만포를 '九灣浦'로 표기하며, 삽교천 물길의 지형적 특성을 정확히 이해한 이름으로 기록했다. 반면, 조선 후기의 《여지도서》(1760), 《충청수영 각사등록》(1868), 《승정원일기》, 《운양집》 등에서는 '九萬浦'라는 표기가 등장한다.

특히 1909년 조선총독부가 측도한 《1 :50,000 덕산군지도》에서는 '九萬浦'로 표기되어 있으며, 대한제국이 패망하고 1914년 행정구역 개편 이후 이 표기가 조선총독부에 의해 공식적으로 굳어졌다.

구만포의 역사적 역할 : 물길과 포구의 중심지

구만포에 얽힌 가장 널리 알려진 이야기는 '구만 석의 쌀을 운송했다'는 설화이다. 하지만 앞서 언급한 사례와 같이 삽교천 일대의 지형적 특성과 조선 시대 물류 조건을 고려할 때, 이 이야기는 다소 과장된 측면이 있다. 당시 삽교천은 범람이 잦고 수심이 얕아 대형 선박이 드나들기 어려운 환경이었다.

구만포는 삽교천을 따라 서해와 내륙을 연결하는 교통과 물류의 중심지였다. 백제 말기에는 복국 운동의 마지막 항전지로 사용되었으며, 조선 시대에는 세곡(稅穀)을 운송하고 상업 활동이 이루어지던 핵심 포구였다. 덕산현과 삽교천 일대에서 생산된 농산물과 물자가 구만포를 통해 한양과 남도로 이동하였고, 이는 구만포가 지역적 포구가 아니라 국가적 물류 네트워크의 일부였음을 보여준다.

하지만 19세기 후반 들어 삽교천이 상류로부터 토사나 퇴적물이 쌓이면서 물길이 얕아지고, 20세기 초 삽교천 방조제의 축조로 인해 물길이 완전히 단절되었다. 이로 인해 구만포는 점차 기능을 상실했고, 오늘날 그 흔적조차 찾아보기 어려운 상태가 되었다.

구만포의 지정학적 중요성

구만포는 물류와 교통의 거점으로서뿐만 아니라, 외세와의 충돌이라는 국제적 갈등의 무대이기도 했다. 1868년 4월, 독일인 오페르트와 프랑스 신부 페롱은 삽교천을 통해 구만포에 상륙해 덕산 남연군묘 도굴을 시도했다. 이 사건은 구만포가 국제적 사건의 주요 배경이 될 만큼 중요한 위치에 있었음을 상징적으로 보여준다.

조선 후기의 문헌에서도 구만포의 전략적 가치는 여러 차례 강조된다. 운양 김윤식의 《속음청사》에 따르면, 19세기 말까지 구만포는 사람과 물자가 오가는 주요 포구였다. 그러나 철도와 내륙 교통망의 발달로 인해 구만포의 경제적 가치는 점차 쇠퇴했다.

구만포 지명 변화와 그 의미

구만포 지명에 얽힌 논의는 이름의 표기만을 둘러싼 문제가 아니다. 이는 지역의 자연, 역사, 문화적 정체성을 되찾고 재발견하는 작업이다. '九灣浦'는 삽교천 물길의 지형적 특징을 담은 이름으로, 내포 지역이 해양 문명과 내륙 문명의 접점이었음을 상징한다. 반면, '九萬浦'는 숫자와 경제적 상징성을 강조하며, 본래의 의미를 왜곡한 이름이다.

지역 향토학자들은 구만포를 '九灣浦'로 복원해야 한다고 주장한다. 이는 이름을 바꾸는 작업이 아니라, 지역의 역사를 올바르게 이해하고 정체성을 회복하기 위한 중요한 과정이다.

구만포의 진정한 의미를 찾아서

어린 시절, 김장철이 되면 덕산과 가야산 사람들은 떼를 지어 구만포나 광천으로 새우젓을 사러 갔다. 산골 사람들에게 구만포로 향하는 길은 단순한 장보기를 넘어, 들뜬 마음으로 나서는 걸판진 소풍이었다.

아산만에서 삽교천을 거슬러 올라오는 아홉 구비 물길은 새우젓과 장어가 풍성히 자라는 산란장이었다. 넉넉한 어장과 활기가 넘쳤던 풍경이 옛 구만포의 모습이었다.

'구만포'라는 이름에는 물길이 빚어낸 자연의 특성과 그 속에서 살아온 사람들의 삶과 이야기가 고스란히 스며 있다. 땅의 이름은 그곳의 역사와 환경, 문화, 그리고 세대를 이어 살아온 사람들의 발자취를 품고 있다. 그렇기에 우선 우리 내포 지역과 예산 지역에서만이라도 올바른 표기인 '九灣浦'를 쓰고 불러야 한다.

지금 구만포를 다시 조명하고 본래의 이름을 되찾는 일은 내포 지역의 정체성을 회복하고, 그 역사적 가치를 다음 세대에 전하는 소중한 작업이다. 이름 속에 깃든 참된 의미를 되새기며, 구만포가 품은 이야기를 바르게 전해야 할 때다.

참고 문헌

《여지도서》(1760년),
《각사등록》(충청수영 1868년),
《승정원일기》 고종 5년(1868),
《운양집》,
《존재집》,
《환재집》(박규수),
《대동지지》,
《여도비지》(輿圖備志, 1866년),
1909년 조선총독부가 제작한 《1 :50,000 덕산군지도》

61. 흥선대원군의 미완의 꿈

덕산 가야산은 조선 후기 풍수지리에서 두 명의 왕이 태어날 수 있는 명당, 즉 '이대천자지지(二代天子之地)'로 알려졌다. 이와 같은 명성은 가야산을 정치적 상징이자 왕조의 영원한 안식처로 인식하게 만들었다.

흥선대원군 이하응은 이 땅에 자신의 선친 남연군의 묘를 이장함으로써, 가야산을 왕실 가문의 영원한 묘역으로 만들고자 하는 원대한 꿈을 품었다. 이러한 계획은 대원군의 권력 복원과 왕실 재건의 야망을 담고 있었다. 그러나 그 꿈은 정치적 역학 속에서 끝내 완성되지 못했다.

흥선대원군과 가야산의 이야기는 한 개인의 야망과 그가 맞닥뜨린 시대적 현실이 충돌한 역사를 보여준다. 비록 그 꿈은 끝내 완성되지 못했으나, 오늘날까지도 강렬한 역사적 울림을 남기고 있다. 여기, 그 '미완의 꿈'이 구체적으로 무엇이었는지 살펴볼 수 있는 흥미로운 기사를 소개하고자 한다.

1899년 4월 26일자 《제국신문》 기사에 따르면, 충청남도 덕산군에서는 흥선대원군의 공덕을 기리기 위해 사당을 건립하려는 계획이 있었다. 지역 주민들은 가야골 산소에 영정을 모실 사당을 짓기 위해 모금을 시작했으나, 여러 현실적 제약으로 인해 그 계획은 끝내 실현되지 못했다.

다음은 1899년 4월 26일자 《제국신문》 기사를 현대어로 풀어쓴 내용이다

"충청남도의 김필규라는 이가 흥선대원군의 공덕을 칭송하고 영정을 가야골에 모시자는 취지로 모금을 시작했다. 이 계획은 작년 3월부터 시작되어 약 1년간 이어졌지만, 모금액의 관리와 관청의 비협조로 인해 끝내 무산되었다."
당시 이 계획의 중심에는 김필규라는 인물이 있었다. 그는 모금된 수천 냥의 자금을 관리하며 사당 건립을 추진했으나, 중앙과 지방 관료들의 무관심과 소극적인 태도가 큰 걸림돌이 되었다. 여러 차례 협의와 요청이 이어졌지만 관료들의 지원은 끝내 이루어지지 않았고, 주민들의 염원은 결국 실현되지 못했다. 이러한 배경에는 흥선대원군과 고종, 그리고 명성황후 사이의 정치적 갈등이 영향을 미친 것으로 보인다.

흥선대원군과 가야산의 역사적 연결

흥선대원군은 1845년 가야산 가야동 일원을 왕실의 영원한 묘역으로 구상하며, 선친 남연군(이구, 1788~1836)의 묘를 경기도 연천에서 가야산으로 이장했다. 이 결정은 풍수지리적 이유와 함께 지관 정만인의 '이대천자지지'라는 주장에 기초한 것이었다. 두 명의 왕이 태어날 수 있는 명당이라는 이 주장은 대원군의 권력 복원과 왕실 부흥에 대한 야망과도 연결된다.

1865년, 흥선대원군은 가야산 일대에 남연군의 제각 명덕사와 사저 성격이 강했던 보덕사를 포함한 다섯 채의 궁집을 건설했다. 이는 자신과 가족이 가야산 행차 시 머물 공간을 마련하기 위한 것이었으며, 노후에는 이곳에서 은거하려는 계획도 포함되어 있었다. 가야산은 그의 정치적 야망과 개인적 염원이 담긴 장소였다.

가야동과 왕실의 묘원

가야산은 흥선대원군이 선친 남연군뿐만 아니라 그의 형제들과도 연결된 깊은 인연을 남겼다. 가야동에 묻힌 대원군의 형제들은 다음과 같다.

1. 남연군(이구, 1788~1836) - 흥선대원군의 선친으로, 그의 묘를 가야산에 조성하며 가족 묘원의 시작되었다.

2. 흥녕군(이창응, 1809~1828) - 흥선대원군의 형이며 그의 묘는 남연군묘 아래 있다.

3. 흥완군(이정응, 1814~1848) - 가야산 보현동(普賢洞) 인좌에 있던 묘는 양주군 와부면 도곡리 산97-1로 이장했다.

4. 흥인군(이최응, 1815~1882) - 대흥군(현 대흥면) 우정리 신좌원에 안치되었다가 남연군 묘소 아래(신산소)로 이장되었지만, 다시 이장되었다.

이처럼 대원군의 가족과 형제들의 가야산 묘역은 그가 가야산을 왕실 가문의 중심적 안식처로 만들고자 했던 의지를 잘 보여준다. 그는 가야산을 조선 왕조의 영원한 상징으로 구상하며, 이곳에 가족의 묘역을 조성함으로써 왕실의 권위와 전통을 이어가고자 했다. 그러나 시대적·정치적 상황은 그의 꿈을 실현하지 못하게 만들었다. 특히 흥선대원군 본인과 그의 아들 고종은 권력의 중심부에서 정치적 압박과 도전을 겪으며 가야산에 묻히지 못했고, 이는 그들의 꿈이 미완으로 끝났음을 상징적으로 보여준다.

나가는 글

가야산은 흥선대원군의 정치적 야망과 왕실의 영원한 안식처로서의 꿈이 담긴 공간이었다. 그는 이곳에 선친과 형제들의 묘를 조성하고, 가야산을 왕실의 중심지로 삼아 조선 왕조의 부흥을 상징하는 핵심 공간으로 만들고자 했다.

가야산은 그에게 단순한 은거지가 아니라, 왕조 재건의 의지를 구현하는 장소였다.

흥선대원군 이하응은 생전에 자신의 묘소를 직접 택정(擇定)하였는데, 그 위치는 가야동이 아니라 아소정이 있는 공덕리였다. 이는 정치적 제약으로 가야동 계획이 좌절되었고, 또한 자신이 정한 가야동 묘역이 외세의 위협에 노출되어 오페르트 도굴 사건을 겪은 기억이 작용했기 때문으로 보인다. 더구나 조선 말기는 묘지와 관련한 분쟁, 곧 산송(山訟)의 폐단이 심화되던 시기이기도 했다. 그러나 아소정의 묘 또한 후에 이장되었으며, 결국 그는 생전에 염원하던 가야산이 아닌 파주에 묻히게 되었다.

오늘날 가야산은 덕산도립공원으로 지정되고 남연군묘가 문화재로 등록되면서, 그 역사적 가치가 새롭게 주목받고 있다. 풍수지리적 명당이자 흥선대원군의 미완의 꿈이 서린 공간인 가야산은, 조선 후기의 정치와 문화를 이해하는 데 중요한 열쇠를 제공한다.

가야산과 흥선대원군의 이야기는 한 개인의 원대한 꿈과 그 길을 가로막은 시대적 한계가 맞물린 역사적 서사다. 오늘날 우리는 이 미완의 이야기를 통해 조선 후기 정치의 복잡한 구조와 인간의 열망을 차분히 되새길 수 있다.

이 서사는 가야산을 중심으로 한 흥선대원군의 정치적 비전과 그가 직면한 시대적 제약을 비추며, 조선 후기 역사를 바라보는 폭넓은 시각을 제공한다. 가야산은 그의 야망과 현실이 부딪힌 현장이자, 그 속에 담긴 역사적 메시지는 지금도 잔잔한 울림으로 전해진다.

역사는 늘 꿈과 현실이 교차하는 자리에서 기록된다. 흥선대원군이 전하는 가야산이 전하는 이야기는, 이루지 못한 꿈일지라도 그 뜻과 흔적이 후대에 남아 의미를 더할 수 있음을 조용히 일러준다.

62. 의천의 가야사 중창 : 내포의 중심, 가야사의 금탑 이야기

통일 신라 시기에 창건했다고 추정되는 가야사는 내포 지역의 불교적·정치적 중심지로서, 고려 왕실과 밀접한 관계를 맺으며 역사적·종교적 중요성을 동시에 지닌 사찰이었다. 고려 문종의 넷째 아들 의천(1055~1101)은 송나라 유학을 통해 당대의 새로운 사상과 문물을 받아들이며, 내포 지역과 가야사 중흥의 상징적 역할을 수행했다. 선종 3년(1086), 의천은 유학을 마치고 귀국하며 불교 경전과 함께 송나라 황실에서 제작한 귀한 차, 소룡단(小龍團)을 가져왔다. 이 차는 송나라 황실에서 진상하던 명차로, 그 자체로 희귀하고 상징적인 물품이었다. 의천은 이를 가야사의 금탑 불사 과정에서 봉안하며, 금탑에 종교적·정치적 상징성을 부여했다.

가야사의 금탑은 단순한 불교적 석조물이 아니었다. 이는 고려 왕실의 권위와 내포 지역의 중심성을 상징하는 기념비적 건축물로, 가야사를 중심으로 내포 불교의 중흥과 내포 지역의 정치적 중요성을 드러내고자 하는 의천의 의지가 담겨 있었다. 금탑은 그 자체로 고려 불교 중흥의 상징이었으며, 내포 지역을 불교적 거점으로 자리매김하려는 왕실의 전략이 반영된 것이었다.

의천의 가야사 중창은 내포 불교의 부흥을 넘어, 내포 지역의 중심성을 강조하는 중요한 시도였다. 금탑은 불교 신앙의 중심이자 지역 공동체의 상징으로 기능하며, 종교적 의미를 넘어 왕실과 지역을 연결하는 매개체로 자리 잡았다. 가야사는 의천의 노력으로 내포의 중심 사찰로서 새로운 전성기를 맞이했으며, 금탑은 그 핵심이었다.

금탑 훼철과 내포 지역의 격변

그러나 가야사의 금탑은 시대의 흐름 속에서 사라지는 운명을 피하지 못했다. 19세기 조선 후기, 흥선대원군 이하응은 자신의 권위를 강화하고 조선 왕실의 중앙집권적 체제를 공고히 하기 위해 전국적으로 사찰 및 불교적 상징물들을 훼철하는 정책을 단행했다. 내포 지역 역시 이 과정에서 예외가 아니었고, 그 중심에 있던 가야사의 금탑도 허물어지게 되었다. 금탑의 훼철은 물리적 구조물의 파괴가 아니라, 가야동 마을 주민들에게는 삶의 중심과 신앙의 기반이 붕괴된 사건으로 다가왔다.

금탑이 허물어지는 과정에서 석탑 내부에서 발견된 소룡단은 또 다른 역사의 단면을 드러낸다. 대원군은 이 귀중한 차를 역관 이상적에게 선물했고, 이상적은 이를 함경도 북청에 유배 중이던 스승 김정희에게 전달하였다. 당시 김정희는 유배 생활의 고단함 속에서 이 차를 위로 삼아 초의 선사와 함께 나누며 그 가치를 재조명했다. 김정희는 초의 선사에게 "송나라 시대에 만들어진 소룡단을 얻게 되었다"고 말하며 차의 유래와 가치를 전했다. 소룡단은 고려 왕실과 내포 지역, 그리고 가야사를 연결하는 역사적 상징이었다.

하지만 이 차는 금탑의 훼철과 함께 역사에서 사라지며, 가야사와 고려 왕실의 관계를 보여주는 중요한 유물로 남을 수 있었던 기회를 잃게 되었다. 금탑의 파괴는 내포 불교와 지역 사회의 상징적 중심을 빼앗아 가는 동시에, 내포 주민들의 종교적 정체성과 공동체 의식을 뿌리째 흔드는 사건으로 작용했다.

마을 주민들의 상실과 변화된 삶의 풍경

금탑은 가야동 주민들에게 평범한 종교적 건축물이 아니었다. 그것은 마을의 정서적·정체적 중심이자 세대를 잇는 신앙의 구심점이었다. 금탑이 무너진 날, 마을 주민들에게는 상실을 넘어 자신들의 삶의 방향성을 잃어버린 듯한 충격과 상실감이 밀려왔다. 금탑 훼철은 주민들의 의지와는 무관하게 진행되었고, 주민들은 이에 저항할 수 없었다. 침묵과 복종만이 허락된 상황에서, 주민들은 자신들의 중심을 잃은 채 새로운 권력의 질서를 받아들여야 했다.

금탑이 무너진 후, 내포 지역에는 대원군의 권위를 상징하는 새로운 건축물들이 들어섰다. 금탑이 있던 자리에는 대규모 무덤과 신도비가 세워졌다. 무덤은 두 물길이 합류하는 지점에 자리 잡아 마을을 내려다보는 형태로 세워졌으며, 신도비는 무덤으로 이어지는 길목에 웅장하게 서 있다. 이러한 구조물들은 흔하게 볼 수 있는 건축물이 아니라, 대원군 권위의 상징으로서 마을 주민들에게 지속적인 억압과 위압감을 주는 존재였다.

금탑의 신성함 속에서 이루어졌던 주민들의 신앙 행위와 공동체 의식은 사라졌고, 그 자리는 새로운 권력의 상징물이 차지했다. 마을 주민들에게 과거의 종교적 위안과 신앙의 중심이었던 공간은 더 이상 존재하지 않았다. 대신, 신도비와 무덤은 주민들의 삶을 끊임없이 압박하며, 새로운 질서와 권력에 대한 복종을 강요했다.

잊혀진 가야사와 주민들의 이야기

가야사의 금탑은 내포 불교와 주민들에게 신앙적 중심이었지만, 그 훼철 이후 주민들의 삶과 상실감은 철저히 기록에서 배제되었다. 오늘날 가야사의 이야기는 금탑의 영광과 훼철의 과정만이 남아 있을 뿐, 금탑의 존재로 형성된 마을 공동체의 이야기나 그 파괴로 인한 주민들의 고통은 철저하게 잊혀졌다. 이는 역사가 권력 중심적 관점에서 기록된다는 점을 단적으로 보여준다.

가야사의 금탑 훼철은 건축물의 붕괴를 넘어, 주민들의 신앙적 기반과 공동체의 정체성을 흔드는 사건이었다. 주민들은 자신들의 신앙의 중심을 잃고, 권력의 새로운 질서에 순응해야 하는 현실을 강요받았다. 이는 역사적 사건이었으며 민초들의 삶과 정체성이 붕괴된 순간으로, 그들의 아픔과 상실감은 지금까지도 제대로 조명되지 못했다.

오늘날 가야사와 금탑의 이야기를 되새기는 것은 과거의 영광을 복원하려는 시도이며, 권력의 그늘 속에 감춰진 주민들의 이야기를 발굴하고, 그들의 상실과 고통을 공감하며, 역사를 보다 균형 잡힌 시각에서 이해하려는 과정이다. 금탑이 무너지고 새로운 권력의 상징물이 들어선 그날의 사건은, 마을의 풍경을 바꾼 것이 아니라 주민들의 삶과 정체성을 뿌리째 흔든 중요한 역사적 전환점이었다. 오늘날 이러한 사건들을 재조명하며 주민들의 목소리를 복원하는 것은, 역사를 올바르게 이해하는 데 필요한 첫걸음일 것이다.

63. 가야사지 금탑 운제의 사자상에 대하여

조선 시대 가야사의 금탑에 대한 기록은 이철환, 이의숙, 그리고 덕산현읍지 등 관찬 문헌을 비롯해 적지 않게 전한다. 이들 기록에는 한결같이 금탑과 운제(雲梯)에 관한 언급이 나타나는데, 계단이나 돌계단이 아닌 '운제'로 표현된 점이 주목된다. 이는 단순한 오르내림의 구조물이 아니라, 당시 사람들에게 특별하고도 깊은 인상을 남긴 상징적 장치였음을 짐작하게 한다.

2024년 12월, 가야사지에서 실시된 제10차 매장문화재 발굴조사에서는 사자상 한 기가 출토되었다. 흥미롭게도 이 사자상이 발견된 지점은 바로 옛 운제가 자리했던 곳으로, 기록 속 묘사와 실물 유적이 역사 속에서 맞닿는 뜻깊은 순간이었다.

사자는 본래 아프리카 대륙과 중동, 그리스와 로마, 인도 북부 초원 지대 등에 서식하던 동물이다. 조선 시대 사람들은 사자를 직접 본 사람이 없다는 것을 의미한다. 그러나 놀랍게도 우리 한반도에는 고대부터 사자상이 전해 내려온다. 자연적으로 서식한 적이 없는 동물이지만, 삼국 시대 왕릉이나 고찰에서는 석사자상을 종종 만날 수 있다.

불교와 함께 중국을 거쳐 한반도로 전래된 석사자상은 1,500여 년 전 삼국 시대부터 조형되기 시작했다. 오늘날 우리가 보는 이들 석조 사자상은 그 세부 표현이 의외로 정교하고 사실적이다. 그 시대 장인들이 실제 사자를 본 적이 없었을 텐데도 어떻게 이처럼 세밀한 묘사를 할 수 있었을까? 이는 불교 도상학과 불전 삽화, 그리고 당시 실크로드를 통한 문화 교류 속에서 간접적으로 체득한 이미지들이 예술로 구현된 결과일 것이다.

드물지만 우리나라 사찰에는 몇 기의 사자상이 남아 있다. 대부분은 탑의 받침대나 계단 옆 장식으로 조각되었고, 그 규모도 크지 않다. 특히 많은 사자상들이 도난과 훼손의 피해를 입었는데, 대표적으로 불국사 다보탑의 기단에는 원래 네 마리의 사자가 있었지만 현재는 단 한 마리만이 남아 있다.

충남 지역의 경우 1986년 보령의 성주사지 돌계단에 사자상이 도난당했으나 회수되지 않았으며, 천안 광덕사 대웅전 앞 석계단 양옆에 놓여 있던 두 마리의 석사자 역시 충남 문화재자료로 지정되었음에도 불구하고 1985년 도난당하는 수모를 겪었다. 이후 어렵게 회수되었으나, 현장에서 보면 그 크기(높이 약 90cm)는 매우 작고 풍화로 인해 형태가 많이 닳아 있어 사자의 모습을 알아보기조차 쉽지 않다. 이렇듯 우리 석조 문화재의 현실은 여전히 취약하고 위태롭다.

이런 맥락에서 가야사지에서 출토된 사자상은 특별한 의미를 지닌다. 관찬 문헌에서도 가야사의 금탑 운제에 두 기의 석수가 있었다는 사실이 확인되며, 이는 고고학적으로도 지난 24년 출토되며 그 존재가 사실로 뒷받침된 것이다. 이 사자상은 얼굴 부분에 작은 상처가 있지만, 예술적으로 매우 정교하게 조각되어 있으며, 형태와 기법 모두에서 동시대 석조 예술의 뛰어난 수준을 보여주고 있어 가야사 금탑의 구조적 구성과 조각 기술을 보여주는 중요한 실물 자료로 평가된다.

이와 같이 10년 넘는 가야사지 매장문화재 발굴조사가 이어지며 이번에 확인된 사자상은 그 금탑의 구성 일부로서 기능했을 가능성이 높다. 또한 가야사지에서 석수, 즉 사자상이 출토되었다는 사실은 가야사지 금탑 운제의 존재가 단순한 구전이나 전설이 아닌 단순한 조형물이 아니라 당대의 건축과 불교 신앙, 그리고 의례 문화를 입증하는 실재의 역사였음을 강하게 시사한다.

전설로만 전해지던 금탑 이야기가 이번 발굴로 실증적 유물에 의해 뒷받침되면서, 가야사지의 역사성과 신빙성은 한층 더 견고한 토대 위에 올려졌다. 그동안 문헌 속에서만 존재하던 금탑과 운제의 이미지가, 사자상이라는 구체적 조형물과 함께 확인된 것은 학계와 지역사 연구자 모두에게 중요한 성과라 할 수 있다. 기록과 유물이 서로를 증명하는 이 순간은, 가야사지가 지닌 상징성과 실재성을 동시에 확인시켜 주었다.

이러한 맥락에서 가야사지 금탑 사자상은 단순히 한 점의 석조물에 머물지 않는다. 첫째, 향토사적 가치 측면에서 조선 시대 지역 불교사와 왕실 후원 사찰의 위상을 증명하는 핵심 증거이다. 둘째, 조형 예술사적으로 볼 때, 사자상은 상징성과 조각 수법, 석재의 선택과 배치 등에서 동시기 불교 조각의 수준과 지역적 특징을 보여주는 귀중한 자료이다. 셋째, 불교 문화사적으로는 금탑과 운제라는 특수 구조물의 존재를 실증하는 유산이자, 조선 후기 불교 신앙의 장엄 방식을 재구성할 수 있는 중요한 단서다.

64. 112년 전, 가야동으로 가는 길에 가로수가 있었을까

2005년 무렵부터 나는 가야산에 관한 글을 꾸준히 써왔다. 어떤 글은 충분한 검토와 보완을 거쳐 세상에 내놓을 수 있었지만, 어떤 글은 마감에 쫓겨 급히 완성해야 했다. 세월이 흘러 20년이 지난 지금, 그 시절의 글을 다시 펼쳐보면 시선은 깊어지고 사고는 성숙해졌다. 예전의 문장들이 낯설게 느껴지고, 곳곳에서 수정과 보완의 필요성이 드러난다. 요즘 나는 그 글들을 하나씩 다시 읽으며 문장과 단락을 새롭게 다듬고 있다. 과거의 기록에 현재의 연구 성과와 시각을 더하는 일은 단순한 교정이 아니라, 일종의 재창작이다. 그렇게 다시 태어난 글이야말로 가야산과 상가리를 잇는 새로운 출발점이 되리라 믿는다.

1. 1913년 〈덕산군 지도〉의 검토

상가리의 근현대사를 정리하기 위해 나는 1913년에 제작된 〈덕산군 지도〉를 검토하였다. 이 지도는 조선총독부가 일제강점기 초기 전국 군현의 행정 경계를 측량하고 지형·도로망을 기록하기 위해 편찬한 일련의 군현지도의 하나이다. 단순한 지도가 아니라, 당시의 행정과 교통, 지리적 실태를 비교적 정확하게 반영한 관제 자료로 평가된다.

지도에는 덕산읍에서 가야산 방면으로 이어지는 주요 도로망이 뚜렷하게 표시되어 있으며, 특히 옥계리에서 상가리를 거쳐 중가리로 이어지는 구간에 '並樹(병수)'라는 표기가 확인된다. '병수'란 도로 양편에 일정한 간격으로 나무를 식재하여 조성한 가로수길을 의미한다.

2. 구전과 사료의 만남

이 표기는 오랜 세월 지역 어른들 사이에 전해 내려온 구전과 맞닿는다. 덕산에서 상가리로 이어지는 옛길에 가로수가 있었다는 전승은 구체적 근거가 없어 오랫동안 회의적으로 여겨졌다. 그러나 '병수'라는 한 단어가 남아 있는 1913년 지도는, 그 구전이 단순한 기억의 잔재가 아니라 일정 부분 사실에 기초하고 있음을 보여준다.

따라서 이 지도는 단순한 지리 자료가 아니라, 지역의 생활사와 경관사를 밝히는 1차 사료로서의 가치가 있다. 근대 이전의 길이 단순한 이동로가 아닌, 왕실 제향과 불교문화의 중심을 잇는 의례적 통로였음을 시사한다.

3. 상가리의 공간 변모와 왕실 의례

조선 중기까지 상가리는 가야사를 비롯한 다수의 사찰이 밀집한 불교 중심지였다. 18세기 중반 이후 잠시 침묵의 시기를 거쳤으나, 19세기 중반 들어 그 지형적 의미가 다시 부각된다.

1845년 이하응(李昰應, 흥선대원군)이 부친 남연군의 묘를 조성하면서, 상가리 일대는 왕실 제향의 거점으로 재편되었다. 이어 1865년(고종 2) 남연군묘 주변을 정비하는 과정에서 신작로가 개설되고, 제각·예배소·생활공간으로서의 전각이 새로 세워졌다. 보덕사(報德寺)를 비롯한 여러 건물이 이 시기에 재건되었으며, 가야산 자락의 불교 유적은 왕실 의례의 공간으로 전환되었다.

이처럼 상가리는 불교적 신앙공간에서 왕실의 정치적 상징공간으로 성격이 변화하였다. 이는 조선 후기와 대한제국기의 정치사·종교사·왕실사가 교차하는 중요한 현장의 현장이었다는 것을 입증한다.

4. 기록자의 자세와 역사적 검증

지역의 역사를 기록하는 일은 애정만으로는 완성될 수 없다. 애착이 깊을수록 사실의 왜곡이 일어나기 쉽기 때문이다. 따라서 기록자는 사료와 현장에 근거하여 객관성을 유지해야 하며, 감정보다 검증을 우선해야 한다.
특히 지역사 연구는 '추억의 복원'이 아니라 '미래의 문화 자산'을 구축하는 과정으로 이해되어야 한다. 고문헌과 고지도의 교차 검토, 구전의 문헌화, 현장조사의 병행은 그러한 객관성의 기초를 이룬다.

우리나라 최초의 근대식 지도 1913년 덕산군 지도를 보면서

1913년에 제작된 덕산군 지도를 펼쳐보면, 덕산 읍내에서 구만포구로 향하는 길을 비롯해 삽교·홍성·해미·운산·고덕으로 이어지는 주요 도로망이 정연하게 나타난다. 또한 읍내에서 월봉과 중가리를 지나 상가리로 이어지는 길 역시 뚜렷이 표시되어 있다. 특히 덕산 읍내에서 남연군묘로 향하는 중가리 일대에는 범례 속 '並樹(병수, 길가에 심은 나무)' 기호가 이어져 있는데, 이는 도로 양편에 가로수가 줄지어 있었음을 뜻한다. 2000년대 초반까지 생존하신 마을 어르신들이 전해온 옛 가로수길의 기억이 이 지도에서 확인되면서, 오랜 구전이 역사적 사실로 입증되는 장면이라 할 수 있다.

지도를 세밀히 살펴보면, 덕산 읍내에서 시작된 도로가 옥병계를 지나 중가리와 상가리 초입에 이르기까지 다른 도로와는 구별되는 표식이 보인다. 범례에 적힌 ‘並樹’는 일제강점기 일본식 지도기호로, 도로 양편에 일정 간격으로 나무가 심어진 가로수를 의미한다. 특히 상가리에서 옥병계로 이어지는 구간에는 두 줄의 선 사이로 일정한 간격의 점선이 반복되어 나타난다. 이는 도로 양쪽에 계획적으로 가로수가 조성되어 있었음을 보여주는 명확한 근거다. 따라서 이 길은 단순한 신작로나 통행로가 아니라, 경관과 질서를 고려해 조성된 도로였음을 알 수 있다.

남연군묘에서 덕산 읍내로 이어지는 길에 아름드리 나무들이 줄지어 서 있었다는 증언은, 이창엽·한기택·진희운 등 여러 어르신들의 기억과도 일치한다. 지도의 기호와 구전이 서로 맞물리며, 덕산의 길과 풍경이 한 세기 전에도 이미 정제된 공간미와 풍류를 지니고 있었음을 새삼 확인하게 된다.

이 사실은 관찬 기록에서도 확인된다. 《조선왕조실록》 고종 7년(1870, 동치 9년) 10월 7일 기해조에는 “남연군묘 아래에 수만 주의 소나무와 개오동나무를 심었다(南延君墓下 植松梧數萬株)”는 기록이 보인다. 이는 단순한 조경 차원을 넘어, 묘역을 중심으로 한 덕산읍치에서부터 상가리까지 도로와 주변 경관이 이미 조선 후기부터 계획적으로 정비되었음을 보여주는 귀중한 사료라 할 수 있다.

“돌아온 중사(中使)의 보고에 따르면, 덕산(德山) 묘소 아래에 사는 백성 홍병기(洪秉驥)라는 사람이 소나무와 개오동나무를 손수 심은 수가 거의 수만 주에 이르며, 지금은 크게 자랐다고 한다. 그 정성과 성의가 가상하므로 오위장에 가설(加設)하여 단부(團附)하라.”

주① 중사(中使) — 임금의 명을 비밀리에 전하는 직사(勅使)를 뜻한다.

주② 덕산(德山) 묘소 — 남연군의 묘소를 가리킨다.

주③ 기록에서 '소나무와 개오동나무가 크게 자랐다'고 한 점으로 미루어, 남연군묘가 '구광지(舊壙地)'에서 현재의 위치로 이장된 1846년경부터 식재가 이루어진 것으로 보인다. 남연군 이구는 1836년에 별세한 뒤 처음에는 경기도 마전현 미산면 백자동(지금의 연천군 미산면)에 안장되었다가, 이어 연천군 남면 남송정(南松亭, 현 군남면 진상리 큰피우개 부락)으로 옮겨졌다. 그 후 1845년 덕산 가야산 북쪽 언덕의 구광지로 이장되었고, 다시 1846년 3월 18일 같은 가야산 중턱의 건좌(乾坐) 위치로 재이장되었다.

홍병기(洪秉驥)는 이러한 헌신과 노력으로 흥선대원군의 인정을 받아 오위장(五衛將)에 단부(團附)되었다. 이는 조선 후기 과거제를 거치지 않고 향촌 인물이 중앙의 관직 체계에 편입된 사례로, 국가가 지방 사회의 치적(治績)과 묘역 수호의 공헌을 공식적으로 인정한 경우라 할 수 있다. 다시 말해, 개인의 봉사 행위가 지역 사회의 공공적 실천으로 평가되어 중앙의 포상 체계 안에 제도적으로 반영된 것이다.

이 사례는 조선 후기 향촌 사회와 중앙 권력의 관계, 그리고 비(非)과거 경로를 통한 인재 등용의 한 양상을 보여준다. 특히 남연군묘의 조성과 관리가 단순한 묘역 정비를 넘어 왕실 관련 사업에 대한 지방민의 자발적 참여와 그에 대한 국가의 보상 체계가 작동한 예로 해석될 수 있다. 이러한 점에서 본 사례는 조선 후기 지방 통치 구조와 신분 질서의 변화를 살필 수 있는 중요한 자료적 의미를 지닌다.

또한 1913년 덕산군 지도에 나타난 신작로와 가로수 표식은, 1845년 남연군 묘가 경기도 연천에서 현재의 위치로 이장된 이후 1865년 조선 왕실의 별다례(別茶禮)를 거치며 묘역이 대대적으로 정비된 과정과 밀접하게 연관된다. 이 시기 가야동(상가리·옥계리) 일대에는 명덕사(明德祠), 흥령군 제각(興寧君祭閣), 그리고 흥선대원군을 비롯한 왕실 관련 인사들의 거처이자 예배 공간이었던 보덕사(報德寺) 등 여러 전각이 새로 건립되었다.

당시의 관련 사료를 종합하면, 이러한 대규모 토목 공사는 한양 경복궁 중건(重建)과 거의 같은 시기에 추진되었으며, 공사에 참여한 인력 또한 경복궁 공사에 참여했던 목수·석공·화공 등이었다. 이는 남연군묘와 경복궁 공사가 일정한 기획 아래 병행되었음을 시사한다. 사용된 자재 역시 동일한 규격의 목재와 기와 등으로, 모두 한양에서 운송되어 구만포구에 도착한 뒤 덕산 읍내와 상가리 일대까지 육로로 옮겨졌다. 이 운송로를 확보하기 위해 소달구지가 통행할 수 있을 정도의 신작로가 개설된 것으로 보인다.

이러한 정황은 남연군묘의 조성과 왕실 관련 시설의 건립이 단순한 묘역 조성 사업을 넘어, 국가 주도의 토목 공사, 물류 체계 구축, 그리고 지방 인력 동원을 수반한 왕실 주도의 종합 사업이었음을 보여준다. 아울러 1913년 덕산군 지도에 나타난 병수(並樹) 표식은, 이러한 왕실 주도 경관 조성과 도로 정비의 흔적이 한 세기 이상 지속되어 왔음을 증명하는 귀중한 사료로 평가된다.

그 사실을 뒷받침하기 위해 『경복궁영건일기(景福宮營建日記)』 1865년(고종 2년) 4월 30일자 교동수사(喬洞水使)에게 보낸 기록을 살펴보면, 덕산 가야산 지역과 경복궁 공사가 실질적으로 연계되어 있었음을 확인할 수 있다. 해당 일기의 관문(官文)에는 다음과 같은 지시가 내려져 있다.

"덕산묘(德山墓, 남연군묘)에 쓰고 남은 목재 55개가 구만포(九萬浦)에 거주하는 김계만(金啓萬), 노중철(魯重喆)에게 있으니, 덕적(德積)의 선적(船籍)에 올려 황급히 나누어 싣고, 오는 윤달 20일 봄에 경강(京江)에 도착하도록 하라."

이 내용은 남연군묘 공사 후 남은 목재가 구만포를 통해 다시 한양으로 운송되었음을 보여준다. 즉, 남연군묘 조성과 경복궁 중건이 자재 공급망을 공유하고 있었으며, 구만포가 그 사이의 주요 물류 거점으로 기능했음을 입증하는 자료이다. 이는 단순히 지역의 공사 자재가 남았다는 수준을 넘어, 왕실 공역(公役) 체계 내에서 덕산 지역이 한양의 국가적 사업과 실질적으로 연결되어 있었음을 보여주는 중요한 증거라 할 수 있다.

또한 같은 해 7월 28일자 『경복궁영건일기』에는 다음과 같은 내용이 추가로 기록되어 있다.

"간의대(簡儀臺)를 다시 석축하는 과정에서 길이 3치의 금동(金銅) 한 점이 발견되었다. 금이 거의 벗겨진 상태였으나 금칠을 다시 입히고, 나무를 깎아 연화부좌(蓮花趺坐)를 제작하여 덕산 보덕사(報德寺)에 봉안하였다."

이 기록은 경복궁 공사 과정에서 발견된 철불이 덕산 보덕사에 봉안되었다는 사실을 전하고 있다. 이는 보덕사가 단순한 지방 사찰이 아니라, 왕실 의례 및 신앙 공간으로 기능했음을 보여주는 사료적 단서다.

따라서 『경복궁영건일기』의 이 두 기록은 덕산 가야산 일대의 왕실 관련 시설들이 1860년대 경복궁 중건과 긴밀히 연동되어 있었으며, 구만포가 그 물류·교통의 핵심 통로로 작동했음을 구체적으로 입증하는 중요한 사료라 할 수 있다.

이와 같이 1865년 이후 남연군묘 주변에는 흥선대원군의 생활과 예배를 위한 공간으로 이용하기 위해 많은 전각이 신축되었는데 현재의 시각에서 본다면, 상가리 일대에 왕실 중심의 일종의 특별 신도시가 조성된 셈이다.

1868년 오페르트 사건 이후, 흥선대원군의 가야동 일대에 대한 관심은 한층 더 강화되었다. 이는 단순한 묘역 관리의 차원을 넘어, 왕실의 위엄과 국가 권위를 회복하려는 의지와도 맞닿아 있었다. 당시 가야산 일대는 대원군의 직접적인 통제 아래 있었으며, 군사적·행정적 관리가 상당히 엄격하게 이루어졌다.

1865년에는 남연군묘의 수묘군(守墓軍)을 기존보다 8명 증원하여 총 16명으로(헌종태실 수묘군 포함) 편성하였고, 1870년에는 가야동에서 무과 향시(武科 鄕試)가 열려 가야산 일대의 포수 8명이 특별히 선발되었다. 이는 단순한 무과 시취(試取)가 아니라, 지역 내 무장 세력을 조직적으로 관리하고 왕실 묘역의 경호 체계를 강화하기 위한 조치로 해석된다. 또한 이 시기 가야동과 상가리, 옥계리 일대에는 군사 경계선과 순찰 구역이 설정되었으며, 왕실 관련 시설 주변에는 외부인의 접근이 철저히 통제되었다.

당시를 기억하는 노년층의 증언에 따르면, 마을 사람들은 남연군묘를 '나랏님 산소'라 불렀다. 주민들은 가야산에서 벌목이 금지되었으면 매장도 금지되었다. 묘역이 있는 방향으로는 담배조차 피우지 못할 만큼 극도의 경외심이 존재했으며, 수묘군 외에는 함부로 출입할 수 없었다고 한다. 묘역의 수목이나 석물을 훼손하는 행위는 중죄로 간주되었으며, 실제로 조선 영조 대(英祖代)에는 장릉(長陵)의 잣나무 스무 그루를 무단으로 베어낸 자가 효수(梟首)형을 받은 사례도 있다.

이처럼 남연군묘를 중심으로 한 가야동 일대는 단순한 향촌 공간이 아니라, 왕실의 성역(聖域)으로서 국가의 존엄과 통치 질서를 상징하는 장소로 관리되었다. 19세기 후반까지 이어진 이러한 체계적 통제와 보호는, 이후 덕산 지역 사회의 공간 인식과 생활 문화 전반에까지 깊은 영향을 미친 것으로 보인다.

이 시기에는 엄격한 통제와 규율만이 존재한 것은 아니었다. 왕실 묘역을 중심으로 형성된 가야동 일대 주민들에게는 일정한 혜택과 포상 제도가 병행되었다. 지역 주민 전원에게 군역(軍役)과 세금이 면제되었으며, 앞서 언급한 홍병기(洪秉驥)와 같이 오위장(五衛將)에 임명되는 사례도 있었다. 일부 주민은 토지를 하사받는 등, 왕실 묘역 조성 및 관리에 협력한 공로가 공식적으로 인정되었다.

특히 1870년(고종 7년) 10월에는 가야동 향시(鄕試)가 특별히 실시되어, 가야
동의 포수(捕手) 8명이 무과에 합격하여 무관으로 임명되었다. 이들 모두 덕산
군 출신으로, 가야산 일대에 호랑이가 많아 포수가 집단 거주하던 지역적 특
성과도 맞물린다. 가야산과 내포 지역의 지리를 누구보다 잘 아는 이들을 선발
한 것은, 왕실 묘역 방호를 위한 실질적 조치이자 지역민에 대한 보상책의 성격
도 지니고 있었다.

결국 1865년 남연군묘의 정비 이후 대한제국기에 이르기까지, 가야산 왕실 공
간의 수호 체계는 남연군묘 수묘군 8명, 헌종 태실 수묘군 8명, 그리고 가야동
향시를 통해 선발된 화포군(火砲軍) 8명 등 총 24명으로 구성되어 있었다. 이
들은 가야동 일원에 상주하며 묘역을 경비하고 왕실 제향 시 의장(儀仗)을 겸
하는 역할을 맡았다.

이와 같은 공식 기록과 구전, 그리고 1913년 덕산군 지도에 나타난 병수(並樹)
표식을 함께 고찰해 보면, 가야동 일대에 왕실 의례와 방호를 위한 가로수가
조성된 신작로가 실제로 존재했음을 더욱 분명히 확인할 수 있다. 이는 단순
한 도로가 아니라, 왕실 권위의 상징적 공간으로서의 가야산의 위상을 보여주
는 역사적 근거라 할 수 있다.

맺음말

1913년 조선총독부가 발행한 덕산군 지도를 검토한 결과, 이는 당시 도로 나
마을 등 단순한 행정 자료에 머물지 않고 지역사 연구에 중요한 단서를 제공하
고 있음을 확인하였다. 지도에는 현장에서 더 이상 확인할 수 없는 덕산읍성

의 흔적이 표기되어 있으며, 이미 소멸된 월봉리와 가야산 산골 마을 대전리, 중가리 한 마을로 기록되어 있어 과거 잊혀진 지명을 복원하는 기초 자료로 기능한다. 또한 가로수 표기를 통해 흥선대원군과 관련된 역사적 맥락까지 읽어낼 수 있다는 점에서, 1차 사료로 새로운 해석의 가능성을 열어 준다는 사실을 보여준다.

따라서 이 지도는 대한제국시기부터 일제강점기 지역의 사회·문화적 맥락을 이해할 수 있는 특별한 자료가 되겠다. 특히 상가리 일대의 1845년부터 1913년까지 고지도, 《조선왕조실록》의 기록, 그리고 주민 구술 자료와의 교차 검토를 통해 옛 모습을 재구성하는 과정에서, 이 지도가 지닌 역사적인 가치는 매우 크다. 향후 고지도와 관찬기록, 개인문집, 구술자료 등을 통하여 더 많은 연구가 이어진다면, 덕산과 가야산 지역의 역사적 위상을 보다 종합적으로 재구성할 수 있을 것이다.

결론적으로, 1913년 조선총독부에 제작된 한 장의 지도가 오늘날 지역사 연구에서 재조명될 수 있음을 확인하였다. 이는 고지도를 활용한 지역사 연구가 지닌 방법론적 가능성을 보여주는 동시에, 덕산과 가야산의 역사적 의미를 학문적으로 확장할 수 있는 토대를 제공한다는 점에서 그 학술적 의의가 크다.

덕산에서 가야동으로, 남연군묘를 향하던 옛길의 가로수는 오늘날 자취를 찾기 어렵다. 그러나 그 흔적은 1913년의 고지도 속에 여전히 또렷하게 남아 있다. 그것은 사라진 길의 기억이자, 조선 왕실 제향로의 잊힌 풍경이다. 따라서 이 유물은 충청남도 지정 문화재 혹은 향토 문화재로의 지정이 시급하며, 역사적 의미와 예술성을 모두 갖춘 귀중한 자산으로서 장기적인 보존과 관리 체계가 마련되어야 한다. 이를 위해 발굴지 주변을 포함한 현장 정비가 필요하며, 복원 과정에서는 운제와 금탑의 구조적 특징, 그리고 사자상의 배치와 상징성을 이해할 수 있도록 전시·해설이 병행되어야 한다. 사자상의 원래 위치와 높이, 시야각 등을 재현하는 모형이나 디지털 복원 자료를 마련한다면, 방문객이 당시의 장엄함을 보다 생생하게 체감할 수 있을 것이다.

아울러, 지역민과 탐방객이 함께 가야사지의 역사와 문화적 깊이를 체험하고 나눌 수 있는 교육·문화 콘텐츠로 발전시켜야 한다. 전설과 기록, 그리고 실물 유물이 한데 어우러진 가야사지는 앞으로도 지역 정체성과 문화유산 보존을 상징하는 대표적 현장이 될 것이다.

이 작은 표식 하나가 가야산의 역사를 새롭게 읽는 단서가 된다면, 그것이 곧 역사를 기록하는 일의 본질일 것이다. 과거의 길 위에서 오늘의 연구가 이어지고, 그 기록이 내일의 문화로 남을 때 비로소 역사는 지역의 삶과 호흡을 함께 하게 된다.

현재 덕산에서 가야동으로 이어지는 구간에는 2025년 12월 완공을 목표로 '걷는 길'이 조성되고 있다. 이 길은 과거 가야사로 향하던 옛길이자, 흥선대원군과 왕실의 인물들이 남연군묘를 참배하러 걸었던 제향의 길, 그리고 마을 사람들이 읍내로 오르내리던 생활의 길이었다.

이제 그 길이 다시 열리려 한다. 완공 시점에 맞추어 1913년 〈덕산군 지도〉에 표기된 '병수(並樹)'의 흔적과 왕실 제향로로서의 역사적 맥락을 알리는 안내판이 세워진다면, 이는 과거와 현재를 잇는 의미가 될 것이다. 단순한 산책로를 넘어, 조선 왕실의 행차와 상가리의 옛 이야기가 스며 있는 역사문화의 통로로 되살아날 수 있기를 바란다.

그 길을 걷는 시민들이 시간의 흐름 속에서 지역의 역사와 문화를 체감할 수 있다면, 지역 정체성과 공동체 기억을 되살리는 진정한 복원으로 평가될 것이다.

"덧글"

지역의 일부 향토사 서술에서는 상가리를 '범죄자들이 숨어들어도 체포할 수 없는 곳'으로 묘사하거나, 가야산을 '화적떼가 출몰하던 산'.' 가야산의 폐사지 유물을 상가리 사람들이 도굴했다' 등으로 단정하면서 주민들까지 화적과 도굴에 연루된 듯 암시하는 경우가 있었다. 이는 1728년 이인좌의 난에 가야산 세력이 가담했던 사실과, 이후 동학인들이 가야산과 상가리 원평리 일대에 은거했던 정황이 뒤섞여 와전된 결과였다.

결론적으로 주장은 사실이 아니다. 고려시대부터 조선 중기까지 가야산 일대에 세력을 키웠던 수많은 절집이 존재했다는 사실, 그리고 1845년과 1865년 이후 조선 왕실이 지속적으로 가야산을 관리하며 주목했던 근현사의 맥락을 이해한다면 이러한 주장이 성립할 수 없음을 알 수 있다.대한제국 시기에는 홍성, 신례원, 면천 지역에서 가야산과 상가리, 용현리, 원평리 일대로 이주한 사람들의 기록이 확인되며, 이들 가운데는 동학 운동에 참여했던 인물들도 다수 포함되어 있었다. 이러한 사실은 가야산 상가리와 용현리 주민들의 삶을 이해하는 데 중요한 단서를 제공한다.

그럼에도 불구하고 일부 서술에서는 상가리 주민들을 범죄자처럼 매도하며, 가야사지와 가야산 일대의 폐사지에서 문화재를 도굴·매매했다는 근거 없는 주장을 반복해 왔다. 실제로는 1950-70년대까지 은밀히 활동하던 전문 도굴꾼들의 소행이었음에도, 남연군의 제각인 명덕사의 이건과 매매까지 상가리 주민이 주도했다는 주장으로까지 이어졌다. 이러한 서술은 역사적 사실과 명백히 배치된다.

물론 30여 년 전까지만 해도 동학을 '혁명'이 아닌 '난(亂)'으로 가르치던 시대적 한계가 있었고, 동학에 대하여 지역사회에 편견이 존재한 것도 사실이다. 그러나 상가리의 역사와 가야산의 맥락을 충분히 이해하지 못한 채 기록된 자료들이 여전히 인용되고 있다는 점은 아쉬움을 남긴다.

역사적으로 1728년 이인좌의 난에서 가야산의 절집에서 세력을 키우던 강위징, 이현, 황진기 등이 가담함으로써 가야산의 절집과 덕산현은 큰 보복을 당하였다. 이어 1827년, 1845년, 1847년, 1848년, 1865년, 1868년, 1870년, 1894년, 1898년, 1948년,1950년에 이르기까지 지역과 주민들에게 중대한 영향을 미친 사건들이 잇따랐으나, 가야산과 상가리의 역사는 권력의 압력 속에 침묵을 강요당한 듯하다. 그 결과 중앙은 물론 지역에서도 제대로 기록되지 못했고, 1845년 이후의 가야산의 역사를 온전히 아는 이는 많지 않다.

오늘날까지 가야산과 상가리의 근현대사는 증언과 구술 외에 체계적 연구와 문헌 정리가 부족한 실정이다. 그럼에도 이러한 주제를 다루는 일이 지역사회를 파헤친다는 이유로 부정적으로 인식되거나 금기시되는 분위기가 아직도 일부 차가운 시선으로 남아 있다. 이는 오랜 권력의 압력 속에서 침묵할 수밖에 없었던 주민들의 상처와 피해 의식과도 관련이 있을 것이다. 그러나 바로 그렇기 때문에 이 문제는 우리가 정면으로 마주하고 성실히 논의해야 할 역사적 과제임이 분명하다.

가야산의 역사는 여전히 부정확한 부정적인 서사가 사실처럼 연구자들의 글과 문화유산 안내판 등에 반영되는 경우가 있다.

이에 필자는 1623년 조극선의 일기와 1728년 강위징과 박찬신의 사건에 주목하고 삽교천의 수운을 이해하기 위해 임진강을 조사하고, 1865년 가야동에서 이루어진 대규모 토건 사업을 파악하기 위해 『경복궁 영건일기』와 조선 후기 의금부에서 주관했던 각종의 재판 기록『추안급국안』,『포도청등록』 를 검토하며 근현대 상가리의 흔적을 추적하고 있다.

참고문헌

경복궁 영건일기 / 추안급국안 / 조극선 인재일록, 야곡일록 / 포도청등록
연천군지 / 조선총독부, [충청남도 덕산군 지도], 1913.
[조선왕조실록], 국사편찬위원회 한국사데이터베이스.
일제강점기 삼례지역 공간변화와 조성 주체에 관한 연구, 2022, 김동열
일제하 전시체제기 지방행정 강화 정책, 한궁희
도시와 현대화의 바람, 수원시 / 상가리 주민 이창엽(1930년생)외 2인 주민의 구술.

65, 덕산 가야산 묵오 이명우의
정자 귀래정(歸來亭) 암각문을 고종하면서

가야산 암각문 논쟁, 무엇이 문제인가

지역사를 기록한다는 것은 결국 '현장'에서 시작된다. 가야산의 숲과 계곡을 스스로 걸어보지 않고는 그 지형이 품은 기억을 이해하기 어렵다. 나는 지난 20여 년 동안 가야산을 오르내리며 문헌을 찾아보고, 사라진 지명과 사람들의 흔적을 복원해 왔다. 그 과정에서 가장 자주 마주한 주제가 바로 가야구곡 일원에 남아 있는 암각문이다. 현재까지 확인되는 곳만 30여 점에 이르지만, 죽천 김진규의 글씨가 문헌으로 확인되었을 뿐 그 외 글씨는 정작 누가 남겼는지에 대해선 명확한 합의가 없다.

1865년 창건된 보덕사(報德寺) 현판의 경우가 대표적이다. 수준 높은 필치와 구성미로 주목받지만, 낙관이나 관지가 없어 필자가 누구인지 알 수 없다. 다만 1865년 가야동 전각 건립을 주도한 흥선대원군이 당대의 대표적인 서예가였다는 점, 왕실 묘역 정비와 연계된 국가 사업이었다는 점 등을 고려하면 '흥선대원군 친필설'은 설득력을 얻는다. 그러나 이 역시 정황의 차원을 벗어나지 않는다. 확정은 언제나 증거가 필요하다.

최근 가야산 관련 글과 연구가 늘고 있지만, 지역적 맥락을 제대로 이해하지 못한 서술도 적지 않다. 덕산군이 폐군되면서 남겨진 조선 후기·대한제국기의 행정 기록이 부족하고, 지역사 연구가 충분히 축적되지 못한 탓이 크다. 가야산을 찾은 인물들의 교류망과 동선을 이해하지 못한 채 쓰인 글을 보면, 왜곡이 생길 수밖에 없다는 생각을 하게 된다.

조극선, 김진규, 윤봉오 일가, 김재칠과 김려 부자, 그리고 요즘 내가 집중적으로 검토하고 있는 운양 김윤식과 묵오 이명우의 기록을 찬찬히 읽다 보면, 그들이 보았던 가야산의 모습이 의외로 선명하게 이어진다. 이러한 흐름이 보이기 시작하면서, 과거에 내가 썼던 글에서도 수정할 지점이 발견된다. 연구는 늘 이러한 자정의 과정을 거친다.

현재의 결론은 명확하다. 가야산 암각문의 작성자는 아직 누구라고 단정할 수 없다. 문헌 기록이 없으니 주장만 난무할 뿐이다. 최근 관심이 커지고 있지만, 정작 연구나 고증보다는 사업 중심의 접근이 많아 보인다. 근거 없는 '추측'이 오히려 지역사 연구의 신뢰를 떨어뜨리는 현실이 안타깝다.

필요한 것은 조용하지만 꾸준한 연구다. 새로운 사료의 발굴, 서체학적 검토, 과학적 분석, 가야산 인문 지도의 재구성 같은 작업이 차분히 이어져야 한다. 이런 과정을 통해서만 보덕사 현판과 가야구곡 암각문을 남긴 사람이 누구인지 조금씩 다가갈 수 있다.

가야산의 암각문 논쟁은 글씨 하나의 주인을 밝히는 문제가 아니다. 가야산과 내포 지역의 근현대사가 지닌 공백을 메우는 일이자, 미래 세대에게 온전한 기록을 넘겨주는 과정이다. 나는 앞으로도 가야산을 걸으며, 이 오래된 질문에 조금 더 가까워지는 날을 기다려볼 생각이다.

묵오 이명우(默吾 李明宇, 1836~1904)의 덕산 가야산 은거 시기와 그의 정자 귀래정(歸來亭) 암각문 확인 과정과 그 학술적 의의, 그리고 울릉도기에 대하여

지난여름 예산에서 열린 탁본전에서 한 한학자의 제보를 받으면서, 그동안 소재를 확인하지 못했던 귀래정 암각문의 행방을 추적할 단서가 마련되었다. 제보자는 전시장을 둘러보던 중 자신이 평소 드나드는 한 업소에 암각문 한 기가 있다는 사실을 떠올렸고, 그 글씨가 어디서 온 것인지, 서체와 연대가 분명치 않다는 점에 의문을 품고 제보를 주었다. 이 제보를 토대로 현장을 방문해 실물을 조사한 결과, 문헌 기록과 서체적 특성 즉 서풍·획법 등이 정확히 부합하여 운양 김윤식(1835-1922)의 필적임을 확인할 수 있었다.

김윤식은 정해년 1887년(고종 24), 덕산 가야산에서 교유하던 이명우와 시우 형제에게 귀래정 현판을 써주기로 약속하였다. 이명우(이미정서二美亭序)와 김윤식(운양집)을 참고하면 암각문의 글씨는 1888년에 김윤식이 이명우의 정자를 위해 쓴 글씨를 바위에 새긴 실물로, 지역사와 서예사 연구에서 중요한 1차 자료라 할 수 있다.

귀래정은 덕산 가야산의 옛 관어대 주변, 청풍봉 기슭에 자리한 이명우의 저택 이미정(二美亭, 암각문은 이명우 글씨 1887년) 옆에 있던 정자 이름이다. 이 공간은 조선 후기 가야산 일대의 문화·행정·문사 교유 활동이 펴져졌던 곳으로, 암각문이 본래 자리에 남아 있었다면 해당 지역에서 전개된 덕산 지역의 근대적 지성 네트워크와 교육, 생활 경관을 복원하는 데 더 큰 실증성을 확보할 수 있었을 것이다. 그러나 전각이 헐리면서 옮겨지고 현재는 개인 소장자가 보관하고 있어 원래의 정경을 그대로 확인하기는 어렵지만, 실물을 조사해 필

적을 고증할 수 있었다는 점은 연구사적으로 의미가 깊다.

소장자는 글씨의 주인과 사연을 알게 되어 더욱 귀하게 느낀다며 보존 의지를 분명히 밝혔다. 매각 가능성을 조심스럽게 타진해 보았으나, 소장자는 자신이 관리하고 싶다는 뜻을 명확히 하였다. 유물의 성격과 소장 과정을 고려할 때 존중해야 할 듯하다. 다만 가야산 지역의 역사적 맥락을 연구하는 입장에서는 언젠가 지역사회와 소장자가 협의하여 원래의 문화 지평 속에서 귀래정을 조명할 기회가 마련되기를 기대하게 된다.
지난 8월 탁본전을 통하여 우연히 제보로 마주한 이 암각문은, 이명우와 김윤식의 교유를 연결하는 실증 자료이자 가야산 일원의 근대 지성사, 지역 문인의 생활공간을 해명하는 데 중요한 1차 사료가 되겠다. 연구자로서는 오랜 숙제를 마무리한 듯한 깊은 감회가 있었고, 앞으로 가야산 문화권의 인문지형을 복원하는 작업에서도 이 자료가 중요한 참조점으로 작용할 가능성이 크다.

이 암각문은 2월 예산군청에서 전시할 예정이다.

귀래정 암각문은 운양 김윤식이 덕산 가야산에 남긴 유산이다.

조선왕조실록 고종 24년조(1887년 5월 30일)는 김윤식(金允植, 1835-1922)이 면천(沔川)으로 유배되었음을 전한다. 1893년 2월 14일, 5년 7개월 만에 해배되었다. 이 시기는 그의 정치적 경력에서 가장 길었던 침잠기였으나, 지역 인사들과 교유하며 여러 저술을 남긴 중요한 시기로도 평가된다.

유배 초기 김윤식은 아들 내외, 집사, 여종 등 여러 인원을 동반한 비교적 큰

※'歸來'는 중국 동진 시대 시인 도연명의 《귀거래사(歸去來辭)》에서 유래된 말로, "벼슬길을 떠나 자연으로 돌아간다"는 은일(隱逸) 사상을 담고 있다.

가구 형태로 면천 생활을 시작하였다. 그는 유배자 신분이었지만 지역과 단절해 지내지 않았다. 덕산 일대에서 묵오 이명우(李明雨), 이시우(李時雨), 이명우의 아들 이혁의(李赫儀) 등 지역 유력가들과 폭넓게 교류하였고, 이들의 도움 속에서 가야산과 가야구곡 일대를 자주 찾았다. 이러한 윤리는 그에게 일상의 불편을 덜어주는 차원을 넘어, 유배지를 지적·문화적 탐구의 장으로 전환시키는 계기가 되었다.

덕산 가야산은 그의 유배 생활에서 내포지역의 지인들과 교류하는 공간이었다. 김윤식은 군왕골, 용현골을 비롯한 가야산의 골짜기와 주변 보덕사·폐사지·누정·남연군묘 등을 두루 살피며 다양한 시문과 기문, 동학, 청일전쟁 등의 글을 남겼다. 그의 기록은 단순한 유람기가 아니라, 당시 내포 지역의 자연·불교·왕실 관련 유적에 대한 관찰과 인식을 담고 있어 지역사·문화사 연구에서도 높은 가치를 지닌다.

오늘날 가야산 일원에 남아 있는 김윤식의 흔적은 덕산 지역의 인문 환경과 지식 네트워크를 파악하는 데 중요한 자료이며, 1706년 가야산에 유배되었던 죽천 김진규 이후 유배 문인이 지역 문화지리에 어떤 방식으로 영향을 남길 수 있는지를 보여주는 사례다. 그의 유배는 가야산을 중심으로 한 내포 지역 문화의 기록과 확장을 이끌어낸 의미 있는 유산을 남겼다는 점에서 의의가 크다.

운양 김윤식의 『면양행견일기』와 이명우의 『묵오유고』는 덕산 가야산과 가야동·용현동의 지형과 지명, 설화 등을 심층적으로 규명하는 데 핵심적인 1차 사료로 기능해 왔다. 특히 묵오 이명우 저택 일원을 중심으로 남아 있는 암각문의 실체를 확인하는 과정에서도 두 문헌은 상호 보완적 자료로서 중요한 근거를 제공하였다.

묵오 이명우와 운양 김윤식의 기록을 통해 본 이미정·귀래정 암각문의 조영 연대에 대하여

1. 「귀래정기」 와 귀래정(수초정)의 조영

『운양집』에 수록된 「귀래정기」는 1887년(정해년, 고종 24)의 기록으로, 운양 김윤식이 면천(沔川)에서 유배 생활을 하던 시기에 작성한 것이다. 이 글에는 다음과 같은 핵심 정보가 제시된다.

"묵오자는 덕산(德山) 군수였고 그의 아우 우방(藕舫)은 예산(禮山) 현감이었는데, 모두 면천에서 반나절 거리가 떨어져 있었다. 형제가 번갈아 방문하러 와서 말했다. "자네는 전에 했던 말을 기억 못하는가? 내가 이제 처음의 뜻을 이룰 수 있게 되었지만 정자에 여전히 기(記)가 없으니 자네에게 기문(記文)을 받아 편액으로 걸려고 하네." 나는 그렇게 하겠다고 응답했다." 라고 쓰고 있어 귀래정 암각문은 1887년 김윤식이 쓴 글씨라는 것을 확인할 수 있다.

2. 이미정(二美亭)의 신축 – 1888년

이미정의 조영은 이명우의 「이미정서(二美亭序)」를 통해 분명하게 확인된다.

"내가 이 고을을 다스린 지 다음 해에, 그 황폐한 자취를 찾아 다듬고, 다시 물을 끌어와 연못을 파고, 작은 정자를 세워 이름을 이미(청풍봉과 명월봉의 풍광을 담고 있어 二美)라 하였다."

"석수에게 명하여 가야구곡 냇가의 돌에 글을 새기고, 골짜기 입구에 정자를 세워 이미정이라 이름 붙였다."
이 시점은 이명우의 덕산 부임년(1887년) 다음 해이므로, 이미정의 건립 시기는 1888년으로 확정된다. 이는 정자의 건립 연대가 명확히 기록된 드물고 중요한 자료로, 암각문 조영 시기 고증의 기준점이 된다.

3. 월봉정사(月峯精舍)의 건립– 기묘년(1879)

월봉정사는 이미정·귀래정보다 앞선 시기에 건립되었다.
기묘년(1879) 중춘에 강당을 월봉산 아래에 짓고 편액을 '월봉정사'라 하였다는 기록이 전한다. 보인재(輔仁齋), 육영당(育英堂)을 두어 학문을 강론하고 자제를 교육하는 장소로 운영하였다. 이 기록은 가야산·가야동 일원에서 정자·서당·정사의 건립과 인문 활동이 활발히 전개되던 1870~1880년대의 흐름을 보여주는 중요한 자료이다.

4.묵오 이명우의 아들 이철의(李喆儀)

운양 김윤식의 『면양행견일기』는 묵오 이명우의 가계를 확인하는 1차 자료이다. 1893년 5월 7일 일기에는 "주사 이철의(李喆儀)가 와서 만났다"고 기록되어 있다. 이는 김윤식이 덕산·가야산 일원을 방문할 때 이철의가 동행했음을 보여주는 직접적인 근거이다.

이철의는 『묵오유고』를 간행한 인물로, 1917년 활자본을 간행하여 부친의 문집을 정리·전승한 핵심 인물이다.

『묵오유고』는 이철의가 1917년에 간행한 활자본이다.

이 문집에는 「이미정서」, 귀래정 관련 기록, 덕산군의 행정, 묵오의 행적, 묘지명·묘갈명 등이 수록되어 있어, 조선 후기 덕산군의 행정과 가야산 일원 정자 조영, 암각문의 문헌 고증에서 핵심 사료로 기능한다.

5. 이명우의 울릉도 잠행 – 1882년(고종 19)

이명우는 울릉도와도 깊은 관련이 있다.

고종은 1881년 이규원을 울릉도검찰사로 임명하였으나, 기존 수토사들의 보고를 신뢰하지 못했다.

이규원이 1882년 4월에 출발하기 이전, 같은 해 3월 13일 이명우를 비밀리에 별도로 파견하였다.

이는 이명우가 중앙 차원의 신뢰를 받던 실무형 관료였음을 보여주며, 덕산부임(1887) 이전부터 능력을 인정받았던 인물임을 입증한다.

6. 이명우의 묘

1904년 사망 후 최초의 묘는 봉명동(봉림)에 조성되었다가 이후 예산군 예산읍 주교리 인좌(寅坐)로 이장되었다.

묘갈명은 시종원경 이도재가, 묘지명은 동생 시우가 썼으며 『묵오유고』에 수록되어 있다.

사진 설명 : 1887년 덕산 가야동에 조영(造營)된 귀래정(歸來亭)과 수초정(遂初亭)은 동일한 정자이며, '귀래정' 암각문은 운양 김윤식이 쓴 글씨임이 2024년 8월 제보를 통해 새롭게 확인되었다.